艾芜全集

第三卷

·百炼成钢
·风波

四川文艺出版社
成都时代出版社

图书在版编目（CIP）数据

艾芜全集. 第3卷 / 艾芜著. — 2版. 成都：四川文艺出版社，2014.6
ISBN 978-7-5411-3891-1

Ⅰ. ①艾… Ⅱ. ①艾… Ⅲ. ①中国文学-当代文学-作品综合集②长篇小说-中国-当代 Ⅳ. ①I217.2

中国版本图书馆CIP数据核字（2014）第101394号

全集 03 百炼成钢·风波
BAILIANCHENGGANG·FENGBO

策　　划	叶　勇　　胡　焰　　林文询
编辑统筹	郭　健
责任编辑	朱　兰　　李亚南
责任校对	文　诺　　汪　平
内文设计	史小燕　　张　妮
封面设计	任　熙
责任印制	唐　茵　等

出版发行	四川文艺出版社 成都时代出版社
社　　址	成都市槐树街2号
网　　址	www.scwys.com
电　　话	028-86259285（发行部）　028-86259303（编辑部）
传　　真	028-86259306
读者服务	028-86259310
邮购地址	成都市槐树街2号四川文艺出版社邮购部　610031
印　　刷	成都东江印务有限公司
成品尺寸	165mm×230mm　1/16
印　　张	29.5
字　　数	430千
版　　次	2014年6月第二版
印　　次	2014年6月第二次印刷
书　　号	ISBN 978-7-5411-3891-1
定　　价	160.00元

版权所有·侵权必究。如有质量问题，请与出版社联系更换。

1953年7月,艾芜从鞍山来到北京,成为中国作协驻会作家,集中精力创作长篇小说《百炼成钢》。9月,参加全国第二次文代会,当选文联委员、作协理事。同年,他重新加入中国共产党。

50年代在北京什坊院

长篇小说《百炼成钢》封面,作家出版社1958年出版

目录
AIWUQUANJI

百炼成钢

《百炼成钢》前言……003

为《百炼成钢》的朝鲜译文本写的序言……004

第一章……005

第二章……027

第三章……043

第四章……060

第五章……083

第六章……091

第七章……104

第八章……111

第九章……123

第十章……131

第十一章……140

第十二章……149

第十三章……161

第十四章……167

第十五章……175

第十六章……181

第十七章……197

第十八章……203

第十九章……212

第二十章……226

第二十一章……245

第二十二章……253

第二十三章……258

第二十四章……265

第二十五章……269

第二十六章……276

第二十七章……281

第二十八章……287

第二十九章……291

新版后记……299

艾芜同志关于《百炼成钢》与黄祖良同志的通信……300

风 波

一……309

二……314

三……321

四……325

五……330

六……*334*

七……*344*

八……*349*

九……*360*

十……*366*

十一……*373*

十二……*385*

十三……*399*

十四……*406*

十五……*412*

十六……*426*

十七……*435*

十八……*440*

十九……*445*

二十……*456*

百炼成钢

《百炼成钢》前言

百年来,我们中国人受过极大的苦难,同时也在拼命地挣扎。今天真正挣扎起来了,新的一代人在创造着新的生活,要把四五千年的古老中国,变为美丽芬芳的大花园,使六亿五千万人都能过着永远幸福的生活,我们在旧时代生活过好些年的人,深深感受过旧社会的痛苦,度过几乎活不下去的日子,看见今天新的中国,看见今天新的一代中国人,不能不感到极大的欢喜。

今天新的一代中国人,怀着光辉灿烂的理想,具有无穷无尽的勇气和不畏任何困难的精神,在旧的社会里战斗过,而在建设今天新的生活中,还正在付出更为巨大的努力,同时他们在各种生活中,遭遇过无数的困难,受过多次的锻炼,并且锻炼得很好,真正能够担任起创造新生活的大任。

我就是想把新的一代中国人写出来。我的书名采取一句中国的成语"百炼成钢",这不只是因为书里的人物在炼钢,而主要的意思,是说新的人,是锻炼出来的,而且还须不断地锻炼。

我不敢说这个企图已经实现了,但我是作了相当大的努力的,而且是抱着极为欢乐的心情去作的。

艾 芜 一九五九年五月二十日北京

为《百炼成钢》的朝鲜译文本写的序言

我听见我的长篇小说《百炼成钢》将译成朝鲜文,感到很高兴。我一向热爱朝鲜人民,因为他们反抗美帝国主义侵略,曾表现了英勇无比的气概;而在建设朝鲜的社会主义社会中,也现出了忘我劳动的强大毅力,这都是非常令人敬仰的。我的作品能够放在朝鲜人民的手上,成为他们精神上的粮食,在我说来,不能不说是一件很荣幸的事情。

我在《百炼成钢》中,试图把中国社会主义工业建设中的新人写了出来,并说明新人是锻炼出来的,而且还须不断地锻炼下去,不知这是否做到,但我却是尽了最大的努力,并且是极其欢欣地做的。我在旧的中国生活过一个长的时期,亲眼看见帝国主义的侵略和封建地主阶级的剥削,人民穷困得不得了,国家走到灭亡的边缘,我自己也几乎活不下去,因此一旦看见了中国人民得到了解放,走上建设社会主义社会的光明大路,处处遇见了新的中国人,怎不欢喜若狂?我不提起笔来描写他们,那是做不到的,我非写他们不可。

最后,我感谢译者,把我的作品送在敬爱的朝鲜人民手上,是要完全归功于他的。

一九五九年六月五日北京

第一章

一

梁景春一坐上汽车,就向女司机和蔼地说:

"司机同志,请你开慢一点!"

女司机郝英回头望了下厂长赵立明,她晓得厂长一到工厂去办公,就要汽车开得快,这不好违反他的习惯。而这位吩咐她开慢车的,却是第一次坐她开的车,也是第一次到宁南钢铁公司的炼钢厂去的,显然是去参观的客人。客人有吩咐,自然还得请示一下主人。她不知道这位客人,就是新到炼钢厂去的党委书记。

赵立明迅速看了下手表,低声说:"可以开慢一点!"汽车开动之后,他便向梁景春问:"你身体不大好吗?"他疑心他有心脏病。

"我身体挺好!"梁景春微笑地说,"这个都市怪可爱的,昨晚到来,什么也看不见。"

今天上午在市委开会,会后在食堂吃了饭,便已下午一点半了,现在他们正坐汽车,赶到炼钢厂去。两旁高大的青杨树,枝叶茂密,遮住了天空。一条绿荫笼罩的柏油马路,映着一片树影,伸展在汽车前面。林园似的学校、图书馆,一闪到车后,一座座围着花草的精致住宅,一条条排着柳树杨树的柏油马路,便整齐地摆在两边。像开展览会似的,红的花,白的花,黄的花,在阳光里耀人的眼睛。

赵立明看见梁景春那种欣赏的脸色,想起刚才特意叫司机开慢汽车,便禁不住暗自好笑起来，要是一个熟识的同志，他会打趣他："我看你去管理颐和园，一定很惬意。"可是，这是一位第一次见面的新同志，不好随便开玩笑。

汽车转入更为宽大的柏油马路，晴朗的阳光，没遮拦地射了下来。两旁的糖槭树，因为受过人工的剪伐修整，全是一样大小，细枝丛生，叶子怒发，庞大的绿伞似的，立在人行道上。糖槭树后面，耸立起楼房，挂着各种招牌：啤酒店、汽水店、剧场、电影院、百货公司、粮食公司，标明这是重要的街市。但马路上、人行道上，很少有人走。对面只有喷着水花的洒水汽车，在缓缓地驰来。

汽车随着马路，突然转个方向，无数庞大的建筑物和许多的烟囱就在远远近近的地方，一下子出现。不断升起的黑黄色云烟，好像遮蔽了半个天空。木牌子做的大标语，扑面迎来："努力建设社会主义社会"，接着又是"为祖国社会主义工业化而奋斗"。载运各种物资的汽车、载运砖头沙子的马车，牵连不断地来往。赵立明和梁景春坐的汽车，就得常常按喇叭，小心前进。在一处转拐地方，耸起一道堤埂，许多汽车停止下来，正等候一列火车通过。堤上正飞奔着火车，喧嚣地叫着。堤埂边一排木牌做的大标语："全体职工们，团结起来，在毛泽东思想旗帜下奋力前进！"很引人注意地送了过来。

火车轰轰隆隆地奔跑过去了，拦马路的木杆支起，汽车重新开动，顺着堤埂边的马路驰入工厂区域。梁景春却不留意马路上的热闹景象了，只是望着冲天的高炉、庞大的瓦斯库、高耸的水塔、架在空中的煤气管、无数林立的烟囱，以及许多未曾见过的东西，感到无限的惊奇，仿佛进入一个童话的国度。他平常无论对什么，都充满了兴趣，总带着想要发笑的神情，这时就更加显著了。

当汽车停下，又让前面火车通过的时候，赵立明用略带诙谐的口吻问：

"你觉得这里的风景怎么样？"

"好极了！"梁景春非常愉快地回答。

赵立明也为这个人的热忱感动了，到炼钢厂门口，下了汽车，还不立即进去，他把整个工厂的外貌指点给梁景春看，一面高兴地说：

"我们才来的时候,日本人哪里瞧得起!他们说,你们要开工吗?二十年都恢复不了,还不如种上高粱!现在你瞧,一切都在活动。不到三年,我们的生产,就超过伪满最高的年代!"

梁景春首先看见的,是露天的原料车间。正有一列火车,把好多两人高的大铁罐子运走,同时又有一列火车,把许多菜碗大的黑色矿石运来。架在铁路上空的巨型桥式吊车,轰轰隆隆地吼着走着,吊起四个装矿石的铁槽子,运送到一座庞大房子的平台上去。这座大房子,全是钢铁修成的,梁景春从来没有见过房子会有这么大。楼上许多地方,没有墙壁遮拦,平炉炉门上冒出的火光,可以很清楚地看见。楼下一座座窑也似的蓄热室、沉渣室,以及各种弯曲的巨大煤气管子,显得一片乌黑。金红色的液体,从楼上流了下来。空气中散播着轻微的瓦斯气味。在原料场的外边,从平地上,耸立一排高大的烟囱,吐着轻微的颜色不同的烟:有的淡红色,有的淡青色,有的淡黄色,有的淡灰色……

出去的火车一走过,进来的火车一停下,这座庞大的钢铁房子里面,传出来洪大的喧嚣声音,便能清楚地听见,就像里面有条大河,水波汹涌,成天成夜在吼一样。同时又听见一种更为巨大的声音,仿佛狂风刮过山里,吹了过去,又吹了过来。

梁景春忍不住欢喜地想:

"真伟大,咱们这条生产战线!"

二

厂长的办公室,是在大房子旁边的楼上。一张长方形的桌子,两边放着许多椅子,就在室内占了大部分地方。长桌近窗那一面,还安着一张写字台,上面放着四部电话机。赵立明一进屋子,就坐在皮圈椅上打电话。梁景春拉开一张椅子,坐在长桌侧边,他从赵立明背后的玻璃窗望出去,看见远远近近无数的烟囱,耸立在蓝色的天空里。近处高炉露出一角,吐出轻微的烟子。赵立明刚说完:"你是调度室吗?"窗外一下火车奔来的叫声,把屋里所有的声音都压下了。屋侧的窗子,有一扇是打开的,雪花也似的铁粉子,一片一片地飞了进来。梁景春好奇地走到窗边,张开手掌接了一片,亮亮的发光。

火车的吼声,响过去了。赵立明便对着电话筒有点焦急地说:"你赶快给我查查,今天有没有快速炼钢?……哪个炉出的?多少时间?"他在等候对方回答的时候,一眼看见梁景春在注视飞进来的铁粉子,就解释地说:"这是铁沫子,铁水里面蒸发出来的。这里挨近混铁炉,那是……"还没说完,立即叫了起来,"又是九号炉吗?……秦德贵炼的?是他吗?我还以为是袁廷发哩。你再说一遍,是七点五分吗?……好……"他放下听筒,忍不住欢喜地向梁景春说:"七点十分是厂里炼钢的最高纪录,今天突破了!这是一个新手。还有个叫袁廷发的,常常搞出快速炼钢来。了不得,都出在九号炉上。"他随即站了起来,立即走近门口的壁上,拉开一张红布,指着那些用小木块组成的许多行活动数字说:"这是每天的日产量。"随即又指着最下一行说,"这二千三百五十六吨,是昨天一天一夜的日产量,照这样下去,不发生事故,这一月的任务,可以超额完成。只是全国各地基本建设发展太快,钢的需要量大增,公司新近的指示,非增加生产不可。我们一定要提高日产量,鼓励快速炼钢,一切的工作,一切的努力,都要朝着这个目标!"在他发黑、略微瘦削的脸上,现出非常愉快的神色,显然任务的增加,在他生活中是件快乐的事情。听见电话铃响了,赶忙放下红布,一面朝写字台走去,一面很高兴地说:"你来得挺好,这下子就可以各方面配合,把竞赛发动起来。"他敏捷地拿起耳机,立即问:"你哪里?……什么事?"脸色一下变了,急切地说:"那赶快拿担架抬到医疗室去。"声音有点含怒地说,"你叫值班主任跟我谈谈。……没有在?给我找一找。"随即忍着怒气,向梁景春小声地说,"平炉车间有一个工人晕倒了。"

"晕倒了!"梁景春惊异起来,一面又解释似的说:"这几天也实在太热了!"还无意识地望了一下窗外晴朗炎热的天空。

"这不单是天热,"赵立明还要解说下去,忽然眉头一皱,大声地向电话里说,"在七号炉上,不要去叫,我直接打电话给他。"把电话机一按,立即摇了两三转说,"接七号平炉……我是厂长,你叫值班主任接电话。"一面向梁景春说,"我再三地叮咛,在这样的暑天,要注意工人的环境卫生,他们硬是不注意。……喂,你是吴克相吗?我问你,工人的工作环境,为什么这样不注意……呵,出钢口打不开?好久了?该死的,有一个多钟头。"一面生气地放下耳机,一面站了起来,向梁景春紧张地说,"你坐一下,我要去看一看。"

"我同你一道去。"梁景春站了起来,把椅子掀拢桌子,才跟着走了出去。经过一截很短的过道,再登上铁做的扶梯,便进入刚才见过的那座大房子。门口立着一人多高的大木牌子,上面画着一个工人,用手指着每一个进门的人,旁边写一句话,表示他在问询:"你完成了日产量吗?"一进门去,喧嚣的声音,更来得大了。楼上全是铺的厚铁板。靠左边,屋子那么大的长方形的平炉,排了一大排,简直望不到头。每个炉子有五个炉门,炉门都关着的,但门缝里还有火焰在冒出。右边是一些安有机械仪器的小屋子,还露出一截一截的敞口平台,原料场上的吊车,正把矿石废钢一槽槽地吊来放上。中间全是一些装料机在活动,伸出大炮筒子一样的铁杆,把装材料的铁槽子,不断地送进炉子去。人走过的时候,不仅要躲过装料机活动的路线,还要绕过矿石堆、石灰堆、镁石堆、白云石堆、黏土块堆。要不是赵立明走在前面带路,梁景春简直不晓得怎样走了。赵立明怕他遇着危险,总是小心地带路,时不时要说:"你等一等。"或者拉下梁景春的手,"走这里。"

梁景春来不及细看了,只在停下足的时候,看一下在面前转动的装料机,或者望一下个个满身大汗正把石灰铲进炉门的工友。车间里热,尤其炉门打开,火焰射出,就是站在两三丈远,也感到烫人。但工友却要走近炉门口去工作。这使梁景春吃惊地想:"这才真正是火线!"

赵立明、梁景春走到七号炉,晕倒的人已抬到医疗室去了。他们赶忙到炉后去看。四五个工人正在挖出钢口,个个流汗,急得像生了病一样,他们把指头粗、中间空的长铁管子,套上橡皮管,接在大的氧气瓶上,通上氧气,又将铁管子点燃,插进平炉的出钢口去烧。烧的时候,出钢口冒出紫红的烟雾,烧残的铁管子,一取出来,便又黑了。他们急忙再拿根铁管子接上。

赵立明看见还是烧不开,双眉紧皱,厉声地问:

"这是谁堵的出钢口？"

马上就有两三个工人，掉过发红流汗的脸子，抢着回答：

"这是他们乙班堵的！"接着还骂一句，"不晓得他们干些什么鬼事！"

赵立明立即转到炉前，去找值班班长、技术员商量，怎样用最好的方法，把炼好的钢水，迅速放出来。

梁景春原是站在炉后的侧边，没有直接受到炉体的烘烤，但汗还是不断地流。伸手摸下铁栏杆，简直热得烫人。因为上边挨近平炉，下边又是铸锭车间，百吨吊车吊的钢水罐子，正把钢水注入钢锭模子，火花不断地四面射出。有的模子，已注完了，钢水还在沸腾，火花冒出口来。另外脱了模的钢锭，一身通红，摆在地坑里。再过去一点，是初轧厂的均热炉车间，吊车把炉盖揭开，将烧红的钢锭取出，火焰就熊熊地上升。同时，烧红的钢锭，放在一个长槽子里，便自动地奔跑起来，还会自动地转拐，走到轧钢机下，去接受压轧，一条红猪似的钻了进去，立即变成一条红龙似的出来。梁景春心想："在这个大房子里，真是到处都是火呵！"同时又觉得这里景色奇异而又美丽，是任何地方都看不到的。他还试着朝出钢口走去，虽然那里特别安置有吹风管子，冷风不断吹出，但还是抵不住炉体钢板发出的热力，脸简直烫得发烧。挨近出钢口的地方太窄，站在那里，会妨碍他们的工作，他急忙退了过来。

这时候，一个高个子青年人匆匆忙忙朝出钢口跑去。他头上戴着鸭舌帽子，鸭舌前面吊着一副蓝色眼镜，满脸通红，流着汗水，身上穿着脏污的帆布短衣和帆布裤子，足穿着帆布袜子和橡胶拖鞋，手上戴着帆布手套。他一跑到出钢口，就叫工友让开，由他亲自拿铁管子来烧。他嫌一根不够，又叫再拿一根铁管子，套上橡皮管子，接在另一个氧气瓶上。这下两根管子一齐烧，出钢口的火就燃大了，紫红的烟雾，一大股一大股地冒出。

得到休息的工人，站在旁边，都欢喜地叫：

"你这家伙，真有一手！"

梁景春看见那个高个子年轻人，烧出钢口，很是卖气力，不像刚才别的工人，烧的时候，铁管子还有一长截，就取出来丢了，他是把铁管更送进去一些，一直要烧到手了，才另外再换一根。同时，两根一齐烧，取出一根来换的时候，里面还有一根在继续烧，这就使被烧的地方，一直熔化开去，不会再行凝结。梁景春看见这样的工作，心里忍不住暗暗地叫好。

"呵哟，烧着手了。"几个工人忍不住叫了起来。

梁景春立刻看见那个高个子年轻人，戴在右手的手套燃了起来，但他并没有取下，只是拿着两根铁管子，猛力在送，立刻出钢口喷出蓬勃的红云，接着射出金黄的强光，并溅出耀眼的火花点子。那个高个子年轻人一下子站立起来，丢开铁管子，举起手套燃烧的右手迅速往下一按，随即甩脱着火的手套。就在他举手一按的时候，坐在平炉旁边倾动机上的运转手，立即按动电钮，把平炉向后倾斜起来。带着金黄强光的钢水，以及四射的火花，随着出钢口上的铁槽子，就冲入百吨吊车挂在下边的大铁罐里，同时一大蓬金黄紫红的光雾，一下子升上很高的屋顶，而且还在不断地升上去。钢水发出强烈的白光，简直使梁景春不敢直视，他举起手来遮在眉毛上面，也不能使他对着钢水，多睁一会儿眼睛。恰好有人碰他的手一下，一个镶有蓝色玻璃镜的小木板子，递在梁景春面前，同时还听见很和蔼的声音："党委书记，你拿这个镜子瞧瞧才行。"梁景春举眼一看，站在他身边的，是个身材不高的年轻人，露出一脸的微笑，上身穿着白色帆布工作服，帽子也和工人的一样，只是没有挂着蓝色镜子。他自己向梁景春介绍，说他名叫何子学，是平炉车间的支部书记。他是刚从厂长那里知道梁景春的。

梁景春接过镜子，没有马上拿来看，却指着那个打开出钢口的工人问：

"他叫什么名字？"

"他叫秦德贵，九号炉的丙班炉长，"何子学很高兴地回答之后，还特别着重地说，"他很会炼钢，今天七点五分一炉钢，就是他炼的。"

梁景春很注意地望了一下秦德贵，然后问道：

"他是党员吗？"

"是党员。"

秦德贵并没有退下来休息，他还高举着手，把指头轻轻往下动着，他要上边管百吨吊车的人，把吊的大罐放低一点，因为钢水一出多的时候，炉体就需要逐渐向下倾斜，以免出钢槽子压在大罐上面。看见钢水出得很顺畅了,他这才让七号炉的工友指挥,退了过来。何子学连忙拉着他的手来看:"呵哟,都烧红了嘛。"随又责备地说,"你这家伙,不晓得痛么?怎么不早甩开手闷子?"

"工作的时候,哪还晓得痛!"秦德贵这么说的时候,眉头有点皱起来了,显然到这时他才有点感到痛。但他并没看他的手,却向技术员陈良行担心地问:

"又加锰铁没有?"

"加了,不加怎么成?那就准出号外钢①!"技术员陈良行笑着回答,显然出钢口一打开,大家心情都很愉快了。

梁景春拉着他汗湿的手腕说:

"你赶快到医疗室去擦点药,钢水不是已经出得很好了吗?"

何子学忙向秦德贵介绍,说同他说话的人,就是党委书记。

"好,党委书记,我就去。"秦德贵感谢地说,但他没有立刻走开,他还向技术员陈良行问:

"钢种改了吗?"

"改了。钢水在炉里泡了一点多钟,碳素降得太低了。只好改成管坯。你快到医疗室去吧。"

"总算还没有出非计划②!"秦德贵烤得黑红的脸上,浮出了满意的微笑。他随即迅速地走了。

技术员陈良行就向梁景春、何子学说:

"要是老秦不来帮忙,再半点钟,还出不去,那就没有把握了,钢水在炉里千变万化。"

"出了号外钢,那就要损失几亿③。"何子学笑着摇摇头,表示这不是一件小事。随又望一下炉后堆的空氧气瓶子,叹气地说:"可是也损失不少呢,

---

① 号外钢:即废品。
② 非计划:公司按照外面的订货单有计划地叫炼钢厂炼钢,如炼出的钢,不是订货单要的,需放在那里等人来买,这就叫作非计划。
③ 这里指的是旧币。当时一万元仅合新币一元。以后文中提到的都是旧币。

氧气和铁管子一算起来,就有好几十万。"

"算起来可多了。"技术员陈良行严肃地说,"耽误的生产时间不说,首先炉底泡坏了,增加炼炉的次数,一炼起来,就有十七八个钟头不能炼钢!"说到末尾,脸色变了,仿佛还有惊惧似的。

这时已出完第一罐了,炉体刚刚扶正,陈技术员就跑到炉前去看。何子学就向梁景春说:

"党委书记,我们走吧!"

梁景春走到炉前,又没走了,他去找陈技术员说话,首先笑着问:

"没有问题了吧?"

"没有了!"陈技术员也笑着回答。

"来,我们到这里来谈谈吧。"梁景春把他拉到堆黏土块的地方,和蔼地说,"这不妨碍你的工作吗?"

"不,我们就要下班了!"陈技术员感到高兴,觉得新来的党委书记容易令人亲近。

梁景春环顾一下整个车间,欣喜地说:"我真喜欢你们的生活,又热烈,又紧张。老实说,也是一个战场。你们都是挺好的战斗员。"

陈良行愉快地说:"我不行得很,只是现在添了新的指挥员,我们一定会把工作做得更好!"

梁景春笑着说:

"我才来,厂里的事情什么都不懂,以后还要多向你们学习!"

陈技术员看出梁景春说话的脸色很诚恳,并不是出于客套,倒是显得胸怀坦白,便高兴地说:

"我们也懂得不多呵!"

"我现在要请教一点,"梁景春用手轻轻触一下陈技术员的手腕,"出钢口打不开的原因到底在哪里?依你看来究竟是什么毛病?"

陈技术员胖胖的,容易流汗,一面取下颈上缠的毛巾来揩脸,一面沉思地说:

"过去出钢口打不开的毛病,通常有两个。一个是堵出钢口的时候,堵得马虎,镁砂里面浸进了铁水,铁水一凝结就难打开。再一个就是炼炉后,出钢口烧结了,出第一炉钢总不容易打开!"

"那么,这次出钢口打不开的原因在哪里?"

"这一次?"陈技术员连忙走到控制各种机械设备的屋子里,看一下壁上黑板的记录,然后出来笑着说,"太热了,把头都给人搞昏了!看刚才黑板上的记录,的的确确是炼炉后出第一炉钢!可是这里还有问题,以往顶多耽搁半个钟头,今天可奇怪了,这还要研究。"他不禁脸红了,觉得第一次就没有答出党委书记提出的问题,有点害羞。

正讲到这里,在屋子里管变更煤气机械的工友,走来告诉陈技术员,说厂长来了电话。陈技术员进屋子里去接了之后,满脸通红地走了出来,现出很难过的样子。何子学连忙问他,厂长找他有什么事情。

"咳,好像我一手造成的一样!"陈技术员把两手朝外一摆,随即向梁景春诉苦:"党委书记,你看看嘛,这次当然我要负很大的责任,但是怎么能怪我一个人!现在我马上就去开会。"

"好,你们大家在会上谈谈吧!平心静气地谈,找出原因来!"梁景春看他那样容易动感情,便这么劝慰他。

陈技术员没说什么,只苦笑一下,便朝厂长办公室那里走去了。

梁景春看下手上的表,便对何子学说:"你领我到工会去一下,我要到那里去开会,等下你就去出席厂长召集的会,要紧的都记录下来。"

三

秦德贵在车间,关心这样,关心那样,不觉得手怎样疼,一出了车间,倒没什么要挂念的了,自己的炉上,有一助手负责装料、二助手负责堵出钢口,完全放心得下,因而烧伤的手,就格外作怪起来,非常的疼,简直疼到心里的一样。"他妈的,你就支持不住了!"他恨恨地对手骂了一句,仿佛这手不属于他,而像是另一个人似的。但他到了医疗室,并不催促医生立刻给他擦药,他能忍受住,一直平静地坐在那里等候,竭力不使眉头皱起来。

医生林洛夫是个年轻人,喜欢同熟人开玩笑,一见秦德贵走来,就赶快先给他擦药,一面笑着说:"炼钢工人是有优先权的。"接着又责备地说,"你怎么搞的,又受伤了!你想想,你今年受过多少次伤?你这样不注意安全,我提议取消你在平炉上的工作,最好去做杂工,抬大筐。"

秦德贵感到药一擦到手上,就不大疼了,听着他的责备,不回答一句,只是愉快地笑了起来。

"我看你这个人,就是不晓得注意身体。"医生林洛夫擦完了药,就去洗手,一面又继续责备下去,"你应该赶快讨个老婆,她就会天天告诉你,叫你注意安全工作,不要冒险。"

秦德贵忍不住笑着骂道:

"这样扯后腿的老婆,哪个会要!"

"呵,扯后腿的老婆!"医生林洛夫给别人擦药,一面假装出奇怪的面孔,嘲弄地说,"那你是要个没心肝的老婆,不管你死活么?希望你跌断腿子,好另外嫁人的老婆么?"

"胡扯!"秦德贵笑着骂了一句,便站起来,打算走了,他不高兴听这样的笑话。

医生林洛夫赶着说道:"小伙子,你不要莽莽撞撞地工作。我告诉你,在生产战线上受伤,并不比在朝鲜受伤那样光荣!人家会把你看成冒失鬼的。我并不是讥笑你,这是我的好意。"

"我不领情。"

"我看你连心都炼成钢了,又冷又硬。"医生林洛夫笑着摇头,他喜欢他的刚强。

秦德贵小时候穷得很,祖父、父亲都帮人种地,靠卖气力过日子。他到八岁那一年,家里实在不能养活他了,母亲就含着眼泪把他送去给地主放猪。他一个人在山边的田野里,常常拿着一根比他高的棍子,一刻都不丢开,他觉得这能壮大他的胆子。起初,他也回家,倒在妈的怀里哭过,说他害怕。妈难过了半天,才忍着心说:"儿呵,我们穷人害怕,就不能活呵,你要胆大!"依然把他送到地主那里。临走,妈又再三教他,"你时时都要留意,不要让狼跑到你身边,只要看见了,远远举起棍子一吓,它就跑了的。"妈教的法子,当真生过几次效,单独来的狼,都没有跑到他的身边。但也由此产生了另外的痛苦,就因为注意狼的时候多些,忘记猪会趁你不提防的当儿,就去拱地里的土豆吃,因而便遭受了地主的毒打。

十六岁那年,日本鬼子投降了,共产党的武装工作队出现在村子里面,秦德贵便欢喜地参加进去。

女队长柳克玉高兴地问:"小鬼,我们要去同国民党地主坏蛋打仗,你不怕吗?"

他勇敢地回答:"队长同志,我就想打地主坏蛋,小时候,我一个人同狼都打过仗,现在同你们这么多人一道还怕吗?"

女队长柳克玉欢喜地说:"看你这个样子,就是个胆大的小鬼。可是,我告诉你,我们打仗,不单凭胆大,还得用脑筋,你要跟着我们好好地学习。"

于是他作了女队长的通信员。

有一次,他们的队伍,同国民党匪军打了一夜,转移到山上的镇市,准备休息一夜之后,再绕到敌人的后方去。秦德贵到山下去巡逻,半夜里什么也看不见,完全摸黑。他想这得用耳朵。不久他听见有大车响动的声音,一会儿就停了下来,既不上山来,也不下去。他想:"怪了,老百姓半夜会驾车出来么?"于是他摸去看,一架马拉的大车停在树下,一个老百姓正坐在车上。查问的结果,才晓得国民党匪军拉他来拉大炮的,走到这里,就把炮移下车来,抬到山上去了。秦德贵赶忙回去叫醒人,大伙立刻悄悄转移开去,等国民党匪军在山上开炮轰击的时候,游击队员已经走了很远了。

女队长柳克玉拍着秦德贵的肩膀说:"你是一个好战士!"那时他已十八岁了。

一九四八年,东北完全解放了,女队长柳克玉脱下了武装,投身在新中国工业建设的大潮中,主持这个工业城市的总工会的工作。秦德贵便向女队长柳克玉说:"队长同志,我也要参加新中国的工业建设。"

女队长柳克玉说:"在工会工作,不是一样帮助建设工业吗?我告诉你,建设工业是需要各方面的配合呵。"

"队长同志,我活动惯了,要出出汗才好过,我想到工厂去!"

女队长柳克玉听见秦德贵这么讲,忍不住笑着说:"你真是劳动人民的儿子。"接着又问,"你想到哪个厂呢?我好写信介绍。"

"队长同志,请你给我选择一下!你在作战上领导我,现在搞工业建设,也要请你领导。"

"哎呀,这里有四五十个厂,我不晓得哪个厂的工作才适合于你。"女队长柳克玉为难地笑了起来。

"队长同志,随便哪个厂的工作,我都能够学会。只是我要问的,到底哪个厂是工业建设的前线,你晓得,我打仗就喜欢打冲锋,我就想到前线去。"

"哈,你真是,江山易改,本性难移!好吧,你就到炼钢厂去,那就是工业上的前线。"

于是他成为了炼钢工人。

在平炉旁,凡是最热最费力的工作,他总是争先去做,毫不吝惜自己的气力。工程师、技术员和一些炉长都喜欢这个勤劳勇敢的年轻人,而且由于他当过八路军,打过游击,对他还有着一种尊敬的心情,凡是秦德贵问到炼钢的技术,他们总愿意详细地回答。大家工余休息的时候,秦德贵便在一人多高的炉门前面,从茶杯那么大的圆眼里,学着看炉顶矽砖的熔滴现象,学着看钢水沸腾的情形,学着看温度变化的颜色。大约半年光景,他就学会了炼钢。当炉长生病的时候,他就能代理炉长的工作。

有一次炼钢,他还胜过了初来的技术员。那是钢水完成精炼阶段,快要出钢的时候,技术员白光辉说要加锰铁一吨二。秦德贵说,不成,一吨二太少。而且他自作主张,就加锰铁一吨六。在炉上负主要责任的技术员白光辉,大为生气,还吵到厂长那里去,说他这炉钢成为废品,他绝对不能负责。因为钢水内加入锰铁,需要有丰富的经验和准确的计算,过多或过少,都会造成号外钢,变成废品的。厂长赵立明也发了脾气,认为秦德贵不服从技术员的指导,简直近于违法乱纪,而一成废品,损失就是几亿。正要叫来做检讨的时候,化验室送来了报告:秦德贵加锰铁这炉钢,化验的结果,刚好合乎规格。如果照技术员白光辉的主张,起码有一罐钢水变成了号外钢了。这一胜利，震动了整个车间。不久，提升他做正式的炉长。解放后，新入厂工作、升到炉长的地位的，他算是第一个人。但他并不因此骄傲，人家一称赞他的时候，他就谦虚地说："同人家苏联炼钢工人来比，算得啥呀！我技术不成，文化又低。"他常常想："我得好好努力，赶上苏联炼钢工人的新纪录，还要同他们竞赛，超过他们，这一辈子，我要做到的。"

四

秦德贵包好手，立刻转回九号炉上。这时快要下午四点了，甲班炉长袁廷发已带领他的一班工人来接班。袁廷发刚好看完他应接手的工作，一见秦德贵便板着面孔，声音沉重地说：

"你这样不行哪，你只顾自己不顾别人！"

秦德贵受到这样的抱怨，还很少有过，不禁脸通红起来，很难受地说：

"袁师傅，你这是怎么说起的？"

袁廷发便牵着他的手，走到炉前西二门，要他从炉门眼里去看炉顶。秦德贵连忙把帽檐上挂的蓝色眼镜拉了下来，弓着腰杆去看。袁廷发指着挨近出钢口上面的炉顶，厉声地说："你瞧！"

秦德贵一下看出出钢口上头的炉顶，约有见方一公尺大小地方，挂着许多奶头似的东西，这就是表示出：炉顶的矽砖在开始熔化了。如果已经炼了百把次钢，炉顶熔化了，那是难免的，它表明又到了该重新修造的时候，但现在是刚刚新修过不久呵。秦德贵气得发昏，一时说不出话来。

而且厂里新近还有这样的规定：凡是新修的炉顶，能够保持到炼三十次钢，都不熔化，便有奖金奖励。如果不到三十次，就化了炉顶，不但奖金吹了，化炉顶的炉长还要受到惩罚，扣去一些工资。现在新修过炉顶的九号炉才炼了二十五次钢，便化了炉顶。这当然使袁廷发非常生气，因为好容易地才保护到二十五次，这下全给秦德贵搞掉，真是难过极了。如果今天秦德贵不创造炼钢新纪录，不是受到厂里《炼钢快报》、门口大字报、车间黑板报的表扬，还觉得情有可原，现在他就认为秦德贵只顾自己搞快速炼钢，搞新纪录,不惜开大煤气和空气,使炉顶熔化,因此更加气恼。秦德贵自己,不仅气,还感到冤屈,他觉得快要倾侧平炉、准备出钢的时候,他还从五个炉门上的眼子下细看过炉顶,确是一点也没有熔化的痕迹。现在炉顶化了,还受到这样的责备,心里非常难过。他便立即走去问一助手孟修第:"老孟,炉顶怎么熔化了?"

他竭力忍着怒气,但声音却有些颤抖。孟修第惊慌地说:

"几时熔化的,我也不知道呵!"立即又向秦德贵分辩,"你到七号炉去帮他们挖出钢口,我不是在指挥上料吗?现在料还没有上完,炉顶怎么会化呢?"

在装冷料的阶段上,从来是不化炉顶的。秦德贵觉得这的确不能责备一助手,但这又是什么时候化的呢?真是使他苦恼极了。袁廷发站在旁边冷冷地说:

"这明明白白是精炼阶段熔化的,还推托个啥?汉子做事汉子当!"

秦德贵一脸冤屈地说:"我是炉长,我得负这个责任!只是我想找出原因。刚才出钢的时候,我的的确确看过的,没有看见化炉顶。"

袁廷发没有说话,只是鄙夷的一笑,仿佛在说谁信你说的。

秦德贵忍着愤怒地说:"我从来就没有说过谎话!"随即转身走到安有仪器机械的屋子去,就在记录簿上,记上他化炉顶的情形,化在什么地方,多宽多长,都如实地写上。他在写的时候,眼泪几乎要滴了出来。他想在炼钢方面,创造新纪录,已经很久以来就起有这个心了。现在创造出来,却有了化炉顶的耻辱,等于美好的东西上面蒙上一层污秽,无法洗干净一样。

秦德贵做好记录,业已四点十五分了,交班的工作,算已交代完毕。他便走出车间,到厂长办公室去汇报工作。他这时的心情,又变成惴惴不安的了,仿佛一个做了错事的小学生,要到老师面前去承认错误,而且知道老师定会严厉地责骂一番,不会轻易饶恕他的。他走进厂长办公室的时候,里面已坐满人了,各个炉子的炉长都已到齐,他算是最后到的一个。他找着一个位子坐下,不安地望下厂长。厂长赵立明刚才开完了讨论七号炉打不开出钢口一事的会议,正有不愉快的表情现在脸上。他倾听着一个炉长汇报炉上的工作情形,一面又插嘴提出一些问题或者批评几句:"你为什么补炉超过十分钟?""为什么熔炼时间那样长?""你做炉长的就没有好好地抓紧时间。""你们炉上的劳动纪律,要整顿下子。"无论问也好,批评也好,语气上都含着很不高兴的成分。秦德贵越发感到不安,觉得今天他受的责备,一定不轻。

可是一轮到秦德贵汇报的时候,赵立明的脸色,却一下温和起来,很有兴味地问他装料和熔炼的经过。随后露出笑容说:"秦德贵,你创造了新纪录,这是挺好的。就是要保持下来。不要今天来个最高的纪录,明天又来个最低的纪录。我看过去的纪录,你就有这样的情形。"

秦德贵还没说出化炉顶的事情就先红脸了,他小声地说:"厂长,你说得对,我定要设法保持。厂长,我今天还做错一件事情。"

赵立明惊异地望他一眼:"什么事情?"

"炉顶化了。"秦德贵说完这句话后,低下头来。他想说明炉顶化了,不是他的责任,但又觉得没有人能够证明他说的是真话,就又不说了。

"炉顶化了?"赵立明吃惊地叫了起来,立即皱着眉头问,"化了多少?"声音并不严厉,显然创造新纪录的事情,始终使他感到愉快。如果在往天,一个炉长没有快速炼钢,而又化了炉顶,那他定要大声申斥的。

"见方一公尺光景。"秦德贵抬起头来,没有再低下去。接着就提起勇气,说明出钢以前,炉顶并没有化,只是去七号炉又去医疗室以后,才回来看见了的。

"你一定眼睛花,看大意了。哪有出了钢,还会化炉顶?"赵立明严厉地说,接着又皱起眉头,眼光锋利地望着秦德贵,问,"你们炼了多少炉钢了?"

"炼了二十五炉了。"秦德贵涨红了脸现出羞愧的神情。

"只差五炉哪?"赵立明脸上露出讥讽的神色,这是他心情变好突又遇着不如意的事情,就有这样的表现。"这都支持不住吗?"停了一下,随又严肃地说下去,"七点五分一炉钢,这是挺好的。我看还可以再缩短时间。"接着又讥讽地说,"就是要好好地看护炉顶。创造新纪录化了炉顶,这不算本事!"

秦德贵听见厂长末后说的讥讽话,使他感到很不好受,又何况自己在炉上的时候,并没有让炉顶化过,可以肯定炉顶是他离开炉子时候化的,可是这只能自己知道,无法向人证明,他感到十分委屈苦恼。他宁愿厂长骂他一顿,也不愿意受他这一句讽刺话。

五

汇报完,秦德贵跨上自行车,直朝宿舍奔去,烧伤的手,还隐隐约约有点发疼。落到西边地平线的太阳,反照着一路房屋的玻璃窗,发出强烈的光辉,炫人的眼睛。天空没有云彩,格外显得深蓝,渐渐转成苍黑。马路两旁的青杨树的浓绿叶子,轻轻地摆动。一处宿舍旁边空地上,起落着打篮球的声音,着红汗衣绿汗衣的身子,不断地晃着,时而响着尖锐的哨声。在往天,他会停下车来,把头挤在人家肩膀上,看一会儿。今天只偏起头,瞅了一下,便用力蹬下车子,加快地跑了起来。想起自己化了新炉顶和厂长那句讽刺话,使他很不快乐。炼钢厂集体宿舍的进门处,经常挂在那里的大黑板,上面已经用粉笔写上厂里当天的重要事件:炼钢能手秦德贵创造炼钢的最高纪录。这是大字写的题名,另外还有几行小字。秦德贵看见了,深深皱起了眉头,觉得今天有了化炉顶的冤屈,同时想着又不能把这个纪录经常有把握地保持下去,心里越发感到痛苦。他放好自行车,就到食堂去。他买了一碗大米饭和两个馒头,又买了一盘炒土豆丝、一碗菠菜豆腐汤,找着一个空位子,坐下大口地吃。食堂里热,一片讲话声,又大声播送着评戏《小女婿》,这是平常最喜欢听的,可是在这时候,他有些厌烦,觉得太吵人,想赶快吃完饭走开。有人拍他一下肩膀,递给他一封信,还打趣地说:

"你这家伙,今天该你乐了,又搞出新纪录,又接到家里信。"

这人是张福全,九号炉上乙班炉长,矮小的身材,胖胖的脸,有着愉快的小眼睛,喜欢同人打闹,别人接着女朋友一类的信总爱打听,"你念来听一听嘛。"有时候,还会从人家手里抢来看哩。

秦德贵接到家信,看见信封上的字,越来越写得端正,就高兴地感到,妹妹秦德秀学文化,是在进步了。可是这回接着,并不马上拆开看,只是塞在衣袋里,埋着头一个劲地吃饭。

张福全打趣地说:"老婆来的信吗?怎么不马上看看。"

"你少说些鬼话。"秦德贵又笑又恼地说,"我妹妹来的信,你怎么说是老婆。"

"呵,你有个妹妹,多大岁数了?"张福全假装惊讶地说,随又故意露出赞叹的神气,"字写得那样好,人一定生得漂亮。"

另一张桌上吃饭的李吉明,七号炉乙班一助手,也是爱打闹的年轻人,立即接口嘲弄道:"看你那个样子,猫儿见了鱼,真想求婚哪。"

"我哪里配得上。"张福全笑嘻嘻地说,"人家有这样了不起的哥哥,创造了最高纪录,还看得起我吗?"

"只要你肯给哥哥叩个头,事情就好办了。"李吉明嘲弄地说,还眨一下眼睛。

"他妈的,你去叩头吧!"张福全笑着回答一句,看见秦德贵一直不高兴的样子,不好再开玩笑下去,打算走开。

"你当然用不着叩头了,头早向电修厂叩过,还叩什么呢?"李吉明阴笑地说。张福全立即向他扬一下拳头,笑着骂道:"你少讲些鬼话,才有一点风,你那里就下雨了。"随即很快走出食堂。

李吉明笑着向秦德贵说:"老秦,你还不知道吗?张福全这小子正在搞恋爱哩。"

"同谁?"秦德贵并不感兴趣,只是随便地问。

"听说是电修厂的女工,名叫孙玉芬,袁廷发的老婆介绍的。"原来张福全向他讲过在袁廷发家里见过孙玉芬,他就笑着向张福全打趣,要他找袁廷发的女人做媒。从此他又把这回开玩笑的谈话,当成事实,到处去吹,弄得张福全飘飘然的,又是欢喜,又是生气,甚至工作的时候,都有点想到恋爱上去,不能十分专心了。

李吉明吃完饭要走的时候,秦德贵举起筷子向李吉明点了一点,"不要走,我同你谈一谈。"他声音低沉地说,仿佛在下命令一样。

"怎么？有什么话要讲吗？"李吉明笑嘻嘻地说，现出不以为意的神情，但心里却不免有些吃惊，看秦德贵的脸色，不像往天那样有开玩笑的表现，大概会有正经话要讲。他在原来的空位子上坐下，一直观察着秦德贵的脸色。他见秦德贵只是吃饭，不但不讲话，还看也不看他一眼，就不满地说："你才怪呢，喊着我，又不讲下去。"

接着李吉明又忍不住笑了起来，闪亮着小眼睛，露出雪白的牙齿，望着秦德贵，打量地说："老秦，你到底在搞些什么鬼把戏？"接着他站了起来，又想走了。

"等一下。"秦德贵低声地说，急忙地要把碗里剩下的半碗饭吃完，还把剩下的菜汤，一下倒进饭碗里去喝。

秦德贵吃完饭，就向李吉明说声："我们走吧，这里怪吵人的。"这时食堂里面，吃饭的人越发多了，秦德贵一站起来，跟着就有人端起菜饭，挤着坐下。

李吉明跟着秦德贵走上二楼，又走上三楼的屋顶上去。西面的夕阳，快要落下地平线了，阳光返照了过来。屋顶上的水泥地面，还有热气。李吉明不满地说："跑来这里干吗？这样热。"

"有我们平炉车间热吗？"秦德贵讥笑地反问，他的脸色已没有刚才那样严厉了，却有着嘲弄人的样子。

"在平炉车间，那是为了工作。"李吉明恼怒地说，"我问你，到这里，是为了什么？"随即转身要走，一面恨恨地说，"我不同你瞎扯了。"好像他一下子明白他是受了骗一样。

"瞎扯，这也是为了工作哪！"秦德贵一把拉着他，不让他走掉。

"什么鬼工作？"李吉明很是恼怒，随又忍不住笑起来，讥笑地说，"这里也有平炉吗？"

"当然没有平炉。"秦德贵放开他的手，笑着说，"可是一个炼钢工人，总要随时随地都把平炉放在心上。"

"所以你就想跑上来热一热，好使你仍像在车间一样，是不是？"李吉明斜起小眼睛，讥笑起来，随即恼怒地说，"神经病，我不奉陪了。"他挥一下手，要朝楼下跑去。

秦德贵又拉着他严厉地问:"我问你,你们炉子的出钢口,到底是怎么堵起的?"

李吉明怔了一下,立即站住,带着不满的神气,生气地反问:"这你管得着吗?牛圈里不要插进马嘴来。"他觉得在平时闲谈,问人彼此炉上的情况,倒没什么关系,现在秦德贵把这件事情,弄得这么严重来谈,不由得不生气了。

秦德贵也本来要在平心静气的时候,才同他谈起出钢口这件事情的,却因为他在吃饭那一阵,心情不痛快,看见李吉明又那样嬉皮笑脸地打趣,越发使自己心里冒火,便忍不住谈论起来。现在看见李吉明这样蛮横的态度,便举起捆有绷带的手指,恼怒地说:"看看我这烧伤的手哪,我还不该管吗?"

李吉明望下秦德贵右手两个手指上缠的绷带,禁不住露出幸灾乐祸的脸色,嘲弄地说:"怎么样?受伤了!难道还是我们七号炉给你烧的?"

"就是你们的七号炉。"秦德贵忍住愤怒,竭力平静自己的激动,"老李,我问你,你们那个出钢口,到底是怎样堵起的,两个钟头都打不开?"

"打不开,这是他们丙班的事情,你不能向我们乙班出气!"李吉明不回答秦德贵的质问,却反而加以责备,"他们丙班打不开,关你什么事,真奇怪,烧着手了,倒来找我们乙班出气!"

"就是要找你们乙班,就是要来找你!"

"我!?"

"因为出钢口,就是你这个一助手堵的!"

"我堵的怎么样?难道还要我赔偿你的损失?"李吉明的脸激动得发红,一面气势汹汹地发问。

秦德贵冷冷地说:"我倒不是为了我的手受伤,才来同你谈,我没有想到这一点。我只是想着你堵出钢口的方法,是应该自己检查一下。"

"你是什么时候升上去的?我问你,车间主任。"李吉明一下变得温和起来,却用恶毒的话去嘲弄秦德贵。

"哼,这些事情,只是车间主任一个人管的吗?"秦德贵气恼地叫了起来,随又压低声音,尽量温和地说,"老李,你晓得我们今天打不开出钢口,给国家造成了多大的损失,单是氧气就用了三十多瓶。算算看。还有,泡坏炉底,耽误出钢时间。"

"那只能怪他们丙班打出钢口的技术太低了!"李吉明青着脸子,还把两手向外一摆,"这同我没有关系!"

"好吧,就说同你没有关系,"秦德贵感叹似的说,接着提高声音问,"我问你,你听见国家损失了这么多,你难不难过?"

李吉明没有回答,只是向西面天空无目的地望去。云朵镶上了金红的边子,天色显得格外的深蓝。无数的烟囱、瓦斯库、高炉、庞大的厂房、搭着脚手架的大建筑,就像涂上一层水墨似的,掩映在夕阳光中,景色显得无比的雄伟壮丽。金黄的雾霭中,飘浮起黑色、黄色、白色,各样的烟云,标志出生产的蓬勃气象。

秦德贵见李吉明没有回答,就随着李吉明的眼睛,望了一会儿,心里忍不住激动地说:"老李,你瞧,咱们的工厂,先前不是这个样子,刚解放的时候,到处破破烂烂,这里那里都生起野草。晚上我到厂里去送信,野兔子还从我面前跑过。……今天搞成这个样子,真不容易……咱们大家都流过汗的。咱们今天不能让它受到一点损失。老李,你说,对吗?大家工作,谁也不干涉谁。可是损失,我们不能闭着眼睛。我对你再说一句,我不是干涉你的工作。"

这样说得很和蔼又很诚恳,不能不使李吉明也温和起来,但他还是责备地说:"你开始的态度不对的,叫人不能不想起你是一个车间主任。"接着又笑着补说一句,"一个糊里糊涂的车间主任。"

"糊里糊涂?"秦德贵不以为意地笑着。

"当然糊里糊涂。一个聪明的车间主任,他不能莫名其妙地就怪人来。"李吉明面上现出愉快的神情,一下子又恢复了他的嘲弄人的口气。

"老李,请你不要见怪,"秦德贵很小声地说,生怕旁人听见什么似的,"你的出钢口到底是怎样堵的?"

李吉明沉默了一下,才突然笑着回答道:"还不是同你们堵出钢口一样,难道还有什么特别的方法?"

秦德贵静静地向李吉明望了一会儿,觉得从他那微笑的脸上,看出这个人一下子是不肯说真话的,于是他直率地说道:"你堵的那个出钢口,我今天亲自去打的,我觉得不对,那不是平常的堵法。"

李吉明又笑了一下,思索地说:"恐怕那是跑铁了。"

秦德贵摇下头说:"不对,要是铁凝结了,那还是好烧的。"

李吉明现出没有法子似的神情,把两手朝外一摆,苦笑地说:"这就不晓得是怎样的了。"随即向秦德贵说,"我要去睡觉去了,半夜就要到工厂去接班。"

秦德贵晓得上夜班的人,睡觉要紧,便不好再拉着他谈了。他暂时不回到寝室里去,就从衣袋里摸出妹妹的信来读。信里面讲的话,全用爹娘的口气来写的,显然是爹娘说一句,她就照着写一句。信上说,你已经二十三岁了,应该赶快成亲才好,做爹娘的,替你挺担忧,现在幸好给你找着了,就是丁家屯的一个姑娘,她家喜欢有个工人做女婿,一说就会成功的。只因现在婚姻要自由,做爹娘的不能包办,你回来当面看看她。务必抽空回来,这是你自己的终身大事,切莫当面错过。最后又是妹妹的口气:"哥哥,你赶快回来看看哪,那个姑娘我同她挺熟,人长得漂亮,脾气挺好,手巧得很,啥都会做,你看见,一定满意,我敢保证。"在"保证"旁边,还打上两个肥大的圈圈,好像她的保证,是再可靠没有了。同时妹妹那种调皮的神情,含笑的眼睛,两条常常抖动的辫子,也活灵活现映在他的面前,他忍不住笑着骂了一句:"这小鬼头!"妹妹所说的话,对他发生了很大的兴趣。"这是谁家的姑娘?我见过没有?为什么不把姓名告诉我?"他对他妹妹不禁感到有些不满。但这也只是想一下就算了,反正回去就会看见的。他把信折好,放进口袋里,一面想到底什么时候回去呢?是不是就在这一次轮休的时候?一面向南面无目的地望去,蓝色的山影,出现在远处,山那边的广阔原野,就是自己家乡的地方,有半年多没有回去了,就不说回去相亲,好久不见面的爹娘,也应该回去看看。正想到这里的时候,听见铃声,上化学课的时间到了,便连忙走下楼去。

第二章

一

平炉车间南边的平台临着原料场,全没遮拦,远处原野上吹来的风,会把柳絮、蒲公英送了进来,沾在炼钢工人汗湿的脸上。到了夜晚,外边一片灯光,点缀在烟囱、高炉、水塔、瓦斯库下边,如同开了无数灿烂的花朵。载着矿石的火车,轰轰隆隆地走着,已经减小在原野上奔驰的速度了,但过岔道的吼叫声音,却更加频繁起来。车头吐出巨大的光芒,照亮了藏在暗影中的青杨树,还把青杨树的影子,映照进车间来。袁廷发在这个时候,如果碰着钢水又正在熔化阶段,他就常常会走到平台边上,站个两三分钟,敞开工作服,让他肥厚的胸脯,接受夜间的凉气,然后再回到平炉前面,继续观看炉顶的颜色和炉里沸腾的钢水。他是个高大的汉子,身体异常结实,紫红的脸子,一向有着严肃的表情,而在这一夜就简直像在发怒似的。他也不大走到平台边去享受凉爽,他知道新砌的矽砖炉顶,一开始有了熔化,就很难待候,炉内的温度只要稍微大一点,就会使矽砖发软,凝出奶头,甚至吊起面条。这一来,矽砖就变薄了,炉顶寿命便会缩短,修埋时间必然加多,影响钢的生产。袁廷发便只有一刻也不离开炉子,不断地通过蓝色眼镜,注视着炉顶,看见矽砖烧得发白了,就赶快举起手来,叫管变更机械的工人,迅速转动机械,把从平炉东头进去的煤气,变更成转由西头进去,就在这一变更的瞬间,使温度暂时减低一下,炉顶的矽砖也就因而由白变红,不致发软凝成奶头。等到炉顶的矽砖,又达到白热的程度了,又叫管变更机械的工人,再把从西头进去的煤气,变更成东头进。这样不断地变更,差不多三四分钟就要进行一次,全凭袁廷发一个人的观察来作指挥。炉内的温度,到了一千四百度以上,炉外虽说有砖和钢板隔了一层,没有那样强烈,但挨近炉门去瞧炉里的炉顶,还是很热的。袁廷发每瞧一次炉顶,总是要用水龙布袖头和手上的厚布手套,遮着脸和鼻子,袖头和手套就常常烤出焦臭的气味。他汗不断地出,心里火热,但不敢离开炉子一会儿。他观察炉顶,只要看见秦德贵熔化的那些矽砖奶头,就禁不住心里发出憎恨。有时还要叽里咕噜地骂一两句:"该死的东西,就只顾自己出风头!"如果技术员这些人走来的时候,他还要发点牢骚:"这样只管搞新纪录,炉子非搞垮不可。人家煮面,晓得爱护锅子,我们就怪得很,一边煮面,一边就打锅子。"他感到秦德贵这样的小伙子,不顾国家财产的损失,去搞新纪录,实在非常可鄙,而且更令人生气的,就是车间的领导,那样大事宣传,未免偏差太大。他一向觉得何子学他们看重青年工人,心里早就有点不快,这次秦德贵搞了一个可鄙的新纪录,实在吹得太过火。至于炉顶奖金的损失,他倒生气不大,觉得三人分下来各人所得不多,他乐意要得的奖金,倒是在快速炼钢方面。

往天何子学走来的时候,同他谈话,他还能搭白几句,甚至开开玩笑。这天晚上何子学准备下班回家,照例要在车间走过一通,当他来到九号炉前,袁廷发便避开他了,赶忙去观察炉顶,故意做出很忙的样子。何子学,三十多岁,中等身材,瘦瘦的脸子,小小的眼睛,显得相当精明。他以前在平炉炼钢,只做到一助手,由于他一解放就加入共产党,后来又到党校去学习,回来就做车间支部书记兼车间工会主席,同一批青年工人搞得好,但年纪大的工人,却有点看不起他。何子学一到九号炉上,就把衣袋里经常揣着的木框蓝色镜片,摸出来对准炉门眼子,跷起足望望正在沸腾的钢水。随即尾在袁廷发背后,小声问道:"熔化完了吗?"

袁廷发没有理睬他,只是匆匆忙忙去吩咐旁边的吊车加矿石,一面又叫工友开动卷扬机,打开炉门。管吊车的立刻把大炮筒子似的铁杠杆,伸向平台去,将平台上装满铁矿石的钢铁槽子支起,然后转过笨重的车身送进大打开的炉门去。铁矿石一倒进钢水,立即引起氧化,燃起巨大的火焰,从每个炉门缝隙中冒出,约有六七尺高,使原来电灯照着的车间,仿佛一下着火似的,更加通明大亮起来。袁廷发看加矿石的工作,业已完毕,就又忙着去看炉顶,不让何子学有讲话的机会。何子学所以在袁廷发炉上站这么久,就希望这个炼钢能手,再炼出一炉快速炼钢,那就会创造厂里日产量上的新纪录。他便想在下班的时候了解一下,到底会不会做到。他跟在袁廷发后面,热情地说:

"老袁,今晚搞得出快速炼钢吗?"

袁廷发头也不回,抵塞他:"你们简直在逼公鸡生蛋啰。"

这样抵塞人的话,袁廷发倒是常常说的,何子学也听惯了,只是今天语气很不同,何子学一时有点摸不着头脑,他一向感到对老技术工人的领导,比较困难,便尽量忍着心里的不快,勉强笑着说:"谁又在逼着公鸡生蛋?"

袁廷发看见何子学竟然还在笑,就更加气了,愤愤地指着炉子说:"你们简直一点也不看情况,我问你,新炉顶已开始化了,你还好开大煤气空气吗?那不是要再化下去?"

何子学也知道新炉顶开始化了,是容易继续再化下去,但他认为袁廷发有本事控制炉顶,也有本事在困难条件下搞出快速炼钢,才对袁廷发抱有很大的希望,所以还是笑着说:"我想你这个老手,这点困难是可以克服的。"

"克服?拿话去克服!"袁廷发恼怒地说,接着走拢一步,冲着何子学的脸说,"你们只顾瞎吹快速炼钢,全不管炉子会坏到怎样!"

何子学看见袁廷发从来没有生过这样大的气,就勉强微笑地说:"怎么样,又有什么事情使你生气了?"

袁廷发举起手叫管变更的转动一下机械,趁着煤气变更的时候,火焰降低,便挨近炉门弯下腰杆,仔细地向炉顶瞧去。瞧完之后,现出不满意的神情,向何子学讥讽地说:"还有啥说的,总是事事都做得对哪。"

何子学严肃地说:"老袁,你这个人,怎样搞的,说起话来,老是东一弯西一扭的,我事做错了,你就直接讲吧。"

"讲什么,讲也是白讲。"

"白讲?只要你讲得对,我们就会照你的意见做去。"

袁廷发望了一下炉内沸腾的钢水,然后才转过身来,冷冷地说:

"黑板上那一套胡吹瞎捧的话,你能够马上把它擦去吗?"

何子学吃惊地望一下袁廷发,随即问道:"我不知道你这是什么意思?"

"你当然不知道,你怎么会知道。"袁廷发射着恶毒的眼光,冷笑地说,"我们老家伙的话,你是听不进去的。"

何子学笑着骂道:"你这些糊涂话,我就根本听不懂。你才三十二岁,你怎么就称自己是个老家伙。"

袁廷发事实上也并不以为自己老,只因领导一向的看法,是把他排在老工人那一类的,一些年轻小伙子也的确叫他老师傅,再加车间领导上那样注意年轻小伙子,因而同领导讲话,故意称自己是老家伙。现在何子学骂他不老,他是高兴的。

何子学见他脸色好些了,便向他分辩地说:"我觉得表扬秦德贵,并没有什么过分的地方。"

"你们简直在闭眼瞎来!"袁廷发重新生气起来,"你们这样干,只是在鼓励人去化炉顶。"

"呵呀!说一半天,原来是这么一回事。"何子学眉头皱了起来,"我已经打电话,通知他做个检讨,明天就写在黑板报上。"

袁廷发感到这样做是对的,但还是讥笑地说:"好吧,我们也这样来,只搞新纪录,别管他什么炉顶,化了就写个检讨好了。"说到末尾,又忍不住愤怒地嚷道,"结果,倒霉的是平炉,吃亏的是国家。"

何子学苦笑地说:"你要知道,到底是谁的责任,还没有弄清楚,秦德贵他今天还到七号炉去帮助挖出钢口,有好一阵没有在炉上。我们不能一下子就抹杀了他的新纪录。"

"自然啰,他们小伙子化炉顶,怎么会是有意的。再加有了新纪录,那还了得!大伙儿都乐傻了,还看得见什么炉顶。"袁廷发嘲弄地说。何子学感到秦德贵得赶快写出检讨书来,而且只有这样做,没有更好的方法。他不想再同他讲下去,便走出车间去。

二

袁廷发出完自己炼的这一炉钢，已快到下班的时候了，一算共花去九个多钟头，是近来他炼钢最长的一次。而且力量花得最多，他不禁暗自倒抽了一口气，心里很不快乐，觉得这完全是秦德贵害了他的。要不是秦德贵把新砌的炉顶，化开了个头，他今晚准可以搞出快速炼钢。因为他上班的时候，上一班才加料个把钟头，并没有什么不合适的地方，他可以有大量的时间，施展他的技术。就是该死的新炉顶化了，限制了他，使他在调整煤气空气方面，简直束手束脚，不敢随便动一下指头。他见到这么长时间才炼出一炉钢，真使他生气异常。

张福全一来上班，袁廷发就立即把秦德贵化炉顶的事情，告诉他听，还难过地说："咱们保护新砌的炉顶，真像保护自己的眼珠一样，他家伙只顾搞新纪录，就一下子给你搞完蛋了。"

张福全一听见袁廷发的话，就把嘴巴一撇，大声地说："好嘛，咱们也乱来吧！"接着又骂道，"共产党员，说起话来，满口大道理，做起事来，才这样损人利己。"他生气地拉下帽檐上的蓝色镜子走去看了一会儿炉顶，又走到袁廷发面前，气势汹汹地说："袁师傅，你太胆小了。我今晚就要化给他看看。怕什么，以烂为烂，碰着坛坛碰罐罐。"

袁廷发原是只向张福全发泄他对于秦德贵的愤怒，不料这小子竟要向炉顶来出气，便很不安起来。他自从炼钢以来，就一直爱护炉上所有的东西，不忍随便糟蹋。而且由于长期工作，对于九号炉，有着说不出的感情，每样东西他都非常熟悉，就像相好的朋友一样。每一次补修炉体，虽是全由瓦工班去做，但他还是像对待一个生病的亲人似的，上上下下地观察，不让别人有一点马虎的地方，生怕有哪一点处理不妥，会使大病新愈的炉体，再留下一点暗疾。他赶忙拉着张福全叮咛地说："老张，化炉顶你倒不要干哪。你要晓得，一个人不能拿刀子去杀他的熟人老朋友呵！"

"他秦德贵都干得，为什么我干不得？"张福全非常不服气地叫了起来，他感到只要再维持到炼五炉钢不化炉顶,就达到了厂里的规定三十炉的标准,可以拿到不化炉顶的奖金。现在却把一笔快要到手的奖金,葬送在秦德贵一个人手里,多么叫人痛心。他简直想不论什么怪话,都要骂出口来,甚至要搞烂一样东西才能出出心里的恶气。他不久以前在袁廷发家里认识一个年轻的姑娘孙玉芬,使他非常欢喜,引起他不少的幻想,他打算得了这笔奖金,买点东西送她,这下这个打算可就吹了,怎能不气。他每月所得的工资,除了自己吃穿而外,是要按月寄回家的,不能随便拿来乱用。平时他很少得到奖金,因此就把这笔炉顶奖金,看得异常重要。自从他看见了厂里新的规定,又看见了新炉顶刚好砌成,就真个下了决心,要使炉顶达到三十炉都不熔化,上班下班时候,都跟交班接班的两个炉长交代,要大家保证把炉顶看得好好的。他从来没有这样热心工作过,吃饭的时候,都不离开炉前,总是一面啃馒头,一面瞧炉顶。他先前瞧炉顶也是勤的,只是没有这一次这么有心。以往单是看看就是了,要是炉顶偶然不提防,真的一下化了,那也没有办法。现在却是拿出决心来,不许它化。要是没有下这个决心,抱了一些美好的幻想,听了炉顶化了,他也只是咒骂几句算了,现在就真憋一肚皮气,得找一个地方出出才行。好容易袁廷发才劝住他,最后还握着他的手再三叮咛:"请你看在我面上,千万不要动它一根指头。"袁廷发露出可怜的眼光,像看一个三岁孩子似的望着平炉。张福全忍着一肚皮气,勉强点头答允了。袁廷发这才放心地走出车间。

三

半夜后的路灯,格外显得明亮,树叶投下黑影,在马路上轻轻地摇动。一股清新的凉风,掠过发热的脸子。袁廷发在往天夜里,一走在马路上,就感到凉爽、愉快、舒适,这一夜却有些闷闷不乐。回家敲两三下门,没有人来开,就想发脾气。他的女人丁春秀,比他小七八岁,裸着上身,跑来开门,他忍不住埋怨起来:"你怎么睡得这样死哪!"

丁春秀露出睡后那种娇憨的神情,两颊红红的,笑着说:"真不晓得一下睡得那样熟。"她跑回炕上披起一件单衣,就朝厨房走去,一面小声殷勤地说:"你躺一下,我马上就给你热饭菜来。"

"不要热了,我不想吃。"袁廷发这样制止她,一面坐到炕上去。

"不想吃,是不是病了?"丁春秀非常担心地说,"稍微吃点好不好?"

袁廷发坐着,并不躺下,只是摸出香烟来吸。丁春秀打量他的脸色,不安地想:"看神情,倒没有什么病,该不是干活碰到了什么困难?"她站了一会儿,才问:"你今晚炼钢快吗?"丁春秀自从丈夫隔一两个月得到快速炼钢的奖金,就对快速炼钢,大感兴趣,每天不但要问钢炼得快不快,还要把快速炼钢的炉数用粉笔记在房门的背后,以便计算月终能不能得到奖金,并为下月的家用,做出一些美好的计算。假如知道丈夫搞出一炉快速炼钢,她第二天定规要做一样好菜,来作为庆贺。

袁廷发起初对于门背后画圈,不以为意,还嘲笑丁春秀:"画那玩意儿干啥?"但一久了,也觉得记上有它的方便,偶尔无事的时候,忽然想起自己一个月的成绩,看到底是怎么样的,还可以吗,或是应该赶紧使一把劲。抬头往门后一看,漆着淡绿色的木板上,一串白色的圆圈,倒还能给人一个明白的指示。有时丁春秀出外去了,回来忙着别的事情,袁廷发还会提醒她说:"你快去画上个圈吧,我今天又有一炉快速炼钢了。"在这个月已经记上五个圆圈了,还欠十五个。丁春秀就天天盼望赶快完成达到得奖的数字,好准备给自己的娘,买一件绒线衣回去。

袁廷发听见问他今晚钢炼得快不快,便忍不住生气地回答:"别提了,提起来,满肚皮气。我今年炼钢,还没这么慢过,你想,九点二十分,丢不丢人?"他原来并没有打算要把这些告诉丁春秀的,他早就烦她太爱管厂里的事情,觉得一个女人做好家务事带好孩子就够了,用不着问这问那。他顶感头痛的,就是一回来,便是一句:"你炼得快吗?"可是在这一夜,不知怎的,总想谈谈,一点也不想睡觉。丁春秀觉得炼钢慢了,用不着生什么气,反正又不是做了坏事,就打了一个哈欠,劝慰地说:"不早了,快睡了吧。"一面说着就躺上炕去。

袁廷发却一直觉得像被人欺负了似的,心里有着不少的冤屈,总想一吐为快,看见丁春秀无心听下去,便忍不住叹了一口气。丁春秀责备地说:"不要为那点事情难受吧,我听见说,别个炉长连十二个钟头都有过,你这点算个什么嘛。今晚炼得慢,明天来快点好了,反正你自己又并不是没有本事。"这本来是很好的安慰话,倒反而一下子触到了他的痛处。袁廷发痛苦地说:"我现在就像手足给人捆绑了似的,还有啥本事拿得出来。"这倒很使丁春秀奇怪起来,忍不住爬起来坐着,一面抓把扇子来扇,一面很不安地问:"你越说越怪了,为什么会有人捆了你的手足?"

袁廷发接着就把秦德贵化新炉顶的情形,一一告诉她听,还格外着重说到新炉顶一开始化了,就不敢再开大煤气空气,因而也就无法加大火力,缩短炼钢时间。丁春秀原是听得不住打哈欠的,等到一听见秦德贵干的,便禁不住拿手拍下膝头,大声惊异地说:"呵呀,真是怪了,他干了这样的坏事,为啥黑板报还给他那样吹哪!"

"你哪里看见的?"袁廷发皱起眉发问。"就是我们家属委员会嘛,还有哪里呢?"丁春秀说了之后,就用指头点点炕上的席子,现出深思的神情,颇有独见似的说:"我当时看见了就觉得奇怪,秦德贵他好年轻嘛,怎么会赶过你。我想这里面怕有些讲究。"

袁廷发听见丁春秀这么一说,心里倒的确高兴了,不禁冷笑地说:"明天你再去看嘛,黑板报上就会讲出他到底错在哪里。"

丁春秀大为不满地说:"我看他们领导上也太糊涂了,明明他干错了,你还表扬什么呢? 不说你生气,连我都要火了起来。"袁廷发看见丁春秀那样激动,便连忙说道:"赶快睡了吧,这些事情,你还是不管的好。"丁春秀觉得丈夫今天晚上本可以搞出一炉快速炼钢来的,就因为跑出一个秦德贵来阻拦了他,领导上反而表扬了秦德贵,她就忍不住骂了起来:"我看他们都没有长眼睛。"她顶担心的就怕这个月快速炼钢达不到二十炉,得不到奖金,打破了她的计划。她原是要赶着娘的生日,把礼物送到乡下去的。

袁廷发最不满意的,是车间的领导,但对厂长赵立明,却是充满了敬爱。主要是由于赵立明很看重他,袁廷发常常都感觉得到,无论在哪里遇见厂长,或是厂长有事来找他,赵立明的脸色,总是无比的和蔼,讲起话来,声音也特别显得亲切。厂里开什么会,只要袁廷发一出席,赵立明总要问:"老袁,你有什么意见?"或者说,"老袁,你说说你的意见吧。"奖励快速炼钢的大会上,厂长总是亲手把大红花给他戴在胸前,那种欢喜和鼓励的眼色,真叫他感动异常,觉得自己一个做工的,现在才真是一个人了。在日本帝国主义以及国民党统治的时期,做工人那是多么的痛苦,牛马一样,做梦都没想到会有今天这样的社会。他制止丁春秀说:"你这样乱骂领导是不对的。"

四

袁廷发在伪满时代,就进了炼钢厂,但他在平炉车间只是一名杂工,扫扫地,收拾工具,招呼茶水。炼钢的事情,全由日本工人去做,中国工人是不能插手的。袁廷发他就偷着学习。比如日本工人取出一勺钢水来倒在小的模型内,用水冷却,捶成两半截,就从断口地方,判断钢内碳素多少,看完之后,记上册子,就丢掉了。袁廷发便捡来看,还偷看他们记的数目字。久而久之,他也学会了。有一次,一个日本管工的,发现袁廷发捡起丢在地上的钢样来看,就轻蔑地问:"你看!懂吗?"

袁廷发本是想推说不懂的,但看见那个日本管工的那样轻视的神情,仿佛在说:你支那人,蠢猪,这你是不会懂的。于是袁廷发就冷冷地说:"懂一点!"

"懂!"日本管工吃了一惊,但还是轻蔑地问,"多少?你,碳素。"他不相信袁廷发会看得懂。

"四十二。"袁廷发毫不迟延地就说出碳素的数目字。

日本管工看一下钢样,脸色都变了,立即向那些围拢来看的日本工人叫起来:"呵呀,他大大的懂!"

日本管工随即转过头来,好像突然发现一个敌人似的,对袁廷发深深看了一眼,点一点头,鼻子里哼了一声,便即走开了。

袁廷发第二天上班的时候,一进厂门,就得到通知,他的工作调到食堂去了,他气得话都说不出来,但厂里的天下,是日本人的,有什么法子呢?他只有洗碗拭桌子扫地上饭粒的时候,故意失手打他妈的几个碗。一直到一九四五年,日本帝国主义垮台了,他才有机会走上平炉车间,可是使他大吃一惊,整个厂房静得像深山古庙一样,平炉里没有火,耐火砖散落在地上,吊车破烂了,满地都是铁条矿石。国民党跑来,恢复了两个平炉,他做了炉长,满以为可以为祖国效力了,谁知还是当不成人。常常遭到轻视和辱骂,而且得到的钞票,不值钱,放在家里一两天,就会少买许多东西,粮食经常买不到手,要靠老婆采野菜磨橡子面,来过可怜的日子。

共产党解放了这个城市,他才施展出他炼钢的才能。从此过着从来没有过的愉快的日子。他自己也感到他的生活是和炼钢联系在一起,不可能再分开了。平炉车间正和家一样,都不能离开的,两个所不同的,就是一个是休息的地方,一个是工作的地方。轮休的时候,别人到电影院去,到公园去,他可要骑着自行车,跑到厂里,看看炼钢的情形。如果下雨,或者有事不能出来,他就要吸着香烟向炼钢厂的一长排烟囱瞭望。从烟囱里冒出的烟子,他就能看出当天生产的好坏。他看出冒的是淡淡有颜色的烟子,晓得一切顺利。如果有一个烟囱,冒出黑色的浓烟,他就要叹气,感到不安:"糟糕,炉子要修了。"

五

第二天上午十点钟的时候,袁廷发才爬了起来,丁春秀赶忙把热好的饭菜,端来给他吃,一面急不可耐地说:"黑板报我都去看过两次了,还是跟昨天一样,没有写出什么来。"

袁廷发不禁笑了起来,有点嘲弄地说:"我都忘记了,你白操这些心做什么?"

"你不晓得我这个人吗?我就是这样的,心里搁不得什么事情,一搁上就放不下。"丁春秀皱一皱眉头,有点生气地说,"要是他们不把秦德贵化炉顶的事情,写在黑板上,我就觉得不公平。"

袁廷发笑了一笑,没有说什么,只是吃饭。他晓得车间领导的作风,对于表扬的事情,搞得很快,对于批评的事情,总是慢些,也就不以为意。下午两点多钟,睡好了午觉,他便朝厂里走去。厂门口贴着一张红纸大字报,就是表扬秦德贵创造新纪录的,红得耀人的眼睛。惹得别个工厂的工人,经过这里的时候,也要停下足来看看。实在内容也很引人注意,红纸上不仅写着"惊人消息"四个大字,还在文字中间画有插图:一个穿工作服的炼钢工人,正驾着一架喷气式的飞机英勇地前进。袁廷发昨天下午第一次看见的时候,震惊了他,使他感到自己落后了,现在看见,却觉得吹得可笑,不禁摇一摇头。他再从旁边看,只有一些临时贴上的通告,却没有秦德贵的什么检讨,他只冷冷地笑了一下。

袁廷发走到调度室,看见门口大黑板上,表扬秦德贵的新纪录,还是占了很大一块地方,只在不显著的边上,用小体字写下秦德贵化炉顶的检讨。而且检讨得不深刻,只是笼笼统统地说是化了炉顶,并没有说出化炉顶的真正原因。他知道这是何子学他们安排的,还是表现出了车间领导仍然偏重在新纪录方面,不禁皱起了眉头。他觉得不能再同何子学谈论什么了,而且也不想再同何子学会面,便又走出了车间。他到俱乐部去,随便翻开当天本地的工人报来看,就有一条秦德贵创造炼钢新纪录的消息,说这是炼钢厂自恢复以来,从来没有过的快速炼钢,还说质量合乎规格,达到了百分之百的好。这使袁廷发气得满脸通红,恼怒地想:"为什么不提一下化炉顶的事呢?这样一来,咱们的炉体,以后,可难保了。"他感到报纸的宣传,比什么大字报黑板报都来得重要,因而也就更加误事。他忍不住骂了起来:"这样领导下去,平炉车间,那就只好垮台!"

天黑了下去,厂长赵立明和党委书记准备下班回去,最后还到平炉车间巡视一通。走到九号炉上,停了一会儿。赵立明特别介绍袁廷发和党委书记相见,还高兴地说:"老袁才是我们厂里第一个炼钢能手。"

袁廷发看见厂长这样高兴地夸奖他,忍不住欢喜起来,谦虚地说:"我不行。"随又想起领导上还让新闻记者在报上吹嘘,又有点不快,就冷冷地说,"秦德贵他就超过我了。"

赵立明笑着说:"秦德贵还不行得很,他化了炉顶,新纪录算不得一回事。"接着又郑重地向梁景春说,"老袁炼的快速炼钢,算他第一多。"

接着梁景春问到化炉顶的事情,袁廷发小声地说:"其实只消当心下子,炉顶就不会化的。"

梁景春是什么都有兴趣,都想学习,都想看一下,便说:"让我看看,炉顶化在哪里的?"

袁廷发连忙取下头上的帽子,还把帽檐上的蓝色镜子掀下,然后递给梁景春,一面说:"你戴着看看。"

梁景春取下自己的帽子,戴上工作帽,走到炉门前,从砖砌的炉门上茶杯那么大的眼孔看进去,只见炉内鲜红的钢水像一锅清稀饭一样,不断地沸腾。

"党委书记,你朝上面看那,朝我手指的地方。"袁廷发弓着身子大声地说。

梁景春觉得脸和鼻子都烤疼了,暂时离开炉眼孔一下,看见袁廷发看的时候,是用工作服的袖子,遮着脸和鼻子,他再看的时候,就也举起袖子,袖子本是干的,就在这种强烈的火焰旁边,冒出细微的水蒸气,他周身冒出汗来。

"你看见那些奶头没有?"袁廷发在旁边安静地说,好像火焰对他并没什么威胁似的。

梁景春热得不能耐了,但还是坚持看见为止。等他看见的时候,他闻见有股布烧着的气味。袁廷发连忙拉开他,把他袖子上着火的地方弄熄,惋惜地说:"这要穿我们这种水龙布工作服才行。"

梁景春没有注意他的袖子,只是向袁廷发问:"为什么炉顶的砖会化?"

"因为火力太大,超过矽砖的熔点。"

"这我晓得的。我是问做炉长的,为什么有的人会化炉顶,有的人又不化?"

"这有三种情况:一种是炉长不小心,一种是炉长懒,不肯勤看,一种是只顾追求快速炼钢,宁愿炉顶化下去。"

梁景春指着炉子说:"刚才看的那一块,是怎样情形化的?你看得出来吗?"

赵立明立即笑着说:"这看不出来的。"

梁景春继续问:"袁廷发同志,你同秦德贵一个炉子工作,你该知道他是怎样情形化的?"

"这个,"袁廷发搔一搔自己的头,笑着说,"这个,很难说,只是秦德贵这个小伙子,好胜心挺强,常常都想跑到前面去,这就难免对炉顶……"袁廷发觉得没有看见,不好说得太实在,但依他的推测,无疑秦德贵是有意化了炉顶去搞新纪录,所以他又说,"我同他谈,他总推在一助手身上,那是不对的,一般装料阶段,都不会化炉顶,一助手不能负这个责任。我看秦德贵要是疏忽大意,他一定会承认的。他就是一口咬着不承认。这里面是有些问题。"

梁景春想了一下,没说什么。赵立明催他走,他才向袁廷发握下手说:"和你见面,真是高兴。"一面回头向赵立明笑着说,"真是奇怪,我一到炼钢厂,首先给我个强烈的欲望,就是想学炼钢。"接着又拉一下袁廷发的工作服,半开玩笑半认真地说,"我明天就穿起这一套,来做你的徒弟,要吗?"

袁廷发连忙说"不敢当",有些不好意思。梁景春拍拍他的肩膀笑着说:"你已经做我的师傅了,刚才我就跟你学得不少。"袁廷发感到党委书记对人亲切,心里很是愉快。再加以厂长那样郑重地把新来的党委书记介绍跟他见面,还说出了最高领导对于新纪录的看法,和他自己的意见,正是一致的,这使他再高兴没有了。只觉得何子学他们的作风,太有偏差,做来很使人不满。他想要提一个建议,以后报纸上以及厂里的大字报黑板报,凡是要表扬厂里一件事情,都需厂长或者党委书记看过才行,不然掌握在何子学他们手里,是一定要出大毛病的。

六

半夜十二点钟交班的时候,乙班炉长张福全来了。他先前做过袁廷发的一助手,很听袁廷发的话,把袁廷发看成最好的师傅,假如有人说袁廷发有什么短处,他会顶不高兴地瞅他一眼,认为他是一个不好的人。他做乙班的炉长，就是袁廷发出力推荐的。他一接班，翻翻记录簿，看见秦德贵垮了下来，炼钢时间很长，不禁笑了笑。又看袁廷发炼钢时间也不短，就皱下眉头对袁廷发说：

"袁师傅，你怎么不超过他呢？你应该超过他哪，你应该搞出更高的新纪录。不论从哪一方面看，他都不应该走在你前面。"接着还忍不住生气地说，"他走在你前面，真把我气坏了。"

"你看他那个新纪录，是怎样造成的？"袁廷发鄙视地说，"我不能跟他那样干。"

袁廷发回到家里，丁春秀忍不住叹口气说："我今天下午差不多同家属委员会的杨主任吵起来了。我说，你为什么黑板报上不登秦德贵化炉顶的事情，她说厂里不来通知，她怎能自作主张。我说，为什么不打电话问问？她说，事情已经够多了，厂里没有通知的事情，就不要去惹麻烦。我说，这怎么是麻烦？应该问问，恐怕是厂里忘记了。她索性不耐烦地说没得闲，我就气了，我说你这个人，服务精神真差。要不是有旁人拉开，真不晓得我们会吵到什么田地！"

袁廷发听着，暗暗地摇头，觉得自己的女人，未免太多事了，何必为这些事情烦恼。丁春秀望了一下袁廷发又说："她们有几个人劝我，说：袁大嫂，你白怄这些气做什么。你叫你袁大哥，搞出个新纪录出来，就什么事都没有了。我想她们说得挺对。后来，我又听见她们说，人家报纸上都登出来了。……依我看来，你还是搞个更新更新的新纪录吧。你又不是没有本事。"

"哼，连你也想出风头了？"袁廷发嘲弄地说，现出一脸恶毒的神色。

"这同我没什么关系，"丁春秀立即责备地说，"我也没有想到，要人家说我，是创造新纪录工人的老婆。你搞了那么多的快速炼钢，我就从来没有听见人家对我说，'我多羡慕你呀，你是快速炼钢手的老婆。'也没有听见人家在背后说，'瞧，那就是快速炼钢手的老婆。'"接着她放低了声音，变成亲切的口气，"我只是听她们说，一个会做工的人，工作做得出色，他应该登在报上，有让人家知道的光荣。我觉得你应该有这个光荣。"

"我看,你简直可以做委员了,家属委员会改选的时候,我一定投你一票。"袁廷发嘲弄地说,"有你这样一个委员住在家里鼓动,那我姓袁的准可以搞出新纪录来。"

"呵哟!你以为委员那顶大帽子,就吓唬着人了,"丁春秀假装不高兴地说,"我就是这样的人,肚里有话是装不住的。我有了什么,就要说什么。"她自己当真的想做家属委员会的工作,觉得对于丈夫的监督,对于谈论厂里的事情,那就名正言顺了。

饭菜摆到炕桌上来吃的时候,丁春秀忽然笑着说:"我还忘记告诉你啰,张福全今天送了好些番茄、青椒来,说是家里种的,你猜猜看,他怎么一下子变得这么好?他不是从来不送我们东西吗?"

袁廷发拿筷子拈着碗里的番茄炒蛋,略微诧异地说:"这就是他送的吗?"

丁春秀笑着责备自己说:"这就怪我那天不该多一句嘴。"

"这嘴多得好呀,连番茄、青椒都吃到了。"袁廷发笑着说。

"好,你晓得这样的话吗?吃人的饭,要与人挑担呀。"丁春秀露出一脸严肃的神色,"你没见到吗?自从张福全那次碰见孙玉芬,他就爱来我们家里了,一来就要问到孙玉芬。我只是打趣他一下子,我说,你喜欢孙玉芬,我给你做媒好吗?当时我说过就算了,哪想他就当真听进去了。"

"那你有事做了!"袁廷发讥笑地说,跟着又露出责备的神情,"这样的事情也好讲的吗?我看你一天不多讲点话,就过不出日子来的。自从婚姻法颁布下来,做媒根本就是件落后的事情。"

丁春秀把嘴一撇,略带生气的神情,大声地说:"我倒不管你们那些落后不落后,我只是感到孙玉芬都二十岁了,她娘老子没在这里,我做表姐的,应该帮她一下忙。她不喜欢张福全那就算了,难道我还会强迫她吗?"

袁廷发放下筷子碗,嘲笑地说:"咱们还是睡觉吧,算你道理多得很,我服输了好不好?"

丁春秀一面收拾碗筷,一面不高兴地说:"当然比你道理多。"

收拾好后,丁春秀倒不久就睡熟了,袁廷发可一直没睡好。他觉得老婆的胃口,越来越大,快速炼钢已经不够味了,还想要新纪录哩。他觉得这都是黑板报,尤其是报纸搞出的问题,厂里的最高领导,要及时制止才好。另外,又自己感到,确实单搞快速炼钢是不行的,得创造更高的新纪录才对。不管人家只高你一分,但新纪录总是他的,不是你的。何况这个一下子走在前面的年轻人,是一个后辈,技术还并不怎样行!

第三章

一

各个车间的支部书记,汇报了工作之后,梁景春就要何子学单独留下。他取出烟来,给何子学一支,然后自行点燃一支衔在嘴上,迅速吸完一口之后,才向何子学说:"我要问你一下,七号炉出钢口的问题,研究得怎样? 他们开会你都参加了吗?"

何子学听见梁景春要他单独留下,心里感到不安,不晓得会有什么问题发生,小心地点燃烟吸着,等到梁景春提出这样的问题来,便放心地笑了,说:"这个出钢口的问题,全部解决了,行政一连开三次会,我都参加了的,丙班和乙班的一助手,都记了过,一个是打出钢口,没有及时采取适当的措施,一个是堵出钢口,工作马虎。"他很满意他这次说话的干净和有条理,同时也是梁景春那样和蔼的脸色,鼓励了他,使他能够从容讲话。他感到这个新来的党委书记,就是容易亲近,谈起话来可以无拘无束,但还摸不到党委书记还有别的什么脾气,所以一开始,总不免有点紧张,但谈着谈着也就舒畅起来。他说完之后,见梁景春没有说话,只是默默地吸着烟,便又补说一句:"这已经没有问题了。"

梁景春深深吸一口烟,然后由左手两个手指,夹着烟支,放到烟碟上抖了一抖,轻声说:"何子学同志,在行政上说来,这个问题是解决了,但在我们做党群工作的人来说,这个问题才刚刚开始。"说完后又把烟拿到嘴上去吸。

何子学惊异地望了一下梁景春,不安地想:"这是怎么说的呢?"他把烟拿在手里也忘记吸了。

屋子外边有火车喘着气走过,煤烟溜进屋来,梁景春赶紧跑去关上玻璃窗子。随又把过道门打开,让煤烟出去,并使屋子凉快一点。平炉车间像海潮似的声音,又响了进来。他感到说话会受影响,便又把门关着。

梁景春站了起来,走到何子学面前,带着深思的表情,低声地说:"两个记过的一助手,你都熟悉他们吗?"

何子学立刻回答:"熟悉他们的,两个人工作都不错。"

梁景春微笑着说:"工作都不错,为什么都犯错误了呢?"

何子学勉强笑着回答:"一般都是,在工作中难免不发生错误的。"

梁景春立即说道:"何子学同志,你要知道,我们在工业中做党群工作,主要就是保证国家计划的完成,首先就要设法不使错误发生。错误发生了,还要使它不再重复发生。"

"有好些人只要记了大过,他们就很少再犯的。"何子学插嘴表示他的意见,他有点感到新来的党委书记,好像有点不大懂工人的情形。

梁景春向何子学望了一下,便微笑着说:"何子学同志,你这样想过没有?当厂内有人犯错误的时候,他是无心犯的,还是有意犯的?我们要弄清他的思想,到底是什么原因。"

"党委书记,我想过的。"

"那么,这次的事情呢?"

何子学没有回答,脸却红了,额上冒出了汗。

梁景春走去把电扇打开,还推开两扇玻璃窗子,转身过来,笑着说:"何子学同志,这点我是了解你的。我帮你回答这个问题吧,你一定因为他们两个什么……"

何子学立即说:"两个一助手。"

梁景春嘲笑自己说:"我的记性真差。"随即郑重地说,"你一定因为他们两个一助手,一向工作不错,才没有想他们到底有心犯错误,还是无心犯错误。是不是这样的?"

何子学连忙点头回答:"是的,正是这样的。"他这样才感到轻松了,还愉快地说,"厂长也问过我,到底两个一助手,一向工作怎么样?我说很不错,算是车间最好的一助手。"

梁景春走去桌上抖下烟灰,即在皮圈椅上坐下,重新吸起烟来。何子学打量一下梁景春,迟疑地说:"党委书记,还有话吗?"他打算走了。

梁景春点一点头笑着说:"我还有话要同你谈哩。"

何子学重新坐了下去,他觉得谈谈也好,党委书记才来,是有许多情形,应该告诉他的。

梁景春轻声说道:"何子学同志,这两个一助手,他们来工厂有多久?从来都没有犯过错误吗?"

何子学立即申明地说:"党委书记,我才做支部书记一年多点,他们两人以往的情形,我还不大清楚。"

"那么,你只知道他们一年多以内的情形?"

"对了,党委书记,正是这样的。"

"这不行哪,我们做党群工作的,还得知道他们的过去。"梁景春手指轻轻敲一下桌子,"为什么要了解这些,就是要使我们能够查出他们的错误,是有意,还是无意。就是要了解当时做错了事,是怎样的思想情况。"他歇了一会儿,露出了不安的神情,"我查了一下出钢口打不开的损失,使我非常的不安。那天炼的一炉五〇锰钢,是要送去做炮弹,支援我们中国人民志愿军的,何子学同志,你想想看,这个政治任务重不重大?……我们却没有完成。就是第二炉完成了,那也是拖延了时间。我们不能允许这样做的。"他用力吸烟,像要使他的心情平静下来。

何子学忍不住激动地说:"党委书记,听了你这番话后,是的,我应该查查他们以往的情形,过去做得太不够。"

"何子学同志,我问你一声,"梁景春业已恢复了平静,声音很和蔼地说,"你记不记得,在你做支部书记一年多以前,他们两个……"

何子学连忙补充地说:"他们两个一助手。"跟着又立刻说,"党委书记,你是不是问他们有没有犯过别的错误?我记得不曾有过。"

"我想问这一点,他们两个一助手,有没有打出钢口很慢的情形?慢个十多二十分,以至半把点钟,有没有过?"

"慢个十多分钟,一般的炉子,都有这样的情形。"

"他们两人慢的情形,从现在起,我们要调查一下。"梁景春声音低沉,却很有力,"何子学同志,可以查出吗?"

何子学连忙说道:"可以查出,每次打出钢口花费多少时间都写在工作记录簿上的。只是查起来慢一点。"他心里感到为难,觉得要查几年来的工作记录簿,是不容易的。但他立刻提起勇气说,"这个工作,我可以立刻干起来。"他感到在这个党委书记面前,自己发现确有很多的缺点,再不提起勇气,是不行的。

梁景春静静地说:"要是有记录簿,就叫小余同志统计一下就行,你还有另外的工作。"

"我分得出时间来的。"何子学感到有做这个工作的必要了,他是不愿意放给别人的,他有一股干劲,"只消一天工夫,就可以搞出来。"

"他们一助手,堵出钢口打出钢口,都有人帮助吗?"

"总有一两个人帮助的。"

"那么,你就去同这些人谈谈吧!"梁景春声音又低沉了,"他们一定了解出钢口是怎样堵怎样打的。"

"我都同他们开过会了,大家都发表过意见。"何子学脸色显得苦恼地说,"就是找不出原因。"他感到党委书记还不明白一个支部书记所做的工作,便又赶快地说,"这个我都在讲别的工作的时候,顺便汇报过的。只是我没有详细讲。"

梁景春沉思了一会儿,然后说:"他们两个班上的人,有没有互相抱怨过?"

"吵都吵过了!"何子学大声地说,"周开林就怪李吉明他们没有堵好。李吉明就怪周开林他们不会打。平心说起来,两边都有不是。"

梁景春立刻摸出衣袋里的手册,再问一下两个一助手的名字,便记了上去。随又问何子学:"依你平日的看法,这两个一助手哪一个好点?"

"两个人工作都不错,"何子学重复一句他说过的话,然后思索地说,"就是周开林差一点,开会不大讲话,背后还有点发牢骚,政治认识差,还有一点,碰到困难就急得没有办法。同群众关系搞得不大好。李吉明就不同了,他是工会小组长,什么事情交他办,总是很快就办好了,思想认识都不错。缺点也有,就是喜欢同人打闹,开玩笑。"

梁景春笑着插嘴说:"这倒不算什么缺点。"

何子学接着说下去:"依我看来周开林倒应该调查一下。我记起来了,去年周开林兑铁水,就倒了一两吨在地上,事前就是他没有把小车弄好,工作上粗心大意。"

"好吧,你慢慢想一想,是会记起一些事情来的。"梁景春站起来说,"最好连他们两人入厂以前的事情都知道一点,我还要找厂长谈一谈别的事情。"接着又再说道,"不要老是开会,应找人作个别谈话,要好好地谈,像朋友一样地谈话,不要做出审问人的态度,也不要做出教训人的态度,那些态度都会使人远离我们的。"

二

何子学走了出来,业已六点钟了,正是大批的工人,下班洗好澡,开了工会小组会,准备出厂的时候。厂门口的一块空地上,放了许多自行车,换好衣服的工人,都去取车子。何子学往天这个时候,就跟大家说说笑笑,一路走出厂去,感到一天工作做完后的轻松,现在却觉得不安,甚至有点烦躁,仿佛背上压有一个东西似的。假如这件事情,开会可以解决的,他就马上召集人开会,党委书记如果要他查工作记录簿,他现在就可以留在厂里,一夜不回去。现在接在手上的任务,却是不能马上动手,而又不知如何下手。他走到办公室的外面了,还没有决定马上回家,还是到车间去看下子。恰好九号炉乙班炉长张福全走来同他打招呼,他心里一下亮了:老张不是一解放就来厂里了吗,正好找着一个请教的人了。便向他打招呼:

"老张,我们一道回去吧,我想同你谈一件事情。"

"好吧。"张福全高兴地说。仿佛在说你要找我么,恰好我也要找你哪。

他们一道走着的时候,何子学正要同张福全讲话,问他关于周开林、李吉明以前工作的情形,张福全可先讲话了:"老何,我正想同你谈谈,听说不是要布置竞赛了吗?这挺好。可是要我们九号炉带头挑战,可就有困难哪。"他一边说,一边扶着车子在走。

何子学一向是喜欢张福全的,觉得张福全能够主动地向他反映一些问题,而且讲起话来,总爱开点玩笑,使人感到愉快。他现在听了张福全的话,高兴地看他一眼,连忙问:"有什么困难?"

张福全微笑了一下,小声说:"难道你一点都不知道吗?"在他以为何子学是应该知道的,便开玩笑地说,"老何,你这一下官僚主义可躲不脱了呵!"

何子学假装做出恼怒的神情说:"吓,你不要乱扣帽子哪。"随即又忍不住笑了起来。接着小声申诉地说,"你晓得这几天简直把人忙得晕头转向的,就是给别的炉子订增产计划。"立即又嘲弄地说,"九号炉有你们三位大将顶住,我就可以躲懒一下。"

张福全笑着骂了起来:"哼,三位大将!啥三位大将呵,简直是三个和尚啰!"

"怎么?你们在做和尚了。"何子学觉得很好笑。

"怎么不是?"张福全仍旧带着又笑又骂的口气,"你不是听过这句俗话吗?一个和尚挑水吃,两个和尚抬水吃,三个和尚没水吃。现在九号炉就是没水吃。你还不知道,可真该打。"

何子学立刻扬一下眉毛,现出恍然大悟似的神情,停下足来,大声地说:"你们是不是对秦德贵还有意见?"

张福全走着没有说话。后面骑自行车的人,不断地绕他们身边跑过,还一面按响铃子。

走了一会儿,张福全又再说道:"老何,我老实告诉你,我真怕同秦德贵交班,只要你哪点做得不到家,他就会脸红脖子粗,跟你吵起来。自从他创造了新纪录,眼睛就搬家了,这几天还厉害些,一直从额上搬到脑顶。"随又用力挥一下手,"他同任何人都搞不好的,袁师傅提起他也有一肚皮话,老实说这不像共产党,也不像工人阶级。"

何子学感到情形的确有些严重,立即说道:"这我一定要找他谈谈。这个搞不好,我们怎么能搞竞赛呢?"

他们刚一出工厂区的大门,张福全就在马路边上停了下来,他对何子学说:"老何,你走吧,我还有点事情,要等一个人。"

何子学看他那样热心等人的神情,一面用手拭顺他的头发,还扣好他的衣纽,便知道有一点名堂,便忍住笑问:"你要等谁?"

"用不到你管,你快走你的吧!"张福全假装很正经的神情,眼睛立即向大门望去,生怕拥出的人群,会有一个人放过了,没有看见。

何子学立在旁边很有兴趣地说:"你这家伙,你怎么叫我走开,我还有话同你说啦。"他看见张福全的神情,不禁觉得很好笑。

张福全见何子学不走,好像有意要看他在等什么人,很想生气,却又不好生得,刚才何子学不是明明有事情要找他吗?就焦躁地说:"那你就快点说吧!"

"这倒不是三言两语,一下子说得明白的。"何子学踌躇地说,同时也感到为难,觉得在这人众的地方,不好谈得。

张福全挥下手说:"那让我吃了晚饭来找你好不好?"

"晚饭后?"何子学沉吟地说,"恐怕还有别的事情。"接着又开玩笑地说,"你对我得老实一点。只要照实说,你等的是女朋友,我就晚上等你。"

"妈的,"张福全忍不住诡秘地笑了起来,"碰着你这家伙,真没办法。"接着挥一下手,"走你的吧,我就承认我是等女朋友好了。"

何子学大笑起来,随又凑拢张福全的耳朵,小声地说:"结婚那一天,可要请我吃酒呵。"

"滚你的蛋啰!你一下就扯得那么远。"张福全虽是这么骂,心里可是怪乐的。

三

张福全的确是在等一个女朋友,那是电修厂的女工孙玉芬,曾在袁廷发家里会过面,首先给他最好的印象,便是她一知道他是炼钢工人,就脸上流露出极大的喜悦,很热情地同他谈起炼钢的事情。就因为那一次谈话,他才第一次感到他的职业,会是这样地被人看重,从她红润发光的脸上,觉得他选的炼钢工作,有着无比的光荣。第二次在公园会见,他有点踌躇,还不敢马上同她打招呼,她却跑来同他握手,在湖边柳树底下,谈着笑着,走了好一阵,要不是她还有另外的女朋友在叫她,而他又不是同李吉明在一道,他会约她去湖上划船的。他感到这两次会面,是他生活中的节日,愉快、难以忘怀。再加以李吉明自从那次公园里看见孙玉芬之后,就早晚半开玩笑半认真地说:"你真是个傻瓜,人家对你那样热,你都看不出来。"而且有时还故意使他听见似的向人宣传,"老张么,可变哪,恋爱正搞得火热。"这使他表面上生气,心里可乐疯了。以后又在马路上遇见过两次,再加丁春秀同他谈起孙玉芬,还笑着问过:"你喜欢我的表妹吗?让我给你做媒好了。"更引起一片痴想。

今天由夜班转为日班,下午六点钟出厂,首先就想着:"我今天能够会得见她就好。"本想大胆地就到电修厂门前去等,可恼就有何子学缠在一道,没法子只有向工厂区的大门走去,扯个由头,把他弄开。何子学走后,他就双手扶着自行车,眼睛一直没有离开大门,正如炼钢时候关心炉顶和钢水一样地认真。

孙玉芬和好些女工夹杂在更多的男工中间,走了出来。她上身穿着白色的西装衬衣,下边穿着系有背带的黑布裤子,足穿黄色皮鞋。头发剪短,披在颈上,脸上发红,正兴奋地同人讲话。张福全一眼就看见她了,便走到人群中,悄悄走到她的后面,听见她向别的女工讲:"刚才我还忘记讲这个秦德贵,还打过游击哩。"张福全走上前一步,向她打招呼:"孙玉芬同志,你刚下班吗?"

"呵,张福全同志,你今天是白班吗?"孙玉芬立即回头来,同他谈话,露出高兴的笑容,"我们正在谈你们厂里的事情,你们成绩真不错哪,连省城的报上都在表扬你们创造了新纪录。"

"孙玉芬同志,这回新纪录没什么了不起,同以前的纪录比起来,只不过缩短了五分钟。"张福全不想多谈这方面的事情,立即扯到另一方面去,"你最近到袁廷发家去没有?"

孙玉芬没有回答他的问话,还很有主见地说:"张福全同志,我不同意你的意见。"随又向她身边走着的同伴说,"咱们今天订计划不是为几分几秒都在争论吗?"马上又回转头来向张福全说,"我觉得缩短五分钟不是一件小事情。"

张福全笑着说:"孙玉芬同志,不瞒你说,这回新纪录,还有内幕新闻哩,你要是到袁廷发家去,他就会告诉你的。"

孙玉芬却是相信报纸的,认为事情既然在报上表扬了出来,一定是正确的,另一方面她又知道大凡在厂里发生新的事情,总有人赞美,也会有人叽叽喳喳,表示不满。她便坚决地说:"我倒不管你们厂里那些什么内幕新闻,我只问你们提前五分钟,是不是真正地提前了五分钟。"

"当然是真正提前了。"张福全笑着说,"只是……"

孙玉芬立即打断他的话,抢着说:"只要是真正提前五分钟,这就对了。"接着又向她的女伴说,"咱们为了争取几分几秒,可费力哪。"

张福全让她说完之后,才又很有兴味地继续说道:"当然,缩短了五分钟,是件重要的事情。可是就不该化了炉顶,破坏了炉体。"他心里很高兴,觉得一遇见她,总有不少的话,逼着要谈下去。他就怕遇见了没话可说,尤其是她和许多女工在一道的时候。

"是不是炉子烂了,不能炼钢了?"孙玉芬惊异地叫了起来,好像她自己是平炉车间的管理人,一个责任骤然落在她肩上似的。

张福全笑着连忙说:"那倒没有烂到那么凶,炼钢还不成什么问题。"

孙玉芬这下又觉得相信报纸是对的,还笑着说:"我想报纸它决不会乱报道的。"

张福全想到报纸的报道,不禁皱起了眉头,他没说什么,只是掉过话头问:"我听见你的表姐讲,最近你要回家去吗?她正打算买东西,托你带回去。要你走的时候,到她家去一下。"

"家里总要我回去,就是一回去,就要耽误一两天,车间正要搞竞赛,哪里抽得出身?"孙玉芬不快地说。

快要分路的时候,张福全看见好些女工在同孙玉芬一道走,不好意思再跟下去。如果单是她一个人,那现在就是最好的机会,一直送她到女工宿舍,起码会表示出自己对她并不是冷淡的。他认为自己的确有点近于傻瓜,没有对她流露一点热情。今天好容易遇见了她,才找出机会来同她谈话,真有点不忍分手。他见孙玉芬快要走上另一条路了,就叫了一声:"孙玉芬同志,请你等一下。"

孙玉芬随即转过身来,停下问道:"有什么事?"这个时候,连别的女工也停下足来,望着他们两人。张福全尽量和颜悦色地说:"孙玉芬同志,你今天晚上得闲吗?"孙玉芬望着张福全的脸子,略微惊异地问:"有什么事?"张福全鼓起勇气笑着说:"今晚苏联片子《乡村女教师》,听说挺好,我想请你去看,你愿意去看吗?"孙玉芬更加注意地望了一下张福全的眼睛,然后微微一笑说:"谢谢你,我今晚不得闲。"随即转身走了。

张福全走到另一条路上,没有骑上自行车,还是慢慢地走着,他感到脸上烧乎乎的,心里想道:"糟糕,第一次的请求,她就拒绝我了。"随又觉得她那么一笑,显然见得请她看电影,她是高兴的,并不使他完全失望。他还为她设想:"也许人家当真有事情哩。"他禁不住朝她们走的一个小小的土坡望去,那个坡上全盖着密密的洋槐树林,什么也看不见。但觉得那一片苍翠蓊郁的绿色林子,显现在有着桃红色晚霞的天空里,格外出落得美丽动人,好像以前从没见过似的。马路两旁,掩映在青杨树叶中的,都是一些住宅。住宅与住宅之间,有种着花草向日葵的小小园地。到了一处十字路口,耸立一座百货商店的楼房,在这职工下班的时候,更是热闹。张福全走在门口,向着玻璃橱内的漂亮衣料,情不自禁地望了一下,心里想:"不知道她喜欢哪一种料子。"接着又心里骂了一声,"该死的秦德贵!"由于他化了炉顶,就有好衣料,也没有钱来买了。他正转身要骑上车子走的时候,恰好遇见丁春秀牵着孩子来买东西,他就高兴地打招呼,还殷勤地问孩子要吃什么,好像他和她家一下子就有了亲戚关系似的。他存了车子,去给孩子买了一包糖果,还打算再买点饼干,丁春秀竭力制止了他,还叫要称饼干的店员,把饼干放回玻璃缸去。他帮丁春秀牵孩子,在商店走了一转,让丁春秀买了东西,一道走了出来,他才告诉她,他刚才看见了孙玉芬,并把他和孙玉芬谈的话,全告诉给丁春秀,只是没有讲他请看电影的事情。丁春秀一听就笑起来了,随即笑着说道:"她不回去也好,我要买东西的钱,还没到手哩。"接着又很关心地问,"张大哥,你看,这个月老袁还搞得到二十炉快速炼钢吗?"张福全立刻做出担保的样子,热烈地说:"那一定做得到的,"随又皱下眉头,"就是有点够呛,你晓得,新炉顶给秦德贵搞化了,要快不容易。"丁春秀叹一口气说:"咳,这回秦德贵可害了人了!"张福全愤愤地表示同情:"秦德贵这混账东西,真叫人生气,我们这次本该得到新炉顶不化的奖金,也给他搞掉了。"

"还有炉顶奖金吗?是这个月才兴的?"

"是这个月才兴的,我和袁师傅辛辛苦苦看了十来天,不晓得流了多少汗。"

"这该死的秦德贵,真叫人气!"

张福全一面帮丁春秀拿着东西,一路讲话,送到她家门口,便骑上车子,折回独身宿舍去了。

四

"起来,起来,厂里打电话来,叫你赶快去。"丁春秀一面叫,一面还伸手来摇袁廷发。袁廷发翻爬起来,不高兴地说:"什么事,来叫我。"

"晓得什么事,我都弄不清楚。"丁春秀也有点茫然,"刚才电话打给家属委员会,只说是厂长叫你去。"随又埋怨,"真是啰!全不管人家晚上在上夜班。"

袁廷发是今天早上八点钟下班,才回来睡觉的,实在还没有睡够,起码还得再睡三四个钟头,但一听见是厂长赵立明叫他,便赶快披起衣裳,匆忙吃点东西,便骑着自行车,跑到厂里。这时已是十点多钟。他猜不出有什么事情叫他,但只觉得既是厂长来叫,总不是一些平常小事。

袁廷发走上楼去,到了厂长室,看见厂长赵立明和党委书记梁景春正在翻阅文件,亲切地谈着话。袁廷发没有立即进去,只在门口站着。赵立明一看见了,就高兴地说:"老袁,我叫你来没有别的事情,就是刚才接到通知,今天有外宾来厂参观,还要找几个优秀的工人谈谈,等下就来了,你就来参加。"

"要同外宾谈谈?"袁廷发惊异地问,还用手为难地搔搔头发。

"没有关系,外宾都是兄弟国家的,讲错了,他们也不会见怪。"赵立明平静地说,"我推想,他们多半问你工作上有什么成绩?你做了什么,你照实说好了。"赵立明看了一下手表,"大概还有半点钟,你去俱乐部休息一下,等下就来叫你。"

袁廷发走出厂长室,感到有些紧张,像是接受一件很重大的任务。因为同外宾会面谈话还是第一次,厂长虽是那么轻松地交代,但自己总觉得在外宾面前说话说错了,总是一件丢脸的事情,不能不小心慎重。同时也生起了一种感激的心情:厂长是真正看重我的,他才要我去把我的成绩告诉外宾。

袁廷发并没有到俱乐部去,却不自觉地走上平炉车间。他不论什么事情来厂,总要到平炉车间看看。

不久有人来叫他,说是外宾已来到了厂长室里,还告诉他外宾是罗马尼亚人。他一进厂长室,厂长就介绍他同外宾见面,外宾两个人,一个胖胖的,一个稍微有点瘦,都是黑头发,穿着漂亮的西装,一齐走来同他握手,还讲了一长串外国话,他听不懂,可是从他们愉快的脸上,高兴的眼里,以及热情的声音,了解他们对中国工人是有着热烈的敬爱的。等到一个中国的翻译,翻成中国话,听来确实同他所感到的是差不了好多。他觉得这两个罗马尼亚人,真是从兄弟国家来的,不禁心上生出了一种好感。铸锭车间、原料车间、修理车间、运转车间,以及铁合金车间最优秀的工人,都先来了,他就挨他们一道坐着。两个罗马尼亚人继续听厂长关于工厂的报告,一面用笔记。随后由他们提出问题来了,却都注意炼钢方面。胖胖的罗马尼亚人问:

"你们厂里使用的炉底系数是多少?"

赵立明回答是九点三,他们用笔记上。接着又问:

"最快的炼钢时间是多少?"

"七点五分。"赵立明平静地回答。

"炉子有多大?"

"二百五十吨。"

两个罗马尼亚人自行谈论起来,显得有些激动。中国翻译听懂他们的话,就告诉厂长说:"他们都说这是炼得很快的。"

黑头发有点瘦削的罗马尼亚人,向着袁廷发发问。翻译立即微笑地说:"他问你,创造七点五分一炉钢的就是你吗?"

"不是我。"袁廷发连忙回答,禁不住自己有点脸红。

赵立明说:"这是另一个工人。"接着又把袁廷发的快速炼钢与炼得多的情形讲了出来。

但那个胖胖的罗马尼亚人听完之后,还是向赵立明问:"我们可以会见那个创造新纪录的工人吗?"

"他没有来,要下午四点才来上班。"赵立明回答之后,就又亲切地望着客人,看他们还有什么问题。

稍微瘦削的客人问:"这个工人叫什么名字?"

"叫秦德贵。"

两个客人听了赵立明的回答,就都把秦德贵的名字记在手册上,为了要把秦德贵三个字念得正确,连向中国翻译问了两次。

最后客人到平炉车间去参观,袁廷发便同另几个工人走出厂长室,一面问他们:"这两个罗马尼亚人是干什么的?"听见他们告诉他:"听说是新闻记者。"他便禁不住轻轻叹一口气,心里不快地想:"看来这个可笑的新纪录,还会搞到外国的报上去哩。"这时快要到十二点钟,需得回去吃午饭,袁廷发骑着自行车回去,很快就到家了。一进门去,丁春秀就问:"什么要紧事情要你去?"袁廷发停了一下才回答:"什么要紧事,就是会会两个外国人。"丁春秀禁不住欢喜地叫起来:"呀,你真了不起,连外国人都要来会会。"

"没有意思,白耽误我的瞌睡。"袁廷发爬上炕去倒头便睡。丁春秀晓得他瞌睡没有睡够,就把孩子叫到外边去玩,不让吵着他。她继续在厨房做饭。可是袁廷发却一直睡不着,总是像有个东西搁在心上放不下去,只好坐起来吸烟。一面厌烦地想:"我老想这些干吗?"可是一眼看见关着的门上,又现出五个白色的圆圈了,不禁呆呆地看着。袁廷发想起这个月秦德贵只炼了两炉快速炼钢,没有自己多,可是因为其中一炉创造了新纪录,他却成为很引人注目的人了。中国报纸登,外国的报纸似乎也要登。而且更加使他难受的,就连厂长那样看不起那个新纪录的,也在外宾面前,当成厂里很大成绩,来郑重地介绍。他越想越觉得不舒服。本来起心要同厂长谈论不该登报的事情,也不想谈了。

吃午饭的时候,丁春秀特别做出一样好菜,就是他平日最喜欢吃的红烧肉,端来放在他的面前,还喜滋滋地说:"我一听说,外国来的客人都要看你,我真是高兴得很,从前哪有过这样的事情。"

袁廷发看见红烧肉的确烧得好,但他却无心吃,吃了也并不感到怎样有味,老是闷闷不乐的。丁春秀本来打算趁他高兴的时候,同他商量一件事情,就是要买件绒线衣送给娘家的妈,可是望望他的脸色,又怕他发脾气,一时吃着饭没有讲话。随又想想,他今天一早起来,又去接待外宾,准是耽误了瞌睡,精神上不大自在,心理上一定没有什么了不起的事情。就鼓起勇气,说是碰见过表妹孙玉芬,晓得她要回家去看看老人,想托她给娘屋里的妈,带件绒线衣回去。

袁廷发不高兴地说:"绒线衣!这样热的天气,还穿什么绒线衣。"丁春秀笑着说:"我是趁着有人带回去,免得以后托人困难。"

袁廷发讥笑地说:"你自己回去,空起手回去么?"

丁春秀叹气地说:"你说得好容易呵,我自己回去,我自己这样忙,孩子又拖着,我看就是再等半年都回去不成。"她见袁廷发不高兴,也就不再说下去了。吃完饭,收拾碗筷,一面又好心地安慰袁廷发:"你觉没有睡够,你再睡睡吧。"

袁廷发午觉还是没大睡好,晚上十点多钟就动身到工厂去,看见秦德贵炼的一炉钢,的确垮了下去,费时十个钟头,心下感到了宽慰:"这小子,还差得远哩。"可是这种宽慰,一下子就过去了,因为他想着:"这小子,你说不行吗,最高纪录却还是他的,外国人也要特别去看他!"就使他很不愉快。

袁廷发还是想在新炉顶容易化的条件下,尽量地把炼钢加快一点,一方面是为了多给国家生产,一方面也想取得一些新的经验,就慢慢加大炼焦和炼铁的煤气,又把空气也开大些。他聚精会神地注视着炉顶,一看情形不对,就叫管变更机械的人赶快变更煤气。这花的精力,比任何时候都多。由于炉顶看得勤,又注视的时间长,用来遮鼻子和脸的袖头,简直有两次着火燃了起来。但因为昨天晚上没有睡够,正午午觉又没有睡好,再加心情很坏,一直有个不愉快的事情苦恼着他,身体精神都很受影响,使他深夜站在炉前禁不住打了一个盹。他身子颤了一下,赶忙振作自己,重新打起精神。就在他这一刻的不注意,不幸的事情发生了,炉顶上面,挨东二门的地方,见方两公尺光景,现出奶头来了。他一发现,便不禁暗自叫苦起来。心想化了炉顶,要是炼钢的时间还长,这就真是丢脸透了。怎么办呢?唯一补救的办法,就是使这一炉钢,变成快速炼钢。他觉得整个厂里都偏在快速炼钢这一方面,只要你能创造出新纪录,什么错处都能得到原谅。厂长赵立明算是很能掌握原则了,但在关系全厂荣誉的重要关头上,还是不能不借重秦德贵的新纪录。由于有了这种想法,他就鼓起勇气去加大煤气和空气。同时又想起他在国民党时候炼钢的情形,由于国民党压迫,工人就不肯卖力干,新炉顶自然也不想好好保护,让它化成奶头,又变为面条,长长地吊起,但也由此发现一个经验,就是愈挂得长,在加矿石降低钢水碳素的时候,就越容易烧掉。另外在炉顶用到百把次以上,炉顶熔化无法制止的时候,也有吊起面条的情形,遇到一加矿石,便也会一下烧掉。他记起这些经验,便更为大胆了。果然不久现出许多奶头的地方,就慢慢地长了起来,竟像面条一样地吊着,而那原是平整的地方,又出现了奶头。这没有使袁廷发着急,他心里只想着一不做二不休,让煤气空气越发开得大些。到了该加矿石的时候,就叫吊车把矿石送进,立即燃起大火。上升的火焰完了以后,他再从炉门的眼上去看炉顶,那些吊得长的,业已烧掉了,这才使他长长舒了一口气,同时也出现新的纪录,七点一炉的快速炼钢。

张福全来接班的时候,听见袁廷发出了新纪录,欢喜地叫了起来:"袁师傅,你这下替我出口恶气了,不然的话,秦德贵那个臭小子,不知要得意到什么时候!"接着把炉顶随便望了一下,同时心里一向认为袁廷发炉顶看得好,用不着下细看,便也认为袁廷发炉顶看得好,还向他乙班的工友赞叹地说:"像袁师傅这样,才算是真正的新纪录!"

交班混过了,袁廷发走在灯光明亮的马路上,青杨树上吹下来的凉风,使他的头脑清醒了许多,又觉得很有些惭愧。先前无意中化了一点炉顶,而且炉顶用久了,到了炼钢百把次以上,是难免不化的,总要无意中化一点,认为化得不多,希望瞒过接班的眼睛,并不是不曾有过。现在却有些不同,因为化炉顶是从无意变成有意的,而且化得很厉害。这是自从解放以来,第一次干这样有意损害国家的事情,虽然蒙混过去了,总是于心不安,觉得自己犯了罪。

回到家里,丁春秀开开门看见他脸上毫没一点高兴的样子,便好心地问:"你有点不舒服吗?"

"没有!"袁廷发不愿讲话似的,就爬到炕上去睡觉。

"我就给你下点面条,你不吃吗?"

"我不饿。"

丁春秀往天一见他进来就要问:"你今天又搞出快速炼钢吗?"这一天却一直忍着,最后才推测地说:"是不是今天没有出快速炼钢?你就觉得不自在?"

"你怎么晓得我没有出快速炼钢?"袁廷发越发不高兴地回答。

"呵,你当真出了快速炼钢吗?"丁春秀顺手拿着窗台上的粉笔,打算要在门上画上一个记号,但还是停下手,高兴地问。但是袁廷发不高兴地说:

"不要吵了,让我安安静静地睡吧!"

"只说一句,让我好记哪。"

"是,是!"袁廷发厌烦地回答。

丁春秀记了之后,觉得有些奇怪,往回问到他是否搞出了快速炼钢,他总是高高兴兴的,现在为什么不快乐呢?她想起昨天他吃午饭时的烦恼样子,便又断定是接待外宾瞌睡没有睡够,便轻手轻足走了出去。但她放心不下,她担心表妹回家去的时候,她送给娘的绒线衣还没有买到手,希望他今天好好睡觉,心情转好起来。

　　下午的时候,丁春秀路过家属委员会的门口,看见了黑板报上袁廷发创造新纪录的消息,她高兴极了,三步并作两步走回家去,不等袁廷发醒来,就摇他的臂膀说:"你怎么搞了新纪录都不告诉我哪?"接着又怀疑地问,"你不高兴,是不是像秦德贵一样?"她看见他现出吓人的脸色,便不敢再说下去,随即出去给他买一样好菜。吃晚饭的时候,她才提起买绒线衣的事情,袁廷发这才答允了。

第四章

一

秦德贵走到车站，天已黑了，到处亮着灯光，火车头拖着长串的货车，有的开来，有的开走，洋溢着喧嚣的声音。火车站对于秦德贵是太熟识了，有什么东西他没有看过？可是这一天却使他感到很有兴趣，灯光都仿佛是含着微笑，火车驰走的声音，也好像杂有歌唱似的。他自己也是兴奋得很，竭力庄重起来，也不能赶掉脸上的微笑。看到车站里每一个候车的客人，他都感到亲切，忍不住想同他们打招呼。昨天这个时候，正是夜校开始上课了，他坐在教室里，用舌尖湿下铅笔，微微偏着头在纸上写着氧化铁、二氧化碳这类化学名词哩。一想着今晚缺一课了，心里自然感到了有点不愉快，随即想着只消一努力就能赶得上，便又不放在心上了，微笑又立刻回到黑红色的脸上。他摸下右边衣袋里的信，想拿出来再看一下，觉得在这个人众的地方不好意思，又把手伸出来了。信就是他妹妹写来的，说是爹娘要他回去相亲。他又记起妹妹在信末还注上了一笔："哥哥……我同她挺熟，……啥都会做，你看见，一定满意，我敢保证。"秦德贵一接着信就想过，"她是谁呢？"现在仍然这么想。还有点责备妹妹："为什么不把她的姓名告诉我？"这一星期，他是阴阳班做工，明天该他轮休，选取这样的日子回家，当然是愉快的。他有半年没有回家，星期天多半是同工友到公园的小湖里划船，到体育场去比赛篮球，或者到电影院看电影。回家比较麻烦一点，要坐半夜的火车，下了火车，还要步行十里，才能回到乡下的家。去来都很不方便，索性就不大回家去。这回不能不回去了,信上讲得那么热,叫人心都烧起来了。他不能在候车室内安坐一会儿,老是走到卖票的窗口,看开始卖票没有。不久,回过头来,一眼看见梁景春坐在候车室里,秦德贵便很高兴地跑去打招呼。

梁景春年纪三十八岁,身体很结实,脸稍微有点胖,配上明朗愉快的眼睛,显得很有朝气。使人看见,就想同他亲近,随便谈什么话,都感到像是熟识了很久似的。

他到工厂工作,约十多天后,才接到丘碧芸的信,说是一切工作都交代好了,立即带着三个孩子到来。他一看信上说的动身日期,不就是这天晚上到吗?恰好正是下班的时候,立即坐汽车到火车站去接。到了火车站问,来的火车还要等三十分钟才到。梁景春赶忙找着椅子坐着,马上把衣袋里的杂志《学习译丛》取出来看。他的衣袋里,经常放着新买的书籍和杂志,一碰到有点空闲时间,就随时随地加以利用。有人曾经奇怪地问他:"你那两个衣袋里为什么老装着书?"他笑着说:"咱们这样忙的人,不能到图书馆去,只有翻转过来,叫图书馆跟着咱们走。"但他把《学习译丛》还没看到一行的时候,就遇见秦德贵来招呼,心里非常高兴,便让点位子出来,要秦德贵坐着一道同他谈话,一面则把《学习译丛》放进他的"图书馆"。

这个紫黑脸子的年轻人,宽阔的肩膀,厚实的胸膛,巨大的手掌和一脸快活的笑容,常常使梁景春一看就愉快起来。梁景春一下车间,就喜欢到九号炉去看他工作。没有一次,不是看见他精神饱满,高高兴兴的。指挥装料机装料,叫管卷扬机的开炉门,那种用手比画的姿势,显得非常的英武。一命令工友朝炉内投黏土或莹石,他总是首先带头跑去,抓着铁锹,正如同一个勇敢的旗手在冲锋一般。而最难得的,脸上老是显得愉快。工友们都给他带动了,一个个干得很上劲,脸上露出兴奋的红光。同他说话的时候,他总是愉快地回答。"熔炼好吗?""挺好。""工作累吗?""不累。"在他语句中很少听见"够呛"、"困难"、"不容易"这类字眼。梁景春老是感觉到,只要看见秦德贵,自己身上就无形中增加了许多力气,充满了兴奋。他笑着问秦德贵:"你要搭火车,还是来接人?"

"上星期接到家里来信,要我回去,恰好该我轮休。"秦德贵说的时候,紫红的脸上,现出不好意思的喜悦。

"你结婚了吗?"

"没有。"

"那你该赶快找个爱人,为什么这方面不努力?"

"没有人肯要呵。"

两个人都忍不住笑了起来。秦德贵觉得党委书记一点架子都没有,非常和蔼可亲,心里什么话都可以同他谈,很想告诉他,这次家里来信,是叫他去看一个邻村姑娘,两下满意,就可以结婚,并想问问,那个姑娘,既非党员,亦不是团员,是不是可以作为爱人。但他不好意思说出口来,打仗做工,都有太多的勇气,就这个关于娘儿们的事情没有勇气开口。

梁景春笑了之后,就严肃地说:"我正想找机会同你谈谈,就是看见你忙得很。"

梁景春站了起来:"你坐一下,我去买盒烟来。"买好烟回来的时候,看见座位已给两个抱小孩的女人占去了。秦德贵站在不远处,不好意思地说:"我看她们抱着孩子没有地方坐就让她们了。"

"我们站着谈好了。"梁景春吸燃了烟,然后说,"你快速炼钢,炼得多吗?"梁景春对于炼钢,好像有很大的兴味,想要学习似的。

"不多呀,党委书记,平常总要九点钟炼一炉,"秦德贵谈到这件事情,就苦恼起来,接着又补充一句,"有时连十点钟炼一炉也有。"

梁景春吸着烟,把一口烟子朝头上吹出之后,沉吟地说:"像那天七点五分一炉的纪录,你能巩固下去吗?"

秦德贵连忙摇头说:"党委书记,这挺难做到。前回你炼过七点五分一炉钢,唉,到第二天,就炼到十点一炉。"他深深皱起了眉头。

"你研究过这个原因没有?"梁景春眼光尖利地望着秦德贵,他也为这不能巩固的成绩,感到了不安。

"没有,"秦德贵有点不好意思地回答,随又解释地说,"一天到晚就是忙,不是工作,就是开会,还要学习,不只学技术,还要学文化,党委书记,你不知道,我的文化太差了。"

梁景春吸了一会儿烟,低声亲切地说:"要研究呵!新中国的工人,一定要动用头脑。"

秦德贵脸红起来,连忙补充说:"有时候,我也想过,我只觉得怕是我技术差,才是这样把握不定。我想没有别的法子,只有拼命学习。"

"拼命学习是对的,你可也要从别的方面想想。"梁景春点点头,"我看炼钢不是一件简单的事情。刚才听你说,十点十一点炼一炉是怎么的?你们上班不是八小时吗?"

秦德贵觉得梁景春这样问,就全是外行话,但想到他初来接事,情况当然不够熟悉,就诚恳地解释:"我们这里是三班倒,一个炉子就有三个炉长工作,白天黑夜不断炼钢,息人不息炉子,我说我一次炼十个钟头,里面就起码有两个钟头是别人炼的。"

梁景春随又竖一竖眉毛,低声地问:"你那天七点五分钟一炉钢,全是你炼的吗,还是别个炉长,炼过一段时间?"

"全是我炼的。"秦德贵连忙回答,"从加料一直到出钢,都在我的班上。"

梁景春用手撞一撞秦德贵的身子,警告似的说:"秦德贵同志,这里可有问题呵。你想想看,别个炉长炼了之后,你又去接手,你感到满意吗?"

秦德贵拿手搔一搔头,不安地说:"有时我也挺不满意。"

梁景春用手碰了一下秦德贵的身子说:"这你就该好好地研究下子!"

秦德贵脸红到了颈项,惭愧自己并没有好好研究下去。

梁景春深深吸了一口烟,然后加重语气地说:"这里面是有问题的呵!"他看了秦德贵一眼,见他现出苦恼和不安的脸色,便又改过语气温和地问道:

"你们三班不是订好计划就要挑战了吗?"他把九号炉子的三班工友作为一个典型的小组来研究。他已经看了不少关于这个炉子的记录,想要从这一方面来深切地了解,竞赛起来,可能会有什么困难。到底还有什么问题没有解决。

"是的,我们就要挑战了。"

"你们保证能完成你们的计划吗?"

"保证能够完成。"

梁景春喜欢他单纯，答得干脆直爽，不禁笑了起来，接着拿手碰一下他的肩膀，然后说道："你要知道，九号炉不只是你们一班的哪，还有其他两班呢？你能担保吗？"

"他们两班都开会通过的，还没有保证么？"秦德贵天真地反问。

"以前你们竞赛的计划，不是三班都开会通过么？为什么我看你们的生产记录，就有两三次没有完成？"梁景春露出精明的脸色，眼光灼灼地望着他。

"这就是我们有时不大团结。"秦德贵忧郁地说，"工作没有做好。"

"我看袁廷发、张福全不是挺和气吗？"梁景春忽然看见坐着的人，都站起来了，直朝剪票口拥去，就连忙改口说，"你买票没有？我们只顾谈话。"

"袁廷发有时脾气不大好，他班上工友，有两个闹情绪的，不久前还想转到我这班。"秦德贵向卖票口走去，"党委书记，你到哪里去？我帮你一道买票。"

"我不到哪里去，我来接我的小孩子。"梁景春跟在后面。

卖票口还有四个人在买票，秦德贵就站在他们的后面，正要回答党委书记的问话，忽然一个年轻的姑娘，一脸高兴地走来招呼他，他便忍不住欢喜地叫了起来："呵，你回家吗？来，我给你买票！"随又赶快回头向梁景春说，"他就是要人家对他好，一有疏忽他就不高兴。"接着又掉头问那年轻的姑娘，"你好久没有回家吗？我也很久没有回去了。"

"厂里任务紧急，哪有工夫回去，这回捎信来说我妈病了。"年轻的姑娘敛着高兴的神情，有点抑郁地回答。

梁景春看见姑娘的胸襟上，戴一个布牌子，有着电修厂孙玉芬的字样。年纪二十左右，但清秀活泼的脸上，显出精明懂事的神情，使人感到这不是一个才出中学的学生，而是在社会上生活过，也锻炼过的。她脸色红润，显得非常健康，再配上细小的眼睛，直直的鼻子，薄薄的嘴唇，有着吸引人的美丽，左右站着的人都忍不住要回过脸来看她。梁景春看见他们两人谈得那么高兴，便问了一下甲班两个工友的姓名就走开了。

二

孙玉芬是在一个哥哥三个姐姐的家里生长起来的。当她一落地的时候,父亲孙大发一听见是个女孩,便切齿骂声:"给我淹死!"就拿着锄头气冲冲地走到地里去了。

母亲含着眼泪,对隔壁跑来接生的女人说:"秦大嫂,你跟我问问,看哪家要女孩子,就给我送出去。可怜的,让她有条生命。"

但在日本帝国主义统治下的东北农民,有的破产,有的饿肚子,哪个肯要女孩,白白增加负担。母亲只好勉强领着她,由她饱一顿饿一顿活下去。父亲则一直没有理睬她,看她跌在地下哭了,只是皱着眉头走开,从不顺手拉她一把。

小时候,想到一会儿要看大人脸色了,孙玉芬就不想留在家里,总要一个人走到地里去东看西看,就是鸟子飞过天空,牛羊爬上山地,都能使她感到兴趣。她顶不高兴父亲那副常常生气的脸色。有时也同田地里的野孩子打仗,大家都抓起泥巴块子当子弹,即使脸上手上,都打得青一块红一块了,也还要把泥巴块子,雨点似地打了过去,让对方逃走了,才肯罢休。只有秦德贵不肯退让,但孙玉芬冲过去的时候,他却不还手了,反而把手里的泥巴块子丢在足下。孙玉芬气狠狠地骂:"鬼东西,为啥不打,你怕哪?"

秦德贵比她大四岁,到底懂事些,就说:"你疯了,咱们打玩的,你就这么凶!"

秦德贵给地主放猪的时候,她也跟着去过远处的山边。她就觉得秦德贵好,不欺负她。秦德贵的妈妈,就是给她接生的,也对她好,有时遇见的时候,想起过去的事情总要赞叹一句:"小鬼,你总算活出来了!"或者一句话也不说,却也要伸手去摸一摸她的头。有时孙玉芬不到田野去,就到秦德贵家里玩。

女游击队长柳克玉离开村子的时候,孙玉芬也想跟着走。但因为那时才十二岁,怕她跑不得路,坚决不能带她。她哭着爬上山顶,看见游击队的队伍,消失在远山的林里,再也望不见了,才又哭着回来。她恨自己为什么不早生几年。

东北解放后,听见工厂招收女工,她便考入电修厂计器车间工作。这是需要学习技术的,但老师傅张大春却不大愿意教,认为教女学徒,"只是白白的教她一场,一结了婚,一切都完蛋了。她回家去,带孩子洗尿片子,还用得着技术吗?"因此,只让她和别的女学徒做些不重要的工作。孙玉芬很感苦恼,就把学习的情形报告领导上,一面也在开会的时候,说出自己的决心,她指着墙上的毛主席像说:

"我是毛主席共产党解放出来的,现在就是要跟着毛主席共产党走,做一辈子的工人,永远不会离开工厂的。有人说,女人一回家就完蛋了,我不,我提起家就伤心!"说着说着,就哭了起来。

张师傅经过领导上的批评和教育,对女学徒并不歧视了,但心里却很不高兴孙玉芬她们:"这些毛丫头,可了不得啰,居然敢向领导上反映我。好嘛,看哪个斗得赢?"他教是教的,却不管你懂不懂,你多发问,他就拿脸色给你看。

年轻人火气大,尤其孙玉芬气不过,总在背后骂:"死脑筋"、"死顽固"。张师傅听见了,自然越发不高兴。有时看见孙玉芬她们,工具放失落了,一时找不着,就要说风凉话:"吓,还是团员嘞。"

经团的教育后,孙玉芬她们才改变了态度,尽量争取张师傅,开会的时候,找他参加。他要走开,便把门关起,夺下他手里的饭盒。开初,张师傅坐得远远的,不乐意听。但听见孙玉芬带头检讨起来,大家又尽量说出自己的缺点,错处都归在自己身上,张师傅便把板凳移拢去了。最后,他感动了,也讲出自己的缺点。

检讨会后,孙玉芬她们又常去给张师傅买饭菜,从老远的食堂,送到车间,又把吃完的饭盒,拿回食堂去洗。张师傅高兴了。从此,教得很热心,很起劲,重要的工作也让她们试着做了。

孙玉芬同秦德贵虽是在一个工业城市工作,但因各在一个工厂,遇见的机会,反而少了。孙玉芬在电修厂工作,天天上白班,星期天可以休息。秦德贵在炼钢厂工作,每天分白班(早上八点到下午四点),阴阳班(下午四点到晚上十二点),夜班(晚上十二点到第二天早上八点),有时这一礼拜在夜班,下一礼拜又倒在白班了。休息采取轮休制,每礼拜可以休息一天,但很少恰恰碰在星期天。秦德贵轮在白班工作,下了班,也在马路上碰见过好些次,但因孙玉芬都是同许多女工在一道,只是彼此打下招呼,并没有多谈什么话。

现在忽然碰在一道,又是一同回到乡里去,便都有着说不出的高兴。火车上,旅客很多,只找着了一个座位,就让孙玉芬坐着,秦德贵便站在旁边。火车到一站,有客人下去,车厢里有座位空出来了,他也不赶去占着,只顾同孙玉芬谈话,空位子就由刚上车的人去坐。好容易到了第四站,孙玉芬旁边的座位空出来了,秦德贵刚欢喜地坐下,却看见一个才上车来的老太婆,有气无力地站在旁边,唉声叹气,他只好摸一下头,笑笑地站了起来,把老太婆牵去坐着。老太婆欢喜地连声道谢。秦德贵就说:"这有啥谢的,咱们年轻人,站站没关系。"

孙玉芬站起来,要他去坐一会儿,秦德贵不肯,仍把孙玉芬拖去坐下,一面笑着说:"你不晓得,我就高兴站哪。咱们在炉子上炼钢,就从来不坐的。"

孙玉芬劝他坐一会儿:"等会儿下火车,还要走十里呵,又不比白天。"

"十里算什么?咱们打游击的时候,一晚上一百里都跑过哩。"

孙玉芬看看他结实的身体,饱满的精神,禁不住笑了。觉得在这个人面前,仿佛世界上再没有什么困难似的。

三

一走出车站,满天明月,深黑的天空,点缀起稀稀疏疏的星子。高大的白杨树,把浓黑的阴影,投在灰白的大路上。没有风,天气可十分凉爽。

约莫在三年多以前,是在白天的时候,秦德贵从火车上下来,碰见孙玉芬和另外一个女孩子,就同路走回家去。那时候孙玉芬还没进工厂,可对工厂充满了热烈的憧憬。她一碰见了秦德贵,就非常欢喜,关于工厂,立刻问这问那的。她每听一两句,就忍不住要睁大眼睛或者叫起来:"呵哟,那样的么?"

秦德贵见她对工厂那样有兴趣,也禁不住把有些事情夸大起来:"你晓得,咱们炼钢工人吃饭,都是用石头煮的呵。"

"呵呀,石头煮饭!"孙玉芬惊奇地叫了起来,走了几步,又忽然扁下嘴说,"不稀奇,不稀奇,你说的石头,那就是煤块子哪。"

"哼,要是烧煤,那有啥说的。"秦德贵指着路边上的石头,"咱们就是烧这些石头呵。"

事实上,只有少数的炼钢工人,不到食堂去吃饭,是把家里带来的米,装在锑铁饭盒内,再泡上水,然后用铁锹把炉门口烧红的白云石,铲两锹来当炭火,这样就能煮熟一盒饭了。这显然并不是随便使用哪种石头。但秦德贵为了说得好玩起见,便故意说成炼钢工人不管什么石头,抓来就能用来烧饭。

"鬼话!我才不相信哩!"孙玉芬停下足来,指下路边的石头,"你擦根洋火给我烧烧看。"

"哎呀,你怎么这样外行。我告诉你,这是要用瓦斯烧的哪。你不信,你去看嘛。咱们炼钢就是要把石头烧成水一样地流呵。我一点也没吹牛。"这倒的确没有吹牛。马丁炉内的温度,总给煤气烧到一千四百度以上,无论什么石头,一丢进去,就会化成水的。

"我总有一天,要去看的,你以为哄得着我么。"孙玉芬始终不相信,石头烧成水一样地流,是一件多么不可想象的事情。

现在走在这条路上,孙玉芬记起先前的事了,就笑着告诉秦德贵:"你们炼钢厂我都去过了。"

"我怎么没有看见?"

"我们跟张师傅一道去修理电气,我到处望望,就没看见你。"

"那我一定在做夜班。"秦德贵断定地说,随又笑了起来,他也记起先前在这条路上的谈话了,"你该看见了吧?是不是石头烧成水?"

孙玉芬不回答他的问话,只是神往地说:"你们那个平炉车间,才进去,真有点怕人。"

"那有什么怕的,在久了,就觉得挺好玩。"

"那是好玩的吗?"

"我觉得比耍把戏还好玩,一个耍把戏的,他就不能把石头变成水。"秦德贵又在高兴地说起笑话来了。

"我不同意。"孙玉芬却像开会似的发言,"为什么要把工作,说成耍把戏的呢? 工作不是开玩笑的呵。"她在电修厂内赶制继电器,做好之后,就要插根电线在试验台上试验,看是否成功。但试验台很少,而继电器却有许多,如果一个一个的试验,月终任务就完不成,她和她的组员温玉兰便想出插双线的办法,那是同时试验两个继电器,但是双线是从来没有插过的,万一爆炸了呢? 她们试插双线是成功的,但那时是多么地担心,多么地害怕呵!

"你不晓得,一个人闲不惯的。有气力,总想劳动。有时候一做顺手了,真比玩耍还快乐。"

孙玉芬见他一下子说得那么认真,便又打趣地问道:"你现在背起包袱走路,快乐吗? 还是打空手快乐?"

秦德贵原是一件东西都没有带,现在背的包袱,是他下车的时候,从孙玉芬手上夺过来的,听见孙玉芬在这样问,便欣喜地说:"快乐! 挺快乐! 不说背十里,就是背它一百里都愿意。"

要是在三年多以前,孙玉芬就会笑着这样说:"以后我回家,你就给我背包袱好了。"现在她觉得不好意思说出来,只是微微一笑,赞美地说:"你好,你真是爱劳动的!"走了一阵,随又问道,"你怕不喜欢看电影吧?"

"哪个说我不喜欢?"

"为啥在电影院,总没看见你?"

"那么多的人,你怎么看得见?"

"没有开演的时候,我就常常东张西望,希望看见一个熟人,一个家乡的人。"

"奇怪了,我也没看见你。我一换新片子,总要去看的。轮休的时候,我就到公园去划船,到游泳池去游泳,冬天就滑冰,玩起来总要痛痛快快地玩。"

"我们厂里有些老师傅,可奇怪得很,戏不看,连电影也不想看,生活的范围太狭窄了。"

"这是日本鬼子害了他们,就把他们变成了工作的机器。我们厂里也有这样的老师傅。这比起来,咱们真幸福,咱们生在毛泽东这个时代!"

"以前他们不要我去打游击,我哭过,我恨我迟生几年。"孙玉芬感慨起来,接着又快乐地说,"现在觉得刚好,我赶上了新中国的建设,我能够做新中国的工人,这真使我感到幸福!"

大路早就伸入高粱地了。月亮照着的高粱叶上,凝结着晶莹的露珠。看不见的小虫,放出银铃似的声音叫着。月亮有时给乌云遮着了,分明的山影,朦胧起来,村子也仿佛躲藏不见了。他们感到眼前的大路一黑,便禁不住要抬起头看看天空。孙玉芬担心地说:"该不会下雨吧?"

"不管它的。"秦德贵停下足,把放在右肩上的包袱,移到左肩上去,然后又走了起来。

"你让我拿拿吧。"孙玉芬不安地看着他。

秦德贵没有理睬,只是一面走,一面问:"你里面装些啥东西?这样沉甸甸的。"

孙玉芬笑了:"就是些衣料子哪,袜子哪,毛巾哪,肥皂哪。你一回家总得这个人送点,那个人送点。还有我的表姐丁春秀,也叫我带点东西送给她的娘家。你不知道丁春秀吗?她的爱人也在你们炼钢厂工作。"

"叫什么名字?"秦德贵很有兴味地问。

"他叫袁廷发,你不知道吗?"

"呵,袁师傅,熟得很,我们一个炉子上工作。他的爱人我也认得,就不知道她的名字。"

"我也听过他们讲你哩。你为什么很少到他家里去?"

"讲过我什么?该没有骂过我吧?"秦德贵笑了起来,没有回答他很少到袁家去的原因。

"你这个人才怪,人家咋会骂你哩。"

"我们近来可常常顶嘴呵!"

"我表姐夫脾气躁一点,人可挺好呵。"

秦德贵不想继续再谈袁廷发,就转过话题问:"你表姐的娘家是在哪个村子?"

"就在丁家屯,离我们村有三四里路。"

秦德贵移动一下肩上的包袱,笑着说:

"你们真想得周到。我可不管这些,总是空起手回去。我把钱交给他们,他们要什么,由他们自己去买。"

"你现在挣多少工薪一个月?"

"基本工资三百五十一分,加起计件工资,再加奖金,有时可以到四百多分。"

"呵,你们怎么得这么多?"孙玉芬惊异地说,随又笑了起来,打趣地说,"你们炼钢工人那样快乐,这怕也是一种原因。"

"工钱,可就没有放在心上。"秦德贵大声地说,"我一个人用得着多少嘛。吃饭又有保健菜,不花一文钱,天天鱼呀肉的,吃不完。一礼拜,就看两回电影,至多也不过五千元。衣服顶多缝两三套。简直没地方花。"经过一道桥,水流得哗啦哗啦地响,一直走过了,才又说下去,"我们快乐的,就因我们是毛泽东时代的炼钢工人。你想想看,志愿军打美帝国主义的炮弹,是咱们的钢做的,全国基本建设使用的钢,也要靠咱们来炼,多么使人感到骄傲。"

"不仅骄傲,我看还有点自大哩。"孙玉芬嘻嘻地笑了起来。

"吓,你才说得奇怪喃!我怎么会自大?"秦德贵禁不住火辣辣地说,还停下脚步,掉过身子来,"当真骄傲自大,我还会给你背这个包袱吗?"

孙玉芬一面笑,一面走着,没有说话。

秦德贵不高兴地追上前去,一面咕噜地说:"我真不懂,你怎么想起的?到底哪些地方,有这样的表现?"

"我不是说你今天晚上,有什么骄傲自大。"

"那又什么时候呢?"

"有好些次,我们不是马路上碰见吗?"

"是的,总有十一二次。"

"不止十一二次。有好几次,你没有看见我。就是看见我的时候,也只是打个招呼就跑了。我觉得那就是骄傲自大。"

"哎呀,我的同志。"秦德贵大笑起来,"叫我怎么说嘛。这只能说我胆子小。看见你们一大群女的,都一下子望着我,我就话都说不来了,只好赶快跑开。"

孙玉芬也忍不住大笑,笑了之后,带着回忆的神情,微笑着说:"你不说,我倒以为你们炼钢工人,全都胆子大哩,我碰见的炼钢工人,都是爱讲话的,一看见就要跑过马路来打招呼。你同他多讲两回话,他就要请你看电影。"

秦德贵忍不住屏着气问:"你认识我们厂里哪些人?"

"说起来你都怕挺熟识的?李吉明、张福全,你一定熟识。"孙玉芬一面走,一面打量了他一下。

秦德贵冷冷地说:"倒不怎样的熟识。"

"你们在一个车间,又在一个宿舍,天天见面怎会不熟识?"孙玉芬略微有点诧异。

"见面倒是天天见面,他们可就没有请我看过一次电影。"秦德贵不禁微笑起来。

走了一阵,孙玉芬就又问秦德贵:"他们工作怎么样?"

秦德贵冷淡地说:"你是说李吉明、张福全吗?"

"是的,我当然是问他们。"

"你同他们那样熟识,你还不知道吗?"秦德贵勉强笑着反问。

孙玉芬不高兴地说:"我就是不知道,才问你哪!马路上打个招呼,算什么熟识。"

"不是电影都看过么?"秦德贵冷冷地有点嘲弄。

"谁看过他们的电影!"孙玉芬大声生气地说,"我就不喜欢那样的态度,还不大熟,就要请看电影。"

秦德贵笑了起来,打趣地说:"刚才你不是又不喜欢我胆子小么?"

孙玉芬没有回答,只是忍不住笑了起来。

两个人就这样说说笑笑,走了好些路。路上行人稀少,大都是下火车回乡里,或者是赶搭火车的。天空中的云朵,业已散得无影无踪。四面高粱原野和长着苹果树的浅山,都笼在月光下面,浮着一层薄薄的银色的雾。近边村庄上的房屋树木,路边小溪的柳树,现出水墨色的黑影。

路过一所小学校,白天洋溢着歌声和读书声的,这个时候也是静悄悄的了。从小学校到他们的村子,已没有好远。

孙玉芬记得小时候,有一次跟着秦德贵放猪回去,天已经黑了,正走在小学校这一截路,忽然秦德贵学狗叫起来,不禁吓了一跳,回头就骂:"死鬼,好的不学,学狗叫!"走到这里,孙玉芬记起了小时的事,便笑着说:"今晚简直听不见狗叫嘛,如今狗都养得少了。"

"穷人早就翻身了,都过着太平的日子,还用得着养什么狗。"

孙玉芬忍不住笑着说:"你小时候,学狗叫,真学得像。"接着又打趣地说,"这个技术,现在怕忘记了吧?"

"没有忘记,我还在继续钻研哩。"秦德贵竭力忍着,不使笑声漏了出来,"咱们打扑克,哪个输了,就是罚他学狗叫,叫不好,大家还不答应哩,非努力钻研不可。"

孙玉芬大笑起来:"我的天,你们过得真快乐。"

有乡下人驾起牛车,把土产品运到火车站,正迎面走来,听见这两个年轻人一路讲得那样快乐,便禁不住羡慕地说:"这小两口儿,可乐呢。"

孙玉芬不笑了,只啐了一口。

两人都没有再讲话了,一直走进村子,到了孙玉芬家的门前,孙玉芬来拿她的包袱。秦德贵说:"我给你拿进去吧!"

"不,我自家拿进去。"

"明天晚上你回厂去吗?"

"回去的。"

"有什么东西要带走,还是让我来背好了。"

"有,那可重哪。"

"不管怎样重,我都愿意背。"

"谢谢你。"孙玉芬笑着伸出手来。

"这有什么谢的。"秦德贵紧紧握着她的手,舍不得放开。

"快回去休息吧。"孙玉芬脸红了,甩脱了他的手,就双手提着包袱,赶快跑去打门。

四

秦德贵回家去敲门,父亲秦奉云点燃灯,披起衣裳来开。他走进去的时候,母亲也从炕上爬起来了,看见儿子一脸高兴的神情,毫无倦意,便说:"你还没走累么?半夜三更的。"一面心里想,"他这么高兴,这回婚事,一定成功。"

秦德贵笑着说:"哪里会累?咱们在厂里,这阵还在上班哩。"

"我给你煮点东西吃,你一定饿了。"

"不饿,一点也不饿。"秦德贵坐上炕去,一面把带回的钱,交给秦奉云。

秦奉云高兴地说:"上个月又得了奖金吗?"

"得了。"秦德贵望下身边正睡得很熟的妹子,就压低声音向妈问,"家里人都好吗?哥哥呢?"

"都好。"妈扣着衣裳说,一面又望下秦奉云手上数着的一厚沓钱,高兴地说,"如今你进工厂的,真吃香了。连你哥哥也眼红起来,他也吵着要进工厂。我就气起来了,我就说,你们男子汉,都进工厂好了,媳妇可不准带走,让她留在家里,好帮老人种地。"随又叹口气说,"你们个个人都进工厂,不种庄稼,看你们吃什么?"

"嫂嫂愿不愿意留下哩?"秦德贵笑着问。

"看她那个样子,是不想留下的。那可不能由她呢。"母亲断然地说,随即摸到厨房去了。

秦德贵笑了一下:"看来要给我讨个女人,弄来种地的啰。"

秦德贵给她妹妹吵醒的时候，天已亮了好久了。他闭着眼睛抱怨："怎么这样吵人，咱们夜班可要睡哪。"

妹妹笑起来了："哥哥，这是在家里哪。"

妈是希望他起来的，但还是说："你不要吵他，让他多睡一会儿。"

妹妹反对妈的意见："你看太阳多高了！还要走那么些路。"

秦德贵原想起来的，一听明白她们话里的意思，便又翻过身去，睡了起来。

"他太疲倦了。"妈望下儿子，随又安慰女儿，"等下你们驾着车子去好了。"

"那我就去驾车子吧。"妹子性急地朝外就走。

"你那样慌做什么？"妈责备地说，"等二哥起来再驾。"

嫂嫂在厨房里，听见妹妹跑出去，就笑着说："就像她要讨新娘子的一样。"

妹子十六岁了。二哥要讨的那个姑娘，她是在舅父那个村子看见过，还一道玩耍过，两人都玩得很高兴。妈要她带二哥去看人，她欢喜得了不得，天天盼望二哥回来。她高兴那个姑娘做她的二嫂。她把马喂饱了，车也弄好了，但看见二哥还是在睡，心里很急。忽然想起了，立即问妈："你没告诉他么？是不是他忘记了？"

"信上写得明明白白的，怎么会忘记呢？"妈望着儿子，也有点怀疑起来。

"我看准是忘记了。哪会醒了，又还要睡？"妹子断定地说，她就去拉开被盖，掀着秦德贵的身子，"二哥，起来，起来，你忘记了么？"

秦德贵揉着眼睛："忘记什么？"

"哎呀，他硬是忘记了！"妹子向妈说了一句，随又告诉二哥，"爹写信给你，不是叫你回来……"她不好意思地笑了。

秦德贵又闭着眼睛，现出不理睬的样子。

妹子忍不住了："妈，你告诉二哥嘛，爹在信上讲什么话。"

妈只好说："德贵，你忘记了么？你快起来，跟你妹妹去，那个姑娘，就住在你舅舅那个村子上。"

妹子又在掀他,秦德贵只好睁开眼睛,但没有回答妈的话。

妹子怂恿地说:"二哥,就去看看吧,看了包你满意!"

妈接着说:"舅父舅母都喜欢她,在家里勤快得很,又会下地,又会缝衣。"

"还读了四五年书,比我字都认得多。"妹子急忙插嘴。

妈讲下去:"咱们家里,就需要这样的媳妇。你爹和我,都一年年老了,你哥哥嫂嫂,又忙不过来,正该添个帮手。"

"论相貌,那要人比呢,村子里就数她好看。"妹子抢着说。

妈接着说下去:"人很节俭,不好穿,不好吃。"

"她家还舍不得嫁她哩。"

"自然哪,这样的好女儿,哪个舍得嫁嘛。就听说,我家的儿子,在工厂做工,就愿意了。如今就有这个风气,都想把女儿嫁给工人。我可不这样想,都看重工人,还有哪个种田呢?将来我们德秀,还是给她找个庄稼小伙子,早晚一道下田多好……"

"妈,你干吗说那些话!"妹子满脸通红,带着撒娇的样子,埋怨妈,接着又催促二哥,"快起来,我车都驾好了。"

秦德贵给她们吵得不好再睡了,便坐了起来。母亲端来洗脸水,要他洗脸。妹子就在炕上安个矮脚小条桌,把高粱米饭和小菜摆在桌上。秦德贵洗了脸,就开始吃饭。

妹子跑出去看一下她驾的大车,又跑回来催促,她看见二哥吃得很慢,心里有些着急。

秦德贵忍不住地说:"我告诉你,我今天不去啦。"

妈以为儿子在同妹子说笑话,就说:"德贵,你不要开玩笑,你妹妹等你好久啰,她天天盼你回来。她听见那个姑娘,要做她的二嫂,她就喜欢得发疯。"

妹子认为二哥是喜欢讨亲的,就向妈说:"二哥他是不好意思。"

"有啥不好意思?"妈笑着说,"你不好意思,你不跟她讲话好了,只消看一下也使得。本来那样的姑娘,谁个见了不喜欢?我跟爹就想给你订了算了,又怕背个名声,包办婚姻。只消你点个头,交给娘老子办,不去看也可以的。"

"妈,还是让二哥去看一下好。你们大家再称赞,他没见,总不放心。"妹子坚持她的意见,她已起心要去了,就静不下来。

秦德贵一面吃饭,谁也不看地说:"我现在还不想讨亲的。"

妈叫了起来:"德贵,你在说些啥呀?你不想讨亲!你明白么?你已经二十四哪,工厂为啥就那样好,连亲都不想讨了?"

妹子一直兴奋得发红的脸,这时就气得变成青白色,一句话也不讲,坐在炕上。

妈望一望儿子,又再说道:"你是不是说着玩的?"

秦德贵就望着妈说:"妈,我不是说着玩的,我是说真话。"

妈气得掉开头:"你家里给他忙得发昏,他还不要!"气了一会儿,忽然掉回头来,"我问你,你一辈子都不讨亲么?"

秦德贵不自然地笑了:"讨当然要讨的。"

"那你要讨什么人?"妹子跳起来问,"为什么这样的好姑娘,你都不要?"

"你说说,你到底要讨怎样的人?"妈尽量忍着气,好声好气地问。

秦德贵对这个问题,一向并没有怎样思考过,禁不住红了脸,想了一会儿,才说:"总要先认得,大家都喜欢了,就可以。"

妹子高兴地拍起手来:"二哥,你看了,一定包你喜欢的,连我都喜欢她。"

"是的呀,你去看看嘛。你不去看看,你怎么会喜欢?"妈也高兴起来了。

秦德贵没有回答,只是低下头吃饭。妈就向女儿说:"你给马多添点料,让它吃饱一点。"

秦德贵急忙说道:"妈,我说不去,就不去哪。"

妈又气起来了:"你当真天天炼钢炼铁,把心也炼成钢铁了么?这样说不动你。"

秦德贵苦笑着说:"妈,我就怕这一点。"

"你怕什么?"

"我就怕看了,不喜欢,那怎么办?"

妹子立即凑合地说:"我敢包,你会喜欢的。"

秦德贵说:"那不一定。"

妈责备地说:"我不信你的眼睛,就生在头上去了。那样的姑娘,你还要到哪里去挑选?"

"你就周围团转的村子,你都挑选不出来。"妹子竖起她的指头,指点着说,她就在旁边尽量地打气。

"谁也保不定的。"秦德贵为难地说,"有时真不喜欢。我就怕人家生气,说我自高自大,看了又不要。"

"我看你,就是有点自高自大,大家都喜欢的人,你就偏不喜欢。"妈的脸色,很不好看。

"二哥,我问你,你是不是喜欢城里的女孩子?"妹子忽然想起了,就大声地问,仿佛一下子发现了什么,兴奋得脸都发红了。

"不管城里的、乡里的,我都不要!"秦德贵笑了一笑,放下了碗筷,低下头坚决地说,"等一两年再说吧。"

"那你今天回来做什么?"妈又生气,又很难过。

"该我轮休,我回来看看你们。"

"你不回来,我倒少怄一口气。"

秦德贵走下炕来到门角落里摸根锄头,便向门外走去。他怕妈和妹子纠缠不清,宁愿晒着太阳,到地里,帮爹和哥哥锄草松土。

爹对儿子的婚事,并不那么热心,儿子不愿去看就算了。他觉得由儿子去自作主张,比较好些。"打游击","进工厂",结果都很好,不是证明儿子做得很对么,只是担心地说:"哎呀,你帽子都没戴,太阳晒着热哪。"

秦德贵不以为意地说:"这不要紧,咱们在炉子旁边炼钢比这还要热哩。"

五

孙玉芬回到家里,看到母亲并没什么重病,倒也放下心了,可是心里却又不免气恼起来,"为什么要说生了重病呢?害我请假,耽误一天工作。"她没有说出来。

母亲就连忙申明:"你半年多都没有回来,你想想看,娘多么想你!就怕你又推工作忙。"母亲瘦瘦的,说的时候,现出怪可怜的样子。

孙玉芬气消了:"反正回都回来了,就愉愉快快地陪娘一天吧。"而且,说也奇怪,在工厂里也同别的男子握过手的,并没什么感觉,现在却老是高兴地记起,"那只大手,怎么那样有力呀。"接着又暗自好笑起来,"今天下午带点什么重东西吧,让那傻小子去驮。"

父亲孙大发一早起来,就把一只黄色的母鸡,捉来杀了。母亲迟去一步,就埋怨地说:"哎呀,你怎么这么急,不问我一声,这只黄母鸡正生着蛋呀!"

"我看就是这只肥,要杀就要杀肥的。"父亲孙大发欢喜地说,并不惋惜,"想想看,好容易才给她吃一回。"

家里人小声小气地讲话,轻轻地走路,生怕惊醒了她。其实孙玉芬早就醒了,这是天天一早上班养成了习惯。她睡在被子里,禁不住快乐地想:"简直把我当成贵客哪。"

不久,听见嫂嫂挑水回来了,在厨房笑着对妈说:"秦家的老二,也回来了,今天要去看亲,他妹子正在套马驾车子。我看,咱们喜酒吃得成了。两家早已讲好,就等老二去看。那么好看的姑娘,一看就会合心合意的。"

孙玉芬原觉得既在家里,不上班了,就索性多睡一会儿,反正没有什么事情,但一听见嫂嫂的话,便一点瞌睡也没有了,只是尖起耳朵听。

母亲在感叹地说:"总算世道变好了!要是以前么,老二就是做梦都讨不到。真是俗话说的,他家有好女,无钱莫想她。"

接着母亲又快乐地说:"就像你爹,先前哪肯给儿女吃一个蛋,只想拿去卖钱。"

小时候到底吃过蛋没有,孙玉芬一点也记不得了,但看见村里有钱人家的孩子,拿着煮熟的蛋吃,回来就哭着向妈要过,这却还像昨天一样的事情,记得非常的分明。可是世道改变了,今天有鸡吃了,不知怎的,却并不想吃。

吃饭的时候,在爹的殷勤的眼色下面,妈又连声敦促,她才勉强夹了些鸡肉。但爹终于忍不住了,亲自拿筷子给她夹来放在饭碗里,她只好推托地说:"我们在厂里,伙食太好了,常常吃到鸡的。"

妈欢喜地叹气说:"咱们女人这辈子,总算出头了!以前,过了多少苦日子呵!女人连猪都不如,猪养了猪儿,一家人还喜欢添了财了……"

"老太婆,还想以前做啥呵!再照以前那样子,谁也别想活下去。你看看今天吧!"爹给妈夹了一块鸡肉,"多肥的鸡肉!"

孙玉芬推开碗筷,拿帕子擦嘴的时候,不禁想道:"我今天却是很不快乐呵!"随又骂自己,"这是闲得无聊了。"

午饭后,爹驾起马车要把洋山芋送到火车站去,她便决定回厂里,同爹一道走,妈再三留她,要她下午才走,她也不肯了。

妈望着她坐在车上的背影,对媳妇叹气地说:"她小时候,就是任性。大了还是这个脾气。我常常都想给她选个人家,回头一想,你不好给她做主的。"

嫂嫂羡慕地说:"她自己都打出一条路了,她自己会选着人的。"

六

半下午的时候,秦德贵去约孙玉芬一道搭火车,走到她家的门口,正碰见孙玉芬的妈,便笑着打招呼:"大娘,好久没有看见你了,你跟大伯都很好吗?"

孙玉芬的妈感到高兴,觉得这个年轻人特别来看她,是难得的事情,还露出赞美的脸色说:"现在你们搞好了,真逢到了好时候。进来坐一坐,吃一杯茶。"一面注意地看他穿的新衣服。

秦德贵愉快地走了进去，满心想着孙玉芬会笑着出来迎接，谁知坐到炕上，还不见她的影子，一时不好问得，只是向屋打量下子：四壁粉刷得光光的，再不像先前那样破破烂烂，壁上贴着毛主席的全身像以及工厂的一些画片。显然这都是孙玉芬带回来的。孙玉芬的娘摸着秦德贵的白衬衣看了一会儿，一面笑盈盈地说："我真眼红你们的爹娘，有你这样一个好儿子。"随又责备自己地说，"呵呀，我简直忘记了，我该找点烟给你吃。"一面就站起来去开抽斗。

秦德贵立刻阻止她，说他不会吸烟，还一面朝对面那间屋子望去，以为孙玉芬还在那边。

"你真习得好呀，烟都不吃。"孙大娘把烟重新放进去，一面又问，"你怕酒会喝两杯吧？"

"不，我不喜欢喝酒。"秦德贵站了起来，简直想走到对面屋子去看，到底孙玉芬在干什么。

"坐一坐，你这次回家该会多住几天吧？"

"不，等下我就要回厂去了。"

"哎呀，你们真是，一到外面就不想家了。"孙大娘一脸不快活地说，"我玉芬才气人嘞，你成半年地想念她，想她回家，她才一天都待不住。"

秦德贵生怕孙大娘会把孙玉芬留下一夜，让他今天一个人回去，便赶忙笑着说："大娘，你不晓得厂里多忙了，一天不回去工作，就会耽误国家的生产。还有我们都干活惯了，谁也不想歇下手闲着。"

孙大娘现着苦恼的脸色，抱怨地说："我玉芬半点在家的心思都没有。想起来，真叫人难受。"

秦德贵表示同情地说："以后可以多叫她回来几次。"

孙大娘扁一扁嘴说："我再不想念她回来了。回来一下就走，倒不如不回来的好。回来只叫你憋一肚皮的气。"

秦德贵做着缓和的口气说："今天还可以挨晚边一点走，叫她多陪你老人家一会儿。"他故意说大声一点，使对面屋里的人，也能听见。

"她要是像你这样多好。"孙大娘生气地说，眼里冒出了眼泪，"没良心的东西。"

"你老人家不能这样怪她,我晓得她们厂里挺忙的。"秦德贵听见她这样骂起来,感到怪难为情,便竭力替孙玉芬辩护。

"不是我这样骂她,她太不管我哪!"孙大娘用袖头揩下眼睛诉苦地说,"午饭筷子碗一放,她一刻都留不住,就跑去搭火车去了。"

"她都走了吗?"秦德贵大惊失色起来,忍不住责备地说,"这就太不对了。"他站起来正要走的时候,孙玉芬的嫂子走进来了,她高兴地说:"幸好你还没有走,刚才丁家打发人,送一双鞋子来,要孙玉芬带给丁春秀。"接着她把一双小孩的鞋子,递给秦德贵,还问,"你认识丁春秀吗?听说她丈夫就在你们厂里干活。要是你不认识她,你就交给玉芬好了。"

秦德贵接着鞋,抑郁不乐地走了出来。在空旷的田野中,照着掉西的太阳,大踏步地走着。心里不禁想着:"明明约好了的,为啥一个人又先走了呢?"一个人走在路上,感到田野太寂静了,这是他以前从来没有过的感觉。时时都记起月光下那个黑发披在颈上的身影,竭力要把它丢掉,也丢不开去。微笑着的一双细小的眼睛,一抬起头,就仿佛出现在路旁那些闪着阳光的绿叶上。这使他感到甜蜜,但也觉得十分苦恼。他解开了衣纽,让掠过高粱梢头的凉风,冷冷他那发热的胸膛。

他搭上了火车,总从这个车厢,走到那个车厢,他在车上静不下来。当他在车站上等车的时候,就已完全明白了,在这一班的火车上,决不会再遇见她,但在车厢里,一看见年轻的姑娘,只要穿着白色西装衬衣,浓浓的黑头发披在颈上,他就忍不住要走过去看看。

第五章

一

秦德贵自从乡下回来以后，还是在阴阳班工作，每天下午三点钟就到工厂去接四点的班，半夜十二点钟下班回宿舍睡觉，总得第二天早上八点多钟才能起来，简直没有机会去看孙玉芬。他晓得孙玉芬是老白班，早上七点多钟进厂，下午六点多钟出来，早晚都不能会着。他本想写信告诉她，说他帮她带来了鞋子，但又想想还是借这个机会见一见面的好。他很想问问她，原本是约好一路搭车回工厂的，为什么一下又变了卦，单独一个人走了。如果换成另外一个人，倒没什么关系。是孙玉芬，可就使他烦恼，觉得不问个明白，心里就没一刻儿宁静。上班干活的时候，他倒什么都忘记了，只是下了班，一个人闲着的时候，或者在从工厂走回宿舍的路上，那个人的身影和她愉快笑着的面容，便一下子现了出来。等到他的工作一转到夜班，该在半夜十二点钟上班了，他就趁一般老白班下班的时候，跑来工厂区的大门口等她，谁知等了两天下午，都没等着，这就使他很感不快。而且他还到女工宿舍问过，听说她晚上回来的时间不一定，有时会在工厂里吃了饭，就直接到夜校去读书。他只好再到工厂区的门口去等。今天下午算是第三次来等，心里还生气地想，要是再等不着，决不再来了。第一次第二次还带着鞋子，这一次恐怕会不着，竟连鞋子也没带在身上。这一天下午心情格外的烦躁，一面在等，一面又想走开，他就是怕会见熟人。

不久，孙玉芬同七八个女工走出来了，她们正在热烈地讲着话，一边还在大声地笑着,秦德贵原是希望碰见她一个人,现在看见她们那样声势浩大,不免有些胆怯,不好跑去迎面打招呼,只是带着迟疑不决的样子望着孙玉芬,心里忍不住有些激动。孙玉芬一下望见了他,连忙打招呼:"秦德贵,刚下班吗?你在等谁?"

孙玉芬这么一打招呼的时候,好多眼睛都向秦德贵望了过来,他没有勇气承认就在等她,只是说:"我在等一个人。"

孙玉芬立即又同女伴们走了,秦德贵这才提起勇气喊道:"你等一下,我有事同你谈一谈。"

孙玉芬转过身来,庄重地说:"有什么事呀?"同时好多眼睛又一齐射了过来。

秦德贵红着脸说:"你家托我带一双鞋子交给你。"

"我家里带鞋子给我?"

"是一双小孩的鞋子,要叫你转给丁春秀。"

"呵呀,丁春秀那里你不是挺熟的吗?你交给她就是嘛。"

"我也得告诉你一声。"

"鞋子带来了吗?"

"没有,我是先告诉你一声。"

"呵,我记起了,昨天我们宿舍的传达同志告诉我,说有人来会,还是我的同乡。那就是你吗?"

"对,那就是我。"秦德贵还想说,"我在这门口已经等过两次哩。"但看见那么多眼睛望着他,他有点不好意思说出来。

"我们这几天厂内忙得很,正在准备搞竞赛。鞋子就托你交给丁春秀好了,你去他们那里还近点。"孙玉芬这么说了之后,就立刻同女伴们谈了起来,继续走路。

秦德贵还有好些话要同孙玉芬谈的,却又在那么多眼光之下,谈不出来,正在这个时候,李吉明和何子学走来了,李吉明今天轮休是到厂里开会,现出一脸奇怪的笑容:"呵哈,你们什么时候认识的?"

秦德贵看见李吉明那样微笑的神情,心里不大高兴,就纠正地说:"她是我们村上的人,从小就认识了的。"

李吉明见他不愿意谈下去,就敛住了微笑,向何子学故作正经地说:"我们不谈了吧。"

"好嘛,你先走吧!"何子学点一点头,他随即向秦德贵说,"我正有事找你,我们走着说吧!"

秦德贵扶着自行车,慢慢走了起来,心里感到抑郁,觉得在工厂区门口,等了三天下午,还跑过一次女工宿舍都全是白费了气力。看见李吉明走到孙玉芬她们那里,就一面走,一面有说有笑地谈了起来,他心里更加感到不快,觉得自己太笨,在孙玉芬面前没有更多的话好说,再又偏偏不巧,碰上了李吉明和何子学这两个家伙。

何子学刚才远远看见秦德贵同一群女工讲话,就怕走过来打岔了他们,便拉李吉明一把,要他等待一会儿,一直看见孙玉芬她们走了,他才走了过来,现在看见秦德贵那一脸不快活的神情,就立刻同秦德贵说:"老秦,不要因为我打岔你,就不谈了,你们有事尽管赶上去谈吧。吃了晚饭,我还可以到宿舍来找你。咱们这么熟,还有什么不好商量的。"

"没有什么谈的,就是她家托我带点东西交给她,我就是向她交代一下。"秦德贵尽量做出不以为意的样子。

何子学却已看出事情并不这么简单,但见秦德贵不愿谈,也就不便追问下去,取出一支烟,点燃吸着再走。倒是秦德贵忍不住了,向何子学问:"你刚才说,有要紧事要同我谈,现在你谈吧。"

何子学了解秦德贵心情有些不好,便不直接说出他要说的话,只是微笑地说:"我首先要了解一下,你现在在工作中感到有什么困难没有?"

"倒没什么。"秦德贵淡淡地说,好像这个问题,对他很没兴趣似的。

"也许你还没有觉察出来。"何子学温和地说,"我看见你这几天,炼钢的时间,是长了一点……比平时长了一点。"

这下倒一下子提醒了秦德贵,他禁不住大声说:"是的,这个事情真使我苦恼。"炼钢时间太长,的确使他苦恼过,但这只是在他工作的时候。但一下了工,出了工厂,他的心思却又萦绕到电修厂,女工宿舍和工厂区大门口去了。现在经何子学一提,同时又记起党委书记那天晚上在车站上谈的话,便有点气恼地说:"我真疑心有人在整我。"

"这样疑心是不好的,疑来疑去,就会闹得三班不团结。"何子学觉得话已挨到问题了,便再问道,"你现在感到三班有不团结的情形没有?"

秦德贵忍不住愤慨地说:"他们看见我创造出了新纪录,就像挖了他们的祖坟一样,这个说冷话过去,那个说冷话过来。我反正不怕,偏要再创造些新纪录,来气一气他们。"

"新纪录是要创造,谁也不能阻挡的。"何子学对他表示同情,随又转下语气,提醒似的说,"不过我们也要考虑下子,是不是我们自己的态度……"

话还没有说完,秦德贵就忍不住接嘴说:"我问你,一只蜂子蜇你一下,你还能对他微笑吗?"他的脸和脖子都气红了。

何子学走了一会儿,才又小声说道:"你试说一说,你们交接班的时候,有哪些事情使你生气?"

"那可多了!"秦德贵非常生气地说,"张福全交班的时候,就给你留下不少的麻烦,小车该他班上修理,他们不管,等到兑铁水,才忙得你上气不接下气。小车修理好,铁水就兑迟了。"

何子学插嘴说:"你可以提出批评嘛。"

"你提出批评!"秦德贵立刻把头一摇,"哼,他一句话就封住你的嘴。他说你顾过大家的利益没有?又怪我只顾创造新纪录,就把大家快要到手的炉顶奖金送掉。这真是天大冤枉,我哪里是不顾炉顶去搞新纪录?这你晓得的,我那天就是去给七号炉打出钢口,离开炉子点多钟。"

"这不行的,我要找张福全谈谈。"何子学也有点生气起来,随又问他,"袁廷发接班怎么样?"

"以前,那挑剔得很,说这样没做好,那样做得不行。全做好了呢,他还是有话说。他会故意问工友,你们多少钟点炼出的。听说没有搞出什么快速炼钢,他就会说:那好,那今天炉顶就保险了。这不是话里有话么?我又不是傻子,哪还有听不出来的。现在自从他创造了新纪录,倒要好一点了。"

走到快要分路的地方,一边是去独身宿舍,一边是去家属宿舍,何子学便叮咛秦德贵说:"你忍耐一点,不要同张福全冲突。这个问题,我一定要想法解决的。"

秦德贵一个人骑着车子,走回到独身宿舍去,心里很不快乐,觉得一切事情都不如意。尤其孙玉芬那副冷淡的脸色,使他简直像受了什么委屈似的,深深感到自己不应该对她有什么热忱,可是心就不能平静下去,他一路上都在嘲骂自己:"蠢小子,你怎么给娘儿们打垮了。"诸如此类的责备、嘲弄,在别的事情很生效,唯独拿来对付恋爱,可就缺少力量。爱情这种东西,是同脸皮厚连在一起的,不怕别人骂,也不怕自己骂。

二

秦德贵刚回宿舍,就听见有人要他接电话,他赶忙去接,说明自己是秦德贵,还问对方是谁,对方回答之后,他吃了一惊,还怕自己听错了,又再问道:"你是孙玉芬吗?"对方说:"是哪,"发出了笑声,还接着说:"秦德贵,你把鞋子带给我好了,还是由我送去吧。"秦德贵忍不住喜悦地说:"那我就送给你好了。"他听见了她的笑声,就觉得她还是对他好,心里又升起了热情。对方说:"你得闲再带来好了。"秦德贵立即热烈地说:"我就马上送给你。"他放下电话之后,一转过身来,就看见李吉明正对着他露出一脸的微笑,仿佛在说你的秘密可给我抓着了。秦德贵不高兴地掉开头,跑上楼去,在寝室里拿着鞋子就跑了下来,直朝门口走去。李吉明嘲弄地说:"吓,怎么连饭都不吃了么?"

秦德贵骑着自行车驶向女工宿舍。他却不觉得疲倦,只觉得身上有一股强大的力量,推动着他风也似地奔跑。如果孙玉芬的宿舍相距有一百里远,在他好像也能轻易跑去,没有什么为难。往天一回到宿舍,就定规要吃饭的,吃迟一点,便感到饥饿,现在也一点不感觉到了。他在排着柳树的马路上,骑着自行车,飞也似地跑着,快要落下去的太阳,映在他发汗的脸上,发出幸福的红光。他越过了好些骑自行车的人,引起许多眼睛惊异地望着他。经过一处转角地方,几乎同对面来的一辆自行车碰个满怀,幸喜那个骑车的人，一下躲开，迅速跳下车去。秦德贵登时慌了，连忙拐开，身子大大偏了一下，几乎跌在地上。对面那个骑自行车的人忍不住骂："你在发疯了。"秦德贵红着脸子跳上车子，一声不响地就跑了。到了女工宿舍门口，他跳下车来，让自己喘一口气，拿手拭一拭额上和脸上的汗。门前有见方丈多宽的花坛，正开着红的黄的各色花朵，飘散着轻微的香味。立着的几棵银杏树，叶子浓绿得怪可爱的。就连那个挂着女工宿舍牌子的砖砌大门，也格外感到亲切。

秦德贵放好自行车，走到传达室去，看见三个年轻女工坐在里面说话，却不见那个做传达的中年妇人，便小声地问："同志，请问一声，传达不在吗？"

三个女工都望着他，现出好奇的脸色，一个说："你等一下，她就来了。"另一个问："你找谁？"她们的眼光一直射着他，没有离开他的脸子。显然，一个年轻小伙子，来会她们宿舍中的某一个人，可能被会的人，就是她们最熟的朋友，这里面说不定就会藏有很有趣味的秘密。

秦德贵有点不愿意似的说："我，我要会孙玉芬。"

三个女工都有兴味地微笑起来，她们断定会孙玉芬的人，都是有着某种目的来的。因为孙玉芬的美丽，已成为她们宿舍里的人所羡慕的对象，而且同孙玉芬一道在路上走，青年男子投来的眼光，总是首先落在她的脸上。因此她们便自然而然认为凡是来会孙玉芬的小伙子，决不单纯为了事务而来。

秦德贵禁不住脸红了，他也感到她们的微笑，是看穿了他的心意的。幸好女传达走来，算是搭救了他，他不理睬那三个女工，忙向女传达说他要会什么人。女传达是个矮胖的女人，现出好脾气的脸色，打量秦德贵一下，非常和气地说："你来得不凑巧，她出去一阵了。请问你贵姓？"

秦德贵感到很失望，但还提起勇气说："我叫秦德贵，刚才她打电话叫我来。"

三个女工立即脸上露出很大的兴趣，彼此点一下头，眨一下眼睛。女传达微笑地说："对了，她招呼过的，她说等会有个姓秦的送东西来，叫交给我就是了。"

"她出去有什么事吗?"秦德贵禁不住一脸疑惑地问。

"她上夜校去了。"女传达回答之后,还说,"你留下吧,她回来,我交给她,不会错的。"

秦德贵听见是上夜校,也就心里好过些了,觉得孙玉芬并不是有意冷淡他,故意走开。他只好把鞋子交出来,这不能再留在身上,作为相见的凭借了。他从右边衣袋里摸出一只小孩的鞋子,看见三个女工和女传达都露出奇异的脸色,仿佛在说孙玉芬还没有结婚,怎么有青年男子送小孩鞋子给她。秦德贵就解释地说:"这是别人托来送她表姐的。"接着又从左边衣袋里去摸,糟糕,可没有鞋子。秦德贵发急地说:"我是带两只来的嘛。"女传达笑着指点地说:"怕是掉在路上了吧?你赶快转去找找。"秦德贵只好把剩下的一只鞋子,揣在衣袋里,慌忙走出门去,刚一出门听见三个年轻女工纵声笑了起来。

秦德贵满脸通红骑上车子就跑,心里感到又急又羞愧,又是难过。他本能地跑了一会儿,晚风一吹,头脑清醒了,才觉得这样跑着,怎么找得着鞋子呢。他立即跳下车来,一面走,一面看路上,希望能够找着。路上不断有自行车来往,很快地跑过他的身边,他却只能扶着自行车,一步一步地走着。这时才感到口干,喉咙简直在发痒。肚子饿极了,连柳树叶子都想捋一把来嚼嚼。这些他都能忍受,以前打游击什么没受过,一两天没吃饭,可以说平常得很,但是现在要紧的事情,就是要在天黑之前,找到鞋子。他忽然想起,是不是在转拐地方,几乎和人相碰的时候,自己歪下车子来,跌出了东西?于是他骑上车子赶到转拐地方,到处仔细地看,哪里还有鞋子呢。他想不出鞋子到底掉在什么地方,又疑心是接了电话后,慌忙之中,少拿了一只鞋子,或者是在门前上自行车的时候,揣掉了鞋子,便又赶回宿舍去,门前楼上都看了,还是一只也没有。这才使他真正感到了绝望,想不出那一只鞋子到底是怎样失掉了的。他打算从自己的宿舍一直步行到女工宿舍去,看沿路能不能找到,可是天已不早了,快要黑了下来,走不了多少路就会看不见的。他决定不再找了,打算明天下班到百货商店另买一双算了,好在还有一只在衣袋里,可以比着长短买,不至于送给孩子穿,大小不合适。

主意打定之后，这才到食堂去吃饭，心里充满了不快，买一双鞋子来赔，损失了钱，倒是小事，只是孙玉芬她会怎样想呢？她不是会认为秦德贵这个小伙子，太冒失，太心粗气浮吗？甚至还把我看成一个不中用的人吗？他想起那三个女工的纵声大笑，再又红起脸来。他觉得这正可以代表人家对这件事情的嘲笑。他想起自己打游击以至炼钢，都是很细心的，很少出过差错，偏偏一同姑娘们来往，就出了乱子，真是使他越想越生气。他感到这回如果就打仗来说，一定打输了，如果就炼钢来说，一定炼出废品来了。

第六章

一

秦德贵回到宿舍，吃了饭，业已九点半了，感到非常的疲倦，在床上躺了个多钟头，便到厂里去上班，第二天早上回来，一直睡到正午，吃了午饭又再睡下，到六点多钟，听见有电话叫他，他才翻爬起来，接着电话，知道对方是孙玉芬，问他鞋子捡着没有，他红着脸说："真对不起你，鞋子我另外去买一双，买好就给你送去。"

"不用买哪，这怎好又花你的钱呢？"孙玉芬在那面说话，"你再找找好了，我想一定找得着的，一只鞋子也没有人捡着拿去穿。就是找不着，也没关系，叫他家再做一双好了。"

"我一定去买一双，花不到多少钱的。"秦德贵立即回答，他决心这样做了，是不能更改的。

秦德贵骑着自行车到百货公司，童鞋部里却没有小孩穿的布鞋，只有皮鞋，皮鞋可就贵了，原来打算用个五千元去买一双布鞋的，现在可得多花些了，便向一个年轻的女售货员问，小孩皮鞋的价钱，回答是五万元一双。他禁不住吃惊地想："怎么会这么贵哪？"一面难受起来，"掉一双鞋子简直要赔十双呵。"他有点踌躇，觉得花钱买是太贵了，如果多给爹娘五万元，他们一定是很高兴的。在乡下的时候，听见家里卖的土豆，是五百元一斤，这五万元鞋钱，不是等于卖了一百斤土豆。要是爹娘和妹妹听见赔鞋子的事情，一定非常心疼。可是不买了，这又怎么对得起孙玉芬？何况自己要买鞋子业已说出了口呢？就是孙玉芬说是不用买，但她自己又怎么好意思去同丁春秀讲呢？这不是又使孙玉芬为难吗？他觉得现在一切都是为了孙玉芬，鞋子不买是不成的。他便拿出五万元买了一双皮鞋。这回便仔细揣进衣袋里，不让再有丢掉的损失。跑到女工宿舍去，交给女传达，知道孙玉芬到夜校去了，便转回自己的宿舍。快要走到十字路转弯的地方，忽然有一两滴雨水落在他的额上，他忍不住抬头望天空，看看会不会有大雨马上落下，就在这一望的时候，恰好望见近边最低的一株柳树枝上，挂了一个东西，那不就是一只小孩的鞋子吗？他马上跳下车子，走拢柳树，伸手取下来看，正是昨天掉的那一只。他不禁很奇怪，为什么会掉到树上去，随即想起一定是哪个人捡起来挂在树上的。接着又深怪自己为什么昨天下午只看地下，不望树上呢？一方面怪自己考虑不周，一方面又觉得好笑，但这笑没有好久，就又消失了。买了皮鞋，才行捡着，还有什么好处呢？反而不如不捡着的好。最后只有把鞋子揣在衣袋里带回宿舍去。他把放在寝室的布鞋和捡回去的布鞋，重新配合一下，刚好是一对。就在这么一配合的时候，恰好给同寝室的孟修第看见了，好奇地问他："老秦，你怎搞起的，出去一半天，搞那样一只鞋子干什么？"

秦德贵把帮人带鞋子，以及如何丢失又如何捡到，和买皮鞋的事情，都告诉了孟修第，只是没有把孙玉芬的姓名讲出来。但这已够孟修第笑个不住，用不着问清到底是给谁带的了。他还打趣地说："老秦，像这样子，我以后也要托你带鞋子了。"

秦德贵无可奈何地向孟修第挥一挥手。

孟修第三四天以来，都注意到秦德贵的行为，忽然同以前不同了，以前做夜班，白天总是在宿舍里好好地睡觉，不大出去的，自从这次回家以后，一到下午，就骑着车出去了，很晚才回来吃晚饭，而且更惊异的，是以前不大有女人来电话叫他，现在居然一连来了两次。孟修第因为同秦德贵住一个寝室，便一切都看在心里，发生了注意的兴趣，只是一时没有说出口来。当秦德贵同他讲话的时候，他一面听一面就在想：打电话来的女人是谁呢？忍不住笑着问道："这两天是谁打电话给你？"不待秦德贵回答，又进一步追问，

"听他们说好像是你的女朋友,是吗?"

秦德贵说出孙玉芬的名字,但不承认是女朋友,只说是一个同乡;虽是这么说,但孟修第从他的眼色和面容,却已认出秦德贵是在同那个人有点不平常的关系了,便忍不住笑嘻嘻地说:"是同乡那就更好了。"

秦德贵红了脸,有点不好意思,又有点生气地说:"这有什么更好呢?"

"以后你自然会知道的,"孟修第忍不住笑了起来,"好处会没有吗?好处就是用不着媒婆。"一面躲了开去,他怕秦德贵的拳头落在他的背上。

"好家伙,越说越不正经了。"秦德贵骂了他一句,挥了一下拳头,但并没有像往天一样,赶着去追他。

二

晚上十一点钟,秦德贵看见时间到了,便独自骑着自行车进厂去。他看见张福全这一夜脸色特别不好,阴暗,有着怒气。秦德贵问了他几句炉子的情况,他只是冷冷地回答,有点爱理不理似的,而且问多了,他还有点冒火。秦德贵记起何子学的话,忍耐一点,便不再多问了。好在炼钢工作和平炉的炉顶,随时都需要注意,秦德贵一用心工作,便把一切不愉快的事情丢在脑后。

约莫接班后,四个多钟头出了钢水。晚上护炉技师不在,秦德贵便仔细观察炉底,发现上一班没有好好补过,只是马马虎虎补了下子,于是他决心补好炉底,便叫工友补炉,同时自己拿起铁锹,铲起白云石,走在前面,带动工友,一齐把白云石投进炉底。一直费了一个钟头,才把炉底补好,累得每个人汗一身身地出,疲倦得不得了。依计件工资的规定,补炉时间是十五分钟,得计件工资五分,现在工作了一小时,工分还是五分,因此工友便有怨言,并骂上一班工作态度坏,竟把自己应做的工作,全丢给他们这一班,害得他们白做了四十五分钟。秦德贵也很生气,认为张福全这个人越来越不行,竟让该补的炉底不好好地补,让它越发烂了下来,同时又感觉到张福全有些地方像是故意要来作对似的。他自从那次出了炼钢新纪录,张福全对他态度很坏,他便尽量忍着气,才没有吵起架来。经过何子学的劝告后,他主动地尽量团结他,提前上班,帮助他工作,竭力使彼此和好起来,主要是使工作不要受到损失。这一晚,张福全莫名其妙地生气,而且丢下该补的炉体不补,确是一件不平常的事情,工友们埋怨实在也是应当的。但秦德贵没有说出来,只是劝大家看在社会主义的建设工作上面,多花一些气力,没有什么关系,只要炉体没有受到损害,国家的财产没有受到损失。

快要到早上八点钟的时候,袁廷发来接班了,他这一天的态度,却是很温和,还走到秦德贵的面前,微笑着说,略带一点责备的口气:"小孩子的鞋子,掉了就算了嘛,怎么又买一双,还买那样好的皮鞋,这太破费你了。"袁廷发自从化炉顶创七点一炉钢的新纪录,心里感到惭愧,也就再没有勇气来责备秦德贵了,甚至连心里也不好再存着太大的憎恶,因此对秦德贵虽然还抱着不满,但也能承认秦德贵还有一些好的地方,不再是完全加以抹杀。

秦德贵觉得为了鞋子,怄了不少的气,现在听到袁廷发这一番话,也格外感到高兴,便笑着说:"这没什么,一双小孩皮鞋,小事情。"

秦德贵向袁廷发交代炉上的情形,袁廷发这次没说什么,只是轻轻地点点头。

袁廷发随即略带神秘似的一笑,望着秦德贵问:"你同孙玉芬什么时候认识的?"

"我们是小同乡,小时候就认识的。"

"现在常常见面吗?"

"是的,常常见面。"

袁廷发随即低声地说:"我要告诉你一件事情,你要注意,我听说,张福全他也同孙玉芬挺要好。"

"你这是什么意思呢?"秦德贵略微惊异地问,并仔细地看袁廷发的脸色,想从他的脸上看出话语的意思。

袁廷发严肃地说:"我就怕你们会失掉和气,影响平炉的工作。我就是为了平炉的工作,才说这些话。"他昨夜和丁春秀谈到小孩皮鞋的事情,就有过秦德贵在向孙玉芬讨好的推测。

丁春秀说："他不是向孙玉芬讨好，他会买皮鞋来赔吗？这哪能瞒得着我。"

袁廷发笑着说："秦德贵一向对我还不错，你能说他对我们不好吗？"

"对我们好？那他为什么不一直送来？他连门都不上一次，你还说他好！"

"管他的，"袁廷发责备地说，"皮鞋总是咱们孩子穿，为什么要说他不好。"

"老实说，我不喜欢他。请你告诉他一声，孙玉芬都由我做媒了，叫他不要妄想。"

"管这些闲事干吗？"袁廷发摇一摇头。

"你不管吗？有一天他们就会打架给你看的。"袁廷发听了丁春秀这一番话，觉得有点放不下心了，他第一怕两人由此伤了和气，搞坏炉上的工作，所以一有机会，就不能不向秦德贵提一提，而且觉得趁他们感情不大深的时候，赶快讲一讲好些。

"我看自从我那次化了新炉顶，他就一直不满意我。"秦德贵皱着眉头，感到为难地说。

"对哪，"袁廷发点点头，"我就是怕你们再火上加油。"

秦德贵下了班后，洗了澡，走在早晨晴朗的阳光中，给掠过青杨树叶的晨风一吹，头脑十分清醒，不断地为袁廷发的话苦恼着，又想起夜来张福全交班的态度，觉得是有一些隐秘的问题存在："难道我同孙玉芬来往，他张福全知道了吗？唉，这是怎样的来往呵。只能算是一个普通的朋友。"一面走，又一面觉得，自己对孙玉芬的心情，的确是有某种意思，想到这里他不禁脸子发烧起来。就因为这样，又不免生气："难道你张福全就不许别人同她来往吗？你有什么权力？看光景你也不过同我一样，只是同她认识，有过会见交谈的机会。"他认为自己并没有做错什么事情，而且孙玉芬将来要同谁好，那是由她决定，谁也没法子争，谁也不能禁止别人。他想，要是张福全真是为了一个女朋友，来同他生气，那他是打错主意了。我自己是不是同孙玉芬好下去，都得由孙玉芬来决定，她不愿意同我好，我走开就是了，没有什么了不起的地方。他想到这里，心里不禁难过了一下。他自己的确是不愿意和孙玉芬分开的。要是孙玉芬偏要同我好呢，你张福全生你的气好了，那不过是白生气。他但愿事情这样发展下去。

秦德贵走出工厂区不远的时候，孟修第赶上来了。

大家走了一会儿，孟修第忍不住地说："老秦，我还听见他们说这样的话。"

"什么话？"秦德贵很注意地，几乎停下足来。

"现在好些人说，"孟修第把他们改成了好些人，用着低沉有力的声音，"说你近来……"

"说我？"秦德贵截断他的话，惊异地问，他还以为所谓那些人说，是在说袁廷发哩。

"他们说你，近几天来，搞恋爱搞得发疯了。"孟修第忍着笑说，"还说你为了送鞋子给女朋友，天天下午上百货公司，有的人还说，你买的是高跟鞋哩。"

"滚他妈的蛋，混造这样的谣言！"秦德贵隐忍不住地叫了起来。他渐渐明白了，张福全一定是装了满肚皮的鬼话。随即也忍不住好笑起来："这小子真是莫名其妙地生气。"回到宿舍吃了饭，倒在床上睡下，忽然想起："那双布鞋怎么办呢？再打电话，再送到女工宿舍去，都不免有点惹是生非。不送去吧，又不行，留这样的鞋子干啥？"后来感到很疲倦，索性不想了，呼呼地睡了起来。

三

到了下午五六点钟的时候，秦德贵不想再睡了，爬起来后，他又想起小孩子的布鞋了，他觉得还是送去，一下了结了的好。他感到同袁廷发的关系比较搞得好了一些，但跟张福全却弄得厉害起来。如果真正同孙玉芬感情很好，到了相爱的田地，那引起了工作的损失，自己的确要负责任。可是现在还一切都说不上，孙玉芬那种冷淡态度，也实在叫他寒心，觉得没有好下去的希望,那自己又何必去多惹麻烦,使得自己同张福全闹不团结,引起工作上的损失,同时自己也是一无所得,只是留下了烦恼,他下定决心,鞋子送去就不再到孙玉芬那里去了。

秦德贵走到女工宿舍的时候,恰好遇见孙玉芬走了出来,她很高兴地招呼秦德贵,接着就说:"昨天晚上我把皮鞋给我表姐送去,他们一家人都高兴得很,说是他们的孩子还没穿过皮鞋。"

秦德贵看见她一脸泛着欢笑,不禁也非常高兴起来,一面摸出布鞋来,一面笑着说:"布鞋我也找着了。"

"怎么找着的?"孙玉芬惊喜地说,"是皮鞋送来后找着的?"

秦德贵没有说话,只是愉快地点头。

孙玉芬大笑起来:"这真像有人在同你开玩笑一样。"

"这个玩笑真开得不小,一下子掉了,真急死了,找不着又气死人,现在想起来真笑死人。"秦德贵笑嘻嘻地说,他觉得自己又像那夜两人一道回家一样的活泼自由,话不用往心里搜索,就自自然然流到口里。

"同我走一走,我到夜校去上学。"孙玉芬露出特别亲切的面容,天真,愉快,还透露一点调皮的神情。

秦德贵扶着自行车,走在她的侧边,没有说话,但心里感到安静,甜蜜。

孙玉芬一面走,一面忽然偏着头,严肃地问:"你什么时候回家去?"

秦德贵随便回答:"回家?怕今年半年内都不回去了,你呢?"

孙玉芬深深地注视一下秦德贵的脸子,只见他那健康的红黑色脸子,全没激动的影子,只是显得冷淡平静,仿佛整个家对他毫没一点吸引力似的。她心里感到一点奇异,忍不住露出调皮的神情,打趣似的问:"为什么半年都不回去?"

"一来厂里工作忙,不想走开。"秦德贵平静地说,"二来呢,家里只要有钱寄回去,人不回去,他们也没什么说的。"

孙玉芬又再朝他脸上仔细地望了一眼,然后嘲弄似的说:"听说你前次回去看亲,难道还没有看上么?"

"我根本就没有去看。"秦德贵立即大声地回答,这正是他要向孙玉芬说的话,藏在心里,已经很久了。老是使他不安的,就是因为没有找着机会,向她说出这句话来,现在忽然来了这个机会,而且还是由她问起的,真是使他高兴极了,接着还诉苦似的说:"就是因为没有去看,娘跟妹妹还同我吵了一顿呢,那一次回去,真是怄了一肚皮气。更气人的,下午到你家去找你,连你也不告诉一声,就悄悄跑了。"他顺口一鼓作气,说出心里的话来,感到很是痛快。接着还大胆地说:"到现在我还在奇怪,我们约得好好的,一道回工厂,为什么你一个人悄悄跑了。"

孙玉芬禁不住爽朗地笑了起来,她觉得她心里的一个结子,现在突然一下散了,感到非常的愉快。接着笑着说:"你不晓得吗,家里来信,告诉我娘在生病,回去一看才知道是骗我的,这就使我有点气了,想着咱们厂里正在准备竞赛的条件,你们却骗我回来,耽误我的事情。恰好我爹驾起大车,运土豆到车站去,我就坐上大车走了。"

"你走了,你也该找人带个话给我呀!"秦德贵现出温婉的脸色,埋怨地说,"只要知道你早走,我也会跟着你走的。"

孙玉芬没有说话,只是脸掉向一边,笑了起来。接着才又赔不是地说:"走在路上才想起,已经来不及了。真对不起,以后惹起一连串的麻烦,害得你为了带鞋子,费了多少的心。"说完之后,息了一下,才又严肃而又亲切地说,"德贵二哥,我有个想法,看你赞不赞成?"

"有什么不赞成?"秦德贵感到她是那样的亲近,可爱,自己说话更加没有拘束了,"就怕像那次回家一样,约好,你又悄悄溜走了。"

孙玉芬高兴地笑了起来:"我哪会再干那样的笨事情。"跟着严肃地说,"我是忽然想起的,不晓得对不对?我想我们的小组同你们九号平炉来一个竞赛。如果你同意,你再回去征求他们的意见,不管行不行,明天下午我们再碰一下头,明天礼拜六,我不上学了。我就在宿舍等你。"

秦德贵愉快地答应:"行嘛,咱们就来个竞赛好了。"

秦德贵一直把她送到夜中学门口,便骑着车子冲了回来,一身充满着兴奋和愉快,觉得挨晚边的天空,特别的明朗,落日也显得格外的光辉。

四

半夜上班的时候,秦德贵抱着这样一种态度,无论他张福全怎样不满,生气,他都要忍受下去,不同他争执。同时接班的时候,可以尽量放松一些,不去吹毛求疵。如果又丢下工作没有做呢,那自己多出一把力,做就是了。自己的工友,是会生气的,他决定用心说服他们。只是为难的,又怎样向张福全说孙玉芬提议的竞赛呢?

秦德贵接张福全的班,没讲什么话,昨天丢下的补炉工作,他也没有提。倒是他这一班的工友,很不满起来。孟修第还忍不住向秦德贵说:"你为什么不向他讲呢?应该讲一讲哪。"

秦德贵向孟修第和另外几个工友,安慰地说:"不用讲,他也知道的,昨晚我们补炉的时间,不是全记上了吗?"

孟修第愤愤地说:"不讲不成的,起码也得要他保证不再犯这样的错误。"

"老孟,这还不能那样讲,"秦德贵连忙向他解释,"有时炉底会有这样的情形,忽然一下烂得挺厉害。我们现在还不能断定,错误全由张福全负责。"

孟修第就去翻看记录簿,上一班张福全的补炉时间,不多不少,正是十五分钟。再翻一下前一天晚上的记录,也是十五分钟,他生气地放下记录簿说:"鬼才知道他们是怎样补的!"接着又向秦德贵生气地说,"这不是明明白白的吗?上一班不及时补炉,到下一班炉底就会越来越坏。"

到了出完钢水的时候,孟修第就首先叫管倾动机的工人,把炉子向前倾斜一点,又叫工友去开卷扬机,提起五个用砖砌的炉门,然后把贴在遮阳上的蓝色眼镜放下,用袖头遮着脸,依次对着每个门,仔细向炉底瞧去,炉内仍然燃着强烈的火焰,因为炉内是空的,火焰还没有奔蹿出来,但热却是很厉害。他看见有些不大平整,有些地方洼得不浅,便气愤愤地去找秦德贵。秦德贵已经对另一个炉门在看了,他把护炉技师的水龙布长围裙拴在腰上,显然已作为护炉技师来保护炉底了,并不是像一个炉长一样,看一看就算了事。秦德贵心下也明白张福全一定留有麻烦的,准备多费一番气力。孟修第立即对秦德贵说:"你看嘛,这回又得补一个钟头。"接着又骂了起来,"妈的,这显然又是不负责任,只消他们肯多补二十分钟,我们也就少费气力了。"

秦德贵一声不响,只是对着这个炉门看了,又对着另一个炉门去看。他不仅看炉底,还看了炉的前墙和后墙,以及炉子的两头。看完之后,他又叫工友补炉,同时自己带头来干。结果又多补三十多分钟。这一次,工友们没有向秦德贵讲话了,却是很不高兴地埋着头做事情,显然气是憋在肚皮里面了。秦德贵也没有向他们说什么,只是心里想着:"这非同张福全谈一下不可了。"

袁廷发来上班的时候,秦德贵向他把工作交代好了,才对他说出孙玉芬的提议。他没有说出他去找孙玉芬,只说偶然在路上碰见,首先由孙玉芬主动提出来的。他怕袁廷发责备他:"怎么你又去找她去哪。"袁廷发嘲笑地说:"她们又没有炼钢,怎么能同我们竞赛呢?这些毛丫头实在可笑得很。"

秦德贵便说明不同性质的工种,也可以竞赛,厂里别的车间不是也同平炉车间竞赛过吗?只消各订出奋斗的目标,便能竞赛。达到目标,就算赢了,达不到目标,就算输了。

袁廷发嘲弄地说:"要是输给她们毛丫头,怎么办呢?"

"那有什么关系,"秦德贵微笑地说,"我们再同她们竞赛好了。"

袁廷发的一助手王永明,是个小个子,身体很结实,脸上随时都露出笑容,仿佛一切对他都有兴趣似的,他平常也同秦德贵开过玩笑。趁着袁廷发去看炉顶和钢水的时候,他就插嘴说:"老秦,我有个提议,竞赛是可以的,就是要赌个东道。"他敛着笑容说得很正经。

"什么东道?"秦德贵见他赞成,又说得那么庄重,便也庄重地问他。

"我提议,要是她们赌输了,就陪我们跳舞一次。"王永明严肃地说,仿佛这个提议,就作为正式的挑战条件一样。

"要是我们赌输呢?"秦德贵觉得他提的条件可笑,便笑着这样问他。

"输了吗?"王永明竭立忍着笑说,"那好办嘛,我们陪她们跳舞好了。"

秦德贵立即打他一拳头,笑着骂道:"人家才不要你这个鬼陪着跳舞哩。"

王永明同别的几个工友,都忍不住大笑起来。袁廷发看了炉顶和钢水,就走过来问:"什么事情这么好笑?"听清是怎么一回事,便板起面孔说:"胡扯。"还不高兴地向王永明他们瞪了一眼。随即又走到炉前去了,不想再同秦德贵谈下去。

袁廷发顶不喜欢秦德贵的一点,就是秦德贵爱同工友嘻嘻哈哈,打打玩玩。他认为这很不庄重,觉得一个炉长对于他的助手和他领导的工友,就相当于师傅和徒弟一样的关系,决不能不分个上下。师傅和徒弟不能嘻嘻哈哈,更不可以随便打打玩玩。他高兴他的助手和工友,叫他袁师傅。假如在背后听见有人"老袁老袁"地讲到他,他是挺不高兴的,而且以后就对这个人感到不满,认为他对师傅一点也不尊敬。还暗地里想:"他看不起我,我还教他做什么呢?"像王永明就是在背后同别人谈起袁廷发的时候,口口声声称作"老袁"。袁廷发就对他特别不高兴,但在表面上,却不表现出来,只在一些技术上就不全盘告诉他。

袁廷发在以前是挺喜欢秦德贵的,就是秦德贵对他非常尊敬,不只是在他面前或在他背后称他袁师傅,说他炼钢技术好,而且常常帮助他做一些事情,尤其当秦德贵做袁廷发的一助手的时候,常常帮袁廷发看炉顶,看钢水,尽量做许多事情。而且秦德贵做了第一班的炉长时,便为袁廷发做好下一班的准备条件,使袁廷发一接班工作,就感到一切齐全,做起来非常顺手。像要搅动钢水,一看搅钢水的长铁棍,已准备有新的了。很少有东西,要到临时需用,才现派人到仓库去领。每次交接班,秦德贵都像一个未满师的徒弟一样,要袁师傅给他提意见,如果有哪些地方确实还没有做得很好,到了下一次交接班,准定是改进了的。

袁廷发对秦德贵感到不满,就是在秦德贵创造炼钢新纪录的时候,他认为秦德贵有意化了炉顶来搞新纪录,而又不肯承认错误。后来在领导的责备下,才勉强做出一点也不深刻的检讨。更使他生气的,是车间一级的领导,还在尽力袒护他,表扬他。等到后来,他自己也创造了更新的纪录,七点钟,才把气平息了好些。秦德贵给他的孩子赔了一双皮鞋,他认为秦德贵对他还是挺尊敬的,并没有因为在接班时候过分责备,就从此怀恨在心,不再理睬。由于这一点,他对秦德贵的态度,比较好了许多。但见他同工友打打玩玩,始终还是不满意的。

秦德贵跟在袁廷发的后边,又再说道:"袁师傅,请你说一句,到底我们能不能应战?要是她们的挑战书送来了,我们不理睬她们,行吗?"

袁廷发回转身来,皱着眉头说:"她们当真要挑战吗?"

"是的,我看她们不是说着玩的。"秦德贵严肃地说。

"那么,你赶快去告诉她们,说我们目前还不能应战。"

"为什么?"

"怎么你这点都不明白?你看看我们是怎样的炉子?我告诉你,新炉顶这么早就开始化过,一定保不了多久。我们自己厂里都搞不起竞赛,这怎么能够应战?"

提起化炉顶的事情,秦德贵脸红了,但还是勉强平静地说:"我的意思也并不是马上应战。现在就是看你答不答允?"

袁廷发迟疑一下,才慢声应道:"好嘛。"

袁廷发看了一下钢水,看见钢水很稀,就叫人开动卷扬机,提起耐火砖砌的炉门,又叫工友拿铁锹铲起石灰投到炉里去。他没有亲手做,却指挥工友工作。秦德贵忍不住也拿铁锹去投石灰。袁廷发向他说:"秦德贵你快下班哪,你一夜还没睡觉。"

秦德贵投完石灰,扯下缠在颈项上的毛巾拭汗,笑着向袁廷发说:"袁师傅,我还有一件事情同你谈一谈。"

袁廷发没有说话,只是怀疑地望着他,轻轻地皱起了眉头。

"张福全接你班的时候,袁师傅,你可不可以同他谈一谈应战的事情?"

"你接他的班,你为什么不当面同他谈?"袁廷发有些不满地说,眉头皱得更深了。

秦德贵不禁神色黯然地说:"不晓得怎么搞起的?现在我们挺难讲话,一见面他就生气。"

袁廷发微微地笑了,显出一种意味深长的神情,停了一会儿,才严肃地说:"你看,我们怎么能应战呢?在人事方面,你们两班又不团结。"

秦德贵现出难受的脸色,不快地问:"袁师傅,请你问问他,到底是什么事情,他对我那样生气?"

袁廷发笑了一笑,接着又露出坚毅的神色,挥一下手说:"我看,索性这个竞赛算了吧,你只消本本分分炼你的钢,自然就会搞好起来。"

秦德贵没说什么,只是慢慢地走出车间去。

第七章

一

秦德贵下午六点多钟去女工宿舍,想把炉子的实际情形告诉孙玉芬,要她们挑战慢一点,但到宿舍的时候,女传达告诉他说孙玉芬才打来电话,说她在厂内开会,要夜深回来,有人来会她请不必等。秦德贵便回到宿舍提前睡觉,因为明天星期天是大连班,得准备半夜后四点钟去上班,第二天下午四点才能回来,今晚趁机会好好睡一觉。没有会见孙玉芬,心里倒也不觉得怎样,他决定明天下午四点下班后,便再去找她。

秦德贵睡够了觉,半夜后三点钟起来,到了厂里,正好接着班,他便向张福全提出补炉这个问题,张福全现出不耐烦的神情说:"我今晚干了大连班,没有精神同你谈。"

"那么再约个时候谈谈,好不好?"

"随你的便!"张福全头也不回地说,只顾走他的。

"那今天下午在宿舍谈谈,好不好?"秦德贵赶在他的后面,急忙地说。

"好嘛!"

到了下午四点钟,袁廷发来接班了,交接手续办完之后,秦德贵便骑着自行车回宿舍,休息一会儿,便去找张福全,哪里还有人,早已跑出去玩去了。他心里很不愉快,想着张福全这样有意同他作对,以后炉上的工作实在不容易做好。这好些天除了接班就自己装料,出过三炉比较时间短的钢,其余都是很慢的了。他更加感到张福全在装料方面一定搞了些鬼,不然凡是他一接班继续进行熔炼,为什么炉子就变成了老牛呢?他想照袁廷发的话来看,当真是那样情形,那就只好少去找孙玉芬了。想到这里,心里十分感到为难,要是没有最近一次的亲切谈话,他是的确能够下这个决心的。他已尝到一个人只要忙着,就会忘记一切。但是有了最近一次亲密接触,要从此不去找她,就很难做到。他还想,孙玉芬昨天晚上有事开会,误了约会,今天下午会来电话再行约会的。他走去问门口的传达,有没有人来过电话。传达是个年轻人,平常也喜欢同秦德贵谈谈笑笑,他就回答:"对了,我正忘记告诉你,好像是有个人来电话,问你在不在?"

"是什么人?"秦德贵急不可耐地问,脸上禁不住红了起来。

"不晓得什么人,他没有告诉我他的名字。"

"是男的,还是女的?"秦德贵非常不安地问。

"好像是男的,又好像是女的。"传达竭力忍着笑。

"我看你的耳朵一定扇蚊子去了。"秦德贵嘲弄地骂他。

传达大笑起来,一面说道:"就照你心里想的,说成女的算了。"

"你妈的,我真要揍你一顿了。"秦德贵把拳头朝桌上顿了几顿。

传达做了一个鬼脸,"你等等吧,一定还有电话来的。"

秦德贵等了一会儿,朝女工宿舍跑去,女传达说:"孙玉芬一上午就出去了,没有回来。"

"到哪里去了呢?"

"年轻人嘛,不是百货公司,就是电影院哪,公园哪。"

秦德贵听见这么说,就骑着车子走了,走到十字路口,恰好碰见李吉明,他是骑着车子从市中区回来的。他劝秦德贵到公园去玩,秦德贵看见天气还早,便骑着车子同李吉明一道朝公园跑去。两个人在宽大的马路上,骑着自行车,不前不后地走着。李吉明忽然露出告诉秘密的神情,向秦德贵说:"你知道吗?张福全在整你,使你接他的班,干起活来,会感到为难。"

"谁对你说的?"秦德贵惊异地说,"是张福全自己吗?"

"他自己怎么会讲这些话?他又不是傻瓜!"李吉明觉得秦德贵问得非常好笑,不禁笑起来了。

"那你怎么知道的?"秦德贵自从在车站上党委书记梁景春提醒过他,就开始注意这个问题,起了一些疑心。现在听见李吉明这么说,便渴想知道究竟的情形。他知道李吉明和张福全都是彼此很接近的。

"我从何子学那里知道的。因为他在向我打听。"李吉明微笑地说。

秦德贵失望地摆一摆头,他知道何子学还在调查,一定是党委书记叫他做的。

他们把车子存在门口,走进公园。秦德贵想起何子学的话,应该找机会再同李吉明谈谈,了解他堵出钢口的情形。秦德贵已打听到一点情形,就是七号平炉在炼炉以后,李吉明和其他两个工友,没有依照操作规程,将同炉底一道烧结过的炉眼,打通之后,再行用镁砂堵塞,以便炼钢的时候,炉眼容易打开。因此造成了炉眼难于打开,钢水不能及时流出的事故。这一情形只是传说,尚未加以证实。秦德贵听见了这个消息,认为可能是不真实的。他觉得李吉明这个人很聪明,工作一向认真,不会干这样的事情。所以现在碰在一道玩,便向李吉明提了出来:"老李,我听说你们前次炉底烧结过后,就没有打通炉眼,再行堵上。"

"你听谁说的?"李吉明惊异地说,随即骂起来,"他妈的,乱造这些谣言!"接着又抓着秦德贵的手腕,大声地问,"老秦,谁造这些谣言,请你告诉我,我要马上去问他。"

秦德贵觉得不好说出来,只是笑着说:"老实说,谁也没有告诉我,只是我那天帮他们打出钢口,我就觉得那只有烧结过的,才是那样难打。"

李吉明马上照秦德贵的肩膀上,打了一拳,一面笑着骂道:"原来造谣言的,就是你这个鬼哪!"

就在这个时候,他们刚好转过弯,木槿花的篱栅没有了,一片草地现了出来。在草地那边的空地上,有人打秋千,有人玩卧虎。另外还有人在学骑自行车。李吉明立即向秦德贵指点地说:"你瞧,那不是张福全吗?"

"哪里?"秦德贵随便地问,在他看来,张福全在不在公园里,是对他没有关系的。

李吉明指着说:"你瞧,那不是他吗?他正在教一个女的骑自行车。"

秦德贵这下注意了,他看见张福全穿着红条纹花的白底汗衣,正用手掌握着自行车的后部,让一个女的坐着踏动自行车。女的穿着雪白的西装衬衣,浓黑的头发,披在颈上,秦德贵一看,便忍不住心里很激动,原来那个女的就是孙玉芬。

孙玉芬跳下自行车去,又让另一位姑娘上去骑。秦德贵这下看见还有好几个姑娘坐在草地上,孙玉芬正走到她们身旁去坐着休息。显然她们都是对自行车有兴趣,希望能够学会。

李吉明笑着骂道:"张福全这家伙,真厉害,一下就跟她们玩熟了。"随又拉下秦德贵的衣衫,兴奋地说,"走,我们去看看。"

秦德贵不快地说:"我不去。"接着就朝另一个方向走去。

李吉明赶在后面微笑地说:"孙玉芬在那里,你怎么不去呢?"

秦德贵没有回去,只是走他的。

李吉明却跑去了。

偏在西边的阳光,正抹在公园尽头的山上。绿森森的洋槐林子,一直从山上铺了下来,达到淡绿色的湖边。湖里有几只白色的小船,载着一对对的男女青年,在水上轻轻地漂浮着,显然已经划累了,只在随便地无拘无束地谈笑。湖边的杨柳,在晚风中徐徐地摆动。秦德贵在柳树下站了一会儿,便即走开。红色的洋芍药,紫色的郁金香,黄色的西番莲,白色的玉簪花,忽然现在眼前,小路已经弯进花圃了,浓烈的香气,正把他包围着。秦德贵无心玩赏,迅速走了过去。钻过青色藤萝架了,一阵雾雨,落在他的脸上,吃了一惊,抬头观看,原来喷泉就在面前,许多水线向四面八方射了出来,在空中散成水珠和细小的水点。秦德贵连忙退开,走上白杨树荫的大道,直向公园门口大踏步奔去。找着自行车骑回宿舍,胡乱吃了一顿晚饭,便上床睡了。

二

第二天早上醒来的时候,来到秦德贵头脑里的第一个思想,便是我应该好好地搞我的工作。他记起了何子学说的话:你这向炼钢的时间太长了。

记起了梁景春说的话：你应该找出问题来多考虑考虑。又记起了昨天李吉明同他谈过张福全的话,跟着来到头脑里的第二个思想：张福全这家伙,硬是有意在搞我。先前是有这个想法,但不及现在来得这么清楚明确。

秦德贵这一礼拜转到白班了,早上八点钟去接张福全的班,除了办理交接手续,应谈的话而外,他不再多讲什么了,连关于补炉的问题,也没有谈。倒是孟修第忍不住了,立即向张福全提了出来,脸上现出了怒气。

张福全分辩地说："老孟你不能这样乱怪人哪,我全是依着操作规程办理的,规定十五分补完炉,并没有少了一分钟。"

"难道炉底不平,你也只补十五分钟么？"另一个工友忍不住大声地叫了起来。接着又有一个工友嚷道："你干的什么鬼活,你全在胡弄。"

张福全马上唾沫四溅地骂道："你们安心要同我打架么？"他把袖头两卷,"我不怕你们,我还有一班人哩。"但一看他那班工友和助手,都已溜走,下班去了,于是他就乖觉地走到秦德贵面前,大声愤怒地说："秦德贵,你是好汉,你就当面谈,不要在背后使鬼拍门。"

秦德贵忍着怒气地说："你应该首先自己检查一下,看你自己的工作做得对不对？"

"我有什么不对？我又没有化炉顶去搞新纪录,请问你,我犯了什么法？"张福全气势汹汹地质问。

"你就是马马虎虎补下炉底,这还不是错误么？"孟修第立即插嘴责备他。

"牛圈里不要插进马嘴来,"张福全叱责地说,"我同你炉长谈话,我没有同你讲。"

"你不补好炉底,你害了我们大家,为什么不同你讲？"孟修第脸都气青了。

"你有什么资格同我讲？"张福全愤怒地向孟修第和其他的人扫视一眼,立即挥一下手,转身就走了。

"站着,不许走。"孟修第和另两个工友都向他叫了起来。

张福全走了几步,转过身来,气得一身颤抖,好容易才嚷了出来："你们有本事,就来扣留。"他望一望秦德贵,只见秦德贵正在依次巡视每个炉门,仔细在观察炉顶和钢水,仿佛全不知道他们是在吵架似的。他便气冲冲地走到秦德贵跟前,拉下秦德贵的衣裳:"你今天是不是要同我打架?要打,就我们两个人对打,不要支使别人来胡闹。"

"你发疯了,谁同你打架?"秦德贵甩开了他的手,走到另一个炉门,对着炉门上的小眼子,瞧了进去。

张福全又跟了上去,拉着秦德贵的袖子,气呼呼地问:"你不打架,你为什么叫他们扣留我?你这是搞的什么鬼?走,我们去见厂长。"不容分说,用力拖着就走。

孟修第和别的工友都助威似的说:"老秦,你不要怕他,你就去同厂长谈谈好了。"

技术员陈良行连忙从别个炉子那里跑来,劝解地说:"有话,好好地讲,犯不着吵到厂长那里去。"一面扯下颈上缠的毛巾,忙揩额上脸上的汗。

"不行,非去见厂长不可!"张福全拉着秦德贵的袖子不放,"陈技术员,你看我干了一夜的活,他刚才不准我下班,要叫人扣留我。"

"谁扣留你,我们只是叫你站着讲道理,你就一下栽诬人起来。"孟修第赶在旁边,气得满脸通红,口沫四溅。

"老张,你不要拖,到底什么事嘛。"陈良行忙把张福全拖着。

"就是为了补炉的事情!"秦德贵生气地说,"好吧,我们就到厂长面前去谈一谈。"他甩脱了袖子,当先走了起来。

"老秦,咱们大家一道来谈好不好?"陈良行也早知道补炉的问题,应该有个解决,不要扩大,闹到厂长那里去,再说厂长正在气头上,说不定两个人都会挨骂的。秦德贵、张福全原都不想闹到厂长办公室,经这一劝,也就算了。

秦德贵满肚皮气走回炉上,一声不响地就去看炉顶和炉内的钢水。孟修第忍不住说:"这样下去不行。"

秦德贵只得安慰他们说:"大家不要性急,我总要想出办法来解决。我们现在就约一下,张福全那个家伙,以后不要同他吵了。"

"那他以后又要我们多补炉,我们怎么办？就闷声不响么?"孟修第和其他的工人,都这样叫起来。

"以后一切由我来负责。"秦德贵仿佛吞了一口苦药似的,现出痛苦的脸色。

孟修第本来想抵塞一句:"以后补炉也由你一个人来干吗?"因为见他脸色不好,也就止住没有讲了。

秦德贵还担心这一天出钢后,会又有很长的时间补炉,谁知结果炉底还好,十五分钟不到就补完了。他再去看张福全班上的补炉时间,记录时间是三十二分钟,显然他们这一次是出力补过炉了。他不禁奇异地想:"什么使张福全改变了呢?"他明白这决不是他上次要约他谈补炉问题才改变了的,他不会改变得这么快,可能何子学一定当面同他谈过话了,对他作过批评。同时眼前又不知不觉出现一下草地那边的空地上张福全扶着自行车的影子。这只是一下就过去了。平炉上需要集中的注意力和紧张的工作,使他不能再继续沉思幻想下去。但是他的心情,仿佛天空抹上乌云一样,阴沉了。

以后,接连几次的接班,都觉得上一班的装料,加铁水,以及熔炼,都没有什么不正常的地方,接手干起来都很顺利,而且还出了快速炼钢,虽然离新纪录远,但总算超过了八点钟的快速炼钢标准。他现在把心完全放在工作方面。而工作本身也的确给他安慰。但一得闲的时候,心里却感到很不舒服。

第八章

一

张福全和孙玉芬她们几个年轻女工,星期天在公园里玩了一下午,并教她们学习骑自行车,他就感觉到她们愿意同他接近,并不只是他是一个工人,而是由于他是出名的九号平炉的炼钢工人。因为孙玉芬把他介绍给别的女工,也就是先介绍他是九号平炉的。他见她们一听到说是在九号平炉上工作,便都在脸上眉宇间,闪动着一种赞美的神色。再加以孙玉芬她们又向他提出,要同他们九号炉竞赛,他已满口答允了,就更加觉得不能像平日一样,只要不出号外钢,不化炉顶就算了,自己得在她们面前,尤其在孙玉芬面前,搞出快速炼钢,搞出新纪录才行。不然的话,她们,尤其是孙玉芬,会更喜欢秦德贵的。这一可怕的想头,确实威胁了他。可是快速炼钢以至新纪录,都不是一下子能够搞出的,必得下苦功钻研技术,要有相当长的时间才能做到。他想能够找点窍门就好,在很短时间搞出快速炼钢。他记起秦德贵前次创造新纪录七点零五分的事情,而且断定那是开大煤气空气,让炉顶熔化造成的。因此认为不怕熔化炉顶,就是一个窍门。

张福全从公园回来,一路骑着自行车走,就想着这个问题,直到吃完晚饭,他一个人又到篮球场旁边的路上散步,便思索到了他所谓的窍门。天完全黑了,现出密密麻麻的星光,山那面田野里吹来的风,甚是凉爽。他感到很愉快。他想要是领导上要我检讨呢,检讨好了,反正报纸登载新纪录,不会把化炉顶的检讨,一道登载出来。另外一件事情,也鼓励了他。就是他想炉顶并不是万年不化的,再保护得好,也只能炼两百多炉钢,就会化得不能用了。所以领导一再强调保护炉顶,目的只是使它多用些次数才化,或者是慢慢地化,或者是小范围地化,并不是下了命令定为法律,绝对不许化。厂里对保护新炉顶的规定,使用了三十次,即是出了三十炉钢都不化,即可得奖金,意思就是新炉顶使用三十次都不化,以后炉顶就耐久些,不容易大化了。现在新炉顶不到三十次就给秦德贵化开头了。再保护下去,它的寿命也不会长的。而且他也有这样的经验,炉顶化成面条,越长就越容易烧掉。先前开始做炉长的时候,不会看炉顶,曾化过好些次,奶头面条,什么都出现过。他亲眼看见,在加矿石的时候,长的面条,总容易一下烧掉,想起这些经验,他就更加胆大了。认为化炉顶,甚至化厉害些,还可以有办法掩饰,因此觉得他的快速炼钢,很有把握,似乎创造新纪录,也并不怎样困难。他几乎高兴得叫起来:"竞赛吧,我还怕你们吗?"这里所说的你们,就是指孙玉芬和她的一群女友。这样一来,他把秦德贵也不放在眼里了,心想你有本事化炉顶创造新纪录,难道我老张就干不来吗?

晚上十二点他接了班,看见袁廷发又出了快速炼钢七点五十分,心里非常羡慕,再去检查炉顶,并没有奶头面条,不禁感到佩服:"到底是个老手。"还现出尊敬的面容,向袁廷发说:"袁师傅,你怎么炼得这样快?你一定有好多窍门。"

"啥窍门呵!"袁廷发微笑着说,他很高兴人家对他工作的赞美,但又感到一下子不容易说出窍门,再加秦德贵有过新纪录的表现,使他存了一点戒心,觉得自己应该留一手的好,因此也就有点不愿完全讲出。他瞧见张福全的眼光,透露了渴想知道一点秘密的意思,他便又多少说一声:"这主要是火力大。"恐怕单是这样讲,会出毛病,就又补充一句,"还要会控制炉温。"

张福全听了头一句,觉得很合他的心意,就是他所想的恰好和袁廷发所说的相合。但听了第二句话,可就有些摸不着头脑了,到底炉温怎样控制,怎样才算会控制?一时没有多大把握,使他感到有些茫然。因为他问袁廷发的目的,是想抓着这样的窍门:炼钢挺快,可又不会化了炉顶。他想,只有用自己的窍门:加大火力,提高炉温,化了炉顶,就让它化得更厉害一些,变成面条，然后再趁加矿石的时候，把它烧掉。他从炉门的眼里，看见炉里正在熔化阶段，就回到安装机械仪表的屋子，把炼焦煤气和炼铁煤气，都尽力加大，还把空气也特别加大，而且也叫管变更机械的工人变更慢一点，不使炉内提高的温度容易变低。不到半个钟头，奶头出来了，面条也开始挂起来了。后来加矿石的时候，也的确烧掉了许多，可是熔炼和精炼的时间，还是没有缩短。到了早上七点半出钢，算是在他的班上，炼了七个半钟头，再加上袁廷发班上炼的两个钟头，就是九点半，算来仍然不是快速炼钢。炉顶呢，面条倒烧掉了，可是还出现一些新的奶头，这使他非常颓丧，快速炼钢没有搞到手，反而要在记录簿上记一笔账：化炉顶两公尺长，一公尺宽。

　　但他的心并不死，仍然要从这个窍门里面，得到收获，理由就是：秦德贵他不是从这里搞出新纪录吗？第一夜这样干，第二夜也这样干，第三夜也决不放弃。这样一来，炼钢的时间，确实缩短些了，平素炼钢的时间，大都在九点左右，现在达到了八点半钟。再少个三十分钟，就可以搞出快速炼钢了，这给他很大的希望。但是炉顶熔化的痕迹，还是烧不干净，刚刚这里烧去面条，那里又出了奶头。到了下班的时候，必得要在工作记录簿上记录一下炉顶化的情形和面积。

　　张福全感到为难的，就是向赵立明汇报的时候，顶怕赵立明的批评。第一次赵立明见他化了炉顶，时间反而不比平时短，便皱起眉头，严厉地说他几句。但赵立明第二次看见他缩短了时间，认为他炼钢有了进步，也就相当高兴，他望着张福全说："张福全，看你炼钢是在进步了，这很好，你得再努一把力，出它几炉快速炼钢。"随即忍不住讥讽地微微一笑，"只是化了炉顶这可不大好，"随即脸色严肃地说，"这一方面，你得注意。"在这里他得到了一些鼓励，只要缩短了时间，厂长的批评，就很容易躲过了。他现在认为化炉顶和缩短时间这个问题，不能像袁廷发那样的好好解决，是由于自己学习技术的时间不及袁廷发长，而要跟袁廷发一样是做不到的。几次都想向袁廷发请教，想要他多讲一点开大火力，又不化炉顶的窍门，只是不好出口。有一次终于鼓起勇气问了："袁师傅，我一开大火力，就化炉顶，你看原因到底在什么地方？我真奇怪，为什么你开大了，又一点不化？"

"这没有别的,"袁廷发轻轻挥一下手,"我就是勤看炉顶,舍得跑破足板皮。"

"我也算是比往天看得勤哪。"张福全搔下头感到迷惑似的说。

"再勤看一点。"袁廷发教训地说。

张福全看见袁廷发要下班走了,又连忙追着问:"袁师傅,请你告诉我,你开的煤气和空气,有多少度数?"

袁廷发站着,用手指点一点张福全的胸口面前,并不接触到他的胸部,沉静地说:"这没有一定标准,你晓得的,咱们开煤气空气,全看钢水的实际情形,有时得开得很大,有时又得开得小点。"

这的确也是事实,但这样一来,等于白问。他有点怀疑袁廷发不肯把窍门告诉他,觉得袁廷发对他关了门,从此不打算再向他发问。他下班的时候,秦德贵来上班了。张福全汇报完,受了赵立明厂长一些鼓励和批评,感到高兴,也感到不好意思。一个人走在路上,不断地想:"秦德贵他不是同我一齐进的炼钢厂吗?他为什么炼得快,也不容易化炉顶呢?这家伙一定有窍门。"他以为秦德贵的窍门是跟袁廷发不同。袁廷发的窍门,真能不化炉顶,又能搞出快速炼钢。秦德贵的窍门,一定有讲究。他推测秦德贵准像自己似的取了巧,只是取得早,有一套经验,快速炼钢没有出娄子,搞新纪录才露出了马脚。因此他更有信心,去搞他的窍门,便一切心思都放在怎样想方设法去掉化炉顶的痕迹。他在工作中研究加矿石的办法,找出要怎样加才能烧掉,才能烧得厉害,把化炉的痕迹去得干净。搞久一点,他确实搞出一些经验,能使大化的痕迹变成小化的痕迹,使小化的痕迹变成一点也没有化一样。尤其他转成阴阳班的时候,在上半夜里干得很厉害。

但炼钢的时间却格外加长了,长到十个钟头都有过,明明该在自己班上出的钢,逼得来只好让秦德贵去出了。原因是炼钢加矿石,目的在于降低钢水内所含的碳素,如果为了多加矿石,引起大火,那碳素就会降得太多,弄到不应该降也降了,炼出的钢,不合规格。不合规格是不行的。于是只好再追加一点高炉送来的铁水,把碳素提高,这当然就延长了炼钢时间。另外炉顶的矽砖化多了,滴在钢水内便又使钢水增加了杂质,需得多加矿石,去氧化,使矽变成氧化矽，倒了出去。这也是要多花费炼钢时间的。这个时候，他又觉得走这样的道路，自己反而得不到好处，还是应该从炼钢方面去设法才对。他看见袁廷发不断在出快速炼钢，秦德贵也在出快速炼钢，心里很是羡慕。他想向袁廷发学，但觉得袁廷发有点不愿意说，即使说了，也说得不够味，学不到什么东西。至于秦德贵呢，他感到他进步快，是搞到了一套，却又不愿意向他问，也不屑于向他学。一向有人问到他："你们炉上谁最行？"他总是回答："那袁廷发要数一手哩。""秦德贵呢？""秦德贵，那差得太远了。""秦德贵不是也创造过新纪录么？""那算不了什么！化炉顶搞新纪录，谁搞不出来？"现在他化炉顶也搞不出新纪录，甚至连快速炼钢，也搞不出来，他觉得他不及秦德贵了。可是就因为明知不如秦德贵，便更加不愿意向秦德贵学。

何子学因见他化炉顶的次数太多了，便在他下班的时候，拉他到俱乐部里，同他谈话，首先笑着问他："老张，你现在有什么困难没有？"

张福全就不高兴何子学那种笑容，从那一脸隐秘的微笑里面，似乎可以看出是在说："我晓得你处在困难的境地里了。"所以冲口就说："没有什么困难。"其实他心里倒希望有人来给他解决一些问题。他取出香烟来，悠悠然吸着，使他的神情，更加显得平静。

"没有困难？"何子学敛着笑容，眯细了眼睛，直对张福全的眼睛望着，低声地说，"现在大家都在说你炼钢挺有进步，的确也缩短了时间，这是挺好的。只是人一要求进步，总不免要发生困难的。"接着摇一摇头说，"我不信你会没有困难，比如化炉顶你不感到为难么？"

张福全板起面孔说："我就要找出办法来，使它不化。"

何子学又微微笑起来了："你难道不想搞快速炼钢吗？我看，你是挺想搞的。搞快速炼钢，一定会遇着困难，我说得对吗？"

张福全一时没有回答，何子学的话确实说在他的心上了。他停一会儿才摇一摇头，不以为意似的笑着说："不知道怎么搞起的，学化学什么的，我也同他们一样地学哪，就是这点气人，炼钢时间老是不能缩得更短。"他这里所指的他们，不如说就是在指秦德贵，但他不愿提到他。

何子学却明白是指秦德贵,因为上业余技术班,不止秦德贵和张福全两人,还有其他的炉长和工友,只是进步得最快的,算是秦德贵。何子学就举秦德贵为例,他说:"人家秦德贵可会学习啰,你没有看见他同陈良行团结得多好,有什么问题,就一道商量。还有苏联专家一到他班上,他就向专家请教。"

张福全一听见秦德贵的姓名,就现出一种轻视的脸色,但心里却注意起来,留神地听。等何子学说完了,才又开玩笑地说:"他还有什么了不起的地方呢?"

何子学看见他的神情,严肃地说:"秦德贵,你不要看不起他喃!他这几次的快速炼钢,就一次也没有化炉顶。"

张福全冷冷地笑了起来,没有说话,意思显然是在说:"他秦德贵捣了什么鬼,你怕还在做梦哩。"他认为秦德贵是有办法去掉化炉顶的痕迹的,何子学所说的赞美话,只是看到秦德贵好的一面。

"我看开开这样的会好不好,三班彼此有什么意见,都可以在会上谈一谈。"何子学原是明白他们三班都很有意见,只因补炉的事件,最近已经消灭了,可以不用开会的形式来解决,只同他们各人谈了一次话。现在何子学看见张福全的态度,还是对秦德贵不满,就趁机会提出开三班联席会议来谈一谈。在先前原是可以用车间工会主席的名义,召集三班联席会议谈谈的。现在自从新党委书记到来,要他少开会议,多作个别谈话,这样就不妨害工作。如果实在要开会,也得先征求大家的意见。

张福全却摇头反对,声音低沉地说:"我看还没有什么大不了的事情,用不着劳师动众。"

"我看,交流一下经验,好不好?"何子学估计这个提议,一定要中张福全的心意,接着还补充一句,"我们可以请袁廷发在会上谈谈他的经验,顺便再谈谈三班存在的一些问题。"

这的确中了张福全的心意了,但他还是摇一摇头说:"就怕他不肯谈呵。"

"只要我们好好地同他谈,他一定会讲的。"何子学很有自信地说,他觉得这样的事情是好办的。

"那么,你去试一试吧!"张福全说的时候,现出半信半疑的神色,信呢,是何子学以一个支部书记兼车间工会主席的领导者身份去说,总不至于没有结果;疑呢,就是自己对袁廷发,可以说一向是要好的,从来彼此没有红过脸,而且近来还常常送他家东西,可是要求他谈谈经验,也还不肯说出来,再要他在会上谈谈,会是更不容易。又从他自身设想,有谁要他谈出加矿石烧去炉顶熔化痕迹的经验,他是打死都不会讲出来的,他认为做人就有他各自的秘密。

何子学觉得只要张福全有这个要求,会就准可以开成了,秦德贵不消说一通知就会来的,因为他是最喜欢听听别人的经验。问题就只有袁廷发一个人了。袁廷发是有一些脾气,对车间领导有过不满,但何子学认为自从他创造了七点一炉的新纪录后,厂里替他大事宣传,省里的报纸,也登载了消息,就再没有听见袁廷发有什么不满的言语了。他觉得他有把握找袁廷发谈出快速炼钢的经验。

二

袁廷发自从创造了七点一炉钢的新纪录,胜过了秦德贵,他的心里就很不安,觉得有意化炉顶来搞新纪录,损坏了国家的财产,是犯了罪了。每次回家去,丁春秀问他是不是搞出了快速炼钢,接着又问有没有化炉顶,他就不免有些生气,"快速炼钢,就是快速炼钢,老问这些鬼话做什么?"虽然连大城市的报纸,都登载了他创造了七点一炉钢的新纪录,厂长再三地鼓励他,把他的成绩引为厂里的光荣,可是他并不感到快乐。甚至他不愿意听到人家讲到他的新纪录。他想唯一的办法,就是能够一点也不化炉顶,就搞出一个最高的新纪录,比不久以前自己创造的新纪录还要高,只有这样才能使人家忘记七点钟一炉的纪录,不再提在嘴上。他常常一听见人家讲到新纪录七点钟,他就很不愉快,觉得一种可耻的阴影,突然罩在他的身上。但是快速炼钢倒是不断地出,唯独就没有一回创造新纪录,总是在七点半或者挨边八点。这使他很苦恼,连吃饭都感到没有味道。

最近他看见秦德贵又在出快速炼钢了,虽没有他的多,但有几炉纪录是在七点半左右,不禁深深注意起来。他接班的时候,仔细检查秦德贵班上看的炉顶,没有新化的痕迹。依他的老经验来看,就是化成面条而又用加矿石的办法烧掉,也能在变更的时候观察得出来,但秦德贵班上看的炉顶的确没有什么可以引起指责的地方。有,也只是老的痕迹。他这回才的确感到秦德贵是在进步,有一种力量,不可忽视。而且觉得这是一种压力,自己一不努力,就会落在年轻人后面。他想自己才三十二岁,一点也不老,怎么可以落在毛头小子后面呢?他先前一直走在前面,没有人在炼钢方面胜过他,他觉得他的技术,已经差不多了,还看不起那些从大学毕业出来的技术员,认为他们实际做起来是不行的,起初来的时候更可笑,连什么是钢水和钢渣都分不清。他们那套理论,并没有什么了不起,学也可以,不学也可以。当时秦德贵他们进业余学习班学数学、学物理、学化学、学冶金,他还暗里嘲笑过:"总是想做工程师嘛。"他目中的工程师,就是讲起来天花乱坠,做起来一样不行。厂里也组织过工程技术人员和老工人互教互学,使劳技结合起来,他却很不热心。他感到工程技术人员是看不起工人的,认为工程技术人员就仗势他们受过高等教育,有了理论,现在如把实际的东西,也教了他们,那他们还了得,眼睛更加长到头顶上去了。至于理论那一套呢,袁廷发似笑非笑地说:"我用不着,没有它,我也搞到快速炼钢,搞到新纪录。"他的思想一直就在这样的池塘里,沉淀下去了,过着没有波澜的日子。现在出现了一个毛头小子秦德贵,一炉一炉的快速炼钢,质量又好,就像一块一块的大石头一样,统统打进了平静的池塘,溅起了很大的水花。袁廷发沉淀了的思想,沸腾起来了。秦德贵为什么进步得这么快?原因在什么地方?他不能不发出疑问,他感到他老是这样停滞着,是不行的,一定要被毛头小子赶过,远远落在后面。自己正在壮年时候,决不心甘情愿落后。他明白取巧是不可以的,像化炉顶来赶上别个,万万不能再干了。

袁廷发的炼钢技术,是从日本工人那里偷偷学来的。在国民党统治的短短期间,他开始在炉上工作,把偷偷学得的东西应用出来,自己又再行用力钻研,才摸索出一些经验,但还并不算多。解放后,由于厂领导方面,放手依靠工人,让工人大胆地发挥创造性,袁廷发就更加练习出了丰富的经验。袁廷发记得起初技术不够纯熟,浪费过不少的材料,也出过很差的次品,但领导上都并不大责备,只要一有进步,就得到很大的鼓励。从这一点上,他真实地感到有了共产党来领导,他们工人才算真正做了国家的主人。因此,他觉得要为国家多炼钢,多炼出质量好的钢,是做国家主人的分内的事情。而且觉得把炼钢的时间,缩得更短,不断地创造新纪录,更是应该努力做到的事情。但这一思想,并不是常常浮在心上的,尤其是自己老走在别人前面,更容易沉淀下去。

不只是秦德贵这个毛头小子,搅动了他沉淀的思想,更其厉害的,是在汇报工作的时候,赵立明听见他又出了快速炼钢,显得很高兴地笑着说:"袁廷发,你还是再朝前跑几步吧,老是这样七点半左右的快速炼钢,秦德贵他也会赶上你呵。我看他这几天的快速炼钢,也跟你差不多呢。"继又露出讽刺的笑容,开玩笑地说,"老师傅可不要给徒弟赶过呵。"就是尾后这一句话,最使袁廷发难过了,像一根针似的,打进了他的心里。

袁廷发走出了厂长室,又去洗了澡,正是上午九点半钟的时候,厂门外马路上两排青杨树梢,正照着升得很高的太阳。反映出点点的光辉。没有一点风,使人感到天气在热了起来。烟囱顶上吐出各色的烟子,在徐徐地上升。天空蓝得怪可爱的。发电厂的水塔,像落雨似的淋着水点,给人一种特别清凉的感觉。夜间做了工作,出来走在这样晴美的天气里面,是会感到又疲倦又舒服的,但袁廷发却不很快活,只是觉得疲倦。他慢慢走到停车场去,正取着他的自行车出来,何子学赶来了,"老袁,你等一下,我找你谈两句话。"

"什么事情?"袁廷发没精打采地问,就站在停车场门口的青杨树下,他顶不喜欢做了夜班之后,还有人找他谈话,或者找他开会,他最需要的是赶快回去,吃点东西,倒头睡觉。再加心里老大一个不痛快,更讨厌耽误他的瞌睡了。

何子学知道袁廷发有这点意见。因为袁廷发在会上公开提过,希望夜班下来,不要再开会谈话,那会影响工人的健康,而且也影响夜间的工作。何子学对于这个意见,也是记得的。因此,何子学就安慰似的说:"老袁,我不耽误你的瞌睡,我只说一两句话,他们两班炉长,都有这个要求,希望你在一个会上谈谈你的经验。他们都佩服你的快速炼钢,你谈谈好不好?"

袁廷发笑了一笑:"这算得什么经验。再说,我是个大老粗,文化浅,理论又没有,只是做得出来,说就不成。"这也的确是个事实,倒不是存心推诿。

何子学见他笑了起来,便高兴地说:"这又不是叫你到学校里去讲课,要你长篇大论。他们也都是大老粗,用不着像上课一样地讲。只消你随便指点几句,他们就会懂的。"

"随便指点几句,你去指点嘛。"袁廷发嘲笑地说。

"我看,你就专讲这点好不好?"何子学觉得讲快速炼钢的范围,也许太大一点,就给他缩小一些,"你就专讲你七点钟的新纪录,怎样装料,怎样加铁水,怎样熔炼精炼,炼焦煤气开多大,炼铁煤气开多大,空气开多大,闸板开关多少,你一样一样地给他们讲,他们一定喜欢听的。"

何子学一下注意到袁廷发的脸色,是在变了起来,忍不住问:"你哪里不好过吗?"他不知道袁廷发最怕人家提他的七点新纪录,反而认为对袁廷发谈他的新纪录,一定会是高兴的,因此就以为袁廷发必是身体有点不舒服了。

袁廷发自然不好直接说出来:"请你别提什么新纪录了。"只有现出不高兴的脸色,冷冷地说:"没有什么不好过,就是瞌睡不够。"

"那么一句话,就完了。你就讲你那七点钟一炉的新纪录吧!"

"这没什么可讲的。"袁廷发有点生气地说。

"为什么?这不是有好多可讲的吗?"何子学惊异地看着他。

"早叫我讲,我还马马虎虎记得,现在我全忘记了。"袁廷发说完话,骑上自行车就跑。

"你还是讲一点吧,能记多少,就讲多少。"何子学赶在后面,大声恳求地说,还跑了几步。见袁廷发没有回答就跑远了,心里忍不住骂了一句:"妈的,这老顽固!"

三

袁廷发晓得何子学会骂他两句的,便飞快地骑着车跑了。

袁廷发不愿意谈他的经验,是有几种心病存在。第一是七点一炉的新纪录,使他感到可耻。第二,自从秦德贵创造了新纪录,尽管他怎样看不起,但秦德贵在进步,在向他赶,却是很明白的,他觉得自己得留一手,不要像先前一样,随便告诉人。第三,他看见车间领导那样看重年轻人,替年轻人拼命地吹,像在有意要压一下他们老工人,那么老工人就得好好地保留一点东西。第四,他觉得他的技术,好不容易从日本工人那里偷着学来的,经过不少的自学苦心,哪能轻易一下交出来……

回到家里,丁春秀望望他的脸色,看见很不好,便觉得少同他谈话为妙,就立即把热着的饭菜端来,放在炕桌上,叫他吃饭。丁春秀见他吃了好一会儿饭,才拿起粉笔,试探地问:"昨晚炼钢怎么样?"

袁廷发默默地吃着,仿佛没有听见似的。但他却对炕前面站着的孩子,夹一夹菜给他吃。丁春秀以为没有希望了,就放下了粉笔,只说一句:"碗筷就让它放着,我带孩子出去买菜。小兰走吧。"

"你记上吧!"袁廷发冷冷地说,又夹一筷子菜给孩子。

"呵呀,又搞出快速炼钢了吗?"丁春秀高兴地叫起来,为了使屋子里的空气缓和,还做出快活极了的神情。事实上近来快速炼钢多,快速炼钢本身已经有点平淡了。她在门背后画了一个圈后接着又大胆地问:"出了快速炼钢,你为什么不高兴?"

"怎么不高兴?我会不高兴吗?"袁廷发因为老婆那样快活的神情,心里的确也有点高兴起来,就嘲弄地回答她。

"你骗我,你一进门,谁都看得出来,你是一脸不高兴,叫人不敢同你讲话。"丁春秀见他心情好了起来,便任意地指责他。

袁廷发把馒头咬了一口,笑着命令道:"去,去,快去买你的菜吧!"

丁春秀倒不想马上出去了,只是站着问道:"还有什么事情不高兴呢？……是不是……"

袁廷发露出恶毒的眼色，讥笑地说："你是问，是不是化了炉顶？"

"我没有这么蠢，我还问这个做什么！"丁春秀噘起嘴，不高兴地说，"我就怕你同别人吵了架。"

"怎么想着我会同别人吵架？"袁廷发鼓大了眼睛。

"你想想你那脾气嘛！"丁春秀撇一撇嘴，随即牵着孩子走了出去，她担心再说下去，又会吵了起来。

第九章

一

秦德贵提前一个钟头，就去上班，走上平炉，一听别炉的工人说："九号炉顶掉了砖了。"这使他大吃一惊，仿佛有人从头上给他淋了一桶冷水似的。赶紧跑去看，有两尺多高的火焰，直朝炉顶落砖的地方冒出。他立即朝炉侧的铁梯上爬了上去。他没有穿工作服，感到格外的热，他用衣袖子遮着脸，仔细观察炉顶，看见冒火的地方，是在铁梁下边炉顶挨近出钢口那面。火势猛烈，看来会越来越大。他的经验告诉他，像这样掉了砖，再行补好，也没法拖得很久，这个月本已决定不用修炉的，可以多炼许多钢，现在这一来可就完了，非停下生产，来新修炉顶不可。结果这个月就一定完不成任务。秦德贵爬下炉来，禁不住向张福全气冲冲地说：

"你是搞些什么鬼哪，炉顶都给你搞掉了？"

张福全也一脸怒气地说：

"我会自己把它搞掉吗？我又没有发疯……你才怪得没有名堂呢。"

一个瓦工，从炉上爬了下来，正在用砖涂上玻璃水，准备再爬上去补炉，就立即向秦德贵说道：

"你怎么单独怪他？你没看见炉顶化得好薄哪，它不掉下朝哪里跑去。"他说完之后，就同另外一个瓦工爬上炉顶去，一面爬一面责备地说："你们三个炉长都有责任的，谁也不能单独怪谁！"

"他妈的，就是我一个人活该倒霉！"张福全恨恨地骂了一句又立刻凑到炉门眼上,去观看炉内熔炼的情形。他认为炉顶化薄,他有责任,秦德贵也有责任,就是不该在自己班上掉砖,现在掉了,就看成自己运气不好。

秦德贵跑到炉前去看,他连忙从五个炉门的眼上,把整个炉顶下细看了一通,发现炉墙和炉顶相接的地方,确实炉顶的砖是显得薄了,心里忍不住奇怪地想:"这才怪了,就是张福全化了几次炉顶,怎么会薄得这么快呢?"他这下便温和地向张福全说:"老张,你看炉顶的砖,当真薄了哪,这是怎么搞起的?你化了几次炉顶也并不厉害嘛。"

张福全很不高兴地说:"这总又是怪我嘛,还有什么说的!"话语之间,就是在说,你要明白,你能单独怪我吗?不要装得那么像,自己没一点事。

秦德贵连忙赔笑地说:"刚才是我不对,说话火气大。我只是看见炉顶烂了,心里就难过得不得了。"自从何子学跟秦德贵谈话以后,秦德贵就觉得自己是个党员,应该主动地去团结群众,再加张福全班上,也没有再丢下什么工作来麻烦下一班,因此他对张福全,也就尽量去团结。虽然想起孙玉芬同张福全的关系,也很不快,但为了工作,也得忍着。

"光你一个人着急,"张福全恶毒地讽刺,"我看着就高兴得很吗?"一面很生气地走开。

秦德贵走去张福全身边,又赔不是地说:"我态度不好,我要开会检讨的。只是目前我们要好好研究一下,为啥炉子会化薄了呢?"

"我没有什么研究的,我准备挨批评好了。"张福全又去看炉眼,不愿停下来同他讲话,一面又自言自语地说气话,"反正奖是你们得,批评我来挨。他妈的!"显然越来越生气了。

秦德贵知道他在气头上,是一下子说服不了的。等会儿让他气散了,再来同他讲讲。他便去帮瓦工补炉,正好瓦工嫌拿上去的两个砖配合不好,要另外选一个合适的来配合,他就代他们去选,还亲手涂上玻璃水。随后又爬上炉,站在炉顶的钢梁上,帮他们安放。因为火在冒出,不能用手,需得使用粗铁丝钩着砖试着去补。这颇为费事,一下不易做好。瓦工冷砌是很行的,这样热补可不成了,首先他们怕热,倒是秦德贵能够忍受,最后他反而变成补炉的主要的工作者,两个瓦工只能在旁辅助。弄得秦德贵大汗一身一身地出,脸烤得通红。大约搞了半点钟,才把炉顶补好,秦德贵爬下炉来,高高兴兴地向张福全说:"费了好多气力,总算塞着眼子了。"

张福全气已消了,一方面看见炉子补好了,的确也很高兴,他感到补好炉顶不致问题扩大,惹出一些乱子来,那是很好的,便带着嘲笑的口气回答:"你可以改行做瓦工了!"

秦德贵连忙笑着说:"没有他们两个告诉我,我还是补不来的。"

瓦工却拿出内行人的神气,向两个炉长警告地说:"你们以为这就补好了么?不要太高兴早了,等两天就会掉的。"

秦德贵笑着骂道:"妈的,你起的是啥子心哪?"还朝瓦工肩上重重拍了一下,"你是觉得炉子垮了更好。"

"我还会起什么心呢?"瓦工严厉地说,"砖不是要慢慢烘烤吗?像这样子高温一烧,砖就碎了。连这个道理都不懂,还配做炉长。"

张福全讥讽地说:"好,好,你同秦德贵调调吧,你来做炉长,反正他也很想做瓦工。"他随即去看一下炉眼,把手一举,叫人去开卷扬机,把炉门提了起来,一面又叫人拿铁锹,向炉内加石灰。秦德贵看见了,便也连忙拿起铁锹去凿石灰,赶到炉门用力抛了进去。他比别的工友还干得起劲,就像刚刚上班,精力充沛极了。

两个瓦工不即刻走开,还笑着打趣秦德贵说:"你这家伙,铁打的么,简直不晓得累。"

张福全也打趣地说:"他就是一条牛啊,晓得什么累!"他认为秦德贵这么卖气力补炉顶,正是表明他心虚,怕过错暴露出来,这更证明他过去的推测是对的,他一定暗中化过炉顶。

秦德贵看见张福全心情好起来了,趁他又去炉前观看炉内情况,便跟着他温和地问:"老张,你经验多,你看炉顶到底怎样搞薄了的?我真想不出来哪。"

张福全把两手往外一分,嘲弄地说:"我要是晓得,它就不会薄了。"他认为秦德贵心里是明白的,故意推不知道。但有一点,又是使他暗里高兴,就是秦德贵还没有知道他张福全能够弄去化炉顶的痕迹。

秦德贵觉得同张福全研究不出什么来，就大大叹口气："像这样炉体保护不好，再多些快速炼钢，也是白费气力，你才一炉钢缩短了一点钟两点钟，他炉顶垮了，就要叫你停止生产三四天，这是多么可怕的浪费呵！"他感到非常的痛心，眼睁睁望着国家财富的损失，没法子挽救。另一方面，看见张福全对这样重大的事情，只是怕自己倒霉而外，总是显得漠不关心的样子，连原因也不想研究，心下忍不住又对他生气起来。可是他不想再同他谈了，他晓得一谈又会吵架。他只有忍着气恼到安有机械和仪器的屋子里去看黑板上的记录，弄明白张福全这炉生产的详细情形，以便等下好接他的班。

二

秦德贵做到第二天早上八点钟，袁廷发来接班了，他一下班就要他去厂长室开会，他便赶快去了。一进厂长室，看见厂长赵立明、党委书记梁景春和车间支部书记何子学，都坐在那里。张福全也来了，显然瞌睡还没够，疲乏地靠着桌子坐着。袁廷发叫一助手代他工作，他也来了，静静地吸着烟。护炉技师张吉林正在讲话，谈九号炉顶掉砖的事情。秦德贵一坐下，心里感到很高兴，觉得领导上都在讨论这个问题，是再好没有了。他听见张吉林在说，大家只注意快速炼钢，没有留心炉体，因此造成了很大的损失，今后非格外注意保护炉体不可，秦德贵便皱了一下眉头，他觉得原因不在快速炼钢，张吉林讲话，还是十分空洞。

赵立明一等张吉林讲完了话，就露出讥讽的神情不快地说："照你这样说，那袁廷发班上就化得最厉害了！"赵立明一直看重袁廷发，认为他是厂内第一个快速炼钢的能手。同时也不相信在袁廷发班上炉顶会化得最厉害。张吉林的结论，简直像是反对快速炼钢，他很不满意这种说法。

袁廷发把烟蒂放在烟碟里弄熄，然后向张福全笑着说："老张，你是常常接我的班的，每回交班，你就检查炉顶，你看我化过炉顶没有？"

张福全连忙很正经地说："你老手，你怎么会化炉顶。"正因为他有这样的观念，他接袁廷发班时，是马马虎虎看下炉顶就算了。

秦德贵连忙插嘴说道：

"袁师傅，你是接我的班的，请你说说，我看的炉顶。"

"就是那回搞新纪录化过，以后就没有化过了。"袁廷发立即应声回答。

秦德贵不让张福全说话，就赶先说道："张福全班上的炉顶，是化过好些次，都并不厉害。"但他不知道，他一向接张福全的班，只一味注意炉里的钢水，怕他搞有鬼在里面，因而对于炉顶的注意，反而马虎了。甚至他在出钢口上面的炉顶，化的那一小片奶头，烧来只留下一些痕迹，他也没有注意，只觉得和以往一样，钢炼久了，自然会要烧掉。如果他是细心的话，在变更的时候，有些地方，即使面条烧掉了，但化过的痕迹，还可以看出来的。他全然记不起他当时接班的心情。

何子学笑了一下，然后说道："个个班上炉顶都没有大化过，炉顶怎么又化薄了呢？"

张吉林忍不住生气地说："要是炉子能讲话就好了，它就是哑子吃黄连。"

赵立明皱一下眉头，严厉地说："炉子顶上掉了砖，这就是它开了口了，说出它吃了大亏。吃了谁的亏呢？明明白白的，吃了你们三个炉长的亏。炉顶交给你们炉长管，炉顶坏了，你们炉长是有责任的。"说到这里禁不住微笑起来，嘲弄地说，"听刚才你们讲的话，我就想起中国一句老话，'官官相护'。"随又脸子严厉起来，"你们一定都有隐瞒，炉顶掉砖，它就是开口说出了你们的隐瞒。"接着又讥笑地说，"你们那一套，我还不晓得，只要把炉顶化成面条，你们就有办法把它烧掉。"

袁廷发听了，吃了一惊，他感到厂长真厉害，懂得了很多东西，一面又望望秦德贵和张福全，心想这两个人当然更懂得这一套了，但一下还看不出来，到底是谁干的，又到底谁干得最多。

张福全心里有点慌，但还能镇静，一点儿也不露出来。他认为把炉顶化薄，他只有小部分责任，最大部分责任应该是在秦德贵身上，所以听见赵立明那么说了之后，就赶忙看秦德贵的脸色，看他惊慌没有。

秦德贵起初有点惊异，接着恼怒起来，认为厂长的话说得对，只有这样才能解释炉顶为什么会变薄了,想着炉长中竟有这样的人,不顾国家的损失,只求个人的利益,因而很是愤怒,他疑心是袁廷发,只有他才有特殊的窍门,会把化了的炉顶痕迹去掉,但又不敢确定,他也知道他不是这样只顾私人利益的。

张吉林插嘴说道:"还要掉哩,别的地方也挺薄了。"

赵立明立即责备张吉林:"你这个护炉技师也有责任的,不能光注意炉底。炉顶化薄了,炉长隐瞒着,你为什么事先没有注意到。"

张吉林立即脸子通红起来,分辩地说:"厂长,你晓得的,我只在白天上班,晚上我就没法子注意。"

"对了,这一定是你们晚上有问题,"赵立明接口说过来,眼光扫下三个炉长,脸色越发显得严厉了,"你们一定要好好地检讨,不要彼此官官相护。官官相护骗不倒人的,炉顶张开口,就说出了你们的欺骗。"

秦德贵听见厂长说他们做炉长的,全都做了骗人的事情,觉得非常冤屈,心里难受极了,忍不住气愤地说:"厂长,你说我们欺骗,你派人来查好了。"

"你说得好容易呵,谁能白天晚上守在炉上,检查炉顶?照你这样说法,那炼钢厂又额外用多少人去了。"赵立明非难地说,接着又声色俱厉地教训,"你得先在思想上检查你自己,就说你没有存心欺骗,我问你,到底你有没有疏忽大意的地方,比如在晚上。你不能说你绝对没有疏忽的地方,一个人他不能这样说的。"

秦德贵露出委屈的神情,分辩地说:"从前我是有疏忽大意的地方,也化过炉顶,我都老老实实写在记录簿上,也向接班的袁师傅交代明白,并没一点隐瞒。这回炉顶自从新修那天起,我就注意看,由我化过一次,就没有再化过。刚才袁师傅他也讲过,接班的时候,并没有看见炉顶哪点化了。"

"这样的话,他们也会说的!"赵立明冷冷地说,随又大声问道,"那炉顶为什么化薄,又掉砖了呢?我问你,现在炉顶掉了砖了,你是炉长,你有没有责任?"赵立明很怀疑秦德贵,认为是他暗中化薄炉顶。至于袁廷发那是不会干的,他根据长久的观察,晓得他很会看炉顶,自有一套经验。张福全呢,他的确化了炉顶,说明他技术差,同时也表明他还没有玩欺骗的本领。他没有快速炼钢,就是一个证明。秦德贵呢,当然大有可疑,他看炉顶,不及袁廷发,但是赛过张福全,很可能是他在玩把戏,不然他的快速炼钢就不会多起来。

秦德贵竭力忍着自己的不快,低声地说:"当然有责任!"

"那你就该老老实实地检讨!"赵立明望下秦德贵,又扫视一下另外两个炉长,"你们也要检讨。"随又直视着秦德贵,"你是党员,你得带头检讨,老老实实的。"

秦德贵听了很难受,觉得厂长就说他一个人不老实,感到有口都难分辩。

赵立明看见秦德贵脸气红了,额上露出青筋,便又改变语气温和地说:"不管怎样,你是党员,你得研究出这个原因。"

会开到末尾的时候,厂长赵立明又重新讲保护炉体的重要,不该修理炉子,突然要来修理,这停止生产的损失,是很大的。他要求三个炉长,一定要认识没有保护炉体的错误,且要加以检讨。最后还很温和地向梁景春说:"老梁,你有什么意见没有?"

梁景春笑着说:"你已经说得很好了,我还提不出什么意见。"但散会的时候,梁景春却叫秦德贵单独到他办公室去,他对秦德贵和蔼地说,"秦德贵同志,我相信你刚才说的话,你没有隐瞒化炉顶的事情。那天我看见你帮别人打出钢口,那样奋不顾身,我就看出你是真诚地爱护国家的财富。当然你就不会不爱护炉子。"

秦德贵非常感动地说:"党委书记,刚才看见炉顶烂了,我差点就同张福全吵起架来。"

梁景春很亲切地说:"你不要同他吵,应该好好地同他谈,刚才厂长说得对,你是党员,你应该负起这个责任,找出掉砖的原因。"

"是的,作为一个党员,我要坚决地负起这个责任。"秦德贵很勇敢地承担起来,刚才赵立明讲的时候,他还只是沉默着,现经梁景春这么一说,才真正感到不一口承担下来,就有愧于做一个共产党员似的。

梁景春就问他:"你预备怎样去做呢?"

"我还没有想得很好,"秦德贵不安地说,"我只是想提前上班,看上一班的炉长,是在怎样的看护炉子。"

"这是不够的,"梁景春小声用力地说,"你应该走群众路线。你同他们两班的工友熟不熟?"

"熟哪,他们好多人都同我住在一个宿舍。"

梁景春不继续说下去,却先提出一个问题:

"这里我还有点不明白炉上的情形,到底看炉顶是炉长一个人的事情,还是大家工友都要看?"

"这是炉长一个人的事情。"

"我想,工友同炉长一道工作,一定还知道一些情形,你可以从他们那里打听一些。"

秦德贵点下头说:"对了,我一定同他们谈谈。"

秦德贵走后,梁景春又找何子学谈话,要何子学发动九号炉三班工人中的党员、团员,注意保护炉体,并找出炉顶掉砖的原因,并对何子学说:

"秦德贵他已经很忙了,责任不能全推给他,支部要完全负起这个责任,深入到群众里面去。我们主要要弄清楚到底炉顶化薄,把砖掉下,是有人有意搞的,还是无意搞的?只要这点弄清楚了,以后才能消灭这样的事故。"

第十章

一

孙玉芬出了电修厂,希望在马路上碰见秦德贵,或是张福全,不论哪一个都好,她想知道九号炉对于她们的挑战,是怎样回答的。孙玉芬同秦德贵谈过,又在礼拜天同张福全谈过,一礼拜过去了,没有人回信,在马路上也没有看见他们两人的影子。她有点忍不住了,一回到宿舍便打电话到炼钢厂的独身宿舍去,问秦德贵,出去了;问张福全,上班去了。她觉得张福全在上班,那是怪不到他,秦德贵没有上班,为什么不来找,也不来电话?她感到有点诧异,同时也感到不满。她这次发起竞赛,费了不少气力,首先就有两个女工反对,一个是刘先菊,她来自农村,但在农村业余文工团做过演员,现在在厂里仍然是个文娱活动分子,会唱民歌,会扮演少数民族的姑娘,她认为竞赛起来太紧张,某些文娱活动,就不能不暂时停止。这在本厂本车间竞赛,她就感觉到了,哪能同外厂的人竞赛?她自己目前除了同孙玉芬上夜校,还在业余的时候,组织一批女工,成立歌舞队,常常练习歌舞。她对于孙玉芬所提议的竞赛,没有坚决反对,只是说:"咱们太忙了,要竞赛,就同本厂的工人竞赛吧。"她身体很结实,脸有点胖,一笑的时候,就有两个小酒窝现了出来。随时都喜欢小声哼一点歌曲,尤其在工作的时候,总能听见她在秀声秀气地唱。另一个是庄桂兰,她身材细长,说话走路,都是文文雅雅的。先前在医院做助产的护士,常常看见妇女在呻吟挣扎,嫌助产工作不好,同时又为国家大规模的社会主义建设所震动,便热心投到工业战线上来。她在车间工作,一有休息,就要摸出小镜子、小梳子来,照一照,梳一梳头,工作服经常是干干净净的。她不主张同男工们竞赛,自然外厂的男工,更使她不愿意,她觉得男子都看不起妇女的。竞赛输了,就更使男工看不起。她愿意找女工竞赛。

孙玉芬好容易说服了她们两人,她们两人都是同孙玉芬很要好的,所以只得勉勉强强参加,事实上并非心里赞成。因此在竞赛的条件上,又有不少的争论。孙玉芬提出一月完成继电器八十台。刘先菊就叫起来:"呵呀,这怎么行?我们平常才完成六十台哪。"又在电镀方面,孙玉芬提出要镀得很亮,不要像以前似的,亮倒不亮,还有点发黑。庄桂兰就皱一皱眉头,不安地说:"手一拿它,就不亮哪,我真把它没有办法。你怎么提出这个来竞赛!"另外她还怕镀的时候,气味呛人。

孙玉芬就跟她们算细账。指出什么地方还有潜在力量,可以发挥出来,并又指出哪几个人,业已镀得相当亮,可以学习她们的经验。刘先菊停了一会儿才说:"我那组织起来的歌舞队怎么办呢?"

"抽得出时间的,咱们礼拜六晚上来文娱活动好不好?"孙玉芬安慰她说,接着又笑着补充一句,"你那歌舞队,我也要来学学。"

刘先菊立即跳了起来,拉着孙玉芬转了一个圈子,一面高兴地说:"有了你来参加,咱们这个歌舞队,就要赛过他们别个厂了。"她一向就在动员孙玉芬,觉得孙玉芬能够在舞台上出现,那她们的文娱活动,就太好了。孙玉芬的身材相貌都是挺出色的。可是孙玉芬就是把头钻在工作、学习和会议里面,刘先菊有时就拉着孙玉芬的手,笑着说:"我真恨死了你。"孙玉芬也笑着问她:"为什么你这样生我的气?"刘先菊就噘着嘴,做出生气的神情说:"我就是恨你不参加我们的文娱活动。"孙玉芬很喜欢这个调皮的姑娘,便笑着说:"我就是会太多了。淘气起来,可比你淘气呵!"这也是实在的话,她晓得孙玉芬的集体跳舞,跳得非常的好,并且能唱不少的歌。就是你去找她的时候,她就会说:"对不起,我忙得很,还有两个会在等着我哪。"

孙玉芬把自己小组的竞赛条件搞好了,组员都希望她快点同炼钢厂的九号炉接上头,有的看见几天来都没有接好,就主张写信,把竞赛条件送去。孙玉芬认为竞赛不能随便挑战,得把头接好,才能送去挑战书。她就在下了夜校之后，赶快跑到袁廷发家去，问问情况，顺便还把秦德贵交给她的小孩布鞋带去。

二

袁廷发和丁春秀都在家歇凉，看见孙玉芬到来，都很高兴地接待，因为她也不是常常去的。孙玉芬把布鞋交给丁春秀，一面向她说明秦德贵是怎样找着的。丁春秀忍不住大笑起来，还笑着骂："这简直是个荒唐鬼哪，你找就该多找下子嘛。"

袁廷发嘲弄地笑着说："你不要笑他，就是你掉了，你也像他一样，找不到的。"

"我倒不会的，"丁春秀撇下嘴，冷笑地说，"只有男子家，才会这样荒唐。"说完之后，又忽然想起地说："那皮鞋怎么办呢？可惜小兰都穿过了哪。"

"秦德贵，他不会再要的。"孙玉芬连忙说，"他说皮鞋就算送你们孩子穿。"

丁春秀又笑起来了，笑着说："平时他不会送的，他没张福全那样大方，可这一回算是荒唐整着他了。"

"你不能这样说的，"袁廷发带着嘲笑的口气，责备地说："他撒赖一下，掉了就算了，看你怎么办？"

"怎么办？"丁春秀扬一下手里的两只布鞋，笑着说，"他不是又把布鞋还给我了么？"

"要是布鞋捡不着呢？"袁廷发嘲弄地说。

"我就要秦德贵告诉我，在哪里掉的，我有本事去找到。"丁春秀生气勃勃的，觉得一切事情都难不倒她。

孙玉芬一直忍不住笑，她感到表姐他们两夫妇的生活真过得挺有生气，挺有兴趣。

袁廷发吸着香烟，对孙玉芬闲谈似的说："我觉得秦德贵这个人，心眼好,做起事来倒负责的。"

"我就不喜欢他,"丁春秀冲口就说,"他太拿大,你看我们这里,他就很少来。"最后一句话,她就是向孙玉芬说的。

"人家送你皮鞋,你还不喜欢么?"袁廷发仍然现出嘲弄的神情。

"我还是不喜欢。"丁春秀心直口快,有啥说啥,"你看皮鞋他就不亲自送来。我只领玉芬的情,我就不领他的情。张福全倒没有送什么了不起的东西,他不拿大,常常来看看,路上见了总是跑来帮你拿东西,带孩子。"她一直望着孙玉芬,几乎要向她问,"你告诉我,你喜欢张福全么?张福全这样的人,你应该同他做朋友哪。"但她怕孙玉芬难为情,便暂时忍着,没有说出口来。

孙玉芬坐在旁边笑着,一直没有插嘴的机会,她领味着丁春秀说的话,确也有些合乎事实,张福全的确和气得很,很逗人喜欢。秦德贵倒不怎样拿大,只是当人多的时候,他就什么话也不说,态度有点生硬。她很同意袁廷发说的,秦德贵心眼好,做事情很负责。她想,他参加游击队,连生命都舍得牺牲,还能说他心眼不好,做事不负责吗?她看丁春秀没有讲话,才向袁廷发提出竞赛的事情,还问袁廷发有没有从秦德贵、张福全那里听见过。

袁廷发笑起来了,他低声地说:"听是听见了,他们两个人也挺热心,咳,就是……"他感叹起来,没有说下去。

"我看,就是你不热心!"丁春秀故意气他地说,同时也觉得他是有点不愿同姑娘们竞赛,输了会伤到他的自尊心。

"胡说,"袁廷发笑着骂了起来,接着就向孙玉芬说,"说起来,挺气人,就是炉顶掉砖了,补好了也用不到好久,你看,出了这样的飞灾横祸,怎么能够竞赛。"

孙玉芬惊异地说:"才不几天,我不是听说你们炉体挺好么?怎么就掉了砖?"

"你听谁说的炉体好?"袁廷发问的时候露出研究的神情。

"礼拜那天我听见张福全说的。"孙玉芬静静地回答。

丁春秀望着孙玉芬含有深意地微笑起来,还点了一点头,意思是在说:

"想不到你们已经好起来了,可要谢谢我,我跟你们两边都费过心哪。"她很高兴孙玉芬和张福全是在一道玩。

"张福全还有点不了解炉体的情况。"袁廷发轻轻点一点下巴说,随即吹出一口烟子,露出沉思的神情,"这回我看,秦德贵得负一点责任。"

孙玉芬急不可耐地问:"是他把砖弄掉的吗?"

"倒不是他弄掉的。"袁廷发取下烟来,抖一抖灰,"只是他这个人好强一点,说得不好听一点,就是好出风头。那回他就是化了新炉顶来搞新纪录,风头倒出了,炉顶可就受了损坏。你不懂得我们炼钢炉子的脾气,新修好的时候前几十炉就化不得炉顶,一化下去就没有收拾。"他还想把秦德贵暗中化炉顶的事情讲出,但觉得这还是推测,没有完全证实,还是不讲的好,他知道孙玉芬和秦德贵是有来往的,一旦讲到秦德贵耳朵里,也容易引起纠纷。

丁春秀晓得炉体坏了,得停工修理,会影响这个月炼钢的任务。任务完不成,就得不到生产超额奖金,她便恨恨地说:"我就晓得这种自高自大的人,他定规会搞鬼的,他不想别的,就想一心一意往上爬。"

袁廷发没有讲话了,只是默默地吸烟,显然丁春秀谈的话,是合他的见解的。

孙玉芬对袁廷发的话,非常的相信,她知道他是劳动模范、炼钢的能手,不久以前又创造了最高的炼钢新纪录,看事情与评论什么,一向都是不轻易随便说话的,每句话都有它的斤两。现在听了袁廷发的话,使她心里很惊异,为什么秦德贵打过游击,还干出这样损坏国家财产的事呢?她觉得这样干,并不算光荣,也没有得到光荣,只可以骗那些不知真相的人。她想怪不得这几天都不见秦德贵回话,原来他自己把炉子搞坏了,不好意思见人。她忍不住心里起了这样的意思:"见面的时候,我要问他两句,我就只问两句:'你过去舍了性命去打游击,是为了什么?现在损坏国家的财产,去搞新纪录,又是为了什么?'"

孙玉芬看见袁廷发没有说话,只是露出一脸不快活的样子在吸烟。丁春秀抱着孩子,在拍他睡觉,一时没有作声。孙玉芬想起小组派她的任务,都望她带着好消息回去,便又向袁廷发问:"袁大哥,你们炉子修理好后,可以同我们竞赛吗?"

袁廷发阴笑阴笑地说:"当然可以。就是要看还有没有人又把炉顶化了,只顾去搞他的新纪录。"

孙玉芬立即严肃地说:"你们应该重重批评秦德贵才对。"

"怎么没有批评?他还检讨过呢!"袁廷发冷冷地说,随即笑了起来,"可是批评是一回事,检讨是一回事,新纪录是一回事。"接着严肃地说:"这也怪不得秦德贵,老实说,是规矩没有立好,你什么报都只登新纪录,他怎么不干呢?"

孙玉芬想了一会儿,大声地说:"那我们竞赛的时候,就给你们订个条件,要不化炉顶才行。"

袁廷发笑起来了:"那这一来,就不敢同你们竞赛了。"

孙玉芬站起来,兴奋地说:"首先我要问你,袁大哥,你能保证新炉顶不化吗?"

袁廷发吸着烟,笑笑地说:"我倒没有什么,你得先同他们两人谈谈。"

"袁大哥,你也可以同他们两个人谈谈呀,"孙玉芬希望袁廷发把竞赛的事情,完全担负起来,竭力怂恿他,"你们天天见面,谈话机会多。我想他们一定都听你的吩咐。"

袁廷发现出一脸嘲弄的脸色,开玩笑地说:"他们听我的吩咐,那他们更不敢同你们竞赛了。"

"为什么?"孙玉芬诧异起来。

丁春秀立即戳穿地说:"他自己就是怕同你们竞赛哪。"

"我们这批毛丫头有什么可怕呢?"孙玉芬深深地望袁廷发一眼,现出很不满意的神色。

袁廷发微笑地说:"说老实话,我的确有些怕。你们一组人,个个团结,干起事来,马到成功。我们三班,却是差点要打起架来,你想这怎么能同你们竞赛。"

"我们这一组人,也费我不少的唇舌呵!"孙玉芬感叹地说,还摇一摇头。

"我看,还是你会说一点,你就来劝劝张福全和秦德贵吧。"丁春秀插嘴对孙玉芬说出她的主张,还嘲弄袁廷发地说,"他的嘴巴子,不会同人讲道理,就只会开口骂人。"

袁廷发有点恼怒地说:"胡说,你看我在骂哪个嘛。"他立刻觉得在孙玉芬面前不好发脾气,只好改成嘲弄的口气:"我天天都在骂你吗?"

"哼,"丁春秀似笑非笑地说,"要是换成一个嘴软的女人,试试看,你一天不骂她一顿。"

袁廷发笑着讥讽地说:"孙玉芬,你听听,她那张嘴还有哪个赶得上。"

"那怎么赶得上你嘛!"丁春秀揶揄地说,纵声笑了起来。

三

孙玉芬看时间不早,便告辞了出来。屋外满天月光,树影浓黑地映在地上。丁春秀还单独送她走了一截路,一面走,丁春秀就一面带试探的口气问:"玉芬,你觉得张福全这个人怎么样?"她实在有些忍不住了,觉得应该把心里的话说出来。她喜欢孙玉芬,也喜欢张福全,认为两个年轻人,恰是很好的一对,能够很快使他们成为夫妇,那就再好没有了。同时她又觉得一个年轻的姑娘,远离了她的父母,做表姐的怎能闭起眼睛不管?她应该关心她的婚姻大事。

孙玉芬一听她的问话,就明白她的用意了,就推诿地说:"张福全这个人,就只见过几次面,我还同他不大熟识。"

"玉芬,我先说在这里,"丁春秀意味深长地说,"张福全这个年轻人,实在挺好。他不像你袁大哥那样脾气躁,动不动就冒火。也不像秦德贵那样拿大,他见着人总是和和气气的。你不妨多同他来往。你同他熟识了,你就晓得,我还不会看错人。"

孙玉芬同张福全实际已经相当熟了。她觉得丁春秀说的话,并没有过火,恰好和她所得的印象,是很符合的。她感到张福全这个年轻人的确和蔼可亲,彼此相见,总是感到愉快,就连她自己一组的七个女友,都喜欢他,见过一两面,便把他当成她们的熟朋友一样,走在马路上,如果遇见张福全了,她们就会高兴地先去招呼他。尤其那天在公园里,教她们好几个人骑自行车,非常富有耐心,累得满头大汗,还是笑嘻嘻的,一点不辞劳苦,大家都在背地里说张福全好。张福全还把电影票预先买好,邀请她们大伙儿一道去看电影,看完电影,又招待喝汽水,吃冰激凌。孙玉芬本人倒不容易一下同张福全弄熟的,只因女友们都那样容易接受邀请,自己便不得不随和一点儿,跟大家取得一致。起初她还感觉到张福全那种过分的亲热,自己很有点不习惯,接着看见张福全都同她的女伴们搞熟了,她本人倒不好格外表示生疏。但经好几次的接触,谈话,便也觉得张福全这个人,并不讨厌,倒是相当可亲。今晚再听丁春秀那一番颇有用意的话语,更可以体味到张福全和丁春秀是曾经讲过什么话的。要是只同张福全见过两三次,听见丁春秀今晚讲的话,她会不高兴听的,现在心里却是暗自感到欢喜。因此她忍不住向丁春秀问:"张福全常常到你家里来吗?"

"常常来的。一来就问到你。"丁春秀一面回答,一面笑了起来。

孙玉芬禁不住脸红了,明白张福全对她过分亲热的用意了,这是使她高兴的,但这一用意由她表姐口里转来,却是有些不好意思。好在晚上,红脸不红脸,谁也看不见。只是连忙用别的话岔开:"秦德贵他简直不来你们家里么?"

"来也来过,来了就是同你袁大哥谈几句话,你这里,他正眼都不瞧的。要是袁大哥不在,一下都不留,就溜走了,就像你屋里有鬼要抓他的一样。"丁春秀说得生气起来,"他不来我家里,我倒要谢天谢地。"

孙玉芬想起秦德贵一见她们好些人一道,便急急忙忙跑开,便不禁好笑起来,她倒不觉得他是骄傲,只是感到他有点怕同姑娘们在一道。她觉得秦德贵单独同她一块儿谈话,是很可亲近的,彼此没有一点生疏的感觉。当她同丁春秀告别的时候,一个人走在月光照着的路上,行人稀少,两旁人家的灯光,也熄了好些,一种夜深人静的感觉,侵袭在她的心里,使她情不自禁地记起晚上回家那一夜了。正是和这样的月夜一般,只是没有那个修长壮健的身影,亲切地随在自己的身边。那是她一生中最可记忆的一夜,一个童年时代的伴侣,打游击的英雄,炼钢的能手,工业建设的先锋,能和自己亲密地走在一道,实是她在梦中所向往的意境,她怎能忘记得了?自从那一夜以后,她一遇见秦德贵,看见他的眼色,不再像以前那样冷静了,而是充满了热情和喜悦。她高兴他这一改变,喜欢他那样的神情。但这一夜,听了袁廷发关于秦德贵的谈话,深深感到了难受,至于丁春秀那一番对于秦德贵的责骂,她倒不以为意。她认为丁春秀并不了解秦德贵,对于秦德贵的指责,并不切实,只是使丁春秀不如意罢了。袁廷发呢,可不同了,他是炼钢能手,最高纪录的经常保持者,有名的劳动模范,又是从来不随便批评人的,他说的每一句话,都是颇有斤两。秦德贵不顾新炉顶的熔化,去创造新纪录,她也从张福全、李吉明他们那里听到一点儿,但她不甚相信,认为秦德贵这样的人,决不会干出这样的事情,现在一经袁廷发证实,她不能再抱怀疑的态度了。她觉得很是痛心,一座庄严的神殿,自己给予了诚心的敬仰,谁知里面还藏有不光明的东西。刚才听见袁廷发讲的时候,还愤怒地想,要去质问秦德贵,到底干这样损害国家财产的事情,是何居心,现在却连问也不想问了,她只是感到非常的失望,有着一种受骗的冤屈的心情。她就是这样一种纯洁热情的年轻人,要把整个的生命,献给社会主义事业,对于损害祖国的任何事情,即使很小,也一点儿不能容忍。而对人的要求,也是严格得很,需是全身贴金,发出光辉,不能有一点儿污秽的痕迹。有一点儿污秽的痕迹,心里就会非常的痛苦。

第十一章

一

秦德贵在宿舍的食堂里吃晚饭,要了一盘青椒土豆炒肉丝,一碗小白菜豆腐汤,一碗高粱米饭,慢慢地吃着,一面听广播:《山伯访友》。这是越剧,好些句子,由于是方言,不大听得清楚,但整个剧情,他是熟悉的,他从评剧里面听见过,也从京剧里面听见过。他听着听着就有点皱起眉头。这在先前是没有这样的现象,他先前虽是听不懂,但对唱的南方声调,他是很喜欢的,而且一听的时候,他就对梁山伯、祝英台,充满了同情。现在他却无心欣赏音调,而是忽然对祝英台不满起来,他觉得她一点也不爽快,扭扭捏捏地,应该早就向梁山伯表明自己,是怎样的人。他甚至在心里恶毒地骂了一句:"娘儿们真难缠。"

正在这个时候,管理宿舍的青年周进方走进食堂来了,大声地喊:"张福全,有电话。"

"他上班去了,你喊他做什么?"李吉明责备地说,随即忽然站起来,"让我来帮他接。"他在秦德贵的邻桌吃饭,一面还在同别人讲着笑话。今天该他轮休,现在就没有去上班。他接了电话转来,一脸笑嘻嘻的,坐下之后,拿起碗筷,一面笑着骂道:"张福全这小子,真走桃花运了,又是娘儿们来的电话。"

"谁?"同他一桌吃饭的人,都很有兴趣地问了起来,连同秦德贵一桌吃饭的,也望了过去,好奇地等待他的回答。秦德贵禁不住心里有些紧张起来,他生怕听到那个熟识的名字。

"你们想,还有谁呢?"李吉明诡秘地笑了起来,还迅速望了一下秦德贵。

"妈的,你捣些什么鬼啰。"别人忍耐不住,骂了起来。

李吉明和着笑声说了出来:"就是老张天天追的那个孙玉芬。他们真是感情好得很,昨天来电话,今天又来电话。"这下他没有望秦德贵了,只是赶忙吃起饭来。

"她来电话,讲什么?"有人很有兴趣地问。

李吉明把筷子一举,庄重地说:"这是秘密,我不能奉告。"

"什么鬼秘密,人家听见你不是张福全,还会讲什么知心话。"别人笑着骂了起来。

"我装成张福全的声音,她当真讲了几句,怪甜蜜的。"李吉明笑得眼睛没有缝了。

"张福全知道了,不把你揍成烂泥!"另一个人正经地骂了起来。

李吉明越发议论风生起来:"现在的姑娘们,真是容易上手,只要你请她看电影,进馆子,逛公园,跳舞……"其实,这并不是孙玉芬来的电话,李吉明故意捏造,而且说得活龙活现的,无非要使秦德贵烦恼罢了。

秦德贵心里很痛苦,李吉明每一句话,都像石头一样打在他的心上,他实在忍受不住了,胡乱大口地吞完饭,就放下碗筷跑了出去。照平常的情形,他还要再吃一碗高粱米饭的,现在他吃不下了。他明知道李吉明所说的话,有些是开玩笑,要打个折扣,可是孙玉芬来了电话,怕是事实,昨天下午他就从周进方口里听到孙玉芬打电话与张福全。他的心上原是笼上乌云的,这下更加阴沉了。他走到宿舍后面的田野,又走上密密长着森林的山坡。一片蝉声,正叫得很是热烈。夕阳快要西下了,晚风徐徐地吹送过来,一望无边的苞谷、高粱、小米的绿叶,像海水似的起着小小的波浪。他靠着一棵槐树坐着,随便向西望去。明净蔚蓝的天空,现出无数的烟囱,吐出一卷卷的烟云。绑满脚手架的庞大建筑上,有些地方在闪着绿色的亮光。几条带着长串车厢的火车,现了出来,又为房屋隐了进去,尖厉的叫声不断地响了过来。他很快就看见那一排整齐的烟囱了,吐着各种颜色的烟子,轻微得一下不容易看出来。他喘口气似的说:"我现在在炉子边上就好了!"他要到夜里十二点才能上班,现在他简直忍受不下这个地方的寂寞和孤独。他坐了一会儿,又走下坡去。田野里不少熟人在散步,他没有同他们打招呼,只是匆匆地走着,仿佛有人在宿舍里等候似的。经过篮球场边,有人叫他打篮球,还来拉他加入,他说他要上夜班,准备去睡一阵,便推托掉了。但他在床上,一点也睡不着,同时屋里还有要上夜班的人在睡,不断打出鼾声,更加使他不想睡了,又走出宿舍去。这时天已全黑了下来,月亮还没有升起,但东西坡上的树林,已镀上一层微弱的亮光。篮球场上没有人打球了,有一点两点萤火虫的微光,在场边的草上飘荡着。路伸入了田野,苞谷散发出一种轻微的香气。夜静静地来临了,没有一点风的声音。秦德贵没有目的地走着,任随小路把他引到什么地方去。不久他又走到灯火辉煌的住宅旁边了,走着走着,一座校门现在面前,通过浓黑的树影,隐约可以望见教室明亮的窗户,他晓得这是孙玉芬她们的夜校,现在她一定正在里面上课,并不会下课出来。但他却迅速地走开了,他不愿意同她会面。前不久,这座有着几株绿树的校门和点缀有花坛的女工宿舍的大门,以及立着花花绿绿光荣榜的电修厂大门,都仿佛对他现出欢迎的笑脸,使他禁不住感到异样的兴趣,现在却变成了没有兴味的地方,甚至还感到有些可怕。他竭力不要想到她,但她的影子却偏偏来在心上,他觉得自己很傻,很愚蠢,竟像一只小鸟似的,碰进了一张网子,现在要飞出去,得费很大的劲儿。他想起孙玉芬先前小的时候不是这样的。她喜欢正直的诚实的伙伴,那一些鬼精灵的孩子,就引不起她的兴趣,她也不同他们玩耍。为什么现在竟然这样滥交朋友?难道当真俗话说的,女大十八变么?"张福全这个人到底有哪些优点?"他几乎要出声叫了起来。他不知怎的,一想到张福全这个人,他就感到可厌可鄙。先前他并没有起过这样的感情,只觉得张福全这个小伙子,在工作上的进取心不大,常常是不求有功,但求无过,一个普普通通的工人,没有什么引起人不满的地方。同时对于他的会讲话,见人就是一副笑脸,也还感到可以接近。现在却一下子觉得他是虚伪的人,狡猾的人了。这一改变,他并不觉得突然,只是认为先前一直认识不清,现在才看穿了。"她同这样的人好起来,竟喜欢这样的人,"他摇了一摇头,"我用不着再怀念这样的女人。"这样思想之后,他心里轻松多了,仿佛一下脱出了网子,能够舒舒服服透一口气。可是走了不一会儿,还是觉得她那微微一笑的眼睛和那富有生气的美好的面容,时时晃在他的面前。宽大的马路上,灯光在浓黑的树影边上照得亮亮的,看见一对男女青年走在前面,会使他自自然然注意起来,很容易觉得那个女的身材有点和孙玉芬相像,有时甚至还有点惊动不安,觉得恐怕就是她。看清楚到底不是她,这才一下爽适了。以前很少留心路上走的一对男女青年,而且也很少这样缓缓地散步过,总是骑着自行车飞快地走着。现在他又觉得他没有完全钻出那张网子。他渴望时间快点过去,立刻投身在紧张的工作热潮中。他明白只有工作才能把他拉出网来。但现在还不到九点钟,进厂去也不能接班工作,加在别人班上帮助他们工作也可以,但那是张福全的班上呵!他怎么愿意去呢?他只好走回宿舍去,不管睡得着睡不着,还是在床上躺躺的好。

二

秦德贵刚走到宿舍门前,就碰见何子学正从里面出来。何子学一看见他,就笑着骂道:"你这家伙跑到哪里去了,叫我好等。"

"你又没有预先约过,我怎么等你呢?"秦德贵冷冷地说,但心里却很不安,领导上要他做的调查工作,他还没有弄出一点头绪,今晚上反而完全丢在脑后去了,这真该受一顿严重的批评。

其实何子学不止来找他一人的,他还来同别的工人谈话,但没有找着秦德贵的时候,他是感到不满的,他觉得只有从秦德贵那里,才能得到更真实的东西。再加今晚听到一些关于秦德贵的事情,更急于想同秦德贵谈一谈。他拉拉秦德贵的手腕说:"屋子里热,我们就在外面走走吧。"走不几步,他就小声地问,"老秦,炉顶化薄的情况,你调查出一点影子没有?"

秦德贵走了几步,才说:"还没有。"

"这是困难,连我也没有摸出头绪。老实说,这要看各个炉长的觉悟程度,靠他们自己坦白。群众是不容易知道的,他们就没有看炉顶。"何子学感叹似的说,并没有一点责备的意思。这使秦德贵感到了一点轻松,把自己的紧张情绪,解除好些了。走到篮球场边上的时候,何子学便要秦德贵一同坐下来,还取出香烟来吸。何子学吸了一会儿,才微微笑着说道:"老秦,我要问你一件事情,你炼钢的时候,到底有没有这样的情形?譬如说,炉顶有些地方化成面条了,加矿石进去把它烧得一干二净。谁也看不出炉顶化过。"

秦德贵立刻叫起来:"你也这样不相信我吗?"他感到何子学都这样怀疑他,他很是恼怒。

"我倒不是不相信你。"何子学笑着解释,随即敛了笑容,小声地说,"只是我听见了有人说你。"

秦德贵马上叫道:"说我干了欺骗的事吗?化了炉顶又烧去痕迹?他妈的,这简直是在造谣。"

"老秦,你不要这样性急,"何子学用手掀一掀秦德贵的腰部,"不管他是不是谣言,我们总要弄个明白。"

"是谁造的谣言?请你告诉我。"秦德贵忍不住大声地问。

"作为一个朋友,我当然要告诉你。"何子学严肃地说,"作为一个支部书记,还得保留一个时候。我今晚只是问你这一点,有没有像谣言讲的那样?"

秦德贵忍了一会儿,才声音气得发颤地说:"我敢发誓,作为一个党员,我决不会做出欺骗的事情,损害党,损害国家的利益。"

"老秦,我相信你。"何子学握一下秦德贵的手,"不要这样激动。"

秦德贵想他这一班的工友,决不会怀疑他的,一定是另外两班的人,谁呢?他一下就想到了张福全,就只有他,才会这样卑鄙。秦德贵忍不住问:"是不是张福全造我的谣言?"

"你不要这样乱猜!"何子学严厉地说,"老实告诉你,决不是张福全。"随又声音温和地说,"你首先应该检查你自己,到底有没有这样的错误,连自己都忘记了,或是没有注意到。"

秦德贵觉得何子学对他的相信,还是不够的。他自己有了错误,怎会不注意到?说是忘记了,岂不更是笑话。因此他就恳求地说:"请你对我这一班的工友,仔细地查一查吧!他们不会造谣说谎的。"说的时候,心里还含着一点气愤,为什么何子学这样不相信他呢?他这时更加明白了,连何子学都不大相信他,那么别人更容易相信谣言了。他心里禁不住感到了难受。

"老秦,不要难过!"何子学安慰地说,"一个人还要受得住怀疑。只要自己没有错误,别人怀疑是没关系的。"

"别人怀疑,没有关系。"秦德贵较为平静地说,"只是你怀疑我,我就觉得党在怀疑我了,我怎么不难受?"

"这不能说,我就代表党了,"何子学赶忙摇下手说,"依我自己的体会,党是注重实事求是的调查。你要明白,现在还在调查呢。老实说,你们三个炉长都会遭到怀疑的。我要是向人说:秦德贵没有问题,人家就会说我主观主义。"说到这里自己忍不住笑了起来,接着又鼓励地说,"你是一个好党员,就该努力做这调查工作,不要放弃一分一秒的时间。"

秦德贵感到脸上烧乎乎的,仿佛挨近了平炉的炉门一样。他心里非常惭愧,今天晚上全为那莫名其妙的烦恼占据了,他很想把刚才睡不着野外乱走的情形,讲了出来,让支部书记痛快地批评一顿,可是这关娘儿们的事情,他说不出口来。他带着悔悟的心情,急于要补过似的,鼓起勇气地说:"我一定加把劲儿,做好这个工作。"

三

何子学走了以后,秦德贵还在篮球场上,坐了一会儿,心里深深地责备自己:"再不要干这件蠢事吧!烦恼了自己,还耽误了多大的工作!"他紧紧地捏下拳头,挥舞了一下,下决心做到。

恰在这个时候,有足步声音在篮球场边响了过来,秦德贵一看人影,很像孟修第,就叫住了他,问他哪里去来。

"刚才去看电影,"孟修第回答之后,一面坐在秦德贵旁边,还高兴地说,"苏联片子《攻克柏林》,很好看。"他还要详细介绍内容,怂恿秦德贵去看。

秦德贵不让他讲完,就截止地说:"你怎么不好好睡觉,又去看电影。领导上不让我们上夜班的学习,就怕晚上太疲倦,精神不好。你怎么又去看电影?"语气带着埋怨,但他忘记了这几点钟他也没有好好利用来休息。

孟修第却是高高兴兴地说:"我今天白天睡得挺好,一点也不疲倦,晚饭后睡不着,我就去看电影。"

秦德贵看见这个年轻人愉快的神情,使他也不禁爽快起来,立刻恢复了平日那种打趣开玩笑的心情,嘲弄地说:"我托你的事情,怕是全丢在脑背后去了吧?"

"我正要找你汇报。"孟修第大为兴奋地说,"我去看电影,就是同王永明一路去看的,一路我们讲了好多话。"

"怎么?他讲出什么来吗?"秦德贵急不可耐地问,他喜欢他的一助手,能够在各种活动中,进行他所接受的任务,现在挨近着坐,格外感到亲切。

"王永明就是不满意袁廷发,说跟他一道学不到什么东西。"孟修第用力地把手一挥,"袁廷发呢,也太不对了,就是想留一手重要的技术,他就不告诉。这样的老工人,连我也不佩服的。我觉得领导上太把他吹得过火了,这样的人还得教育教育才行。"

"老孟,你这样信口乱讲,可不成哪,一传到袁师傅耳里,可就伤了咱两班的和气。"秦德贵竖起一根中指,装出恫吓的神情,但一面又笑了起来,他欢喜这个小伙子,心直口快。

"我这又不是造谣言,句句话都是有根据的,"孟修第理直气壮地说,"我觉得倒是讲讲的好,让领导上知道了,好重重地批评他一顿,好叫他改过,不然的话,王永明他们苦了几年,什么也没学到。"

"这一点,领导上就会知道的,用不着你到处去传啰,惹是生非。"秦德贵严肃地说了他两句,随又打趣地说,"我看你们两个家伙,一路谈袁廷发谈上劲了,一定记不起炉顶掉砖的事情了。"

"我们当然也谈了这个问题。"孟修第说了这一句,忽然叫道,"你看流星。"

一颗又大又亮的星子,在黑蓝色的夜空中,很快地落下,又很快地消失了。秦德贵望了一下,便又催促地说:"是不是找出一些原因了?"

"我同王永明研究一阵儿,他说只有一回加矿石可疑,特别在东二门一连加过两次。"孟修第说了之后,又补充一句,表示他的怀疑,"说不定那里就有鬼。"

秦德贵对这个回答,很失望,觉得要考查的问题,还没有答到一点儿,只是还想再抓一点东西,便冷冷地问:"在哪一次,他还记得日子吗?"

"就是袁廷发创造七点新纪录那一次。我还同王永明两个人琢磨过,那一次一定化过炉顶,你想七点一炉快速炼钢,火力好大去了。"孟修第说完之后,还挥一下手,表示他的肯定。

秦德贵勉强笑着说:"照你们那样说法,创造新纪录,就一定要化炉顶了。"他不喜欢他们这一论断。

"那不是这样说法,那不是这样说法。"孟修第笑了起来,他记起秦德贵那次创造新纪录化炉顶的事了,便竭力分辩,"我们只是根据他的可疑地方才想起来的。"

"那也说明不了什么问题。"秦德贵摇下头说,"一次再化得凶,也不会把炉顶化得那样薄的。"他完全感到了失望,落砖的问题,还是原封不动,没有解决。但不能埋怨孟修第一句,他觉得他今天晚上莫名其妙的烦恼,耽误了应做的事情,实在在孟修第面前是有着惭愧的。

"我还要找机会跟老金谈一谈,等他们转到夜班的时候。"孟修第满有生气地说,他脸上充满了自信,"我想总可以找出原因来的。"

"我们还是去躺一躺吧,十一点钟咱们就一道上班去。"秦德贵一面说,一面站了起来。孟修第便跟着他走进宿舍去。

四

秦德贵半夜十二点钟接张福全的班,首先翻翻记录簿,看看上一班多少时候补完炉,装完材料,又看什么时候兑的铁水,然后在楼上楼下,炉前炉后实地检查一番,没有问题,就默默工作下去。他竭力避免同张福全谈话,觉得能使张福全迅速走开,那就再好没有了。他看见他,就使他想起另一个人,心里有着说不出的难受。

平炉内的钢水，正在熔化的阶段，却沸腾不起来，只是钢水的表面上，不断地冒出无数的泡子。秦德贵看见这种光景，不禁暗暗叫苦，这在炼钢工人的术语说来，就是说"冻了"。他猜想这一定是张福全早兑了铁水，才发生了这样的情况，往天他会以为这是张福全工作马虎，现在却不然了，认定这是张福全故意整他的。他心里忍不住非常的生气。开大煤气空气来烧，也费了七个钟头才出钢，加上张福全班上的三个钟头，便算是十点多钟出一炉。而且更气人的，因为加大了煤气空气，火力很猛，还熔化了炉顶，连补好的砖也落了。这是他近一年来少有过的情形。以前时间也长过，却没有化炉顶。

早上下班的时候，秦德贵怕进厂长室去汇报，他晓得厂长一定要责备他的，幸好这一天赵立明到公司开会去了，只有工程师鲁进程在听汇报。只把他所说的关于冻了的情形记了下来，并没有说什么。秦德贵便去找何子学，把他对张福全的怀疑，全说了出来，还愤愤地说："老何，你同领导商量一下好不好？把我调开，我愿意到别个炉上去工作。"

"老秦，你这样想是不好的。"何子学拍一下秦德贵的肩膀，安慰地说，"老张这个人，就是有时工作马虎一点，他一定要存心整你，我想这是不会的。你们不要吵，让我同他谈一谈。"

"我没有吵，我连一句话都不会向他说的。"秦德贵很不高兴地说，他觉得何子学这个人看事情不够深刻，解决问题也很慢，不想多讲下去，就走开了。心里非常的沉重，感到一切都不如意，回到宿舍的时候，连饭也没有吃，就去睡了。

第十二章

一

张福全的确是有意把铁水兑早点,他看见秦德贵又在出快速炼钢,他本人一炉也没有,这给孙玉芬她们知道了,对自己是没有光彩的,也是很不利的。这是他的一点想头。另外一点,就是他知道秦德贵是在发动人暗里调查他了,他要使秦德贵遭受一些困难,不会那么如意地去调查别人,所以他要整他一整。同时还想多搞些问题出来,使何子学他们忙得蒙头转向,把什么炉顶的调查,放置下来。

张福全起来吃早饭的时候,知道孙玉芬昨天挨晚边打电话来找他,心里很高兴,恨不得就去找她谈谈,迅速把婚订了下来,免得自己提心吊胆的。但现在她在上班,找不出机会,同时又觉得自己一下子不好说出口来,说成了,倒是很好,就是怕一说出去,她当面不答允,岂不弄成僵局。他还摸不定,究竟她对他怎样想的。约她看电影,逛公园,总要拉着女朋友一道,而且是那些女朋友更为热心一些,也比她更为容易接近。因此张福全同她以及她的女朋友,玩了之后,心里总不免有点苦闷,觉得她对他的友好,太平淡,不够亲切。现在知道两天内,一连来了两次电话,便不禁心里热了起来。他也准知是谈竞赛问题的,但问了周进方,晓得孙玉芬并没有找秦德贵,就不能不格外感到高兴。他甚至想:"她一定了解我的心意,明白我对她和对她的女朋友为什么这样好。"他吃了早饭,不想再睡了,便到家属宿舍去会丁春秀,想把自己的心意,全向丁春秀讲出来,以前他只是暗示,或者丁春秀讲的时候，他只是笑笑。现在不能这样了，他得大胆些，勇敢些。他经过宿舍区的百货商店，先给丁春秀的孩子，买点糖果和饼干，往一回至多只是一样，买了糖果，就不买饼干，买了饼干就不买糖果，现在一下买了两样。

　　由男工独身宿舍到家属宿舍的路上，正在从事大规模的建筑，好多地方全是耸立着庞大复杂的脚手架，有无数的人站在架上工作，马路上不断有载重汽车、马拉大车，把钢筋条子、沙石砖瓦运到工地上去。这种热闹情景，正和工厂区域那边在建立新的工厂一模一样。张福全早已知道了，哪些地方修的是学校，哪些地方修的是宿舍。而且也晓得哪一座大楼，修成之后，是分配给炼钢厂工人的。他曾打听过，里面的屋子，全要安上暖气管，冬天用不着烧煤炉。厨房里有煤气，烧饭时，只消扭开管子，点上火就成，这种设备，算是最新式的，就是现在住着人的家属宿舍，也还是冬天烧火墙取暖，烧煤球煮饭哩。他每次听见人家讲到行将修成的新宿舍，或是走过这庞大复杂的脚手架侧边，都不禁生起欢喜的感觉："好极了！"他走过这里一定要望望，到底修得怎么样了？今天更加看得仔细。砖墙业已砌好了，并已盖上了瓦，就是窗子还是空空的，还没有安上玻璃。他吃惊地想："真是快哪，几天不见，又变了样子。"他又对那一座要分给炼钢工人的大建筑，仔细望了好一会儿。那是一座四层大楼，红色的砖砌的。他知道一个做炉长的，只消向工会登记一下，说自己快要结婚了，就能分到新修的房子。他快乐地想，住在最下一层，出入倒方便，就是邻家的孩子，容易在屋前吵闹，白天不好睡觉。四层楼上，行，就是自行车，要搬上搬下，可挺麻烦。看来最好是住在二层楼上。一定要二层楼，向工会就这么登记吧。同时又觉得将来结婚了，孙玉芬准会表示同意的。

　　张福全看得满意之后，就又离开建筑地方，向旧的宿舍走去。但他一面走，一面还陷在沉思里面，他觉得屋子太好，结婚之后，不消说住得挺舒服，挺惬意，就是有一点缺陷：她在电修厂工作，是老白班，夜夜睡在新房子里，我呢，在炼钢厂工作，是三班倒，有一个星期，做阴阳班，半夜十二点，才能下班回来，又有一个星期做夜班，半夜十二点就得上班，热热和和地爬下床，真太不好了。要消灭这个缺陷，就只有升上去做生产科长、技术保安科长，到办公室去办公，或者是调到工会去工作，他明白这不能像要房子一样，登记一下就成。得努力工作，拿出成绩来，领导上才会提拔的。他想起他近来所干的事情，要是领导上知道了，升上去是没有希望的。他红了一会儿脸，随又低声自言自语地说："以后我得好好地干呵！"

二

袁廷发在上日班，到工厂里去了，只丁春秀和两个小孩在家，她看见张福全送来两包东西，便吃惊起来，责备地说："呵哟，张大哥，你怎么买这么多东西？你来就是嘛，怎么一来就买东西，你答允我，下次不要再买了。"一面回头又向大的孩子高兴地叫道，"小兰，快来喊张叔叔。你看给你买这么多东西，你哑了，你怎么不喊？"

小兰接着东西，又惊异，又高兴，简直说不出话来，张福全跑去把她抱着，替她打开纸包，拿一块饼干给她，又拿一块饼干送给睡在炕上的小方。

丁春秀送了烟茶之后，就问："张大哥，你今天轮休吗？"

"不，我今天上阴阳班，下午三点多钟，才到工厂去。"

"呵呀，你怎么不睡睡呢？昨晚半夜才下班的哪。"丁春秀惊异地看着他，心想："觉都不睡，这么早买东西来做什么？"

"我觉睡够了。就想来看看小兰，我真喜欢她。"张福全推托地说，一面又打开另一纸包，拿出糖果来，笑着逗小兰说："小兰，你叫声叔叔，我就给你。"小兰低低叫了一声，张福全真正感到了高兴，连忙把糖果递给她。接着他又向炕上躺着的婴儿，喊了一声"小方"，小方只是望望他，又望望妈妈。

丁春秀笑着说："我们的小方，要到明年才会讲话哩，现在还只是一个小哑子。"接着就又问，"这几天，你看见孙玉芬吗？"她知道张福全是喜欢谈到那个人的。

张福全禁不住眉开眼笑地说："这几天，我就没有看见她。她下班的时候，我正上班了，两下碰不着。"随即抑制着自己的高兴，尽量做得冷静地说，"昨天前天，她都打电话来找我，我在上班，不晓得她有什么事？你知不知道？她有没有告诉你？"他说完之后，又忍不住快乐地笑了。他觉得在丁春秀面前表示出孙玉芬和他的密切关系,是再快乐没有的了。他晓得丁春秀是很关切他和孙玉芬的。

丁春秀仿佛听见一个好消息似的,心里非常的高兴,她是一心要说成这个婚事的,听到有了这样的进展,自然感到愉快。但又略带一点失望地说:"就是不晓得她有什么事,前两天晚上还来过,就没有听见她谈起。"她有点不满意,认为孙玉芬在她面前,故意隐瞒。想起那天晚上同孙玉芬谈起张福全,她神情那么冷静,不禁心里暗自骂了起来:"这小鬼头,真在我面前装得像哪。"

"前两天晚上,孙玉芬来你家玩吗?还是有什么事?"张福全很关心地问,一面摘下烟来,抖一抖烟灰。

丁春秀告诉他孙玉芬来送小孩的鞋子,还带着很有兴趣的神情,笑着把秦德贵带掉鞋子的事情,原原本本讲了出来,最后还笑着骂了一句:"这真是一个冒失鬼!"

张福全笑了之后,又不安地问:"听说他还给孙玉芬买了一双皮鞋,你看见没有?"

"我没有看见。"丁春秀惊诧起来,随又点一下头说,"我想他会买的。"她觉得孙玉芬什么都在瞒着她,收到秦德贵的皮鞋一定不会拿来看的。

张福全感到秦德贵送皮鞋给孙玉芬,真是浑蛋的行为,可是却没有方法去制止,因为还没有同孙玉芬订婚,怎么能够制止别人去向她讨好,心里便禁不住苦恼起来。

丁春秀看见张福全脸色不好,便安慰地说,"孙玉芬一来我家,我就是跟她讲,不要去同秦德贵接近,她听我劝的。"接着又咒骂地说,"秦德贵那个冒失鬼,真是黄鼠狼想吃天鹅蛋了!"

张福全觉得丁春秀是出力帮助他,心里很是感动,同时觉得事情已到了紧要关头,得请丁春秀更进一步帮助,就提起勇气向丁春秀说:"袁师母,你这样帮助我,我真一辈子都感谢你。"

"你用不着感谢我,"丁春秀高兴地说,"我这个人就是这样的,喜欢哪一个,我就要帮忙到底。"

"袁师母,我觉得事情拖太久了,"张福全显得苦恼地说,"你能不能……帮我问一声?"

丁春秀一下还没有弄清楚他的意思,只是睁大眼睛望着他。

张福全重新说道:"请你问孙玉芬,帮我问一声。"一面说,一面脸通红起来。

丁春秀立刻有点明白了,微笑着说:"你是要我同她谈谈你们的婚事吗?"她对于他说的话,还不够明白,不如说她是从他的脸上体会了的。

张福全搔一下头,显得为难,又有些不好意思地说:"是的,我就是担心拖得太久了……这不大好。"

丁春秀点一点头,同情地说:"我告诉你,我比你还着急哩,前两天晚上,我送她出去,就想问她。你晓得她的脾气的,一句话不对头,她就会生你的气。"

张福全听见这么说,脸上禁不住神情黯淡起来,他觉得连丁春秀同她那么熟识,都怕开口,自己就更不好说话。

"张大哥,你晓得的,现在的姑娘,都是婚姻自主,做爹娘的都不好说话。不过有一点,我还懂得。"丁春秀看见这个小伙子陷进了失望的境地,便向他开导几句,"就是首先要使姑娘喜欢你。俗话说得好:男爱女,隔千里;女爱男,隔个板。你还要晓得这一点,现在的姑娘,同以前大不同了,以前图男人有田有地又有钱,现在呢,就喜欢你工作做得好,能做劳动模范。像你们炼钢工人,她就喜欢你炼钢炼得又好又快,隔不好久,就创造出什么新纪录。你们厂里的事情,我不清楚,你们九号炉,我可晓得一些。秦德贵在这方面,怕要占便宜一点,他就是创造过新纪录。"

张福全忍不住愤怒地说:"秦德贵他是不要脸干出来的,我就不稀罕他那个新纪录。"

丁春秀看了他一眼,严肃地小声问道:"你近来快速炼钢多不多?"

张福全一下脸红到颈项,半晌才说:"我现在正在搞快速炼钢哩。"

"有几炉了?"

"还没有搞出来。"张福全更加红脸了,声音答得很低。

"一炉都没有吗?"丁春秀颇为惊讶,眼睛直直地望着他。

张福全没有回答了,心里很不高兴,觉得丁春秀问起话来,太问得逼人,不禁在通红的脸上,又现出一点恼怒。

丁春秀忍不住叹了一口气,脸上现出怜悯的神情,像母亲对一个孩子似的说:"张大哥,不是我要说你,你在这上面吃了亏了。"她明白孙玉芬的态度了,那天晚上一同她说张福全,怪不得她是冷淡的,还推说并不熟识。接着又轻轻责备地说:"你为什么早不搞点快速炼钢呢?我晓得搞快速炼钢挺难,袁师傅搞多年了,不能拿他来比。秦德贵这个冒失鬼,算什么呢?他差不多同你一道进厂的,你应该赶过他才对哪。"

张福全觉得句句话,像石头一样,打在他的心头,感到难过,也感到恼怒,忍不住气狠狠地说:"你不晓得秦德贵那个东西,会弄鬼呀!"

丁春秀又禁不住怜悯地叹一口气:"唉,张大哥,不是我要说你,你这个人就是太老实了!"

张福全忍不住非常气愤地说:"现在真是,人越老实,就越吃亏哪!"

"秦德贵那样会弄鬼,你倒学不得哪,孙玉芬晓得了,一定不会喜欢的,那天晚上,你袁师傅已经讲一点了,以后孙玉芬来,我还要好好给她讲一顿。这点你可以放心,孙玉芬,他秦德贵是抢不去的。"丁春秀竭力安慰他,她觉得张福全这样的好小伙子,应该好好帮助一下,接着又开导地说:"你该跟你袁师傅好好地学,不要跟着秦德贵去走邪路。你没事的时候,问你袁师傅,到底快速炼钢怎样搞出来的?你一句一句地问他,不要拿大,多赔点小心。你应该晓得,你袁师傅的脾气,就是不好顶得。你惹他喜欢了,他什么都会讲。"

张福全心里很痛苦,因为袁廷发就是不肯把快速炼钢的窍门告诉他,使他越听越感到绝望。他没有说话,只是静静地吸烟。

丁春秀望了他一会儿,然后热心劝他:"张大哥,你当真要好好地学哪,要是你那里不搞出一些快速炼钢来,显显你的本事,我再说烂了嘴巴,也是空事。"

张福全勉强露出苦笑的面容,用手摸一下头发,声音低沉地说:"好吧,我一定要好好学习,搞他几炉出来。"他对快速炼钢已经感到没有把握了,但在丁春秀面前不能说出泄气话来,他知道她那样热心,一说出就会受到她的责备。他走出袁家,心里禁不住毒毒地想:"秦德贵这小子,非收拾他不可!"他知道秦德贵送孙玉芬皮鞋,也已证实,并不是谣传,就更为生气。先前还以为同孙玉芬一天天地接近,感到自己颇有几分把握,对秦德贵渐渐不大放在眼里,只觉得秦德贵在他和孙玉芬关系中是有些麻烦,能够早日解决,更为好些。现在看来,简直使他感到无望,他明白炼钢要快要好,不是几天就能做到,得下一年半载的功夫。如果一年半载才能搞出快速炼钢,那就太便宜秦德贵了。他决心要把秦德贵的短处以及捣鬼的地方,完全揭发出来,让孙玉芬以及她的女朋友们看见,秦德贵并不是一个什么了不得的家伙。

三

张福全回到宿舍的时候,正碰见何子学在门口等他,他知道车间工会主席作风改变了,常常到宿舍来找人谈话,现在一来,总是有一番麻烦的,便做出高兴的神情打招呼,还赶忙取出烟来招待。何子学极为关切地说:"老张,怎么不睡睡?出去跑跑不疲倦么?"

"有什么疲倦?就是两夜不睡觉也没什么要紧,我还睡了大半夜哩。"张福全笑着不以为意,接着就问,"你有事找我吗?"

"没有什么事。我只是到这边来看看食堂,看他们饭菜办得好不好。"何子学装作不是专来找他谈话的神情,随即带着开玩笑的脸色,笑嘻嘻地说,"听说你近来女朋友交了一大群,该找着对象了吧?"

"啥对象呵。"张福全忍不住微笑起来。

"你这家伙真该打。我告诉你,你瞒不着我的。"何子学笑着揶揄他。

"我一点也没有瞒你。"张福全敛着微笑,冷静地说,他觉得他和孙玉芬之间,确实没有什么了不起的关系,值得隐瞒,因而心里也就有些不快乐。

何子学见他像没有兴味谈这样的事情,就转过话头问他:"近来工作怎么样?同秦德贵还搞得好吗?"

"我们交班接班,连一句气话都没有说过。"张福全脸色变得阴暗起来。

"怎么他昨晚上一接班,钢水就冻了呢?"何子学轻轻地说,竭力使语气缓和,叫人感到不像在责备人,只是在闲谈似的。

张福全鼻子哼了一声,冷笑地说:"难道这也要我负责吗?"

"秦德贵他也没有说过要你负责,"何子学勉强笑着说,"只是想了解一下你是怎样兑铁水的。"

"还不是跟往天一样,难道我还搞出另一套来?"张福全有点生气地说。

"依我看来,你像兑早了一点。"何子学笑着说,仿佛在同他开玩笑一样,但眼光却锐利地射他一下,仿佛要从他的眼里和脸上,找出一些隐秘的东西似的。

"我敢赌咒,我没有兑早一刻。"张福全脸色表现得非常的坚决,"我是工人阶级,我会做出损人利己的事情吗?"

何子学感到再逼不出什么来了,就转到另一个问题,用着商量的口气说:"老张,那么依你看来,那钢水又是怎么会冻的?"

"当真冻了吗?老何你看见过没有?你怎么那样相信秦德贵的话?"张福全生气地反问之后,又迅速挥一下手说,"我不相信他那些鬼话。"

"我不相信秦德贵会说谎话,他从来也没有说过谎话。"何子学说得很严肃,一点笑容也没有了。

"呵哟,从来不说谎话!"张福全冷笑起来,接着嘲弄地说,"这样下去,官僚主义会双手欢迎你的。"

"那么,我倒要问问,秦德贵到底有哪些地方不老实?"何子学直问之后,又笑着骂他,"你说不出来,我可要揍你呵。"

"那么,我问你,秦德贵在外面拼命追女人,他告诉你真话没有?"

"这个我倒没有问过。这是他私人的事情,用不着我来过问。"

"你不过问,你就要变成官僚主义!"

"你哪里买来这么多的帽子?一顶一顶地扣过来。"

"我不是同你开玩笑,工会主席。"张福全做出认真的神气说,"你不过问,会出事情的。"

何子学立即领略到这句话里面的意思,敏锐地看张福全一眼,仍旧带着开玩笑的口气说:"我不相信,他追女人就会闹出事?要劳动劳动我这个工会主席。"接着还故意说一句:"我觉得秦德贵倒是规规矩矩的。"

张福全鼻子重重哼了一声:"规矩?"接着冲着何子学的脸,尖声问道,"我请问你,别个爱着的女人,都快要订婚了,他还拼命地去追,送人家皮鞋,这个是规矩人干的么?"

"这里秦德贵的确不对。"何子学皱一皱眉头。

"你应该同他谈一谈,"张福全有点高兴地说,随又打趣起来,"拿出车间工会主席的资格去教训他。"

"当然要拿车间工会主席的资格去教训他,"何子学故意板起面孔,随又笑着讥讽地说,"我也要请你转告那个人一声,不要把私人的恋爱纠纷,拿到公家的工作上去报复。不然的话,那就真该请你扣上官僚主义的帽子。"

张福全立刻说:"我不认识那个人,我不能转告他。"

何子学微笑地说:"我想,只要你讲讲,一定会传到他耳里的。"

"我讲讲有什么用?"张福全有点不高兴起来。

"有用处的,有很大的用处。"何子学仍旧微笑地说,"我想那个人一时气愤,想迁了。他是工人阶级,一定会一下子醒过来,觉得损害国家的财产,最是愚蠢不过。"

"你最好当面同他讲讲。"张福全冷冷地说,竭力装作没事人似的。

"我不只要当面同他讲,还要逢着人都讲。"何子学现出严肃认真的脸色,也是冷冷地说,"就因为有些人,处在工人阶级这个光荣的地位,可就偏偏忘记了,常常做出工人阶级不应做的事来,恰恰就给光荣二字上面,涂上马粪牛屎。"

四

何子学走了以后,张福全倒在床上躺着。田野的风,从窗缝吹了进来,清新凉爽,正是很好睡的时候,屋子里有三个人就正睡得很熟,开门的声音,足踏地板的声音,都不能惊醒他们。但张福全却睡不着,他索性把被盖卷放在枕头上,用背靠着坐了起来,摸出烟来吸,眼睛则望着窗外晴光朗朗的原野,高粱小米和苞谷,绿海似的延伸到远处山脚底下,这是夏天迷人的景色,可是张福全望着望着,就渐渐看不见了。他却一下子看见了公园林荫道旁边的广场,姑娘们嘻嘻哈哈地在学骑自行车,有人惊叫着连人带车倒下去。一下子又看见了坐满人的电影院,姑娘们都在凝神静气地看电影,忽然吧嗒一声有人把扇子落在地上。一下子又看见了挂着五色珠帘的汽水店,姑娘们围了一桌,汽水瓶盖揭开,白泡沫溅在一个人的头发上面,大家都哗的一声笑了。在那一群姑娘里面,不论在什么地方,都有一个人,又美丽,又活泼,又端庄,常常使他情不自禁地望着,喜欢她,却又有点怕她。"是的,丁春秀说得对,得有一点本事!"张福全在这时的回忆中,更加有着分明的认识了。他想没有秦德贵,他可以用一年半载的功夫,下决心练好技术,为什么偏偏有个秦德贵出来作对。原来离开丁春秀的时候,他还打算暗中整整秦德贵,经过何子学这一番谈话,他又觉得有些踌躇,自己的确处在工人阶级的光荣地位,不能损害国家的财产,必须想一个办法,整倒秦德贵一个人才好。他现在业已不干那一套,化炉顶来搞快速炼钢,但那只是炉顶掉砖以后,被迫停止了的,思想上认识这是不应该做的,却是从现在才开始。这自然是何子学的话打动了他,同时丁春秀说的你不要走秦德贵的邪路,也使他受了影响。这时他觉得很失悔,刚才应该向何子学讲出秦德贵搞快速炼钢,里面是有鬼的,应该专门组织人调查。即使以前的事情,调查不出来,也可以威胁秦德贵不敢再捣鬼来搞快速炼钢了。搞不出快速炼钢,自然也就搞不出新纪录了,那么,皮鞋是买不到她的心的。张福全刚才同何子学谈话,并不是没有想到这一点,就怕说出之后,何子学那个家伙就会笑着说:"呵哟!原来你也懂这一套哪。"引起何子学的疑心,是不好的。他感到何子学这个家伙太厉害了,比如今天一阵聊天,就听出何子学的话里有话,"他真像苍蝇一样,一下就闻到你有毛病的地方。"张福全想到这里的时候,又有点害怕起来,觉得这个话还是不讲的好。但是这不给秦德贵暴露出来,怎么成呢?就是这许多麻麻杂杂的想法,在他的心里钻进钻出,使他非常为难。最后他想,只有放弃了,不再同她们娘儿们来往,就可以免去这些麻烦。但是不愿意输在秦德贵面前,他认为他自己没有哪一点不如秦德贵,就是除了走邪路,干捣鬼的事情及不到他。他决定斗争下去。

五

张福全原是在乡下做过多种职业的,种地,赶车,以及在小镇上做杂货店的伙计。他父亲有点田地,可是并不怎样多,得再租一些地才够耕种。土改后分得了土地,可因家里弟兄多,劳动力还是有余。等到招募工人的消息传到乡下,张福全自己计算一下,做工人确比农民赚得多些,同时也觉得工人已成为国家的领导阶级,这个光荣的工作,也很吸引人,便挟把雨伞,背个包袱,跑到工业城市来了。起初在工厂里他是感到不惯的,首先是平炉车间的酷热,他就受不了。吊车运转的声音,使他惊吓。钢水倒出去,火花四面八方飞,简直睁不开眼睛。尤其转到夜班工作,站着都会打盹。进厂的半年中间,他是非常的想家的。午饭后躺在树荫底下,惬意地睡一觉,看白云在蓝空里浮动,蝉声把人催入梦中。月亮爬上树林梢头,青色的叶上凝上露珠,才赶着空车回去,一路唱着曲子。不是赶集的日子,店老板又到城里去了,便站到房檐边上,同对面店里的伙计,挤眉弄眼,打趣讲笑话。这一连串的有味的生活,都甜蜜地来在他的心里,使他感到轻微的抑郁和惆怅。可是一当他轮休回到家乡去的时候,低矮的房屋,晚上半亮不亮的油灯,使他感到了闷气。村里人都用尊敬和羡慕的眼光望着他,使他得到鼓舞,他明白并不是因为他穿的服装,深蓝而又崭新,倒是由于进入了工人阶级的队伍,有着一种光荣。何况乡下没有评剧,没有电影,没有收音机,而这些都市的娱乐,却已成为他生活中不可少的东西了,他很快回到了城市。在工作中,也很认真,但只求不犯错误,希望工作久了,升为一个技术员或是一个值班主任,能够离开炉子远一点,少做一点流汗的工作。由于有这种升上去的念头,就尽量对各方面露出笑脸,不给人家一个不好的印象。他做九号炉的乙班炉长,是袁廷发和何子学两人尽力推荐的。他们都喜欢他做人和气,做工又稳妥,不冒进,不出事故。他自己也从来没有想到要和秦德贵对立,两下变成仇人,现在他们几乎处到势不两立的境地,连他自己想起来,也忽然感到吃惊。可是想到过错不在自己身上,原是秦德贵有意来欺负他,他就恼怒起来,心里还暗暗地骂:"妈的,我张福全是好欺负的吗?"

第十三章

一

梁景春在未到炼钢厂以前,就听说赵立明个性强,但和赵立明相处十多天以后,他觉得厂长倒是一个可爱的人,在大会上,就爱听厂长的讲话,清晰有条理,充满了风趣,使人时不时发出微笑。他又看见他常常深入车间,有时爬上高热的炉顶,一面用戴手套的手,遮在脸上,掩着上升的酷热,一面蹙着脸,检查炉顶的矽砖。有时站在火光熊熊的炉前,一面用袖头遮着嘴巴和鼻子,以免被火烤痛,一面拿着木头镶的蓝色镜子,轮番对着炉眼在瞧钢水。赵立明就是坐在办公室的时候,脸上都还留着炉火所烤的微红,煤烟所熏的微黑。任务一紧急了,就日夜留在厂里,疲倦了,把办公室的椅子搭成床,盖上绿色军用毯子,就算睡了一觉。梁景春一早到厂里去看见,便忍不住问:

"这怕睡不好吧?"

赵立明愉快地笑了起来:

"这好多了,咱们打游击的时候,还经常睡在雪地里呢。"

"这不比战争那些日子。"

"但这里的生产,也是战线呵。"

赵立明确实没有忘记战争的生活,先前经常带的手枪和子弹,都已放在箱子里了,但那条装过子弹的空带子,却到现在,也还围在腰上。

赵立明日夜注意的事,就是怎样增加钢的生产,梁景春已能从他的脸色上,体会出来。每天钢的日产量,增加没有,用不着打电话问生产科,麻烦他们查记录,也用不着拉开厂长室壁上那张红布,看表上的数目字,只消望一下赵立明的脸色,就可以了。他的脸子就是生产上升或下降的寒暑表。生产情况好,日产量增加了,他的脸色,开朗愉快,谈话富于诙谐,时时露着微笑。反之,脸色阴暗了,充满怒气,讲起话来,尖锐刻薄,针一样地刺人。有些干部,有事去找厂长,总要先打听一下头天的日产量增加没有,如果没有增加,或者甚至没有完成,只好去找工程师或科长之类,走过厂长的门口,也不敢进去。但梁景春却很喜欢他,觉得这是一个好同志,尤其看见赵立明脸色不好的时候,他要去同他谈话,想办法帮助他,解决不能增加日产量的问题。无论赵立明高兴也好,不高兴也好,他对他总有一个愉快的感觉:"这是一个不晓得疲倦的人。"望着他脸上充满精力的样子,一副坚决果断的神色,自己不知不觉也精神抖擞起来,暗自点下头想:"生产战线上,是需要这样的战士。"

二

梁景春骑着自行车向炼钢厂的独身宿舍走去。这在前不久的白天也曾来过一次,那是检查寝室、图书室、俱乐部等的设备,看能不能满足工人的需要,所以还留个印象,晚上也能摸到。工厂和工人宿舍,各自成为一个区域,相当有个距离,上班的时候需要走四五十分钟的路。每个工厂都有独身宿舍和家属宿舍,以便有家眷和没有家眷的人住宿。独身宿舍大部是两三层的楼房,里面设有图书室、俱乐部、食堂、浴室、暖气管、自来水的厕所,和最好的大学寄宿舍不相上下。

梁景春把自行车放在宿舍的门边,一走进去,就看见进门处的黑板报在电灯光的照耀下,很打眼地把九号炉三班订好先进增产计划的消息,显示出来。他走上楼去,看见图书室里坐满了人,大家都在静悄悄地看报纸、画报和连环图画。没有人注意到他,只是管理员庞明看见了就赶快来招呼。这是从工人里面提出来的,个子不高,人很和气,办事认真,黑板报就是他写的。梁景春怕扰乱别人，就小声说明他是来找九号炉甲班的工友，并没说一定要会哪一个人。他打算同甲班每一个工友谈话，想从他们那里，打听出袁廷发是怎样领导工人的。自从同秦德贵在车站上谈了话后，他就放不下心了。只是一时抽不出身来。

管理员庞明便引梁景春到二楼去找，好些屋里都是静悄悄的。只有一两间屋子有低低的口琴声音，流了出来。庞明走在前面，带着抱歉似的神情说："好多人都参加学习去了，这时候不容易找着人。"仿佛党委书记找不着人，他要负几分责任似的。幸好在一个屋子里找着一个九号炉的甲班工友了，他欢喜地介绍与党委书记。李成林正躺在挨着窗子的木床上，看着一本书。玻璃窗子打开了的，掩着铁的纱窗，扫过山脚旷野的南风，凉爽地吹了进来。他一听见庞明说是党委书记，就赶忙爬起把书丢在一边，跑去倒茶。庞明走了后，梁景春就抓着他的书来看，封面写的是《绿牡丹》，便笑着问："你喜欢看吗？"李成林红着脸说，"说不上，闲了顺手翻一翻。"

"你不喜欢鲍金花花碧良吗？我就佩服她们武艺高强。"梁景春愉快地说，"我年轻时候，读来饭都忘记吃。"

李成林正是喜欢看这样的小说的，听见党委书记这样谈起来，便把紧张的拘束心情，一下除掉了。接着党委书记摸出烟来，同他一道吸着闲谈，谈了一会儿《绿牡丹》，又才慢慢问他什么地方人，结婚没有，到工厂有了多少时候。梁景春听见他说才来工厂半年，便问他：

"你觉得在工厂工作怎么样？"

"挺好！"

"学会炼钢了吗？"梁景春微笑着，关切地问。

"哪里就学会了，还早得很。"

"小伙子，你该快点学习。"

"不容易呀。"

"不容易，你应该问呀。话是开山斧，只要肯问，啥都弄得通的。"梁景春看见他没讲话就又问他，"难道有什么困难吗？"见他犹豫的样子，一直不开口，就怂恿地说："今天领导上就是要给大伙儿解决困难的，你讲嘛。"

"就是……不好多问得。"李成林还是迟疑地说。

"对,有困难就要讲呀。"梁景春鼓励他,尽量使他讲话,不要顾虑,"为什么不好多问得,你自己首先就不要拘束。"

"才到工厂,我很愉快。一开始,总是爱问。尽都没有见过,样样都有味。"李成林摇下短发的头,脸色接着活泼起来,"就是碰了几回钉子,谁好多嘴。看着人家怎样做,就照样做算了。"仿佛肚里装了很久的话,这下子吐出来了。

梁景春听见甲班工友中还存在有这种情形,心里很难过。同时更明白为什么会有人要转到秦德贵那个班上去。另一方面却又感到高兴,到底他肯说出心里的话。梁景春一向认为做党群工作的难关,就是对方讲话的时候,还有很大的顾虑,不肯把心里的真意挖出来。他听完李成林的话立即关切地说:"这怎么对呢?这完全是旧作风。我们一定要洗刷这种作风。"随又问道:

"炉长对你怎样?"

李成林低下头,没再说下去。

"你讲吧,不要怕!他不对,我们就批评他,叫他改过,他不改,还可以撤销他的炉长。今天是共产党在领导,决不容人压迫人的。"梁景春说得很小声,但却坚决而有力量,每个字就像钉子结结实实钉进木头。

"炉长,他就是脾气大,爱骂人。"李成林脸色有点不自然,还有点愤怒,"你工作做不好,他就骂你,白吃饭……另叫别人来做。"

梁景春就安慰他:"很好,你提出这个问题,我们一定要好好地解决。"随又问道,"你没有把这个事情告诉何子学吗?他是你们车间工会的主席。他不到车间来吗?"

"来的,常常来,只是来了,我们又在忙。就是闲了,也不好去讲。他跟别的干部,都是一样,一来就同炉长、一助手、二助手谈,咱们工友,插不上嘴。"

梁景春吸了一会儿烟,随便谈了一会儿,又再问道:

"你们这次开会订增产计划,你参加了吗?"

"参加了的。"

"大家都讨论得很热烈吗?"

李成林好像听不懂似的,只是望着。

梁景春就又问道:"大伙儿都发言了吗?"

"那个计划,就是他炉长一个人说了算,用不着哪一个发言。"

"呵!"梁景春吃了一惊。

"炉长,他就是早写好一张计划,叫一助手王永明一条条念完了,他就问:'你们同不同意?'大伙儿就说:'同意。'"

"大伙儿就是这样同意的么?"

"说说'同意'还不算,还得大伙儿一齐喊'同意'。你喊小声了,他就瞅你两眼,'怎么没吃饭么!'"

梁景春禁不住惊异地想:"会是这样的么?"一面又注意地望着李成林,想从他的脸上看出,到底这是不是讲得太过火。李成林看见党委书记这样看他,连忙补说:"党委书记,你可以再问问别的工友。"

梁景春低着头吸了一会儿烟,然后又再问别方面的事情:"你们九号炉不是在准备发动竞赛吗? 你们对竞赛怎样看法?"

"咱们新工友说不上。"

"你听见大伙儿有什么意见? 他们私下说什么话来?"

"他们说,赢了,炉长的光荣,黑板报、大字报,都登上他的名字,还有新闻记者来访他。输了么,输了那就得小心炉长的脸色。"

"大伙儿不想赢么?"

"也想赢的,赢了,可以少挨骂。"李成林笑了起来。

梁景春只好苦笑一下,然后低声亲切地说:

"你为什么不参加学习呢? 他们好多人,不是都在上夜校吗?"梁景春十分关切地问。

"一天就感到累,回来就想困。"李成林抑郁地说。

梁景春明白这个青年在工作中感到苦闷,没有学习的心情,只是闷得慌的时候,才随便找些旧小说来消遣。这能怪他落后么? 不能的。一个人工作没有快乐,是他最大的不幸。梁景春便安慰他一番,说领导上一定要把这种不民主的作风彻底扫除,并要他参加学习,不要苦闷,最后要走的时候,还拍着他的肩膀说:"你以后不要怕炉长,有意见就讲出来,领导上一定支持你的。"

梁景春走出宿舍,暂时不骑上车子,只是扶着走,一面思索:"一班八个人,就有三个人不满意,一个情绪坏,两个要转到别班去,这不是一个小问题。明天得一早来再多找几个来谈……而且还得了解别的炉子……"

第十四章

一

秦德贵这天轮休,早上爬起来的时候,情不自禁地穿上最好的裤子和衣衫,还对镜子梳一梳头。这是半年前没有过的,而是前次回家以后,便有了这样的习惯。先前一到轮休日子,就有一连串的打算:看一场电影,进一次游泳池,骑着自行车往公园里兜一个圈子。这些都使他兴致勃勃,感到一天休假的可爱。可是现在又有点不同了,打动他的是那一个美丽的影子。只想在休假这一天,和她见面。今天虽然照往常一样,身体打扮一下,心里却还有些踌躇:到底见不见她一面呢?原来因为看见她同张福全那么熟识,心里很感不快,甚至责备她起来,还把她看成为一个不大纯洁的姑娘,下决心不同她来往。在今天可就觉得自己有些坚持不下了。她认识张福全是老早以前的事情,而且在回家的路上,也讲过张福全的,现在怎么能够一下子又怪她呢?她交过什么男朋友,不要管她。你晓得她在电修厂,还有多少男朋友去了,难道还要去怪她吗?他立即觉得自己前一两天的想法,真是可笑得很。应该问的,到底她对我好不好?管她同别人的关系干什么?喜欢她,就该不断地去接近她。至于影响三班团结,会搞坏九号炉工作,那也容易解决,我调到别的炉上去,不就解决了吗?而且感到在轮休这一天,不设法去见她一面,一切就玩得无味似的。他立即决定,应该继续去同她会见,并尽力寻找见面的机会,创造见面的机会。另外还感到孙玉芬她们提出竞赛,自己不是一直没有回答她吗?这是一个见面的最好的机会。如果这一天是星期天,他就可以饭都不吃,立刻骑着车子,跑到女工宿舍去。可惜不是星期天,只能在下午四点钟以后,到工厂区的大门口去等她,和她走一截路,把她送回女工宿舍。"不,"想到这里,他否定了这个计划,"我应该请她到小馆子去吃顿饭。吃了饭,再送她到夜校去。她不会拒绝的。那一夜回家,走那十多里路,那是多么有意思呵。但愿知道她又回家去,我请假都可以,一定要跟她再走一趟。"他想到这些,心里明朗起来,像出了太阳一样,前两天笼罩着的乌云,全散开了。虽是要到下午才会得见她,可是这个希望却是使他鼓舞的,觉得心上涌起了无限的生趣和欢乐。他走到食堂去,不知不觉地多吃了一个馒头。

秦德贵走出食堂,正有电话叫他去接。他拿着听筒一听,是何子学的声音,要他就到厂里去,说是党委书记有事找他。他马上骑着车子跑去,他心里很是不安,觉得自己还没有把炉顶化薄的原因找出,而且有时还全然忘在脑后了,想到党委书记要是问到这些事情,又怎样回答呢?不禁身上出了汗。另一方面,又感到有点高兴,他可以趁正午孙玉芬休息的时候,到电修厂去会会她,谈谈竞赛的事情。平常日班炼钢,八点钟内是没有一点休息时间,不可能去会她。白天在厂外休息呢,没有特殊事情,又不能随便进入工厂区的大门,要到电修厂是不容易的。今天确是一个很好的机会。当他跑进工厂区域,走过电修厂的时候,他却忍不住留心地看,希望看见孙玉芬的影子,哪怕就是出现一下也好。一直走过电修厂的厂房,只望见一些男工,推着运东西的车子,这很使他失望。可是一想着正午就来会她,心里也就一下转为愉快了。但一望见炼钢厂的时候,却又非常不安了。

二

秦德贵走进了厂,先去找何子学,想了解一下,党委书记为了什么事情找他。何子学搔了搔头,笑一下说:"连我也不知道。只是晓得党委书记,这几天,尽在下面跑,找人了解情况。"

"了解什么情况?"秦德贵大为注意起来,党委书记到群众里面了解,倒还是一件新鲜事情。

"我也不大弄得清楚,"何子学笑了一笑地说,"好像是了解干部同群众的关系。你去同他谈谈就晓得了。"

秦德贵看见何子学的笑容,觉得他是知道的,只是不肯说出,便笑着说:"老何,你可不要捣我的鬼呵,咱们有事情应该直说,不要弄到党委书记那里去。"

"我捣你的鬼干什么?"何子学低着头,笑起来了,"党委书记只是向你了解情况,他问你什么,你说什么好了。"

秦德贵见了党委书记感到极度的不安,忙着申明他最近把党交给他的任务没有做好,到现在还没有查出炉顶化薄的原因。接着又红着脸,现出很难过的神情,诉苦地说:"党委书记,我要向你说清楚一件事情,有人造谣,说我暗中化过炉顶,又偷偷把它消灭了。党委书记,这是冤枉,我一个共产党员怎么会做这些事呢?"

梁景春仰起头吐了一口烟子,然后静静地说:"秦德贵同志,组织上会相信你没有欺骗党的。"他还想说一句,"我已经从群众那里知道你帮助过别个炉子,解决过许多次的困难,这证明你没有自私的打算。"他忍住了,没有说出。

"党委书记,我早就想找你讲的,就是看见你忙。"

"我这里你随时都可以来的,不得闲可以约定时间。"梁景春舒适地吸了一口烟之后,才说,"你忙,我也忙,简直没有时间谈一下。我想了解一下,你们住在独身宿舍的,业余时间是怎样支配的?"随又微笑着说:"干脆点说,你们怎样玩的?"

秦德贵坐在梁景春身边,原是很紧张的,一听党委书记是谈这样的问题,心里立刻轻松了,连忙笑着说:"没有工夫玩。像我们上日班,下午四点下班,就在工厂里开会,不是行政的会,就是工会的会,再不然又是党的会。六点钟赶回宿舍,我骑自行车还快点。他们没自行车,就得用足走,起码得走四五十分钟。吃完饭,就得上八点钟的文化课。不学文化,就得上技术课,学化学。九点半睡觉。转到夜班,就停止学习,白天全用来睡觉。只有上阴阳班的时候好一点,上午睡半天。下午起来学两个钟头。赶四点,又得上班。"

"你们有时间看报没有?"梁景春吸着烟,静静地问。

"有时也看的,只不是每天都看。"

"同志,这样不行呵!"梁景春叫了起来,还用手掀一掀秦德贵的腿子,"你记得一句古话吗?人无志气铁无钢。现在新时代,要改成这样,人不关心国家大事,不学习政治理论,就等于铁没有钢一样。一个炼钢工人,天天在工业前线,建设祖国,他不看报,他不关心国家大事,中央今天开什么会,他不知道,明天政府宣布什么政策,又不知道。我们的志愿军打得怎样,我们的铁路修到哪里,淮河的工程完成多少,什么厂矿的工作做得最好,一概不晓得,这还像国家的领导阶级吗?"一眼看见秦德贵满脸通红,现出怪难为情的样子,便转成温和的口气,"我知道你是关心国家的,你那天那样热忱地帮七号炉工作,就是怕国家财产受到损失,这就说明你不是块生铁,可是你不看报,你就不晓得我们的国家,天天进步,面貌一天比一天新呵。比如你先前打游击,只记得那个城市,打得一片倒墙破壁,你可不知道,它现在楼房到处盖起,工厂林立。你不看报,你当然不知道。只有天天看报,才能扫去你头脑里那些残砖断瓦。你看见我们的国家,天天都在进展,天天都有新成就,天天都有新建设,你就会更爱它,更喜欢它,更宝贵它,更肯为它拼命。俗话说得好,百炼成钢,我们就是要不断地学习,不断地磨炼!"

秦德贵激动地站了起来,红涨着脸说:"党委书记,我一定保证做到,每天都挤出时间来看报,学习时事,学习政治。"

梁景春走来拍他的肩膀,欢喜地说:"好,同志,我知道,你一定做得到的。但我主要是希望你,因为你是宣传员,你应该带动你那一班工友,经常谈论时事,只要一谈论时事,他们就注意看报或者找人读报。我晓得,他们也看报,也关心时事,只是不经常,这是不好的。"

秦德贵踌躇一下,然后扬一下拳头,毅然地说:

"党委书记,我一定想法做到。"

梁景春拉着他那只放下来的手,热情地说:

"我还有个提议,你们那一班是叫什么班?"

"丙班。"

"你同丙班工作在一起,你同他们熟识,我希望你把整个平炉车间的丙班工友,都鼓动起来学习政治,注意时事,经常看报。"

"好吧!"秦德贵搔一搔头,答得很勉强。他一眼看见党委书记那股热情希望的脸色,便又说道:"这可以试一试。……不过老何得来加把劲,他是车间的工会主席,又是支部书记。"

"当然要他来干的。我还要厂工会经常编时事快板,拉时事洋片,画政治图画。还要把那个大会议室利用来做俱乐部,用各种文娱活动来引起大家注意时事,提高政治热情。还要找宣传员同你配合一道工作。"梁景春愉快地说,"明天你们下午开会的时候,我还要来做半点钟的动员,以后还要经常作政治报告。"

秦德贵突然感到很大的喜悦地说:

"那好极了,好极了!"

梁景春静静地吸着烟。秦德贵以为党委书记话讲完,便说:"党委书记没什么事情了吗?"

梁景春用手按一下秦德贵的手腕:"你再坐一会儿。"轻轻地吐了一下烟圈,才微笑着说,"你们九号炉,看来丙班和乙班挺不团结,你看原因是在什么地方?"

"党委书记,这连我也弄不清楚,"秦德贵立刻皱起了眉头,"我只是觉得自从我那次创造了新纪录,他们就对我挺不好。"

梁景春静了一阵,没说话,只是不断地抽烟。平炉车间那种水吼也似的声音,虽然隔在门外,也隐约可闻。由铸锭车间出来的火车,通过窗下的时候,则是把屋子都震动了。等火车走远一点的时候,梁景春才微笑着说:"好像我听见有人这样说,也许是造的谣言,不管有没有,我们不妨闲谈一下,他们说,你同张福全最近挺不和气,是为了一个女朋友。是不是有一个女同志,你们都认识?"

秦德贵的脸红了,低着头说:"是有这样一个人,党委书记,那天晚上在车站上,你也看见的,她是我们村上的人,从小就认识。"

梁景春立即记起孙玉芬的面貌来了,觉得那是个美丽可爱的姑娘,作为秦德贵的爱人,倒是挺合适的,而且了解到秦德贵一定很爱她的,便微笑地问道:"你们感情挺好吗?"

"说不上挺好,"秦德贵老老实实地说,"只算是普通的朋友。"

"秦德贵同志,我决不来干涉你们的友谊,恋爱是自由的。"梁景春说了之后,停了一会儿,又再严肃地说:"只是要考虑一下,是不是这件事情,影响了你们的团结?"

党委书记说得很温和,可是正击中要害地方。秦德贵早已感到,同时也从袁廷发嘴里听到,张福全对他的生气以及不断地制造纠纷,的确是由于孙玉芬的缘故,只是他还怕这样的承认。一时秦德贵没有回答,可是身上出了汗。

梁景春继续向秦德贵严肃地说:"秦德贵同志,你要知道,竞赛运动,为什么没有发动起来?其中原因之一,就是由于你们九号平炉没有团结好。"

"党委书记,你说得对,是有这个原因。"秦德贵非常苦恼,随又小声地说,"把我调开九号炉好不好?"

梁景春摇摇头说:"这还是解决不了问题。因为你到了别个平炉,你同张福全不团结,还是存在的。以后随时还会发生冲突。而且九号炉过去是一面旗帜,现在正在扶它,不能让它倒下,得尽力竖起来,你怎么能走开?"

秦德贵低下头,没有说话。

梁景春望一会儿秦德贵,然后静静地说:"秦德贵同志,你要考虑下子,个人的利益和集体的利益发生冲突的时候,该怎样办?"

"党委书记,我知道的,我在部队上就知道的,"秦德贵激动地说,"个人的利益是要服从集体的利益。"

梁景春立即拿着秦德贵的手,高兴地说:"好,你了解得挺好。"接着放开手,站起来说,"现在没有事了,你回去吧。"他送秦德贵出来,还在过道上走一截路,安慰地说:"秦德贵同志,我要告诉你一句话,最好的爱情,不是追来的,而是她自己走来的。"

三

秦德贵一声不响地走了出去。骑着自行车,便朝厂外跑去。他本来计划,谈了话,就到俱乐部去坐坐,翻翻新来的画报,约莫到了正午,就到电修厂去会人。现在全不管了,只在马路上跑着,经过电修厂的时候,也没有再望一眼。

出了工厂区域,秦德贵没有回宿舍,骑着自行车,直朝公园跑去。进了公园,他不到凉亭上去坐,不到花圃去看花,不到熊苑去逗狗熊,也不到湖里去划船,只是扶着车子,顺着槐树林子中间的小路,直走上山去,把车子放在树下,就在坡上坐着。感到周围太静了,静得可怕。他要想走下山去,又觉得没地方可走。他便在坡上躺着,上面有树荫遮着太阳,还洒下了蝉声,下面野草野花,发出一股香气。这可以说是个最好的休息地方。但他感到烦躁,只顺手扯着野草,扯了又抛去,抛去了又扯,使草里觅食的蚂蚁,都吓得远远地跑开。他在这里躺了半天,身边的野草野花,几乎全被他扯完了。他一面朝西面随便望望,远处的城市建筑和更远一点偏在北面的工厂区域,都蒙上一层斜阳的光霭,而在工厂区域那边,则有黑烟和淡蓝的烟,不断地卷上蓝色的天空。他忽然记起先前打游击的时候,曾在一座较远的山上,偷偷地望过这个城市和它邻近的工厂区域,那时是国民党统治着的,城市的建筑,也笼在斜阳的光霭中,只是工厂区域,却没有烟云卷了起来。他当时望见这个城市的时候,心里曾引起过极其强烈的热望:"我们得拿下这个地方,赶走那些浑蛋!"现在不只是拿下了这个地方,而且做了全中国的主人。梦想全变成了事实。先前日夜奔走,除了一支枪几个手榴弹,什么也没有。广大的原野是别人的,山林中的住宿,都只是一夜而已,明天又不属于自己的了。现在却是多么的富有!全中国,除了台湾那一海岛而外,还有哪一个角落,敢有一个国民党匪徒挺身站出来,说:"这是我们的。"建设新中国的伟大事业,正出现在自己的面前,比较起来,属于个人的一些私事,真是太渺小了。自己亲身参加建设新中国的伟大事业,可以因为自己一点私事,来糟蹋吗？何况她还是那样的人，正如俗话说的水性杨花，见一个爱一个，有什么值得自己献出心来？……不然的话，那么，以前为了什么要革命呢？为了什么要把这个城市以至全中国拿到手里呢？为了什么要把国民党匪徒赶走呢？难道还不是希望有今天这样的日子？秦德贵摇一摇头，仿佛要摇掉什么东西似的，接着捏紧了拳头又挺一挺胸口，望着山下的原野、城市、乡村，热冲冲地想："我是你忠实的儿子，我是最爱你的，为你流过血，现在还是要为你牺牲一切！"这个"你"，在他的心里是很明确的，就是指夺到手里的祖国。然后，骑上自行车，沿着蜿蜒的山路，飞也似的骑了下去，好像在冲锋陷阵似的。

第十五章

一

厂长赵立明到北京去了,他去开重工业部召集的会议,一切事情就由梁景春代为执行。赵立明嘱咐梁景春要做两件事情:一是四号炉大修之后,要执行苏联专家的建议,把原来的冷打炉底改为烧结炉底。因为烧结炉底薄,经久耐用,又可以多装原材料,能够多炼出钢,增加生产。现在厂里已经有三分之一的炉子改过了,还有三分之二的平炉,要趁各个炉子大修的时候,才逐渐实行炉底烧结。但这一工作是很困难的,新修的炉子,至少要烧六天六夜,才能把投入炉底的细碎镁石,一层层地烧结起来,变成一躺平的坚固炉底。而且火力要大,温度低了就烧结不成。同时又因火力太大,往往容易烧化炉顶的矽砖。矽砖带有酸性,镁石炉底含有碱性,彼此完全不能相容,矽砖一熔滴在镁石炉底上,立即遭到了破坏,必须把烧结的一层镁石铲了起来,作为废物抛开,另投纯洁的镁石进去。这就引起很大的损失,第一,镁石是很贵的,作为废物抛掉,算是浪费了国家的财产。第二,把作废的镁石,铲出来抛掉,再投镁石进去,那都是极热的炉前工作,工人支持不了。第三,拖延了烧结时间,也就是减少了生产时间,使钢的生产受到影响。这时候,全国基本建设都急于需要钢的时候,哪能可以有一刻的减少生产?这个烧结炉底的工作是非常重要的。先前从二号炉大修的时候开始做,没有成,经领导几次动员,选择了会看炉顶的老手,才在九号炉试验成功了,袁廷发就在那个时候起,变成了劳动模范,以后大修别的炉子,也叫他前去做看炉顶的工作。赵立明走的时候,留下一个方案,四号炉烧结炉底调袁廷发去。再加四号炉有一个炉长看炉顶还可以,便有两个人作为基本力量,只消再选一个人就可以了。当时梁景春看这个方案的时候,就商量地说:"是不是可以叫秦德贵去?"

赵立明立即摇一下头:"不行!"皱着眉头说,"化薄炉顶落下砖的事情,还没查清楚,他也不大用力查,我有点不相信他。还是再同工程师他们仔细研究下子。"

赵立明嘱咐的第二件事情,便是尽快地举行竞赛,只要九号炉的旧炉顶不能支持了,重新修过炉顶之后,就立即举行。梁景春便把何子学的一些汇报,告诉他听,最后做结论似的说:"这不仅炉顶要全部改换过,还要把他们不团结的现状,完全改变过来。"

赵立明听见九号炉还在闹不团结,便不免有点生气地说:"我看你还是把秦德贵重重地批评一顿吧,他是党员,就该负起团结的责任。现在他不团结人,还要制造不团结,简直是可恶。你不要姑息他,我们对群众可以松一点,对党员决不能姑息,要拿出党纪来批评。"

"不错,对党员,我们不能姑息,要严厉批评。"梁景春同意地说,"可是我们得调查有确实的材料。"

"首先就要叫他坦白。"赵立明决然地说,还把手迅速举起来,迅速挥下去,好像在砍什么东西似的。

"我看,袁廷发这个人,倒要好好帮助一下。"梁景春小声缓缓地说。

"呵,袁廷发!"赵立明惊异起来,他认为袁廷发这个人是一点问题都没有的,怎么会一下子提起他呢?

"根据我在各方面的了解,袁廷发这个人,技术好,工作很不错,"梁景春原想不用指出袁廷发的好处来讲的,却因看见赵立明那副惊奇神情,表现出对袁廷发那样的偏袒,就不能不这样来开始他的言语,"可是在他身上还存在不少个人主义的东西,不愿意交流经验,不愿意教技术给别人,对他那班的工友,还有点不民主。"说完之后,又再补充一句,"这都是确实有证据的。"

"不过这点事情,你可要注意,"赵立明把右手举了起来,"现在大家都在注意他的时候,少不了有人嫉妒他,要说他的坏话。我们首先要看到他的工作,现在好多事情要依靠他,就不能对他随便批评。"

"我觉得这个工人挺好,依靠他的地方挺多,我们就得好好地帮助他。不能姑息!"

"你要知道他还是一个群众呵!"

"我觉得像他这样的工人,早就应该培养他成为一个党员。"

"当然,我并不反对培养他,"赵立明点一下头,随又扬一下眉毛,"只是不要随便批评,他这个人就是服软不服硬。"

赵立明搭上火车走后,梁景春便为四号平炉的烧结炉底工作,准备条件,同工程师、护炉技师开会商量,又找何子学布置工作。何子学就对梁景春说:"现在就是调动袁廷发有些困难,每回都要厂长亲自找他,他才答允,如今厂长走了,怕难说话。"

"我就料到会有这一着,所以要你先同他谈谈。摸清他的思想,我们好去帮助他,使他明白,一个优秀的工人,是服从组织,不是服从哪一个人的。去吧!同他讲清这个道理。"梁景春说完之后,何子学便要走出去,刚走到门口,梁景春又叫住了他:"现在秦德贵在哪里?"

"现在在宿舍里,他半夜十二点才来接班,党委书记你有事情叫他吗?"

"让我跟他打电话谈吧!"

不久接通了电话,梁景春就说:"我问你,烧结炉底这个工作,你能做吗?"

"党委书记,能够做,只要组织分配我去做,我就马上去。"秦德贵高兴地回答。

"你能保证不坏炉底吗?"

"只消不化炉顶,就能不坏炉底。"

"炉顶不会化吗?"

"只要看得勤,就不会化的。"

"你看还有谁,能做烧结炉底的工作?"

"最好就是袁师傅,"秦德贵顺口说了出来,怕梁景春不明白,"就是袁廷发。"

"除了他,还有别人没有?"

"当然有。"秦德贵说了之后,又举了两三个人的名字。

梁景春对秦德贵低声说:"没有别的,我就是要了解这点情况。"

二

何子学从党委书记室出来,就想着同袁廷发讲话的困难,每回讲话,不是碰钉子,就是话里有刺。但现在有了谈话的任务,不能不去,刺也好,钉子也好,总得忍受。假使袁廷发是个好讲的人,他会把谈话的程序,作一个安排,什么事做定之后,再去同他讲。现在感到是个难题,心里就放不下了,老是想着它。他有点忍不住了,便决定这一天的工作,先同袁廷发谈了再说。同时他就想出一些大道理来,"你是一个优秀的工人,是工人阶级中的积极分子,又是咱们厂里的劳动模范。"得拿这些漂亮的帽子给他扣上,他晓得袁廷发这个人喜欢别人的赞美。"我们工人阶级为什么能做领导阶级,就因为我们不自私,服从集体的利益。"对的,就把这些话的意思,翻来覆去,说给他听。他走到九号平炉的时候,袁廷发正到楼下去看蓄热室去了,便赶到炉后,缘着铁做的扶梯,走了下去。不远处的地坑里,正在铸锭,百吨吊车吊着的大罐,把钢水像一股细流似的倾注在一个钢锭模内。旁边好些灌满钢水的钢锭模子,在不断地冒着火花。热气袭了过来,连这边的铁扶梯都发热了。何子学连忙走到蓄热室那边去,原料场的凉风,一股股吹来,使他感到头脑一下子很清爽。

袁廷发正拿开墙上小洞的砖,通过帽檐上挂的蓝色眼镜,朝蓄热室望了进去,格子砖个个发红。心里想:"难怪温度不高,这里热还不够哩。"他顺手又把砖塞进小洞,回头过来看见何子学,略带讽刺的口气,笑着打趣说,"怎么样,该检查出来了吧?"这是指何子学他们正在检查炉顶化薄那一件事情,他心里想,原来你就是暗暗跟在我背后么,颇有些不高兴,因此一讲话,就带点讽刺口气。

"不开玩笑,我想同你谈点正经事情。"何子学郑重地说,还补充一句,"就在这里谈吧。"他觉得这里凉快,喧嚣声音又不大,便于讲话。原料场的吊车,和铸锭车间的钢块机百吨吊车,都在西头响着。这里一架百吨吊车,又吊大罐,静静地铸锭,没有一点声音。平炉里虽有燃烧的声音,因在楼上,影响不大。

"这里谈?"袁廷发见怪地说,"上面出了事故,哪个负责?"他一转身,便跑到扶梯那里,溜上楼去了。

何子学只骂一声"这家伙",便跟着走了上去,心里一面不快地想:"越来越难领导了。"但走到平炉前面,看见袁廷发正从每个炉门的小眼子,不断向上向下地望,脸热得通红,接着又跑到机械室,去开大煤气的开关,放下烟道的闸门,额上的汗大点大点地冒了出来,连揩也没有揩,又跑到炉前去观察去了。汗湿的领口以及帽子,受了烈火的熏烤,便冒出了轻微的蒸气。何子学觉得他的确忙,现在找他谈话实在不是时候,不高兴他的念头,也一下丢掉了。他甚至还想:"他这样忙,等会儿来找他好了。"可是一当他走开的时候,袁廷发回头来叫住了他:"喂,不要走,我正想找你谈谈。"

"好嘛。"何子学高兴起来了,便走到炉前去。

"我早就要找你问一声,到底炉顶化薄的事情,检查出来没有?"袁廷发郑重地说了之后,又嘲笑地补了一句,"这并不是开玩笑。"

"你这就是开玩笑。"何子学打趣他,接着责备地说,"你怎么只问我?我倒要问问你,你为什么不检查?只是坐着等待。"

"你怎么晓得我没有检查?"袁廷发指责地说,"你这个官僚主义,我不问你,你就从来不过问我一下。"

"你检查出来什么?不要只是空口说一句。"何子学讽刺地回敬他两句。

袁廷发没有回答,只是又赶快去看炉眼去了,还赶快返身过来,竖起一只手,叫人转动机械,变更煤气。

等到他看完炉眼,何子学又再去问他,他才笑笑地说:"我又没有在他们班上,我怎么查得出来?我只是问你,对我检查出了什么没有?你再不检查出来,倒使我饭都吃不好。"

"你慌什么呢？俗话说的，只要自己心里正，和尚尼姑可以共板凳。"何子学讽刺地说，还要笑不笑地看他一眼。

袁廷发有点恼怒地说："照你那样说来，那成问题就是我袁廷发。"

"没有证据，我怎么能说你成问题呢？"何子学立即否认。

"正因为没有证据，所以谁也不相信谁。"袁廷发严肃地说，脸上现出了不快乐的神情。

何子学安慰他说："我觉得领导还是相信你的。"

"相信我？"袁廷发愤愤地说，"那天厂长还叫我检讨，你不是也在场吗？"

"厂长的话，是挺明白的，只笼笼统统说你们三个人，并没有单指你，"何子学竭力申明，还补充一句，"他倒是在说秦德贵。"

袁廷发没有话说了，就去炉眼看了一下，叫人打开炉门，又叫大伙儿把黏土块用铲子投了进去。

何子学看他站下来拭汗水的时候，就又走过去同他谈话，他自己也禁不住拭起汗来。他对他诚恳地说："老袁，领导上的确是相信你的，譬如这一次四号炉烧结炉底，还是要叫你去，就是表示对你相信。"

"我倒宁愿不相信的好。"袁廷发摇了一下头，接着又"哼"了一声，接着说，"有了困难的工作，你们就相信了。没有呢，你们又怀疑了。我告诉你，我不是三岁的小孩。"随即气冲冲地跑下楼去。

何子学倒抽了一口气，觉得再同他讲下去，说不定会吵了起来，他自己也失掉耐心了，最好还是走开的好。

第十六章

一

九号平炉甲班炉长袁廷发回到家里,女人丁春秀见他一脸喜色,便高兴地问:

"你今天又出一炉快速炼钢吗?"

"是的。"袁廷发习惯地朝炕上一倒,但又立即坐了起来,急忙吩咐女人,"把屋子打扫一下。"

丁春秀走下炕来,没注意他的吩咐,却拿起粉笔朝门背后走去,在门上画上个圈,欣喜地说:"还差三炉了。"

袁廷发吸着烟说:"赶快打扫下屋子,你听见没有?"声音里带着恼怒。

丁春秀这回听清楚他的吩咐了,不禁奇异地望下他,因为他向来没有吩咐过这样话,屋子干不干净,他是满不在乎的。丁春秀随即朝厨房走去,一面敷衍地说:"等吃了饭再打扫吧。"

厨房的饭菜都已做好了,正热在那里,只消端来就是。

"我告诉你,等会儿有人来,打扫了再吃不迟,最好把地板拖一拖。"

"呵,有这样的客!好吧,我就拖一拖地板,你告诉我,谁要来?"

"等会儿来了,你就晓得了。"袁廷发舒舒服服地躺在炕上。

"你不告诉我,我就不爱打扫的。"丁春秀有点撒娇似的说。

袁廷发笑着骂了起来:"你怎么这样爱管闲事?人家又不是来看你的。"

"好吧,用不着我管,那也就用不着我来拖地板。"丁春秀车身就朝厨房走去。

"真麻烦。我告诉你吧。就是我们新来的党委书记。"

"呵呀,党委书记都要来看我们吗?"丁春秀很兴奋,挽着袖子说,"那当然要拖,我还要把门跟窗子,都要拭过哩。"立刻动手打扫屋子,脸上露出紧张快活的神色,仿佛要准备过节一样。一面又忍不住问,"党委书记什么时候约你的?"

"就在厂里,我快要下班的时候。"

"他为什么不在厂里谈谈,定要来我们家里?"

"党委书记这个人太好了。我说有事就在厂里谈谈,迟点回去没有关系。他就是要我回来休息,说是累了一天,应该躺一躺,不要错过吃饭时间,他就是处处给人设想。"

丁春秀不停手地擦地板,圆圆结实的脸上,发出丰润的红光。一面生气勃勃地问:"他要同你谈什么事?还特别这样约过?"

袁廷发搔搔头说:"那说不上……也许厂里有什么重要工作,要我做吧。"他感到党委书记亲自约定时间,要来他的家里,这显然是看重他的表示,使他心里很高兴。同时也猜定了七八分,党委书记现在又兼厂长,准是为了烧结炉底来的。前次曾经拒绝过何子学,那些理由,不好向党委书记讲了,他只觉得只要党委书记亲自讲了,就可以答允,何况他还来到家里。因此心里充满了高兴。

丁春秀把门擦了,收拾一下屋里的东西,还去拭窗上的玻璃。

袁廷发就催促她:"不要拭了,快拿饭来吃吧,肚子都要饿瘪了。"

"再等一等,我还要把孩子的衣衫换一换哩。"

"哎呀,搞那么麻烦做什么嘛!"袁廷发抱怨起来了。

"不行,我非收拾不可。"丁春秀坚持下去,"我就怕党委书记会说,老袁那个人挺不错,快速炼钢的能手,就是那个女人,差老了,屋子埋汰,孩子也穿得不干净。"

袁廷发笑了:"你放心,党委书记他不会讲这些的。"

丁春秀心里起个热切的希望,希望党委书记会有这样一个印象:"男人能干,女人也能干,那真是一对儿。"她有了什么希望就很固执,决不放弃,正如她希望丈夫得到奖金,好买毛线,就天天拿粉笔把快速炼钢的炉数,记在门背后。她又爱过问别人的事情,她不是家属委员会的委员,但她每天一收拾好家务,就要抱着孩子跑到家属委员会去。吃了晚饭坐了一阵,丁春秀还不见党委书记到来,就首先不安地说:"怎么还不来呢?莫不是忘记了?"

袁廷发在灯下看报,起初不吱声,后来听见女人连说了两次,才抬起头说:"忘不会忘记的,那样肯替人设想,怎么会忘记?就怕在厂里开会耽搁了。我走的时候,他还在厂长室里。现在任务紧急得很,厂长又到北京开会去了。"

开始袁廷发还为党委书记辩护,心里却怀着希望,继后总不见来,真的有点失望了,便宽慰自己地想:"反正这个工作离不得我的,早晚他总要来。"

党委书记梁景春终于来了,一屋子的沉闷空气,仿佛全被客人带来的风吹开了。梁景春坐在炕上,四下望望,愉快地说:"你们家里挺不错嘛,这样干净,真该有个舒适的家庭。"

这可把丁春秀乐坏了。赶忙拿烟倒茶,一时不晓得说什么好。

梁景春看看炕上坐着的两个孩子,关切地问:"房子够住了吧?"

丁春秀抢着回答:"够住了,党委书记,这已经很好!"

梁景春笑着说:"你们孩子还会多起来的。只要生产搞得好,房子不愁的,会修得更多更好。"

"对呀,党委书记,这里还正在修房子,我就对老袁说过,你多搞些快速炼钢哪,不会亏你的。"丁春秀把门迅速关上,"你瞧,党委书记,我还给他记上哩。他这个月,已经有了十七炉快速炼钢了,要是天天有一炉多好。每出一炉快速炼钢,我定规要给他做一样好菜。"

梁景春立即赞美地说:"你这样做真好,一定要表扬你。你不仅家务管得好,还能够鼓励丈夫生产。"

丁春秀想不到竟这样得了党委书记的鼓励,心里快活非常。她还想讲什么话,但见丈夫不高兴地看她一眼,她就不再讲下去。同时看见最小的孩子,也在不安地哭了起来,便去抱他。

梁景春看见孩子怕生客,就对袁廷发说:"我们出去走一走,好不好?你怕累了吧?"

"不累,不累。"袁廷发立刻同意,他正嫌他女人爱讲话,不高兴她来打岔。

丁春秀却怕党委书记走了,即使没有话说,她也很想在旁边听听。她觉得她的生活,仿佛关在一个箱子里面,忽然党委书记走来,一下子揭开了盖子,使她看见了光明一样。她恳求地说:"党委书记,你坐坐,孩子哭,我抱他到外面去。"一面又向丈夫说,"你留党委书记嘛,坐在屋里好吃茶。"

他们没有留下,终于出去了。丁春秀叫大孩子坐在炕上玩,她抱着小的孩子,悄悄走了出去。孩子吃着奶,也不哭了。屋子外面很凉快。乌蓝的天空,点缀着无数的星子。她远远跟在他们后面,他们讲什么话,一点也听不清楚,走了一阵,周身出汗了,孩子又呼呼地睡着了,她只好转了回来。

二

梁景春和袁廷发走在住宅区域的马路上,两旁青杨树投下黑色的影子,月光明明亮亮地照着。轻微有点风,但还不大凉爽。好些女人推着婴孩的车子,缓缓地走,旁边走着她的丈夫。人家的收音机,不断地从窗上播出歌曲。住宅区特别显得安静,和平,幸福。梁景春首先赞美地说:"你们这个地方真好。"

"就是那边又在修房子,吵闹一点。"袁廷发竭力微笑着说,他听见党委书记的赞美,也的确感到愉快,只是看见东面那一望的脚手架上,还亮着无数的灯光,人们正在连夜工作,他皱一下眉头,因为那里水泥搅拌机和载重汽车的声音,曾经打扰过他白天的睡眠。

"你白天下班回来,吃了晚饭,还到哪里去玩玩吗?"梁景春显得很有兴味地问。

"不到哪里去玩。"袁廷发始终微笑地回答,心里有点奇异:为什么老问这些话。他觉得党委书记来访,总是有着什么重要的事情。

"你喜欢喝点酒吗?"梁景春问的时候笑了。

"喜欢喝一点,喝得不多。"袁廷发禁不住笑了,他听见梁景春的笑声,心里感到了轻松。

梁景春接着还问他喜不喜欢看电影、评戏,袁廷发越发感到轻松,觉得是在自自由由地谈话了。最后梁景春谈到炼钢的事情,同时也夸奖他炼得又快又好,袁廷发禁不住感动地说:"我就是恨我不再快一点。常常都想多给国家炼点钢。你看我们的宿舍,越修越好,从前做梦都没有想到会有这样的日子。一想到这些,就想多干些活。"

"你想多炼钢,这个想法实在太好了,我们国家的工业建设,就是要大量的钢。我告诉你一件事情,不是明年就是后年,我们就要开始五年计划,那时钢更用得多。世界上的国家,强不强盛,就是看它钢炼得多不多。"梁景春愉快地说,"我们这样大的国家,还要建立许多的钢铁基地才行。你知道我们要在包头、武汉建立钢铁基地吗?"

"知道的,我听说过。"袁廷发兴奋地回答。

"就在包头、武汉建立钢铁基地还不够,"梁景春静静地说,"我们还要在西北、西南建立许多钢铁基地。"

"那太好了!"袁廷发忍不住欢笑地说,"咱们国家就会更强大起来。"

"要建钢铁基地,困难也就挺多,首先就是还缺少一些重要的条件。"梁景春近于叹气地说,还皱一皱眉头。

"是的,困难挺多,有些地方,山多又远,机器不容易运去。"袁廷发亦带感叹的口气说,同时心里又很高兴,党委书记会同他谈这些重大事情。

"这倒不算困难,地方远,山多,我们可以修铁路。"梁景春轻轻摆一下手,"困难就是一下找不到那么多的炼钢工人。"

"这倒的确是个困难。"袁廷发恍然大悟似的点下头。

"我们要克服这个困难,不能在困难面前低头。要是低一下头,我们的社会主义建设就会受到极大的影响,停顿,不进步。停顿,不进步,就是我们最大的敌人。"梁景春低声用力地讲,"我们一定要克服这个困难。"

"是的,这个困难要克服才好。"袁廷发十分同意地说,还大大点一下头。

梁景春不再向前走了，站了下来，望着袁廷发说：“我们现在厂里的工作，就更加来得重要，不只是要为国家炼钢，还要为国家炼人，就是要为别个钢铁基地培养炼钢人才。”接着就用手指触一触袁廷发的肩膀，严肃地说："袁廷发同志，你的肩上就担负有两重任务，钢要炼得多，人才也要培养得多。"

袁廷发沉默了，只是望着梁景春没有讲话。

梁景春微笑地说："你那班的工友，我知道的，他们都希望学得炼钢技术。袁廷发同志，你要好好培养他们，党和国家都这样盼望你的。"

"我就是文化低，不会教。"袁廷发闷声地说。

"不会教，没有关系，只要你多讲几次，他们就会懂得的。"梁景春继续笑着说，使声音变得非常的温和，"我就是听他们说，你不大告诉他们什么，他们也不敢向你发问。他们有的在炉上工作了一两年，感到学到手的不多，心里挺苦恼。你想，社会主义建设在蓬蓬勃勃地发展，他们没有学到什么，怎么不感到苦恼呢？这是挺不好的！一定要尊重他们，把他们看成亲兄弟。教他们技术，不要发他们的脾气。"

袁廷发听了这番话，禁不住面红耳赤。

梁景春尽量温和地说："袁廷发同志，你想想看，要是全中国只你们十多个人会炼钢，社会主义建设会成功吗？不会的，一定要有几千几万人会炼才行。由于这样，我们就可以说，目前一个炼钢工人，炼钢炼得好，只算把国家的任务完成了一半，必须培养炼钢人才。我今晚找你，就为了这件事情。苏联专家，我们感谢他们，就因为他们忠实地执行了斯大林同志的指示，不只是帮助我们工作，还把他们所有的技术交了出来。这一点我们也要向苏联专家学习。还有，我们应该同工友事事商量，多多听取他们的意见，俗话说得好，三个臭皮匠，胜过诸葛亮。你有时不让他们发表意见，是不对的。"

"党委书记，你说得对，"袁廷发红着脸说，"我没有好好培养人，对他们态度不好，我一定要检讨。"

梁景春连忙握着他的手说："袁廷发同志，你这样做，那太好了。"

梁景春走后，他觉得党委书记的话说得挺对，如果单单叫他培养炼钢人才，他可以接受下来，只是说出班上工人的不满，他就心里挺难受起来，因为领导上向来对他还没有说过这么重的话,使他一下子成为一个挺有缺点的人,同时又非常生气,感到他所领导的一班工友,竟敢暗地里告起状来,叫他陷到难堪的地步。

三

袁廷发回来的时候,一脸不快活的样子,仿佛同人吵过架似的。

丁春秀躺在炕上,望了他一会儿,才小声地问:"党委书记走了吗?"

袁廷发不理睬,只是歪在炕上,眼睛睁得大大的。

丁春秀翻身坐了起来,不安地问:"什么事情使你不高兴?……党委书记同你讲什么话来?"

袁廷发好一阵没有回答,突然忍不住地叫起来:"他妈的,可恶之极。"

丁春秀惊慌地说:"呵呀,你怎么的,你连党委书记都骂起来了!"

袁廷发厌恶地瞅他女人一眼,怪她不会听话,责备地说:"你简直没有耳朵一样,我怎么会骂党委书记?我是骂那些浑蛋东西!他妈的竟告起状来了!"

"呵呀,什么事情惹着他们?怎么会告状?"丁春秀更加惊异了,以为告到法院去了,"那不是要打官司?"

"你怎会那样蠢,我是打的比喻哪。"袁廷发忍不住笑着骂了起来,"告到法院,咱还没有犯他妈的法。"

"那就用不着那样生气。"丁春秀大为不满地说,"世间上又哪个不背后说人两句?"

"背后说两句,我倒不爱理睬的,由他油嘴滑舌去讲。"袁廷发轻蔑地说,但说着说着,又火了起来,"可恶就在这里呀,他们东钻西拱,告到党委书记那里去了。"

"我看党委书记倒是挺和气的嘛……"

"和气!"袁廷发懊恼地说,"每句话打进你心里就像手枪的子弹一样。"

"你同党委书记吵了吗?"丁春秀非常担心,她知道她的丈夫火炮脾气,很容易一下子爆炸起来。

"谁同他吵。"袁廷发责备地说,口气冷冷的。

丁春秀放下心了,但微微地笑了起来,仿佛在说:"你就只能同我们这些人吵。"

袁廷发看见她的笑容,生气地说:"我倒不是怕他,就是他说起话来,叫你生不起气。……可恶就在这里。"

丁春秀停了一会儿又问:"党委书记,他今晚对你说些什么?"

袁廷发大发脾气地说:"尽问这些事做什么?娘儿们少管些闲事!"

丁春秀躺下去了等儿会又爬了起来,小声地说:"你脱衣睡了吧,把电灯扭熄好不好?"

"等一会儿。"袁廷发坐了起来,摸出烟来吸,但拿在手上,并不摸洋火,只是呆呆地坐着。正在这时候,支部书记兼车间工会主席何子学,掀开门进来了,他就住在这个区域内,距离袁廷发的房子不远。他一进来,丁春秀就赶忙起来,让他炕上坐。何子学微微地笑着,摸出烟来吸,点燃自己的烟,又用洋火替袁廷发点。

丁春秀担心地问:"有什么事情吗?"

"没有事!"何子学支吾地说,一面看下屋子,笑了起来,"你们屋里收拾得这样好,简直像在过年。"

丁春秀高兴地说:"咱们现在哪一天,又不像过年呢?工钱多,又常常有奖金,用不完。"她想把屋里的沉闷打破,就格外多讲几句。何子学的到来,她是真心地欢迎。

何子学笑着说:"我也要请求上炉了。一个月没有计件工资,又没有奖金,一到开饷,女人就不高兴,现在干部真不好做。"他自己对工资倒是不在乎,女人埋怨他也不大理睬,目前只是说着好玩罢了。

袁廷发取下嘴上的烟,突然说:"这好得很,炉长我不想当了,你来干。"

"你在开玩笑啰。"何子学笑着责备。

"不是开玩笑,炉长这个事情,我干不了。"袁廷发这下又火了起来。

"那你准备做什么呢?"何子学开玩笑地问。

"我去抬大筐好了,做杂工不是人干的?"袁廷发气势汹汹地,好像刚才一肚皮的气,要这阵完全发泄一样。

"那才是个大笑话哩,快速炼钢手,都变成杂工了。"何子学就打趣他。

"怕哪个笑话?咱要抬大筐就抬大筐。"袁廷发谁也不看地说,脸都气青了。

丁春秀就问何子学:"抬大筐,一个月多少工薪分?"

"少得很,百多分。"

丁春秀立即责备起来:"你在讲什么鬼话啰,摆着五六百分不拿,你要拿百多分!"

"人家在逼你,你不抬大筐,去饿死。"袁廷发鼓起眼睛骂他的女人。

何子学脸红起来了,他觉得袁廷发在怪他,以为做车间工会主席的会把工友的意见,反映给党委书记,于是吸了一口烟,才严肃地说:"这回的事情,没有哪个工友反映过。完全是党委书记,他一个人追出来的,连我也不知道。"说到这里,微笑起来,"连我这次也受了批评,说我脱离群众,不了解工友思想情况,也得不到工友的真实反映。……说一句良心话,党委书记的批评是对的,句句都实在,没有一个字虚的。"接着又掉头向丁春秀笑着说,"遇着这个党委书记,事情不好办。刚才我要睡了,呀,一下有人敲门,他可来了。老秦、老袁他们来,来就是了。哈,他是党委书记呀!……一家人可都睡不着了。我的女人过后还同我吵:党委书记来,为什么不先告诉她一声,屋子乱得像狗窝一样。我说,我怎么晓得呢?"

丁春秀愉快地笑了起来,但她并不说出她是预先得了通知的。

何子学看见袁廷发脸色好了许多,就郑重地说:"党委书记看事情可深刻得多哩。他刚才说,你要检讨挺对。只是他认为你的思想上还有顾虑。"

"他说我有什么思想顾虑?"袁廷发突然反问一句,在不高兴的神色里又显得有点惶惑不安。

何子学笑着说:"他说,一个全厂闻名的快速炼钢手,又是市里的劳动模范,这下子又忽然要检讨了,让人提意见了,你说有没有这个顾虑?"

"没有!"袁廷发这么地说,但脸却红了起来。

"那么,以后的检讨会怎么样?开吗不开?"

"当然要开！话说出来，还不算数吗？我怕什么检讨，我不是先前也检讨过吗？"

"那挺好。"何子学高兴地点下头。

"只是我有点怀疑。先前的检讨，在工作上并没生多大的效。你检讨过了，他们第二天还是那样工作，并不起劲。倒不如跟他一顿训，还来得有效些。"袁廷发说得心平气和的了，但却又完全是在反驳。

"我刚才还同党委书记研究过这个问题。他说，群众没有发动起来。他们没有痛快地提过意见，没有把心里的话挖了出来。"

"现在呢？"袁廷发冷冷地问。

"现在他们看见领导在给群众撑腰，他们敢讲话了。"

"为什么以前又不撑腰？"袁廷发讥讽地说，脸上现出不高兴的神色。

"那就是我们这些官僚主义该死哪！"何子学红着脸笑了起来，接着严肃地说，"我也准备检讨。你只是那一班，不到十个人。我可要让三四百人向我开火哪。"

丁春秀插嘴问道："这不感到为难吗？"

何子学立即说道："一个共产党员，还怕什么困难吗？共产党员就是不怕当众承认错误。就怕不知道错误，这才是挺危险。……明天你那班上，我就要首先让他们提意见，老袁你准备给我提点意见。好好帮助我一下。"接着又笑了起来，"把这件又脏又臭的官僚主义大衣，全部撕掉。"于是又笑着向丁春秀说："还是你们做群众的好，随时受到表扬，明天家属委员会就要把你的事迹写在黑板报上。"

"哎呀，当真要那样做么？"丁春秀高兴地叫了起来，"我以为党委书记说的笑话哩。"

"党委书记怎么会说笑话？那是说一句算一句的。"何子学一面走下炕去，看门背后画的一些圈圈，笑嘻嘻地说："你这个可值钱哪。"

"那是老袁的功劳，我算得什么？"丁春秀看下袁廷发笑了起来。

何子学回头来开玩笑地说："你们看，这里又看出我的官僚主义来了，住得这么近，我可不知道。真该死，还得让党委书记来发现。"

丁春秀看见丈夫还是不大快活,尽坐着抽烟,就只好把自己的快乐,抑止下去,她一面给孩子盖被盖,一面严肃地说:"老实说起来,我就没有你们那个什么主义么?我也有的。"

"你在开玩笑啰,你都会有官僚主义?"何子学感到怪有趣地笑。

丁春秀指着她的孩子,认真地说:"我有时候,冒火了,就骂他们,还给他屁股两巴掌。过后我想想是不该骂,不该打的。孩子就不会说话,会说话一定要提我的意见。"

"这你真检讨得好。明天的表扬一定要再加一条。"何子学一点也没有开玩笑的神情,接着还皱着眉头说,"这里好多女人打孩子,我真看不惯。"

丁春秀又笑着说:"说起来只能算半个……"

"半个官僚主义?"

"当然只能算半个,我打他们,骂他们,可是非常爱他们,事事关切他们,处处疼他们,好的先给他们吃,先给他们穿……"

"呵,你说得对。你和党委书记说的一样,我们官僚主义,就是不关心群众,不爱群众。"何子学高兴地叫了起来,立即又向袁廷发提醒地说,"以前检讨了,为什么不生效,就是检讨了,还是不爱别人,不关心别人。正如党委书记说的,你不把群众放在眼里,你的老毛病还会发的。"随又回头向丁春秀很有兴味地问:"你怎么说得这样好?"

丁春秀喜欢得嘴都合不拢起来:"这就是今天晚上党委书记来了,好像打开了窗子一样,把我的思想也打通了。"

何子学看袁廷发一眼,意思要问:"你打通了吧?"但并没有问出口,只是笑了一笑。走到门口,又回头向丁春秀说:"不打孩子这个事情,你最好起个模范作用。我听见哪个打孩子,心里怪难过的。……我们新社会,不容许这个事情。"

何子学走后,丁春秀感动地说:"他们共产党真好,不光使你有工作,过好日子,他还把人都给你变好了。"丁春秀望丈夫一会儿,才小声关切地问:"我问你啰。"

袁廷发不高兴地看她一眼,仿佛在说:"你那样臭得意做什么?"

丁春秀献媚似的试着问:"我问你……你为什么不做共产党员?……你看老何……"

袁廷发抵触地说:"我是落后分子。……你们都进步了,就是我一个人落后。"

丁春秀看见他余怒未息,就不同他讲了。等一会儿,又再说道:"最好你把党委书记的话好好想一下吧。他总是为我们好的。"

袁廷发躺了下去,仍然抵塞地说:"我脑筋笨得很,很不会想。"

丁春秀叹了一口气,把灯扭熄,也躺了下去。

袁廷发好久都没有睡着,只是心里想:"四号炉烧结炉底,我决不去干的。"同时又很诧异,"今晚上,烧结炉底的事情,他为什么提都不提呢?……不管它,总之,我不干。"

四

第二天袁廷发走回家去,丁春秀在煮着饭的,她丢下了手里的菜刀,像报告好消息似的,非常欢喜地说:"你说笑不笑人吗?他们当真把我登上黑板报了。"接着又严肃地说,"你们那个党委书记,真是说一句算一句。"

袁廷发没有回答,只是闷声不响地,躺在炕上,脸朝着壁头。丁春秀知道他的脾气,一定又有什么事情不遂心了。不理为好,一多问他,他就会发脾气的。

煮好饭,丁春秀在炕上摆起矮脚小桌子,要他起来吃饭,才一面问他:"你哪里不好过吗?"

"怎么不好过?"他爬起来吃饭,装作诧异的样子,随又讥讽地说,"我今天得意得很。"

这使丁春秀不好讲话了。吃到一半的时候,丁春秀忍不住沉寂了,就又问道:"今天又出了快速炼钢吗?"

"没有。"袁廷发冷冷地说,吃完饭后,他还把筷子一掼,生气地说,"明天不上班了。"

丁春秀知道他在厂里有什么事情不高兴,回来总要发脾气的,但从没有见过,生气生得竟连班都不想上了,忍不住很是惊异地说:"为什么你生这样大的气?"

好一会儿,袁廷发才愤愤地说:"妈的,都把我当成老鼠过街哪。"

"会有这样的事吗?"

袁廷发望着窗上的夕阳,只顾愤愤地骂下去:"什么东西嘛,才进厂几天,饭碗都没端稳,就要吱吱嚓嚓的……提他妈的意见。"

"提你的意见?……为什么他们这样胆大?……我不是看见,他们在街上碰见你,脸都会红么?"

袁廷发不吱声,只是一脸怒气地坐着。

丁春秀放下手里的碗筷,惊惶不安地问:"他们到底提了些什么意见?"

袁廷发恼怒地揉她两句:"牛圈里不要伸进马嘴来。厂里的事情,你少管些吧。"

丁春秀不服气地说:"你才讲得怪呢。人家黑板报上,还在鼓励我们家属关心工厂……"

袁廷发怒火上冒地说:"好,明天你进工厂好了!让他们天天表扬你们家属。"

在这个时候,丁春秀原知道不同他争吵下去,把碗筷搬进厨房,就可以结束了,但她忍不住眉毛一竖,抵塞地说:"要是哪个肯给我带孩子,你看我进不进工厂去?我就要进给你看。"

袁廷发跳下炕来,气势汹汹地把女人朝门外推去,一面嚷道:"你去,你妈的,就给我去。"

两个孩子看见这个情形,都哭起来了,女人一面回过头来,望着炕上的两个孩子,慌张地说:"你发疯了,你要吓着孩子的。"

袁廷发一直把老婆推出门外,一面骂:"进你妈的工厂去。"一面就把门砰的一声关了。

丁春秀掀不开门,听见孩子在屋里面哭,心里很是着急,一面喊:"开门,你疯了!"

在门外站了好一阵，听见孩子没有哭了，丁春秀便走到外边去。经过家属委员会的门口，本想进去坐坐，看见里面正有好多人在看黑板报，就又不愿意进去了。她觉得惭愧得很，这还算是一个模范家属么？她走了开去，只是想，"这时候，要能够找到党委书记多好。"但是党委书记住在什么地方呢？她不知道。于是她去找支部书记，但支部书记何子学还没回来。丁春秀只好回家了，走到门口，把门一掀，门就开了，看见小的孩子还没睡着，丈夫正抱着摇来摇去，这才心里感到轻松了。袁廷发一见她进来，就厌烦地说："抱去，抱去，真是麻烦透了！"

"这就麻烦了么？才一会儿工夫。"丁春秀接过孩子嘲弄地说，"咱一天到晚领孩子哩。"坐在炕上把奶头塞进孩子嘴里，"这下子该可以看出，带孩子并不比进工厂轻松。"

"妈的，落得你来说便宜话，有了奶还不好带吗？"袁廷发骂了起来，但已没有什么怒气了，孩子早已把他的怒气赶走，"你去工厂看看，咱们工作的地方，火烧到千多度呵。"

"难怪你们火气那样大。"丁春秀抵塞他，随又温和地说："以前厂长，不是给你提过意见，昨天晚上党委书记好像……"她试着地说，还怕袁廷发又发脾气。

袁廷发不高兴地看了一眼，然后才说："你怎么这样没脑筋。人家老干部，又是领导，怎么乱拉来比。"说着又生气起来，"这些东西，算什么嘛。人不像人，鬼不像鬼，还要胡说八道。"

"那你理他们做什么嘛，"丁春秀不满地说，"那不是白生气一场。"

袁廷发摆一下手，现出暧昧的脸色，仿佛这很使他为难，无法说出他的苦恼一样。

丁春秀看了他一下，随即同情地说："我不晓得你们厂里怎么搞起的？就让下面的人，胡说八道，这样下去，哪个还敢当炉长。"接着又偏起头，沉思一会儿，"他们这样吱吱嚓嚓的，你不好告诉党委书记？我看他什么事情都在留心，这样的事情，还没看见？"

袁廷发勾着头，没有讲话。

丁春秀一直望着丈夫的脸子,安慰地说:"他很忙,你应该去找他。别这样暗里生气,就连工作都不干了。"

袁廷发抬起头来,像是忍无可忍了,用拳头打下炕,大声地说:"我现在什么人都不找。"说完便朝炕上一躺。

丁春秀望着他,猜不出到底他有什么心事,暂时不再吱声。

五

到第三天早上,丁春秀一早起来,弄好饭,叫丈夫起来吃,他不起来,只是睡,就去掀他,一面说:"快起来,吃了去上班哪。"

袁廷发并不起来,只是厌烦地说:"走开,不要吵我。"说完又翻身去睡。

丁春秀着急起来:"怎么,你安心不上班么?"见他没有回答,只是睡他的,就难过地说:"是不是你只顾赌气,就想工都不做了?"于是坐到丈夫身边去,摸着他的手,安慰地说:"你要心里放开一点。人家提你的意见,你也可以提他的意见,难道有人封着你的嘴巴?……快起来。"

袁廷发不理睬,只是睡。丁春秀就又掀他,把他拉起来。他就推开她的手。

丁春秀等了一会儿,又忽然问道:"你是不是哪里不好过?让我找三轮车来,送你到医院去。"

袁廷发摇下头说:"我没有病,我就是瞌睡没睡够。"

"你只顾睡觉,你连班都不上了么?"丁春秀忍不住生气起来,"你从来都是一早就去了,不管睡没睡够。我看你明明是在生气。……我问你,要是党委书记来看你,你怎么说?你好说,你瞌睡没睡够么?"

"你不能让我安静一下子么?"袁廷发生气了。

"不要生气,请你回答我的话!党委书记来问你,你怎样回答?你生气没用的。"丁春秀坚持她的问题。

"他来了,就把我问哑了!"袁廷发赌气地说,"我要缺勤一天,难道他把我拉去枪毙不成?"

"缺勤一天！"丁春秀喊了起来,"你安心同我为难么？我到底哪点对不起你,人家昨天才在黑板报上表扬我,说我是个模范家属,你今天就来这一手,叫我怎样有脸去见人？"

袁廷发没有说话,只是闷闷地坐着,丁春秀大声地责备:"我问你,我同你订的爱国公约,我有哪一条没有做到,请你指出来。"

这时孩子醒了,丁春秀赶忙去收拾孩子。好一阵,都不见他回答。丁春秀赌气地说:"你不回答这个问题,等一会儿,我们开家属委员会来解决。"

"好吧！你叫那些娘儿们来攻击我好了。"袁廷发叫了起来,"我现在什么都不怕了,反正人家都说我是个落后分子！"

"谁说你落后？我从来就没听见说过。这全是你自己想出来的。"丁春秀尽量温和起来,"人家哪一个不称赞你,说你是个快速炼钢的能手,又是劳动模范。你要自己爱惜名誉呀。你要是身体不好,你要去,我都要留你的。你今天一点病都没有,你不去,就不对了。我平日还说你好强,不怕事,谁晓得,你才几句话都经不起。那些乱七八糟说话的人,看见你不去,就会气着么？他们倒落得说你落后,在背后耻笑你。你要想一想,不要再拿错处,给他们捏着。"

袁廷发听完最后一句话,爬下炕来,披起衣裳,大声地说:"咱还会给他们捏着错处吗？哼！"

丁春秀赶忙舀水给他洗脸,一面在炕上放上矮脚小桌子,说:"你吃了饭,赶快去上班。"

袁廷发连脸也不洗,扶着自行车,就走下楼去。丁春秀赶在后面,恳求地说:"还早,你吃了再去。"

袁廷发头也不回地,就骑着车子走了。但他心上还是很不愉快,一路忍不住骂:"他妈的,无论如何我也不再做检讨了,看他把我怎样办？"

尤其使他生气的,就是四号炉大修后,烧结炉底的工作,已交秦德贵领头去做了,这是艰苦的工作,但也是光荣的工作,向来是由袁廷发领导做的,这使他很是难受。觉得领导不看重他了,只在有意打击他,他想:"要是出了毛病,我可不爱管的,请我也不成。"

第十七章

赵立明从北京开会回来了,晚上八点钟才到家,梁景春马上就去看他。这是一座小楼房,周围有着高大的银杏、松树、青杨,浓黑的阴影正遮掩在门前,但挨窗边的一些叶子,却被窗上透出来的灯光映照得格外青绿。屋子里爆发出孩子们的笑声和叫声,一种欢乐的气氛,迎面扑了出来,梁景春静静的脸上,也禁不住露出了微笑。

赵立明正把带回来的玩具分给孩子们,还教他们怎样玩。他拿着一只青色的蛤蟆,在它的肚子底下,扭转着发条,然后放在地板上,让青蛙叽叽哇哇地叫着跳着,乐得孩子们大笑起来。周越文又高兴又埋怨地说:"快来吃饭哪,你让他们自己玩好了。"

就在这个时候,梁景春笑嘻嘻地进来了。周越文首先看见了,一面通知赵立明,一面又赶快招呼烟茶。赵立明立即高兴地问:"四号平炉炉底烧结成功了吗?"

"成功了。"梁景春也愉快地回答。

"没有出什么问题吗?"

"没有问题,一切顺利。"

"一共烧结了多少天?"

"不多不少,六天六夜。"

"这一点我们还同鞍钢差不多。"赵立明满心欢喜地笑了起来,"这一次我同鞍山炼钢厂的厂长,一道在火车上。"

"给我,不许你拿!"顶小的孩子,叫了起来。赵立明马上掉过头去看,原来一个较大的孩子,抓着青蛙,正向他跑来,大声地说:"爸爸,你再扭一下。"

顶小的孩子,看见赶不上了,就一下坐在地板上,哭了起来:"我交给爸爸。"赵立明笑着走去,把青蛙交给他,一面说:"不要哭,小虎,这下你再交给我好了。"顶小的孩子,这才没有哭了,拿着玩具,爬了起来,重新交给爸爸,爸爸又给他扭好,再交给他,还向那个较大的孩子说:"小珠,你不许再抢他的。"

"你不饿么?饭都摆冷哪,"周越文不满起来,又向梁景春说,"他还没有吃饭哩。"

梁景春向周越文笑着说:"这几天没看见爸爸了,当然要抓着爸爸的。"随即又向赵立明说,"你快去吃饭吧。"他也帮着催了一声。

赵立明却一直沉醉在孩子们的欢乐中了,接着他又取一架金色的飞机出来,放在地板上去奔跑,孩子们欢笑,他也欢笑起来。还是周越文拖他去吃饭,他才去了。周越文笑着向梁景春说:"他一回来,带起孩子们,把屋子都闹翻了。"

赵立明一面吃饭,一面高兴地说:"他们鞍山的炼钢厂是搞得不错,生产真是多,我们在这方面,还得大大努力。我们就是快速炼钢方面强一点。不过还得再快一些,鞍钢很快就要赶上我们。这一点说起来,我们确实要感到惭愧。"

"你吃了再讲好不好?"周越文埋怨地说。

赵立明赶快吃几口,忍不住又讲了起来:"以后这方面……"

"我要爸爸扭,"小虎一下跑到爸爸身边,还回头去嚷,"我不要你扭。"他的姐姐小英正跟在他的身边。

"小虎,你不要麻烦爸爸,你让姐姐给你扭哪。"周越文连忙喊住他。"爸爸要吃饭……你不要那样顺他哪。"她对赵立明责备起来,还向梁景春笑着说:"孩子这么娇,全是他爸爸惯肆了的。"

赵立明给孩子扭好后,又继续吃饭,还一面对梁景春说:"我们就是培养人才这一方面差多了。他们鞍钢就做得好,他们支援全国的工业建设,不仅送出大量钢材,还要送出许多技术工人。"

梁景春静静地吸着烟,仿佛只是在听,但心里却充满了高兴,觉得厂长这次在北京开会,是有了重大的收获。赵立明吃了一会儿,又再说道:"老梁,我们今天晚上就来研究一下这个问题。"

"哎呀,你休息下子好不好?明天研究不迟。"周越文有点恼怒起来,还向梁景春说:"党委书记,你说是不是?"

"对的,明天开会再来讨论。"梁景春同意地说,随又笑起来,"今天晚上可以闲谈下子。"接着又向赵立明说:"其实有些工人,可以放手让他们干些事情,像这次四号炉烧结炉底,秦德贵领头来干,就干得挺好。"

"秦德贵来干?"赵立明惊异得叫了起来,"怎么你没找袁廷发?"

"我想秦德贵,组织上应该加以培养和支持。"梁景春静静地说,"这次工作证明,秦德贵算得是一个人才。"

"不过事先,也得同袁廷发谈谈。同他谈过吗?"赵立明担心地问,他要夹菜,又把筷子缩回去了。

"原来叫何子学找过他的,他不干。"梁景春仍是静静地。

"你找何子学去,他是说不通的,你应该亲自同他谈。"

"我后来同他谈了,还亲自到他家去谈的。"

"他还是没答允吗?"赵立明睁大了眼睛,现出不安的神色,他觉得袁廷发如果连党委书记都拒绝了,那就太不对了。

"快吃嘛,饭菜都要冷了。"周越文埋怨他,"吃了再说嘛!"

赵立明禁不住微笑起来,笑着说:"袁廷发这个人,你首先要摸着他的脾气,你得顺着他的毛毛拭。"他认为梁景春没有说动袁廷发,乃是由于他不懂得老工人的心理。

"我没有叫他去做烧结炉底的工作。"梁景春抖抖手上的烟灰,"我觉得他缺少组织观点,缺少群众观点,对工程技术人员,也不尊重。再不帮助他,他会骄傲到专横的地步。我批评了他。"

"批评了他?"赵立明耸动一下眉毛,接着不讲话了,便一个劲吃着饭。

梁景春立即解释地说:"我批评他,就是要使他了解组织,服从组织。还有呢,就是要他团结群众,把技术教给群众,要他培养更多的人。"

赵立明一面吃饭,一面觉得梁景春的话,是说得对的,只是做得太急躁一点,袁廷发这样优秀的工人,不能主观地去批评他,应该同他很熟识了,什么脾气都摸透彻了,才根据实际情况来讲话,而且讲的话是要使他喜欢听的,不要一下子叫他起着反感。他认为梁景春一定没有完全了解袁廷发,现在骤然一下就去批评,那会惹出什么后果来呢?袁廷发一定没有接受,即使表面不讲话,也一定是一肚皮气。因此,他听了梁景春的话,深深感到不安。目前无论哪一方面,都需要袁廷发,怎么可以打击他的情绪!他这次在北京出席重工业部召开的会议,主要是讨论如何增加产量,如何培养人才,再加以在鞍山钢铁公司的各厂参观一下,越发感到自己的炼钢厂应该走怎样的道路,同时也像照镜子似的照出了自己的缺点。他认为袁廷发是他一手培养出来的,这是一点引以为慰的成绩,应该加以格外的爱护。要不是还培养出袁廷发这样一个工人,那就算是在培养人才这一方面,完全没有注意。并且他认为他培养袁廷发的方法,是正确的,时时鼓励,不断发扬他的积极性。谁知一回来,就听见在批评袁廷发,这件事情的确使他不快。他并没有感到袁廷发不服从组织,他自己同袁廷发讲什么话,叫他做什么事,从来没有反对,总是一迭连声地答允着,而且还现着高兴的样子。至于何子学他们说话,他不肯听,这是何子学他们不会做工作。

赵立明吃完饭,刚刚放下碗筷,小虎可跑来了,用一双小手摇着爸爸的腿子,连连说他饿了。赵立明高兴的时候,会立刻舀半碗饭来喂孩子,可是现在一肚皮不快,就向周越文打官腔似的说:"怎么样?你来喂他一点饭吗?"

"不行,他已经吃过晚饭了,不能再吃了。"周越文严厉地说。

赵立明向小虎把两手往两边一摆,现出冷冷的神情说:"你瞧,妈妈不允许,我有什么办法。"

小虎睁着两个活溜溜的眼睛,回头向妈妈望了过来。周越文就对他举一下手板,威吓地望着他。他掉回头去,就不高兴地把脸藏在爸爸的腿上,睡了起来。

赵立明就趁势把他抱在膝上,一面说:"你该睡了。"

周越文也向小英、小珠招呼:"你们不要玩了,快去睡吧。"

梁景春便把吸完的烟蒂,弄在烟碟里熄掉,站起来说:"你们休息吧。"便告辞出去。

赵立明推说孩子睡在身上,要周越文送一送。周越文关好门回来,小声微笑地说:"我真怕你们一谈就谈到夜深。"

赵立明皱一皱眉头,不快地说:"这个人初来的时候,我们还谈得起来,觉得他肯学习,现在谈来谈去,就不大投机了。"

"为什么?"周越文明明听出一些原因,却还是忍不住要问。

"你不是亲自听见的吗?"赵立明反问一句,然后带着轻蔑的口气说,"一句话,就是急于要表现自己。……哼,我走前布置的工作,全推翻了。"

周越文觉得梁景春说的,并没有什么不对,只感到一个党委书记把行政上布置的工作,都推翻了,另来一套,是不大妥当,就沉吟地说:"我看你们应把工作的界限,分清楚才好,免得纠缠起来。不晓得你们工厂怎么样,我们学校里,校长和我的工作,就分得挺清楚。"她就是在工人技术学校做党的工作的。

"我肯定他分内的工作,就一定没有做。"赵立明很不愉快地说,"催他布置竞赛,都拖下来了。这回又一定没有做。"

"我看,有话你们还是提到会议上去谈吧!"周越文还想说一句,"背后这样发牢骚是没有用的。"但她忍住了,她知道赵立明在生气的时候,多对他说些抵塞的话,会越发使他发脾气的。于是她转过话头,笑着问:"我要问你啰,你们这次在北京开会,看见中央领导同志没有?"事实上也是她急于要问的,一看见他进门,就有这样的问话,只因为孩子们,一伙儿欢叫起来,差不多把房子闹翻了,接着梁景春到来谈话,又一下岔开了去。

听到这么一个问话,赵立明禁不住一下高兴起来,很有兴味地说:"看见了几个领导同志。在一个晚会上,我离他们只有十排椅子远。"接着他还把那一夜晚会的内容,仔细地讲给周越文听。哪一个名角,演什么戏,都讲了一通。直到钟敲十点的时候,周越文打个哈欠说:"今天你疲倦了,早点休息吧!"她对他所讲的戏剧,原是不大感兴趣,只因他说得那样高兴,只好勉强打起精神听,听见钟声才叫他停止。

赵立明要站起来,可皱着眉头叫了:"哎呀,这小鬼,把腿子都给我压木了。"

周越文忙去接了过来,一面嘲笑地说:"你越惯肆他,他就越要折磨你。"

赵立明用两手撑着椅子,才慢慢站了起来,可是左腿是木木的,他不以为意地望下小虎笑着说:"这小鬼他倒睡得很熟哩。"

"你不晓得,他一早睁开眼睛,就问爸爸回来没有?就是他念爸爸。"周越文抱着小虎,不走进寝室去,"有时他还会哄小英、小珠,从外面跑回来说:'爸爸回来了!'真把小英、小珠哄出去了。你看他人小吗?真是调皮得很。"随即朝寝室走去。

赵立明一脸欢笑地跟在后面。

第十八章

一

秦德贵决心在下班后,把脑筋用在工作方面,多想出一些合理化建议,免得心思一下子又溜到女工宿舍和电修厂去了。同时厂里的领导又正号召工人提合理化建议,还用黑板报在各个车间标示各个车间存在的问题,需要动脑筋解决,不久他就提出了炸三号炉沉渣室钢渣的建议。梁景春便大力支持他,还同工程师鲁进程等人来讨论,并请厂长赵立明也来参加。

赵立明讥刺地笑着说:"这个合理化建议,好是好,能节省挺多的时间,就是不合理。"接着严肃地说,"这完全是空想的,不合实际。要是在野外,我举起双手赞成。可惜是在车间里面,左右前后,都有人生产,怎么炸得?"随又微笑起来,讥刺地说:"隔个两丈远,就有大罐在铸锭,炸坏大罐怎么办?一两百吨钢水漏在地上,还拿得起来吗?"最后露出轻蔑的脸色,轻轻挥一下手,"这是用不着讨论的。"他认为秦德贵的建议,只是在胡闹。同时又很不高兴梁景春,觉得他不懂实际,提出来讨论,还想支持实行,简直是想表现自己,出出风头。

梁景春便望在座的人一眼,希望他们发表意见。工程师鲁进程只是不断地吸烟,对厂长说的话,不反对,也不表示同意,脸上现出沉思的样子。护炉技师张吉林,却显得焦躁不安,仿佛着急自己为什么发表不出意见。技术员陈良行则在做笔记,把厂长的话全部记了下来,正如他在听政治报告一样。这时一下子很静,平炉车间那面潮水似的喧嚣声音,忽然大了似的。火车放汽笛的声音,自远而近地响了过来。梁景春便催促道:"你们说说吧,看这个建议能不能行?"

陈良行抬起头来,向鲁进程说:"鲁工程师,还是你讲讲吧!"

鲁进程取下香烟来,朝烟碟抖去烟灰,现出深思的神情,然后慢慢说道:"这样是没有把握……以前没有做过。"

"是的,以前没有做过。"张吉林同意地说,点一点头。

陈良行又把鲁进程的话,记了下来,他没有发表意见。

梁景春微笑地说:"我先前在矿山的时候,看见他们炸铁矿石,就在掌子里面,小小的地方,就同沉渣室差不多,并没有发生过乱爆炸的事情。"

"那是矿山哪,沉渣室的墙,才尺把厚,怎么经得住炸?砖不飞起来打死人?"赵立明说了之后,忍不住笑了起来,他觉得梁景春只是经验主义,乱搬一套。

梁景春见他们都不同意,就站起来说:"我想找苏联专家谈谈,看他对这个建议,有什么意见?"

赵立明本想说:"算了吧,你别去找苏联专家,人家会笑你没常识,"但他觉得不好说出来,便只得说,"也好,你去谈谈吧。"他心里很不快:为什么这样不相信我呢?

二

梁景春便去找苏联专家薛兹巴也夫,薛兹巴也夫是斯大林派来的炼钢专家,在设计改善铸锭用的钢锭模子,正在叫翻译把他设计的图,注上中文。薛兹巴也夫约有四十光景,个子不高,身体却很结实,一头黄黑的头发,又浓又密,下巴剃得光光的,现出浅浅的蓝色。一看见梁景春进去,便愉快地站起来握手,还说一句中国话:"你好!"

梁景春说明来意,还把秦德贵的书面建议,叫翻译讲给专家听。薛兹巴也夫兴奋地听着,不时闪一闪他那安静的眼睛。翻译李子康,一个俄专毕业出来的学生,瘦瘦的脸子,略现出一点疲乏的神情,但口音却挺清楚明白。

他翻译完后,薛兹巴也夫没有讲话,只是动一动眉头。

梁景春忍不住向李子康说:"你问专家这个建议做得到吗?"

李子康翻译过去,薛兹巴也夫立即回答了几句。

梁景春注意他的说话的神情,立刻觉得他像是不同意也不反对的样子,正如鲁进程他们一样。李子康翻译过来,便是:"专家说,他现在还不能发表意见,要亲自去看沉渣室,才能决定。"

梁景春连忙问:"专家什么时候得闲去看?"

李子康一翻译出,薛兹巴也夫一面回答,一面就站了起来。李子康立即高兴地说:"专家说他立刻就去。"

这使梁景春欢喜极了,跟在薛兹巴也夫的后面,看见他那宽厚的背,笼在雪白的汗衣下面,就觉得给人一种身体结实和做事踏实的混合印象,并且引起一种信任:专家是能解决问题的。

三号炉炼钢工人和修炉的瓦工都在忙着,拆去平炉的前后墙和上升道,好些砖还是红的,没有冷却,他们每个人的脸子,都热得发红,显得比炼钢的时候还要热些。薛兹巴也夫、李子康、梁景春就从这些忙碌的人丛中穿过,由平炉后面的铁扶梯,走了下去。强烈的炎热,扑面迎来,隔不两丈远的地坑,正在铸锭,钢锭模子上面的火花,不断地溅射着。一般平炉的沉渣室,都在楼下,挨近铸锭车间的。薛兹巴也夫先看左边的沉渣室,门早已打开了,但热气还很厉害。他钻了进去,向里面四下打量。梁景春也跟着钻了进去,首先就感到热得受不住,脸上登时冒出了汗,再伸手摸一摸地下,那些堆积的钢渣,简直热得烫人。他感到用炸药来炸这个建议,是有些不大适合了,炸药一放在钢渣上面,用不着点火,就会一下轰燃起来。人怎么能够进来放炸药呢?这和矿山的掌子,实在相差太远了。李子康只站在门口,没有进去,却不断地拿帕子拭脸上的汗。梁景春受不住了,连忙走了出来。最后苏联专家出来了,满头大汗,没有休息一下,又走进右边沉渣室去看。梁景春看见他背上那片衬衣,完全湿透了,他忍不住向李子康说:"你叫专家休息一下。"李子康笑着说:"他不会休息的,他一向就是这样工作。"

梁景春又走到右边沉渣室去看,这回没有进去了,只站在门口,看见苏联专家那件背心,刚才原是湿了的,现在又烤干了。在他觉得这是显然做不到的事了,何必再这样仔细观察呢?

薛兹巴也夫出来的时候,脸红来就像一个印度人的脸似的,他这下才摸出手巾来,往额上脸上拭汗,整个汗衣重又湿透了。

梁景春忙向李子康说:"你向专家说,赶快上去休息吧。"他看见专家热成那样,而且出来站的地方,又还一点也不凉爽。再加钢块机正把地坑里早已铸好钢锭的模子夹开,让凝结起的红色钢锭,赤裸裸地现了出来,这使周围的空气,更加热了,因此梁景春只想让专家快点上去休息,观察结果怎样,等一下再谈。同时在他心里也无意中感觉到专家的回答,多半是说不易做到,因而也就把回答看得不那么要紧,他只觉得这件事情,太使专家为难了,心里感到十分不安。

苏联专家向李子康大声地讲了两句,脸上现出兴奋的神色。李子康忙翻过来:"专家说,这个建议行,可以做到。"

这使梁景春又惊又喜起来,忍不住大声地说:"那好极了。"随又怀疑地说:"里面那么热,怎么好炸呢?"

"请苏联专家上去休息,再来慢慢回答好不好?"李子康没有把问题翻译过去,先向梁景春提出这样的意见。

"对,你赶快招呼他上去吧。"梁景春立即赞成。

薛兹巴也夫爬上铁扶梯了,李子康跟在后面,一边还回头来向梁景春说:"专家他就是这样的脾气,你提出了问题,他一定要回答了才走开。"

"那就到他办公室去谈吧,这里平炉车间也不好休息。"梁景春连忙向翻译叮咛。他生怕专家又在平炉上待了下来,因为车间里也是很热的,不能让专家再热下去。

薛兹巴也夫一走进办公室,立刻抓着铅笔,画起图来,他要李子康翻译给梁景春听:应该打多深的眼,装多少炸药,都用图表明出来,而且说得很详细。

梁景春一直担心里面那样热,怎样去放炸药? 便要李子康翻译给专家。专家立即说:"只消把打好的眼子,灌点凉水进去,使它冷却一下,看见水一干,就放炸药进去,人就来得及跑出来。"

梁景春听见李子康的翻译,心上放着的石头一下落地了,感到无比的愉快。他拿着专家画的纸单,去找赵立明,把专家的同意和指示,详详细细告诉他听。

赵立明一面看纸单上的图,一面听着梁景春的话,脸上显得冷冷的。

梁景春竭力压制着心里的高兴,不让有一点得意的颜色出现在脸上,这是他历年得来的经验:要和同志或同事做好工作,切不要在他面前,露出自己比他高明的优越感。即使在某一具体事情上,确实比他高明一点。而且还把自己钻进沉渣室的心情,怎样感到建议不适合,怎样感到没希望,都完全讲了出来。他一向觉得,在同志或同事之间,越是真诚越好。这使赵立明笑了,还带着轻微讽刺的口气说:"当然专家比我们行,不然还请专家来做什么呢?"随即又严肃地说,"做这个工作,挺容易出岔子,得找个又勇敢又伶俐的小伙子才行。"

"你看找谁最好?"梁景春觉得人选困难,便同赵立明商量。

赵立明想了一下,就笑笑说:"我看就找秦德贵吧,他打过仗,又是他提的建议。"又皱下眉头,"就怕他有点莽撞,担心会出事。"

梁景春觉得秦德贵能做好这个工作,他没有把握,怎能提这个建议呢?只是感到这个小伙子太好了,刚刚完成一个艰难的任务,烧结炉底,现在又把一个艰难任务给他,不知怎的,心里总有些不忍。他自从第一次到厂,看见他在七号炉上打出钢口,火烧着手了也不管的神情,一直深刻地印在脑里,常常记了起来,觉得这样的工人,领导上一定要好好地加以爱护。因此,听见赵立明提出秦德贵来,便有些迟疑,好在赵立明说出了最后一句话,近于取消了他自己的提议,梁景春便接着说:"我看先找找瓦工,找找三号炉上的工友,让他们开开会解决这个问题。"

"可以,就找何子学来布置吧。"赵立明同意地点一下下巴。接着又着重地说,"最好叫阴阳班的工人立刻就开会,找出人来,今晚上开始工作。炸药立刻到公司去领。你把专家画那个图给我,我叫三号炉上的白班工人马上照着图来打眼。"一面接着单子,一面就打电话。

梁景春说一声："我去找何子学。"便迅速走了出来，赵立明做起事来，那种敏捷和迅速，使他感到很满意，很愉快。

三

三号炉的阴阳班，和瓦工阴阳班，由于何子学的紧急通知，大多数都在午后两点钟就来了，只有少数住得远的，来不及通知，还没有来。开会的时候，何子学便根据梁景春的意见，向大家说明炸沉渣室这件合理化建议，能缩短修炉两天，对国家的贡献是很大的，又解释照苏联专家的指示去做，并没有什么危险，最后又特别申明，做这爆炸工作，完全要大家出于自愿，并没有一点强迫的性质，而且要估量自己是不是真正能做，切不要只凭一时的热情，一下子就随便答允下来。

大家听见这个建议，能缩短那么多的时间，就一下子都鼓舞起来。只是谈到实行，大家就皱起了眉头，认为没有爆炸的经验，做起来挺不容易。有人还说："要是我放过枪，打过仗，这我就敢了。"何子学根据自愿原则，也就不强迫哪一个，便说让大家再考虑好了，就散了会。他立刻就把这一情形，向梁景春汇报，心里却有点担心，怕党委书记批评他，说他动员工作没有做好。因为梁景春向他交代过："这要依照自愿原则，可是就因为是自愿原则，一定要做好动员工作。"他自己心里想："我向大家已经讲得挺明白，到底有什么地方交代得不清楚吗？没有。"虽说自己尽了力量，但领导要说几句，你有什么办法呢？只能承认自己不会做动员工作。结果汇报完，梁景春并没有责备他一句，只是同情似的说："沉渣室那里，我也进去过，的确困难。你看还找得出人吗？要他有爆炸的经验，又挺细心。"

"我看只有秦德贵，他打过仗。"何子学心里爽快了，高兴地说。

梁景春摇一摇头，然后说："他才干了六天烧结炉底的工作，太辛苦了，得让他休息休息才好。"

何子学感到为难地说："另外还有两个复员军人，在修理车间工作，不好好学技术，闲话倒不少，有事找他们，就拿架子。"

梁景春立刻问两个复员军人的名字,记了下来,然后向何子学说:"他们既然在咱们厂里工作,咱们就得有责任教育他们。不要只认为他们有缺点。要知道他们的缺点,正表明咱们工作上有缺点。……别人的落后,就是我们工作的落后。"

"是不是找修理车间的老廖,同他们谈一谈?"老廖是修理车间的支部书记,因而何子学提了出来。

梁景春看一下手表说:"来不及了,现在三点钟,离上班只有一个钟头,还是找秦德贵吧。只是你要去看看他,看他身体怎么样?"

"让我到宿舍去找他吧。"何子学高兴地说,觉得刚才他的提议,终于接纳了,心里很喜悦,"他该半夜上班,现在叫他提前来,他的工作,安排别人代。"说完就走出党委书记室,向工会借了一架自行车,急急忙忙向独身宿舍跑去。

四

秦德贵在四号炉上做了六天烧结炉底的工作,鼻子烤来发红了,眼睛看东西有点昏蒙蒙的,但心里却很愉快。第一,接班的时候,再也看不见张福全的嘴脸了,落得心里清静;第二,工作越艰难越紧张,就能医治心里的创伤。因为他觉得他和孙玉芬现在的关系,一想起来就感到痛苦,他尽力要把它忘记。他想到今晚十二点钟,又要回到九号炉上接张福全的班,就感到不快,同时几个女青年的身影,也跟着在公园的广场上出现了,在张福全手扶之下学骑自行车,发出高兴的笑声和叫声。跟着,李吉明在食堂里那种笑嘻嘻的神情,也可厌地出现在面前。他凶猛地挥一挥手,痛苦地骂了一声:"浑蛋,你想这些干吗哪!"

就在这个时候,何子学来了,连忙把任务交给他,秦德贵忍不住高兴地说:"好,我马上就去!"

何子学认为秦德贵接受任务是不成问题的,只是他会故意开开玩笑,打闹几句:"怎么你把我抓得这样紧,连气都不让我喘一口么?"想不到他竟这样欢喜地接受任务,何子学也禁不住欢喜起来。不知怎的,何子学倒反而问他:"爆炸这件工作挺危险,你一点都不怕么?"

秦德贵笑着说:"我仗都打过,还怕这个么?"

两个人便骑着自行车直朝工厂走去,一面何子学便把苏联专家的指示,说给他听。

四点钟接班的时候,三号炉上甲班在打沉渣室的眼子,并没有打好,现在乙班去接班还得继续打下去。沉渣室的钢渣,是半年以来,一点一滴慢慢凝结紧的,比石头还要硬,几乎同钢差不多,要在上面打出装炸药的眼子,很不容易。再加沉渣室同蓄热室紧接在一道,里面温度很高,一进去就热得头脑发昏,不能工作太久,得做个几分钟,就要出来换换气,喝点凉水,凉爽下子身体。秦德贵他的工作,只在装上炸药,点上引线,但他等不及了,就也进去,帮着拿榔头打眼子。

厂长赵立明晓得这个工作困难,到了下班,不立即回去,还亲自到三号平炉楼下看看打眼的工作。他看见工人隔不好久就跑出沉渣室来饮水,便叫人送汽水和冰棍来,使他们得到凉爽的饮料。

天完全黑下的时候,赵立明回去了,梁景春还留了下来,跑到三号平炉楼下,守着他们工作。他到底放心不下,生怕会出岔子,尤其夜间工作,大家疲倦,容易疏忽。他看见秦德贵满头大汗出来喝瓶汽水,或是衔着冰棍,又迅速进去打榔头,便向秦德贵说:"你应该出来歇歇,不要把自己搞得太疲倦。你要明白,放炸药不是一件容易事情。"

别的工人也了解这个工作的危险,便也劝秦德贵休息。秦德贵只拭一下脸上的汗水,微笑着说:"我就是闲不惯哪。"

梁景春就严肃地说:"做这个工作,你得好好歇一下。"

秦德贵看见梁景春那样的脸色,就只好歇了下来,但这时候眼子已快打好了,没有休息好久,就开始爆炸工作。在三号平炉楼上楼下以及附近工作的人,都暂时停下,走远一点。沉渣室临时挂的电灯,也连灯连线取出来了,以免炸坏。梁景春不禁紧张起来,就竭力平静地向秦德贵说:"你要仔细一点,不要慌。"

秦德贵没说什么,就只提着水桶,带着纸包的炸药筒子、引线,钻进沉渣室去。门口有个人拿着手电筒照着,他先前打游击的时候,曾经在晚上到桥梁下边去埋过地雷,桥梁两头有敌人的碉堡,时时都有人防守的,只要一个不小心,就会被敌人发现,开枪打来,那是非常危险的。由于有这样的经验,沉渣室里的爆炸,就不算怎么一回事,何况还有苏联专家指示的帮助,便更为大胆了。这是他刚拿着水桶炸药的心情,可是一钻进去,里面黑黝黝的,只凭一股手电筒光照着,同时热气强烈,使人不仅周身发热,而且头脑也在发涨起来,这又是另一番情形,是以前做爆炸工作没有经验过的。他朝眼里灌了凉水,水不是一下就干了的,得等好一阵。就在这个等的时候,头脑越来越昏,眼睛热来有点发花。他竭力镇静自己,忍耐着四周侵来的火热。他把水桶提了出来,又拿手电筒去照照,看眼子干了,就立即放进炸药,点燃引线,迅速走了出来。秦德贵刚出沉渣室不远,轰然一声巨响。他马上伏在地上,防备横飞的砖头,打在身上。但砖头一点也没有飞起来,连沉渣室也没有炸烂。秦德贵等不及硝烟散完,就拿着手电筒钻进沉渣室去瞧。炸得很好,地上凝结的钢渣已分裂成块子,有的还翻了起来。这不消几十分钟工夫,就可以搬出。秦德贵看见自己的建议,又由自己亲手搞成功了,心里有着说不出的快乐。他走了出来,兴奋地说:"我们再炸那边的沉渣室。"接着就向第二个沉渣室走去。

  好些工人都挤到沉渣室去看,梁景春也赶着去瞧,他还没有瞧见,就听见好些人在赞叹地说:"这下子干得好,省去了多少麻烦。""这下子做了好事,在这里面敲两三天榔头,真是受不了。"梁景春感到很愉快,心想缩短两三天时间,起码可以多炼一千多吨钢,那真是再好没有了。他亲自把汽水拿去慰劳秦德贵和打眼的工人。

  梁景春没有回去,他一方面担心秦德贵,怕他在第一次成功之后,第二次会产生疏忽,另一方面又想把这一工作,完全看到成功,才能心满意足。秦德贵仍然又去打榔头钻眼子,梁景春制止了他,要他好好休息,好在装炸药的时候,有着充沛的精神。当秦德贵再去装炸药,他又叮咛他,要他谨慎小心。直到第二个沉渣室爆炸好了,他才放心离开三号平炉,叫汽车来送他回家。这时已快要到夜间十二点了。

第十九章

一

　　三号平炉爆炸沉渣室,早已贴出通知,使全厂的工人,知道夜里将会发生怎样的事情,但在平炉车间楼下突然响起两次爆炸的声音,也仍然惊动了许多上夜班的工人。平炉上好多工人还走下楼来看,他们知道爆炸成功了,以后再不会在热气窒息人的地方,敲打两三天榔头,都忍不住发出赞叹和欢喜。

　　张福全也来看了,觉得这个办法很不错,可是一听见是秦德贵干的,便沉着脸走了回来。走回九号平炉,听见工友们还在赞叹,他就撇一撇嘴,轻蔑地说:"这有什么了不起,只不过放放炸药。"

　　第二天下午三点钟,张福全来上班的时候,看见厂门的大字报,表扬秦德贵两件功劳:一是表扬他和另外两个炉长,把大修的四号平炉炉底烧结成功;二是表扬他提出爆炸沉渣室钢渣的合理化建议,使大修的三号平炉,可以缩短修理时间两天。走进厂去,看见俱乐部内坐了好些人,在听秦德贵讲话,不断地做笔记。还有人拿着照相机,对准着秦德贵在照。张福全就向别的人打听:"这些是什么人?"旁人就说:"这是些记者,听说有报馆的,有广播电台的,有通讯社的。"说完之后,还笑着补一句,"秦德贵这小子这回又出够风头了!"

　　张福全向秦德贵那里憎恶地看了一眼,便离开俱乐部,一面恨恨地骂:"他妈的,这个空子给他钻饱了!"同时心里又沉痛地想,"这多么容易的事情,为什么不想一想呢?"他去接袁廷发的班,手续弄清楚了,首先就说:"袁师傅,这个合理化建议该你提的,你为什么不提哪,现在让那个臭小子去得意。报馆记者一大群围着他,明天就要报上见了,还要登他的相片。"

袁廷发笑了一笑讽刺地说:"头脑都给人家批评打昏了,还想得出什么合理化建议!"

"他妈的,他就是会捧领导的卵泡嘛!"张福全愤愤地骂,一面竖起右手的二拇指,"昨天晚上这个一直支持他,还亲手递冰棍汽水给他。"他把大拇指代厂长,二拇指代党委书记,这是一些同他接近的工人,都知道的。

袁廷发阴笑一下:"还是咱们这起人笨。"便下班走了。

张福全一面工作,一面愤怒地想:"秦德贵,现在你不要太得意了,你总有一天会碰在我手里的。"他了解到秦德贵每一件事搞成功,受到表扬,就使他感到很大的威胁,觉得无形中孙玉芬会离开他更远一些,更冷淡一些。

张福全决定给秦德贵班上一些麻烦,在装料的时候,不叫工友用镁火泥贴补平炉的前墙,到了钢水精炼的阶段,也不叫工友用白云石补平炉的后墙,只想留给秦德贵班上去做。假如秦德贵接班的时候,要提意见,那就很好,趁机会就吵架好了,好使心里的气愤,痛痛快快,发散下子。

不料到时候,秦德贵并没有来接班,原来领导上看他同记者讲了半天话,要他休息去了,来的还是昨天那个做替班的炉长钟庆南。张福全一见就气馁了,心里不快地想:"老钟,我怎么能够同他吵架呢?"钟庆南接班很认真,看了一通炉体之后,就严厉地向张福全问:"你们干的是什么工作? 就这样磨洋工吗?"

张福全忙推说:"对不起,今天太忙了,来不及做。"

钟庆南哼了一声,便走开了。这把张福全弄得满脸通红,怪不好意思。他走出厂去,还在气恼地想:"今天倒他八辈子的霉去了!"

二

第二天星期天该张福全轮休,他吃了早饭,就骑着自行车直朝女工宿舍跑去。这一天天气很好，天空蓝艳艳的，没有什么云。太阳光强烈，一早就感到热。人走在马路上，都靠着树荫底下走。树上的蝉声，不断地叫着。张福全跑到女工宿舍，出了满头大汗，他是尽快地跑，生怕孙玉芬业已出外去了。这一天难得的休息日子，万不能错过。他放好自行车，一面拭汗，便一面走了进去。一眼就看见刘先菊、庄桂兰和六七个女工正站在门里面，争着看当天刚刚送来的报纸，他就立刻同刘先菊打招呼。

刘先菊就兴奋地叫张福全："你来看，你们九号炉的秦德贵，相片都登报上了。"

看报的女工，都抬起头来，看张福全一眼，随又注意地瞧着报纸，显然一个工人的事迹和他的相片，出现在报上，是很惹人注意的。若在平日，一个年轻小伙子来会，谁也要好奇地瞧，心里还会想头发梳得这样光，衣服穿得这样漂亮，是谁的对象呢？现在都在注意看报了，不大注意张福全，有人还很有兴趣地问："你看他的相片，有多大岁数？"刘先菊笑着说："你们猜猜看。"接着又对张福全竖起一根二指，说，"你不要讲哪。"

张福全看见女工们越对秦德贵发生兴趣，心里就越发不高兴，但在刘先菊面前不好表现出来，只能勉强笑着问："孙玉芬在没在？"

刘先菊没有回答他，正在向一个女工揶揄地说："你眼力差得很，怎么猜他二十四岁？"那个女工讥讽地说："那他是好大呢？你一定连他的生辰八字都晓得。"刘先菊笑着骂："看我不撕你的嘴啰。"一面就向她赶了过去。

有一个女工向张福全问："你一定知道他有多大岁数？"张福全摇一摇头说："我不知道。"就在这个时候，孙玉芬走出来了。张福全还来不及同她打招呼，庄桂兰就大声地说："好了，好了，不要吵了，她就知道，你们问她吧。"

孙玉芬同张福全点一点头，随即笑着问："你们在讲谁哪？"一个女工立刻把报纸塞到孙玉芬面前，还指点着秦德贵的相片说："就是讲他。"

张福全看见孙玉芬看着报，脸上露出了欣喜的表情，使他心上难受了一下，但脸上却尽量显得平静。

"秦德贵是二十三岁吗？"庄桂兰忍不住地问，还用手掀一掀孙玉芬的手膀子。孙玉芬只是点一点头，一面注意地看报。

张福全禁不住脸红了一下，心里难过地想："她同他是多么的熟呀！"

孙玉芬看完报，又看一下秦德贵那张庄严的照片，还有点紧张的样子，和他平常的相貌，有点不同，不禁笑了一下。随即对张福全敛着笑容说："为什么竞赛的事情，你们一直没有答复？不是听说，你们炉顶都换过了吗？"她为了竞赛，费了不少唇舌，结果对手却是一直没有理睬，这不能不使她有点生气。

"我正是来同你讲这件事情。"张福全尽量露出笑容，"就是抽不出时间。你晓得到处都伸手来要钢，任务紧急得很。我们的炼钢工作，一点也松不得劲，一松劲儿，全国的基本建设，就得停下工来。"他不仅说这些话给孙玉芬听，也要让周围的女工注意他是什么样的工人，他知道女工是特别看重炼钢工人的。他原来并不是为谈竞赛而来的，只是在这个地方，又经孙玉芬提起，就感到谈这件事情，是再适合没有了，而且也自自然然觉得，自己正为这件事情来的。再加以女工们都在很有兴味地听，便很有兴味地讲了起来。

"为什么不回个信呢？就那样忙吗？"孙玉芬严肃地说，尽量忍着她心里的不快，"你们太不重视竞赛了。我看你们那边宣传工作做得太差，不明白竞赛就是增产的好办法。你们的党委书记是谁？"

"我们的党委书记梁景春，新来的。你批评得真对，宣传工作太差。"张福全竭力讨好地说，"这也怪不得党委书记，他新来，还摸不到门。"

"我问你啰，你对竞赛，是怎样的看法？"孙玉芬掠一下头发，仿佛要从纷乱的问题中找出头绪似的。

"我是非常的赞成。"张福全诚恳地点一下头，"我炉上的工友，一听见要同你们电修厂的同志竞赛，个个都高兴地跳了起来。"

"为什么拖到现在，还没有接受我们的挑战？"孙玉芬目光敏锐地盯着张福全的脸，忍不住有些生气。

"哎呀，我那天就想来告诉你了，就因为我上阴阳班，碰不见你。"张福全诉苦似的说，接着叹气地摇头，"你不晓得我们九号炉有许多的特殊情形，搞不起竞赛。"接着望一眼孙玉芬冷笑地说："别人只想个人去出风头，好把相片登在报上。对于竞赛这一套不感兴趣。"

他们在进门口站着谈话，不断有人进出。孙玉芬就要张福全到会客室去，一面说："到这里来谈谈吧。"显然九号炉上的问题，引起她研究的兴趣了。孙玉芬坐下之后，就问："我要问一句，秦德贵到四号炉、三号炉工作，是他自己去的？还是领导上叫他去的？"

张福全取出香烟来，正要擦火柴，又复停下手来回答："这自然是领导上叫他去的。"他点燃香烟之后，吸了一下，才摇摇头说，"老实说，这都是我们党委书记搞的，厂长到北京开会去了，他就把秦德贵调开九号炉，做这样，做那样，这有什么好处呢？好些人都说，这只是助长了个人英雄主义。"迅速抽一口烟，才再说道："你瞧，我们九号炉怎么能够竞赛嘛？秦德贵那一班，今天来一个炉长代，明天又来一个炉长代，他们只管一天的工作，怎会理起你竞赛？"跟着又大大叹一口气，"我们厂里有一股歪风，对集体的事情没有兴趣，都想个人出风头。我早就看出来了，就是意见提不上去。"

"你应该拿出勇气，向厂长，向党委书记提出来。"孙玉芬责备地说，"我们工人要拿出当家做主的勇气。我不赞成你这个态度！"

"你不知道，我一提出，人家又说我嫉妒了。"张福全颓丧地说，"我只说顾全三班的利益，尽为下一班创造有利条件，使整个炉子工作做好，可是就没有人看见。这真使我灰心，做无名英雄实在困难。哼，未必我还做不来个人英雄吗？有时候，我真想什么也不管，就来干它一下，这种想法当然是挺错误的，我自己是工人阶级，怎能干这样的事情？"

"对哪，你是工人阶级，怎能干这样的事情！"孙玉芬连忙表示同情地说，还用力挥一下手，"你要知道，在工厂中工作，顾全集体利益，是比什么也重要，比什么也宝贵。这是咱们工人阶级最好的品质。有时报上的吹捧，也有挺不恰当的地方。这个时候，就全靠自己沉得住气。"

张福全看见孙玉芬这样同情他，支持他，心里有着说不出的喜悦。他原来早就想向她讲这些话的，只恨没有机会，现在说出了，得到很好的反应，觉得自己在这危险的关头，算是打了个胜仗，更是高兴异常。随即亲切地问："今天你没有事吗？"

"今天星期天，没有什么事。"孙玉芬微笑地说。

"到公园去玩吗？"

"常常到公园去，都有点玩腻了。"

"你不想去学骑自行车吗？"

"好，让我去问问她们，看她们去不去？"孙玉芬站起来，走了出去。

张福全望着她的背影，有点惶惑，心里想："为什么不单独同我一道去呢？"再看一下窗外透进来的阳光，心里一阵发热，"这么好的天气，两个人一道，穿过树林，走上山去，那多么好呀。我要在那个坡上的凉亭里，同她讲……"他感到藏在心里的话，再也忍不住了，得找机会把它讲出来。就像炼好的钢水一样，再不倾倒出去，就会泡坏炉底。

孙玉芬笑着走了进来，向张福全说："她们要去看电影，听说是《白毛女》，挺不错。"

"你去看吗？"张福全急忙问。

"就是星期天太挤了，怕找不着座位。"孙玉芬望望窗外的天空，"又这样的热。"

"我早给电影院提过建议了，应该对票入座，不要随时进去。"张福全说到尾后，有点愤慨起来，"他们官僚主义，硬不接受意见。"

孙玉芬看见张福全竟为这样的事情，生气起来，不禁有些好笑，笑着解释说："有好些人也喜欢这样，想看电影，随时都可以进去。"

"我就不喜欢去挤。"其实张福全倒不在乎挤的，只是他顺着孙玉芬讲，想得到她的欢心，接着就露出恳求似的脸色，笑着说："我看还是到公园去玩玩吧。我们可以爬上山去，那里阴凉，空气又好。"接着又改变主意，劝诱地说："今天去骑车子挺好，人少，要学多久，就学多久。"他觉得今天太好了，没有别的女工在一道，只是两个人，不论哪个时候，都找不到这样的好机会，他要尽量地劝她，说服她。

"好吧。"孙玉芬随即爽快地答允了，便同张福全一道走出宿舍去。

三

张福全感到极大的喜悦,觉得孙玉芬答允了,就是他最大的胜利。他小心地扶着自行车,走在孙玉芬旁边,脸上笑容掩不住露了出来。他讨好地说:"太阳这么大,你不怕晒吗?"

孙玉芬笑起来了:"我乡里长大的孩子,怕什么太阳。"

张福全尽量严肃起来,关切地说:"你这样走,累哪,你坐在后面,我骑着车走,这样跑得快,你又不累。"

"不,我去搭公共汽车。"孙玉芬摇下头,脸色显得庄重起来。

"我怕公共汽车上挤一点,今天星期天。"张福全担心地说。

孙玉芬感叹似的说:"星期天还是躲在宿舍里看书的好。"

"那不行,"张福全爱护似的说,"星期天都不好好玩一下,身体会吃亏的。我今天这样劝你出来走走,就是我们做工的,首先得要身体健康。"他生怕孙玉芬改变主意,不想去公园玩,就赶快又举一个例:"我们厂里就有一个人,下班便拿书看,轮休的日子,也不出去,就是躺在宿舍里看书。前几次,医生检验结果,就说他肺部不好。你要是星期天都要看书,我坚决地反对。"

说到这里,他们已走到马路旁边的汽车站,恰好有公共汽车驰来,孙玉芬赶忙走去,排在别人的后面,好容易才挤上车。张福全看见公共汽车开了,才踏着自行车跟在后面。他竭力朝车里望去,想看出孙玉芬挤在什么地方,可是一点也看不出。同时心里充满了快乐,觉得总算两个人能够单独在一道了。汽车后面扬起一大股灰尘,把马路一旁新栽的白杨树都像蒙在雾里一样。往天张福全一定会离汽车远一点,避开灰雾,今天可不在乎,尽让灰雾拂在脸上,仿佛车里有个仙子,一离开保护人,就会被妖精抓走似的。他就是这样尽力踏快点,尾在公共汽车后面。骑到公园的时候,他跳下车来,来不及拍掉衣上的灰尘,就赶快跑到孙玉芬身边去,赶紧把自己带的黑纸扇子,递给孙玉芬。

孙玉芬没有接他的扇子,只是摸出手巾来,向自己的胸部挥动。一面望着张福全,看见他脸上又是灰又是汗,平日黄色的脸子,变成灰黑,忍不住地笑了起来:"你怎么一身都是灰哪。"

张福全笑了一下,连忙拍去身上的灰尘,还扯出手巾来拭一拭脸。他觉得只要惹得孙玉芬高兴,身上灰尘再多一点,也没关系。接着又向孙玉芬殷勤地说:"你口干了吧,我们去喝点汽水。"他就想在公园门口汽水摊上去买汽水。

孙玉芬就说:"里面还有卖汽水的,进去找个凉快地方,慢慢地喝吧。"

张福全说声"那挺好了",就扶着自行车,挨着孙玉芬走进公园。两旁高大的白杨树,遮着了火热的太阳,只有许多细碎的阳光点子洒在柏油路上。他们感到了阴凉,还闻着一股轻微的花的香气。路边的铁椅上,不少人坐着休息,看见他们两人走过,都要注意地望一下,张福全觉得自己再幸福没有了,仿佛那些望他的青年男子,都在羡慕似的。一个很大的圆形花圃,挡在当中,把路分成好几路,好像从圆形的花圃辐射出去似的。在一片白色、黄色的花里,美人蕉打眼地现了出来,红艳艳地,又嫩又鲜丽。孙玉芬不禁叫了起来:"开得多么好呀!"她快乐得脸上发红,闪出青春艳丽的色彩。原来站在那里看花的人,都对她望了过来,感到花在她的面前,都减色了,久久望着她,不能移开眼睛,觉得这个年轻的姑娘,身体健康,充满了青春和生命力,正像花刚在开放的时候一样。

张福全却在打量什么地方阴凉人少,想单独两个人坐下休息。他发现不远处一株巨大的柳树,站在路边上,树脚围着一圈木做的凳子,以前曾在那里坐过,和人打过扑克,现在没有人,他赶忙叫孙玉芬去坐。不料他们去坐的时候,同时就有两三个男子走到那里了。他觉得不好同孙玉芬谈话,坐了一下,便又向孙玉芬说:"我们到那边草地上去坐吧。我觉得草地上舒服一点儿。"

孙玉芬点头同意,便同他走到草地上,在一株杏子树下坐着。张福全把自行车架在旁边,就说:"你休息一下,我去买汽水来。"走了两步,又回头笑着问,"你喜欢吃西瓜吗?我去买西瓜。"不待孙玉芬答允,就兴冲冲地走了。卖汽水和西瓜的摊子,相当远,他一路走一路想:再不能错过这个机会了,我要对她讲出来,"你愿意同我结婚吗?"他买了四瓶汽水和一个西瓜,正抱着走到圆形花圃的时候,他遇见了刘先菊、庄桂兰她们几个人,她们都高兴地同他打招呼,还问孙玉芬在哪里。他诧异地问:"你们不是去看电影吗?"

"哎呀,人太多了,不是大力士,谁挤得进去?"刘先菊皱着眉头埋怨起来,"不晓得哪来这么多的人?"

"你们星期天就不该去买票,谁不晓得基本建设一下子增加了许多人。"张福全笑着责备她们,他心里很不高兴她们参加进来,但面上却尽量做出欢喜的样子,他晓得一对她们不好,她们就会在孙玉芬身边说他的坏话的。他便竭力欢欣地说:"你们来得正好,我正愁这个西瓜吃不完哩。来,我交给你们一个任务,每人拿一瓶汽水。"

她们听见他说"任务",不免笑了起来。

张福全领她们到草地的杏子树那里去,却发现孙玉芬不见了。他诧异地说:"哪里去了?"回头一看,架着的自行车也不见了,就笑着说:"她骑车去了。"大家带着西瓜和汽水走到运动场那边去。看见孙玉芬正骑着自行车,很快地跑一截路,就倾侧地打个偏偏,她就迅速地站了下去。

刘先菊大声地叫她。孙玉芬回头来一看见她们,就也欢喜地叫了起来。等她们走拢后,她笑着说:"你们来得真好,我一个人学,怪不好意思的。"

刘先菊首先接着自行车去骑,她怕骑上去会倒,就叫张福全给她扶着车子。她学了一会儿,庄桂兰和另外三个女工也去学,都由张福全一一把车子扶着。他累得满身大汗,却也并不感到疲倦,他只觉得能同姑娘们在一道,不论怎样吃苦,总是快乐的。而且为了讨好她们,他是尽量地做着指导的工作。但他认为最快乐的,还是帮孙玉芬扶着车子,他希望接近她,有机会扶着她的腰杆,可是孙玉芬骑的时候,就不要他扶。他勉强要去扶的时候,她都拒绝了他。她说:"这样不行,一辈子学不会的。"她骑着跌了几跤,也还是要自己一个人骑。

她们吃一阵西瓜汽水,又学一阵自行车,就这样玩到了正午。张福全竭力邀请她们到街上去进小馆子,吃完再来公园玩,她们推辞了,说是天气太热,大家都出一身大汗,得回去洗衣服。他望下孙玉芬,希望她答允他的请求,他说:"你不回去好吗?"

"我今天跌够了,"孙玉芬笑着说,"再跌下去,明天怕班都上不了。"

四

张福全见孙玉芬不愿去吃饭,便也不勉强邀请她们了。他只得一个人骑着车子,跑回宿舍去。他一路想着:"今天真是倒霉,又给她们岔开了,一句话也说不出来。"可是感到孙玉芬并不轻视他,而且乐意和他亲近,愿意和他单独一道游公园,这一点又使他得到很大的快乐。他希望下一次再有和她谈话的机会,而且觉得这是可以做到的,心里就更加充满了愉快。到了宿舍,他跳下自行车来,情不自禁,吹起口哨。

第二天上班的时候,看见平炉车间的门口,那幅画和标语已经换过了。先前一个人指着每一个进门的人,问一句:"你完成了日产量了吗?"他当时第一次看见,就发生了疑问:"我怎么知道呢?我炼一炉钢,不到出钢时间,我就下班了,完全让下一班去出哪,是好是歹,我不知道。"他对那幅画,轻视地挥一下手,便走开了。以后就再也不注意了。今天画换过了,色彩鲜明,非常引人注意:一个炼钢工人,现出一副诚恳的面孔,张口在请求。旁边一行大字:"同志,请你为我们下一班创造好的工作条件。"这一下倒使他有点触目惊心了,而且不禁有点脸红起来。接着昨天孙玉芬那副严肃的脸子,现了出来,自己向孙玉芬说的那一番话,也回到了心头。他再望一下那幅画,便迅速走进车间去。

在出完钢的时候,补了一会儿炉,一助手李吉明走到他身边,悄悄地说:"我看就这么补一下算了吧!"他是不久前由张福全的请求,调到九号炉来的。因他不满意他的一助手,竟然有时候要从炉门眼上看看炉内的炉顶,无疑是有侦察的表现,就决定把他换了。

"不行,得补好一点。"张福全要工友们把细碎的白云石抛进炉底去。

李吉明又走到他的身边,这下更加挨近他的耳朵了,尖声地说:"我都打听清楚了,今天的确是秦德贵来接班哪。"

"不管谁来接班,该我们做好的工作,就得做好。"张福全大声地说,脸上现出了坚决的脸色。

"呵,呵,我晓得,你是受那幅画的宣传了。"李吉明嘲弄地笑了起来。

"我根本不理睬那一套。"张福全冷冷地说,继又教训地说,"老弟,你才来炉上,你得晓得咱们九号炉的风气,嘴是吵的,可是每个人都要尽量做好自己班上的工作。"

李吉明没有说话,见他车过背后,就拉了一下两边嘴角,心里骂道:"我晓得你这家伙,专会说漂亮话的!"

五

李吉明自调到张福全班上,格外出力地工作,有些不该他做的,他也勉强去做。尤其帮助张福全做了许多事情:看炉顶,看蓄热室,看炉底,看钢水,指挥加料,他都尽量地出力。何子学在黑板报上表扬过他三次。

张福全原来同他感情很好,总爱一道吃喝玩耍,现在就更加依靠他了,觉得有他这样一个助手,工作就减轻了许多。两个人下班总是一路回来,一前一后地骑着车子走在路上。自从张福全决心不为下班制造困难以后,同李吉明争执了几句,张福全感到有点不过意,一下班就向李吉明说:"老李,今天不回宿舍去吃饭,咱们到小馆子去喝杯酒。"

"好极了,我就怕吃食堂里的饭菜。"李吉明高兴地骑上车子,尾着张福全跑了起来,直向市中心区,热闹的街道驰去。

在热闹的大街后边,纵横着几条小而整洁的街道,电影院、剧院以及饭馆、小酒店就点缀在这些地方。垂着五彩珠帘的油漆店门,陈设着烧肉酒菜的玻璃橱窗,助长了繁华的景色。炒菜下锅的香味,飘荡在向晚的空气里,有时轻微,有时浓烈。走在街上的人,不是现出寻找什么的兴奋脸色,就是神情满足,嘴角衔着一支牙签。张福全和李吉明跑到的时候,正是电影院散场了,满街都是人。他们把车子寄在门口,进了一家常到的小饭馆,在一间小房间坐下。先要一个有着熏鱼卤肉香肠的冷碟子、半斤酒,两个人便面对面地吃了起来。

李吉明首先满脸堆笑地问:"怎么样？什么时候吃到你的喜酒？"

"远得很，还谈不到那上面去。"张福全欢笑地说，话虽说是很远，可是看他脸上现出的笑容，却像是并不远了。在他自己认为有把握的一点，便是孙玉芬肯同他单独两个人游公园。因为现在一般的婚姻方式，便是有人介绍，彼此会面一次，觉得满意，就进行订婚，同游同玩。他现在感到业已接近订婚的界限，甚至还有越过的地方，就只差订婚那一种仪式。然而又觉得遥远的原因，就是要求订婚这一句话，始终没有机会说出口来，没有说出口来，那就还没有一定的把握，也可能弄不到手。

"你进行得太慢了。"李吉明摇一下头，"这样不行的，连我都在替你着急起来。你应该大大使一把劲儿！"

"这不能像炼钢一样，不能用快速的方法。"张福全说了之后，欣然饮了一杯酒。

李吉明喝了一口酒，一面夹个熏鱼，一面意味深长地说:"我们总要记着一句话，人家说，月饼应该快点吃，放久了就会走油。"

"你要知道，她就不是月饼啰。"张福全抵塞地说，赶忙喝酒夹菜。

"当然不是，孙玉芬她那政治认识好高去了！"李吉明叫了起来，"说句良心话，你和我怕都赶不上她。"随又小声笑着说，"你不要把我讲月饼的话告诉她，她会把我骂死了。"

张福全不想再讲下去了，就转过话头说:"老李，我想同你谈谈这个问题。你来九号炉不久，有些事情你还不大清楚。你要晓得九号炉比别个炉子强，就是有点好风气，不管三个炉长再有意见，总要为下一班留下好的工作条件。"

李吉明原是停下筷子，很恭敬地听着，听到这里忍不住微笑起来。他来九号炉虽不好久，可就看出过张福全就有意给下一班留一些困难。

张福全越发严肃起来，仿佛要制止对方的微笑似的，用筷子有力地点一点说:"我们有时也的确给下一班一些困难，那不是有意，只是一下子疏忽了。"

李吉明敛住了笑容，并不同意他所说的话，但还是竭力点头赞美："你说得不错，我看得出来的。"一面提起酒壶，给张福全杯里斟得满满的。

"你没有看出来，"张福全直率地驳他，"今天我要告诉你，就是不要故意去搞秦德贵，尽管我和他有意见，吵过嘴，闹过架，可是干起工作来，就要有九号炉的风气，起码不为下一班制造困难。我们干工作就是要老老实实。"在过去，他的确具有这样的作风，只因同秦德贵有着剧烈冲突之后，这才丢掉了，现在又算重新回到他的身上。而他说的时候，口气和态度，都仿佛从来没有丢掉过似的。

"我倒并不是想违犯你们九号炉的风气，"李吉明把身子移近张福全一点低声地说，"我只是太讨厌秦德贵了。"

"你觉得他哪些地方讨厌？"张福全微笑起来。

"我们不说别的，"李吉明把端着的酒杯，很快放在桌上，举一下手，"就拿这点事情来讲吧，别个的女朋友，他可要插手进去，打算揩一点油。你说，这不叫人讨厌么？"

张福全连忙低下头，端起杯子喝一大口酒，一面夹着刚刚端来的炒菜，自言自语地说："人家好的女朋友，他还是揩不到油的。"

李吉明拿起筷子，刚要伸向炒的菜了，又缩了转去，瞧着张福全的脸子，尖厉地说："不管他揩不揩到油，可像苍蝇一样飞起来，这就使人烦恼哪。"

张福全感到这话说得很对，只是现在听来不以为意，因为这个阶段已经过了，近来秦德贵和孙玉芬没有来往，他是晓得的。因此，他嘲笑地问道："他近来是在追你的女朋友么？"

"没有，我也没有女朋友。"李吉明一面嚼着鸡丁，一面笑着回答。随又做出生气的神气说："真是那样的话，依我李吉明的脾气，早就打破他的头了。"

"那你用不着生他的气，"张福全说了之后，就对菜表示不满起来，"这盘鸡丁，好像味道差一点，不够咸。"

李吉明立即走到小房间门口，向伙计招一下手："同志，拿点酱油来。"他坐下之后，很诚恳地说："我这个人，还有这点脾气，就是谁同我好，我就忍不住要把他的事情,当成自己的事情一样。这点脾气,挺不容易改过来,我简直拿它没办法。"收尾现出苦恼的样子。

饭店服务员送来了酱油,李吉明接着朝鸡丁里淋了一点,张福全赶忙拿筷子去拌动盘里的菜,把它拌搅匀净,一面高兴地说:"老李,你倒不要改它,我交朋友就要交你这样的朋友。"随即抓起酒壶,给他斟满一杯,又给自己斟了一杯,放下壶,端起杯子说:"老李,炉上辛苦你了,我敬你一杯。"

李吉明一口喝完了酒,忙说:"算不得什么,应该多替你做点事情,那才够得上朋友。"接着又小声地说,"现在不兴拜把了,老实说,那是挺好的。"

"拜把,那太封建了。"张福全摇一下头。

"当然,那是挺落后的。"李吉明附和地说,"我是说,一个人交朋友,得有那种精神。"

吃完饭后,李吉明又像往天一样,争着去付钱。张福全一把拉着他,翻着含有醉意的眼睛,带怒地说:"不行,你给了,那不行的,我请你,你怎么给钱?那不行的。"向服务员说,"你不能收他的钱,你收了我不答允你的。"

李吉明看他有些醉了,这才不争着付账了。

第二十章

一

厂长赵立明在宁南钢铁公司开会回来,快要到下班的时候了,他一走下汽车,便到党委书记室,走去掀开门,看见党委书记不在,就去问何子学:

"党委书记哪里去了?"

"他今天一直没有来"

"他今天在做什么?"

"这我不知道。"

"你不知道。党委书记没来,你都不打电话问问。"

何子学赶快拿起耳机,拨动电话。

"喂,党委书记在家吗?唔……唔……唔……"何子学放下耳机说:"整天不在家,一早出去的。"接着又推测地说,"恐怕在市委开会吧?等我打电话给市委。"

"不用打,市委开什么会!刚才市委书记他们,还在公司里。"赵立明恼怒地说:"这叫我怎么不发脾气嘛,就像工厂是我一个人的。"

"今天支部开会了没有?"

"没有。"

"为什么不开?九号炉的新炉顶都修好几天了,竞赛就要开始了,党员都还不发动吗?"

"我们要等党委书记,等了他一天,他没来!"

"今晚你就到宿舍去召集党员开会。"

"厂长,晚上他们都在上夜校学习,支部原来做了保证的,不耽误他们!"

赵立明眼光炯炯地望着何子学,生气地说:"你们怎么这样不看重生产哪!"

何子学在厂长面前,常常感到一种不可抵抗的威力,但他能够推在党委书记身上去,自己则从那种威力下面躲开,可是现在不能说"我去问问党委书记"了,只好红着脸说:"好,就去开。"

赵立明看见何子学为难的脸色,立即挥一下手:"算了,明天开吧。不然,以后又提意见,说是行政领导一切。"走出门去,像想起什么了,又转身回来,带着抱歉的神情,"我承认我的脾气急躁,脾气不好。可是我看见有人不关心国家的事业,我怎么不火啦。现在全国基本建设单位都打电报来,催我们的钢,任务紧急得要命。我们不能照往常一样,完成任务就算了,还得超额完成任务。"接着又压低声音,感到痛苦地说:"还有支援志愿军的炮弹,更是一天比一天紧急,还能耽误吗?……党委书记一来,就生搬了一套,每天要干部抽出一点钟来学习政治理论,学习政策,学习时事,好,我赞成,可是,他在生产方面就不起劲了……这学习还有什么用处?不是脱离实际?"

赵立明走进厂长室,还没坐在他的皮圈椅上,就抓着电话的耳机:"接调度室……喂,九号平炉几点钟出的钢……"现出不耐烦的神情,"说简单一点,一共花了几个钟头……七点五十八分……"脸上立即露出笑纹,"张福全搞出快速炼钢,这还是第一次,通知工会表扬一下。"放下耳机,摇了一下,"接生产科。……喂,今天计划增加的两百吨有没有问题?完不成?怎么完不成?"脸上的笑纹完全消失了,换成一种很愤怒的神气,仿佛完不成的责任,要全由生产科来负似的,"一号在炼炉?……谁叫炼炉的?……"一下把耳机放在电话机上,发出很大的声音,又摇了一下,然后厉声地说:"接一号平炉……我是厂长,你叫护炉技师立刻到厂长室来。"

炼炉是把用久了的炉底,重新炼过。炼的时候,先把炉里空了,然后在炉底上面铺上三四层小块的镁石,用煤气烧得凝结起来。每烧一层镁石,起码得烧六个钟头。因此,炼一回炉,少则有十六七个钟头,不能炼钢,多的时候,多到三十个钟头,白白地烧空炉子。但炼炉是每个平炉都必须炼的,如果炉底用久了不炼,就会在炼钢的时候,烧穿炉底,把钢水漏下,引起火灾,甚至煤气管子也可能爆炸,毁去整个厂房。厂里便根据每个炉子的炉底使用情况,规定出每月炼炉的次数和时间,使炼钢的生产,能达到一定的定额,但目前为了提高产量,供应全国和朝鲜前线的紧急需要,厂长就决定尽量减少炼炉时间,比如十二天该炼一次,就把它拖到十三天甚至十四天才炼。而现在一号炉忽然炼炉了,这就破坏了提高生产的计划,使日产量的增产,不能完成,因此,赵立明就不能不生气了。

护炉技师张吉林走来的时候,身上穿着烧煳了的作业服,帽檐显着焦黑的破洞,脸和鼻子烤得通红,现出像是做了错事那样的神情。赵立明见他一进来,就把手里的铅笔一丢,也不喊坐,只是气恼极了地问:

"谁叫你炼炉?"

张吉林诉苦似的说:"今下午三点多钟的时候,一号炉一出完钢,我查看炉底不行,依图表的指示:今天正该炼炉,我就来找厂长,厂长你又不在,生产科的人不敢决定。"

"这样,你就决定了吗?"赵立明恼怒地看了他一眼。

"厂长,炉底的情况不好,我拿铁钩子一量,已经到了一米二,再不炼就怕炉子漏哪。"张吉林一面说,一面拉下颈上的毛巾,擦他脸上的汗水。

"说来说去,你就是不关心增加生产。炉底的情况,我还不知道,起码还可以拖两炉。这一来,我们要提高日产量的计划全完蛋了!"赵立明在屋子里走来走去,沉痛地说,"我再三再四告诉过你,炼炉要得我的同意。"

张吉林知道少讲的好,一辩护下去,反会受到更多的责备。赵立明最后教训他说:"你必须建立一个思想,时时刻刻不要忘记,我们要设法提高产量,现在你们护炉技师的思想,就只想完成任务就算了,这个思想必须取消。"

张吉林一走后,梁景春进来了。梁景春把椅子挨近厂长的办公桌子坐下。赵立明没有理睬,只是翻看一些统计表册。这种沉默不理睬的态度,算是党委书记到厂以来,第一次遭受到的。梁景春却不管他的态度,只是静静地说：

"今天又出了快速炼钢……只是……"

"群众倒很积极。"赵立明立即截断他的话，没有抬起头来。

梁景春觉得口气不对，话里有话，就不再说出他要来说的话，只是就着赵立明的话说下去。

"我看群众的积极性，挺丰富，就是还没有好好发挥出来。他们的潜在力，还多得很。"

"我看这样，永远也发挥不出来的。"赵立明抬起浅发的头，苍黑见方的脸上，射出炯炯的含有怒气的眼光。

"为什么？"梁景春略微丰满的脸上，有点吃惊，但用冷静的眼光，直望着厂长的脸。

"就因为我们领导上不积极，看不见这个建设热潮中的紧急任务。"赵立明不望党委书记了，只是低下眼光，迅速地摇下头。

"这指谁呢？"梁景春这么想，一直冷静地望着厂长，随即静静地说："我倒希望你给我提点意见！"

"你应该明白，是谁把竞赛计划，停顿下来？"赵立明站起来了，"同志，我告诉你，我们在生产战线上，一秒钟都是宝贵的呵！"随手又把桌上的文件，一下掀到党委书记面前，"你瞧这些，要货的订单哪，全国的基本建设，都在伸起手，要我们的钢哪，他们都提前完成任务，打破了我们的生产计划，我们必须提高计划，增加生产。不然他们的建设，就得停工待料，大受影响。还有朝鲜前线的志愿军，我们能够让他们空着大炮，等着我们的炮弹么？"

梁景春并不看文件，只是静静地说："这我早看到了的，但我觉得你以为我今天没来厂里坐办公室，就是不积极的表现。我不会整天坐办公室，今天不会，以后也不会的。"

"你没有弄清楚我的意思。"赵立明立刻接着说，"我并不怪你没坐办公室，我是说，你没有抓紧时间，召开党员的会，要他们在增产竞赛上起带头作用。"

"我今天到工人宿舍、工人家庭去了解一些重要的问题。"梁景春不满意他的急躁,便更加从容不迫地说,使每一句都清楚而有力量,"我要挖出根子来,为什么他们的积极性和创造性不够强?为什么没充分发挥出来?这是一个重要的问题。"

"同志,我同意你的看法,这些问题确实重要。但这可以随时去了解,明天可以,后天也可以。可是请你不要忘记,我们今天最重要的问题,是增加生产。如何去提高日产量,如何去发动竞赛,必须首先放在心上。"赵立明也尽量平心静气地说,但到尾后,又有点沉不住气了,"同志,我告诉你,谁要是不关心增加生产问题,谁就是要犯最大的错误。"

"我就正是为了增加生产问题、竞赛问题,才到工人群众那里去呵。"梁景春稍微有点激动,立即镇静下来,"我看出有些工友,对他们的炉长有意见,因此积极性和创造性,就不能充分发挥出来,这对于竞赛是不利的。"

"可是,我们前几次的竞赛,也搞得挺不错!"

"但也有几次并不怎样成功。"

"我且问你,到底这次的竞赛搞不搞?"

"怎么不搞?我是要举起双手赞成的。但主要的问题是充分发动群众,要他们动脑筋找窍门,不是要他们蛮干。"

"但是发动群众的方法,可就有问题,像你这样去搞,一个人东跑西跑的,简直是手工业式的搞法。"赵立明讥讽地说,"依我们一向的搞法,先发动党员,要他们带动群众,然后再找模范炉子挑战,竞赛就可以搞起来的。过去有成功的经验,我们要利用。"

"发动群众的方法是多种多样的,决不能只像你说的那一种。我要请你注意,你所说的这个模范炉子就有问题,"梁景春拿手敲一下桌子,"我担心他们自己就会失败,达不到他们增产的计划。而且,他们以前就有过这样的事实。失败的经验,我们也要记取。"

"这回决不会的。"赵立明原是在屋子里走来走去,这下便站到梁景春面前,用非常肯定的口气说,"他们增产的计划,都是精打细算出来的,我算过,生产科也算过,没有问题。"接着讥刺地笑了起来,"你不能单看少数人的意见,少数人在背后闲言闲语,就认为有问题,那就全看错了。厂里总有落后分子的,我们不能做落后分子的尾巴。而且你还应该看看,好些人都在进步,像张福全他今天就炼出了快速炼钢。在九号炉说来,这是一件不小的事情。"

"可是,你知道,就是张福全这炉快速炼钢,出了大桶底吗?而且另外还有一个废锭。"梁景春冷静地说。

赵立明马上抓起电话耳机:"接铸锭车间。"

"你不用查,我来了好一阵,就是在铸锭车间、平炉车间了解乙班的工作!"

赵立明还是拿着耳机问下去:"喂,给我查一下,九号炉乙班出的那炉钢,有没有废锭?有没有桶底?……"

听了一会儿,他把耳机生气的一放,脸色变得可怕起来,没有讲一句话。

梁景春非常平静地说:"还有甲班工友对炉长的检讨,还不满意,因此对竞赛缺乏信心。这样来挑战,是没有把握的。"

赵立明惊异地站着,随即带着不相信的口气说:"我亲口问过炉长,也亲口问过支部书记,他们都说,工友对竞赛,对增产计划都很热烈。"

"也许他们只看见丙班的工友。"

"我主要是问甲班。"

"甲班工友也可以说是热烈,但是热烈地通过,却没有热烈地讨论!"

"这话我就不懂!"

"我告诉你,我问过好几个工友,他们热烈的情形,就是炉长订好了增产计划,念给工友听,最后就叫大家同意,叫小声了还要挨骂。这是十足的命令主义。"梁景春用手敲下桌子,现出很沉痛的神情。

赵立明忽然脸红了,恼怒地说:"难道干部要了欺骗手段?"

"没有,一点也没有。"梁景春冷静地说,"问题是在工友他们不肯向干部说真话。"

"他们不是也把工友的怪话反映上来吗?"

"那是极少数的,沉不住气。就是沉不住气,也没有直接向干部讲,而是在背后阴着讲,干部从旁人那里听来的。"

"那照你说来,工友对上级领导有意见?"赵立明竭力忍着气地说。

"这倒不一定。"梁景春摆一下手,"今天工友所以能够完成任务,正是由于他们信任上级的领导,但好些炉长平素只按命令行事,作风不民主,弄得工友工作起来,缺少主动,因此,他们的积极性和创造性就不能充分发挥出来。没有充分发挥积极性和创造性,今天就不能增加生产。这是严重的问题,也是最根本的问题,我现在就在解决这个问题。"

赵立明坐到皮圈椅上去,低下头去断然地说道:"那就叫他们好好检讨吧!"等一下又忽然抬起头问:

"照你这样说来,竞赛就得拖些时候。"赵立明说的时候,现出非难的脸色。

梁景春正要说的时候,火车从窗下经过,声音充满了整个屋子,说出的话,连自己也听不见,就只好不讲,偏起头望下窗外,炼铁厂高炉的一角,正巍峨地立在远处,发电厂的烟囱,吐出浓黑的烟子,袅袅地升上蓝色的天空。

赵立明则皱着眉头,朝椅后一靠,仿佛对火车的声音也突然起了很大的憎恨一样。

火车声音响到那边去了,梁景春才掉回头来,望下厂长,然后说道:"我的意思,竞赛不妨稍拖后几天。情形正在好转,袁廷发已在准备做第三次检讨。"

"拖后几天。"赵立明大大摆下头,同时把身子倾向前面叫了起来:"同志,你看见没有,全国基本建设都在停工待料,伸手等我们的钢,你看见没有?"

梁景春静静地说:"我看见的,我心里比你还急!我是先要解决群众的思想呵。你并不是一个普通厂长,你要明白这点。"梁景春露出了恳求的样子。

赵立明叹了一口气,随即说道:"你是党委书记,关心思想问题,那谁也不反对。但我是厂长,不能不抓紧目前的关键问题增加生产。"电话响了,赵立明站了起来,拿着耳机,听了一会儿便放下耳机,向梁景春说:"好吧,就再拖一拖吧。"说完走了出去。

二

夜深了,赵立明还坐在办公室内,拨对外的自动电话,连拨了几下,都没有人接,生气了就把电话听筒放下,跟着又接对内的电话:"接调度室……喂,我是厂长,马上叫个人到炼铁厂去,问问他们铁水内的成分,到底是怎样的?含硫多少,矽多少,磷多少,都打听一声,并告诉他们,这边钢水,都在起泡沫渣。"讲完之后,又用听筒按着电话机,摇了一下:"接原料班……喂,找班长讲话,你说厂长找他。"

值班技师吴克相,穿着作业服走进来了。赵立明只是看他一眼,仍然打他的电话。好一阵,电话内都没有声音,就生气地骂声"浑蛋东西",就把听筒放上去了。

吴克相瘦瘦的,有着精明的脸色。他只要一接触到厂长,就注意厂长的一举一动。听见厂长在骂人,心里便想:"一碰到任务完不成,就要骂人!"他觉得应该小心为妙。他见厂长不再打电话了,才轻声喊:"厂长。"

"什么事?"赵立明翻动桌上的纸张,没有抬起头来。

吴克相小心地说:"刚才五号炉出了钢,炉底情况不好,打算炼一下。"

"炼一下!"赵立明吃惊地叫了起来:"那今天的日产量又提不高了!"立即走到墙壁旁边,用手一指,"你瞧,依图表指示,起码还可以拖炼一炉。"随即把指着图表的手一挥,断然地说:"不能炼炉。"

值班技师吴克相脸通红起来:"炉底情况不好,护炉技师晚上又不在,技术员、炉长和我都觉得应该小炼一下。"

"让我去看看。"赵立明立即站了起来。

吴克相默默地跟在后面,走上平炉车间,但心里却禁不住想:"先前作了决定,不能更改。现在好了,他要根据实际情形看看。"

赵立明到工厂已有三年多,平日热心钻研炼钢技术,一切炼钢的书,他都再三看过,凡厂里开技术方面的会,他总要亲自掌握。谈起技术方面的问题,工程技术人员,都很注意地听,觉得厂长并不是外行。赵立明则认为各个人员都有保守思想,只想完成任务就算了,不想每天每月提高任务,超额完成。凡是决定工作,技术员说是六个钟头才做好,他就要他们缩短时间最好五个钟头或者五个半钟头。他又认为技术员只管本身工作没有错误,是否影响生产就不问了。他最不满护炉技师,隔不好久就要炼炉,今晚若是护炉技师来说炼炉,他看下图表还隔三四个钟头,就会干脆拒绝,也用不着到车间去看,护炉技师那一套工作心理,他是再明白没有的了。但现在来的是炼钢技师,平素是不管炼炉的,他也要叫炼炉起来,情形显然有些不同了,赵立明便决定亲自去检查一下。

走上平炉车间,原料班长陶一兴迎面走来慌张地说:"厂长,刚才在那边检查原料,听说你叫我。晚上来原料不能不检查一下。"他竭力申辩他没有马上接电话的原因,生怕厂长会责备他。

赵立明眼光锋利地望着他:"你叫大家好好检查一下,现在平炉在起泡沫渣,冷料槽子,不要带进杂质。"

陶一兴取下颈项上的毛巾,擦他脸上的汗,赶忙说:"我们就正在注意装冷料,生怕……"

赵立明打断他的话:"你要他们仔细点,不要马马虎虎。"说完就朝前走去。

有的炉子出完了钢水,装入机正把成吨的碎铁,送入红火冒出的炉门。有的炉子在补后墙,工友正用铁锹把白云石抛进炉去。炉里冒出的火光,白天还不觉得怎样,夜晚可就显出它的威力了,真可用一句老话来形容,"热火朝天"。一个想睡的人,一看见这种热烈的景况,也就不想睡了,只是感到无限的兴奋。装入机在走道上,转来转去,不断地响着警铃。赵立明和吴克相得等装入机走过,或者绕着装入机走。

赵立明走到五号平炉,便向炉长说:"把炉门打开。"

炉长还没有吩咐,一个工友就跑去开卷扬机去了。炉长只是把手竖起,中间的炉门便提了起来,火焰光芒四射地冲出,炉前两三丈远的地方,也感到酷热。吴克相告诉一个工友,要把炉体朝前倾斜一点,好检查炉底。一个工友马上向炉后侧边管倾动机的,"呵"地叫了一声,随即伸出手,朝下指点着。炉体便朝前倾斜起来,到了可以看见整个炉底的时候,炉长便叫了一声,同时把手朝头上举了一下。那个远远站在炉侧的工友,一直用手势指点着的,也立刻把手朝上举了一下。炉子便停止倾侧,不再动了。

赵立明拿出蓝色镜子遮在眼睛上面,走到中门去看,一面用右手的袖头遮着脸。因为火太强烈了,不遮一下,脸和鼻子都会烫得受不住。他的袖头和衣裳本是干燥的,但站在炉门面前,也把最少的一点潮湿蒸发出来了,轻微的白色水蒸气,直是袅袅地冒出。倒是吴克相看不过意了把他拉开,一面急切地说:"厂长,你衣服都要烤燃了。"

赵立明没有立即走开,很不满意地抵塞一句:"这可以马马虎虎看下就了事吗?"他是已经受不住了,太阳穴热得发疼,但为了要看清炉底,为了责备别人只顾自己,便得再忍受毒热一会儿。

吴克相听见他说的话,抽了一口气,觉得自己原是为他好,出于爱护他的诚意,倒反而得到气怄。他不再说话了,只站得远远的。

赵立明一离开炉门口,炉长赶忙举起手,朝下一落。管卷扬机的工友,便把中门放下,猛烈的怒火,就关在炉内了,只在炉门中部的小眼,以及炉门边的缝里,钻出火舌。赵立明回过头来,没有说什么,只是紧闭着嘴巴,向吴克相以及技术员和炉长,不高兴地看了一眼,仿佛在骂:"你们看的啥炉底!"

炉长脱下一件工作服给赵立明。赵立明一面穿,一面就走到东二门去,工友立即用卷扬机拉起炉门。他看了东二门,又看西二门,越看越气,"又没有现出坑嘛,为啥要小炼?"看完之后,一句话也不讲,只向炉长举下手,"装料!"一面脱下工作服,一面就走到靠外面的平台边上,透一透凉。

炉长现出为难的神情,望一下吴克相,又望一下技术员,他最担心的是炉底已超过了一米二的规定,漏了钢水怎么办。吴克相觉得厂长很难讲话,一开腔说不定又要挨骂。再则觉得自己责任也尽了,假使万一出了事故,那得由厂长本人去担负。

但在工友方面,倒是愿意装料的,因为生产的工作总比烧空炉子,来得起劲。炼炉在他们看来,乃是不得已的工作。所以一听见装料,都高兴起来。炉长立刻带起工友,拿起大铁锹,把白云石投到炉底上去,铺上一层之后,就叫装入机来装料。

赵立明随即走下平台的铁梯子,在露天的原料场上,缓缓地走着。夜风吹来,很是凉爽,只是还轻微夹杂有瓦斯气味。电灯照得通亮,桥式吊车在上空哗啦哗啦地响着,不断地把装满冷料的铁槽子吊上平台。工人们则把火车运来的碎铁和矿石,装入地上的铁槽子。赵立明知道,他到这里,对于工友并无帮助,但可以使他们提起精神,兴奋起来。工人的确也是这样的,看见厂长还没回家,到处走来走去,便自然而然十分上劲。

三

赵立明在原料场走了好一阵,走到西头的时候,看见平日开会的大会场,电灯开得通明透亮,心里很奇异,难道忘记关灯了吗?走近去看,里面坐了许多人。"这时还在开会吗?"看一下手上的夜光表,正指着十一点三十分,很不满意起来:"这简直是疲劳轰炸,等下十二点上班还有精神工作吗?"他挨近窗子看,找出谁在主持这个会。只见工人随便乱坐着,东一团西一堆的,有的坐在椅背上,有的又蹲在椅子上,有的坐在椅子上,又把脚高高跷起,放在另一张椅子上,有的手里拿着报纸,有的手里又拿着小人书,有的在念报纸,好些人坐在旁边听。全不像在开会,都在吱吱呱呱地乱说,高声地笑。秦德贵忽然站了起来,面上露出笑容,大声地说:

"同志们,时间快到了,咱们该接班了,我现在讲几句话,今天晚上时事快板,唱得很好,大家谈得很高兴。只是有人还不知道杜勒斯是干什么的,这就看出了有人平日不看报。这就等于瞎子摸团鱼,摸是摸了,可是摸不着,我们不要做瞎子。"

这惹起好多人笑了起来。在笑声中,有人笑着在骂:"妈的,你才是瞎子。"

秦德贵脸上现着欢笑,一面用他那嘹亮的声音,要把笑声骂声压服似的叫道:

"咱们是新中国的炼钢工人,可不是那些开小铺子的打铁匠,只是一天出身臭汗,晚上倒在炕上抱着老婆困觉就算了。"

停止了的笑声,又复哄笑起来,同时也有人笑着在骂:"妈的,你的老婆在哪里?"

"咱们天天炼出钢来修铁路,修水闸,修工厂。"秦德贵高声愉快地说,"一句话,就是咱们天天在建设咱们的国家。同志们,咱们亲手在建设这个国家,咱们怎么不关心她,不爱她呢?"随即把手上那卷报纸打开,两手各拿一只角,挂在胸前,"同志们,这就是一扇窗子,打开这扇窗子,就天天看见咱们的国家了。看见她在进步,看见她在发展,看见她一天比一天变得美好,咱们怎么不喜欢她? 同志们,咱们看报,咱们就是打开这扇窗子。"

大家听见他这个比喻,都不禁心领神会地笑了。这是秦德贵从党委书记那里听来的。

秦德贵折好报纸,就用报纸挥了一下,断然地说:

"咱们是新中国的炼钢工人,一定要天天打开这扇窗子,看一看咱们的国家。同志们,你们同意吗?"

"同意。"大家都欢笑地叫了起来。

"那么大家就要抽出时间看,不论你在什么时候,只要有点闲就应该看看,不认识字的请人念念,我们认识字的,一定要念给别人听。"秦德贵说了之后随即跳下台来。

大家兴奋地走出会场,秦德贵留着关灯。赵立明便走了进去,向秦德贵问道:"这是哪个召开的?"

"厂长,我们不是开会,我们只是在这里玩玩,自从梁党委书记一来,这里就变成俱乐部了,再不像以前,只是一座空荡荡的会场。"秦德贵看见厂长脸色不好,他知道会抓住什么东西来开始他的责备,便竭力镇静地说话,把自己应战的阵势摆好。他常常感到一同厂长讲话,就像是在作战一样。

"变成俱乐部? 那谁来管理?"赵立明认为这样添置人员,忽然增加一笔开销,便很不满意。

"用不着管理,这叫作无人管理俱乐部,"秦德贵笑着说,"反正东西也不多,只是画报、报纸、小人书。"

但赵立明不但没有平下怒气,反而更加不快地说:"我看你刚才那一番讲话,不像是在开会吗?"看见秦德贵要讲话,立即用指头抵下秦德贵的肩膀,"你不要分辩,你那种形式,就等于是在开会。……我告诉你,夜班上班之前,还要开什么会,发什么议论,我是不准许的。"

"厂长,那不是开会,也不是发议论:我只是趁大家文娱的时候,抓着机会讲几句。"秦德贵立即分辩,并竭力忍着自己的怒气。

"我晓得,你就是爱出风头,不论什么地方,你都要讲几句。"赵立明眼光灼灼地直射着秦德贵的眼睛,仿佛要用眼光的威力,将他制服下去。

秦德贵毫不畏惧,只是声音有点不寻常起来,急促地说:"厂长,这能说是出风头吗!我是个宣传员,我得随时找机会跟群众讲话……"

赵立明立即用手指戳下他的肩膀,截断他的话:"你得首先明白,你是个炼钢工人,并没有叫你脱产。"

"我并没有耽误工作呀!"秦德贵忍不住叫了起来,"厂长,你查一查,你看我耽误了什么工作?"他同厂长讲话,从来没有这样大声过,以前无论怎么气愤,在厂长面前,他总能忍受,现在不知怎的,却一下子就爆发出来了。

"你没有耽误工作,你这样发展下去,你试试看,你就会变成一个专爱出风头的人,而且还要骄傲自大,"赵立明讥讽地说,"你明白吗?一个人风头出惯了,不出风头,他就过不了日子。我告诉你,你要专心一意地好好炼钢,踏踏实实地工作,不要分辩,去吧,快去接班。"

秦德贵竭力忍着怒气,一面关电灯,一面表示委屈地说:"这原是党委书记给我这个任务,哪里是爱出风头。"

秦德贵走上平炉接班去了。赵立明慢慢回到楼上办公室,心里一路恼怒起来:"该死的,这家伙竞赛不搞,一天到晚,就是政治、政治、政治。他一来厂里就东硬搬一套,西硬搬一套。现在他倒安安静静地躺在家里。"

赵立明还没走进办公室,看见党委书记室内,电灯开得亮亮的,门没关着,一大片光亮落在门外水泥地上。他立即走去,看见党委书记梁景春正同秦德贵两个人,在站着讲话,就不高兴地说:"秦德贵,你该接班了,你还要先检查炉子。"他主要是不高兴党委书记,又把快要接班的人,抓住讲话,他觉得他处处都表现出不关心生产。

梁景春立即向秦德贵说:"你快去检查炉子,我等会儿就到炉上来。"随即向赵立明关切地说:"这夜深了,你还没有回去?"

"这怎么能回去,晚上的问题又这样多。"赵立明不愿同梁景春谈下去,说完就车身走了。

四

秦德贵正在带着工友,拿着铁锹把黏土铲进炉门,投在沸腾的钢水内。梁景春第一眼看见秦德贵,就禁不住想:秦德贵怎么搞起的?那种工作时的愉快精神哪里去了?脸上笼着抑郁的阴影,行动的样子,很是猛烈,使人会联想起一头发怒的雄狮,难道晚上工作,就要用这样的态度么?他是第一次看见秦德贵在夜间做炼钢工作。黏土块投完之后,秦德贵把铁锹朝铁板铺的地上用力的一丢,发出很大的响声,使得一些工友都朝他望了一望。他没有拉下颈上缠的毛巾,来揩额上脸上的汗水,就立即朝关着的炉门洞眼上去瞧,看了这个门,又看那个门,一会儿弓着腰偏起头,望望炉顶,一会儿踮起足,瞅瞅钢水。他不像往常一样,看了炉顶和钢水之后,还要离开炉前,同别人笑嘻嘻地打招呼,或者说两句笑话,他老是在炉前走动,不肯离开炉子。梁景春越看越觉得秦德贵是有些改变了,心想该不是受了赵立明的指责吧?他不好立即找他谈话,只得多站一会儿,平台外面吹来的南风,略杂一点点瓦斯气味,但却非常的凉爽。

技术员陈良行从别个炉子走来了,先在炉门眼上瞧了一会儿钢水,然后走来同党委书记打招呼:

"党委书记,这夜深了,你还没有回去吗?"接着又笑着说:"现在是该紧张起来呵,兰新铁路、天成铁路都在伸手要咱们的钢。"他认为党委书记也在厂里熬夜,是要督促大家在晚上不要松懈下去。

梁景春并没想到他要起这样的作用,他认为只要各个人提高了政治觉悟,是用不着谁来钉在旁边督促的,他听见陈良行说的话,是在关心国家的

建设,便高兴地问:

"你们这向学习政治理论,有兴趣吗?"

"很有兴趣。"陈良行笑着回答。竭力在党委书记面前表示他在政治上并不落后,其实他还感到学习的困难,虽说技术员并不是天天在学习,但总觉得在八点钟紧张工作之后,再来一个钟头读那些大块文章,的确有点吃力,他怕党委书记同他谈到那些难记的内容,便连忙提到厂里近来各处张贴的图画,"那实在好,一下子就能看见我们祖国的建设,还能看出我们炼钢的伟大意义。"兰新铁路、天成铁路的修路工人,热烈地架设铁桥铺设铁轨,他就是从贴在食堂壁上的五彩画上看来的。这给他印象很深,的确使他感动。于是他提议地说:"我们俱乐部的壁上,修淮河水闸,荆江分洪,康藏山里修路架铁桥,都有了,我觉得还应该画一幅关于志愿军的。"

"你提得对,我们正在画这样的画,不止画一幅,要画许多幅。"梁景春很愉快地望着他。

陈良行高兴党委书记的赞美,便热忱地说:"党委书记,我看画志愿军,还得画出他们的炮弹,怎样打垮敌人的碉堡。我想工友一定高兴看的。大家晓得,我们炼的五零锰钢,就是拿去做炮弹,支援志愿军的。"

"你提得很对,我一定告诉他们,把这个画出来。"

梁景春摸出笔和手册,立刻记了上去,他很重视这个提议,生怕会忘记了。写好之后,又很有兴味地问:"你再提议点,你提得很对。"

陈良行笑着说:"没什么了,我就只想到这点。"

"你可以提点别的,凡厂里的事情,你都可以提议,"梁景春觉得机会不可失掉,想趁此从他那里得到一些东西,就再鼓励他,"你们在厂里工作得久,一定提得对。"

陈良行只是笑,没有讲话。

梁景春觉得说到厂里,范围是太广泛一点,应该给他提出问题,便笑着问道:"你觉得领导上怎么样?"

但陈良行却赞美地说:"在领导上说来,我觉得赵厂长很不错,他挺能学习技术,凡是厂里开什么技术座谈会,总是喜欢来主持。"

梁景春望了一下陈良行,然后说道:"他在办事方面,你觉得怎样?"

"那办事就能干了。"陈良行现出佩服的脸色,"果断,又有魄力。"

梁景春一向觉得在技术员里面,和气而又最容易谈起来的,就是陈良行,那副胖胖的和气爱笑的面孔,使人有着不坏的印象,但这回想深谈一番,却又谈不下去,他感到有些为难,他认为陈良行对领导上一定有很多的意见,只是他不肯说了出来。可是梁景春不愿就作罢,他要追问下去:"你觉得同厂长工作,你有没有感到为难的地方?"一面说,一面笑起来了,仿佛在说:我知道你是有意见的。

陈良行也禁不住笑起来了,只好说道:"有是有的,并不多。倒是他们值班技师和护炉技师,容易感到为难,像刚才吴克相还在抱怨。"他一下把自己撇开,让谈锋转到别人身上。在他看来,厂长和党委书记是站在一道的,说了厂长的不是,岂不是等于当面批评了厂长?他还不敢这样做,再则,他又一向主张:"我们应该规规矩矩地钻研技术才对,没有这个还站得住足吗?别的由它吧,少惹些麻烦!"

梁景春连忙问道:"吴克相抱怨什么?"

"就是为了五号炉底的事情。"陈良行说的时候,还向梁景春走近一点,"已经到了一米二了,超过了规定,吴克相和炉上的技术员、炉长,都主张炼炉,厂长他却不准许,就是小炼一下,他也不答允,这让炉底漏了,怎么办呢?总不能全推在厂长一个人身上。"

"那料已经装了吗?"

"当然装了,哪个敢不装?"

"还有补救的办法没有?"

陈良行笑了一笑,才说:"那只有碰巧了,碰巧上回炼得好,也可以拖过这一炉的。"说了之后,便赶快跑到炉眼前,去看钢水炼到怎样的程度了,看了之后,又跑到别个炉子去,他一个人管三个炉子:九号、八号、七号。

"怎么这样决定事情。"梁景春对赵立明的不满,原是丢掉了的,现又回复转来了,但这时所含的成分,却又不同了,刚才不满,是认为厂长脾气不好,现在却觉得他简直是拿国家财产和工人的生命去冒险。他知道钢水一漏,会引起煤气爆炸,毁坏整个工厂。因此,不满就更加来得严重。梁景春本想再同陈良行研究一下补救的办法,但见他忙着去观察别的炉子,就赶忙去找秦德贵,他走到炉前去,第一句就问:

"我问你,要是炉子漏钢水了,可有办法救么?"

秦德贵吃了一惊,为什么党委书记会提出这个问题,再看党委书记的脸色,很不愉快,先前常常现出的和颜悦色,一点也没有了,便很担心地问:"哪个炉子要漏钢水了?党委书记,你快告诉我。"

"没有,没有,"梁景春见他那样担心,赶忙解释,"我是问,假使有漏钢水的事情,怎么办?"

"哎呀,吓我一跳!"秦德贵笑着叫起来,一面拿下缠在颈上的毛巾,揩他脸上的汗,等梁景春把刚才说的话,再说一遍之后,他才摇下头回答:"要漏了,那就危险得很,什么也来不及,一炉钢水,不到二十分钟就漏完了。"

连秦德贵都说没有救,那就严重到极点了,梁景春不安地说:"我是要问这一点,比如说,一个炉子不行了,已到一米二,可能会漏钢水,那有办法防备么?总不能眼睁睁看它漏吧。"他的额上冒出汗了,一方面由于担心,一方面也由于炉前太热。

"这有办法的。"秦德贵连忙回答,脸上露出坚决而有信心的神色,"只消常常下楼去检查,就能够防备。炉底要漏的地方,首先会发红,一看见发红,吊大罐来,把钢水倒出去就是。听说伪满时候,漏钢水多半在晚上,就是晚上怕麻烦,没有下去检查。"

"你们晚上下去检查吗?"梁景春担心地问。

"我值夜班就定规要派人下去检查的,不检查,就不放心,这等于打游击战一样,时时刻刻都要警惕着,放出侦察员。"秦德贵说完之后,便大声向工友问:"下去检查过没有?""刚才检查过。"有人这么回答。秦德贵又向梁景春说:"我们这班每天晚上,都轮流负责,下去检查,有时隔个点把钟,我也亲自下去。"

梁景春紧跟着问道:"别的炉子,也是这样的吗?"

秦德贵笑了一笑,然后说道:"少数人怕麻烦,很少下去,大多数人认为炉底情况好,用不着下去!"

"这怎么成呢!"梁景春叫了起来,现出一脸惊诧的神色,于是立刻作着决定说:"你赶快设法通知各个炉子,要时时刻刻派人下楼去,尤其五号炉,要他们当心。"

秦德贵立即叫一个工友,去调度室,要他们通知各个炉子,派人下楼检查炉底,并说这是党委书记吩咐的。工友刚要转身走了,秦德贵又叫住他,连忙问梁景春:"党委书记,我看要规定一个时间才好,你说三十分钟下楼一次行不行? 我的炉子,就经常半点钟下去看一次。"

"我看二十分钟一次的好。"梁景春说了之后,就立刻直接吩咐工友:"你告诉他们,要他们通知各炉,二十分钟下楼检查炉底一次! 你还要告诉一声,说五号炉要十分钟下去检查一次。"

梁景春就在九号炉上,打电话给赵立明,说明该炼炉不炼,是很危险。并把下楼检查炉底的临时决定,告诉他听。赵立明一听就说:"你不要光听他们技术人员的意见,出钢的时候,你亲自看看炉底好了。"接着就挂了电话。梁景春皱一皱眉头。

五号炉的危险性,一直卡在他的心上,梁景春本是同秦德贵说完了话,就要回家的,现在决定留在厂里过夜,他怕工友对他的吩咐,不好好执行,他想亲身检查下子,他走回党委办公室,拨动对外的电话,告诉他的爱人丘碧芸说他晚上不回家了。打了好一阵,丘碧芸才爬起来接电话,她在电话里不安地问:"厂里出了什么事故了么?"

"没有。只是有些要紧的事情,得亲自在场。"

"什么事情?"丘碧芸在电话里面问。她听见梁景春没有回答,就只好这么说道:"你要注意你的身体呵,不要搞得太累了。"

梁景春挂了电话,的确感到有些疲倦,但他想着五号炉的危险性,便又振作起来,他重新走上平炉车间,经过厂长室的门口,门是关着的,但里面热烈讨论的声音,却是听得出的,显然还在研究泡沫渣的问题。

梁景春不回办公室了,时而走到这个炉子,时而走到那个炉子,人们劳动的热情,感染了他,使他瞌睡一点也没有了。有的炉子在取钢样了,钢水倒在钢样模型里,不住地沸腾,射出金黄的火花,高达二尺以上,连续不断地射出,极像一束金黄的麦穗,非常好看。炉长,一、二助手以及技术员,能够从火花射出的形象,火花在空气中爆开的样子,判断出所含碳素有多少度,而且只消一眼,就能说出确切的数目字。梁景春跟他们一道,看了好几次钢样子,感到很有兴味,他想:一个人在平炉车间蹲久了,真想自己也变成个炼钢工人。

第二十一章

一

吃了晚饭,孙玉芬便同几个女朋友,到住宅区的百货商店,去买点牙膏、肥皂。太阳刚落下去,现出一望晚晴的天空,辽阔、深蓝,没有云彩,只在西边,抹上几片红霞。路两旁的柳树,静静地垂着枝条。蝉子还在叫着,好像一点也不疲倦似的。附近篮球场上,时时爆发着观众的欢呼。远处工厂区域,火车放哨的声音,一声声传了过来,格外显得住宅区域安静,悠闲,愉快。除了有一两个骑自行车的人,跑得快点而外,出现在马路上的人,全都缓缓地走着,一面扇着扇子,一面笑谈。充满了星期六的假日气氛。

走到百货商店门口,孙玉芬碰见丁春秀,她正买了东西出来。两个人好些天不见,一下子又有好些话说,尤其丁春秀不向孙玉芬讲一番,心里就感到闷得慌。她首先告诉孙玉芬的,就是孩子的爸爸,这一向心情不好,动不动爱发脾气。有时回来坐在炕上,闷着头,一句话也不讲,只是有支烟、没支烟地抽。弄点好菜给他吃,也不起劲,好像吃不吃饭,都不在意似的。

孙玉芬不待她讲完,就惊异地问:"为什么这样?是不是工作不顺手?"

丁春秀挨近孙玉芬一点,好像在讲什么秘密的消息一样,低声地说:"我告诉你,自从那一天晚上,厂里的党委书记到我们家里来,"讲到这里,她忍不住微笑起来,因为这一件事情,使她受到了表扬,始终感动了她,一提起就情不自禁地乐了,接着她又敛着笑容说,"党委书记约小兰她爸爸出去谈话,回来,他就不高兴了。"随又补充一句:"听说批评了他。"

"为什么批评他呢？他不是工作得挺好么？"孙玉芬惊异地说。

"谁知道是什么事，"丁春秀皱起了眉头，"只晓得工友们向领导上告状，到底为了什么，还不明白，你一问，他就要发脾气。"接着就又动一动眉毛说："我还想过，你倒同他谈得起来，就怕你忙，没有来找你。你得闲么？你去我家里坐坐，好久没去了。"

孙玉芬回头看看，她的女朋友们全都走进商店去了，就笑着说："我还要陪她们买点东西，等几天，我再来看你们。"

丁春秀见她不肯去，就又讲了下去，她现出不满的神情说："不晓得他们怎么搞的，秦德贵那个冒失鬼，倒得到了表扬，你看见没有？前几天报上还登过他的像哩，贴在那边墙上，多少人看。"

"我看过了，"孙玉芬平静地说，"报上说他的确有功。"

"好吧，就说他有功，为什么他袁廷发就该受到批评，不论拿哪一点比，都不比他秦德贵差哪。"丁春秀说着说着，就忍不住气了。

孙玉芬就劝她说："我想总有根据的，领导上不会无故批评一个人，也不会无故表扬一个人。"但她心里始终奇怪，为什么那样好的一个劳动模范都要受到批评，没有说出口来，只是忍着。

"我总有点不服气，"丁春秀两边的嘴角拉一下，"人家还是一个劳动模范哪，你就一点都不照顾么？他不对，他又怎么做劳动模范呢？"她原先觉得丈夫不把女人看在眼里，应该批评一下，不管党委书记批评什么，总认为批评一下的好。但一久点，看丈夫心情老是不开展，脾气一直在坏下去，就又觉得党委书记那次的批评，是有些不适当，起码也是有点过火。

孙玉芬静静地站着，没有讲话，可是心里却有些激动。

"我总疑惑他们有些偏心。"丁春秀摇了一下头，"听说秦德贵化炉顶搞新纪录也受到表扬，好多人都说这是不对的。这回表扬他，你晓得，他又搞出什么毛病没有？"

"不要急，事情慢慢就会弄清楚的。"孙玉芬平静地说，竭力忍着自己的激动。

二

丁春秀走后,孙玉芬还在门口站了一会儿,望着丁春秀走着的背影,心里不禁激动地想:袁廷发这样的劳动模范都会有错误吗?自从一九四九年工厂开工以来,就历年评为厂的劳动模范或者市的劳动模范,在她心目中,袁廷发一向是个挺难得的工人,好像工人阶级的优点,都聚集在他一身似的。他说的每一句话,她都认为是正确的,没有偏袒过谁,也没有损害过谁。现在却给党委书记批评了,看来批评得挺厉害,才使他心里挺不好过。而且党委书记亲自到他家里谈话,显然这是很郑重的,决不是为了一点细小的事情,这不能不使孙玉芬的心里发生激动。丁春秀的背影已望不见了,她才走进门去。她买一块橄榄香皂,又买了一管牙膏,然后去找她的女朋友们。楼上楼下,都给下班的男女工人挤满了,感到很热,不住地出汗,再加心里不安静,不想在热闹地方挤,她便赶忙走了出来。天已经黑了,一片星光闪在天上。外面虽比里面好点,但究竟还不凉快。孙玉芬她总感到袁廷发这个人都有错误,而且似乎不轻,就不免心里沉重起来。同时也感到,她过去多么幼稚,对于人的认识,真是肤浅得很。

孙玉芬只顾想心事,没有注意路上来往的人,刚在一个转弯的地方,几乎给一架自行车碰着。幸得骑自行车的赶紧弯倒车子,跳了下去,才没有碰着她。骑车的人带着温和的声音,略微责备地说:"我一直在按铃子,你没听见么?"

孙玉芬一听声音是熟人,就惊喜地说:"德贵二哥,是你吗?你到哪里去?"

秦德贵听见声音,才从朦胧的光线看出孙玉芬来。因为路灯远了一点,又有树影遮着,不听声音,就认不出人。

"我回宿舍去。幸得转得快,差点就碰着你了。"秦德贵高兴地说,这种想不到的遇见,是使他愉快的,同时又听见孙玉芬亲切的问询,觉得一见了她,就把心里的疑虑和不满全抛弃了。

"你是才从厂里回来么？怎么这么迟才回来？"孙玉芬这么问的时候，秦德贵背后那面的天空，正被炼焦厂出焦，映得通红，烟囱、水塔、瓦斯库，都一时现了出来，只是被流动的烟云抹去一些轮廓和形象。

"哎呀，这几天真不得了，就是一下班有人来问这个那个，连你的娘老子，做啥干啥，他都要问到！一直搞到现在，才脱出身子。"秦德贵诉苦地说，"我还没有吃晚饭哩！只说快点跑回去，又差点要碰倒人。"

"听说，你不是挺高兴这一套吗？怎么又叫苦起来？"孙玉芬讽刺地说，一面情不自禁地微笑起来。

"谁说，我高兴这一套？要不是领导上再三指示我，我一下班就会偷偷溜走了。"秦德贵有点愤慨地说。

"这也怪不得别人，你不搞那些出风头的事，谁又会拉着你问这个问那个？"孙玉芬仍然讥讽地说，脸上却敛住了笑容。

"这是说我爱出风头么？"秦德贵脸都差不多气青了，"我问你，领导上派你做一件工作，你能说声不去么？领导上号召提合理化建议，你连脑筋都不动一下么？我并没有想过，为了登报，才去接受分派的工作，才去提合理化建议。我还再三地说过，我工作忙，不要让我去见记者。领导上说，这不行的，你得去同他们讲话。老实说，我挺不喜欢这样饿肚子，连饭都吃不上。"接着还叹一口气，"我真不懂，你为什么说我在搞出风头的事情？"

"你们厂里的事情，我当然不全晓得。"孙玉芬笑着说，"只是有人在这么讲你。"

秦德贵一猜就知道是谁在讲，他只有忍着气，向孙玉芬说："我只消告诉你这一点，你就晓得了。那天报上登的烧结炉底，就比炼钢辛苦得多，一个不对，就会出岔子。第二件事情，爆炸沉渣室，更是危险，那得拿性命去拼。要拿这些事情来出风头，那只有傻瓜才肯干，真正出风头的人，他不会这样干的。"

"那么，我要问一句，你为什么对竞赛又没有兴趣呢？我们计器车间的小组，一切都准备好了，为什么一直不答复？这不看出你对于个人的工作更感兴趣吗？"孙玉芬一直不放松地责问他，她觉得在他面前，感到亲切，用不着隐蔽自己的思想,要说就说个痛快。

"你晓得我们炉顶坏了吗?"

"晓得,而且还晓得已经修复好了。"

"你还晓得我们三班不和吗?"

"我同你们三个炉长都熟识,可就并不太熟识,只能感觉到一点点。"

秦德贵听了之后,心想你还不同张福全挺熟识吗?但他并没有说出口来,只是带着愤激的口气说:"你想想看,袁廷发他就不想竞赛,张福全一见面谈不得话,一谈就要吵架,怎么能够同你们竞赛呢?"

"为什么张福全要同你吵架?你们过去不是还相处得好么?"孙玉芬一直望着他的脸,仿佛要从他的脸上研究出原因一样。

"连我也不晓得,他总生我的气。"秦德贵低下了头,感到有种苦味,生长在他的心头,使他特别难受。

"你可以同他好好地解释下子,我想,咱们都是工人阶级,还有什么事情不好解释的。"孙玉芬恳切地说,她很希望这两个人和好起来。

秦德贵叹了一口气:"要是他肯听你解释,那早没事了。"

正讲到这里的时候,一群姑娘叽叽呱呱地讲着笑着,走来了。首先刘先菊看见孙玉芬,就笑着喊道:"孙玉芬,你真好呀,到处都把你找遍了,原来躲在这里来讲话。"

秦德贵看见一群姑娘里面,还有一个男人是张福全,便掀动车子,骑上去就走。孙玉芬赶在后面叫:"等一下,我还有话同你讲。"

秦德贵跑了一截路,又转了回来。孙玉芬跑过去,小声对他说:"我打算约个时间,请你和张福全一道来我们宿舍,大家当面谈一谈,好不好?"

秦德贵听见这么说,心里紧了一下,连忙问道:"他会同意吗?""他会同意的,他挺听我的话。"孙玉芬充满了自信地说。秦德贵低下头小声地说:"好吧,你随时通知我好了,我来就是。"他感到张福全和孙玉芬的熟识,的确已经胜过了他,心里涌起了悲哀,除了这回答之外,觉得没有别的什么可说。他一时呆了,站在那里不动。

孙玉芬在朦胧的灯光中,看不清他的脸色,就笑着说道:"你快回去吧,你不觉得饿么?"

秦德贵这才骑上车子,跑了。

三

孙玉芬转回来的时候,一个女工徐采兰刚同刘先菊她们碰在一道回宿舍的,就向孙玉芬半开玩笑半带责备地说:"孙玉芬,你真自私呀,你同秦德贵那么熟识,为什么不给我们介绍一下,就悄悄把他放走了?"

孙玉芬笑着骂道:"你才说得怪哪,人家又不是一条鱼,我会捉了又放走他。"

刘先菊打趣地笑着说道:"怪不得一下就不见了,原来跑到这里来捉鱼。"

孙玉芬又笑又恼地骂起来:"你要我说出好话来了!"

庄桂兰庄重地说:"大家不要胡扯了,"又向张福全说,"张福全同志,你留的冰砖呢?"接着又向孙玉芬说,"刚才张福全同志请我们吃冰激凌,看你不在,还买一个冰砖送你。"

张福全一句话也没有讲,只现出冷冷的神气,把纸盒子装的冰砖递给孙玉芬,孙玉芬推让地说:"我不想吃太冷的东西。"张福全便把冰砖送给庄桂兰,然后转过身来,向大家说道:"不早了,我要回宿舍去了。"刘先菊连忙说:"你不是说,要去同我们打乒乓吗?怎么又不去了?"张福全冷冷地说:"我不去了。"一面大踏步地走去。

孙玉芬连忙向他喊道:"张福全同志,请你等一等,我有话同你谈。"

张福全站了下来,敌视地望着孙玉芬。他觉得孙玉芬和秦德贵晚上站在路上讲话,好像事先约过似的,而且孙玉芬脸上流露出一股热情,显出两人的关系很不平凡,再加以看见秦德贵一下跑了的神情,更像秘密被人识破,很不好意思一样。更使张福全生气的,是孙玉芬当着众人在场的时候,还要赶着去谈那些没有说完的话,他认为这就是有意使他难堪。他无形中业已确定孙玉芬是他的未婚妻了。因此,他今晚看见孙玉芬同秦德贵在一道的情形,他是很生气的。

孙玉芬望了他一下,第一次看见他这种不高兴的脸色,她想不出他不高兴的原因,便也不管他的,对他说:"我刚才同秦德贵谈话,才晓得你们两人,的确有些不和气。我想约一个日子,你们两位都到我的宿舍来,好好谈一下。我想大家都是工人阶级,没有什么谈不好的。"接着又诚恳地说一句,"为了做好竞赛的准备工作,我觉得应该约你们谈一谈。"她就是这样一个人,起心要做的事情,总要做到底的。

张福全听着一直不吱声,只把眼睛望在一边。

孙玉芬就又说道:"秦德贵他都答允了,只征求你的同意,我好约定一个日子。"

张福全听完之后,转身就走,一面生气似的说:"我不同意。"

"为什么?"孙玉芬赶在后面问他。

张福全一面走,一面头也不回地说:"我就是不愿意同他见面。"而且他还想说一句,"我也不愿意到你的宿舍去。"他忍着没有说下去。

孙玉芬走在他的旁边,边走边问:"为什么你同秦德贵会有这样大的仇恨? 到底为了什么事情?"

"这个请你不用管!"张福全冷冷地说,一枝拂在头上的柳条,碰着了他的脸,他就生气地顺手把它拉断。

"张福全同志,我觉得你今晚上好像在生我的气。"孙玉芬不高兴地说。她一向认为张福全这个人脾气好,和蔼可亲,起码可以作为一个很好的朋友,现在却完全推翻了先前的认识。

"我怎么敢生你的气呢?"张福全放缓了足步,但口气仍旧冷冷的。

孙玉芬直率地说:"张福全同志,我们认识并不太久,可是我一直觉得你是一个直爽的人,你该有话直说的好。我今晚同你谈话,没有别的目的,就是想使你们团结起来,和我们女工一道竞赛,共同搞好社会主义建设。我真想不出你和秦德贵,会有什么深仇大恨。就说秦德贵有个人英雄主义,可以当面提出批评。刚才我同他谈,就了解到这回报上登的两件事情,并不算得什么个人英雄主义。"

张福全鼻子哼了一声，还冷笑地说："当然在你看来秦德贵总是好的。"

孙玉芬恼怒地说道："如果事实证明，秦德贵是对的，我当然要说他好。我告诉你，我是一个工人，我就得说直话。"

"好吧，就要请你多多地看事实，不要只听信他一个人的吹牛。"张福全也有点恼怒起来，随又用温和的口气，略带讽刺地说："孙玉芬同志，最好你去听听袁廷发他们的意见吧！"

"当然也要听听他们的意见。"孙玉芬冷冷地说，其实心里却在愤怒地想："我还用得着问他们吗！"随即停下足步，说声"再见"，便转身回来赶她的女朋友们。

马路上的街灯，稀稀疏疏的，再加两旁长着高大的柳树，枝叶茂密，就有些地方显得明亮，有些地方显得朦胧，原野上吹来了晚风，柳条轻轻地飘动。夜在开始凉了，但孙玉芬心里却感到了烦躁郁闷。走到一处灯光明亮的地方，看见一枝柳条，横落在马路边上，那种生鲜浓绿的样子，使她感到难受，她知道到明天就全枯萎了。这是刚才张福全拉掉的。她摇摇头，心里想："我讨厌这种粗暴的举动。"

庄桂兰还一个人靠着柳树在等她。看见孙玉芬走来，打量着孙玉芬的脸色，小声地问："他走了吗？刚才他还高高兴兴地说，要到我们宿舍去打乒乓。"

孙玉芬没有说话，只是朝前走着。

庄桂兰走在旁边，感慨似的说："如今同男朋友来往是有些麻烦，我有个表姐，她在机械厂工作，同两个男工熟识，搞久了，三个人就不能碰在一道，这使我表姐左右为难，挺感痛苦。……我感到男人们心胸太狭窄了。"

"这不只心胸狭窄，这简直是在干涉别人的自由。"孙玉芬愤愤地说。

第二十二章

袁廷发往天接班的时候,总要费神督促工友,要把上班交来的工具,点数清楚,甚至还要说两三句气话:"交班交不了,我可不管哪。"但在第三次批评后的次日早上,他就不管他们怎样接收工具了,他只拿铁锹拨开炉门一点,瞧瞧炉顶有没有化,再问一问上一班的炉长,炉内加了多少矿石废钢,兑铁水有没有耽误时候。他心想:"你们的事,咱可不管,错了,就得让我来提意见,当真就只有你们才有嘴巴。"

袁廷发不同工友们讲话,只是在炉前走动,从炉眼里观看炉顶,观看钢水熔炼的情形。往天要变更炉内的煤气和空气,他得转过身来,举一下手,还要"呵"地叫一声,有时还要鼓下眼睛,责备管变更机械的工友,为什么不注意。这一天,却不同了,只消一举手,管变更机械的工友,立即拉响铃子,打开电气开关,转动变更机械。

袁廷发看见炉门钢渣很稠,刚一说要加黏土块,工友们立刻拿起铁锹行动起来,一个个奋勇争先,把黏土投进猛火冲出的炉门,全没往天那种缓慢的动作了,袁廷发心想:"这些小子,今天哪来这么大的劲。"接着暗笑起来,"对了,怕咱提意见。"于是又暗暗骂道,"狡猾的东西,等等再看吧。"

往天他注意快速炼钢,也注意炉体的保护,常常规定时间要工友用镁火泥贴补前墙,用压缩空气吹扫炉顶。在这一天,规定的时间还没到,他就要他们做这两样工作。心里想:"好家伙,你以为咱是好惹的么?"但工友们并不感到为难,只是努力地干。他们觉得在第三次批评炉长的会上,闷在心里的话全都讲了,炉长也答允改过,还有什么事不高兴呢?

同时袁廷发还发现工友们平日不大关心的事情,现在也关心起来了。

像出钢之前,专门管高温计的人,要拿一个照相机似的仪器,对着炉门,查看炉内温度,看是否到了规定的热。工友们向来是不管这些的,一千四百度出钢也好,一千四百五十度出钢也好,这都是炉长一个人的事情,同自己没有关系,在这一天,可不同了,高温计一照,就跑来问:"一千几?"

这天下班的时候,乙班的炉长张福全来接班,楼上楼下,炉前炉后,逐一检查,没有话说,还向袁廷发笑着说:"今天干得挺不错。"

袁廷发又去查一下技术员和公司的检查员写的两份工作程序记录,都一致说明了,好些工序都缩短了时间。打出钢口缩短了六分钟,补炉缩短了五分钟,堵出钢口缩短了五分钟,创造了六点五十四分钟的新纪录。袁廷发了解到这次快速炼钢特别快的原因,不由得心里乐极了。这个新纪录是他想望了许久的,因为有了这个新纪录,就谁也不会再提他那可耻的七点一炉的纪录了。

这时他才完全领略到,为什么秦德贵通常那么高兴,老是笑着,同工友一道打球,一道打扑克,一道玩耍,嘻嘻哈哈的,开起会来彼此毫不客气地提意见,正是秦德贵善于领导的表现,同时也正是秦德贵能出快速炼钢的原因。他知道出快速炼钢,主要是决定于炉长的技术,但炉上的工友齐心努力,是更能缩短时间的。而在一个炼钢工人看来,能够缩短几分几秒,都是应该争取的。以前何子学批评他,说他应该看看秦德贵他们那一班,他很不服气。现在却暗自心服起来,觉得对于工友是要好好地领导,不能再用伪满时候师傅对徒弟那一套老办法。

"我能够跟他们一道嘻嘻哈哈地玩吗?不行,我已经不年轻了。三十二三的人不能像小孩子一样。"袁廷发有时这样想的时候,对于秦德贵的年轻,简直感到嫉妒。

梁景春到炉上来祝贺他创造新纪录的时候,问他工作上还有什么困难。他第一句回答:"很好,没有什么困难。"停一下才又说道,"我就是不晓得怎样团结工友。"

"你这问题提得很好。"梁景春非常高兴,还用手拍一下他的肩膀,"平炉车间也有人会团结工友,你没看见吗?"

"看见的,党委书记。"袁廷发抑郁地说:"秦德贵就能同工友嘻嘻哈哈地玩耍,我就恨我年纪太大了。"

"你大什么,我看还年轻得很。"梁景春笑着责备他,继又郑重地说,"其实团结工友不一定要嘻嘻哈哈地玩耍,自然那是好的。像你这样有技术的人,你可以主动地把一些技术告诉他们,他们就会尊敬你,爱你。试问问看,哪一个工友不想学你的快速炼钢?"

经过这样谈话之后,袁廷发发现工友多么爱听他的技术指导,一个个脸上,都放射出感激和欢喜的眼光。有天上班之前,工友响应上级的号召,开会提合理化建议,纷纷提出不少改进工作的意见。最后袁廷发说:"让我来提一个。我提议大家,从一助手起到工友为止,每天抽出一个人轮流做炉长,从装料到出钢,都由他指挥。"

"那怎么行呵。"工友都笑着嚷叫起来。

"行,我说行,一定行的。"袁廷发严肃地说,"你们轮流做炉长,我并不是闲着呵,我一直要在旁边,从头看到尾,哪点做错了,我会马上纠正。只是你们得先用脑筋,该装什么料?投黏土块、还是投石灰?要自己核计核计。觉得不对,就问我。对,你就自己做去。"

工友们听得很有味,听完了,还高兴地笑着,你看我一眼,我看你一眼,仿佛一股新鲜的血液,来在他们的身体里了。

看见工友们的脸色,袁廷发也欢喜起来了:"就这样做去,你们一定能够很快掌握技术的。这我敢写包票。"

首先是一、二助手热烈地赞成,继后工友也兴奋地说:"袁师傅,你可要多多告诉我们呵。"

"那何消说得。"袁廷发充满信心地说,"我一定要使你们满意才对。"

工友们轮流做炉长的时候,一个个累得满头大汗,不想休息,也不想吃饭,只是聚精会神地工作。袁廷发看见他们饭都不吃,便不忍地说:"快去吃饭吧,让我代你工作一会儿。"

"不,袁师傅,我吃不下。"差不多各个人第一次做炉长,都是这样的。

工友做过一次炉长之后,都感动地说:"这做一天比做三四个月,还学习得多。"

而袁廷发呢,就被工友们看成为最好的师傅了,一提到袁廷发的名字,大家就情不自禁地感到欢喜。

党委书记梁景春一发现这一成绩,等不及袁廷发上班,就坐汽车跑到他的家去祝贺。拉着袁廷发的手,一直不放地说:

"同志,你这创造的价值,实在大极了。我祝贺你的创造,还要好好地总结。"

袁廷发正从炕上爬起来,只是莫名其妙地笑着,一面习惯地说:"没有什么。"

丁春秀却喜欢极了,情不自禁地拉着党委书记的手腕,非常兴奋地问:"党委书记,是不是他夜班创造了快速炼钢的新纪录?"一面又拿手掀一下袁廷发:"你怎么瞒着不告诉我呀!"

"不,不是快速炼钢,他是创造炼钢技术快速教学法,这比快速炼钢的价值还要大。"梁景春对丁春秀说了之后,又赶快向袁廷发说,声音显得亲热得很,"老袁,你知道,你这快速教学法,有很大的政治意义呵!我们新中国在进行大规模的建设,需要多少的炼钢人才,成天成夜地培养都来不及呵,好同志,"梁景春原已放开袁廷发的手,这下又热烈地拉着,"你这一创造,解决了国家多大的困难。现在就要总结你这个快速教学法,拿来推广。"

袁廷发已转到夜班了,白天需要睡觉的,经党委书记这么一来,完全睡不着了,梁景春一走出去,就发狂似的欢喜起来:"我真想不到,一点点教学法,还有这样大的政治意义。"

丁春秀又高兴又埋怨起来:"怎么这个什么法,你都不告诉我?"接着又天真地问,"这会得奖吗?"

"妈的,你总是想得奖。"袁廷发忍不住笑着骂了一句,接着又用手猛力地搔了一下他的后脑,"哎呀,我哪里晓得有这么重要。我只以为这不过是教教徒弟。"随又感动地说:"这个党委书记真好,他就像故事里的神人一样,到处点石成金。一个霉黑的东西,都会给他放出光来。"

丁春秀撇一撇嘴说:"我倒不稀罕什么奖!"随又露出精明的脸色,指点地说:"我觉得你现在应该请求入党了,你应该有这个光荣。"

袁廷发原是赤裸着身子,这时便赶快抓件衣服披起,朝门外就走。

丁春秀连忙问道:"你到哪里去?"

"我去找老何。"

"他不是在厂里吗?"

"我就到厂里去找他!"

"你应该睡一睡再去。"丁春秀赶在后面劝他。

袁廷发头也不回地说:"你看我怎么睡得着。"

袁廷发骑上车子,一直朝厂里跑去,一面又在想:"我一定向支部书记讲出我那次犯的错误,不该化炉顶去搞七点一炉的新纪录。"他早就知道,一个做党员的重要条件,首先就要对党忠诚老实。

第二十三章

一

袁廷发下班的时候,再三向张福全交代:"这次出了钢水,一定要炼炉。依往天的情形,在我的班上就该炼了,就是厂长不答允,要再拖一炉。今下午我真是捏着一把汗在干活。"

张福全吃了一惊,连忙问:"炉底有坑了吗?"

"坑倒没有,只是太薄了,"袁廷发拭拭额上的汗,"我量过,已到了一米二了。"

"好吧。"张福全勉强答允了一声,他心里觉得这是袁廷发太小心谨慎了。厂长赵立明不是在汇报的时候,早吩咐过吗?就是到了一米二,也得斟酌炉底的情形,拖一拖,再多炼一炉钢。因此,对于袁廷发的叮咛,不以为意。

张福全近来的心情,很不好,自己失悔不该那一夜同孙玉芬顶嘴,可又找不到机会去同她解释一番。有一天晚上,好容易打通了电话,约孙玉芬谈一谈,可是对方回答厂里在竞赛,工作挺忙,抽不出时间,这使他非常扫兴。觉得两人的关系原来就像船靠了岸,挨在一道,现在却又一下撑开了,溜得远远的。他觉睡得不大好,工作起来不大起劲,常常在炉前看炉顶,一不注意,心又跑到公园,女工宿舍,夜间的马路上去了。幸得李吉明大力帮助他,把主要的工作都担在自己的肩上。

李吉明推测张福全可能恋爱上出了一点岔子,不然就不会那样脸色不好,对一切事情都没有兴趣。他不好问得,只有偷偷望下张福全的脸色。有一次,快要到下班的时候,李吉明便对张福全说:"我们兑了铁水再下班吧。"

张福全望一下钟,便说:"我们用不着争这点分,让他们下一班兑吧。"

李吉明挨近张福全一点,低声地说:"多这点计件工资分,我倒没有看在眼里。只是秦德贵那小子,这几天太臭得意了。"

"不,请你不要忘记我们九号炉的作风。"张福全斩钉截铁地说,他觉得再整秦德贵没有什么好处,再加领导上近来查得严,坏行为是不容易掩藏了。同时感到孙玉芬同他好,和他亲近,正是由于孙玉芬知道他能够牺牲自己的利益,为下一班制造好的工作条件。这点是建立感情的基础,不能丢掉,自己不是还想设法同孙玉芬重修旧好吗?

李吉明忍不住冷笑地说:"你真是个好人。那么秦德贵那小子,要你给他创造好的恋爱条件,看来你也肯干了。"

"我揍你娘这个狗头,你嘴里简直在吐屎了!"张福全气红了眼睛,捏紧拳头,几乎要跳起来打李吉明。

李吉明满脸惶恐地说:"我是完全为你好,有一点坏心思,天雷打我。"

"你少吱点声好不好?"张福全恨恨地说,随又和缓了语气,"你什么都好,就是讲起话来,气味不好闻。"

"你就是太大量了,大量来没有边。"李吉明感叹地说,"真叫我看了生气,为什么要让整你的人,白白占你的便宜。"

"谁敢占我的便宜?便宜那么好占的吗?"张福全冷笑地说,继又变成了教训的口气,"咱们是工人阶级,总得要大量一些。你没看见那些私营工厂的工人,不是明明说过要让资本家占点便宜吗?"

李吉明叹一口气说:"老张,你这样的人,全不管你自己,我们做朋友的,真得多替你担心才成。"

"我只希望你少说点话。"张福全低声地说,脸上完全现出了和解的神情。

经过这一次的小小斗嘴,李吉明就越发出力地工作,张福全也就更加依赖他了。

这一天,袁廷发叮咛他过后,下班去了。约隔一点钟便出了钢。李吉明便向张福全说:"老张,你歇一下,让我来看炉底。"他首先叫管倾动机的,把空炉子朝前倾侧一点,又叫管卷扬机的,依次拉起五个炉门,便围起围裙,去观察炉底。

张福全出钢的前一刻钟,注意加锰铁,出的时候,又注意地加铝进去,一直在紧张地工作,浑身热得没有气力。平常在白天出钢后,总有护炉技师来观察炉底,落得自己可以休息一下。现在护炉技师都下班了,观察炉底的责任,当然就落在炉长身上,做炉长的得重新提起勇气,去面对酷热的炉火。张福全看见李吉明奋勇去看,便落得暂时休息一下。他坐在白云石堆上吸烟,但还是很关切地问:"有坑没有?"

李吉明用袖头掩着鼻子和脸,通过帽檐上挂的蓝色眼镜,直是朝炉底瞧。一面头也不回地说:"没有坑。"

"再瞧一遍,瞧仔细一点!"张福全大声命令地说,一面又回头向放机械和仪表的屋子,举起手来,旋一个圈圈,意思是叫管变更机械的把机器转动一下,变换一次煤气,好使燃烧着的火焰,停止一会儿,就能使李吉明看得更清楚一点。

张福全让李吉明看完之后,又大声地问:"一点坑也没有吗?"

"没有!"李吉明大声回答之后,向管卷扬机的,举起手来,往下一按。接着炉门便挂下来了,把门洞掩着。李吉明把挂下来的蓝色眼镜,推上帽檐,就走到张福全面前,请示地说:"你看,怎么办?炼炉吗,还是补一下炉就装料?"随又补说一句,"我看,炉底倒是挺好的。"

张福全记起袁廷发下班时候的叮咛了,站起来说:"我看还是炼炉吧。"

"你还是考虑一下吧,"李吉明低声地说,"厂长批评起来,那是不好受的。"

"等我打电话请示一下。"张福全跳起来,就跑进放机械和仪表的室内去打电话。打了好一阵,没有打通,张福全颓丧地说:"厂长又不在,怎么办呢?"

恰好值班主任鲁进程来了,张福全赶忙去找他,把炉底情况告诉他听。

鲁进程就说:"没有坑?那我打电话给厂长,看他怎么说,没有他的同意你不能炼炉的。"临着去打电话,他还回头问:"你的确检查了两次吗?"

张福全立即点头地回答:"我的确检查了两次,平平的没有坑。"

不久鲁进程就从办公室打来电话,说刚才打电话到厂长家里,他说没有坑,就再炼一炉钢,只是补炉的时候,白云石要铺厚一点。

李吉明站在旁边,问清鲁进程是怎样说的,就立即高兴地说:"这好了,让他们下一班去炼炉吧。"他又向张福全说:"让我来补炉吧。"立即拴上围裙,像一个护炉技师似的,站在打开的炉门侧边,指挥大家补炉。

指挥补炉的工作,比拿起铁锹铲白云石投进炉去,还要辛苦得多,因为投了白云石,就可以离开炉门一会儿,站在炉门边,指挥补炉,却是要从熊熊的火焰中,去观察炉底,看哪里白云石投多了,哪里投少了,指挥下一步应该投在什么地方,一直不能离开,穿的工作服和围裙,以及戴的帽子常常会烤焦了,冒出烟来。张福全落得有人代他做这辛苦的工作,便下楼去看蓄热室,转上楼的时候,又去观察炼铁煤气、炼焦煤气和空气的流量表,还去招呼原料吊车,要他们准备装料。在这些时候,他就情不自禁地想到,下一个轮休的日子,能碰在星期天就好。如果碰不着,就设法同谁换一下,务必要找个机会去同她谈谈。

补完炉后,李吉明累得满头大汗,一脸通红,鼻子都像要烤焦似的。他向张福全说:"我不帮你装料了,我要去看看他们堵出钢口。"

"让他们去堵一堵吧,你歇一歇。"张福全望下李吉明,现出感动的脸色。

"不,还是我去堵。"李吉明勇气勃勃地说,立即走到炉后去了。

二

约在十一点多钟的时候,九号炉的钢水,正在精炼。工友下楼去检查,发现炉底的钢板,红了一小块,慌忙上来报告。炉长张福全立即派人叫吊车送大罐来,一面赶紧打出钢口,不管质量合不合规格,都要赶快倒了出去,不然,就是一场滔天大祸。

大家都集中在炉后,尽量迅速打开出钢口,打开得快,钢就出得快,打开得慢,那就保不定会把炉底烧穿。这时候秦德贵从俱乐部跑来了,他分开众人,当先拿着电讯管去烧,一面喊着:

"这不行呀!赶快多背几瓶氧气来,接他三四根电讯管来烧。"

张福全背着氧气瓶子,氧气瓶子很重,一个人背起来很吃力,但为了救急,也拼命地背着跑。张福全心里很着急,这样重大的事故,他还没有遭受过,不幸跑的时候,跌了一跤,氧气瓶子打伤了他的足趾,登时走不动路。

好在有秦德贵帮忙,出钢口终于打开了,钢水立即倾倒出去,大家都大大舒了一口气,以为没有事了,但在出第二罐的时候,炉底到底穿了一个洞。因为炉底一共有三罐钢水,只出了一罐,还有两罐,压力是很大的,只要一烧穿,洞就会扩大。第二罐钢水,还没有倒进好多,钢水漏了,楼下火焰冲了上来。大家怕烧燃百吨吊车,不敢再接,只有迅速把大罐吊开走。几十吨的钢水一漏下,楼下一片火光,半截厂房都照红了,紫黄色的烟子,上升起来,在平炉前后的人,都受不住了。

值班技师鲁进程着急地叫起来:

"快下去一个人关水封,煤气管子炸了不得了!"

张福全是受伤了,不能下去。工人们呢,从来没有经过这样的事情,都显得惊惊惶惶的,怕危险,不敢下去。李吉明闯下去一下,又跑了上来,惊恐地说:"不得了,简直闷死了人。"

秦德贵听见要人关水封就叫了起来:

"该死的,怎么水封还没有关呀!让我去关。"

从平炉前面通到楼下关闭煤气管子的地方,有一条捷路,就是拉开过道上的铁盖子,顺着铁扶梯爬了下去,秦德贵跑去拉铁盖子,简直把手烫得发疼,因为烧出钢口的时候,手套烧坏,他已经把它丢了。但一忍痛拉开,紫黄色的烟子,冲了上来,呛得自己气都喘不出来了。他只好丢下铁盖子,绕到平台外面的铁梯子,跑了下去。

鲁进程大声地吩咐:

"多去两个人帮他!"

李吉明和两个工友也跟着走下去了。

楼下火光强烈，漏下的钢水，一落在地上，又四面溅射起来，而且钢水一接触到潮湿的地面，就发出爆炸的声音，流入水道声音更加大了，就像在放鞭炮一样。楼下的电线，也在着火燃烧起来，热得秦德贵简直受不住，紫黄色的烟和白色的水蒸气，到处都是。仿佛忽然一个奇怪的雾幕，把楼下的一切完全遮盖起来。秦德贵眼睛都睁不开。跟着下去的李吉明和工友，朝水封地方冲了进去，又马上退了出来，热得太厉害了，使人招架不住。

秦德贵眯着眼睛，用手摸着，满头大汗，爬上第一个铁台子，不管是炼铁煤气管子还是炼焦煤气管子，抓着开关的机械，就用力关了起来。这是很费力的，平时要两个人来关。同时站在铁台子上，烟子直是冲击他的鼻子，呼吸都很困难，也觉得自己头昏，有点支持不住了。但想着煤气管子爆炸起来，说不定全厂都会遭到破坏，那国家的损失可就大了，自己就拼了性命也得把煤气管子关好。

煤气管子有两种，一种管子是装炼铁厂来的炼铁煤气，一种管子是装炼焦厂来的炼焦煤气。秦德贵关好一个管子还得关另一个管子。他跑出来透一口气，又眯着眼睛爬上第二个铁台子去关。

但这样关了之后，仍然不能保险，因为用机械来关闭煤气还会漏过，于是又摸了下来，摸到煤气管子弯向地面那一截，把水管打开，让它充满着水，这才保险煤气不会通过了。李吉明冲进来了，闷声地喊："水管在什么地方？"他闭着眼睛只是摸煤气管子。秦德贵喘着气叫："你快出去，我已经关好一个了。"李吉明只好跑了出去。把两个煤气管子的水封关了之后，秦德贵业已热得来快要昏倒了，他跟跟跄跄跑了出来，带着一团火和烟子。

"哎呀，你衣裳着火了！"站在原料场上的工友连忙扶着他，赶快给他脱下工作服，贴肉的汗衣，当胸的一面完全湿透，背上的一面却烤焦了。

秦德贵让人扶着，满脸流汗，心里热得发慌，眯了一下眼睛，又再慢慢睁开。

鲁进程也下到原料场边上了，连忙拉着他的手，着急地问：

"你哪里不好过？"随又吩咐扶他的工友，"再扶远一点，让他坐着歇一下。"

秦德贵摇一下头低声地说:"不要紧,"随又向旁边的工友吃力地说,"给我喝点水。"

鲁进程又慌忙地问:"关好了吗?""关好了。"秦德贵微微一笑,这使他自己感到愉快,同时凉风一吹,身上一下子又像增加了一些活力。

"这很好。"鲁进程同他握手,忽然一下又想起什么了,立即又问道,"你这边进水的管子开了,那边放水的管子,开了没有?"

"哎呀,该死的!"秦德贵叫了起来,"简直把我搞昏了。"他又要朝烟雾里跑去。

"你不能再去了。"鲁进程立即拉住他。一个工友忙问鲁进程:"放水管没有开,该不要紧吧?"

"呵,那不行! 那水就流进烟道去了。"鲁进程着急地叫了起来,连忙拉下旁边的工友,"你们赶快去,把水封上的放水管子打开。"

李吉明直朝黄色烟雾里冲了进去,接着又跟跄地冲了出来,脸子烤红了,眼睛睁不开,一面咳嗽,一面嚷叫:"哎呀,简直摸不到。"

秦德贵等不及喝水,立刻冲了进去,他跌倒了一下,又马上爬了起来。李吉明也勉强跟在后面。秦德贵感到一下又被火热的烟雾,包围着了,头发涨,心里发慌,鼻子呛得难受,眼睛简直睁不开。但他一摸到放水管子,便拿出最后的力量来开它。这时突然感到背上给什么东西打了一下,疼痛异常。他忍着疼痛,又摸去开另一个水封的放水管子,他支持不住了,登时失去了知觉,倒了下去。

第二十四章

开完讨论九号平炉漏钢事故的会后,梁景春向何子学说:"到办公室来,我同你谈谈。"何子学尾在后面,高兴地说:"今天这个会,真开得好。"他觉得党委书记主持这个会,这么说不仅符合自己的推测,而且也使党委书记心里高兴。梁景春没有说话,走进党委书记办公室后,他才对何子学说:"这件事故太大了,还不能开这么一次就能完结,我们要切实地加以调查。我今天只是鼓励大家多讲话,多讲心里的话。我看首先要弄清楚的,就是要在什么情况下,才能漏钢。"

何子学立即插嘴说:"一般是到了一米二以下,就要漏钢。"

"你不是听见厂长讲吗?五号炉到了一米二以下,也没有漏?"梁景春迅速地反驳他,随又放缓声音,"我们要研究具体的情况,到底九号炉是怎样漏钢的。"

"可能炉底薄了,又出现坑,以往漏钢,也就是这样的。"何子学提供他过去了解到的情形。

"刚才厂长也在说,是有了坑。"梁景春注意地说:"我们就要研究,假设有坑,是不是补炉的时候,没有发现?"

"一般都要发现的,只要炉长、护炉技师仔细检查。"何子学觉得这方面的事情,他无论如何要比党委书记熟悉许多。

"那么,有没有这样的情况,炉长、护炉技师有没有粗心大意的地方,有坑没有发现出来?"

"护炉技师总是认真检查炉底的。"何子学说,"因为他的主要工作,就是保护炉底。"

"那么炉长呢?"梁景春说了一句之后,又补说一句,"昨晚九号炉就只有炉长在场。"

何子学想了一下,才说:"这恐怕会有的。"

"那么你觉得张福全这个人,工作态度怎么样呢?"

"前一向他是为下一班留些困难,可是经过多次谈话,最近他已改过了。"何子学小心地回答,望望梁景春的眼色。

"这个人,我们要好好调查一下,究竟他那天工作,是马虎大意,还是有意为下一班制造困难?"

"这一点挺难查出,因为困难就发生在他那一班上,我想他不会为自己制造困难。"何子学摇一下头,随即还皱起眉头。

"不能说挺难查出,我们不能这样说的。"梁景春微笑地说,脸上充满了信心,"我晓得,补炉不像看炉顶那样,只是炉长一个人的工作,补起炉来,炉长或是护炉技师,总是站在炉门侧边指挥,实际去补的是工友,有没有坑,工友一定看得见的,他们总是照着指定的地方,投进白云石,决不是随便乱投,这得去找工友调查。我们常常说要工人动动脑筋,我们做思想工作的,更要动动脑筋。"还用手轻轻地敲下额头。

何子学脸红了起来,赶忙说:"我一定同他们工友好好地谈一谈!"

梁景春问道:"张福全班上,有党员、团员吗?"

"没有。"何子学不安起来,觉得梁景春一定要指责几句,会说过去对于发展党员、团员的工作没有做好。

梁景春轻微叹息一下:"在群众中没有好好发展党员、团员,工作起来当然是挺困难的。"随即用指头点点面前的桌子,"我们对这方面的工作,得好好努力一下。"接着又再问道,"有积极分子吗?"

"积极分子倒有的。"何子学迅速点一下头。

"叫什么名字?"梁景春不放松地追问下去,他怕何子学随便说来塞塞责。

"一助手李吉明挺积极,刚才在会上挺能发言的,就是他,最近在黑板报上还表扬过三次。"何子学说了之后,又举了一个人,"还有吴俊成也不错,工作挺负责。只是还没有像李吉明那样,能够主动地争取工作。"

梁景春低下头,拿手摸一摸前额,沉吟地说:"李吉明这个名字,好像听得挺熟的。前次七号炉打不开出钢口的事情,那个人是不是叫李吉明?"

"就是他,前一个月,才调到九号炉的。"何子学连忙回答。

"怎么调到九号炉来了?"梁景春诧异地问,接着皱起了眉头,"关于他的一些问题,不是没有解决吗?"

"这是由于张福全的请求,厂长答允了的。"何子学分辩地说。

"你对于这个人怎样了解的呢?"梁景春眼光敏锐地望着何子学。

"他一向是积极的,自从调到九号炉来,就更加积极了。九号炉的乙班,同其他两班比较,是比较弱些。有了李吉明,就大大加强了。厂长当时同意调他,也就是想加强乙班。"

梁景春拉开桌子的抽屉,看了一下,随又关上了,用手指点着桌子说:"你注意没有?这次出钢口也打开得很不快哪。"

"我问过了,那是二助手吴俊成堵的。"何子学感到,幸喜他是问过了的。

梁景春点燃香烟,沉思了一会儿,才又说道:"你还是去找一般工友们谈谈。从现在起一切工作都放下,专做这件事情。不要开会,去同他们做个别谈话,谈话不要扣帽子,不要伤害人,发现他有顾虑,就立刻设法打消他的顾虑。这回事故太大了,一定要出力调查。发现什么问题,就立刻向我汇报。我还要同他们做个别谈话。"

梁景春抽完烟,就向平炉车间走去,看见厂长赵立明、苏联专家薛兹巴也夫和公司派来的工程师以及厂里的工程技术人员,各拿着一块长方形的蓝色镜子,正向九号炉门里面瞧。平炉内还燃着煤气,并没有熄下火来准备修理。他遇着袁廷发,便问他炉里的情况,什么时候熄下火来修理。

袁廷发的脸烤得通红,因为他一上班,炉门就一直打开,这个观察过来,那个观察过去,没有关过炉门,平炉前面的热度比平时高了许多。他一见党委书记就高兴地说:"专家正在研究办法,可以热补,不熄下火来,这样就能缩短修理时间。"

梁景春原是心情很沉重,觉得九号炉十多天不能生产,影响任务的完成实在太大了。现在听见能缩短时间,真是高兴得很。

"党委书记,秦德贵怎么样?该没什么危险?"袁廷发很关心地问,他一知道秦德贵不顾性命去关煤气和水封,防止煤气管子爆炸,救了整个工厂,才深切感到这个年轻人,真是一个优秀的共产党员,从心里生长起了极大的敬爱。

梁景春原是高兴了的脸色,又一下阴沉下去了。他难过地说:"医生说,挺危险,刚才打电话去问,还在昏迷状态中。"

"这要重重惩治张福全!"袁廷发愤怒地说,"祸事全是他搞出来的。我交班的时候,再三告诉过他:'你告诉厂长,一定要炼炉。'他就当成耳边风。"

"这个事故,我们正在研究,一定要弄个水落石出。"梁景春说了之后,怕耽误他的工作,就又走开了。

第二十五章

一

孙玉芬正午在食堂吃饭,才知道炼钢厂的九号平炉漏了钢水,有没有伤人,却还不晓得。到了下午下班,她便等在厂门口,看有炼钢厂的熟人走过,想找着再打听一些消息。不久看见袁廷发骑着车子走过,她赶忙叫住了他:"袁大哥,请你告诉我,你们九号平炉漏钢,伤人没有?"

"怎么没伤人!"袁廷发回答的时候,现出从来没有过的难过的脸色。

"谁受伤了?"孙玉芬担心地问,看见袁廷发的脸色,她感到事故的严重。

"秦德贵,昨晚就送到医院去了。"

孙玉芬忍不住惊慌地叫了起来:"严重吗?"

"当然严重!"袁廷发叹了一口气。

孙玉芬一时说不出话来,心里万分的难受,忍了一会儿,才问:"你看过他没有?"

"我是今天早上上班才晓得。现在才下班,抽不出身,我回去吃了晚饭,就去看他。"袁廷发回答之后,就又说:"我们走着谈吧。"

走了一会儿,孙玉芬才又带着埋怨的口气,问:"秦德贵,他为什么这样粗心大意,把钢水都搞漏了?"

"这不能怪秦德贵。就是张福全那个混账东西,真该死,他把炉子搞漏了的。"袁廷发提起张福全就大为生气起来。

孙玉芬赶忙插嘴问:"那么秦德贵怎么受伤的呢?"接着又补问一句,"是他去帮忙,受伤的吗?"

"对了,就是听见出了事故,秦德贵才去帮忙的。"袁廷发回答之后,又激动地说,"昨晚要不是秦德贵提前上班,跑下楼去关水封,今天早上我也用不着上班了,整个炼钢厂,都早会炸得一躺平,怕连你们电修厂,也开不了工。煤气管一爆炸,会连带炸好些厂的。你看哪个厂没有煤气管?"

"天呀,想不到事故这么大!"孙玉芬叫了起来,现出痛苦的脸色,立即又问,"他是送在职工医院的吗?"

袁廷发回答之后,接着又气愤愤地说:"张福全这个混账东西,我昨天下班的时候,再三叮咛过他,出了钢水,你要炼炉哪。他就是夜晚图省事,不负责任,还是装上了料。这样的人,依我,就马上抓到法院去。"

孙玉芬也忍不住生气地问:"他这个人是不是一向嘴头说漂亮话?"

"对了,现在我才看清楚了。"袁廷发点下头,"就是这样一个人。"

这时他们已走出工厂区的大门了。孙玉芬要袁廷发骑车子回去,不要扶着车子走着麻烦,袁廷发也说:"好,我赶着回去吃饭,好快点去看秦德贵。"他骑上车子,还说,"这个年轻人,太好了,真叫人放不下心。"

孙玉芬看袁廷发走了,她便加快脚步,恨不得一下子就跑到职工医院去,她忘记了饥饿,也忘记了应上的夜校,只是匆匆忙忙地跑着。心里很痛苦,感到自己一向被张福全骗了,竟至错怪秦德贵起来。现在一下弄清楚了,可是秦德贵却受伤了,处在生死莫测的境地。

她跑进医院大门的时候,在传达室门前,一时讲不出话来,胸部不断地起伏,脸色灰白。好容易说出话,传达明白她的意思,便告诉她说:"下班了,不会人。"孙玉芬再三请求,传达才引她去见一个看护,看护一口就拒绝了:"医生招呼过,不许人看,怕打扰病人。"

"同志,你让我看一下好吗?我保证不同他讲一句话。"孙玉芬哀求地说,伸出手来,要抓护士的手腕,随又缩回去了。

"不行,我们不能破坏这个规矩。"护士坚定地说。

"我不要进屋子去,只在门口望一下好不好?"孙玉芬凄然地说,请求地望着护士。

护士摇了一摇头:"不行。"

孙玉芬感到绝望了,脸上现出难过的颜色,一时呆呆地站着,说不出话来。

护士望一望孙玉芬说:"你回去吧,等一两天,你再来好了。"

护士要走开了,孙玉芬又一把拉着她:"同志,请你告诉我这点好不好?现在……病人好点没有?"

护士轻轻摇一下头。

"他现在怎样的情况,请你告诉我。"孙玉芬颤声地问。

护士现出为难的神色,用手搔一搔鬓角。

"请你直说吧!"孙玉芬鼓起勇气问。

护士脸色黯然地说:"你怕是知道的,送来医院的时候,病人就是人事不省,现在也还是跟送来的时候一样。"

"这样?"孙玉芬几乎要哭出来,又竭力忍着,停一下又才提起勇气问:"医生怎么说? 有救……没有?"

护士怜悯地看她一眼,才说:"医生没有说。"

孙玉芬望下护士,忍不住痛苦地说:"我晓得了……"忽然又大声地请求,"同志,你让我看他一眼好不好?"

"不,同志,你还是明天来吧!"护士说完,就走进去了。

孙玉芬用手捂着自己的嘴,走出医院。一出医院,便哭了起来。这时天已黑了,从医院到住宅区,其间还有一片田野和空地,路上少有行人。她一路走一路小声地哭。有时又站着休息,拭一会儿眼泪。她觉得她再不能看见秦德贵了,仿佛有什么东西在撕裂她的心,使她难过、痛苦、悲伤。走近女工宿舍的时候,看见每个窗子都透出灿烂的灯光,歌声、笛声、箫声、讲话声和笑声直送马路上来,孙玉芬觉得宿舍里面太快乐了,容不下她这个悲伤的人。她不想走进宿舍,就又朝灯光暗淡的马路上走去。她不晓得饥饿,也不晓得疲倦,只是慢慢地走着。不知不觉又走到医院所在的方向来了。远远看见这座庞大的建筑物,蹲在黑暗里面,亮着许多窗眼,发出惨白的光。以前晚上走路,也曾望见过的,引不起怎样的感触,这一晚上,却不同了,觉得那是一个可怕的地方,病和死亡都躲在那里面的,随时都会给人悲哀和痛苦。她不敢多望下去,就又转身回来。这回是岔到另一条路上,走到一处转弯地方,正是那一夜碰见秦德贵的地方。她站下了,没有立即走开。秦德贵最后同她会面的神情,又仿佛重新现在她的面前:一双善良而诚实的眼睛,微微地闪动一下,仿佛受过一点委屈,也像有一些悲哀。这时才更清楚地感到,自己这一向来,对他是太冷淡了。张福全的影子,也掠到眼面前来了,她憎恶地几乎要骂了出来:"我不该相信这个坏东西!"她就在树下站了好一阵,想着自己不该那样冷淡秦德贵,便又忍不住流了一会儿眼泪。

孙玉芬走回宿舍的时候,好些窗上的灯光,已经灭了。静悄悄的没有一点声音。她慢慢地走在过道上,然后走上楼去,轻轻推开房门。刘先菊和庄桂兰已经躺在床上,但还讲着话,正爆发出笑声。刘先菊一见孙玉芬进来,更加忍不住地大笑起来。庄桂兰向孙玉芬笑着骂刘先菊:"她这个嚼舌头的,正在讲你的笑话。"

孙玉芬就低着头拉开床上的被盖,准备一下就爬上去睡。听见她们还忍不住地在笑,便抬起头来,沉痛地说:"别人都快要死了,你们还在这样高兴!"接着眼泪流了出来。

大家一时哑静下来。刘先菊首先不安地问:"谁快要死了?"

孙玉芬只是低着头,脱她的鞋子。

刘先菊和庄桂兰她们在厂里就知道九号平炉发生事故,也知道孙玉芬为这个事故着急,怕有人受伤。她们两个人都禁不住一齐问道:"是不是张福全受伤了?"

孙玉芬脱掉鞋子,爬上床,又把衣服脱掉,然后钻进被窝,一声不响地睡了下去。

刘先菊向庄桂兰和赵玉洁,摇一下手,意思是要让孙玉芬安静地睡下,接着自己躺了下去。庄桂兰轻手轻脚地下床,去关了电灯,才又回到床上。

二

第二天早上,天还不大亮,孙玉芬便爬了起来,轻轻地穿着衣裳,轻轻地穿上皮鞋,生怕惊醒了同屋的人。但她还没有开开门,庄桂兰便抬起头叫她:"你到哪里去?起得这么早。"

孙玉芬低声抑郁地说:"我到医院去。"

"我同你一道去。"庄桂兰立即披起衣服,跳下床,蹬上鞋子。

孙玉芬没有答允,也没有拒绝,只是一声不响地站在门口,显然她的心,一直为痛苦悲伤侵袭着了,说不出话来。

两个人走出宿舍,一股凉爽的空气,立即迎接着她们。东方的天边,现出鱼肚似的白色。天空的星子稀稀疏疏的,不大亮了。近边的房屋,在夜色中现了出来,抹有轻微的雾。有马拉的大车在大路上走过,看不见人,只不时听见呼喝的声音。她们顺着马路旁边走,带露的柳梢,有时冰凉地拂在脸上。孙玉芬一声不响地走着,脚步走得很快。庄桂兰稍微走慢一点便要落在后面,她只得加快脚步地走着。

走到医院的时候,天已大亮,稀疏的星子,一个个地不见了。东边天上现出一片红霞。田野上的树木,不再是一团黑影,全都枝丫分明地现了出来。医院整个的大建筑,矗立在大地上,只有少数的窗子,还有朦胧的灯光。前面的花草树木,带着夜来的露水,静静地等候早上的阳光。小鸟却忍不住了,惊喜早晨的到来,不住地飞着叫着。她们走进医院的大门,没有人阻拦,只有路边的鸟儿,偏着头看她们一下,便飞开了,歇在另外的枝上。她们一直走到挂号和候诊室的地方,碰见一个护士,正从里面走了出来。里面还点着电灯,有一股西药的气味。护士望一下孙玉芬说:"你们来挂急诊的吗?"因为孙玉芬那张惨白的脸色和一副悲痛的面容,全和一个害病的人差不多。

"同志,我们来看病人的。"庄桂兰连忙回答,还赶快问她,"请问一声,昨天炼钢厂送来的病人,我们可以看看他吗?"

"不可以,现在不是看病人的时候。"护士冷冷地说。

"不是看的时候?"庄桂兰沉吟地说,随又现出好脸色问,"那么,同志,请你告诉我们,病人好点没有?"

"他叫什么名字?"护士不是昨晚上同孙玉芬谈话那个人了,她微微皱下眉头。

"他叫张福全。"庄桂兰连忙回答。

"不是,他叫秦德贵。"孙玉芬立刻纠正庄桂兰,接着颤声地问,"请你告诉我,他怎么样了?"

庄桂兰惊异地看孙玉芬一眼,心里非常奇怪:"怎么是秦德贵?"她不了解孙玉芬会为秦德贵竟有这样的焦急、痛苦,她一直认为孙玉芬是同张福全很要好的,因为她就只看见一向他们两人来往很多,又很亲密。

"是昨天炼钢厂送来的?"护士思索地说,接着点下头,"对了,有这样一个病人,刚才医生还去打过针。"

"打过针?"孙玉芬大大喘口气叫了出来,脸上浮出了高兴的神色。显然一夜的担心,全放下了。她就怕今天早上走来听到不幸的消息。既是"打过针",那人无疑还是留在世界上的。

"好了吗?"庄桂兰连忙插嘴问。

护士摇一摇头,小声地说:"人还一直昏迷着的。"

"有救吗?"这句话已经涌上心里了,孙玉芬还是忍在嘴边,没有说出来。她怕听到绝望的话,像落水的人似的,还想抓着一把水草。

护士望一下孙玉芬的脸色,不禁温和地说:"你们下午再来打听吧。"随即走了进去。

庄桂兰对孙玉芬小声地说:"坐着休息一下吧!"

"我们就回去吧!"孙玉芬说了,就向外面走去。

庄桂兰跟在她的后面,奇怪地想:"为什么这样难过?……要是张福全受伤,那又怎样了呢?"走了一会儿,她忍不住说:"幸好这次张福全倒好好的。"

"请你再不要提起这个人!"孙玉芬说的时候,声音里混着痛苦和愤怒。

"呀!"庄桂兰惊奇地叫了一声,接着又忍不住问,"他做了啥事哪?"

孙玉芬走了一会儿,才愤怒地叫了出来:"就是他这个鬼害死了别人!"

庄桂兰看见她那样愤怒,不好再细问下去,只是小声感叹地说:"真是知人知面不知心呵!"

太阳出来了,高大建筑物的玻璃窗子,首先像发亮的眼睛似的,欢笑地接受着美丽的阳光。接着人家屋子前面的树木花草,都露出从来没有过的新鲜颜色,在金色的光霭中,愉快地微笑。世界太美好了,太富有生气了,可是却有人在病着,躺在死亡的边沿上面,这是多么的不调和,不相配合呵。这就是前边走着的姑娘,为什么眼中老含着泪。

走到十字路口了,一条是黑绿色的青杨树,镶在马路两旁,完全浸在金色的阳光里,直通到工厂区域去;一条是两行青青的垂柳,抹着轻微的烟雾,弯到女工宿舍。庄桂兰就劝孙玉芬说:"你回去休息吧,我到工厂去上班,顺便给你请个假。"

孙玉芬朝阳光照着青杨的马路走去,一面揩下眼里含着的泪,低声有力地说:"我要去工作!"

第二十六章

一

秦德贵从昏迷状况完全醒来,已经躺在医院里面有了四天了。他左边背上敷了药,两只手腕也涂了药,只能向右边侧起身子睡着。屋里清洁异常,地板擦得透亮。小桌上放了两盆花,一盆白的,开得洁白素净,一盆红的,开得鲜红艳丽。透亮的大玻璃窗外,现出晴朗的蓝色天空。一个着白衣的护士,轻轻地走来,用她那明亮美丽的眼睛,带着微笑,亲切地望他一会儿,又轻轻地走了。屋里静得来没有一点声音,只感到自己的心在跳。左背和两只手腕非常地痛,有时觉得痛得来头在发昏,耳朵也在轰鸣,口渴得很。

挨晚边的时候,梁景春与何子学来看他。他们见他恢复过来,都有说不出的高兴,觉得他是得救了。梁景春走到床面前轻轻拉下他的手问:

"秦德贵同志,你烫伤的地方,还疼吗?"

"不要紧。"秦德贵尽量微笑地说,看见了梁景春和何子学,心里感到安慰,好像看见了至亲的人,但一稍微转侧下子,就感到伤处疼得很厉害,他忍着没有呻吟一声,只是一下记起什么了,有点焦急地问:"煤气管子有没有爆炸?"

"没有,幸亏你关了水封。"梁景春停了一下,才又有点激动地说,"那真危险,我应该代表国家和人民来感谢你。"

"党委书记,这没什么,这只是一个共产党员应做的工作。"秦德贵回答之后,随即皱起了眉头。

梁景春连忙问道:"你哪里还在痛吗?"

"不要紧,"秦德贵回答之后,随又说,"我挺奇怪,煤气管子没有爆炸,那又是什么东西呢? 一下碰在我的背上。"

"碰得挺凶吗?"何子学惊异地插嘴问。

"挺凶! 我那一下就昏倒了。什么时候躺在这里,"秦德贵停了一下,忍着剧烈的痛,才又说完,"我一点都不知道。"

"我看这里有……"何子学看见梁景春向他递下眼色,要他不再说下去,便停止了。

"秦德贵同志,不要想这些,你安安静静地休养吧。"梁景春安慰地说,接着又现出很高兴的脸色,"我告诉你,苏联专家的建议,不停火热补,一礼拜就可以补好。"

"呵,那太好了!"秦德贵欢喜地说。

"你要不要你家里人来看你?"梁景春望着他的脸,小声地问,"我们可以打发人去,叫你家里人来。"

"不要,他们住得太远了,又在农忙时候。"秦德贵说了之后,又再动下头,"我很快就会好的。"

"你这里有女朋友吗?"梁景春微笑起来。

"没有。"秦德贵不禁脸色有点黯然。

梁景春记起前次同他谈话,暗示他不要在恋爱上引起纠纷,知道他就少同女朋友来往了,觉得不该这样来问他,正想另外说几句安慰话,恰好护士走来了,小声制止地说:"同志,大夫吩咐过的,不能让病人多讲话,请你们让病人休息下子。"

梁景春只好说声"好好休养",便同何子学走了出来。坐上汽车,何子学才忍不住地说了一句:"我推测怕又是他干的!"

梁景春用手指一下前边的司机,叫他不要声张。但走了不久,梁景春又忍不住沉吟地说:"那天晚上出事故的时候,他下楼去帮助没有?"

"这个? 就还要调查。"何子学皱紧了眉头,"可惜那一晚我不在场。"

要走到十字路口的时候,何子学便向梁景春说:"今晚还开不开会?"

"不开了,你刚才汇报的那些材料,我还要同厂长研究一下。"梁景春安慰地说,"你回去好好休息一下,这几天你跑辛苦了。"

"辛苦什么,这是应该的。"何子学感动地说,觉得党委书记的话,真是一种最大的安慰。同时自己也感到跑出了一些线索,心里也的确有些舒畅,随即向司机吩咐:"同志,你到十字路口,停一下,让我下去。"

"这里离你们家属宿舍还远吗?"

"不远,走半个多钟头就到了。"

"送你回去好了。"梁景春说了之后,又立即吩咐开到家属宿舍那个区域去。

何子学一下去之后,司机就问:"现在回家去吗?"

"你知道鲁进程工程师住的地方吗?"梁景春突然这么地问。

"知道,我去过的。"司机轻微地点下头。

"一直开到他那里去。"梁景春说的时候,举一下手。

二

梁景春、何子学坐上汽车离开医院的时候,孙玉芬正赶到医院门口,走得气喘喘的。这是第七次到来,怀着痛苦的心情,她希望今天再不要受到拒绝,同时也很害怕,怕听到最不好的消息。她越走近医院,心就越发跳了起来,仿佛囚犯走上法庭,要受到最后的审判一样。

护士段瑜,从下午六点起,就开始值夜班的,已和孙玉芬见过三次了。她每一次看见孙玉芬那副像是生病的脸子,觉得怪可怜的。现在一见孙玉芬到来,就赶紧告诉她:"病人已经醒转过来了。"

这一消息,使孙玉芬高兴极了,一时说不出话来,只是眼角里冒出了眼泪。

段瑜连忙告诉她:"只是大夫说,现在还没脱离危险期。"

孙玉芬停了一会儿,心情重又不安起来,才行问道:"今天我可以看看他吗?"

"大夫吩咐过,他醒过来不久,不要有人去打扰。"段瑜为难地说,"刚才他厂里负责人来看过,现在不好再让人去打扰他,你明天再来看他好不好?"

孙玉芬又难过起来,恳求地说:"同志,你看我连来了七次,都没有看见一次。我下班来,连晚饭都没有吃,就是想赶着来看他。我晚上还要上夜校的,为了来医院,连课都缺了……你让我看他一下,我保证不同他多讲话。"

"等我去同医生讲一讲。"护士段瑜说了之后,就立即走到另一个屋子去了。

孙玉芬看见那样不让她去看,又感到可疑,是不是护士看她可怜,故意说病人情形好转来安慰她的。她决定无论如何也要请求见他一眼,假如护士说大夫不允许看,她就要直接同大夫交涉。她觉得她不看一眼,她就安不下心来。她已经有四个晚上没有好好睡过了。晚上的学习停了不消说,而且白天厂里的工作,也受到影响,往往有些东西做错了,需要返工。

护士段瑜带着高兴的脸色,走出来了,微笑地说:"主任答允了,就是千万少说话。"接着就引她走进另一间小屋子,要她换上医院里的树胶拖鞋。

孙玉芬换了鞋子,跟在段瑜后面,心里感到又欢喜,又很紧张。还没走进屋子,首先闻到一股轻微的药的气味,同时过道上的气氛又那样的静寂,使得孙玉芬更加紧张起来。

秦德贵原是侧着身子躺着,背上和手腕的疼痛,正火热似的煎熬着他,有时忍不住了,就呻吟两声。他一看见孙玉芬进来,一下子忘记了痛苦,脸上现出又惊又喜的神色。

孙玉芬一眼看见他整个身上裸露着,几乎全敷上了黑色的药,使她心里十分难受,可是看见他脸上洋溢出高兴的神情,再加脸上那种病态的红色,立刻觉得他总算得救了,心里无形中又感到一点喜悦。这只是一刹那的感觉,接着就是怜悯、难受、痛苦的复杂心情。她声音有点颤抖地问:"德贵二哥,你好点了吗?"

秦德贵高兴地说:"好点了!"

"你感到痛得厉害吗?"孙玉芬望着他搽药的身子,深深皱起了眉头,现出一脸难受的神色。

"不大厉害。"秦德贵说的时候,正又感到了疼痛,但他竭力忍受着。

孙玉芬看见他脸上有着忍受痛苦的神色,只是嘴里不肯说出来,便忍不住眼角边上冒出了泪水。她回过头向护士段瑜说:"你们应该打止痛的针。"一面顺手揩去了眼泪,不使秦德贵看见。但是秦德贵却完全看见了,不禁非常地感动,觉得她是真诚地关切他的,一种亲密之感,像股清凉的泉水,流在他干燥发热而又荒漠的心地上面,同时也感到背上和手腕上的疼痛,一下子减少了好些似的。他安慰地说:"不要紧,就会好了的。"

护士段瑜轻轻拉了下孙玉芬的衣裳,小声地说:"让他休息下子。"

秦德贵却舍不得孙玉芬走开,连忙问:"你怎么晓得的?"

孙玉芬就把遇见袁廷发的话,告诉他听,还说:"你进医院那天下午,我就来过了,就是他们不允许我进来。"

段瑜插嘴说:"她一连四天早上来下午来,都因为你昏迷不醒,没有让她进来看你。"

"呵!"秦德贵感动得说不出话来。

孙玉芬低下头,小声地说:"还好,总算看见了。"

护士段瑜又在拉她的衣裳,孙玉芬只是讲下去:"你想吃什么?我明天给你买点来?"

秦德贵感激地说:"不要买什么……你来看我就挺好。"

"让他休息下子。"护士段瑜催促地说。

孙玉芬这才说道:"我要走了,你好好休息哪。"她一走出病室,就连忙向护士段瑜说,"请大夫就给他看看,可不可以给他一点儿止痛的药?……那真叫人难受!"

"大夫会去看他的。"护士段瑜抚一下她的肩头说,"不要难受。"

要换鞋子的时候,孙玉芬临走又停下来问:"他可以吃水果吗?"

"我看,水果可以吃的。"

孙玉芬换好鞋子,要走了,又握着护士段瑜的手,热烈地说:"谢谢你,请你好好照顾他!"

第二十七章

赵立明从平炉上回到自己的办公室,已是半夜后一点了,他拿手支着前额。刚要打盹一下,面前那架对外联系的电话,突然大声地响着,他赶忙取下耳机一听,是女人周越文的声音,从家里打来的。他有好几天都没有回家了,在厂里也有好几夜没有好好睡一下。

周越文在电话里责备地说:"你不是晓得小虎病了吗?为什么还不回来看一下?"

赵立明首先亲切地问:"小虎好点儿没有?"随又辩解地说,"你要晓得,现在厂里怎么离得人哪!"

周越文埋怨地说:"孩子这样病重,你简直不关心。"接着气愤起来,"我问你,孩子是不是你的?"

"你才问得怪呢!"赵立明有点生气了。

周越文说:"我问你,你对孩子有没有点爱?"

赵立明恼怒地说:"怎么不爱?打电话来,说他在生病,我就一直心里挺难过。"

周越文说:"为什么几天几夜,都不回来瞧一眼?"

赵立明皱起眉头不耐烦地说:"因为我的时间,不是属于我的。"

"属于谁?"周越文在电话里大声地问。

"属于党。"赵立明低声用力地回答。

"我问你,孩子都要断气了,你到底回不回来看一下?"周越文颤声地问,声音里含着气愤和悲痛,仿佛就要哭了似的。

"那你应该立刻送到医院去。"赵立明着急地说,随又接着问,"我问你,是不是真的要断气了？"

周越文没有回答，只是一下子就挂断了电话。赵立明皱起眉头，难过地摇一摇头，就放上了耳机。他不打算打盹了，就又走上平炉车间。他顶不放心的，就是这时候，尽管护炉技师晚上也不回去，但怕他们由于九号炉漏了钢，就想提前炼炉，做厂长的就得掌握这点，必须根据实际情形，该炼炉才炼炉，不该炼炉尽量争取炼钢的时间。他知道护炉技师只注重护炉。多炼一炉钢，和少炼一炉钢，认为关系不大，而在赵立明看来就太重要了，能不能完成任务，能不能增产，能不能迅速满足全国基本建设的需要，都在能不能争取时间，多炼一炉钢。他感到前几天漏钢可能炉长工作马虎大意，没有弄清炉底实际情况，如果那一夜自己亲自看过炉底，一定能够避免这个重大事故。因此，他坚持夜间也不回家，必须在每出一炉钢的时候，亲自去观察一次炉底。另外还有一件更重大的事情，也使他一时一刻都放不下心。就是九号炉底烂了一个洞，经过苏联专家薛兹巴也夫的建议，可以不停火修理，只消用热补的方法，便能缩短时间补好。这使赵立明大大松一口气，觉得这一补救的办法，真是太好了，同时也就因而时时刻刻都在注意，是不是快要补好，而且补的时候，需要什么材料，需要什么工具，是不是供应得及时。另外，他还要主持一些会，从各方面想法来增加生产，好弥补这次事故的损失。

赵立明刚在观察一个出了钢的平炉，梁景春就走来找他了。他听见梁景春说是有事情要同他谈，他还有点不高兴，觉得这是打扰了他的工作，就说："等我看完了炉底再谈吧。"他每天看见梁景春漏钢以后仍是一到夜深就回家去，并没有通夜在厂里留过，心里总觉得有些不满，虽然并没有必要的事情，一定要梁景春通夜留在厂里。再加孩子生病，使他心里充满了苦恼烦躁。

"事情挺要紧哪。"梁景春有点焦急地说，"我连晚饭都没有吃，就赶到厂里来找你。"

"什么事情？"赵立明看见梁景春的脸色，也有点诧异地说，"你就在这里讲吧。"

"到你办公室去谈吧。"梁景春望一下左右，"这里不方便。"

"好吧。"赵立明冷冷地说,便朝车间的门走去,心里还是不满,觉得哪还有什么要紧的事呢?甚至认为梁景春在这回事故中,什么也插不上手,相形之下,有些惭愧,因而故作紧张。走出平炉车间,还没有进办公室,赵立明自言自语地说气话:"今晚上,怕又要出点事故。"

"怎么?又要出事故?"梁景春诧异地问。

"你看,炉底又没人照顾嘛!"赵立明冷冷地说,显然是在讽刺地指明:你不该来打扰我。

梁景春无心推敲他那话里的话,他已摸清楚赵立明的脾气,在事情不顺手的时候,或是厂里出了事故的时候,赵立明总是不高兴的,总要找些话来出气,因而也就不大理会,只是说:"我的话不多,只几分钟就完了。"

赵立明一坐在皮圈椅上,就用不耐烦的眼色望着梁景春。

梁景春坐在侧边的木椅上,心情禁不住紧张地说:"我已查出来了,这次事故中,有反革命分子在捣蛋。"

"谁?"赵立明大吃一惊地叫了起来。

"就是张福全的一助手李吉明。"

"李吉明?"赵立明更为惊异了,还搔一下头说,"怎么搞起的?何子学一向不是向我讲他是个积极分子么?"

"正因为做得积极,他才能欺骗领导哪。"梁景春忍不住有点生气地说,还用手打一下桌子边边。

"那你怎样查出的?"赵立明平静下来,闪闪炯炯的眼光,锋利地望着梁景春。

"因为一查出那炉料是李吉明装的,我就注意他起来。"

"是李吉明装的料?"赵立明疑虑地说,"张福全那天会上并没有这样说呀,不是一口承认他自己装的吗?"

"现在群众一证明,他也改口了。"

"这该死的东西,自己不装料,还要欺骗领导。"赵立明眼睛都气红了。

"李吉明装料就捣了鬼,明明炉底有了坑,他就趁势装了料。"

"张福全他没有亲自检查炉底么?"

"没有,检查炉底也是李吉明一个人搞的。"

"该死的张福全,我非撤他的职不可!"赵立明脸上现出吓人的样子,接着又恍然大悟似地摇一下头,气狠狠地说,"这不对,鲁进程他一定查过的,那天晚上,在电话上,我还口口声声要他查了炉底再行装料,他还回答我,炉底蛮好的。"

"我刚才去问过鲁进程了,"梁景春赶忙反驳似的说:"他去查的时候,李吉明已在装料了,是张福全向他报告,说炉底蛮好的。"

"这该死的官僚主义,让反革命分子钻了空子。"赵立明大骂起来,接着又用拳头打一下桌子,"这样看来,张福全一定有问题。一定和李吉明是一伙的。"

"这倒不能确定。"梁景春冷静地说,"据各方面的调查,张福全近来就是工作不负责任,什么都让李吉明去干,是否有反动事迹还需再查。"

赵立明用手板抚摸一会儿额头,忽然清醒了似的说:"这里又有问题了。怎么知道李吉明有坑又不炼炉呢?"他眼光锐利地望着梁景春,手指头点一下面前的桌子。

梁景春低声有力地说:"我同何子学一连跑了三四天,去同工友们个别谈话,才追出来的。他们当时也看见炉底有坑,只以为补补就可以,这也怪不得他们,他们不懂技术,不认识起坑的危害性。再则他们做事,向来只听炉长、一助手的吩咐,叫他们怎样干就怎样干。"

赵立明忍不住骂道:"这些东西,开会时候就该说出哪,简直没嘴巴的葫芦一样。"

"你不知道,他们有挺大的顾虑!"梁景春接着说下去,"首先怕得罪炉长和一助手。炉长和一助手不说话,他们就不说什么。另外还怕上级知道了,连他们也一道惩罚。我还找几个人,亲自同他们谈过话,解除他们的顾虑。"

赵立明沉思一下,又扬起眉毛说:"李吉明一向是挺积极的,工作上也可能有粗心大意的地方,晚上工作不比白天。"

梁景春连忙说道:"这一点我也考虑到的。就在今天二助手吴俊成也对何子学说出了他的怀疑,他那天堵出钢口,最后挺累了,就是让李吉明去干完的。他打出钢口的时候,就发现有铁水同镁砂凝结在一道,一定有人搞过鬼。要不是铁水凝在那里,出钢口只几分钟就打开了,钢水很快倒进大罐去,决不致造成漏钢事件。你不记得前次七号炉打不开出钢口,也是李吉明堵的吗?"

赵立明黑瘦的脸子立即气红了,用拳头捶下桌子,大声愤愤地骂:"这真是个坏东西!"

"还有一个有力的证明。"梁景春尖声地说,"就是刚才去看秦德贵,他已从昏迷中醒过来了。"

"醒过来了?"赵立明脸上现出了高兴的神色,大大舒一口气。

"秦德贵他告诉我,他感到他是被什么东西打昏了的。他以为煤气管子爆炸,我和何子学都推测一定有坏分子在打他。"

赵立明不等梁景春说明,就立即叫道:"那天李吉明也钻在下面吗?"

梁景春继续说下去:"我刚才到鲁进程家里,已经问清楚了,那天晚上他在楼下指挥,亲眼看见秦德贵最后钻进去那一次,李吉明也钻进去了。那时候,就他们两个人在烟雾里,别的人都没进去。"

赵立明马上抓起电话,摇了一下:"接保卫科。"等了一会儿,"周科长在没在?……没有,你找一个人来一下,我是赵厂长。"他放下电话耳机之后,立即拿出纸条,写了几句话,装在信封内,抬起头看见梁景春默默地坐着,脸比来时瘦多了,现出抑郁的痛苦的神色。在这个时候,依梁景春平素的习惯是要取出烟来吸吸,提提神的,此刻也似乎忘记了,好像连吸烟的兴趣也没有一样。赵立明不禁同情地说:"这个事情,幸好你还抓得快!"作为对他的慰安。

梁景春并没有高兴起来,却是一脸痛苦地说:"不要这样说,应该怪我抓得太迟了!抓得早,这个事故就不会发生了。我现在挺难过。前次七号炉发生出钢口打不开的事故,秦德贵又向我汇报过一些情形,我就怀疑过李吉明,也叫何子学追查过,就是追得不紧,没有加紧追下去,一直拖到昨天,才查出来,他连家乡籍贯都是谎报的。早查出这些线索,就不会让他到九号炉来钻空子。这是我一生中最大的一个错误。"

赵立明看见梁景春没有一点认为他有功劳,反而深刻地责备他自己,不禁大为感动起来,忍不住激动地说:"这回的事故,完全要我负责。我是个高高在上的官僚主义者,下面什么都瞧不见。"接着愤怒地挥一下手,"更可恶的,我这个人主观得很,就在一刻钟前,我还在怪你,不满意你。这是极卑鄙的主观主义……"

保卫科一个同志进来了,赵立明才没有再讲下去。他静了一下,才把刚写的信交给来人:"你赶快把这封信送到公安局去!"

那个人一出去,接着电话响了,赵立明听了之后便向梁景春说:"四号炉出了钢了,我要去检查炉底。你该回去休息了。以后的事情,我们在党委会上谈吧。"

梁景春一个人坐了好一会儿,他觉得赵立明无论在哪一个时候,说出这样的话来,都会使他高兴的,但在这个时候,却一点儿也高兴不起来。他只感到他没有对李吉明的怀疑加紧追查下去,而且还有忘记的情形,因而使国家受到极大的损失,深深地使他心里难受。最后他才低着头,走下楼去,坐上汽车,向干部住宅区驰去。

第二十八章

赵立明约在厂里住了二十多天,他向群众做了好几次自我检讨,群众也向他提了几百条不相同的意见。看见九号炉底补好了,整个平炉车间的生产量,天天都能逐渐提高了,便在礼拜六的下午,第一次回家去。他瘦了,脸子黑了,胡子长了,孩子们一下认不出来,惊异地望着,以为来了个陌生的客人。

周越文也不站起来迎接,只是装作不认识的样子冷冰冰地问:

"同志,你找哪一个?"

赵立明原是满腔欢喜,一路催女司机郝英开快一点儿,而郝英也觉得惊异,厂长要开快车回家,还是第一次哩。赵立明看见家里人这样接待他,便勉强笑着说:

"不认识了吗?我回家来哪。"

"同志,你怕弄错了吧?这不是你的家。"周越文更加显得冷了。其实,她对赵立明已经没有什么气了,自从孩子的病一好,她就心情愉快起来,只是担心赵立明在厂里,日夜工作,会累出病来。现在见他虽然瘦了,但那种喜悦的神色,却又使她不高兴了。而且她还看出赵立明有着一种自满的神情,仿佛事情搞成功了,胜利归来似的。在孩子生病期间,她就抱怨过:"他嘛,就只想到他自己的事业,全不想想,我为了孩子,向学校请假,耽误了多少工作。"这种抱怨的心情,又立刻来在心里,她又不能不真的生气了。

赵立明明白她还在生他的气,大大叹息一声,便把皮包放在一向常放的地方。坐在椅上,望着三个孩子,心里忍不住地激动。孩子不认识他了,这最使他难过。

八岁的大女孩子小珠,终于认出来了,喊了一声"爸爸"。

赵立明说不出话来,只向孩子们招一下手。

大女孩子小珠跑去了,五岁的女孩子小英也跑去了,赵立明伸手围抱着她们,紧紧地围抱着她们,一句话也不说,只是眼角里流出了泪。

好一阵,赵立明才向依在妈妈身边的三岁男孩小虎,喃喃地说:

"小虎,你、你还不认识爸爸吗?"

他放松了双手,站立起来,走到周越文身边,把最小的男孩抱在手里,亲昵地审视着说:

"你完全好了吗?我的小乖乖!……瘦了。"

"现在好了,你就要他了。"周越文气愤愤地说,"要死的时候,看都不看他一眼。"她又想起孩子生病期间,一些酝酿在心里的怒气:"你有汽车,一下就回来了,顶多耽误你吃饭那点工夫。我回来还要转三次车哪!"

"你怎么兴这样说。"赵立明非常难过地望着周越文。

"你不知道,你的心多狠哪。"周越文愤怒地嚷叫起来,"人家梁党委书记,还打电话回家,叫他的爱人来看孩子,帮我招呼。你呀!你!"简直气得说不出来了,走去远远地坐着,显然连赵立明的申辩都不愿意再听。她想着学校里还有许多工作没有做,再去补做,是否会做得好,就更加恼怒了。

两个大点的孩子小珠和小英,不安地望着妈妈,又望下爸爸。

最小的孩子小虎,也认得爸爸了,原是用手摸着爸爸的胡子,惊奇爸爸脸上为什么会有这样毛茸茸的东西,但听见妈妈的嚷叫,也停下了手。

赵立明看见她那样气,一时分辩不了,只有向孩子诉苦似的说:

"孩子们,你们知道爸爸为什么这么久没回家来?……爸爸是在外面打仗呵!……真真是在打仗呵!"最后一句说得很沉痛,显然是要说给周越文听的。

小珠立即眼睛发出光辉,高兴地问:

"爸爸,你是在朝鲜打美国鬼子吗?"

"是的,这等于是在打美国鬼子。"赵立明点一点头。

小珠忽又现出恐怖的神情,大声地问:

"爸爸,你受过伤没有?"

"没有。"赵立明禁不住微笑起来,但随即敛住笑容,向周越文望了一眼,然后感慨地说道,"孩子,差一点儿爸爸也看不到你们了!……美国鬼子丢下一颗炸弹。"

"炸在什么地方?"女孩子惊异地问。

"差一点炸中爸爸住的地方。就是志愿军叔叔好,他们一下子把炸弹搬开。"爸爸微笑着说。继又叹口气,"这回炉子漏钢,也等于中了一颗炸弹。"

小珠向小英欢喜地说:"就是志愿军叔叔好,老师常常讲他们。"

周越文对于炉子漏钢的事故,她是知道的,只是赵立明好久没有回家,而回来又没有说一句安慰话:"这回孩子生病,累了你了,我自己忙得要命。你学校里的工作,怕耽误不少吧?"只消这么说说,就会平下气来,可是赵立明没有想到这一点,单是注意孩子,又把心全放在孩子身上。因此,周越文越来越气。等到听见赵立明说:"孩子,差一点儿,爸爸也看不到你们了。"便想起了厂里的漏钢事件,心一下子又软了。一种为他担心的爱护心情,又重新回到心里。而且也感到难过,心想:"真的,煤气管要爆炸了,他还回得到家吗?"

周越文没有同他讲话,只是保姆来摆饭的时候,就叫拿出葡萄酒来,因为这是赵立明最爱喝的。坐着吃的时候,周越文还把一盘最好的菜,炒龙虾,移放在他的面前。吃完饭的时候,她削苹果,叫小虎拿着,小声吩咐:

"你送给爸爸。"

赵立明和孩子们高兴地吃着苹果,小虎坐在他的膝上。忽然电话铃响了,赵立明想站起来接,周越文向他比下手势,叫他坐着。她跑去拿起耳机来听。

"唔……唔……梁党委书记吗?厂长在哪。"

赵立明立即放下孩子,接着听筒来听,随即欢喜地叫了起来:

"才七点三十分吗?"

周越文看见他那样欢喜,便忍不住问:

"什么七点三十分?"

"三号炉都出了快速炼钢了,缩短了一个钟头。"赵立明欢喜地回答一句,又立即专心听下去,接着又说:"这挺好。质量呢?……挺好!那好极了。……唔唔……唔唔……我赞成!我热烈地赞成。"

赵立明放下听筒之后,脸上现出从来没有过的兴奋和欢喜,忍不住似的向周越文说:

"现在好了,现在好了,我们能够赶上全国建设的需要了,明天我们要展开五十天生产大竞赛,迎接咱们的国庆节。党委书记、工会主席他们,刚刚开完会,征求我的同意。"

周越文看着赵立明静静地说道:

"我没有同你们的党委书记谈过多少,但我同他爱人几次谈话中,我觉得他挺好,挺能干,政治理论修养很高。"

赵立明点下头说:

"是的,"随又望下书架子扬一下眉毛,"明天你到新华书店再去买本干部必读和毛主席的选集,家里这几本我要带到厂里去。"

周越文看他一眼问道:"你厂里不是忙得很吗?"

赵立明自嘲似的笑着说:"再忙也得抽出时间翻翻……咱还能再赤手空拳去打仗吗?"

第二十九章

一

秦德贵出了医院,领导上为了注意他的健康,便要他住到职工业余休养所去,即是白天到工厂工作,晚上还能得到医生和护士的照顾。再则上班和下班,都有通勤汽车接送,用不着自己走路或骑自行车了。这对于刚从医院出来的人,是很适合的。但秦德贵却觉得自己一点儿病也没有了,还要被人当成小孩那样地招呼,是可笑的。可是为了服从领导只得住了进去。

星期六下午秦德贵搬进休养所,首先打电话到独身宿舍去,告诉他那班的工友,说他业已好了,立刻听到他们的欢呼。他挂了耳机,心里还感到快乐。他喜欢同他们一道工作,一道学习,一道打球,一道唱歌。他喜欢他们那种专心诚意的脸色和激动的叫声,当他看报念到志愿军在艰难的环境中,战胜了美国鬼子,或者打下美国飞机,就有几只拳头插在桌上,一面"好呀好呀"地嚷叫起来。他在医院里,躺在床上的时候,一个人看报,就忍不住要大声念出来,但看见旁边一个人也没有,这才小声念下去。他同他们离开二十多天,就觉得隔得很久似的。晚上他很想回宿舍去,于是又同工友们通了一次电话,问他们学习的化学,学到了什么地方,他担心他会赶不上。并又问问炉上生产的情形,一助手代他工作的时候,顺不顺遂?几个钟头出一炉钢?最后问到了他最关心的事情,"袁师傅出了多少快速炼钢?时间有多少?"

他同工友们通了电话,他知道孙玉芬早已下班了,就想打电话到女工宿舍去找她，但他脸红起来不好意思。随又想到，她都来看我，关心我，为什么出院又不告诉她呢？于是大胆地拨了电话。拨的时候，手指头兴奋得发抖。女工宿舍没人接电话，他觉得打不通就算了。但是脚不让他走开，渴想知道她现在在什么地方？是在厂里开会，还是看电影去了？不知怎样，他开始非常的关心她。又拨了两次电话，才有一个女人的声音，气喘喘地说："你找谁？"显然很不高兴，她一定在什么有趣的地方跑来，使她受了损失似的，听见秦德贵要找孙玉芬，就回答说："她在跳舞。"

"呵，你找她一下，我有事同她谈一谈。"秦德贵呼吸沉重起来，心里不大愉快。他一向最不喜欢那种跳舞，一个男的和一个女的，彼此抱着一前一后地走路。可是她就正同一个男的在跳舞。

他听见"谁呀，找我什么事？"在听筒里响了起来，这是孙玉芬的声音，显然带点诧异。但这声音，就是在电话里听来，也是具有音乐那种力量。他心情开朗了，立即把出院住到休养所的事情告诉她。

"好得这么快，真好。"

秦德贵听见对方在笑，同时也仿佛看见她那洁白的脸上泛出红潮，发出愉快的光辉。他不知道再说什么话好，但心里总想多同她谈一会儿，他喜欢听她讲话的声音。于是他只好这么问道："你忙吗？"这是他同朋友通电话的时候，习惯上总要这么问的。但说出之后，又觉得不对。他感到自己很笨拙，倒不如那夜回家路上谈得那么自然。因为那时候他的心上没有给她留下位子，现在却是整个心里，都充满了她。

"忙什么？我们在开晚会呀。"孙玉芬在电话里，尽情地笑了起来。

秦德贵听见她的笑声，有点不好意思，但感到自己幸好是一个人，站在休养所的一间屋子里，外边也没有人。只有路灯把树叶的影子映在玻璃窗上。

孙玉芬笑了一下，又说："我们这里开晚会，有跳舞，外面不少人来，你来吗？"

"我不会跳舞！"秦德贵严肃地说。

"你来看看嘛。"

秦德贵倒很想去,但踌躇了一下,终于说道:"不。"

"那么,你好好休养吧。"

"我看,你……"秦德贵脸红了,说不下去。

"还有什么事吗?"

"我看明天星期天,你得闲吗?"

"得闲,当然得闲。"

"我好久没有去公园了,你明天去吗?"

"去嘛,什么时候?"

"明天上午八点钟。"

"好嘛。"

秦德贵挂好电话脸还是很红,他欣喜地想:"幸好在电话里面,当面真不好意思约她。"另外觉得高兴的,这屋里又没有别人。但他车转身打算走出屋子去,立刻把他吓了一下,一个穿白衣的少女,圆脸,尖下巴,清秀的小眼睛,正笑盈盈地站在他的面前。她是这里的卫生员,黄昏时候,就是她,把他领进休养室,为他拉开窗上的绸帘子,打开玻璃窗,让园里拂动柳条的凉风,吹进屋来,为他端去两盆有点憔悴的黄花,换来两盆素净洁白的小花,放在油漆发亮的桌上。现在手里拿着一本红色布面的手册和一支笔,笑着请求:

"同志,请你给我写几个字。我晓得你是生产战线上的英雄,工人阶级的模范。"

"呵呀,谁告诉你的?"秦德贵非常惊异,同时又感到高兴。

"刚才你还没来的时候,就有人在电话里告诉了。"女卫生员高兴地笑着说,"凡是来我们这里休养的,我们都晓得他做过什么事。同志,你坐着写吧。"

秦德贵接着小册子和笔,坐在沙发上,兴奋地说:"这叫我写什么呢?"他翻看第一页上,题有这样的字:"我没有进过中学,但我要努力学习,为争取高度文化而斗争。"下面署名林娟。秦德贵便笑着问:"这是你自己写的吗?"

"是的。"林娟笑着回答。

秦德贵有点激动地说:"你写得这么好,我真不敢写了。"

"好什么？随便写点儿什么吧！"林娟连忙微笑地说，听见秦德贵的赞美，心里感到高兴。

"随便写点儿？不行呵。"秦德贵严肃地摇一下头，"你这样认真学习！"接着又笑道："我们炼钢工人也是不能随便地。一随便惯了，就会出号外钢、非计划。"

"那么你就写点儿炼钢的事情吧。"

"炼钢的事，有什么好写呢？"秦德贵有点窘，摸出帕子来，擦他脸上的汗，"我想，总要对你有什么帮助，不能说废话。像你这样认真学习。"

林娟是个聪明的女孩子，她看他好一阵，都没有下笔写，就把桌上的收音机扭开，让电台播送的音乐，小声地播送出来，使屋里紧张的空气得到一些缓和。电台正接连播送两首歌曲，开始在唱："这力量是铁，这力量是钢……"接着又唱"雄赳赳，气昂昂，跨过鸭绿江……"

秦德贵听完之后笑了，便提笔写了起来。

"我们要站在各种岗位上，

努力学习，

百炼成钢，

好保卫祖国，

好打退美国野心狼。"

他一向会写快板，现在写的就是快板形式，写好之后，还红着脸说："我真不会写。"

林娟拿来就念，欢喜地说："真好，真好，我就喜欢这几句话……我常常想，我要把身体炼得很强健，能到朝鲜去扛枪就好，又喜欢去招呼受伤的志愿军……"

秦德贵望了她一下，心想："这小家伙，倒有这么大的勇气。"随即赞美地说，"你想的很好。"接着又问："你不喜欢在这里吗"

"这里我也很喜欢的……我就喜欢招呼你们劳动英雄、劳动模范……有时候，我也很想到工厂工作，我挺想开吊车，那多么好，只消把电气开关一开，百吨重的钢水罐子，就轻轻吊走了。"在电灯光下面，林娟丰润的小脸上，越发露出明媚的光辉。

"你到我们厂里看过吗?"

"没有,鞍山的炼钢厂,我倒去过,那也是个很大的厂。"

这时电台正在报告新闻,讲越南人民军,打下法帝国主义的一个据点,消灭法军百余人。林娟便走去把它关了。

秦德贵忙叫她扭开,听完之后,林娟问他:"你为什么高兴听越南的消息?他们隔那么远,我平常就没大注意。我顶喜欢听朝鲜的消息。"

"同志,你要知道,我们是新中国的工人呵。"秦德贵的脸上,还留着越南胜利的兴奋神色,亲切地向林娟说:"新中国的工人,就得关心全世界的大事情。越南跟朝鲜一样,是我们的好兄弟。"

林娟高兴地红着脸说:"你说得对,你再给我写一句,"一面又把笔和小本子递给秦德贵说,"就写我们应该关心世界大事。"

秦德贵接过小本子和笔,觉得单写一句是不够的,他感到这个女孩子学习的热忱,像一团火似的烧人,不好辜负得。想了好一阵,想到党委书记那天做政治报告时所说的话,"我们要保卫世界和平,我们就得关心世界大事。"于是他就把这两句话写在林娟的手册里面。

二

第二天早上,秦德贵吃了早饭,不到八点钟,就骑着自行车朝公园跑去。

秦德贵骑着自行车,在洒着阳光树影的林荫道上,绕了很大的圈子,才绕到湖边的凉亭上,选个位子,凭栏坐着。谁到了公园,都会经过湖边路上,望望湖水的,而在这个凉亭上,恰恰可以看见经过的人。湖心有人划船,湖边有人垂钓,星期日公园里是很热闹的。

天空蓝得像海水一样,一只只喷气式的飞机,飞得很高,看不见飞的影子,也听不见飞的声音,只现出一条条白色的线,不断地延长,或者打了转折,很久都不散去。

从南面树林里吹来的风,凉爽极了,但秦德贵却渐渐烦躁起来,因为到了九点钟,还没看见孙玉芬的影子。有事吗,还是忘记了?使他疑惑不定。每一个在湖边路上经过的年轻姑娘,他都远远地用精明的眼光迎接过来,再用失望的眼光把她们抛开。

等到九点半钟的时候,忽然有人从背后重重拍他肩膀一下,秦德贵回头一看,原来是技术员陈良行。秦德贵高兴地跳起来跟他握手,一面笑着骂道:"你这家伙,简直吓我一跳。"

"我看见你呆坐在这里,失魂落魄的,不敲你一下,怕回不来神。"陈良行嘲弄地说,"你怕在等女朋友吧?"

"等鬼啰!"秦德贵红着脸,骂了一句,随即发牢骚似的说,"咱们工人交得到啥女朋友。"

"今天工人可吃得开了。你问问看,这周围附近的乡下姑娘,哪个不想嫁工人?老秦,你星期天应该下乡去,一个人蹲在凉亭里做什么?这是脱离群众。"

他们两人共同工作了两年。陈良行一到厂里,听见秦德贵炼钢技术很好,便虚心向秦德贵学习实际经验。秦德贵呢,也逐渐感到炼钢理论的重要,也向陈良行热心地学习。彼此感情弄得很好,平日见面总是有说有笑的。但今天秦德贵却不高兴他的玩笑,希望他说一会儿,就走开去。

陈良行看见他脸色逐渐不大快活起来,就用手碰碰秦德贵的手腕:"老秦,我们谈一谈正经事吧。我告诉你,你那回创造新纪录化炉顶的原因,我已经找出来了。"

"找出来了!"秦德贵大为兴奋地叫起来,"你快说,是什么原因?"

"你不是说,要倾动炉体出钢的时候,你都看见炉顶没有化吗?"

"是的,一点也没有化!"秦德贵斩钉截铁地说。一面又很不快活起来,"难道你还怀疑我吗?"

"我没有怀疑,"陈良行诚恳地说:"我只是常常钻研这个问题。昨天我才弄明白了。"

"弄明白了?"秦德贵连呼吸都紧张得有点困难了。

"化炉顶就是在出钢那一刻,炉子倾侧着的时候。"

"呵!"秦德贵叫了起来,睁大了眼睛。

"我原先就这样推测过,"陈良行受到秦德贵的感染,也不禁兴奋起来,但他还能平静地说下去,"但还不敢断定,等到昨天二号炉倾侧炉体出钢的时候化了炉顶,这才弄明白了,他们化的炉顶,也正是当着出钢口那一个地方。"

秦德贵仿佛肩上挑的重担,一下放下了似的,非常欢喜地说:

"老陈,你真做得好,这给我们多大的帮助呵!以后出钢的时候,一定要好好地留意。呵,谢谢你,你还特为这个事情来找我。"

"不,我还有更重要的事情,昨天下午下班的时候,党委书记特别嘱咐我,要我同你初步总结一下你快速炼钢的经验,找出窍门,然后再找工友研究。刚才打算到休养所来找你,先打电话一问,才晓得你来公园里了。现在我们就来开始吧,我想拿你的经验做基础,再采取一些苏联的快速炼钢法,我们丙班一定能够竞赛过他们甲班的。这回党委书记亲自来打气,我们好好地干吧。"

秦德贵再看下湖边那条路上,仍然没有孙玉芬的影子,便横下心来,挥着拳头,大声说道:"好,咱们好好干吧!我说你写。"于是他再也不朝湖边那条路望了。

约到十点钟的时候,林娟骑着自行车跑来了,她的白衣裳已脱下,穿着红条纹白底的西装汗衣、淡蓝布的西装裤子、白帆布鞋子,走进亭子里来,欢喜地喊道:"秦同志,好容易找到你了。"一面说,一面用手掠去飞到前额的短发,满脸现出愉快的鲜红。

"呵,你也来了。"秦德贵也忍不住欢喜地站起来,这个小姑娘的到来,是他意想不到的。

陈良行停下笔来,带着羡慕的眼光望着,他以为秦德贵一上午在这里等的,就是这个漂亮的小姑娘。

"秦同志,你刚走后不久,就有三起电话来找你。首先一个姓陈的。"

秦德贵立刻指着陈良行笑着说:"就是他。你坐着讲嘛。"

陈良行微微地笑了,刚才在电话里听到那个微带娇气的声音,可以想象是个活泼爱笑的人,现在看见了,原来就是这么一个小女孩子。从偶然听到那个声音起,又忽然见到那个人,他觉得这是愉快的。

林娟并不坐下,只望一下陈良行,然后继续说下去:"又一起是你们厂里的党委书记。"

秦德贵忍不住兴奋地向陈良行说:"一定是为了这个事了。"他拿手指一下陈良行拿的那本小册子。接着又催促道:"第三起是谁打来的?"

林娟笑起来了:"就是一个叫孙玉芬的,是不是这个名字?"

秦德贵激动起来,脸都红了,连忙问:"是这个名字,她讲什么?"

"她从女工宿舍打来电话,说是她临时得到通知,要到厂里开会,她不能到公园里来。我告诉她,说你已经走了。她就着急起来在电话里叫,'哎呀,这怎么办呢?公园里又没电话!'我就告诉她,说我到公园去的时候,就可以帮她告诉一声。"林娟还笑着问,"就是你昨天晚上约的吗?"接着又郑重地说:"她还再三叮咛我,要我告诉你,要你等她,她晚上一定来看你!她是你的好朋友吗?"

秦德贵明白孙玉芬不来的原因了,心里一下畅快起来,但他不好意思回答林娟的发问,只是感激地说:"真对不起,呵,你专为我的事跑这么远来。"

"我也是来公园玩玩呵。就是上午代人值班,一直到这个时候才来告诉你。"林娟说完,就走出亭子,去骑自行车。

"林同志,到那边喝杯汽水再走嘛。"秦德贵赶到凉亭外边去邀请她。

"不,花园那边还有人等我。"林娟骑着车,顺着湖边,飞也似的跑着走了。

秦德贵走回凉亭,陈良行立刻笑着骂道:"好家伙,你真瞒得紧哪。"

秦德贵却还望望林娟飞跑去的背影,愉快地说:"这些女孩子服务的精神真了不起。"

"真该打,刚才还要抱怨。"陈良行还用手指一指秦德贵,"你看,还有哪个对你不好?"

秦德贵尽量抑制着自己的兴奋,连忙说:"我们还是抓紧时间吧,这才是咱们最要紧的事情。"

新版后记

　　人民文学出版社今年六月间通知我要再出拙作《百炼成钢》，并说《百炼成钢》的纸版，业已毁坏，将再排成新的纸版，问我要不要修改。我说，一定要修改。八月间，找到了旧版的书，便用一星期的时间边看边改。把十三章的几段，全部删去。算是动了一下手术，割去不满意的段落。

　　今年《当代文学研究》发表了黄祖良同志谈论《百炼成钢》的文章，其中还引用了我以前回他的两封信。经过十年大动乱，他还保存了我的信，我对他深为感谢。现将他的文章和我的两封信，附在《百炼成钢》新版后面，作为后记。因为我对《百炼成钢》的意见，还是如信上那样的，没有什么改变。

　　（这里引用黄祖良同志的文章，该文登在《当代文学研究》第二期）

　　　　艾　芜　一九八二年九月二日晚上七时记于北京海军第一招待所

艾芜同志关于《百炼成钢》与黄祖良同志的通信

一、黄祖良同志的几点说明

艾芜同志的长篇小说《百炼成钢》于一九五八年五月出版以后,立即受到广大读者的热烈欢迎,全国各报刊杂志纷纷发表评介文章,从各方面给予分析和应有的评价。作家出版社于一九五八年八月,及时地出版《〈百炼成钢〉评价》专辑,便于读者正确地阅读和理解这部书。当时的文艺评论工作者对于这部作品,在基本上一致肯定的前提下,就几个带有原则性的具体问题,各自发表了许多不同的意见。这些问题主要是:(一)关于作品如何反映党对工厂企业的领导,以及党委书记梁景春的形象塑造是否成功;(二)关于作品主人公秦德贵的思想境界是否应该进一步开拓、提高;(三)关于爱情描写是否必要,以及如何评价作品的爱情描写的情节。针对上述问题,结合青年学生纪念建国十周年读书运动的要求,我把课堂讲稿整理成《漫谈〈百炼成钢〉》一文,发表在《论坛》一九五九年第四期上,并把文章寄给艾芜同志,请他给予指教。艾芜同志在病休期间,于一九五九年十月十一日给我写信,热情地回答了我所提出的有关问题,其中,深入地谈到他在创作过程中的艺术构思,对于我们正确地理解和评价作品,有很大的启发。当时,举行一个纪念建国十周年的学术讨论会,会上有些同志对于《百炼成钢》和我的文章又发表了一些各自的看法,我在十月中下旬,给艾芜同志写了一封信,把同志们的看法告诉他,同时也谈了自己在当时那种环境感染下所产生的极其肤浅的和不切实际的意见,再次向他求教。他于十一月七日给我写了第二封信,集中地谈了关于秦德贵的形象塑造问题,坚持实事求是的原则,深入浅出,有很强的说服力。这些宝贵的见解,我感觉到,就在二十年后的今天看来,也是正确的。

艾芜同志的这两封信,征得他的同意,原决定在一九六〇年初公开发表,没料到竟然受到所谓反右倾运动的冲击,遂致湮没。近日翻检旧稿,才偶然在故纸堆中抖落出来。披阅之后,感慨万端。经过考虑,还是决定让这幸存下来的两封信有机会发表为好。这在我是还了一笔"文债",了却一件心事。这两封信的内容,对于当代文学研究工作者、文艺批评家和作家,以及一般读者,大概都会有所启发,获得教益的。至少,它是一份中国现代文学史料。

二、艾芜同志给黄祖良的两封信

祖良同志:

接读来信和您论《百炼成钢》的文章,已有个多月了,因为生病停止写作三四个月,直到现在比较好些,才来回您的信,请您原谅。您对《百炼成钢》看得很仔细,好多看法我是同意的。您说"觉得您还没有全面地反映出党对工厂企业集体领导作用和组织作用",这是说得对的,的确没有全面反映出。又关于梁景春,我也同意您的看法;从好些批评文章看,一些人说写得不好,一些人说写得亲切;另外在实际工作中的职工,他们也感到梁景春亲切,如石景山钢铁厂和鞍山钢铁公司的职工,他们的谈话,发表在《文艺报》上,一篇是《秦德贵和我们生活在一起》,一篇是《鞍钢工人谈创作》。我自然要尊重文艺批评家的意见,但更要重视在钢铁工业中工作的职工群众,他们的意见,是来自现实生活的。您对梁景春的看法很对。

您说:"觉得秦德贵的思想境界还不够高,觉得您还没有充分地从共产主义人生观和共产主义理想的高度去揭示这个共产主义先锋战士的精神品质,使焕发出更加夺目的光彩。"再从您的文章看,具体地说,您是指秦德贵这一方面吧?"有的时候,却又表现得不够坚强,例如对于张福全身上所散发出来的资产阶级个人主义思想臭味,他虽有所嗅觉,却一再容忍迁就,不敢坚持原则展开尖锐的思想斗争。"我想从这一方面发表一点意见。抽象说起来,一个人见了同事的人,露出资产阶级个人主义思想的臭味,必须跟他斗争,斗争掉他的个人主义,这是共产党员应该具有的品质。但在具体生活中,有些斗争方式,不是直接的,而是迂回曲折的。张福全为了恋爱,更加暴露出他的资产阶级个人主义,他对秦德贵就只想寻是生非,唯恐不争吵起来。秦德贵意识这一点纠纷的来源,是在恋爱方面,故而退让隐忍。又张福全所采取的纠纷方式,是把自己班上应做的工作,留在秦德贵那一班,这在厂里一般的情形,是极容易引起下一班的争吵的。因为上一班损害了下一班的利益,任谁哪一班都要争吵的,但一些劳动模范,却并不怎样争吵,他们觉得多做一点工作,没什么关系,别个工作上发生了困难,不是奋不顾身去帮助么?因此,在原稿上,我把秦德贵和张福全争吵到厂长那里一段,删去了。在这一纠纷中,重要是在恋爱那一点关键上。秦德贵有他恋爱的权利,个人方面的吃饭、穿衣、工作和恋爱,属于个人利益,是客观存在的东西,我们不能反对,但为了个人利益,而妨碍了集体的利益,那就发展成为个人主义了。个人利益和个人主义有时候处得很近,几乎是相隔一层纸。秦德贵在恋爱事件上,就得斗争掉那种可以形成的,也可以说即将容易发展成的个人主义的萌芽。这是一场痛苦的斗争,因为他爱孙玉芬已到了狂热的地步,要不恋爱是困难的。然而他做到了,因而张福全对他的仇视,以及在工作中故意做出的纠纷,也就慢慢减少下去。有人说,恋爱在整个作品里是一个插曲,这是理解不透,它是构成作品中有机的一部分,不可缺少。或者又有人会说,秦德贵虽然斗争掉自己身上可能产生的个人主义,而却没有帮助旁人,例如张福全,去掉他身上的个人主义,这在作品安排上,故事的过程上,秦德贵不可能去做这样的工作,无论如何说,他只有一部分责任。去掉张的个人主义,是在整个领导上,包括厂的行政和党组织,而这一点没有做到,所以梁景春检讨,说他应负责任。我的安排,是用客观发生的事实——事故,去批评张福全的个人主义的。这个批评,对张福全,可以说是重而又重的。秦德贵在另一种事件上,如果不坚持斗争就要损害集体的利益,他就要坚持斗争，例如炼钢加锰铁，他就宁愿违反值班技术员的指示，甚至甘冒厂领导批评以至责备的风险。在同张福全的斗争，他采取了退却和隐忍，因为他多做一点工作，就可以使炉体不致受损，同时斗掉自己可能发生的个人主义，于集体是有益的。因而，我说他同张福全的斗争，是迂回曲折的。你觉得我说得怎么样，希望来信告知。此致

敬礼

艾 芜 一九五九年十月十一日北京

祖良同志：

收到来信，很高兴地读了，您写出许多同志和您自己对于《百炼成钢》的宝贵意见，我一定要好好地研究，作为修正作品的指示。您说论坛打算披露我前次回您的信，我想供同志们参考，可以发表，就是写得草率，没有深思熟虑过，一定有说得不妥当的地方。关于前次的信，我还想补充一点意见。前次信上说个人利益和个人主义有时相隔一层纸，我随后想想，应该说是常常相隔一层纸。而且我还要说，计较个人利益这点，就是个人主义的细菌，非酿成个人主义不可。对于计较个人利益这一点，一定要重视它的危害性。

共产主义的特点，我们一向知道的，是"各尽所能，各取所需"（现译为各尽所能，按需分配）。各尽所能就是现在所说的，敢想敢干。按需分配，就是物质生活资料极大的丰富，人们到了那时，用不着计较个人利益。现在在社会主义阶段，计较个人利益的事情，还会发生，但不计较个人利益，也能很好地生活，因为社会主义社会里，个人利益与集体利益是一致的。一个人可以做到不计较个人利益，而事实上，在我们的社会里，已在成千成万地涌现出这样的新人——就是敢想敢干而又不计较个人利益的新人。对于《百炼成钢》中的秦德贵，就是根据这两个原则去塑造的，实际也是从工人阶级中学习得来的。

我还有一个推测，就是到了共产主义社会，物质生活资料已经极大的丰

富,客观的条件,自然免掉了计较个人利益的打算,但有些生活,譬如恋爱,是否还有计较个人利益的打算呢?古代的民歌上,"出其东门,有女如云,虽则如云,匪我思存",就是表示出恋爱心理,有其特殊的地方,他就思念那一个人,即使看见有女如云,也不能使他满足。这里是会产生计较个人利益的细菌,酝酿成个人主义,和集体利益发生矛盾。因此,秦德贵还得在恋爱上受到考验。在这一意义上,恋爱的描写,有其必要。您这次来信说,有的同志说恋爱写多了一点,我想多点不妨,我写秦德贵在党领导下,他能够去掉任何计较个人利益的细菌,同时又因为现在是社会主义社会,最终他能得到个人利益的满足。我写的恋爱,就是用这根线来贯穿起的。要想写透彻,自然就多了一点。

您这次来信说:"觉得您描写秦德贵对于未来的光辉灿烂的社会主义共产主义远景的憧憬(向往、想象)不够充分。"这是说得对的。需要有着对未来社会的具体描画来鼓舞自己和别人。但对未来的共产主义社会,我自己也还缺少很具体的想象。只能想到,那时是物质生活资料极大的丰富,又非常之好,人人可以按需得到分配,用不着计较个人利益,只是想着如何发挥自己的才能,为全人类谋幸福而已。这是作者的思想反映在人物身上。您又说:"是不是还可以在紧张的劳动中,描写他对于未来的生产完全自动化、机械化和炼钢技术电气化的某些思想活动呢?"是可以写的。我写的秦德贵,他的思想活动,偏重现实性一面,即是工作中发生了困难,他敢想出一些可以解决问题的方法,例如用炸药炸沉渣室。工人的思想活动,同实践联系得很紧密,他的思想从实践中得来,又应用到实践中去,但要想得更远些,是可以做到的。更远一点的想象,的确写得少。

是不是因为这两点(当然您还说有别的),共产主义的风格,在秦德贵身上就并不高。我认为基本上是高的。因为他基本上具有敢想敢干的风格,又能彻底去掉计较个人利益的细菌。他已超过各尽所能按劳付酬的原则,等于进入共产主义社会的人了。当然对人物有更高的要求,是应该的。秦德贵确有一些令人不满足的地方。您这次来信以及上次来信,所提的意见,不仅对修改作品有帮助,就是对于我今后写的人物,应该多具备一些高贵的品质,也是有启示的。

您问我生什么病?就是肺上发现一个小洞,又有严重的胃病,因而身体衰弱,停止了写作,好在今天有养病的条件,慢慢会好的,请勿念。

　　此致

敬礼

艾　芜　一九五九年十一月七日北京

风波

一

乡下人收到了一封国外来信

田野里的油菜开了花,反映在粉蓝色的天底下,一望无涯的金黄。其间还杂有麦子,长得绿油油的正在抽穗,显得生气勃勃。乡里没有多少事情可做,青年们便去赶场,看看热闹。龙进上街先到邮局看报纸,看有什么文艺杂志出版了,他喜欢看杂志的广告。报纸是贴在邮局外墙上的,已是几天前的了,上一次赶场就看见了的,因此望一下就走开。他又走到百货商店去看,因为卖文具纸张那个部门,还代卖新华书店的新书。他看见一些文学书,已摆在面前,感到十分高兴。那些书他早已看过,但如今能够再印出来卖,总是一件大好事情,使人松了一口气。他把书一本一本地翻看,看封面的装帧,又看有图案的扉页,感到新鲜。轻微的油墨气味,也格外好闻,有着淡淡的清香。

龙进正在书摊面前这么欣赏书的时候,有人轻轻拉动一下他的袖子。龙进连忙回头一看,原来是韩芳站在他的身边,现出一脸微笑,笑里还藏着一种神秘似的。这是他的表妹韩芳。她的右手,拉了一下龙进的袖子,左手则一直藏在背后。她,瘦瘦的脸子,有点紫黑。眼睛十分灵活,显得聪明,但又透露出很有脾气的样子。她兴奋地说:"你没去邮局么?"

龙进低声地说:"我去做什么?从来没有人给我写信。"

韩芳嫣然一笑,说:"这不是给你的信么?"一面把藏在背后的左手,伸了出来,手上正拿着一封信。她还高兴地说:"我一进邮政局看报纸来了没有,就看见这封信,好打眼啊,外国来的。"

龙进连忙接到手上看,信封上有外国邮票,有寄信人的英文地址。收信人则写的中文,是龙进先生收。交信的地址则是中华人民共和国某某省某某县清泉公社麻柳大队。另外还有一行字:如收不到,请交清泉小学校转交。龙进注意地看信封,现出惊异的神情。

韩芳却忍不住说:"快撕开看,是什么人来的信?"

龙进连忙走开,因为一些站在书摊旁边的青年,也在注意他这封贴有外国邮票的信了。他走到街上人不多的地方,才拆开信看,开始的句子:"亲爱的孩子",使他更加惊异,赶忙看最后的署名:"爸爸何步云、妈妈韩云英。"他大为震动,忍不住高兴地喊了一声:"哎呀,爸爸妈妈还活着呀!"

韩芳一直挨在他的身边,偏着头看他手上的信,这时听见是姑爹姑妈寄来的,也很震惊,连忙把信抢到她的手里,一面看,一面忍不住激动地说:"我们赶快回去告诉爷爷婆婆!看来姑爹姑妈是在美国的大学里教书呀!"

"是在大学教书吗?"龙进吃惊地问,又一面要拿信去看,仿佛不再看一次,就不相信似的。

韩芳不让他拿去,一面说:"让我看哪!"好像信是写给她似的。

龙进一向有点怕她,也只好让她先看算了。但他一面又生气地说:"说他们在香港害病死了,全是造谣哪!"

韩芳看完信高兴地嚷了起来:"真是做梦都没想到!"她又向龙进劝慰地说,"不要想那些谣言了,过去的事,让它过去罢!"韩芳随即看龙进的神色,看他同不同意她说的话。

龙进还和以前一样,骂他也好,怨他也好,称赞他也好,他都低着头,不动声色。黑黑带红的脸子,总是平平静静,显得老实,甚至有点呆笨,但也隐藏着倔强的精神。现在尽管也抱怨了一两句,近乎说气话,也没有在脸上很突出地表现出来。韩芳喜悦地说:"'四人帮'打倒后,这才真正感到好,谣言一下全吹跑了!"

龙进只是跟着走,没有答话。他心里一面很快乐,一面又禁不住地想:"只要你少说一点,谣言就不会那么厉害。"事实确是如此,讲姑父姑妈死去的谣言,讲得最多的,就是韩芳。她常常对造反派、红卫兵讲:"人都死了,还有什么海外关系。"又常常对家里人说:"人都去世了,还怕什么牵连。"还有更使龙进生气的,是有些谣言牵连到龙进本人。事情是这样的,爷爷婆婆生病,龙进借钱买过药,爷爷婆婆病后需要滋补,龙进又借过钱买过鸡鸭。韩芳却不相信是他借的,认为龙进为人孤僻,没有朋友,哪会借到钱,很可能是做扒手摸来的。实际说起来,韩芳也是有些根据,不是乱栽污一坨。有一回赶场,看见治安人员抓了十几个可疑的扒手,其中就有龙进。尽管查出他不是扒手,随后就放了,但在韩芳的脑子里再也磨不掉这一污点,无论如何都认为龙进是可疑的。她还向爷爷悄悄讲过,引起爷爷的不安。有一夜大家都去场上看电影,龙进一个人在灯下看书。爷爷走过去关心地问:"小龙,你怎么不去看电影?"

龙进从书上抬起头来连忙回答:"爷爷,我看过了,不想再看。"

爷爷拿起书,还戴上老花眼镜看,一面问:"你在看什么书?"

龙进正在看《福尔摩斯侦探案》,他没有回答,只让爷爷看。爷爷看了书名之后,就望着龙进说:"你该看出了,一个人犯不得案啊!"

"是的,爷爷!"

爷爷不看书了,只把书拿在手里,布满皱纹的额头和眼角动了一下,皱纹显得更深了,轻轻地说:"孩子,我好久就想问了,你买药买肉的那些钱,哪里来的?"

"爷爷,我不是早就告诉过你么?向同学借来的。"

"有这样好的同学吗?"爷爷显得很不安。

"人家就是这样好嘛!"龙进说得很诚恳,但头却低着,眼睛望着地下。

爷爷轻声细语地说:"孩子,你要懂得世间上有这样的人啊,他要收买一些人,今天给你这个,明天给你那个,钱大把大把地花,你向他借钱,他更是慷慨得很。"

龙进好像不明白爷爷这些话,有些惊异地望着爷爷焦虑的脸色。爷爷又再问道:"你这个朋友是不是一赶场就三朋四友,茶馆进、酒店出的?"

"爷爷,人家不是这样的,跟我一样就是爱看书。"

龙进说得很诚恳,爷爷却不得不这么说:"孩子,不管人家怎么的,你还是不借钱的好!"

"是,爷爷!"

爷爷放下书走了之后,龙进禁不住想:"什么人给爷爷讲了坏话?……是她,肯定是她。"他记起那次在场上冤枉被抓,还挨了两下拳头,自己气得发昏,等到查明谁是真正的扒手,把他放了,他才看见围观的人群中站着韩芳,满脸通红,露出鄙视而又生气的神色。她并不走来问个明白,却一下子抽身走了。以后还听见她在向人讲:"有些人生成的样子,一见就叫人起疑心呀!"龙进觉得韩芳尽管说起来是表兄妹,但却这样不信任他,比外人还不如。而且还把他看成是个无用的青年,没法生活,才来投亲靠友。

现在龙进跟在韩芳后面走,这些往事禁不住再现出来。接着还有"文化大革命"的动乱情景,更加可怕地出现。但他对她并不怀恨,只是心里装满了快乐,要尽量忘记以往的事情。

韩芳越走越快,仿佛有风吹她,身上长出翅膀。她回头看见龙进,落在她的后面,还是不急不徐地走着,跟往天差不多,忍不住想:"这个人真是有点呆笨!"但她不能像往天一样,开口就责备他,只能讨好似的说:"走快点!爷爷婆婆晓得了,还会怪我们走得太慢哪!"她停下来等他,露出十分兴奋的脸色。

龙进尽管心里充满了快乐,但并不露在脸上,仍然平平静静的,对于韩芳有意表现出来的温存,并没多大反应,只是越过韩芳的头顶,朝远处望去,仿佛远处有人在招手一样。

韩芳也不以为意,她一向认为这个人有些迟钝,太书呆子气罢了。只是现在看法有些改变,先前是没有前途的书呆子,现在则是一个有了出路的书呆子而已。等到龙进走到身边了,又在同她并肩前进,她忍不住问:"龙进表哥,你想去看他们吗?"先前她只叫他龙进,有时并不叫他名字,只是喊:"喂,那个挖地的,吃饭了。"或者抱怨地叫:"喂,聋子、你真是聋子,叫你吃饭,你都不答应!"

龙进见她把他升级为亲戚,也无反应,他只觉得世界上有了爹妈,有了爹妈的来信,太快乐了,韩芳对他的转变没有多大的影响。只是韩芳再一次问他:"龙进表哥,你想马上就去看他们吗?"他才嘴角露出一丝笑纹,说:"那当然,谁不想立刻就看自己的爹妈?"

韩芳看见这个呆笨的小子,有笑纹在嘴角出现,觉得他在冬眠状态中苏醒了一样,感到高兴。同时希望他一下子活泼起来,变成一个富有朝气的人。她一向喜欢的男女青年就是要活活泼泼的,讲起话来眉飞色舞,一身洋溢着朝气。对于龙进的呆笨,她是看不惯的。韩芳今天在上街的路上,就看见了龙进不愿同她赶场,便故意落在后面。等到收得这封信了,为了好奇心,便赶忙去找龙进。而她也知道龙进不上街则已,一上街就要去书摊上翻书。她以往只要一见他在书摊上翻书,就在心上打上一个烙印:"当真是个书呆子,不折不扣的书呆子!"她刚才在书摊上把信递给龙进的时候,还没有改变这个看法。知道姑妈姑父还在人世,又在美国,真是天大的喜事。无形中分享了他的快乐,还忍不住要把这种快乐立即送到爷爷婆婆那里去。他们这个家族,因为有这么一个亲戚,有了这么一个投亲靠友的知青,惹出多少烦恼,添了多少灾难!如今来了信,这当然是一家人的快乐啊!

韩芳羡慕龙进有出国的机会,但又眉头一挺,挺有见解地说:"最好这样,你先回信,要姑父姑妈回来看看爷爷婆婆。我们这一大家人该好好地团聚一下,让那些爱说怪话的人见识见识。"

龙进点一下头说:"对,要他们回来。"他觉得样样都好,可以说,快乐使他没有意见了。

二

天空晴朗了，但还有点阴云

爷爷婆婆居住的房屋，是一座大院子的一个角落，有大小七八间房子，同别的几家人分开的，但都挨得很近，走二三十步就到别人窗下或者门前。总的看来，就是乡下的大杂院，但各有树林和竹子。爷爷婆婆的屋子是这样分配的，一间正屋，作为客堂兼做饭厅，壁上贴有韩家高曾远祖考妣的神位。他两老住了一间大的，旁边的小屋子由龙进居住。另一边的小屋子是韩芳居住。还有一间大的屋子，则是舅父舅母居住。其余的屋子作为灶房并堆放柴草。可以说这是三世同堂的家族。爷爷是乡下小学教师，教了四十多年书，解放后又入了党。到了退休年龄，回到家里，靠退休金生活，这叫他喜出望外。逢人便说："要是世道不改变，一个穷教员，休想活下去。"到了"文化大革命"时，许多想不到的坏事情，层出不穷，这才使他不再开口了。但是每听到一件坏消息，他的回答，尽管没说出口来，只在心里想："活下去吧！"乡里的造反派和大队的支书，认为他是个老朽，又有海外的关系，要他退党，后又扣了他的退休金。他跟婆婆尽量喂好猪，常常背着个筼子去找猪草，又同儿子在屋前屋后种果木树，设法增加收入。儿子韩立成和媳妇都听他的话，不闹分家，出力把一大家团聚在一道，和和气气过日子。由于他老人家已七十多岁了，还不歇地做这做那，大家也就振奋起来。

韩芳和龙进拿着外国来信跑回来时，爷爷正在不远的自留地用水浇菜。他穿着褪色的蓝布短衣，掩映在一片青绿的菜地中间，显得很有精神。他耳朵、眼睛都很好,听见韩芳跑来叫他,便停下手里的水档档儿,注意地望去,一面忍不住地说:"出了什么事?"他最不放心的,怕龙进在街上出问题。他和一般老年人一样就是多疑多顾虑。等到看见龙进也从一丛树林后面大踏步地跑来,吐出嫩叶的垂柳,正飘拂在他的头上,他才放心了。他略带嘲笑的口吻说:"出了什么事?这样慌里慌张的!"

韩芳因为跑急了,到了爷爷那里,一下说不出话来,只是喘气,勉强说出一个字:"信!"还把信朝爷爷手上递去。

爷爷尽管接着了信,没有看,因为他不戴老花眼镜,没法看清楚,只是望着韩芳说:"是哪个写来的?"

韩芳明白爷爷没有眼镜不能看信,就立即拿回信,一面大声地说:"爷爷,是姑妈姑爹来的信。"她怕爷爷不明白,又再加一句:"是龙进表哥的爹妈来的信。"又指着信说,"这是外国来的!"

爷爷连忙摸他的口袋,又慌忙地说:"哎呀,不晓得哪里去了?"

这时龙进赶到了,望着爷爷高兴地笑。爷爷向龙进说:"进娃子,快回去给我找下眼镜!"他慌乱急了,觉得不亲自看一下信,就不相信似的。龙进跑回去找眼镜,爷爷也赶忙跟在后面,韩芳连忙扶他,一面说:"爷爷,走慢一点,看跌着。"

爷爷甩开韩芳的手,一面急切地说:"他们在哪一个国家?"

"美国来的。"韩芳回答之后又高兴地说,"真是来得远哪!"

爷爷进了那间供有家神的堂屋,接着龙进递给他的眼镜,连忙戴上,来不及坐就看了起来。韩芳赶忙拉他坐在椅子上。爷爷不去坐,只是说:"不拉我,让我就这样看。"他走向门口一点,让信对准外面的光线,更亮一些。因为门外的橘柑树的浓荫遮暗了堂屋。他看了前面几行,又迫不及待地翻最后一页,认清最后的署名,是女儿女婿的名字,而字也的确是女儿的亲笔,忍不住满脸浮着笑,接着又从头看了起来。看完之后,取下眼镜,摸出手巾,擦擦眼泪。然后望着龙进点了下头,叹口气说:"孩子,这下好了!"

韩芳拿去爷爷手上的信。爷爷说:"我还要看看,来信的地点是芝加哥吗?"

韩芳赶快说:"爷爷,是芝加哥。"尽管说得很确定,但还又把信看一下,高兴地说,"爷爷,你看嘛,这是大学的名字,姑父姑妈都在那里教书。"

爷爷喜悦地说:"如今世道好了,人人得到了自由!"接着对龙进说,"你学的那些英文,还在常常读吗?"

龙进笑笑说:"有时忙,还来不及读哩!"

韩芳就对爷爷说:"他倒是常常读啊!我还听见他天不见亮就在河边柳树底下读哩。"她说的时候,脸红了一下。因为她曾经反对过龙进,嘲笑他读英文是没用的。

爷爷说:"要好好地读。假如你爹你妈叫你去,在那边不会外国话怎么行?"

韩芳连忙看一下龙进,看他怎么回答。龙进没有回答,低下了头。韩芳接着说:"当然要学会的。多年不见面,哪个不想的?"随又望着爷爷说,"爷爷,你和姑爹姑妈多少年没见面哪?"

这时婆婆从隔壁人家回来了,韩芳又大为兴奋,赶快把好消息告诉婆婆,婆婆喜欢得哭了,靠着桌子坐下。

爷爷笑着说:"不要哭了,这么大的喜事!"

婆婆一面拭眼泪,一面看下龙进,满意地说:"这下放心了。我跟爷爷一提起进娃子,晚上就睡不着,担心这,担心那的。看来天有眼睛……"她没有说下去,怕爷爷说她迷信。她立即转了话头向龙进说:"你赶快回个信,叫你爹你妈回来,让我们看看。"随又望下韩芳和龙进,说下去:"你们不知道,我做过多少梦啊,看见他们就在这里……"她又哽咽起来。她本来还要说:"还梦见拿给红卫兵跪着打呀。"她忍着没有说下去。最后才长长地叹口气:"幸亏世道变了!"她用手巾拭下眼泪,又望下老头子手上的信,急切地问:"他们说要回来没有?"

韩芳连忙回答:"他们没有说。"但又毅然地说,"我敢肯定他们今年会回来的。"

婆婆还是担心地说:"就怕那几个鬼,又跳出来哪!"

韩芳大声地说:"婆婆,我敢担保那几个鬼跳不起来了,如今关了他们,还定了罪。"

婆婆本来还想说一声："天有眼睛，祖宗有德！"但怕大家笑她，只好高兴地说："大家该庆贺庆贺，我还向祖宗许过愿，保佑他们活着，敬个雄鸡刀头。"

韩芳也欣喜地说："该给爷爷打点酒哪！"

龙进连忙说："婆婆，给我找个瓶子！"一面取下壁上挂的提兜。

爷爷不安地说："家里一个钱也没有，去跟隔壁二爷爷借一点。"

龙进说："我还有点钱，打酒买肉都够。"他一下摸出了二十元钱。同时又脸红了，他从来没有拿出这么多的钱，只是由于太高兴，便一下摸了出来。随即感到自己太鲁莽，所以有些不好意思。

爷爷婆婆和韩芳都一下惊异地望着龙进。婆婆忍不住问："好孩子，你哪来那么多钱？……我跟爷爷谈起这个事情成半夜睡不着觉，总觉得你在瞒我们，爷爷怕伤你的心，不好问下去。今天好了，你该讲讲，你是有一个好朋友，常常借钱给你吗？"

爷爷把信装进信封，又揣在衣袋里，一面望望婆婆，又望望龙进，这时才严肃地说："婆婆说得对，我们都在担心，前回你婆婆病了，你帮忙借几十元，如今还没有还债，你又哪里能拿出钱来？我一向怕问起，如今好了，有这样一封信，我也放心了。你对爷爷婆婆讲讲，不要不好意思，韩芳你出去一下。"他主要是把韩芳支开，好让龙进讲出心里的话。但韩芳并不走开，只躲在门外边，渴想听龙进讲些什么。她也早就疑心龙进那里会有什么秘密，可能叫人非常吃惊，她不能错过这个机会。

龙进向爷爷婆婆小声地说："爷爷婆婆，钱的确是借来的。"

爷爷叹一口气，小声地说："你要对得起你的爹妈啊！"等一会儿又说，"你也要我们有脸见你的爹妈哪！"

婆婆有点着急地说："进娃子，你说嘛，这有什么为难的地方？"

龙进脸色变了，但又镇静地说："还是以后再谈吧，我先说在这里，我并没做过给你们老人家丢脸的事情。"

婆婆忍不住地说："我跟爷爷算过，生产队的工分什么的，全归家里收着,一个钱都没给你,你倒拿出几十块钱。那天给你洗衣,有十多块装在衣袋里,把我吓了一大跳,我不敢向你爷爷讲。爷爷,他那脾气,你并不是不晓得,闹大了,他会赶你走,你无亲无戚,哪里去嘛!我只有闷在肚子里,可是叫我一想起,多难受哪。你们不要笑我,我还给祖宗灶王菩萨叩过多少头啊,我没法子活下去,只有那一条路,求神拜佛。谁也不晓得我的苦处。"说到这里,婆婆哭了。

爷爷只好说:"今天不说也可以,只要不说假话,我们就放心了。"

龙进有点激动地说:"爷爷,我钱都来得正大光明的。"

爷爷没有说话。婆婆却又一面拭泪,一面说:"进娃子,这总有点叫人不相信,如今哪有这样的好人,肯几十块地借给你,又一年半载都不要你还。孩子,这怎么不叫人起疑心?"

爷爷看一下龙进,忍不住说:"你这个好朋友,哪来这么多钱?上次,你告诉我说是你的同学,看来不是下乡的知青,就是回乡知青,全跟你一样,一年能挣多少嘛。"

龙进想了一下说:"他父亲是个干部,去年官复原职,补发一大笔工资,他也得一些钱。"

爷爷又问:"他跟你这样好,为什么不来我们家一次?"

龙进说:"前几年父亲打成走资派,他打成黑五类,不好意思出门。如今好了,他又日夜搞功课,想考大学,没工夫走人家。"

龙进见爷爷婆婆不再问了,就提起竹编的提篮子,还拿起瓶子朝外就走,又一面对婆婆说:"我到场上,很快就回来。"

韩芳跟在后面亲切地说:"有这样的好同学,为什么不叫我们认识认识?你这个人呀,总是暗里做事情,瞒得水泄不通。"随即笑了起来,低声笑着说,"你这个人呀,看来有点不老实。"

龙进打趣地说:"我这个人就是太老实了,吃亏就在这一点。"

韩芳不以为然地说:"你吃什么亏哪,我看你就是运气好得很。"

龙进苦笑起来:"还说我运气好,中专、大学报考报不上,招工没人要,个个人都看不起,日子多么不好过。"

韩芳奉承地说:"如今信来了,看哪个还有这样的喜事!"

龙进严肃地说:"我可惭愧得很,一事无成,没有脸见他们。"

韩芳笑着说,竭力找些话来安慰他:"表哥,你年轻力壮,正好学习,如今机会来了,哪个不羡慕你!"

龙进闷声闷气地说:"我觉得人家都把我看成蠢家伙了,见了我,就把头掉开。"

韩芳明白话里有话,就立即说:"这不能怪别人。"

龙进笑了一下说:"这说来,也怪我了!"

韩芳马上抵塞他:"是该怪你!你不搭理人,又老是低着头走路,叫人没法打招呼。"韩芳又近乎责备地说,"老是板着脸,人家有点……"没有说下去,只是笑了起来。

"这样说,人家都有点怕我?"

"对!就是这样的!"

"这样说,你也有点怕我?"

"不能那样说,我这个人么,什么人也不怕的。"

"我却有点怕你。"龙进说到这里笑了。

"怕我什么?请你说明白一点。"韩芳有点恼怒。

"就怕你……"

"说嘛。"

"就怕你说出一些话来。"

"叫你生气?"

"我一点也不气,就是惹起他们两位老人家……"

"我敢向你赌咒,我没有向他们两位老人家讲过你的坏话。"韩芳又急又气地说。

龙进冷笑地说:"你刚才没听见么?婆婆气成那样子!"

韩芳抵赖地说:"那不是我说的。那回治安人员冤枉了你,隔壁邻居哪个不晓得?还等到我来说么?"

龙进不讲了,只是走。韩芳沉默地跟在后面,走了一会儿,忍不住问:

"表哥,我问你啰！你那同学为什么不来我们家?"她很想弄清楚关于钱的来源,所以一再追问,她决心要把爷爷追查不出的事情,由她追查出来,显示她的能干。

龙进微笑地说:"这个我也不晓得。"

"你常常到他家吗?"

"哪里能够常常去？我不是常常在队上劳动。"

"有时一天到晚见不到你,是不是就去看同学?"

"我去看他做什么？我主要是去县文化馆借书。"

"还有一点主要的,去借钱。"韩芳说着说着笑了起来。

龙进沉默地走着,没有回答。

走到街上,龙进要去铺子上买猪肉,韩芳立即说:"把钱给我,让我去买。他们看你老实,总把大骨头给你。"

龙进觉得韩芳比他能干,就拿四元给她,一面说:"就买三斤。"他便到酒铺上去打一斤酒。

在回家的路上,韩芳向龙进问道:"表哥,你什么时候去看你同学？他是男的,还是女的?"

龙进笑着说:"你问这个做什么?"

韩芳回答道:"我要去看看。"脸上故意露出有兴趣的神色。

龙进不讲话了,只是走他的。韩芳不满意地说:"你不同意吗?"

"有什么同意不同意,见不见是人家的自由。"

"这样说来你先要问问他,看他同不同意?"韩芳说到这里有些生气了,随即严厉地说,"这有什么了不起,我就直达直去,看他敢把我怎样？……把他姓名告诉我！"

龙进见她在生气,心里十分高兴,觉得她一向趾高气扬,全没把他放在眼里,让她去生气吧。

韩芳把龙进提的竹篮子抢到手里,便朝前跑去,不再同龙进讲话了。

三

一家人都怀着浓烈的希望

吃晚饭的时候,一家人围坐在煤油灯下,一面吃饭一面讲当天的事情。韩芳的父亲韩立成,四十多岁,脸晒得黑黑的,一副坚强的样子,刚在生产队开会回来。爷爷满意地喝一口酒,然后向韩立成问:"今天开会讲些什么事情?怎么开那么久?"

韩芳刚把一碗汤端来,还没坐下吃,就立即说道:"爷爷,你还不晓得么?隔壁邻居都在说呀,说今后要包产到户,实行责任制。可以伙着几家干,也可以单干,多打的粮食就归自己,真正做到多劳多得。"韩芳常常是吃饭桌上的发言人。她平时也爱打听隔壁邻居以及生产队的事情,甚至街上的新闻都在吃晚饭的桌上讲了出来。全家人让她讲东讲西,爷爷尤其喜欢她又讲又笑的神情。

爷爷听了之后便向儿子韩立成问:"大家都高兴这样吗?"

韩立成喝口酒,愉快地说:"怎不高兴呢?网子拿到手了,还有抓不到鱼的?"随又补充一句,"别处行了好久啊!盼来盼去才有今天。"

韩芳忙吞下饭菜,插嘴说道:"前一向,他做支书的还在反对,回去家里骂娘。他女儿在河边上挑水,亲自告诉我的。"

爸爸告诫地说:"这样的话不要传出去哪,大小他还是支书,又兼队长,有权在手。"

韩芳嘴巴一翘地说:"他封不住人家嘴巴的,这个队上,哪个不在讲!这下子该让他劳动劳动了。真的开会都得工分,哪个不想去开会,坐下一半天,就是擦火柴吃烟,吃烟擦火柴,太安逸了!"她先前不讲这些话的,自从说要解放思想,她就大胆了。但她只在家里讲讲而已。

爷爷举杯又喝一口酒,放下杯子又问儿子道:"我们算算要包多少田?"

儿子韩立成很快喝完酒,开始端起碗吃饭。听见老人家这么关心地问,就立即说道:"照人头分,一人一亩,就有六亩田。如今要打算的,就是和大家一道承包,还是一个人承包? 我打算一个人承包的好。"

爷爷端起杯子,又不安地放下:"对付得了吗?"他不望儿子,却看一看在座的人。

韩芳却自告奋勇地说:"我今后一定要学会下水犁田。"

爷爷眼光停在龙进的身上,一字一句地说:"他爹妈今天来信了,总归会叫儿子去的。这就少一个好劳动力。农忙的时候,六亩田,可叫人为难啊!"

韩立成慢腾腾地说:"我今天想过,大家也在会后想过,农忙的时候,大家换换工。"随又笑笑说,"那些劳动力多的人可高兴了。说这下好卖力气了,不像以往拼命地干,也只能叫人得到那一点么,叫人憋气。"

爷爷有点犹豫地说:"看来我们家劳动力还是少一点。"

婆婆深深叹一口气。

韩芳向婆婆问:"婆婆,你哪里不好过?"

婆婆凄切地说:"要是你哥哥还在,多好!"

妈妈一听,脸都灰白了。她怕哭出声,端起饭碗朝灶房走去。韩芳的哥哥韩子英是在"文化大革命"中武斗打死的,因此一提起,个个伤心,只有爷爷看得宽点,常常说:"以往的事情由它过去吧,提它做什么。"今天晚上也是这么说。

韩芳接嘴说:"爷爷说得对,我们要想日子过得好,就该把先前的事情全忘记,连昨天的事情也不要想。"她一面说一面望下龙进,看他有没有感动。她见龙进脸色平静,只是吃他的饭,仿佛她讲的话全没听见似的。于是她向龙进问道:"表哥,你觉得爷爷的话对不对?"

龙进低声地说:"爷爷的话,哪有不对的?"

韩芳反攻道:"表哥,你可不照着做哪,爷爷叫你晚上早点睡,你只是口头答应啊!你哪一天晚上不是到半夜才睡觉。一个人不注意身体不行啊!"她口气上在责备龙进,事实上是表示她的关心。

龙进不答话,只是低头吃饭。

爷爷说:"用功好,可是我不赞成太用功,听话,我喜欢,可是太听话也不好。"

韩芳惊异地说:"爷爷,你说到哪里去了?"

爷爷喝了一大口酒,欣然地说:"世间事变动得太大了,你姑妈跟一个华侨学生结婚,家里人很生气,说嫁到外国去了,不跟死了一样。大字报一来,简直闯了祸。今天看来,有什么不好?外国人都拜她做老师,可不算为国争光么?我始终喜欢那个故事,塞翁失马,安知非福。"接着又喝一大口酒,还拿酒瓶,要自己斟上。婆婆连忙抓着他的手,制止地说:"你要醉死么?"

爷爷点点头说:"好,好,我不喝了!"但又笑着说,"今天是个大喜的日子,算是双喜临门,我总想喝个痛快。"于是又去拿酒瓶。

韩芳也不愿意爷爷太醉了,赶忙舀碗饭递在他的手上,一边嘲笑地说:"爷爷,应该照你老人家的说法,喝点酒好,可不要喝得太多。"

爷爷只好接着饭碗。吃了几口饭后又笑着说:"人有时候也不听自己的话啊。事情难办在这里,叫人好笑也在这里。"

韩立成已经吃完饭了,照习惯饭后一袋烟!他正取出叶子烟来裹,有点担忧地说:"大家又悄悄地讲过,天干那几年,不是包过产,渡过难关,后来又不许了,大家就担心这点。"

爷爷低声地说:"这么多年了,是该出几个明眼人了。"好像有什么打动了他,他向龙进说,"你回信的时候,千万加进这句话:'家里一天比一天好',这句话下面还要每字底下各打一个圈圈。还望他们早日回来。"

韩芳要伸起筷子夹菜了,又缩了回来,连忙说:"信上要叫他们带回一台电视机,五彩的。晚上大家看看,多开心。"

龙进不管韩芳说什么,只向两个老人问:"爷爷婆婆,你们要点什么?"

婆婆热忱地说:"什么也不要,只叫他们快回来看看,你信上说一句:爷爷婆婆头发都想白了。"

爷爷一面吃饭,一面点一点头。龙进于是向舅父韩立成说:"舅舅,你要什么呢?"

舅舅裹着叶子烟,头也不抬地说:"我什么也不要,庄稼人嘛,老老实实种庄稼。"

韩芳立即说:"给舅舅要一个吧。"马上又向爸爸说,"爸爸,你不是刚才开会回来跟妈妈讲,说是自己包了产,有个手扶拖拉机就好了。"接着又向龙进说,"你写一句,说舅舅要辆拖拉机。"

爷爷笑着说:"你简直人心不足蛇吞象啰!"

韩芳不以为然地说:"听说在外国的钱都多哪!一辆手扶拖拉机算什么。"她还神往地说,"只要有那么一辆拖拉机,我都敢犁田了。劳动力多不多,就不算一个问题。"她越说越兴奋,还大声地说,"表哥,你还可以说你自己也要嘛!有个收录两用机,更好学英文了。你不好意思写在信上,那让我来写好了。"

韩立成不讲话,只是埋头裹烟,然后用火柴点燃吸了起来,脸色显得舒适满意。爷爷放下碗筷,轻轻地说:"不要给他们出难题了,让他们轻松愉快地回来。他们想带什么,就带什么。回来就是天大的喜事!"

韩立成吸着烟站了起来说:"我还去队上开会。"便走了出去。

四

夜间的田野

往天晚饭后,龙进便在自己的屋子里,点好有着玻璃罩子的煤油灯找本书来看,或者写点什么。今天晚上坐不住了,便朝院子外边走去。月亮已从东方升起了,附近水沟边一排树木吐出了嫩嫩的叶子,投下浓黑的阴影,一直延伸到山边,和黑黑的山影混合在一道。沿着沟边的小路,白天晚上走过多次,都已平淡了。但这一晚上,却高兴地走去。水沟里的水缓缓地流着,在月光下现出粼粼的波光,格外美丽。田地里的菜花、麦子散出一股清淡的甜香味道,充满在清冷的夜里。他自自然然地想起了爸爸和妈妈,但他们是什么样子,却不记得起。只是听爷爷婆婆说过,爸爸是个华侨,回国读书,在大学里认识了妈妈。五十年代毕业后留下龙进带着妈妈走了。有信来,却没有回来过。到了"文化大革命",更断了音信。他是从小跟着爷爷婆婆长大的。有没有爸爸妈妈,在他的生活中,不是一个重要的问题。但在"文化大革命"中,乡场上出现了大字报,他变成了狗崽子,是叛国者的家属。爷爷拉去斗过,他也跪在爷爷身边。他觉得他挨打挨骂不要紧,痛几天就完了,走得路,吃得饭。可是爷爷一躺下,成两个月地走路艰难,多动一下,就要呻吟不已。舅父舅母则在人前抬不起头。只有韩芳和她的哥哥趾扈飞扬,打起造反派的旗子,攻击龙进的爹妈。龙进感到一家人的不幸(当然除了韩芳和她的哥哥)都是他的爹妈惹起的。因此他对爹妈深为不满,有时还痛恨地说:"你们倒是走得远远的了,简直不是人!"他也认为他的妈妈是个叛国贼。

后来听说他们死了,他倒反而舒了一口气,认为祸根除了。"四人帮"倒台后,又经过十一届三中全会,政策变了。外国人也来旅游,华侨回国观光,有的留下工作。他这才惋惜爹妈不该早死。现在不但活着,而且还来了信,多么叫人欢欣。这使他兴奋得坐不住了,要出来走走,感到像鸟子一样,要在月亮照着的田野展翅高飞。他走了好一会儿,迎面跑来一个人,这是韩芳。她首先认出龙进,高兴地说:"包产包得好快啊!我才一提出要包那几块田,出产好,又挨家近,队长如今好讲话得很,一说就答应。我还怕爸爸他太老实,不好意思提出要求,我就跟着他去,让我替他讲讲。妈妈也怂恿我去参加会议,她也担心爸爸不会讲话。我今晚去对了,回去吧,爸爸在开会,问题不大了。不用去了。"她以为龙进是要去看热闹的。

龙进不想回去,也不想同她一道走,只是站着,韩芳忽然高兴地说:"他们耳朵好尖哪!姑妈来了信,他们个个人都晓得了。"

韩芳更加热情地说:"刚才在会上,还听见有人说:'龙进那个娃子要飞了。'还有人说:'怕这一家人都留不住了。'我觉得现在不同了,只要会包产,日子就会好过的。第一个,我就不想离开这个地方。"

龙进笑了一笑,没有说话。尽管树影遮着一些月光,但因韩芳站得很近,也看出了龙进的脸色,她便辩解地说:"如今政策好,哪个还像那几年,三心二意。"随又转成讨好的声音,"表哥,这下子你可以参加我们青年的会了。"韩芳趁着朦胧的月光,仔细地看龙进,见他脸上的笑容,完全没有了,只是偏着头,望着沟里闪着灯光树影的流水。她知道这个大队的青年团员没有哪个不说龙进是狗崽子,连她自己也说过,因为不能不说这些话。她还补了一句:"如今大家都变了。"

龙进低声地说:"前几天赶场,跟他支书讲话,他还爱理不理的啊。"

韩芳连忙申明:"今晚上可认真了。他还说,他空闲了,要亲自上门看爷爷。"

韩芳又亲切地说:"表哥,我们都是一家人,不能不说真心话。他支书又是队长,权好大啊,一定要对他态度好,他跟上头说一句,那就吃不消。平时捧都捧不上,这回他主动来要好,那真好极了。我常常很难过,觉得我们这家人完了,爷爷那顶帽子摘不了,还有海外关系,开起青年团的会,总是挨批评,这个说我划不清界限,那个怪我身上有中庸主义,真是叫人气恼得很。"

龙进讽刺地说了一句:"你不是一直做团支部委员,官还小么?"

"哎呀!不要说那些了!"韩芳难过地说,随又声音严肃了,"我不那样常常检讨,一个劲儿地紧跟,我们家可不晓得还要受些什么气。表哥,我今晚上对你说罢,以前我不跟着喊口号,就怕逼得大家走投无路哪。就是说,为了一家人活下去。表哥,我的苦处,你不知道,真是说不完啊!"

龙进有些感动,但又硬起心肠一想:要是以前这么说,他会原谅她,同情她的,因为他们一道在这个乡里长大的,小时候都相当好,有着亲兄妹的感情。只在那几年动乱中才弄成了敌人,水火不相容。因此,不回答一句话。

其实韩芳自从"四人帮"倒台以后,她也就逐渐变了,不再把爷爷看成黑画家,也不把龙进看成外国狗崽子,但对爷爷画的那些花鸟虫鱼、山水人物,还是看成对人生会起消极作用的,没有一点革命的气息。至于龙进的海外关系,她倒变得快,认为华侨以及外国人不断地回来旅游观光,倒没什么顾虑,反而认为好,只是姑父姑母死了,断绝了联系,毁坏了希望。因而对龙进也就好不起来,同时也就用不着找机会表示歉意。现在不同了,她非向龙进说清楚不可。她见龙进不讲话,就又说道:"他们党支书团支书都是那样的。我不紧紧跟上,又算个什么团员呢?他们暗中支使红卫兵造反,也是听上面一些人的话嘛,他们不那样做,他们也给人家打倒了,满门抄家!我对爷爷婆婆讲过,我们家要不是有个团员,又当红卫兵,又做造反派。你们看,要惹出多少事啊!"

龙进没有说话,只是心里想:那些年,一开斗争会,就定规把我押去,糟蹋我美好的青春。要不是有爷爷鼓励我埋头苦学,我早就……唉,不想这些了。

韩芳看出龙进还是一声不响,正如他被斗的时候,拳脚交加,不说一句求饶的话,于是诉苦地说:"我只是说明我是个团员,不能不跟着领导走。今晚他们告诉我,最近要讨论我的入党申请书,还要把我老早写的材料交上级领导审查。先前么,就放在那里,不闻不问,都是因为家庭有问题啊,有苦说不出。人在娘胎里,一不知,二不晓,没法选择哪!还有些说不出的苦,今天晚上也讲不完,讲起来,那就太伤心了!以后你会知道的!"说完立刻朝家那个方向跑去。

龙进小时候是同她好的,一道上学,一道晚上自修,没有离开过。谁也料不到竟然彼此陌生了,心里撒满了仇恨的种子,发了芽,生了根,开了有毒的花。今晚听了她的诉苦,龙进便也黯然起来。但他总觉得韩芳这个人太灵敏、太厉害,尽管脸貌长得漂亮,十分灵活,眼睛眉毛都会表情达意。对人好起来就很好,对人不好,那就叫人感到难堪。这两种表现,他都亲身经历过,尝到甜蜜和酸辛。他原以为他们已成为路人,只因亲戚关系才生活在一道,不料今天她又变了脸,久已不叫的"表哥"二字,又再三再四来到耳边,而且有着从来没有过的亲切。如果两人关系,没有地震似的、崩裂出巨大的鸿沟,他今晚会追赶去,向她说几句安慰话。

龙进一面思索,一面沿着沟边的路,缓缓地走着。水沟有时遇着有大石头的地方,响着潺潺的声音,叫人听了感到舒适。同时也溅起了水花,照在月光中,银白灿烂,极其好看。他一面走,一面望望水沟。即使是平静的水面,也很好看。树影映在上面,显出各种各样的阴影,像能工巧匠印染成的。有时也望望月光下浓黑的树林村庄,也望远外雾霭朦胧的山影,一切都像水墨一样的图画。他是在乡下生长大的,很少这样舒舒服服地观玩夜景。如此美好的夜间,并不是没有见过,但在收割麦子、菜籽的农忙中度过的,恰如古人说的,是在披星戴月的劳动。他愉快地散步,不知不觉到了小山坡脚下,再上去便是松林中的一座庙宇。这庙里塑有释迦牟尼和五百阿罗汉的神像,殿前殿后都种有花木,有两三个老和尚守在那里,保持了庙宇的庄严和清洁。他们种菜为生,乡里人接济一点粮食。龙进农闲的时候,喜欢带一本书来,在庙里的树下静静地看。更使他难以忘记的是他小时候曾同韩芳一道来过,站在山上,瞭望下边的田野和村庄以及天野相接的地平线。韩芳神往地说:"我想走呀走呀,走到天边去。"

龙进不以为意地说:"那没有什么了不起的景致,无非是些外国的地方。"

韩芳还是神往地说:"外国就好,我就想到外国去。"

龙进说:"你一个人敢去吗?"

韩芳责备地说:"为什么一个人去?当然我们一道去哪!"

那时候韩芳还是十岁左右的小学生,还没完全丢掉她天真无邪的孩子气。爬山坡还要龙进拉着她。有些地方岩石高她一个头,望不见那边的景致,就要龙进抱着她的身子,使自己高些,越过岩石,好看那边的一大块空旷地方,长满了一些什么样的奇花异草。那时她那绯红的小脸,泛起狂热似的欢悦,又叫又喊:"哎呀,多好看哪!开满了花。那是什么鸟子,我还没见过哪!"好久都已忘记的景象,而且又不愿加以回忆的,竟然在今夜飞了回来。随后,自然而然地接着来了贴满大字报的墙壁,人头攒动的大会,使他一下子惊觉起来,如同大梦初醒似的。他原想再爬山去看的,也就败兴而止。他转身回来,又沿着水沟走着。尽管他转身回来,但却不想回家。他走过一处石桥,到水沟那边走去。不知不觉又到了大队所在的地方。那里灯光很亮,从窗户里透了出来,人们在大声地讲话,讲包产的事情。显得兴奋而又愉快。龙进原想进去看看的,觉得太热闹了,还是在田野里走走的好。

五

韩芳的苦恼

自从接到美国来信以后,全家人都很高兴,只有韩芳一个人逐渐有些郁郁不乐,以往爱说爱笑,又随时哼哼几句歌的情形没有了。好在大家都在忙着收菜籽,收麦子,又要犁田插秧,天不见亮就下田,月亮上来还没回家,没有人注意韩芳的改变。但生产队上的姑娘,一些回乡的知识女青年,却觉察出来了,前两三年这么忙的时候,她们还一面劳动一面讲笑话,有时还一起唱起歌来。那时在田里十分活跃的,起带头作用的,就是青年团的支委韩芳。今年韩芳可就低着头劳动,不同哪个人讲话了。这使在她旁边劳动的姑娘们感到奇异,有意叫她唱歌,她却不理睬,只是更加忙着干活。别人讲笑话打趣,她却仿佛没听见似的。有个同韩芳特别要好的女青年叫邬敏的,是支部书记,她是队长的女儿,也是初中毕业,便在生产队上参加劳动,韩芳常同她接近,因而好了起来。邬敏看见韩芳有点老想心思的样子,便在休息的时候,坐在韩芳的身边,悄悄地说:"韩芳,你是担心不会讲英语么?"

韩芳吃惊地说:"英语,我一点也没有想到这个。"

邬敏现出安慰的脸色说:"不要紧,英语你是学过的,再学半年就行了,你这个人那样灵敏,一学就会。"

韩芳有点赌气地说:"这个英文,我一辈子也不会再学的。"

邬敏奇怪地看她一眼,然后小声问道:"难道你不去外国么?"

韩芳也诧异地望她一下,忍不住说:"哪个说我要去外国?"

邬敏笑笑地说:"我爸爸就在说,现在只要在外国有亲戚,一申请就可以出去。他还说韩芳那个人好强得很,国内进不了中专大学,如今机会来了,她会去外国读的。她的姑妈肯定会要她去。我爸爸还说,韩芳那样精灵,哪会放掉这么好的机会?"

韩芳听了这一番话,越发难受,从这些天看来,龙进只是努力读英文,同他说什么,总不动声色,态度很是冷淡。她听见邬敏这么说的时候,没有回答,只是低着头。

邬敏还挨近韩芳一点,轻轻地说:"我回到乡下,有着许多的梦想,希望有个同学来信,说他替我在城里找到了工作,要我到机关里去做会计。我就是怕进工厂。我又希望有个文工团叫我去拉胡琴。唉,不说了,一切都落空了!"她停了一会儿,又拿手碰一碰韩芳的膝头,神往地说,"听说在美国,读书的学生可以在餐馆找到洗盘子洗碗的工作,我就想,能这样干也好,只要读到书,我做过这样的梦,梦醒了,只好叹口气,没有亲,没有戚,怎么去嘛!如今你们家好了。唉,不瞒你说,我又有个梦了。我希望我们都是很要好的朋友……"说到这里,有人在喊:"动工了。"

这一来,韩芳如像放下了重担,不再听邬敏的梦话了,而且难于回答的事情也刚好蒙混过去。她现在还不好对邬敏说出心里的话,说她遭遇到了困难。她和龙进还没有真正友好的感情,连正常的表兄表妹的感情都没有。如今邬敏这番话,勾起了她的痛苦。她一向并不是没有出国的梦想,看见外国的电影,就曾经想过:"到外国去一次多好!""四人帮"打倒了以后,海外侨胞和外国来宾不断地在中国大地上出现,而且在公路上的旅游车里,白脸金丝发的妇女也映入过眼帘,她曾经这么想过:"要是姑妈还在,那才好啰!"如今姑妈姑爹活着而且来了信,这正如俗话说的,睡着都要笑醒啊!很不幸的,叫人十分难堪的,偏偏有一个人从中作梗,使晴朗的天空布满了乌云,压在头上、心上,这就是龙进。她一面割麦子,一面下决心:"一定要找他好好谈一谈。"

姑娘们看见韩芳不再同她们说笑,也不说东说西,便认为她的心已经飞了,不再看得起乡下人了。有的人还讽刺地说:"人还没有去外国,心可就去了!"

韩芳听见这么说，眼泪气得冒了出来。幸好在弯着身子，低头割麦，一下就拿手背拭去，别人一点也看不见。她是个好强的人，决不随便把心里的痛苦告诉别人。她竭力镇静自己，装作若无其事的样子。而且还假装是在认真劳动，还故意说："听广播说，今明两天会落雨，不赶快收，麦子菜籽都会发芽啊！"这么说的时候，脸上还现出平时严肃的脸色，一个真正青年团委员的形象。乡里还没有广播的设备，只是街上人家才有，平时上街买什么东西，就能听见。向来韩芳在生产队工作负责，总能对青年们起一些鼓动作用。大家听见这么说，也就不说什么了。但对韩芳的态度改变，总觉得是令人诧异的。先前为了做好田里的工作，她也给大家打过气的。她脸上露出多么快乐的神情，还唱着加油干的歌曲。如今却只是冷若冰霜，甚至有着可怕的神情。大家甚至这样想：她韩芳是不是讨厌出汗水了，恨不得马上就离开，飞到外国去。

韩芳看见大家神情不对头，看她的时候，总有异样的眼色，她知道会在背后议论她。其间最使她难受的一件，还是认为她要高升了，看不起昔时的伙伴。她想真的是那样倒好，随便你们风言风语都无所谓。可叫人气死的，有出国的机会，可又发生了问题。因此大家羡慕地看她一眼，或者非难地望她一下，她都觉得像蜂子在刺她一样，真是日子不好过得很。

有一天夜里韩芳进入梦境，在开大会。爷爷坐在主席台上，是作为老红军的代表应邀出席的，而且还向群众讲话。讲的什么话，她记不清楚，却还记得爷爷喊了口号："毛主席万岁！万万岁！"在群众代表讲话中，还有龙进，他是作为烈属的代表参加的。他也向群众喊过像爷爷那样的口号，只是喊得更高声，更响亮，激起群众热烈的鼓掌，但不知怎的，主席台下的群众突然大乱，高声喊打倒叛徒。韩芳在主席台上主持大会，就举起右手，高高扬在头上，大声向下面群众喊："把叛徒揪上台来示众！"谁知群众揪上来的，竟是龙进，使自己一下子吓得要命，从梦中惊醒，浑身出了汗。她睁开眼睛，看见月光已移到窗外了，正照射在一丛小竹的叶子上，闪耀着银光点点。

韩芳轻轻吁了一口气，觉得幸好是个梦。她没有做过这样的梦，也没有这么想过。只是听见一些人羡慕过那些老红军的后代,或者烈属的子孙,使她心里动了一下。后来造反派红卫兵自以为古今中外唯我最最革命,连红军也不放在眼里。至于为革命牺牲的烈士,也被打成叛徒,更是嚣张,狂妄自大。当然不会把爷爷、龙进放在老红军和烈属的行列。不知怎么的,这一夜却做了这么一个怪梦。反正现实生活不是这样的,不仅感到怪异,反而觉得好笑。

这是在前半夜,到了后半夜,又做了个梦,许多高层楼房现了出来,在汽车的玻璃窗外,不断地掠过。身旁坐的是龙进。她愉快地向龙进说:"这个地方真叫人喜欢啊!"

"芝加哥这个地方我也很喜欢,就是没法找到工作。"龙进轻轻地回答。

韩芳教训地说:"你还找什么工作。有爹妈在这里多好哪。"

"我有什么爹妈?就是没有呀!"

韩芳注意地看,大为吃惊,旁边坐的不是龙进,同她对话的,原来是邬敏。她惊慌地喊:"龙进,他哪里去了?"并向驾驶员气急败坏地说,"请你停下车,我们这里打失人了。他的名字叫龙进。"

驾驶员回答:"龙进不会打失的,他会自己找到路的。"

韩芳还是非常着急地说:"他找不到路哪!这是外国。"还又加了一句,"这是芝加哥!"

驾驶汽车的人笑起来了:"这是在我们大队上,哪里会打失?"他还回过头笑着。

韩芳这才认出驾驶汽车的,不是高鼻子洋人,而是大队的队长兼支书邬远明。同时汽车也变成拖拉机了。但是不久拖拉机不见了,一条美好的林荫大道现了出来,两旁高大的洋房耸立着,有各色各样的砖,显得新鲜而华丽,许多汽车在缓缓驰去,韩芳明确地认出,这是美国的芝加哥。她看见了人行道上,有一个青年在匆匆地走着,慢慢认出了那就是龙进。她大声地喊他,他就是不答应,又不回头,只是走他的。韩芳拼命地跑,也赶不到,她气得哭了,一下惊醒,心里很难过。她觉得龙进永远同她疏远,无法挽回了。然而她是个富有勇气的人,并不为梦境所屈服,她要奋斗,打开僵局,至少要使龙进和自己恢复到正常的表兄表妹那样的感情。

六

到 街 上 去

麦子菜籽都收下,水稻秧子也插了下去,算是进入农闲时候。但布谷鸟还在一面飞,一面叫着,"布谷、布谷""包点苞谷"留下忙碌的气氛。杜鹃也在夜深时候,由远而近,或者由近而远地悲鸣,扰人夜间的安静。大家一年一年地都习惯了,并不因为它们的叫唤,就引起不安。到底还有一个人,感到烦恼,这就是韩芳。她几次都想找龙进单独谈谈,诉说她的苦痛的往事,要他明白她以前的过火行为,是不得已的,在压力之下造成的,求他谅解。她还要表明自己是喜欢过他的,只因一时受人蒙蔽,产生一些不正确的看法。她以前觉得龙进这个人身体强壮,在田地工作,是个能手。只因家庭成分有问题,考大学以及中专报不上名,使她感到绝望。即使看见龙进农闲时候日夜用功读书,但仍没资格考大学中专,读多少书,又有什么用呢?尽管爷爷说过,龙进这孩子文字通顺,写的文章好,她也听不进耳。再加被治安人员当成扒手抓过,引起她极大的疑惑,而感到可鄙,避之唯恐不及。现在情形大不同了。但龙进很固执,极力避免同她谈话,韩芳几次约他到夜间的田野散步,他都推说有事,改在另外的一天。韩芳知道他有意推诿。但也忍着气,找寻谈话的机会。

有一次,韩芳看见龙进赶场,便脚跟脚尾去,但没有谈话的机会,因为大队的支书兼队长邬远明,刚好和龙进遇在一道,殷勤地问询起来:"龙进,你什么时候出国去?"

龙进笑了一笑地说:"这,我想都没有想哪。我才回信去啊,只告诉家里还有什么人,别的还谈不到啊!"

支书兼队长邬远明走了一会儿,忽然想起了什么,悄声问道:"你信上还讲队上的事情没有?"

龙进慢腾腾地回答:"顺便提了一点,爹妈那样关心我们的生活,一而再,再而三,问我们日子过得好不好,不好不提一两句。"

支书很注意地问:"你在信上提些什么?"

龙进忍不住喜悦地说:"我说,大家如今可以包产到户,可以联产承包,实行生产责任制,日子会越过越好。"

支书不讲话了,只皱了一下眉毛。韩芳走在旁边,看见支书兼队长,脸色有些阴沉,她晓得他今年有些为难处。支书兼队长以前从不到田插秧的,今年他也包他一份,得自己耕种,幸好社员帮他的忙,秧插下了,但时间却比社员迟了两三天,在秧子生长的季节,错过几天,会影响生长的,这引起支书心里的不安。支书不想谈这个事,便又转过话头,亲切地说:"龙进,你要到外国去读书吗?"

韩芳听见支书这一番话,立即又朝龙进望去,看他怎样回答。龙进低声地说:"考不起啊!"

支书讨好地说:"哪有考不起的,听说,你不是很用功吗?人家韩芳就对我说过,你有时候还看书看到鸡叫。"

韩芳希望支书再说一句她曾说过的话:"人家爷爷还说过,龙进作文很行,要人比啊!"但支书没有说,只是说年轻人要鼓起勇气,不要还没有报考,就说考不起的话。

龙进认真地说:"我数学物理丢生了,都会得零分的。"

韩芳急不可耐地说:"你可以考文学系、历史系哟!"还把爷爷说他英文好的事情,讲了出来。

支书附和地说:"这就对嘛。我们邬敏也肯用功的,今年我还要她好好地学习。"又高兴地说,"韩芳,你也该到外国去读书,机会难得啊!"

韩芳叹气地说:"唉,有这个机会就没有那个把握!"

支书又提高声音,像在恭贺,又像在羡慕。他说:"我们邬敏可没有这样的好机会,她可有勇气,昨天还说她要下决心学好英文。我觉得她做得对。你们同学嘛,该拉她一把!"

韩芳立即说道:"我和邬敏如同胞姐妹一样,只要有机会,哪有不帮忙的。"她连忙望一下龙进,只见他冷冷的,不答一句白。她禁不住有些难受,而且红了脸,心里不能不这样地想:"看来他还怀恨在心,连我也不会拉一把的,而且还会笑我痴心妄想哩。"但龙进并没有这么明说过,这就引起韩芳又这么想:他这个人老实,人也如爷爷说的忠厚,怕不会太冷酷吧。再则,韩芳这个姑娘,总是富有勇气的,她要说服龙进。而且他心里到底怎么想的,非弄清楚不可。所以她一直尾在后面走,决不离开。

支书听见韩芳一番话,心里也一下热了起来,高兴地说:"真是俗话说得好,美不美,乡中水,亲不亲,故乡人。"接着又向龙进赞美地说,"你信写得好,是该向海外的华人,宣传我们国家的政策,现在国家的政策就是好。"

韩芳知道支书开始的时候,思想不通,还暗里向他的女人抱怨过:"这不是分田到户,回头走资本主义的路吗?"这个话,恰好给邬敏听见了,邬敏便向韩芳悄悄地说:"这怕不是好事情哪,我爸爸那样紧跟党的人,也在暗中抱怨哩!"因此,今天听了支书的话,她不能不深深看他一眼。然而一下子又明白了:支书这个人是很会转变的,哪里还会掉队,落在后面。她禁不住佩服地想:"支书这个人,到底是又聪明,又能干。"尽管她在家里也说过非难支书的话。

在又一天的场上,韩芳看见有个青年同龙进打招呼,还邀约到一个背静的地方,悄悄地谈话。韩芳觉得那个青年面熟得很,好生一想,大吃一惊,这不是一个扒手么?那次治安人员在场上大抓一群扒东西的。抓了龙进,也抓了他,这是韩芳当时在场亲眼看见了的。后来证明龙进是误抓了的,至于这个陌生青年人,到底是误抓,还是一个真正的扒手,韩芳却不晓得,也无心去查问。现在两个人会在一道,看来正是要好的朋友,谈得又那么隐秘,这不叫人惊疑么?她下决心要向龙进伸出一只援助的手。但首先要弄明白这个有嫌疑的青年人,到底来同龙进谈什么。她尽管离他们远一点,听不清讲些什么,但他们的一举一动,她都尽量地看在眼里。她看见他们快要分手的时候,那个陌生的青年人递了一沓人民币给龙进。接着又交给他一封信。最后,握一握手,就匆匆走了。韩芳又惊又忧地想:"这不是在分赃么?看来他们定是哪个集团的了!"她忍不住冲到龙进的面前,低声直率地问:"刚才那个人是干什么?"

龙进平静地说:"他干什么?还不是和我一样,回乡知青,放下书本,摸泥巴。"

韩芳进攻地问:"他为什么那样有钱?"

龙进奇异地问:"你怎么知道他有钱?"

韩芳冷笑地说:"你不用瞒我。我亲眼看见,他递一笔钱给你!"

龙进笑笑地说:"他为人慷慨呗,喜欢帮助朋友。"

韩芳摇下头说:"我才不相信呢,一个社员会那样有钱,肯随便借钱给这个,给那个的。"

龙进觉得好笑似的说:"人家那边搞得快哪,上头一说搞多种经营,他们就成千只的鸭子养起了。他们搞责任制也搞得早,收成真是好极了,他们卖了好多的余粮啊!"

韩芳仍然非难地说:"就是钱搞多了,也不能那样大把大把撒哪。在乡下,哪个不晓得钱都是劳动所得,哪个肯随便借人?"

龙进无意辩论,只朝书摊子走去,想买几本文学书。韩芳见他不吐真情,越发怀疑起来。她跟在龙进后面,小声地说:"你那个朋友,我也见过一次,真叫人放心不下!"

龙进放慢了脚步,还看了韩芳一眼,注意地问:"你什么时候见过他?"

韩芳尖声地说:"就是那次大抓扒手的时候,我看见他也拿给治安人员抓过!"

龙进不高兴地说:"那是他们乱抓人。我现在还觉得对不起人家。"

韩芳怀疑地说:"你是说他遭了冤枉?"

龙进有点恼怒地说:"当然遭了冤枉。你不相信,看来你也不相信我?"

韩芳立即分辩道:"我一直相信的。我不是跟他们治安人员争论过么?

口口声声说你是好人么?"

这点是否确实,龙进无法知道,但他感到韩芳从那以后对他越来越不信任。

今天她改变了,她说他们治安人员的确不该乱抓人,龙进就笑了一笑说:"尽管你么说,可还有人散布谣言啊!我不问别的,我只问一声你们青年团里有没有?"他实际是指韩芳,只是没有明说罢了。

韩芳辩解地说:"哪里只是青年团里,他党支书就说过哪,知青没一个好人。"

龙进嘲笑地说:"那他的女儿也挨骂了。邬敏,她就该向她老子提抗议。"

韩芳辩护地说:"邬敏早就不满意他父亲,说他满口革命话,可就头脑旧得很。"

龙进嘲弄地说:"可她邬敏够骄傲了,就以为她有个做支书的父亲哪。"

韩芳挨近一点,向龙进小声殷勤地说:"邬敏那天还对我说,以前她不大理睬你,叫你原谅她,她不是骄傲,是他父亲逼起的,怕父亲骂她。"她这么说的时候,一直在观察龙进的脸色。

龙进不愉快地说:"有什么原谅的,她是她,我是我。俗话说得好,大路朝天,各走一边。"

龙进不想讲下去了,而朝卖书的地方走去。韩芳总觉得有些事情不放心,又赶到龙进身边,低声地问:"以前过年过节,你拿出那些钱,也是他借的吗?"

龙进觉得好玩似的笑着说:"当然是他借的。除了他这个好人,还有谁呢?"

韩芳笑笑地说:"看来世间上的确有个好人了。"

龙进忍着笑说:"岂止一个,加起他的叔叔、婶婶、妹妹四个都有了。"

韩芳立即问道:"他有个妹妹?"龙进说:"是有一个。"韩芳精细地问:"是同学吗?"

"是"。

"很熟吗？"

"很熟。"

韩芳有些激动，脸都涨红了，低着头说："这下我明白了。"

龙进看这个能干而又骄傲的姑娘总是目空一切，竟然也有点为难，虽然说不上狼狈，但也有点接近起来，禁不住有些高兴。他没有走开，只是有兴味地望着她。她那因激动涨红的脸子，显出另外的美丽，十分吸引人。他忍不住解释地说："他们跟我们这家人一样，待人好，没有一双富贵眼睛，看不起穷人。哪个有困难，就肯帮助。"

韩芳又问："刚才他不是还给你一封信么？是哪个写给你的？"

龙进不以为意地："是另一朋友写的，普普通通的信，随便问候下子。"

韩芳望一下龙进，有些不相信，但也不好再追问下去。龙进走进百货商店，在书摊子看书，她也尾了过去。她翻着一本新到的文艺杂志，刚翻到目录，忍不住高兴地说："啊，又有他的小说了。"她连忙翻来看，看了几行，又向龙进问道："你看过沈云的小说没有？"不等龙进的回答，就又笑着说，"他写的小说很有味道，有一篇写个支书，大家都说是写我们的支书，讲话爱摸摸头，又喜欢说，'我是大老粗。'还拿手指指胸口，神气活灵活现的。"

龙进只是在翻看一本外国小说，仿佛没有听见似的。韩芳还对他继续说下去："小说里的支书，还嘲笑那些知青，'你们有啥了不起，墨水瓶在这里用不上！'又还这样骂人：'我就是党，反对我就是反对党。'常常教训人：'你们懂得什么是社会主义，什么是资本主义。我告诉你们，养三只鸭子是社会主义，养五只鸭子是资本主义。'简直跟邬支书说的一字不多，一字不少。"

龙进这才警告地说："不要背后讲人家支书。"

韩芳反对道："我告诉你，这是邬敏自己说的。邬敏她就是爱看文艺杂志，她说读那篇小说，里面写的支书越看越像她的爸爸。她还说，肯定是队上的知青写的，要不是知青全走了，她爸爸倒要清查一下。"

龙进虽是翻书，但却暗里很注意地听，听到这里，忍不住打趣地说："他支书还可以省城去查一查嘛！"

韩芳冷嘲地说："他手杆还没有那么长。"但又忽然很有兴趣挨近龙进一点,像说什么秘密地说,"邬敏还悄悄告诉我,叫我不要告诉别人,要有哪个知青下乡来耍,或者来看老朋友老乡亲,就向支书报告一声,好去盘查下子,到底是什么人回到城里,乱摇笔杆?"

龙进禁不住吃了一惊,随又掩饰下去了,假装要买书,连忙问店员:"《战争与和平》到了没有?"

店员回答《战争与和平》并没有来,龙进打算走了,但听见韩芳又在热忱地称赞沈云的小说。

龙进有点高兴地说:"你打算买一本吗?"

韩芳说:"就是太贵一点,要卖好几个鸡蛋啊!"

龙进说:"我这里有钱,让我来买。"

韩芳喜悦地制止他:"你不要买,用不着花这笔钱。我叫邬敏买好了,大队留给青年团好一笔钱。她定规要买的,他们正在追查沈云这个人。还说,是不是哪个姓陈的知青,去年招工招走了的。要真是他,那就太忘恩负义了,邬敏提到他很生气。"她一面说,一面就把杂志放回摊子上。

龙进见她不肯买,就走出百货商店。韩芳不再跟随龙进了,只说一声:"我去找邬敏,她准定要上街来的。"便挤到人丛中去了。

韩芳对于龙进拿到那笔钱想来想去总是叫人放不下心,而且越想越觉得可疑。龙进和那个年轻人,被治安人员抓着的情景,又浮现出来。尽管龙进在尽量平心静气地辩解,申明他是一身清白,但那个年轻人,即是交钱给龙进的那个青年,在那被抓的时候却是涨红了脸,惊慌不已,有着做贼心虚的神情。她以前对这样的事情,只是憎恶地骂一声:"这一批不学好的东西,没有好下场的!"可在今天却恨不起来,还感到惋惜,心里不断地想:"不要出事哪,千万不要出事哪!"这就是说:龙进和那个年轻人,都不要遭到逮捕才好。她正在人丛中一面走,一面幻想,忽然有只手搭到她的肩上,她回头一看,正是邬敏从后赶来,挨在她的身边,还小声问她:"你看见我爸爸没有?"

韩芳告诉她父亲到公社去了,接着又兴奋地说:"你来得正好,我告诉你,又新到了一本杂志,有那个沈云的小说。"

邬敏连忙问:"是不是又讲恋爱故事?"

韩芳马上说:"我还没有看过。"随又小声嘲笑,"你呀,一天到晚,就想看恋爱故事。支书啊,你该带个好头哪!"

邬敏用身子碰一下韩芳,笑着低声骂她:"你不要在我面前充假正经,看我不骂死你!"接着又好奇地问,"收尾的结局,是好,还是坏?"

这是她们两人一样的习惯,翻看新到的文艺杂志,一时看不完,总要先看一下收尾的结局,然后再决定买不买。是团圆了,结了婚了,就喜欢买来看。这是她们无意识的感觉。为什么恋爱成功了,不是叫人快乐的么?不是值得取法的么?这在她们的心里并不十分明确,只不过有些感触而已。

韩芳说:"我没有翻完。"

邬敏诧异地问:"你不是一看题目,就要看收尾么。"

韩芳不满地说:"就是有人打岔了。"

邬敏问:"是售货员不许你翻么?"

韩芳解释说:"就是那个呆子,也在那里翻,打岔了我。"她在邬敏面前提到龙进,总用呆子来代替。邬敏听惯了,也就不以为意。

今天邬敏可不同意了,着力地说:"我看书呆子,也有他的好处。你不是说他夜深也在读英文么?现在看来,他才是搞对了。到外国去读书,刚好接得上。像我们这样的人,又变成文盲了。"

韩芳深深望一下邬敏,然后问道:"你想去外国吗?"

邬敏一下严肃起来,小声地说:"我没有想过。"走了几步,又怅然地说,"想也是白想。"随又转为嘲笑的口气,说,"我爸爸才笑死人啰,他也心花起来,说是大寨大庆他去参观过,没什么意思,倒是去外国走走,不枉人生一场。他全没想到,他一句外国话都不懂,连 By by 都不晓得。"

韩芳一下笑了,也讥笑地说:"先前我们年轻人开玩笑,讲几句外国话,他就骂我放洋屁,真是转得快!"

邬敏辩解地说:"不转不行哪。我们党团员就是要转得快。"走了一会儿,只觉得人声吵闹得很,讲话不方便。邬敏拉一下韩芳走到一家住户前,平日没有开铺子的,比较好讲话一点。她问:"你那表哥走到哪里去了?"

韩芳看她一下,然后问道:"你要找他吗?"

邬敏严肃地说:"我想找他谈谈,看他对青年团有什么意见,我爸爸昨夜说过,应该让他多参加一些会。你同意吗?"望了一下韩芳,再又问道,"你平日总还听过,他对我们青年团讲过什么话。就是说过不好的话,也不要紧,大家都是青年嘛,可以转变好的。我们一定要好好地帮助他。"

韩芳觉得邬敏这番话,在以前,甚至在一两个月以前来讲,都是好的。但现在看来,在那庄严谈话的下面,掩藏着某种可疑的东西,而且越想越觉得可疑。韩芳只是说:"我看他这个呆子,怕很难说动。"

邬敏眉毛一竖地说:"难道我这个团支书亲自找他谈话,他还不高兴吗?"

韩芳只好笑笑地说:"你去同他谈谈也好。"脸上露出讽刺的神色,意思似在表明:白费气力。

邬敏诚恳地说:"我来找你,是要你先同他谈谈。看他对青年团有什么看法。"

这倒使韩芳有些高兴了,但还故意地说:"你是团支书,跟他面对面谈谈不好么?"

邬敏轻轻叹一口气,低声地说:"以往,我们团里对人家太冷淡了。说他这个会参加不得,那个会不许他进门。尽管我喜欢他这个人,勤耕苦读,可那出身影响了他,有什么法子呢?要是那时候像现在一样,可就多么好啊!"她又拉一下韩芳的手,更挨近一点,尽量低声地说,"你们两人从小一道长大的,什么话都不隐瞒。你可以告诉你表哥,说团支书是一直对他好的。只是怪那股风害了人。就不说别的,你们那样亲,你也说过嘛!"

这使韩芳一下子脸红了,心里很想说:"全是你逼着人家说的哪!"但忍住了,紧紧闭着嘴唇。邬敏望一下韩芳,微笑地说:"我们应该把这些丢开吧,新时代开始了,我们也要新一新我们的头脑。"

韩芳冷笑地说:"可是人家不会丢开的啊!龙进那个人,我还不晓得?固执得很。"

邬敏毅然地说:"我们就要做这样人的工作,不怕他有花岗石那样的头脑。"

韩芳冷冷地说:"还是你亲自去找他谈罢。"

邬敏点头说道:"我去找他。"

韩芳尾在邬敏后面,接着想出话来:"那本新到的《春草》,你不买么?你不是那天还在说:'怎么这么久还不来,是出了问题么?'去买吧!"她拉住邬敏,要朝书摊子走去。

七

妈妈的打算

夜深人静的时候,妈妈来到韩芳的屋子里,明月正从窗外照了进来,照亮了半张桌子,还杂有一些树叶的阴影。另外桌子的一半,则点有玻璃罩子的煤油灯。韩芳正在灯下看《春草》文艺杂志,油黑的头发,拖了下来,几乎遮了半边脸子。韩芳正把沈云的一个短篇小说刚刚看完,心里很是难过。原来她依一向看小说的习惯,先看收尾,明白男的考入大学,便把女的丢了,不再回信,她就不想看了,但因为作者是沈云,向来喜欢看的,不忍抛开,就又从头看了下去。看见男主角,逐渐由热烈而变冷,以致断绝音信,使她激动。其变化的原因,仅仅为了一点小小的事情,女主角不过向别人说了男的一点短处。而这个别人,也是女的,她对男主角怀有企图,就趁势加盐加醋,扩大了裂痕。女的再三再四去信表白,始终得不到回音。韩芳读后,不禁对男主角憎恨起来,觉得太无情了,不听对方的解释,真是可恶。

正在这个时候,妈妈进来了,脸上有着神秘而又愉快的表情,坐在女儿的床上,一时似难开口,只朝女儿看去,忍不住吃惊地说:"芳,你怎么哪?"

韩芳只看妈一下,低下了头,没有回答。妈妈不满地说:"爹早说过,不该看那些书,我也担心会把人引上坏路。我晚上听见你又笑、又叹气,就觉得不对头。我那天碰见邬敏,叫她不要借书给你,她还笑我脑筋旧。现在年轻人,总有另一套想法,会惹是生非的。"

韩芳把书扑着放下,但还望着书的封面说:"妈,人家邬敏,是团支部书记,倒不要管人家的。"

妈妈听见团支书三个字,当然不再说下去,只是望下《春草》文艺杂志的封面,摇摇头说:"这是什么书哪,女的裤子都没有穿。"

韩芳反驳地说:"妈,你怎么那样说哪,人家演芭蕾舞,穿有尼龙丝的裤子。"

妈妈一再摇头,还有点生气地说:"我就看不惯,怎么大白天,好意思让男人抱着腰子!"

韩芳忍不住又笑又气地说:"这是人家外国传来的。要是姑妈请你到他们那里去,你不看,也得去看哪。"

妈妈有点喜悦地说:"天远地远的,我才不去啰。爷爷那天还说,火车轮船飞机,老年人受不了,只有进娃子芳芳他们才受得住。唉,还是你们运气好!"接着压低声音,一脸喜色地说,"有天晚上,你爹和我,谈到进娃子,谈到你,你们都没有对象,倒是好亲上加亲。就是怕说做父母的,包办婚事。爹说,一定要听听你的。"妈见女儿一下脸子通红,连忙低下了头,就又坐近一点,悄悄地说:"那天跟婆婆爷爷一讲,他们都点头说好。芳,全家人都欢喜这件事情啊!你对娘讲讲啰,说定了,好使做妈妈的放下了心。"

韩芳尽管是个胆大的姑娘,在一些农村青年面前,或者在开团的、青年的小组会上,不论什么话,以至婚姻问题,都敢侃侃而谈,唯独关于自己的婚事,不敢在妈面前直率地披露,只是红涨着脸说:"爷爷婆婆爸爸妈妈喜欢,我没说的。"她说的时候并没有显露什么喜色。

妈妈一眼看出来了,她原以为女儿一定很喜欢的,事实上却不如此,便睁大眼睛望着女儿,好一阵子才迟疑地说:"芳,你怎么的?看来,你……我们不勉强你……爷爷也说过,儿女的婚事,不要包办……"

韩芳低着头,隐忍着心里的不快,微笑地说:"人家并不高兴啊!"

妈妈问:"你是说你表哥!"

韩芳默认地说:"妈妈,还是不谈这个事吧!"

妈妈很有定见地说:"我要说啊,妈妈早就把你们的婚事放在心上了。进娃子人很老实,一向不多言不多语的,我就喜欢,把他当成自己的儿子。

他也很听我的话。我说一句,他就听一句。芳,只要你点头了,一切事情,都由我来办好了!"

韩芳总觉得不妥当,她怕事情搞不成,伤了自己的尊严。她分明知道,这些年来,她同龙进之间,仿佛隔层冰山似的,天天遇见,冷淡异常,一下好起来,是不可能的。这些天来,她曾主动表示好感,没有得到好的反应,她曾经帮龙进洗衣服,龙进拒绝了。那天在街上看见一个陌生青年交封信和一笔钱给龙进,而又知道那个陌生青年有个妹子,是龙进的同学,便起了疑心,认为龙进可能把那个青年的妹子,早已决定为对象了。她还趁龙进不在的时候,进入他的屋子,悄悄地做一番搜查,寻找那封可疑的信,却毫无踪影,她曾气愤地暗自骂过:"这个坏家伙,好厉害啰!"因而更加增添怀疑。她这时候在妈面前只得这么说道:"妈,我怕人家早已选好对象了。"

妈吃惊地说:"他已选定了!你怎么知道的?是哪家的姑娘?"

韩芳原是随便讲的,不料定引起妈妈这样的惊异,便赶忙说:"我也不晓得,只是有人这样猜。"

妈妈断然地说:"那就是瞎猜。进娃子人很本分,又很老实,不会搞那些事情。"

韩芳也高兴妈妈这一说法,但还是低声反驳:"妈,他可不老实啊?"她原想忍住不说的,还是说了,"我们一家人,不论哪一个,都没法借到钱,他可有本事,一而再,再而三拿到手。"她没有讲到那天街上看到的情形,和她心里的怀疑。在以前,她可以毫无顾忌地讲,现在却谨慎了,不要让话传到龙进耳里,引起他的反感。她明确地觉得,她和龙进之间,应该有个良好的亲戚关系。

妈妈沉默一会儿说:"提起这个事情,爷爷很担心。我跟你婆婆,又有另外的想法,进娃子运气好,会处处遇见好人。"其实这一想法,先前有过,并不明显,自从来了那封表明他爹妈都在外国活着的信,才使妈妈和婆婆的想法更确定了。

韩芳对此不反驳,只是沉默不语。妈妈确信地说:"进娃子在我们家长大的,不会不听我们的话。又哪个不晓得,爷爷说一句,他就听一句。爷爷对你们的终身大事,点了头的,这就大事定了。"

韩芳仍然不安地说:"妈,龙进有些话,还是没有向爷爷讲哪!"

妈妈立即问道:"哪些事,他没有讲过?"

韩芳被逼到这里,没法隐着了,低声地说:"借钱给龙进那家人,有个姑娘跟龙进同过学。他们借钱给龙进,不是没有用意的。"

妈大为吃惊地说:"你怎么知道的?"

韩芳就只好把那天街上有人给龙进钱和信的事情以及她和他的谈话讲了出来。妈妈连忙追问:"你见过那个姑娘吗?"

韩芳摇下头说:"没有。"

妈妈不安地说:"进娃子会说谎话吗?不会,不会。"随又有点惊奇地说,"既然要好了,为什么不来我们家?如今的世道,哪一个耍朋友,不是男家进,女家出的。这我倒要同他谈一谈。我们有哪点亏待他呢?进娃子,我早就看出了,不是那类人,忘恩负义。"

韩芳早就知道男女之间的婚姻大事,必须双方互相喜悦了,才能幸福,母亲这样热烈地插手,是无济于事的,所以轻声地说:"妈妈,你不要管吧,我想一辈子陪你好了。"

妈责备地说:"芳,不要这样傻想了,到老时,才晓得,无儿无女的苦处。你妈不会讲话,还有他爷爷哪,进娃子会听他爷爷的。我告诉你,我下决心了,要让你跟龙进,一辈子跟在我身边。"

韩芳怕伤妈的感情,只是轻声微笑地说:"妈,你留不住的,他要到他爹妈那个国家去的。"

妈妈原来就有心,把龙进养为自己的儿子,再进一步把韩芳配他,就以为永远留在身边了。自从接到那封外国来信之后,知道龙进可能要离开了,就更急迫地要把这门亲事定下来。现在听说龙进要去外国,她就怕听这句话,不免着急地问:"你怎么知道的?他对你说的么?"

韩芳说:"哪个不知道,儿子终归要到爹妈那里去啊!"

妈妈坚信地说:"爷爷说过,叫他们回来。姑妈姑爹会听话的。"

韩芳不以为然地说:"他常常拼命学英语,就是打算找机会去外国,这还

风 波 | 347

看不出来吗?"韩芳的心里充满了怀疑。

妈妈却有信心地说:"一切都告诉爷爷好了,让爷爷做主!"

韩芳无可奈何,只是想让爷爷出来讲讲也好。妈妈走后,她吹了灯,衣也没脱,就躺在床上。月光照到枕头上了,她望望天上的明月,已经由圆变缺了,只有一半现在天上,忍不住想:"人间的事也是如此的啊!"同时心里还这么想到,"我不喜欢,太呆板了,一点也不活泼!"

八

明月之夜

有一天晚上,邬敏召开青年的会,要龙进参加。她先叫韩芳通知龙进的。韩芳通知龙进的时候,她就问龙进:"你去吗?"

龙进毫不迟疑地说:"去哪,人家团支书召开的,怎能不去?"

到了开会那天晚上,韩芳去约龙进,龙进说:"你先走一步,我等下就来。"

韩芳忍住了,没有回头走开,还是一脸好意地说:"我等你!"

龙进见她近来有意对他亲热,也不想过分冷淡她,因为她是独生女儿,爷爷婆婆都把她看成掌上明珠,至于爹妈更是爱她,就不用说了。她的一些言行,可以左右家庭内的一些事情。龙进觉得他同这个家庭,有着骨肉的联系,是分不开的。他只好同韩芳一道走去。路边一条小河,走了一截路,就需过石板桥,再通过田野,才能走到大队的办公地方。龙进走在韩芳的后面,一句话也不讲,只是走着。这时月亮还没有出来,满天点缀着星子,亮亮的,使人喜悦。路边野草野花的幽香,时时冒了出来。韩芳高兴的一面走,一面看,忍不住说:"表哥,你看过沈云的小说没有?"不待回答,就又说道,"他好像到过这个地方。有一篇叫《小河》的小说,写出的夜景,就跟今晚看见的一样。两个在晚间走路的男女,讲起话来,也像我们这个地方的语言。"这个时候,在山上林中啼叫的杜鹃,像飞到田野上来了,一声比一声大。韩芳喜悦地说,"这更像了,小说里就有杜鹃在叫。"说完之后,又回下头说,"表哥,你看过没有,那篇小说,真叫人喜欢。"

龙进看她讲得那样热烈,不好不回答,但只说一声:"没有看过。"

韩芳热情地说:"你该看看哪!那真讲出了我们年轻人的心里话。"她走了一会儿,以为龙进一定会问小说里说些什么,谁知他仍然一声不响,便又忍不住提起兴味地说:"那是两个年轻人,反对包办婚姻,连夜逃走。我觉得那个男青年最好,很勇敢,很会体贴人。女青年也很热情,不论男的到天涯海角,她都敢跟着走。家庭再三阻拦,她都不怕,硬要反抗到底。我们村里的年轻人,都喜欢这篇小说。表哥,你应该看看。"

龙进暗自笑了一下,没有开腔。韩芳明白龙进这个人很谨慎,轻易不发表意见,但觉得这样的事情都不搭一句白,那就太不对了,便放缓脚步说:"我们青年人要有一种精神,敢说敢干。对团员,要求还要高,首先不要隐瞒自己的观点,任何事情都要拿出自己的看法。今晚开这个会,就是要大家无话不谈。对我们青年团员,有什么意见都可以说。邬敏说过,对你这样的青年,就要作为入团的对象,首先加以考虑。表哥,我向你祝贺!"

龙进冷冷地说:"我都二十七岁了,就是团员也该退团了,还入什么团啰!"

韩芳笑着说:"谁晓得邬敏怎么想起的,看来她怕要吸收你入党哩!"

龙进只是走,一句话也没有说。韩芳换过口气关心地问:"表哥,你愿意入党吗?"

龙进低声地说:"我不够格。"

韩芳连忙说:"那是以前的老眼光,现在大家看法都不同了,邬敏的爸爸,听报告回来说,对知识分子,要好好安排,也要考虑他们入党的问题。他爸爸是党支部书记,说话算数的。"

龙进冷冷地说,还略带讽刺的口气:"我不是知识分子。"

韩芳热忱地说:"不要这样看啊,人家早就把我们中学毕业的看成知识分子。"

龙进笑笑地说:"我还有一顶帽子,成分不好,出身不好。"

"你不是亲眼看见乔家那些地主富农,帽子早已摘了么?"

龙进又笑笑说:"帽子是摘了,可是有些人还暗里骂人家,地主这个,富农那个的。"这话正指的是韩芳,她就骂过这样的话。

韩芳不以为意,只是笑笑地说:"这是一些人的习惯,久了,就会改过来的。"

这时他们已经走到了会场。门外一株高大的菩提树,在迟出的月光中,洒下一片浓密的阴影。这在初夏时候,增加了夜间的清静。

邬敏和一些男女青年早已到了,看见龙进和韩芳一进门,她就宣布开会。她说现在农村青年应该加紧学习,多学点知识,多学些本事。学习什么,我也征求了意见,大家赞成学英文。学英文很好,省城招收店员服务员,听说也要会讲一点英语。学英语就得有教员。这不难,队上就有嘛。一面说,一面就指着龙进。

龙进从来没有参加过这样的会(只参加过被斗的会),看见人家在望他,感到不好意思,就低头坐着。听到邬敏点他的名,连忙抬头一看,邬敏是那样的和颜悦色,男女青年又那样地欣喜,他忍不住说:"我不行,教不来人。"

邬敏望下韩芳说:"韩芳告诉过我,说你在念大学英文课本啊。"

韩芳原是听邬敏的讲话,心里很不自在,觉得邬敏一个人,又在独断独行,事前没有跟大家商量,而在说的时候又说是青年团什么什么的。可是说到韩芳知道龙进这样那样的,又感到高兴,便乘势奉承地说:"表哥,你有把握教的,不要推辞。"

这么一说,大家都拍手欢迎。龙进并不喜悦,他记得以往许多事情,一在田边上坐下休息的时候,他曾经摸出记英文的小本子,偷偷地瞧。但若一旦被人看见,怪话就来了:"不想做中国人啊!""父母都逃到外国,还有啥说的!"诸如此类的流言蜚语,在背后流传,是很伤人的心的。有时候甚至觉得韩芳也在背后监视他,所以常把一些英文书,锁在箱子里,不让韩芳看见。今晚大家这一转变,来得突然,因此一再推却:"我丢生了,发音也不准确。"

邬敏热忱地说:"你总比我们行嘛!"

韩芳知道龙进的为难,便提议地说:"这样好了,让我表哥回去考虑下子。考虑好了,我就来转告大家。"

邬敏点下头说："这样也好。只是我们青年团的意见，希望龙进同志，大胆出来教，不要顾虑。"接着宣布散会。

韩芳和龙进正要走出会场时，邬敏赶到龙进面前，低声地说："龙进同志，请你留一下，我要单独同你谈一谈。"

龙进只好留下，韩芳对龙进说："你跟书记谈谈吧，我在这里等你。"一面她就在门边的板凳上坐了下来。

邬敏原想在人都走完了的会场上，同龙进谈谈，但见韩芳留了下来，有点妨碍似的，便对龙进说："我们走着谈罢。"

韩芳这时候才注意到了，邬敏穿了一条漂亮的裤子，配合洁净的料子上衣，显得是去赶场，或去县里开会一样。再加上兴奋而又愉快的脸色，使她感到惊异。她站在会场门口，看见他们走进菩提树的浓荫中，坐在树下的石凳上，现出朦朦胧胧的影子。她不好走去听，又不想一个人走回去。再转进会场呢，可是守办公室的人，已熄了灯，还来关门。她只好走上回家的路，经过菩提树下，放慢了脚步，尖起耳朵听，可什么也听不出来，只偶然听见邬敏的笑声。她走到河沟边上，快要过桥了，不想再走，只想在这里等等，想知道邬敏向龙进讲些什么？邬敏要避开她韩芳，不是十分可疑的吗？

河水在月光树影中，轻快地流着，一无阻拦，显得舒畅、愉快。田野中的竹、树、人家，蒙着轻雾，好像在安静地躺着。只有杜鹃一声一声地叫着，渐渐地叫到远处去，看来杜鹃不仅声音叫得凄楚，还有不安的心情，在不断地飞着。这增加了韩芳的烦恼，觉得自己无处安身似的，甚至幻想自己要有对翅膀就好。这么想着想着，又忧郁地笑了，还嘲笑自己："飞到哪里去呢？世界虽大，没有立脚的地方啊！"她忍不住朝大队的办公室那个方向望去，房屋以及那株高大的菩提树，都在雾中消失了。邬敏和龙进谈的时间并不长，但韩芳却是觉得长极了，长得忍受不下去。她在心里，骂邬敏，是个厉害鬼，又骂龙进是小偷，最后大骂自己是糊涂虫。骂去骂来，她不想动身独自走回家去，只希望等到龙进，问邬敏同他谈些什么。她有这点毅力，不是一生气就不管一切了。龙进终于走回来了，起初望见他的身影，在月光下逐渐浓黑起来。韩芳躲在树丛中，不让他看见。最后，见他越来越近了，还听见他在小声地哼着《女神》的诗句,"我便是那只飞鸟!我要同白云比飞,我要同明帆赛跑。你看我们哪个飞得高?哪个飞得好?"她对于龙进这样哼诗句,还是第一次,感到他也像老祖父那样独自吟咏,不禁有些好笑。但她又觉得龙进如此心情愉快,可能邬敏讲了一些什么叫他开心的事情,这就有点儿担心。她原想让龙进过了石桥,再慢慢跟在后面走的,听他再哼些诗句,但她忍不住了,还是从树丛中走了出来,带点嘲弄的口气:"表哥,什么事情谈得这么久哪。"

龙进没有立即回答,只是有点惊异地说:"怎么还没回去。"

韩芳笑笑地说:"我都走回屋门前了,想起还有点事情,该跟邬敏谈谈,我又转来了。"

龙进说:"这夜深了,明天不好谈吗。"

韩芳说:"我这个人就这点不好,爱激动,往往把一点小事情,看得了不得,这就得罪了不少人。今后真要好好改一下。我今晚就想到,你办学习班,总得要搞一些开办费,不能让人白白地教课嘛。"这是在路上想过的问题,准备明天再跟邬敏谈谈,但在这个时候,却为了同龙进谈话,作为临时的借口了,还自嘲地说:"就为这点小事情,我又坐立不安了。真好笑!现在一想,明天还有时间嘛。"

韩芳这么一谈,龙进倒确实有点相信,他知道韩芳很能干,会应付一些事情,但又容易大惊小怪,沉不住气。有时显得聪明,有时显得愚蠢。他不哼诗了,也不说话,只让韩芳在后面跟着。

韩芳忍不住问:"邬敏跟你谈到教课的报酬没有。"

龙进边走边说:"没有谈这些。"

韩芳赶在后面问:"那谈些什么呢?她那样和你单独谈,不是有什么了不起的事么。"她勉强笑着说。

龙进低声地说:"她说学习班怕不能天天开课,一星期两三次就够了。她说,这是大家的要求。又说,她要天天晚上学,要我晚上去教她。"

"啊!"韩芳惊异地叫了一声,随即有点生气地说,"她真想得好!表哥,你答应了吗?"

龙进听出她不安的声音，便笑了一笑说："人家是团支书，哪还敢不答应？"

韩芳几乎要骂出来："你真是糊涂！"但忍住了。如果没有飞来那封外国信，她确实要骂的。她只能说："你没看报吗？如今要重视知识分子，不要随便压人家，叫做这样那样的。知识分子也要敢讲敢说心里话，什么想做，什么愿做，不要埋在心里。"

龙进自嘲地说："我算得上什么知识分子！人家早就算定了，一辈子都是黄泥脚杆。"

把龙进看成黄泥脚杆，正是韩芳，有时在背后讲，有时又当着人众讲。背后讲，是带着十分轻视的口吻。当着人众讲，是有着谦虚的口气，而且把自己也摆进去："我跟龙进考不上中专大学，也只好安心一辈子做泥脚杆。"这都使龙进很不高兴。有时还会在心里骂："这个该死的东西，眼睛简直生在额头上了！"龙进自尊心很强，但不在言谈上表现出来，只暗里下决心，搞好自己的学习。韩芳连忙解释地说："我认为对黄泥脚杆的看法，有两种：一种是旧的看法，没出息。一种是新的看法，说清楚一点，就是共产主义的看法，半天做农民，半天搞科学研究。有这样看法，黄泥巴脚杆，又有什么不好。"韩芳是个能干的青年团员，一向肯学习，又会随着上面的趋势，迎头赶上，所以她能自圆其说，能够驳倒对方。

龙进尽管是个不多言不多语的人，样子显得老实，但却十分敏感，他明白韩芳会说话，无论什么事都能讲出一番道理，可有时也露出马脚，前言不顾后语。但今晚谈黄泥脚杆的话，却是说得对，不能驳斥。龙进只是觉得以前她嘴里的泥脚杆，是饱带着轻视的口气。他也不再揭露她，说她以前是怎样讲的。只微笑地说："大道理个个都会讲，实行起来，可不容易。"

韩芳不想再提以往的事情，便改换话题问道："邬敏还谈些什么？就只讲学英文那件事情么。"

龙进见她问得亲切，不好不答应："她问我爹妈写的信，写些什么，又问我怎样回信。"

韩芳不言语，只是走着，心里却像压上一个很重的东西，拿不开，丢不掉。正如天上的乌云一样,有时遮着月亮,硬使月亮发不出光彩。但乌云有时移开了,田野、村庄、树林,又隐约可见了。农作物上的露珠,发出点点的亮光,令人感到明月之夜的可爱。而在人心上的乌云,却很难移开。韩芳有许多话藏在心里,就是说不出来。她平时觉得龙进不爱讲话,又没有出息,现在则感到龙进还有些冷。她忍不住说:"妈妈说你小时候离不得大人,妈妈就常背着你,做这做那的。晚上还带着你睡啊!她还说'你小时候穿的鞋袜衣裳,都是她亲手做的。'……她近来,吃不好,睡不好,为什么?就怕你走到外国去,一辈子见不着。"

这触动了龙进,使他感到实在是个为难的问题,他一时没有想到,现在却必须考虑了。他晓得舅母娘这个人,很灵敏,但又很含蓄,不像韩芳那样聪明外露,事事充狠。他觉得应该向舅母娘谈一谈,而现在韩芳把问题摆在面前,不能不说几句:"我自己也觉得,不知道该怎么办才好。"

韩芳说:"我想问一下,这个家,你有什么想法?好处多一点,还是缺点多一点。你丢得下爷爷婆婆舅父舅母娘吗?"

"当然丢不下。没有他们,我早活不出来了。"龙进说得很沉痛,连不想说的话,都忍不住说了出来,"我不止一次想自杀,几次到这沟边都想跳下去。"

韩芳记起了,有一次,是她妈妈赶到河边上,把龙进拉了回去。而龙进那次想跳水的原因,韩芳也知道,是有人在大队办公室的门口,贴张大字报,攻击龙进是个叛国贼的儿子,还骂他有朝一日会叛国逃走。那时青年团对大字报是赞赏的。就以韩芳来说,她也觉得亲戚中,有龙进这样的人,实在不幸。她还在青年团的会上说:"这张大字报是革命的。"回到家里,自然对龙进没有好脸色。现在韩芳感到脸红,幸好夜色掩饰着了。她听见龙进说不止一次想自杀,尽管自己不知道那么多,但她是相信的。过去龙进的处境艰难,是叫人难以活下去的。她现在明白,她过去做得太过火了,只有这么说:"表哥,幸好是你,我真佩服你有那样大的勇气,山压下来,都挺得住!要是换个人,早就跳到河里去了。"

这话倒说得对,龙进好几年来,没有听见韩芳说这样的话了,而且觉得说得很真诚,很热情,又恢复了以前那个可爱的形象,便热忱地说:"这得感谢爷爷嘛,他总要我下决心做个压不垮的中国人。还说共产主义一定会实现。再有你妈妈对我太好了,没有她,我真难活下去。"要是韩芳今晚不说一点真心话,即使是出自真心的赞美,龙进连这话也不会对她讲的。

但韩芳觉得只感谢她的爷爷和妈妈,而把她放在感谢圈外,是有些不安,她想补救的办法,只有往青年团支部那面推去,可又不好怪组织,便委婉地说:"那时候,邬敏她们也太那个了。现在看起来,真说了好多不该说的话。"

龙进听了,认为说了真诚的话了,但觉得韩芳自己,像是没关系似的,一切推在别个身上,显然不够老实。韩芳那种聪明透顶以及有些狡猾的形象,又出现在他的脑里,心想不能全怪别人啊。同时又想起舅母娘不管外界环境的压迫,时代思潮猛烈地冲击,一味爱护一个孤苦伶仃的少年,真是令人感动。龙进忍不住说:"我一辈子也忘不了舅母娘的好处!"

韩芳听去听来,总觉得龙进是把她放在另外的地方,便赶忙说:"还有爷爷婆婆啊!"

龙进感慨地说:"当然,也忘不了。我觉得老一代人真好!"

韩芳有点黯然地说:"年轻一代人都不好啊?"

龙进笑笑地说:"我没有这样说过!比如团支书这个人,就不错。"

这使韩芳惊异起来,赶快问:"哪点不错。"

龙进说:"我向县文化馆借书,她团支书就肯出证明条子。这给我多大的帮助。"

韩芳不满地说:"这没有什么了不起,这原是青年团应做的事情。"

龙进想起了在开青年的批判会上,韩芳当面将过他的军,说是"要对青年团忠诚老实啊!"龙进这时便说:"团支书她就在会上没有指责我一句。"

这使韩芳又脸红了,同时心里很难受,心想龙进已走到邬敏那边去了,更感到可怕,就立即说道:"你可知道,批评你的会就是她召开的啊!"再想起今晚邬敏特别约龙进单独谈心,便格外生气,就恼怒地说:"你知道吗?她在使鬼拍门!"

龙进从来没有听见她说过团支书的坏话，便镇静地说："你这样说，怕有点不对吧！"

韩芳愤慨地说："她真会做人情，上当的是我们这些蠢人。只说要紧跟上去，该说两分的，我们却说了三分，四分，以至五分。"

龙进笑笑地说："那才革命吧！"

韩芳听了，十分难过，脚步停了下来，几乎站立不住。龙进便转身回来，轻声地说："过去的事情，就让它过去吧！你人还年轻，前途还广大得很。"

韩芳叹气地说："我觉得我没有前途了。我想起，我跟着人家说了多少错话，做了多少错事，真不想活。"她这时候说这些话，并不是希望从龙进那里得到原谅，而是在心的深处感到痛苦。并且觉得自己十分愚蠢。

龙进见她说得很真诚，再则，也为她饱含痛苦的声音所感动，就低声着力地说："一个人活在世上，首先就要忍受困难，把困难顶住。拿出勇气，风吹不倒，山压不垮。这都是爷爷告诉我的，我这几年……"说到这里，摇下头，大声地说，"还提这些干什么！一切向前看吧！"

韩芳又叹气地说："表哥，你看我这个人还有前途吗？"

龙进毅然地说："怎么没有前途？如今我们的天空，显得广大无边，任你遨游啊，这就要你练好翅膀！"

韩芳有点喜悦地说："表哥，你真说得好唉！为什么，你以前一句话都不讲，老是低着头。"她本来还想说，要是你以前肯对我说，什么都说，我就不至于误会你了，把你当成外人，但觉得还是不提往事的好。

龙进笑笑地说："那时候，我能讲话吗？不讲话，都是罪该万死！"

韩芳记得有一次开会斗龙进，有人带头喊口号："龙进不低头认罪，罪该万死。"接着到会青年都附和着喊，当时韩芳也厉声地叫。韩芳是敏感的，不能不感到难堪。她不想谈以往的事了，只是感叹地说："那个黑暗的日子不要提了，只是使人愚蠢，个个变成野兽！"

龙进也不想讲了，只是他听见杜鹃又在远处林子里叫，使得周围的田野、村庄、树林静极了，在月光中蒙上薄薄的雾，仿佛是在梦中。他朝杜鹃叫的方向望去，现出很注意的样子，不说话，也不走动。

韩芳瞧一会儿龙进,又向杜鹃啼叫的方向望一下,忍不住问:"你喜欢杜鹃吗?"

龙进没有回答,只是听着。杜鹃像是飞走了,又从另一个方向送来响彻田野的鸣声。龙进也转了方向听。韩芳低声地说:"我觉得杜鹃的声音,很悲哀,叫人听了忧愁。"

龙进低声地说:"我却很愿意听,一听心就安静了,听来流了眼泪,就更加舒畅。"

韩芳听了,感到这个人的可怜,以往的遭受,实在太可怕了。她沉默一阵,忽然有所触动地问:"你看过沈云的小说吗?他有一篇叫《杜鹃》的小说,就写一个孤独的青年,喜欢杜鹃,一听杜鹃的声音,就披起衣裳到田野去。那真是一篇好小说。你读过吗?"

龙进向韩芳看了一下,才回答道:"我没有看过。"

韩芳热情地说:"你该看看,他把杜鹃写得多么好,说是古代有对年轻人,感情很好。女的拿给一个花花公子夺走,他赶去救,给人打死,灵魂化为杜鹃,每年春末夏初,正是他们离别的日子,这个可怜的杜鹃,就要下山来,到处飞,到处叫,找寻他的伴侣。这是讲神话里面主要人物的故事。倒不叫人难过。难过的,是女的进了大学不再理睬男的了,因为男的没有考上。男的非常痛苦,从此喜欢听杜鹃的悲啼,常常半夜起来,在田野里东走西走,走到天亮。一直到杜鹃飞走了,不再叫了,他才不再晚上夜游了。"韩芳看见龙进注意地听,便兴奋地继续说下去,"还有那夜晚的景色,真写得好,就像今天晚上,非常吸引人。表哥,你一定要看看。邹敏那边有这本杂志,是青年团出钱买的,我明天就借来给你看。"

龙进有点好奇地问:"邹敏看过这篇小说没有?她有什么意见?"

"邹敏吗?跟我的看法差不多,女的不该这样薄情。"韩芳轻声地说,仿佛有点不愿意似的。因她对龙进,也曾经有过由热情变为冷淡,以至凝结成霜雪的经历。如今是在解冻了。

龙进叹一口气,显然也有点为往事触动了,韩芳劝慰地说:"表哥,夜深了,我们回去吧!"

龙进只好朝回家的路上走了起来,一面信口念了一句古人的词:"故国不堪回首月明中。"

他们到家的时候,杜鹃像飞得近了一些,啼声显得更加大了,也更悲哀。龙进轻手轻脚走进自己房间,没有脱衣,就在月光照着的窗前坐着,倾听杜鹃的啼声,杜鹃飞走了,才行睡下。

九

泄漏了一个秘密

韩芳知道爷爷晚上要同龙进谈话,她不好岔进去,但又忍耐不住,便躲在屋后面的窗子旁边,听听他们到底讲些什么。她也明白爷爷要同龙进谈话,是她怂恿起的。她把赶场时候,看见有人把一沓人民币给龙进的事一一告诉爷爷。而且还加上几句,说给钱的那个人,也曾经作为扒手,被治安人员逮捕过。爷爷"啊"地叫了一声,还说:"我要同他谈谈!"

韩芳听见爷爷在同龙进谈话,却在谈另外的事情。爷爷问:"你又在给你爹妈写信吗?"

龙进回答:"是的,我又写了一封信。要他们回来。"

爷爷说:"该回来看看,二十多年没有见面了。你也要知道,他们在外国教书,总要寒暑假才得闲。"

爷爷讲了些别的,才又说:"我是有点担心……很担心!那些下流的一伙人,专门勾引良家子弟,一陷进去,脱不了手。他们那些人,简直粘不得。"

龙进说:"爷爷,你在说……我不懂,你讲哪些下流人?"

爷爷说:"你!是个好孩子!……只是为了我和你婆婆生病,你给人家钓上了钩。也许,我猜错了。可是我心上的疙瘩,越来越大。我今晚向你讲这些话,憋在我心里好久了。我不问别的,你那些钱是从哪里来的。"

龙进说:"爷爷,我不是早告诉你么?是向同学借的。他们公社搞得早,允许家家搞多种经营,又搞责任制,收入就大了。还有,人家父亲补发的工资。"

爷爷说:"人家收入大,也不会平白无故,一而再,再而三地借钱给你哪。"

爷爷停了一下又说:"龙进,看你的脸色,你在隐瞒我。"

龙进低声在说:"爷爷,我向你说吧,我是在隐瞒。"

韩芳吓得脸色都变了。她立即想到龙进会是参加了扒手集团。

爷爷声音颤抖地说:"孩子,你讲吧!爷爷会给你出主意!你先告诉我,那几笔钱是怎样得来的?"

韩芳用手掌压着胸部,好像怕心跳出来一样。

龙进说:"爷爷,让我慢慢说吧!"

爷爷说:"好,我不催你。"

龙进说:"我不是报考中专、大学,没报上名吗?我灰心极了。我几乎想跳水。河边上,我去过几次,总怕伤爷爷婆婆的心,还有舅母娘,也怕使她难过,我忍着眼泪,活了下来。爷爷,全靠你,那时候鼓励我,说我文章写得好,可以自修文学,还可以做报纸的通讯员。这条路,爷爷指示得好。我本来也爱好文学。我常常到文化馆借书看。青年团帮了我的忙,可以让我带回家,十天半月再还去。我也试着写作,越写越感到愉快,觉得人可以活下去了。同学劝我向刊物投稿,我不愿意,我只想,写了就算了,使自己心情舒畅舒畅,但是经不住他们的怂恿,我就投去,慢慢得到了发表。爷爷,我告诉你,给你医病的钱,就是我收到的稿费。"

爷爷"啊"地说了一个字,声音里有惊异,有高兴。韩芳也大为激动,整个心里充满了喜悦,几乎要开口喊出:"龙进,你干得好!"

爷爷说:"你为什么不告诉我一声?叫家里人好担心哪。"

龙进说:"我怕文章登不出,连累家里人。以前那些编辑,要问你在哪个单位工作,是什么成分,领导同不同意发表。这不是羊肉没吃着,惹得一身骚么?有人说,如今不查这些了,可以随便投稿。我还是有点不相信,就把通讯地址,改在同学那里,他们在别的公社,出了问题,也牵扯不大。"

爷爷说:"如今世道大变了,乔家那些地主富农,都摘了帽子。你就不该再隐瞒下去。"

龙进说:"爷爷,到现在还要隐瞒下去,切莫要告诉家里人,说我写的东西已发表了,更不要告诉芳芳。"

韩芳气极了,几乎要冲口骂出:"你这家伙,为什么要瞒着我,把我看成外人!"

爷爷说:"为什么要瞒着芳芳? 你要知道,最替你担心的就是芳芳,她顶怕你出事情!"

韩芳听爷爷这么说,十分感动,心里说:"爷爷,我的好爷爷!"

龙进说:"爷爷,你要知道,芳芳一知道,她就会告诉他们青年团,那就闯祸了。"

韩芳听到这里,大为惊异,心里气愤地想:"难道我如今还会说坏话么? 龙进哪龙进,你简直是个糊涂虫。"

爷爷说:"这会闯什么祸? 如今不是那几个人横行的时候了。"爷爷说的那几个人,就是指的"四人帮",只是他一向讲话,不是照报上讲,而是依照自己习惯讲话。

龙进说:"爷爷你不知道,我写的文艺作品。里面写的人物,就是这些乡里人。他们有什么好处,我就写什么好处。有什么缺点,我就写什么缺点。"

爷爷像是吃惊了,大声地说:"你写他们的缺点,是不是提名道姓?"

龙进说:"没有,我都把他们姓名改过了。"

爷爷说:"这就好了,你还怕什么呢?"

龙进说:"还有难处,我写了支书,尽管改了姓名。只要他知道我在作品中写了支书,又讲支书的缺点,他做支书的就会怪我哪。"

爷爷说:"你写了支书的缺点?"

龙进说:"写了。"

爷爷说:"他支书倒在造反派那一边,暗中指使人,斗这个,斗那个,你也写了么?"

龙进说:"写了。"

爷爷问:"别处都搞生产责任制了,他还在推三推四,你也写了么?"

龙进说:"写了。"还低声着力地说,"我还把社员背后讲的话,也写了进去:'百样地挡着你',就是这样不许你做,那样不准你干,没法使用气力。"

爷爷说:"你发表作品是用龙进这个名字吗?"

龙进说:"没有。我怎么敢用呢?"

爷爷说:"这倒做得对。你改成什么名字?"

龙进说:"我改成沈云。"

韩芳几乎要叫起来,"哎呀,沈云就是你哪!"她连忙用手掩着口,怕漏出声音,一面狂喜地想:"好小子,你真瞒得紧啊!"又立即记起了,她同邬敏两个人一面谈沈云的短篇小说,一面梦幻地说:"真想见见这个人啊!"想不到现在就出现在眼面前。

爷爷说:"这就不怕了。"

龙进说:"爷爷,还是讲不得。如今还有这样一股风气,你讲一个支书好,大家没有话说。你讲一个支书有缺点,凡是做支书的,都要生气。这个风气,还没有变过来。爷爷,你说我该不该隐瞒嘛! 爷爷,你千万不要讲出来。更不能漏一点风声给芳芳,她是党支书团支书的急先锋。"

韩芳难过地想:"怪不得他对我什么也不讲,把我看成外人!"

爷爷说:"好吧!……我可以不讲出去,只是日久天长,怕也瞒不住。"

龙进说:"爷爷,实在瞒不住了,我只有走开。如今路子多了,我们青年人都有广阔的天地。"

爷爷说:"这我倒是放心了,你可以到你爹妈那里去。"

爷爷走出去了。韩芳又高兴又忧郁地走开。回到自己的屋里。她高兴,是因为龙进不只有着无限光明的前途。而且为了做事方面,颇有心计,很不简单,并非呆头呆脑。她忧郁,是因为龙进一直把她看成外人。而她在这几年,确实也对龙进冷淡,老是把他看成没有前途的人。今天有这样的结果,难道不怪自己,只怪别人吗? 先前龙进对她一直是好,这几年显然变了,不然不会说出:"不要让芳芳知道。"她想:"我一定要向他讲明白,我不是这样的。"但是一想到自己是偷听来的,不能说是正大光明,怕会引起龙进的恼怒,反而不好。她躺在床上、一直睡不着。她想起龙进化名为沈云的小说,据他刚才对爷爷说的,是写的这个乡里的一些人,那么里面有没有写到邬敏青年团的支部书记呢?有个团支部书记叫骆娜的,出现在《流水》这篇小说中,形容她是苗条身材,瘦瘦的脸微带紫黑,眉毛清秀,眼波流动,显得灵敏,对团的工作,很热心,对青年很关怀。韩芳立即觉得这就是邬敏。但脸子又有点不像,因为邬敏的脸子相当白,她经常戴个草帽子,生怕晒了太阳。但对人和气却是事实,尤其对女朋友好,一道走路的时候,不是手子围在人家的腰上,就是搭在肩上头。骆娜讲的话,也很像邬敏。骆娜爱说:"我们贫下中农出身,要站稳立场……"这不像邬敏么?接着又仔细寻找有没有和自己相像的人。在《流水》这篇小说中,除了骆娜这个团支部书记而外,还有两个女青年,一个男青年。女青年一个叫梁碧华,天真,爱唱歌,胖胖的,脸子一笑就有两个酒窝出现。一个叫田瑛,脸子秀丽,性情激烈,争论什么事情,毫不退让,总要一切都胜过别人。韩芳立即觉得自己有点像田瑛,而且她自己读小说的时候,就赞赏过田瑛这个人,觉得她肯向上,力求进步,值得敬佩。小说里的男青年,却是个下乡的知青名叫童一良,父母都是省城机关里的干部。他为人活泼,喜欢接近梁碧华和田瑛,也喜欢奉承骆娜。这两个回乡女青年和团支书也喜欢童一良,觉得他要考大学,家又在大城市,有着吸引力。童一良本人也不吸烟,也不饮酒,还肯努力温习功课,更为三个女青年喜悦。其中田瑛颇有心计,设法和童一良要好,因此占了上风。不料童一良考大学失败,父亲又生病去世,还分配到一个小城市,做制鞋厂的工人。田瑛的梦破灭了,对童一良冷淡下去,来信也不回答。但童一良工余努力自修,终于考上了大学。另外,还知道团支部书记骆娜是一直和童一良通信,没有断过,而到童一良考进大学,信的往来更加多了。田瑛知道这一情形,走在小河边上,看见了流水,便想起了小说中的一首诗:"流水啊,你一流去,就再也回不来了。流水啊,你一流去,就再也找不到你了。流水啊,你流去了多少人的眼泪,却留下了多少人的悲伤。"韩芳为田瑛难受过,但也责备她,不该被变化没定的环境所左右。她现在想起,自己有点像田瑛,但又完全不是,因为她自己并没有田瑛那番爱情经历,她觉得她自己没有同哪个人恋爱过。她以前曾经喜欢过龙进,可那说不上是爱情,两人之间,任何感情深入的话,都没有谈过。她认为她一直跟着组织在走,组织反对什么,她就更进一步地反对。她不大考虑婚姻问题,只是这些年来,做妈的一再提到终身大事,她才觉得读了小说,不免想到自己。再加龙进收到的外国信,像大海的波浪,汹涌而来,无法抵抗。而且今晚在龙进身上泄露了一个大秘密。这不只是一个大秘密,而是一个梦恋之乡,一下出现,立即使自己投身进去。她一向爱慕的小说作者,竟然跟她一度喜悦过的表兄合而为一,能不使她倾倒么?她不能让龙进像流水一样地流走了。她有田瑛那股劲,有田瑛那样争取胜利的心。但她又悟出了,作者沈云,也即是龙进,是鄙视田瑛的,也用事实惩罚了田瑛,她很是不安。尽管自己和田瑛大不相同,但看势头,也即是追随大势所趋,确实基本上是一致的。尤其听到龙进在对爷爷说"千万不要让芳芳知道",更加使自己难受,周身竟打了一个寒噤。再又想到团支书骆娜的胜利,显然作者是赞美团支书,这不就是龙进有些喜欢邬敏么。她生气地想:"邬敏,真狡猾!"先前团支部斗龙进,是邬敏的主张,要搞阶级斗争,而她邬敏却一言不发,只是组织别人发言。会后,却找龙进个别谈话,到底谈些什么,没有去听,也没有追问,现在想来,一定说过好话。不然龙进背后会生她的气的。韩芳没有听见龙进说团支书一句抱怨的话。而且在《流水》这篇小说里,不就是在恭维团支书么?她感到自己很愚蠢,做了不少蠢事,说了不少蠢话。这在"四人帮"倒台以后就认识到了,而在今天晚上,就更明白。她是不甘示弱,而且有着好强的性子,要把不利于己的局面,改变过来,设法恢复和龙进的友好。

十

上山扯杂草

韩芳的父亲韩立成在吃早饭的时候,一面吃,一面说:"今年自己负责种田了,一定要鼓个劲。山上那块地,包给我们了,也要种好。今天进娃和芳芳,就先去山上看看,该扯草就扯草。"韩芳的妈妈还插了一句:"你们背起背筐去,带些猪草回来!"

韩芳很高兴地答应,还看一下龙进,看他有什么表情。但见龙进,不动声色,只是和以往一样,埋头吃饭,尽管这样,韩芳还是觉得机会难得,好容易两人又在一道,可以尽情地讲话。她觉得她有许多话要向龙进讲,不讲就忍受不了。两个人背起背筐,拿着镰刀锄头,顺着河边走的时候,正好谈话,但韩芳见龙进和往日一样的冷静,却不知从哪里说起。她走了好一阵,才说:"为什么姑妈姑爹还没有回信?你不是去信个多月了么?"

这一点,龙进倒是关心的,随即解释道:"怕是他们到别处去了。"

韩芳愉快地说:"要是他们回国来,那就太好了。说不定,他们今天就来到街上。真有这个可能。如今变化太大,好多意想不到的事情出现。那天邬敏还在说:'韩芳,算你们家有运气。不论哪一家都赶不上。'"她说到这里,立即停止了。她原来不想在龙进面前提什么邬敏的,但不知不觉又漏了出来。原因她素来有个习惯,一同男女青年谈话,为了把自己摆高一点,或者显示自己和团支书的密切关系,总爱说到邬敏如何如何的。

龙进冷冷地说:"她家还不运气好么?一门两支书,不也够红的哪?只要眼睛眉毛一动,一大群人跑断了腿子。"

韩芳低声着力地问:"看来,你是相信运气的吗?"

龙进笑笑地说:"人家相信,我也不能不相信啊!"

韩芳很不满意他的回答,尖刻地说:"你是个随风倒的人吗?"

龙进讥笑地说:"当然是!众人都倒,我怎么不倒?"

韩芳生气地说:"你还在说假话?"

龙进说:"怎么说假话,你有什么证明。"

韩芳几乎要把那一夜偷听的事情讲了出来,却尽力忍住了。只这么说道:"爷爷早就说过,你这个人表面上不讲话,心里可很有志气。你不会随风倒。"

龙进感动地说:"爷爷,这个人,他有远大的眼光!"

韩芳补充地说:"怎么只爷爷一个人,我们一家人都说你好啊!"

龙进并不回答,只是跟在后面走。韩芳也暂时不讲了。她明白她这几年对龙进的冷淡,很难解释清楚,一时也不知怎样讲的好,只能笼笼统统,把自己放在一家人里。她一面走,一面又记起《流水》里所写的田瑛,意识到龙进对她,抱有不好的成见,心情越发阴郁起来。

山坡上除了那座庙子四周有松树而外,全是一片梯形的开荒地,长着瘦瘦的红苕藤子,中间还有杂草。两个人爬上坡地,并不马上扯草,却坐下来休息。坡上稍远一点的地方,都有一个人或两三个人,在红苕地里扯草,显然还有人更早上了山。龙进坐着一句也不讲,只是朝四下里注意地观望,仿佛要把看见的,全收进头里去。韩芳是个爱讲话的人,不能沉默下去。她感叹地说:"那几年这里多热闹,砍的砍树子,炸的炸岩石,抬的抬,砌的砌,到处都是人,干劲大得很,满以为出产多极了,谁知一场空,只能长上红苕藤子,喂喂猪。结的红苕指头大,种都收不回来。如今分给大家,各种各的,这就是一个包袱,大家都感到为难。有人说,种果木树倒好,可是离家远,还没成熟,就会给人偷光了。"尾后这些话,龙进在晚饭桌上,就听见爷爷和舅父讲过的,并不引起注意,只是有点想笑。他心里想:"那时候,你不是同邹敏在党支书的领导下打着红旗,又喊口号,又唱歌,带着中年人以及老年人,向山坡开战么?"但他不讲出来,偏起头,望到远处去,他不愿意韩芳看见他的讥笑。

韩芳继续感叹地说:"我真恨这座山坡,它简直有意跟人为难,种苞谷、麦子都不成,到底该种什么呢?真叫人没法子。"

龙进忍不住笑了一下说:"怎么没法子?就是没有找好师傅。"

韩芳见他搭话了,便问:"找什么师傅?"同时也有点诧异。

龙进忍着笑说:"你们该找愚公师傅。"

韩芳笑着叫了起来:"你说,叫我们学愚公移山哪,真是开玩笑。"

龙进装作很正经地说:"就是要学愚公移山。你想想看,把这些山挖平了,不就有几千亩几万亩水田好插秧么?"

韩芳大笑地说.:"你简直在说天话。"立即又敛着笑容,"我且问你,挖平这些沙石泥土,挑到哪里去放?"

龙进笑了,大声地说:"你们可以挑到东洋大海去嘛!"

韩芳几乎要伸手打龙进一下,依以前的相好情形,是会这样打的,但近几年却无形中有了距离,不好随便动手动脚的了,只能笑着说:"你真会开玩笑!"

龙进笑着说:"你们还可挑到那些秧田里去嘛。"

韩芳笑着说:"除非发了疯,才会拿沙子石头毁坏那些秧田。"

龙进讥讽地说:"看你们那时候的干劲,真是热火朝天,不论什么傻事情、鬼事情,都干得出来。"

韩芳眼圈红了,深深叹一口气。龙进望到下边一片碧绿的秧田,低声地说:"历史是无情的啊!不管你是玉皇大帝,我佛如来,他都不给你一点面子!"

韩芳叹口气说:"人可难受了!"她希望龙进说一句话:"不要紧,提起勇气罢,迎接新的时代。"

但龙进却一句话也不说,只去地头扯草。韩芳记起当时抬砍倒的树子下山去,抬崩出的大石头,去砌梯田,龙进累得倒在坡上,她没有去扶他,只在侧边抱怨:"真没用,这样的知识青年。"于今想来,这是自己无知无识,只被一股风,卷到半空中去了。这些不该对龙进好好解释吗?她暗里叹口气就去扯草。

到了太阳当空,把扯了的野草,都晒干了。两个人满头大汗,口干极了,到处都没有水。以前树林茂密,林中有股小泉水潺潺流下山去,如今却已绝迹。龙进朝庙子走去,想从老和尚那里找到水喝。但庙子离这边梯田还相当远,得走二三里路。韩芳一直在他旁边扯草,一句话也不讲,只是用劳动驱除心里的烦恼。但她一见龙进走开,便问:"你哪里去?"听龙进说要找口水吃,也丢了手上的野草,跟着走。

老和尚在晒一些经书,看见龙进走来,便高兴地说:"你来得好,帮我晒晒书。"但随又看见了韩芳,就沉默了。前几年一些红卫兵,要来打菩萨烧佛经,韩芳伙着大群少年人,一马当先。要不是一些中年老年的社员,带起锄头、铡刀、钉耙,前来制止,赶散了一群小鬼,恐怕庙子和所有的神像、经书都完蛋了。这时怎么好叫韩芳帮着晒书呢?但老和尚是个大有修养的人,见了韩芳,沉默一下,又立即和颜悦色地说:"快来歇歇气,太阳大,地里干活够累的了。"

韩芳自从那一回被社员赶跑之后,就再也没有来过。如今看见老和尚态度和善,全没有以前那些事一样,感到有些愉快。

龙进跟着老和尚进去,拿着木瓢朝瓦缸里舀水喝。韩芳小声地说:"你怎么不拿个碗来喝?人家和尚师父可要见怪啊!"

龙进笑着说:"他不会见怪的,我们又不是来打他的庙子。"

韩芳看了龙进一眼,忍着了,便沉默地接着瓢舀水喝。龙进去抱经书来晒,韩芳也去帮忙。书搬完之后,老和尚便向龙进说:"你回去告诉爷爷,请他做个呈文,要求县里,把我们这个小庙子,作为本县文物保护重点。我想了好久,只有你爷爷才晓得哪个朝代建立的,又哪个朝代重修过。什么人雕塑的像,画的壁画,他都一清二楚。你们年轻人怕不知道,你爷爷一来庙上,就要看壁头的画,还嘱咐我要好好保护。他又称赞这里佛像和五百阿罗汉塑得好,说是省城的庙子,也没有这里的精致。那几年,要不是你爷爷出了力,庙子早就完了。"

龙进是看过壁画和塑像的,却不知道爷爷这样欣赏,更不晓得爷爷在大乱的年头,还出力保护过庙子,便惊异地问:"爷爷出过什么力?我们怎么不知道?"韩芳也很吃惊,爷爷天天都在家里,你一言一语,一举一动,家里人哪个不知道。

老和尚笑着看了韩芳一眼,继续笑着说:"他老人家一听见那些学生仔,拿起棒棒棍棍要上山了,他就跑去找左邻右舍,叫他们去保护菩萨。还讲给他们听,菩萨打了,全乡全社都会遭到瘟疫,个个死亡,鸡鸭牛马,全都遭殃。幸亏他老人家这样一讲,庙子才平安无事,过了一劫。"他看见韩芳在旁边越听越发脸红起来,便望着大殿的上空,静静地说:"那些都是学生仔嘛,善哉,善哉,佛爷不会见怪的。他们招了那股黑风,是地狱里出来的恶鬼,一口一口,吹起来的。如今恶鬼收进地狱,个个人改邪归正,不就天下太平了么?善哉,善哉,你们来帮我晒晒经书。"

龙进听了只是想笑,却不讲话,心里想,"爷爷,做得对,可是爷爷还有那些迷信话,令他有点惊异,爷爷不是赞成无神论的么?不是入过党么?不是叫龙进看看唯物论辩证法么?韩芳很高兴老和尚说的这一番话,尽管杂有许多迷信话,但能原谅他们以前的过火行为,她是感激的。至于爷爷的阻止,她今天也能够理解,可以接受,因为保护文物,保护古代艺术等措施,见诸文件,也见之报端,逐渐进入她的头脑。只是龙进那副笑容,使她很不舒服,她认为是在笑她,但又不好分辩得。她近来老是注意龙进的态度和神色,总觉得龙进有不满藏在心里,一直不肯原谅她,刚才喝水,还讲那些话,简直在讥笑中藏有恶毒。因此,对老和尚有好感。他对老和尚说:"老师父,你要爷爷写呈文,我们回去就告诉,催他办好这件事情。"

老和尚喜悦地说:"善哉,善哉!我还要你爷爷给我写几个字。你们看见过的,我还有个老师父,就在那几年大家在反对老朽时,吓死了的。他人老了,受不住那些吵吵闹闹。我如今要给他立个碑,碑上的字就请你们爷爷写。这周围几十里,就你们爷爷写得好。"

韩芳满口答应,还说:"爷爷,一定高兴写的。写好我们就给你老人家送来。"

老和尚还进去拿一卷纸出来,韩芳连忙接着,一面还说:"我们保证会给你老人家办好!"

龙进看看天,连忙说:"我们还要扯草啊。"便告辞出来。

韩芳跟在龙进后面,颇为感动地说:"这个老人家真好。"

龙进笑笑地说:"他有菩萨心肠叫。"

韩芳感慨地说:"人世间就缺少这种心肠。"

龙进说:"我看也不少嘛。"

韩芳叹息地说:"我看就是少哪,倒是铁石心肠多。"

龙进笑了一下,然后说道:"我看并不多嘛,倒是今天软心肠,明天又变成硬心肠,这样的人可就太多了。"

两人的话都是针锋相对,暗有所指,彼此心里明白。韩芳听了龙进说的,心上难受一下,立即回答:"这几年变化太多了,一下子来一场打大雷下大雨,又遍天漫野下冰雹,叫人晕头晕脑,分不出东西南北。"

龙进冷笑地说:"可是有些人却喜欢这样啊!"

韩芳脸子痉挛了一下,恨恨地说:"倒霉就在这里,叫这样是革命,而且是最最革命的,这害了多少年轻人……唉,不想倒好一点,越想就叫人活不下去。"说到最后,声音哽咽起来。

龙进本想说几句安慰的话,如说现在不是风和日丽,天朗气清么?不是日子越过越好么?过去的事忘记了吧,鼓起勇气,活下去哪。但他总不能忘记那几年的情景,韩芳是何等的飞扬跋扈,年纪虽小,却眼里冒出火来,要吃人似的。龙进想到这些,便硬起心肠,一句话也不讲,只默默地走着。两人走回自家的地里,龙进又开始扯草。韩芳没有动手,却呆呆地站着。龙进见她这样,便忍不住说:"扯草罢,不快点扯,今天完不了,舅父他又会说我们。"

韩芳凄然欲绝地说:"由他说吧。我不想活了!"

龙进明白她这时的心情,知道她容易激动,还是故意问:"这又为了什么?"接着又补充地说,"一切不是都过去了么?"说得一点热情都没有。

韩芳气愤地说:"尽管事情都过去了,世道也大变了,可那人的心肠,比石头还硬,有的人,比钢铁还硬。"

龙进明白这话里的意思,站了一会儿,才小声地说:"有的人,心肠确实硬得很。但要晓得,那几年不硬一点,就活不下去。你紧跟他们后面走,想做他们的走狗,帮着喊口号,他们都不要你,骂你是黑崽子,骂你是阶级敌人,该永远踏在脚底下。这样的日子,才真叫人活不下去。朋友没有了,亲戚没有了,友谊爱情都完蛋了,到处都是仇恨的眼睛,人间变成了地狱。想想看,这样的日子,心不变硬,怎么活得下去。时代的烈火,把个个人的心子,都烧成钢了。"

韩芳知道龙进痛苦的经历,从来不同她讲这些,现在见他能讲出心里的话,便鼓起勇气,进行解释,想把两人之间,竖起的墙壁设法拆掉。

韩芳说:"原来是因为有人坏,不,不,不能这么说。我是说,有人被逼来做坏事,其实他自己也不知道。老实说,好多人都是糊涂虫。现在他们都明白做了错事。"

龙进笑笑地说:"都明白,恐怕估计过高一点吧!"

韩芳有点生气地说:"不管估计过高、过低,你承不承认,有人在明白起来?"

龙进蹲在地上扯草。冷冷地说:"这就慢慢地看吧!"韩芳深深叹一口气,接着也扯起草来。

十一

人非木石，焉能无情

邬敏晚上来了，同韩芳的爷爷婆婆打个招呼，拉着韩芳便去找龙进，说她要找他读英文。她还把英文课本，摆在龙进桌上，一面笑着说："这本书，读过的，差不多全还给老师了。现在还想从头学起，请你帮助一下。"

龙进很客气地说："劳你来了，晚上路又不好走。我才说到大队办公室去教，那里离你家又近，大家又想在队办公室学。我这屋里窄，坐不下好多人。"

邬敏笑着说："他们不是真心要学，无非说说罢了。还是我来的好，你到大队办公室，来来往往，会耽误你多少事情。再则，来这里学习，韩芳也方便。"

韩芳冷冷地说："我不想学。"

邬敏有点惊异地说："你怎么的？你不是还怂恿我学么？"

韩芳微笑地说："如今提倡多种经营，我那妈妈就要多喂鸡鸭，我可不忍心让她一个人忙哪！"

邬敏反驳地说："你不是对我对大家都说过，再忙死，也要抽工夫学习。真是，你那股勇气哪里去了？"

韩芳一面走出去，一面笑笑地说："我这个人已经完了，什么勇气也没有了。"

邬敏脚跟脚地跟在后面，很不安地说："韩芳，你到底怎么了？我还从来没见过,你这样灰心丧气!"跟着走了一会儿,又再说道,"你是团支委嘛,一向你是在起带头作用啊!"

韩芳本想说:"我就是吃带头的亏。"但她忍住了。她觉得她不能在团支部书记面前,讲这些话。她站在她的屋子门前,没有掀门进去。

邬敏掀开门,拉韩芳进去,让她坐在床上,一面焦急地说:"韩芳,告诉我,什么事情,使你难过。我们一向都是要好的朋友,好好谈一谈吧。"

韩芳脸色静下来了,笑笑地说:"你晓得,我这个人太好强了。什么事情,都想走到前面去。又想大喂鸡鸭,又想学习外文,叫我左右为难。只有下定决心,做个农民好了。大学问家和我无缘。说明白一点,中专大学,师范学院,工业学院都对我关了门。我说,我完了,就是这个意思。"

邬敏静静地说:"关于学校的这些话,你不是早说过的么?"一面深深地看韩芳一眼。

韩芳低下了头。邬敏低声微笑地说:"要是有这样的机会,你姑父姑母要你到外国去读书,你会拒绝吗?"

韩芳摇摇头说:"事情变化得太快了,我倒不存那些幻想。"

邬敏点下头说:"是倒是啰,但是现在要知识化、专业化啊。我们得迎头赶上哪!"

韩芳低头不语。邬敏拉着韩芳的手,亲切地说:"我们一道来学吧,好在龙进这个人,肯帮助人。"

韩芳说:"他这个人不简单,晓不晓得他是不是真心愿意?"

邬敏乐观地说:"那我们就多做点工作吧!"

这时龙进来了,向韩芳说:"就在这里一道学学吧!"既然龙进进来邀请,又要在她屋里学,只好陪着邬敏读读英文。学完一课,邬敏回家,韩芳送了一段路,便转了回来,走到河边上,遇见了龙进。龙进首先同她讲话:"韩芳,你帮助我一下。"

韩芳喜欢他向她请求,再则,声音又很恳切,但却忍着高兴,故意表示冷淡,冷冷地问:"要帮助什么?"

龙进却更加热情地说:"这话,我就只能向你说。"

韩芳稍微惊了一下，但却尽量平静地说："你要说什么，你说吧。"

龙进说："你先答应我一件事情。"

韩芳说："答应什么？"

龙进低声地说："就是答应我不要告诉团支部书记。"

韩芳立即高兴地说："我一定答应你，保证不会告诉她的。"她见龙进沉默，没有搭话，便催促地说，"你说吧！"

龙进感到为难地说："这怎么说好呢？说实在话，天天晚上，叫我这样教，我就受不了。"

韩芳愉快地问："你是在讨厌教书？"

龙进叹气地说："一点点业余时间，尽在教别人，我自己还能做什么事呢？"

韩芳明白是打乱他晚上写作，当然会十分苦恼，但却故意这么说："帮助别人，是要牺牲一点。"

龙进叹气地说："我岁数都不小了，还不努力怎么行哪！"

韩芳明知故问："你是说耽误了晚上的写作？"

龙进没有回答，只是低头不语。韩芳便说："我且问一句，你晚上是不是在写小说？"

龙进连忙申明："不是，不是，我只是一面读书，一面做些笔记。"

韩芳冷笑地想："这又在隐瞒了！"她不说出来，只是叹气地说，"我倒真心诚意要帮助你，你却对我不肯说实话。"

龙进小声抵赖地说："我说的是实话。"

韩芳笑了一笑说："家里的事情，哪一件瞒得过我？我还告诉你一声，我韩芳栽过大跟斗，眼睛学会了看人看事。"

龙进还是小声地说："当真，我是写些笔记，做些日记。"

韩芳冷笑了一声："哼，你以为我还是一个蠢丫头么？我告诉你，我在窗子上，看见你在写小说。我还知道你发表在什么杂志上。"

龙进惊得颤抖了一下，一时吓得说不出话来。他一向就怕韩芳知道这件事情，他认为只要韩芳知道了，那早晚就会闹到团支部党支部那里去。韩芳明白龙进的顾虑,心里担心些什么,便立即说道:"表哥,你放心,连爷爷我都没有告诉过。我一直给你隐瞒着。"

龙进惊异地问:"为什么?"

韩芳说:"我认为你做得对。这么大的新潮流冲来了,我还不觉悟么?"

龙进知道韩芳很聪明,会说话,可能说些话来压他。他晓得她是爱占上风的,对新事物有一定的敏感。龙进便试探地问:"你说我在写小说,又说在什么杂志上发表,那我请问一声,署的什么姓名。"

韩芳笑了,随即笑着说:"你都不肯告诉我,我还告诉你什么呢?我也要保留一点秘密。"

龙进也笑了,他以为韩芳知道他写小说,可能是真的,这个精灵鬼,会有机会偷看了他的稿子,但发表在什么杂志上,看来是故意推测说的。小说的署名,当然说不出来。他只感到韩芳近来有诚意,是有维护他帮助他的趋势,就恳切地说:"韩芳,我们不说别的了,言归正传吧。你聪明,有办法。你给邬敏讲一讲,一星期教一次,看行不行?首先不要得罪她。得罪了,那就不得了。你务必要帮我的忙。我想去想来,只有你才做得到。你看,你有没有困难?"

韩芳郑重其事地说:"难,当然有些难。但我会给困难吓倒吗?这一定给你办到。"

龙进还又叮咛地说:"千万不要得罪她啊。"

韩芳笑笑地说:"你为什么这样怕她?"

龙进低声地说:"这还用说么?人家一句话,你就吃不消,难道这点还不知道么?"

韩芳教训地说:"如今人家也在改变了,你这点都看不出来么?以前党支部书记,邬敏的爸爸,是有些架子,如今可向每个人点头哪。那天上街不是跟你问长问短么?前几年他不会理你的。"

龙进点下头,却又向韩芳说:"我还要说一下,你千万不要告诉邬敏,说我晚上在写文章,更不要说,我在写小说。"

韩芳立即说道:"我怎么会对她讲呢?你写的支书,就是影射她父亲的,揭发了一些缺点,她不生气么?我还不至这样糊涂,手膀子朝外面弯去。"

龙进大惊失色地说:"你真看过我的小说么?"

韩芳教训似的说:"不要紧张,我告诉你,你每一篇小说,不论短篇还是中篇,我都看过。"

龙进更为惊慌,同时又有些生气。几乎要骂出来:"你真坏呀,偷看人家写的东西!"但他忍住了,只是说:"你怎么看见的?"他觉得奇怪极了,他常常晚上写,白天就锁在箱子里,锁匙两把都在自己衣袋里,谁也没法打开。再呢,他知道韩芳爱活动,白天在田地上劳动,晚上又到青年团开会,很少单独一个人在家里,她哪有工夫撬开箱子偷看什么。还有一些中篇,六七万字长,哪能一会儿偷看完的。所以忍不住这么直问。

韩芳笑笑地说:"一个人总有一点别人想不到的秘密。"

龙进不再追问了,只能认为韩芳是在说些话来表示她的厉害而已。但还是有点不放心地问:"别的我也不说了,我只问一下,你说我写了支书的缺点,到底缺点是在哪一件事上?"

韩芳笑起来了:"啊哟,这还考得倒我么?你写的那个支书总爱一面讲话,一面摸摸头。你又写他教训社员的时候,爱把眼睛一鼓,手一挥,大声地说:'告诉你,你不听我的话,就是不听党的话,这个厉害,你得小心点。'这难道不是把他邬支书描写在小说里吗?"

龙进惊呆了,心里十分惊异:啊呀她当真看过我写的小说哪。这精灵鬼真是厉害!于是他又轻声试探地问:"是不是爷爷告诉你的?"他以为爷爷可能把自己发表小说的笔名告诉了韩芳,韩芳又根据笔名去看了他的小说,不然,怎么会说得这么准确精细。

韩芳忍不住大笑起来,她说:"爷爷没有告诉我。我告诉你,我什么都看在眼里,瞒不过我的。"

龙进感到自己如堕五里雾中,忍不住惊叹地说:"韩芳,我真不明白,你竟然会知道那么多的事情。"

韩芳平静地说:"你放心好了,尽管我知道许多事情,只要人家不愿意说的,我就不会说出去。"

龙进还是有点不放心,又试探地问:"要是你们青年团,要你表忠心的时候,你怎么办?"

韩芳带着沉痛的口气,低声地说:"这些年也把人教训够了。我们年轻人拼死拼命跟着他们走,结果呢,伤害了好多好人,把组织的威信糟蹋得不成样子。现在不能不睁起眼睛看一看,为什么别的公社都早已实行责任制,我们拖到现在?就是这样的,口头上坚决跟中央走,心里却不是这样。这不能不叫人想一想。跟着组织走,这一定要跟的。可是我们不能不问一问,你这个领导,是不是真心诚意跟着中央走。社会变化太大了,逼着我们想这样,想那样。我不讲别的,只讲这一点。我们现在看出了,有些地方,踢开党闹革命,但还没有看出,有些地方是骑着党闹革命,挂好听的招牌,掌权是实。还有些地方名义上闹革命,实际上保自己的位子,领起群众,趁机会整人。今天我们感到很难受,这一肚皮话,我没有向哪个讲过,连爷爷我都没有向他讲。总之,表哥,你放心好了,我韩芳再不是以前那个蠢丫头。"说完,就朝回家的路上走去。

龙进感动地说:"韩芳,今天晚上我才认识你了。"跟着韩芳走去,一面又问,"你为什么不早讲这些话?"

韩芳说:"早讲,你也不会听哪!"

龙进感叹地说:"这真是时代的悲剧,大家不敢讲心里话!"

韩芳高兴这么说,但还是反驳他:"这个悲剧快要结束了,我们必须看见这点好苗头。"

龙进笑了,接着又严肃地说:"我感到不够的,也可以说很不够的,就是要让人讲真话,好就讲好,坏就讲坏。我就希望有这样的一个支书,心胸放宽一点。不要一下子暴跳如雷,或者当面不说,背后给你穿小鞋。"

韩芳明白龙进忧虑的中心点,就是他在小说里面,看来是写青年男女谈情说爱,而在实际上,则是揭露支书邬远明的缺点,尽管姓名是改过了的,但凡是做支书而又有这些缺点的,或者是没有这些缺点的,都会看了生气,这是一个不成文的通律。韩芳和爷爷、父亲在吃晚饭时,都笑着提到过这一事情。因此她对龙进的话附和地说:"是倒是啰。"但接着又加重语气地说,"这个时代也快要结束了！"

龙进只是走，没有讲话。韩芳小声地问："看来，你有点不相信？"

龙进低声犹豫地说："趋势是在大大的好转，只是有些地方，有些人……"他没有说下去。

韩芳说："他们还不会改变，可是大势所趋，他们不改变，也得改变。像包产责任制，尽管拖了又拖，还是拖不下去哪。"

龙进冷冷地说："改变是改变了。我问你，你敢当面说他，是在敷衍吗！你敢说他，对上头的号召不热心执行吗？"

韩芳走了一会儿，又再说道："过去搞习惯了，他支书个人说了算。现在上面不许这样做了，报上常常讲这件事情。"

他们走到篱栅门口了，还不想进去。迟出的月亮还没有升起，满天的星子，显得十分灿烂。门口的广柑树、橘子树正开着花，吐出强烈的香气。韩芳悄悄地说："今年柑子、橘子开这么多的花，怕有好收成了。"透出她的喜悦。

龙进笑笑地说："他还会来分吗？"这是指支书每年都要带起人来分果实。因为不这样做，就要割资本主义尾巴，把柑子树橘子树通通砍去。办法是爷爷想出来的，他不忍亲手栽的果木树活活砍倒，便请求作为队有财产，才保护下来的。

韩芳断然地说："这不会了，明明是社员自家种的，怎么可以充公呢？现在大势所趋嘛，让社员搞多种经营，就不能随便占有了。我觉得我们做庄稼的，日子越来越好过。"

韩芳忽然想起什么了，微微笑着说："我问你，你在小说里没有写过邬敏？"

龙进笑了一笑，说："你在我哪些小说里，找出邬敏两个字？"

韩芳有点生气地说："难道你写的团支部书记，不是她么？"

龙进笑着叫道："啊呀，团支部书记，那不是她啊。我写的是别个大队的。"

韩芳即责问道："你都承认党支书是写她父亲邬远明，还生怕他知道。

为什么讲到团支书,就不是邬敏?你明明不好意思,讲实话,是不是嘛?我告诉你,邬敏这个人,是有她的长处,会叫人喜欢。我就喜欢她,这是心里话,我不躲躲闪闪。可是她呀,对人也有她的狠处。尤其对阶级敌人,不饶一下,硬要斗到底。我那些年,就喜欢她这一点,够得上是女英雄。我崇拜她,比你还厉害。"

龙进连忙分辩一句:"我没有崇拜过她。"

韩芳不理睬他,只是说下去:"她更厉害的一点,连我也赶不上她。她在斗争会上,她一句重话也不讲,只让别人说,叫别人做积极分子。会后,她又找那个被斗的倒霉鬼,讲这讲那,说好多好话,叫你还要喜欢她。比如对你,她鼓动别人说:'这个人是个阶级异己分子。'同你个别谈话,又叫你好好做人,同父母划清界限,表示无限的关怀。你看她多么能干,会做团支书,怎么不叫人人喜欢她?我现在还要直达直地说:'我喜欢她。'你为什么躲躲闪闪的。"

龙进解释道:"我写的团支书,事前我也打听过的,问问别个年轻人:'你们的团支书是怎样的?有什么优点,有什么缺点!'当然不是问得这么直率,只是问你们开青年的会吗?团支书又讲些什么?你们有缺点,他批评吗?怎么批评的?我还有一个想法,对年轻人,总要放宽一点。"

韩芳微带讥讽的口气说:"我真看不出来,你真会讲话。"

龙进叹息地说:"处在这样的时代,天天激动人,事事苦恼人,怎不把人改变成这样那样的,人又不是木头。"

韩芳笑笑地说,依然带着讽刺的口气:"你比较来,比较去,还是我们团支书好。"

龙进着力地说:"你要知道。不知道你看出没有?小说中的团支部书记,对人有点冷,只讲大道理,不关心人家。这是一点,我怎么说呢?或者可以说不大热,有些敷衍,照章办事。"

韩芳讽刺地说:"可是现在热起来哪!"

龙进平静地说:"我并不高兴那个热!"

韩芳尖厉地问:"真的吗?"

龙进说:"怎么不是真的?我今晚请求你,就是希望设法要她冷一点。"

韩芳满意的一笑,但又责备道:"你这个人呀,一下子嫌人家冷,一下子又嫌人家热,真难啊。"她没有说完,又笑了起来。

龙进严肃地说:"一个人有一个人的脾气,我不喜欢人家扰乱我的工作。"

韩芳有点讽刺地说:"看来你把工作放在第一位。"

龙进点头一下,立即说道:"正是这样!爷爷他老人家就是再三再四教导我,把心放在工作上,就快乐了。不然的话,日子就不好过了。我告诉你这点,要是我不找着写作这条路,我也活不下来。"

韩芳叹息地说:"幸好走出来了。"

韩芳问龙进:"你有路在走,我该怎样办呢?"

龙进欲走,又停下脚步,只是望着韩芳,没有答话。他虽看不清韩芳的脸色,但却听出韩芳是在为难,而且着急。韩芳不满自己地说:"过去老是忙着开这个会那个会的,一心想做个领导人,只认为有个权就好了。现在才觉得什么都不逗头,责任制一来人家就不一定听你说的。现在,我觉得两手空空,只会照着报上讲几句。等几天,连报纸上的也没有了。我到底该怎么办?该赶快学点什么。表哥,你说我该学点什么?邬敏下决心学英文,她有她的想法。"她为难地笑了一下,"我就下不了决心,总觉得一切都迟了,成为落后的一代人,只有躲在暗角落里,自嗟自叹。可又不甘心!"

龙进觉得韩芳素来的表现是能干,自作聪明,不可一世,什么人也不在她的眼里,讲起话来,头头是道,今夜可在吐肺腑之言了,现出真实诚恳的本来面目,便安慰地说:"你还年轻,前途远大,只要肯下决心,不论什么都会学到手的。"

韩芳叹口气说:"难啊!今晚我学英文,就感到吃力。以往在学校,就有一种自高自大的看法,你帝国主义,是该打倒的,我还肯学你的语言么?如今才知道,人家科学技术高,不学这些,就会落在人家后面,搞不成现代化。"停了一会儿,又感叹地说,"我要是安安心心做个社员多好,像我爸一样,白天努力干,晚上一杯酒,睡到大天亮。可我以前啊,自以为高人一等,把个个人看成有问题,要改造这个人,改造那个人,如今一场空,周围的地、富、反、坏、右,都给大风刮跑了。我睁眼一看,只剩我一个人,该改造的,却是我自己。可是叫人为难的,到底该怎样改造我自己,我也不知道。最可怕的,就是我不想流汗下田劳动,却只想动嘴巴,坐在主席台上,今天开会,明天开会,后天也开会,永远开下去。"停了一会儿之后,又再说道,"表哥,你看我这个人还有出路么?"

龙进深深同情她这一席话,便鼓励地说:"爷爷对我说,'我们这个民族是一个勇敢的民族,有个好传统,能够吃大苦,耐大劳,忍大辱,敢于征服困难。'还举出华侨做例子,他们离乡别井,乘风破浪,在他乡异国生根发芽,顽强地活下去。还鼓励我不要忘记我的父亲,我的祖祖辈辈,是个华侨。这给我多大的勇气啊!现在你就是要不怕困难!"

韩芳小声痛苦地说:"我们这些人,把美好的青春,白白浪费掉。真叫人伤心!"

龙进责备地说:"你的青春还多得很,不能让忧伤侵蚀你的青春,你要勇敢地朝前走去。"

韩芳忧郁地说:"路在哪里嘛?"

龙进说:"路可多了,一条是你父亲走的,搞好生产责任制又搞多种经营,大种果木树。你父亲的计划已经向我讲了,红苕收了,就把那些山地种上柑子、橘子树;一条是舅娘走的,多喂猪,多喂鸡鸭,发展畜牧。他们真有一副雄心壮志,叫人喜欢。"

韩芳没有讲话,却是摇一摇头。龙进又兴奋地说:"路还有的是,像邬敏她就打算去教书,要她父亲找个中学位子。"

韩芳吃了一惊,连忙问:"你怎么知道的?是邬敏亲自告诉你的?"因为她同邬敏很熟,却不知道她有这个打算,邬敏竟然让龙进先知道了,颇为见怪,心想,邬敏和她是在暗中渐渐疏远了。

龙进解释道:"就是那天晚上,她约我谈话,随便谈到她的一些打算,看来她也有些不安。"

韩芳冷笑地说:"她有什么不安?那么大的靠山,还担心什么。我提醒你一句,她邬敏这个人,很会看风转舵,我早看得清清楚楚的。你要当心啊!"说完,就朝屋里跑去。

龙进走进自己的屋里,没有点燃灯,只坐在床边上沉思,他晓得韩芳这个人容易激动,近来更是喜怒无常。从来没有听见她指责过邬敏,现在可以听出有些怨言,而在今天晚上竟然生气了。他觉得邬敏这个人,较为冷静一些,不大动感情、平常对人是有点高傲,但你只要诚恳地向她讲话,她也会和颜悦色,同你亲切地谈起来。她高兴的时候,露出的笑容,也叫人喜欢。她那一夜同龙进谈话,并没有一下子就说她要学英文,而是从别的事情开始。她对龙进谈话,首先说自己太忙了,对许多青年的问题,注意不够,再加"四人帮"当权的时候,执行了一些错误的事情。那时候,那股风真正叫人怕,谁也抵抗不了。伤了好些人,至今还感到难受。如今好了,"四人帮"打倒了,青年面前摆出许多条大路,可以由人选择。邬敏说她也想搞个专业,比如当个中学教师。因此,想把以往学校里学的英文,业已丢生了的,再行学习一番。说到这里,邬敏笑着说:"听韩芳讲,你的英文很好,利用晚上的时间,天天学。这一点,就是我们青年的模范。"当时邬敏说得很真诚,声音又非常亲切,他龙进一生还没有听过有人对他这样赞扬。但过后一想,尤其今晚更加记忆分明:前几年开青年的会,不是批评过龙进白而不红么?还有人指责他说:"学外文,就是想逃到外国去,当汉奸。"尽管邬敏没有说过这些刻毒话,但她邬敏是会上的主持人啊!可是想来想去,这位高不可攀的团支书,能够这样地放下架子,愿意来做学生,总是不能不叫人喜悦。韩芳说邬敏这个人不简单,可也看不出来她会另有打算。龙进觉得一个人能承认错误,又肯重新鼓起勇气,努力学习,是值得欢迎的。他又想到韩芳那样好强,从不示弱,却一下颓丧极了,像今天晚上的表现,十分使他惊异,而且引起他的不安。他下细思索她那些话:"青春浪费了。""我们是被浪费掉的一代人。"他觉得是说得对,又说得不对。对,那是一大批人白白抛掉了美好的光阴。不对呢,总会有不少人,从中取得了沉痛的教训,再行奋发起来,向大路上走去。他认为邬敏就是自己亲身见到的一个。他想到这里,又觉得邬敏冷静,坚定,会对付这个大变革的时代。而韩芳却像被时代的浪潮冲得六神无主,大声呼号。你伸出手去拉她,她也在怨天恨地。他原是埋着头,塞着耳朵,只在夜间偷偷地悄悄地读书写作,写作读书。现在却有外界的情感波浪来冲激他了。自己受到压抑,能够更加坚强起来。而别人的柔情,却打动他了。那女性的悲哀的声音,却难于去掉。真如古话说的,人非木石,安能无情。一想起韩芳,他就不能不有点激动。他在心里,尽量想些往事,恨她骂她,却不能举手一挥,把她赶得远远的。至于邬敏那种低声细语,柔情蜜意,有着另一种的温柔,又仿佛有一种淡淡的香气,清新迷人,她提出的要求,不好一下子拒绝。他深深感到,人世间的敌对、压迫、仇视,使人坚决、刚毅、奋发。而这世俗的感情,尤其是来自女性方面的,就像一股山泉水,潺潺不息地流来,堵也堵不住似的。他终于觉得这样下去是不好的,妨碍自己的写作,认为还是要心肠硬一点好,甚至在心里骂了一句:"都给我滚开!"这一夜,他只看书,没有写作。

十二

严峻的问题

龙进父母的回信来了,是在晚饭时候收到的。这次信封上是写爷爷的名字,韩文峰老先生收。韩芳放下筷子读给大家听。首先说,收到回信,知道父母身体健康,非常欢喜。很想马上回国来看看,但因工作太忙,抽不出身。以后一定要回来,时间可能不用等候一年,总之尽量争取提前回家探亲。接着,又说,接到龙进写的一张英文信,知道他很用功,写得很通顺,文法上没一点错,使做父母的很高兴。韩芳念到这里,惊讶地问:"表哥,你信里写了中文,又写英文吗?"

龙进只是低头吃饭,一面笑,却不回答。韩芳又念下去:"进儿要求出国学习,我们非常赞成,可以向外事部门提出申请,我们知道国家的政策,会允许的。"她深深望了一下龙进,然后又再念下去,"现由银行汇一笔钱,一半留做家用,一半做进儿出国路费。家里收到信后,银行会有另外的通知。"韩芳看一下家里人,个个都为这一笔款子,兴奋起来,露出笑容。但她却沉默了,暂时没有念下去,心里有点难受。

做妈妈的却催促地说:"还写有别的没有?"

韩芳接着念下去。内容是问爷爷婆婆要不要什么药。弟弟韩立成和弟媳是不是参加农业劳动。又问韩芳多大了。最后要全家寄相片去。还说,另外一封信里,将寄回几张相片,只等洗好,就立刻寄出。最后还说,这次因事到别的国家去,致使迟回了信。

信念完后,妈妈却端着碗走了。韩芳还有半碗饭,没有吃,但却吃不下去,也端着碗走进隔壁灶房去了。龙进都看在眼里,明白她们有了什么感触,就低着头吃饭,尽量压制着心里的喜悦。饭吃完后,爷爷还叫龙进去拿老花眼镜,再把信细细看了一遍。龙进还照每天晚饭后的习惯,替爷爷的长烟袋,装上叶子烟卷,送在爷爷手上,并帮他点燃,一面则坐在旁边,陪爷爷闲坐一阵,听他讲讲喜欢讲的事情。爷爷七十多了,教了四五十年的乡村小学。一生爱好文学,读了不少古代和现代作家的文集。他常常劝龙进多读一点唐诗宋词以至元曲,认为诗词中描写的景色,可以陶冶人的性情,也能增加写信的技术。这顿晚饭后,他看完信,吸着烟,开始像在自语地说:"一个人是该到世界上去走走,是会看到许多稀奇的事情。我年轻时候,比你还小,就做过周游世界的梦,渴想到外国去。"

龙进喜悦地问:"爷爷,你为什么没有去呢?"

爷爷眼睛望到窗外去,沉静地说:"那时候,家里穷,口挪肚攒,节省点钱,让我读书。我不能丢下家里人,跑到外边去。我教小学,第一次收到工资,你的祖祖母即是我的妈妈,喜欢得哭了,说是这下子,不会受饿了。龙进,你想想看,我怎能像别人一样,到外国去找做工的机会。我的妈妈,听见我有这个打算,要长远离开家里,倒没有哭,可就几天吃不下饭。这你怎么忍得下心,跑到远天远地去。我只有在家乡,今年教小学,明年教小学,尽力挣钱供家用。"说到这里,又静静地吸一会儿烟。

龙进禁不住想:"幸好爹妈是在外国啊。"但爹妈的相貌,却一直没有影子,爹妈丢下他出国,正是他很小的时候。只要有人问到他的爹妈,在脑子里出现的形象,却是舅父和舅母娘。事实上,他从小到现在,都叫舅父舅母做爹妈。他看见舅母娘端着碗走开的时候,是一脸灰白,快要哭出的样子,使他心里很不好受。他去给爷爷拿长烟杆和卷烟,经过厨房的时候,听见舅母娘在低声地啜泣,他知道哭的原因,只心里疼了一下。现在听爷爷一番话,可就十分为难,心里非常不安。同时,对于在外国的父母,却又抱有很大的好奇心,想去看看。至于五光十色的外国,更是在梦里有过几番游历。如今竟然要变成现实,近在眼前,真像一下子长了翅膀,可以飘然远飞。这一种复杂的心情,一下说不出的快乐,又一下陷入不安的深渊,使他不知如何是好。

爷爷又讲了下去:"我年轻的时候,就把担子挑起,真是咬紧牙根地干。啊!可是想到外国去找机会的心情,并没有丢掉。尤其是每逢六月、十二月的时候,接不到聘书,可就难过得慌哪。我们那时候,就叫作六腊之战。每年都是聘一年,不是春季下聘书,就是秋季。托多少人说情又送礼物,这才弄到聘书。真是在战场上过日子。有好几次聘书到手迟,以为完了,就又想朝外国跑。但是外国没有一个熟人,出去又怎么办呢?我年轻的时候,真是困难重重说不尽啊!到了解放,这才稳定了,不愁聘书不到手。还有,我们是个强国,个个人有脸面了。这是我们老一代人,做梦也在想的事情。现在日子一天一天地好起来。我看着就心里好过。"

龙进看爷爷在舒服地吸烟,有着满意的神情,便又问道:"解放后,还有去外国的打算没有?"

爷爷微笑地说:"没有了。可是大乱那几年,也想过,躲到什么地方去一下。我就想陶渊明写的那个桃花源,到底有没有?有,就去那里住。这哪里去找呢?连陶渊明都找不着,我怎么找得到呢?我一向喜欢我国的古代文学,就常常读《诗经》《楚辞》、唐诗、宋词,走进另一个天地。我感到我国的山川原野,多么美好,越读古人的描写,就越发喜爱。'白日依山尽,黄河入海流','大漠孤烟直,长河落日圆'真像自己亲眼看见的一样。又如'山中一夜雨,树杪百重泉'……"

龙进看见爷爷停了下来,只在吸烟,就又问道:"爷爷,你有没有想到过去国内的名山大川游历,看看祖国美丽的风景?"

"怎么没想过?"爷爷取下烟杆,愉快地说,"就是后来也不想了。这倒并不是没有钱做旅费,事实是有些诗文读了,叫你心满意足。比如说读陆放翁的诗,'细雨骑驴入剑门',非常美,是幅好图画。可是你要是亲自去骑下毛驴,毛毛雨把你淋得一身交湿,手冷足僵,连颈项里也进了水,你还快乐吗?我觉得文字的魔力真大。"爷爷这么讲的时候,带着酒后沉醉的神情,并望着龙进。但讲到这里,便注意地向龙进望望,低声用力地说,"一个人要爱自己的国家,这不用说了,还要爱自己国家的文化,那真是我们民族的骄傲。外国人也有他们的好文化,是该学习。但是我们是中国人啊,千万不要丢掉我们的宝物。你在搞写作,更要重视我们的文化。"

龙进听到这里,一下脸色变了,赶忙说:"爷爷,快不要提我写作什么,那晚上我不是向你讲过么?"他还不安地向周围看看,看见灯光照不到的门外边,一片模糊的夜色中,像有个人影站在那里。他赶快走去看,那个人影立即走开,看来像是韩芳,这倒放心了,他生怕会是隔壁邻居来的人。龙进转回来后,脸色还有点紧张,小声对爷爷说:"爷爷,千万不要提我在写作什么的。"

爷爷微笑地说:"这还怕什么呢?你不是就要走了么?"

龙进迟疑地说:"我还没有决定啊!"

爷爷还是微笑地说:"你不是前次写的什么英文信,要你爹妈给你找个外国学校么?孩子,你瞒着我写的啊。你为什么不同我商量下子?你看看,今晚上,一家人都难过啊。真的,你要是走了,你有你的前途,大家难过一下算了。可你还没有决定,这就不好!孩子,我常常说过,凡事都要三思而后行。"

韩芳又出现在门口了,这下没有站在暗处,却让灯光照着她,似乎在倾听爷爷的讲话。龙进见她脸色阴凄凄地,像是受了什么重大的打击。龙进看了她一眼,不敢再看她。他只是对爷爷说:"爷爷,我也不能一下就走啊!我也听爷爷的吩咐。"

龙进故意提高声音,有意让韩芳听见,他又重复地说:"爷爷,我听你的吩咐。"

爷爷有点喜形于色地说:"孩子,你到底是我们的孩子!"吸一口烟又轻轻地让烟子从嘴角流了出来,露出了舒适的神色。然后才说,"古话说得好,男儿志在四方,你有大志向,要到外国去进大学,我是喜欢的。"

韩芳一下冲到爷爷面前,埋怨地说:"爷爷,你去看看,婆婆妈妈都还在哭啊!"

爷爷向龙进微笑地说:"你考虑一下也好。大家都心甘情愿了,再决定不迟。"

龙进听见韩芳说,婆婆妈妈都在哭,便也为难起来。他听见舅父在猪圈那边喊韩芳铡猪草,龙进赶忙应声走去。往天夜里把猪草铡成细节,是照例叫龙进进去帮忙,从来不叫韩芳的,显然舅父的头脑里,也引起了变化。舅父把晒干的苕菜藤子,用两手捏在一道,在灯光下低着头,一句也没讲。龙进把铡刀提了起来,舅父把苕藤喂在刀下面,龙进就用力铡了下去。这样一喂一铡,铡了一二十分钟,便铡完了。龙进铡的时候,偷瞧舅父的脸色,显得阴沉而又凄切。他向舅父说:"今晚让我出去看看水沟!"这是舅父天天夜深时候,照例要做的工作,龙进为了安慰他,便主动地承担下来。舅父没有讲话,只是默默地去拿草喂牛,看不出他有什么高兴。

龙进觉得出去看水,还早一点,又不敢走进灶房,怕听舅母娘的啜泣声音,只有再走进吃饭的堂屋听爷爷还要说些什么。他觉得一家人中,只有爷爷了解他,能让他飞向远方。但爷爷已走开了,只有韩芳一个人坐在那里,手里正打着毛线,像要织一件毛衣。龙进坐在她的旁边。韩芳不看他一眼,只是低着头,不断地织她的。而且织得很快,好像在赶工似的。

龙进搭讪地说:"怎么这样热天,就在织毛衣?"

韩芳低着头说:"有人要走,我总得送一件礼物嘛!"

龙进本想说:"我还没有决定哪。"但又觉得暂时不说的好。他沉默着,心里在想着一个问题:"我能进外国大学听讲吗?"他明白他的英文程度,看书还可以,记点日记,写封简单的信,也能做到。就是同人说英语不行。再则发音不准确,人家也听不懂。又收音机里的英语广播,也不能全听明白,到外国去,便立即变成了哑巴,这使他感到为难。一切都要从头学起,起码得花年把两年时间。还有,在外国大学里学习什么呢?看来只有学文学。学来做什么呢?进行翻译吗?没有这个打算。用英文写作吗?更没有这种企图,只能是学人家的艺术优点,借以提高写作技术。但这在国内不可以做到么?只消去信给爹妈,什么外国书,都能寄回来看看。自己现在从事写作,正走上了路,可以将发表过的小说仔细修改,编一个短篇小说集和一个中篇小说集,这得花一些功夫。而各个杂志的要稿信,不断地寄来,怎么可以中断写作五六个年头呢？而且在人事方面，还有牵扯，怎能一个人远去呢？自己也舍不得离开啊！想起这些，是不能一下子茫茫然地到异国的天空下生活的。但是为什么，回第一封信时除中文外，又另加一张英文信呢？在渴望会晤爹妈的名义下，暗藏着远走高飞的念头。这是积在心里的气愤，一下发泄出来，自己也不能制止。在"四人帮"当权，坏人横行的时候，他又哪一天不想逃走呢？就是"四人帮"倒了以后，做过造反派后台的支部书记，也还使他感到害怕啊。如今要回信了，有考虑一生事业的必要。写作是顺利的，可那内容一让支书知道是某某写的，就会引起很大的不满，以至深仇大恨，这能在家里安静住下去吗？他支书口口声声称他在大乱中是个受害者，你却在作品中揭露他做造反派的后台，这还了得！尽管没人知道，写小说的某某，是自己，这事曾告诉爷爷，爷爷是决不会说出去的，但是韩芳都知道了，这就麻烦透顶。他若想留下来继续写作，就不能不弄清楚这一问题：除了韩芳之外，还有什么人知道。这不能不问韩芳了。龙进便小声地问："韩芳，我想问你一句话。"

韩芳到这吃饭的屋子打毛线，有意要同龙进谈谈。她觉得对一件激动人心的事情，得想些办法。她忽然有个想法："为什么不写封信给姑父姑母，问问一个做外甥女的，也可以到他们那里去吗？"这使她高兴，有了希望了。又想如果回信说是可以，那同龙进一道去不是很好吗？她认为龙进英文好，就可以到外国通行无阻。不知道龙进还能不能用英文会话。她决定要同龙进谈一谈，不只说写信的事情，还要龙进等些时候再走，好一路有人做伴。但她一时感到不好开口，只有先打打毛衣，引起龙进的好感。现在听见龙进有话问她，她很高兴。

龙进小声地说："我还想问一声，你怎么知道我在写作？"

韩芳以为龙进要谈出国的事情，现在却是问那老问题，忍不住说："还问这些做什么？"

龙进恳求她说："希望你，告诉我。让我弄清楚，还有什么人知道？有多少人知道？"

韩芳冷静地说："还管这些做什么？不是一走就完了吗？"

龙进迟疑地说:"走不走我还没有完全决定哩。"

韩芳立即问道:"路费都要寄来了,还没决定吗?这又是为了什么?"

龙进不说出他刚才的打算,只说:"婆婆妈妈那样难过,我能一下子走吗?"

韩芳有点喜悦地说:"对,是该考虑到一些问题。"

龙进焦急地问:"我写作的事情,除你而外,还有哪个人知道?"

韩芳说:"你不用担心,除我而外,谁也不知道。难道你保密的事情,我还会随便告诉别人么?"

龙进松了一口气地说:"那就好,我这下放心了。"随又叹气地说,"没有别的人知道,我们就可以好好地商量,不要使大家难过。"

韩芳高兴他尾后说的话,便停下手上的毛线,望着他,希望他再说下去。龙进见她十分注意,便小声地说:"韩芳,家里人都听你说的,你帮我说说嘛,要怎样才使他们,就是使婆婆妈妈她们,安下心来,不难过。"

韩芳忍着自己的高兴,露出沉思的神情,很小声地说:"婆婆妈妈她们,知道你要出去进大学读书,她们是喜欢的。怕只怕,就怕你一去不回来。这一点,顶叫她们难过!"

龙进毅然地说:"我会回来的。哪里不会回来?你好好地告诉她们,说我看了爹妈,就会回来的。"他打算出去看一下,看望了爹娘,又再回来,不准备在外国读书了。

韩芳笑了一笑说:"这难说服她们。老实说,这连我也不会相信的。"

龙进惊异地说:"这连你也不相信!"

韩芳摇摇头说:"要是再像前几年那样,你敢回来么?"

龙进的脸子却变成了灰白色,仿佛有什么东西,打击了他,看来他也害怕历史的重演。

隔壁灶房里,还有啜泣的声音。龙进不安地说:"怎么办呢?妈妈那样难受!韩芳,你去帮我讲讲!"

韩芳摇下头说:"我早对她说过,你不用难过哪,要明白一些,人家是姑父姑母的儿子,早迟都会走的,她就是听不进去。"

龙进为难地说:"你不能那样说。你那样说,她就更难过了。"

韩芳有点生气,勉强抑制地说:"还是你亲自去讲讲吧!"

"好,还是让我去讲讲罢!"说完,龙进就朝灶房走去。

妈妈正坐在矮板凳上,看见龙进坐在她的身边,并用蒲草扇,帮她扇凉。她停止啜泣了,拿手板拭她的眼泪。龙进向她安慰地说:"妈妈,我不出去了。"他觉得只有这么说,才能使她停止悲哀。

妈妈有些喜悦地说:"只要你肯这样说,我就欢喜。婆婆,她老人家也会欢喜的。说实在话,你有心出去读书,我和婆婆都不会拦你的。你读得好,得个一官半职,不,不,不是这样说的,只要你高升上去,哪个拉你的后腿呢?"

舅母娘看看龙进又再说道:"孩子,我放不下心的,是芳芳。你把她带走吧!她跟你一道走,不管你们以后,回不回得来,我都不管。"

这使龙进大吃一惊,原来舅母娘还有这一个打算。他感到韩芳这个人,太聪明,也太厉害了。依前几年的印象来说,那就是到处逞能。如今大有改变,但并非出自她透彻的认识,而是由于一封海外的来信,扭转了局势。龙进非常明白这些情形,所以对韩芳一直没有恢复到以前的友好。因此舅母娘这一番话,使他不知怎样答应的好,一时说不出话来。

舅母娘恳切地说:"你要知道这一点,芳芳,不是个好吃懒做的孩子。自从围起红领巾,就说她要天天用功,努力向上。在小学校,就做了学生的头头。连你爷爷都说过,我们韩家就靠芳芳了。她会做大事情的。这些都是老话,用不着讲了。我要告诉你这一点,有回在街上,治安人员错抓了你,她可难过多久哪,晚上还哭过哩。"

龙进听见这说,倒是心里动了一下,只好向舅母娘这么说,半带安慰,半带解释:"芳芳,愿意出去学习,那就太好了。这还得再写一封信,告诉芳芳要去的事情。"

舅母娘看见龙进这样说,觉得龙进太老实了,还不理会她话里的意思,便拉着龙进的手,亲切而又热情地说:"你不知道啊!婆婆她老人家,提起你走的事情,很着急。她说,她不看见你跟芳芳,办好婚事,她就一天也不安心。"

龙进是喜欢过韩芳的,如果没有前些年的大乱产生了种种问题,他会承应的。不幸动乱的环境,把一些人的精神面貌,全暴露出来了,第一使她同他的友好,冷到零度以下,互相成为敌人。现在一个大转弯,又朝友好的方向变去,恢复表兄表妹的正常感情,是可以的,一下子要成为终身伴侣,却是接受不了。何况他还有一个隐秘的事情,不好说出口呢。但舅母娘的提议,不能只是沉默,再加舅母娘握着手不放,十分诚挚地催促:"进,你说嘛,婆婆说得不对么?"

龙进只好轻声地说:"不晓得她喜欢不喜欢我?"他只有从这一方面来推诿。

舅母娘又拿另一只手,拍下龙进的手背,激动地说:"啊呀,你说到哪里去了!如今你有那样的爹妈,哪个还不喜欢?"

龙进早就看出韩芳对他的态度忽然由冷变热是什么原因。正由于有爹妈的来信,因而看出人们的真实灵魂,使他大为觉悟,对人看不起。韩芳更是一个突出的例子,日日夜夜都在提供感触的材料。尽管女性的进攻,大有力量,又加韩芳生成的美丽,颇能迷人,但也难以抚平这几年留在他心上的创伤。他见舅母娘这样的热忱,完全出于热爱,而且,她从来没有对外甥说过一句重话。他不能直率地拒绝她的要求,伤她的心。他想了一会儿说:"妈妈,你跟婆婆都好。我一向都想过,大的事情,一定要同你和婆婆,还有爹和爷爷商量,得到你们的同意。你们说的我都照着办,只是这一件事……"

舅母娘不让他说完,就放下龙进的手,又拉着说:"对,进,你说得对,我们也早看出来,你是听说听教的孩子。不像别的年轻人,心目中看不起上年纪的人。"

龙进从容不迫地说:"妈妈,你看,我该不该这样做,让在外国的爹娘,也知道这件事情。事情也好办,写封信去,告诉他们一声。看他们回信要说什么。"说完了又加一句,"妈妈,这样写封信好么?"

舅母娘想了一下,才说:"对,该这样办,还是你想得周到,你真是一天比一天好。进,你今晚就写信哪!"

龙进见舅母娘同意他的意见,便高兴地说:"我现在就写。"他走回自己的屋子,心里感到轻松了好些。他自己确实还没有结婚的念头。那几年的苦难,只能使他咬紧牙关,拼命读书,后来又加上发愤写作,没有别的想法。幸好爷爷常常帮助他,要他研究文学,并给他许多鼓励,还给修改文章。再加爷爷的思想也和他比较接近。比如自由恋爱,自由结婚,是年轻人的希望,爷爷也是赞成的。他想把他的婚姻问题,同爷爷商量下子,但又觉得不好说。他知道爷爷也是很爱韩芳的,怕一谈起,爷爷拿出主张来,顺从一家人的意见,那就不好办了,还是不提的好。至于给爹妈写信,应该怎样讲这个问题呢?爹妈明白年轻人的心理,就会回信说,只要两个人都很要好了,我们是赞成;爹妈如果偏重于家里人的意见,也会回信说:只要家里人都同意了,我们没什么意见。所有这些都解除不了龙进的为难。不想写作,也不想看书,便熄了灯,到外面走走。走到水沟边上,又过了石桥,走到大队的办公室。听见里面正在收听英语广播。他走到门口,看见一些青年男女十分凝神注意在听,各人面前还摆一本书。收音机是放在邬敏面前的,她一眼看见了龙进,便笑笑地点一下头,意思要他进去坐。龙进刚坐不久,英语广播就完了。大家拿着书走开。邬敏关好收音机,走到龙进面前,和颜悦色地说:"怎么又得闲了?韩芳说,你不是忙着,要给报纸写文章么?"

龙进连忙说:"哪里话,我会写什么文章。韩芳她在瞎说一顿。"说到尾后,他确实生气了,而且很是不安,心里则在说:"这个死女子,才是害人不抵命哪!"

邬敏现出愉快的脸色,称赞地说:"你写稿,纸张不够,你到团里来拿好了。青年团也想在这方面开展工作,让农村青年,农闲的时候学点专业。今天晚上学英语,就是一个开端。听韩芳说,你每天晚上都要学几个钟头,这就好得很。我们团正在收集你的材料,明白你怎样自学成才的,好表扬你。你来得正好。"接着拿出笔和小本子,开始记起来。

龙进见她写了一个 a 字后,写的是"精通英文",这是第一行。在第二行上,又写一个 B 字,后面写的"会写文章"。

龙进看见她写 a 条,就慌忙说:"哪里说得上精通?会话一点也不行,发音就可能不正确。"等到看 B 条,就紧张了,脸也红了,说话也口吃起来,"我,我,不会写文章,不会。"一面心里恨恨地想:"韩芳这女子,肯定对邬敏说了许多话。"

邬敏平素对龙进的印象,是个板着脸不大讲话的青年,开会斗他的时候,也不胆怯。依前几年的评语:"是个死顽固"。但现在却现出慌张的脸色,倒使邬敏喜欢了,首先觉得他一步高升,并不盛气凌人。因此露出劝慰而又勉励的神色,亲切地说:"我倒赞成你多给报纸写点文章,如今好人好事那么多,真该写哪,我就是笔下不行,行的话,我就想天天写。像韩芳,就该写下她。她肯看报,开会又发言积极,带动了多少年轻人。这里的文艺杂志,她从头到尾,全部看完。我这个团支书,不瞒你说,就是喜欢看小说,也没有像韩芳那样全部看完,只是选点看。有时候,听韩芳说,哪篇小说好,我才找来看,你喜欢看小说吗?"

龙进低头说:"我不看,我从来也不看的。"

邬敏有点惊讶地问:"韩芳没有叫你看么?"

龙进笑笑地说:"我们这些落后的人,放不进她的眼里。"

邬敏笑了,又忙敛着笑容,悄声地问:"她还没改变么?我倒觉得她改变得快嘛!"随又点下头说,"我要跟她谈谈,不只落实知识分子的政策要执行,好好地执行,还要首先改变我们的态度,诚心诚意地改变态度。该向人家请教的地方,就恭恭敬敬地请教。我要是韩芳,早就请你教英文了。这里蚊子太多了,我们出去谈谈吧!"

龙进确实打了几下叮在手上脚上的蚊子,不想再坐下去,便跟着邬敏走着。门外树影森森,满天星光。秧田里一片蛙声,显出夏夜的热闹,使人兴奋。邬敏让龙进走到旁边,才愉快地说:"如今报上登出一些指出缺点的文章,你喜欢看吗?"

龙进有点吃惊,他晓得邬敏这个人讲话总爱绕圈子,不直接说,于是心里不免害怕,是不是她已知道《流水》那篇小说中所写的支部书记,是影射她的父亲。龙进只好说道:"我没有看报,也没有报看。"

邬敏又很有兴味地说:"韩芳这个人,真是心眼太多了。那天她问我,你读过《流水》那篇小说么?我说:读过哪。她笑着对我说:小说里面那个支部书记,倒很有点像谁。我说,你不说就算了,你一说,我觉得倒是一般支书都有那样的缺点。韩芳还说,倒要查一查,是不是写小说的,就在我们这个大队上。她还说,你看写的河沟,写的山坡,都跟我们这里一样。"

龙进听到这里,又在心里骂了一句:"这鬼丫头、害人精,不知道全说了没有?"

邬敏爽朗地笑着说:"我才不喜欢把小说里的人物,同活人一个个来比啊,那不是对号入座自寻烦恼?你说是吗?"

龙进听了这么一些话,感到了一点轻松,小声地说:"小说这些,看它做什么,我才不爱看的。"

邬敏笑着说:"听韩芳说,你有时也看哪。爱好文学,爱看小说总比吃烟打扑克好嘛!"

龙进反驳地说:"我总看不下去。"

邬敏劝告地说:"要看啊。现在的小说就是敢于讲话,有一股勇气。我们青年团买了一些文艺书籍,你可以拿些去看。"

龙进低声应付地说:"就是忙啊,晚上那点时间,要读英文。"

邬敏热心地说:"我介绍你看看一个新作家沈云的小说,有一篇叫《流水》的,好多人爱读,你应该看看。"

龙进捏了一把汗,听邬敏说完了,才舒一口气,他想,看来韩芳还没有全告诉邬敏。邬敏要他到她家去拿《流水》来看,龙进有些高兴,他亲自领会到自己所写的作品,能这样吸引人,实出他意料之外,他当然不想看,只是推诿地说:"不打扰你家了,以后我再借来看。"

邬敏神往地说:"我读了。你一定喜欢,它替我们年轻人,讲出了心里话。婚姻不要包办,要两个人情投意合,这说了多少年了,还不见效,我父亲总算个好领导嘛,他这点就想不通,硬要干涉我们。他还教训我,说青年团什么都可以做,买书买乐器,他可以拨款子,唯独不能讲恋爱。这多么落后啊。《流水》里面那个青年说得好,支书头脑里还有好多肮脏的思想,只要男女一打堆,就会出坏事,我把《流水》给我爸爸看,他没说话,只皱了眉头。"

龙进明白邬敏所以高兴的原因,不只是她高兴说出了她的心里话,还因为那个好青年也是团支书。邬敏停了一下,又笑了,大声笑着说:"小说里面描写的支书的老习惯,可把他老人家气苦了,还骂写小说的作者,一定祖祖辈辈都是异己分子,该戴戴右派的帽子。"

龙进明白这篇小说是会得罪做支书的,发表后一直不安,怕来个追根问底,幸好用的是假名,又没有暴露自己的住处。现在明白韩芳并没有说出去,心里便安静了许多。但他为了好奇起见,又想了解邬敏兴奋的原因,忍不住问道:"你爸爸看了哪点生气?"

邬敏笑着说:"小说里那个支书,硬跟我爸爸一模一样,不管你谈什么事情,你一有不同意见,他总说你反对,就是反对党。屁大的事情,他都拿这样的大帽子吓人。有天天下雨,他硬要我到街上,去给他打酒。我不赞成,妈妈也反对。还说一天不喝酒,就过不了日子么?他却对我说:孩子,听爸爸的话,打起伞,上街走一趟,给我打点酒。我不同意,还说,在喝酒这个问题上,我是反对派。爸爸生气地说:你要听组织的吩咐,你不听我的话,你就是反对党。这不气人么?好笑的就是小说里面一模一样地写了出来,真像作者躲在我家里,处处偷听似的。"

龙进明白这段关于支书的描写,全是从韩芳在晚饭桌上闲谈时听出来的。韩芳对邬敏家的情形,极为熟悉,因为邬敏同她相好,家里不论什么事情,都对她谈。龙进在晚饭桌上,闷声不响,埋头吃饭,却悄悄从韩芳口里,收集了不少材料。当然也亲自听见支书说过,不论什么反对意见,都总结成一条,反对我,就是反对党。给他有过深刻的印象。他听完邬敏的话,更感到要好好地保守秘密,支书已骂出那样的话,不能不胆战心惊。刚才心里还在恼怒韩芳,决定对她冷淡下去,现在却觉得不能得罪她,因为关键问题,显然她已握在手里了。关于邬敏,他发现她有新的一面,不是一味跟着父亲走的,他从这一夜起,对她增加了好感。他想到这里,心胸开朗了,正如迟出的明月,把田野的广大面貌和远山的轮廓,也画了出来,去掉了朦胧的面纱。

龙进同邬敏分开之后,禁不住想起《流水》这篇作品,竟这样引起邬敏、韩芳的注意，原因是在哪里？想去想来，是支书写活了，有个活人做模特儿。而团支书就要差些，不那么动人，这是因为团支书没有用邬敏做模特儿，而是用想象制造出来的。因此，他逐渐明白了，他从事写作的前途，只有更加努力地研究人，而且还应该扩大自己的生活面，接触更多的人。比如说，这个大队的支书不好，那就该去接触更多的支书才对，报纸上不是介绍过好的支书么？如何扩大生活面，是目前最迫切的问题。做个专业文艺工作者，就有这个条件，但自己还做不到，只等遥远的将来。最好当个新闻记者，可以到处跑跑。那就要请人介绍，或者先写几篇农村的报道，让报纸认识自己的才能，以便他们考虑。龙进越想越乐观，认为古话说得好，有志者事竟成，增加了勇气，但回到家里，又立即想起要去外国的事情，不禁感到了为难：我能丢掉创作去外国读书吗？要学好说英语，听英语，起码也得有一年，然后才能考进大学，这还是从一帆风顺来讲，否则，会有两年光阴要花掉。大学四五年的功课，够学习的了。学了又怎么样呢？当然对创作有帮助。但我现在的英文程度，是能够看懂外国文学的，只要努力学，就能立即学到写作技术，何必要去外国学那么几年。有些外国文学书，爹妈不是可以买到寄回吗？龙进想到这里，又有点不想去外国了。他明确地认识到，万不能把五六年的光阴，冤枉地丢掉。这是从事业方面来考虑的，再从人事方面来设想，自己哪能轻松愉快走哪？难道可以不同人家商量么？一个清秀的面影，带着明媚的眼波，和浓黑的头发，掠过他的心头，深深感到不安。

十三

在秧田里

第二天龙进和韩芳在他们分得的责任田里薅秧,两人各薅五行,挨得很近。龙进一面薅秧,一面说:"我真想不出队上的青年人,一下子都热起来,要学英语。"

韩芳以为龙进是在讲邬敏,因为只有邬敏才来她们家找龙进教外语,便冷冷地说:"那不过一股风,吹一阵也就完了。"

龙进显得很有兴味地说:"他们在大队办公室,开起收音机来学,好多人啊,看样子劲头好大!"

韩芳注意地问:"邬敏也在学吗?"

龙进一面薅秧,一面说:"就是她承头办的,收音机还是她们家的。"

韩芳薅了一阵秧苗,才突然问道:"你不是说你很忙吗?怎么又到大队办公室去了?看来你还是一个热心的老师!"说到尾后,忍不住笑了。

龙进懂她话里含有别的意思,便微笑地说:"屋里太热了,蚊子又多,有些坐不住,便出去走走。"

韩芳笑着说:"是不是去告诉别人,你要到外国去了?"她疑心龙进对邬敏有好感,把《流水》中的团支书描写得能干而又公正,就是一个证明。

龙进说:"我告诉他们做什么?他们都是外人。"

韩芳不笑了,静静地问:"团支书又同你谈话吗?"

龙进说:"她吗?团支书嘛,哪有不找机会做思想工作?"

韩芳冷笑地说:"她昨晚上并没有约过你啊,是你自己去找她的。"

龙进说:"我到田地里走走,不晓得又到了办公室。你也知道,团支书不开会不去办公室。"

韩芳微笑地说:"你在《流水》里有意写好团支书,这且不说,我问你,你为什么在《流水》里把我写成那个样子,没有头脑,只会跟着人家摇旗呐喊?"

龙进叹气地说:"哎呀,怎么是写你呢?你又没有跟谁讲过恋爱,同她们完全不一样。再说跟着团支书走的,还有好多女青年嘛。"

韩芳点头一下,承认她没有讲过恋爱,同作品中的女青年,不是一样的,但又抵塞地说:"但她们都不是团支书的朋友啊!"

龙进呻吟地说:"请你不要再说我那篇惹祸的东西。"他还四下望望,生怕有人听见了。

韩芳毅然地说:"这惹了什么祸嘛!由他们去胡猜乱想吧。你的小说,除我以外,谁又知道是你写的。不要怕到那个样子!"她见龙进现出感动的神情望着她,就又着力地说,"你不要以为我还跟以前一样,只是个傻子,没有头脑。我们这一代人,受骗受够了!"说到这里,自己也禁不住激动起来,"看着一些人,今天说这样,明天又说那样,一贯指挥人,有权又有势,真想跑得远远的,不再受他们的狗气。"

龙进睁大眼睛望着韩芳,觉得她说的话,也正像他心里的话一样,只是用小说的办法描写出来,而没有用嘴说出罢了。韩芳看出龙进脸上表现出的同情,便进一步地说:"表哥,请你写信问姑父姑妈,说我也想到他们那里去,看他们答不答应?"

龙进热情地说:"我一定写,今天晚上就写。"

韩芳喜悦地说:"你信上还可以说,我外国话也能说一两句。又说,她很努力,天天都请你在教英文。"她看见龙进在微笑,就想起前几天晚上,还表示不愿意学的情形,便笑着说,"我是说,从今天晚上开始,以前一直没有想过要到什么外国。真是世道变化太大了,今天跟昨天就不一样。我告诉你,我也不隐瞒我的思想,昨天,甚至今天早上,我心里还难过得要命,妈妈那样忧愁,婆婆又常常叹气。爷爷也少笑了,只有爸爸一个人劲头大。可要是我们走了,他一个人对付责任田,怕也对付不了。一连串的思想逼得你不得不想,真叫人饭都吃不下。"接着又叹息一声,"唉,我们这一代,受的苦难真太多了! 一下子,忧愁变欢喜,一下子欢喜又变忧愁。"说到这里又笑了,显然龙进跟她的思想和感情,一直有距离的,甚至是很有隔阂的,经过今天的谈话,一下子很快地接近,而且两个人会一道去外国,正是锦绣前途展现在面前,到处铺满了鲜花,怎么不感到衷心的愉快。

离水稻田不远的水沟边上,长满了青枝绿叶的树子迤逦到远远的田地里,直到蓝色的山下。树子下面全长着,青色的芭茅,密得墙也似的。那里藏有野鸟,有时飞上树去,愉快的一唱一和地叫着。龙进原是一面薅秧,一面讲话的,现在停下手,舒舒服服地休息,便注意地听,忍不住说:"这叫得多么好!"他又四下望望,不禁赞叹地说,"有山,有水,有肥沃的土地,又有这么好的景色,蓝蓝的天,雪白的云,鸟儿也感到了沉醉,才忍不住歌唱起来。"他见韩芳没有搭白,就又辩解地说,"一个人忽然想起要离开了,就有点舍不得。"

韩芳低头说:"不要讲了。讲起来又要叫人流眼泪。"但她又说下去,"我想起走的那一天,真会大哭一场。我觉得,我这个人比你脆弱。"

龙进真诚地说:"我也不够坚强。"

韩芳严肃地说:"你在那样痛苦的处境中,还奋斗不息,走出一条道路,不是很坚强么?"

龙进摇摇头说:"可我只能暗里走啊,生怕人家知道哪。这还能说我坚强么?"

韩芳低下眼睛,看着脚下的青秧,鼓励地说:"你以后有什么为难处,我一定给你顶住。我再不会跟他们没头没脑地乱走了,连邬敏,我也不相信。"接着又抬起头笑了,还用手掠一下搭到眼边的头发,继续笑着说,"尽管你在作品里,那样称赞她。"

龙进把一根刚发嫩叶的四瓣草,才伸到秧苗边上的,一把扯了出来,朝田坎上丢去,然后苦笑地说:"你又来了,难道全国成千成万的团支书,个个都可以拿邬敏来代替么?"

韩芳笑着说,带点嘲弄的口气:"在你的作品中,总有些偏啊!"

龙进立即追问:"哪一点偏?"

韩芳笑了一下,露出妩媚的面容,说:"你总认为邬敏比我好一点。"

龙进倒确实有这样的看法,在前一向他会默然不答,让她去憋气,现在却不同了,他连忙笑着说:"没有的事,我从来没有比过。"

韩芳高兴他的否认,但又笑着问:"要是她团支书要向你……"她不说下去了,只是笑。

龙进看了她一眼,疑惑地问:"她要我什么?"

韩芳本想说:"向你要好。"但觉得不应该说,就赶快改口说:"要你入党。"

龙进笑笑地说:"我当然高兴,只是惭愧得很,我还不够格。"

韩芳立即说道:"依我看来,完全够格了,还可以说,超过好多青年团员。"接着又叹息地说,"如今迟了,走都要走了,还入什么党。"

龙进本想说:"我打算不走了。"但又觉得还没有下定决心,再则又想趁机会出去看看自己的爹娘,看看外国的风光,要个半年几个月,也是好的。他不想同韩芳讲出自己的心意,只好说:"青年团的支书,我总要听她的。"

韩芳笑了,笑着说:"你怎么变得这么快,以前讲到青年团什么的,你尽管没讲一句话,可你那神色,你那眼睛,总是有点嘲弄,甚至有些反感,这点瞒不过我啊。"

龙进低头说:"那时他们眼里,我是个异己分子。"

韩芳敏锐的眼光望着龙进说:"现在,你以为他们完全对你好么?"

龙进笑了一笑说:"我没有看出他们再敌视我了。人吗,总还注重感情的,你不能老是板起面孔。"

韩芳高兴他这些话,她生怕龙进那种固执的脾气,把仇恨永记在心里,这对她,也是不利的。但她怕邬敏把龙进拉了过去。她感到邬敏这个人,会笼络人,使得一些青年,能从心里佩服她,很听她的话。就连韩芳这样聪明能干,会说话的人,也尊重她的指挥,以能做她的左右手为荣。因此,韩芳就觉得早点到姑父姑妈那里的好,便试探地问:"假使姑爹姑妈答应我们去,在国内向领导请求批准？要花多少时候？"

龙进说："我打听过，总得要有半年嘛！你请求的时候，要有爹妈的信件为证，通过公社、县一直到省外办等机关。层层批准啊？"

韩芳向龙进问道："你不着急么？"

龙进不以为意地说："急他做什么，十多二十年都等过了，这半年几个月算什么。"

韩芳感叹地说："你比我好，没有我这样性急。"

其实，龙进也有些性急，接到父母来信，立即回信，要出去看望父母，恨不得马上就走，但因想到要写好作品，继续自己的文学事业，还是目前不忙出去，尽管还有出去游历的打算，可也并不强烈故而心情平静多了。他说："急没有用的。一个人总要抓着一件工作，努力干下去。只抱一些希望，是不行的，今天希望这样，明天又希望那样，希望来，希望去，只会落个失望。"

韩芳忍不住颤动一下，不安地说："我就没有抓到一件工作，安安心心，一辈子干下去。"脸上现出悲戚的神色，停了一下，又继续说下去，"前些年，我就是跟着邬敏走，侦查这个人的思想，研究那个人的脸色，是敌人吗，还是友人。我们一心一意，把改造人的思想，当成了不起的工作。只要有人来开会，开会又不发言，发言又不热烈，就认为他可能走白专道路。那时候，把你当成异己分子，我很难过。邬敏看出我的为难，还开导过我，做我的思想工作，要我坚决跟着组织走。我没法，不对你……"说到这里，说不下去了，眼里含了泪，她拭下眼睛，又鼓起勇气，说下去，"今天怎样呢？谁又是异己分子，谁又是该改造的人呢？她邬敏改变得多么快呀，还是一个能干的领导人。我呢，觉得空虚。我要是进了工厂，做一个纺织女工，总比现在好嘛。可是她邬敏就是劝我留在这里，做大队干部的接班人。我听了她的话，我真是十分听她的话。"她低下头，不让龙进望见她的眼睛。

龙进点一点头，没有说什么话。韩芳又感慨地说："要是那时候，有人教我钻研农业技术就好了。唉，爸爸是要我研究水稻栽培，改进种子，我就是听不进去，挣点工分，算了。天大的事情，是侦查人家的思想，改造人家的思想，开会斗争人家的思想。那时候，敌人多得很。再不然，就个个人都有问题。就连爷爷这样的人,他们都不放心,说他有一回,讲过什么自由、民主,就是资产阶级分子,其实他只是讲的'五四'时候,引用了别人的话。爷爷那样谨慎的人,都成了问题。唉,我就在这样的环境中,做个浮上水的人,现在才感到白白送了我的青春,要想从头学习,总觉得迟了,迟了。"

这说得很真诚,一向的骄傲,了不起的神情,什么事情都要发表一通意见,高人一等的样子,全然没有了。再加流露出悲观的情绪,有着孤苦无依的绝望神色,使龙进不能不无动于心,但他并不表示出来,只是尽力平静地说:"你还年轻,不要说得这么悲观。一切都可以从头做起。首先要鼓起勇气!我喜欢德国伟大的诗人歌德,他说得好:

'你若失去了财产——你只失去了一点儿,

你若丢掉了荣誉——你就丢掉了许多,

你若失掉了勇气——你就把一切都失掉了!'

龙进念完这首诗之后,就又说道:"你总比我好嘛!我在那些日子里,你是晓得的。爷爷又给我打气,叫我读歌德的书,要我提起勇气,任何困难中都要活下去。除非他们枪毙了我,消灭了我。"

韩芳满含眼泪地说:"我不是没有勇气。我今天正因为有勇气,才向你说出这些话来。我还想过,你会听我诉苦的话吗?你会冷笑我吗?你会听也不听地走开吗?当真,一想起以前的蠢事情,我就失掉了勇气,不敢向你讲话。今天听见你,愿意让我跟你去外国,我才鼓起了勇气!敢向你讲讲心里的话。"

龙进饱带同情的脸色,望着她说:"我也看出了,你不是没有勇气,只是勇气里太多了悲观。"

韩芳摇下头说:"我没有你那样乐观。因为还有些事情,你不知道,比如说,邬敏和她的父亲,都变得很快,一下子又是领导人,可他们心里怎样想的,你都不知道。我告诉你,邬敏有天悄悄告诉我,说她父亲说的,这样资产阶级自由化的日子,不会长的,要注意一些人在讲些什么,将来搞运动,跟他们算总账。"

龙进惊异地说:"啊,还要来运动吗?"随又笑起来,小声地说,"没有什么可怕的。"但脸色却变了,赶忙去扯刚刚发芽的水草。

韩芳又小声地问:"你同邬敏还讲过什么?有没有讲以前的事情?"

龙进把扯到手上的野草抛往远远的沟边上,然后回答:"她同我没谈什么,只谈她没有专业,要提起勇气学习,我看她精神状态很不错。"

韩芳冷笑地说:"邬敏,你还看不出来么?她总以为这里的江山是他们邬家的,上面领导换去换来,都会紧紧跟上。"

龙进不安地说:"这怎么好呢?"他又有远走高飞的想头。他想起俗话说:"若要人不知,除非己莫为。"自己搞写作的秘密能永远保守得住吗?看来韩芳是不会说了出去,但万一有人漏出呢?料不到的原因,是多而又多的。

韩芳毅然地说:"今晚上就赶快写封信,让我们远走高飞,离开这个地方。"

龙进愉快地点一点头。

十四

发掘出了古代灿烂的文化

一个明月的夜晚,树影像水墨画似的,画在地上,给人清新凉爽的感觉。一些乱草堆,一些落在地上的柴草,已给阴影收拾去了,不像白天惹人厌烦。爷爷拿张矮凳坐在屋前橘子树下,叫龙进陪他闲谈。爷爷说:"你到外国去,我很喜欢,俗话说得好,男儿志在四方。只是有些事情我不放心。"

龙进明白要讲重要的事情了,不像往天夜晚上随便谈谈而已,便注意起来,心想可能要讲韩芳,因为舅母和婆婆都有明白的表示。但爷爷只是左手握着长的竹子烟杆吸烟,右手则拿扇子扇蚊子,没有讲话,仿佛一时难于出口,正在沉思。龙进忍不住说:"爷爷,我都写信告诉爸爸妈妈,说韩芳也要去,要他们答应。"

爷爷沉静地说:"这很好,芳芳,很聪明,该出去学一点东西。"

龙进看见爷爷还在思索,有着放不下心的样子,看来还要讲别的,就不好走开,只好坐着。爷爷取下烟杆然后说道:"我读过一本讲杭州西湖的小书,有好些都忘记了,就是有一副对联,还记得很清楚。"

龙进知道爷爷爱读书,古今中外,什么杂七杂八的书,他都看,今晚谈到记载杭州西湖的书,并不觉得新鲜,只是为了不扫爷爷的兴,也装出有兴趣的神色问:"爷爷,你讲什么对联?"实际上,他对于对联,更加没有兴趣。

爷爷吸了一会儿烟才说:"杭州西湖有座苏小小的墓。苏小小是个有名的妓女,死时很年轻。一些文人学士哀悼她,在她墓上立个碑,刻了一副对联。我今晚上，又记起这副对联，忍不住要同你谈谈。"

龙进听见这里面可能有些故事，引起了一点兴趣，便催促地说："爷爷，你讲嘛，这对联……"

爷爷说："上联是'流水落花春去了'下联是'油壁香车不再逢'这都是宋人的词，安排在这里，使人读了，有着说不出的惆怅，但那诗情画意又令人着魔似的。你细细体味，你就会领略到文字的魔力。如果直书其事，就只是说苏小小死了，索然无味。这就把文学作品和一般文字写的东西，画出了分界线。一首诗，不是直说诗人心里的话，是要把心头的话，寄在自然景色里，让人看见，犹如身临其境。油壁香车是苏小小坐的车子，经常出现在杭州西湖地方，用以代替了苏小小，这就更加显得具体一些，也真实一些。因为苏小小不是抛头露面，出现在杭州西湖。我读了很多古代的诗词，略略体会其中的精髓，既要真实，常常见到，又要使真实富有诗情画意。"

龙进听了这番话，引起了极大的兴趣，欢喜地说："爷爷，你这一说，一下点醒了我。我一向读人家的作品，为什么有的读了，没有味道，有的读了，其味无穷，说不出道理，这下可明白了。爷爷，你讲的那些诗词，哪里找得到？"

爷爷点头微笑地说："我就是要你读读这些书。"

龙进惋惜地说："原来县文化馆有这些书，全部烧了。省城图书馆倒保存下来，可是如今还贴着封条，不让人看。哪里找得到呢？"

爷爷高兴地说："要读我们古代人留下的文学作品，这都是我们国家的宝贝。你不搞笔墨工作就算了，你要搞下去，就要好好地搞，吸收我们古代文化的精华，发扬中国文学的优良特点。"

龙进感叹地说："爷爷，现在哪能找到呢？一提起古代的文化，就好像看见一大片沙漠，别的什么也没有。"

爷爷站起身来，然后向龙进说："跟我来！"

龙进惊异地说："爷爷，到哪里去？"

爷爷说："我给你看看古代的文化！"

龙进更为惊奇了：这个家里，甚至这个村里，哪里有什么古代文化。如果说，线装书是古代文化的一部分，那么又到哪里去找这么一本线装书呢？

他跟着爷爷走到一间装柴草的屋子，爷爷叫他拿个手电筒来，然后走了进去。屋里柴草不多，到底还有一些，乱糟糟地堆在那里。爷爷叫龙进把靠壁头的柴草翻开露出石板，又叫把石板移动，露出一个洞。爷爷用手电筒，照到洞里，看见里面一封一封的东西，都包着黑黄的纸封皮。看来纸封皮是用桐油浸过，既防虫咬，又防潮湿，显然保护得不错。爷爷叫龙进取出几包来看，一包是庄子、老子；一包是墨子；一包是韩非子，还有一包，是《诗经》《楚辞》。龙进看了之后，望着爷爷惊异地说："爷爷，那几年不是烧了么？怎么这里还有？"

爷爷愉快地说："各人都有个秘密嘛！这是我多少年来教书节余的钱，一本一本买来的，怎么舍得烧了呢？我看见那些拴红套套的小娃子，挨家挨门找书烧，我几天几夜睡不着，气来病得要死。后来才想起堆柴草这间屋子，石板底下有个洞，是祖先挖来埋东西的地方。那些年，一遇军阀打仗，强盗抢人，就把值钱的东西放进去。解放后，太平了，就一直没有用。人们自相残杀那几年，到处烧书，看来书保不住了，就拿桐油纸包了，藏了进去。这还不保险，又怕人家说，你某人某人，哪个不晓得你书最多，放到哪里去了。这不又要拉来吊打么？我只好把一大堆柴草，放在院子烧，连对你婆婆舅母娘我都说烧的是书，你们娃娃更是相信，说爷爷破四旧破得好。"说到这里，声音有些激动，停了一会儿，又感叹地说："碰着这个时代，你没办法不做假。大家都有个秘密。"随即微微笑了，"正如你自己一样，也会有个秘密。"忽然眼睛一动，又高兴地说："你再翻看一下，里面还有唐人宋人的书。有部《说荟》，什么文章都有。还有《太平广记》，还有《三言》《二拍》《聊斋志异》，你都用得上。够你读几年。"

龙进心目中的沙漠、旷野，都退得远远的了，前人留下的繁花异景，群星似的罗列在整个湛蓝的天空。爷爷见他那样喜悦，打开这包书看，又打开那包书瞧，便说："明天再来细看吧，这全都归你了。"

两个人走出屋子，不再闻那干草和陈土的气味，转到有着柑子、橘子花香的空地上，都有说不出的愉快。爷爷又坐在矮板凳上吸烟，轻轻地说，仿佛带点叹息："我们总算把心爱的东西保下来了。"

龙进喜滋滋地说:"爷爷,我一定要好好地读。"

爷爷说:"你都快要走了,还有工夫读吗?"

龙进沉默地说:"爷爷,我不读那些庄子墨子,我只要读完那些文学书,要花费多少时间?"

爷爷说:"你要写作,又要读书,又要从读书中,得到营养,丰富你的写作技巧,怕一年半载,都太少了。"

龙进沉默了一阵,然后说道:"爷爷,我想,真离不开你。读那些书,有你指点,一定懂得快些。"

爷爷说:"要是早知道,你在写作,我会早就把那些书交给你。孩子,你也太保守秘密了。"

龙进凄然地说:"爷爷,谁想到我们会有这么多的苦难。就是到现在……"

爷爷没有让他说完,就安慰地说:"如今不是好了吗?雨过天晴。"

龙进说:"爷爷,我现在还是不安。到底出去学习呢?还是留在你的身边读完那些书?"

爷爷沉吟地说:"一个人读书学习,为了什么呢?譬如我,到了这把年纪,读读书,就使心里愉快。像读李白的诗,'山从人面起,云傍马头生',就立即看到了高山峻岭,好像我骑着马在山道中,慢慢地走,欣赏了雄伟的景色。又读杜甫的诗句,领会大江的夜色。你看'星垂平野阔,月涌大江流',不叫人如同身临其境么?"

龙进听了,停下了扇蚊子的蒲草扇,神往地说:"真描写得好!"

爷爷点下头说:"你们读书学习又不同了。你们年纪很轻,要干一番事业。你的写作一定要坚持下去。不要心花了,又想学别的,半途而废。"

龙进坚决地说:"爷爷,我一定要写下去,就是雷打火烧也阻挡不了。"一面用扇子着力地打下腿上的蚊子。

爷爷说:"你这股勇气很好,很使我喜欢,你妈妈也是这样的。"停了一下,又转了口气,很温和地说,"有勇气,不够,还要三思而行。你要从你的事业方面,多多考虑!"

龙进望着爷爷恳求地说:"爷爷,你说我该怎么办?"

爷爷了解他的苦恼,深情地盯着他的眼睛,慢慢地说:"我一向的看法,就是要儿孙,都有勇气,不怕困难。走什么路,让他们去碰碰,长些经验。韩芳那几年,蹦蹦跳跳,我劝不住,就想过,让她去长些见识也好!你选择的路一直走下去吧!对国家,对人民都是有用的。"

龙进小声地说:"爷爷,我想出去看看,半年几个月就回来。"

爷爷忍不住高兴地说:"这样我就放心了!我就怕你在那里安家落户,两三代后,连中国话都不会讲了。"说到这里,又脸色忧郁地说,"我还有点担心,他们要留你在身边,让你进大学。你不是以前做梦都想进大学么?"

龙进感到有点苦恼,一时没有说话。爷爷微微一笑,然后语重心长地说:"孩子,我相信你的,你会做得好的,你自己已经走出一条路了。"

龙进沉静地说:"我只是碰着一个好机会,一个好时代,让我走上一条路。我还想过,要还是那几年,要查投稿人的底细,要有工作单位盖章,那不是早就完了。你再写得好,谁也不肯要,谁也不敢要。"

爷爷叹一口气,但又愉快地说:"我一直相信,我们党内总有能人,会领导,会把我们的社会,搞得好好的。那几年,学生写我的大字报,骂我害人精,向他们传染了资产阶级的臭思想。我心里想,你们都吃了迷魂汤,总有一天,你们还是要叫我老师的。果不其然,如今在街上一见面,又叫我老师了。我如果还年轻的话,我还是想当老师。这就是一个人走上一条路,他又喜欢的话,他会一直走下去的。我总喜欢指点出,我们中国人要爱我们中国的文化,通过诗词、歌曲,人人都会喜爱我们的山川原野。真是江山如画,感到生在中国的幸福。我告诉你,不只诗词、歌曲好,绘画、雕塑也好。等几天,我给老师父送东西去,你也去看看,那些五百阿罗汉,真是塑得栩栩如生,还有壁画,真叫人欢喜。对作品塑造人物,大有帮助。"

龙进立即说:"爷爷,我一定跟你去看看,请你老人家指点指点。以前我去看过的,只觉得泥塑木雕,都是迷信。"说到这里,又带感动的声音说,"爷爷,你说到庙子,我告诉你,那时候,我头脑乱得很,还想出家当和尚哩。"

爷爷微笑地说:"还有过这样的想法吗?"

龙进语气沉痛地说:"不只有这种想法,还想过跳水死哩!"

爷爷叹气地说:"唉,那几年,也的确整人整伤心了,好多千古奇冤啊!孩子,你该对我谈谈!"

龙进低声地说:"我就是怕你伤心,怕婆婆妈妈她们伤心!"停会儿,又提高声音说,"爷爷,也靠你救了我!"

爷爷吃惊地说:"我救了你!?"

龙进说:"爷爷,你不总是说,天会亮吗？道路尽管是弯曲的,但总会向社会主义走去。又说,一个人专学一样,铁棒也能磨成绣花针么。又还鼓励我,说我语文好,就该专攻语文,我就这样专下去。后来又加上学英文,越专越有劲。爷爷,这不是你救了我么？"

爷爷赞叹地说:"我早就看出来了。你这个人不多言,不多语,又肯动脑筋,晓得你会搞出一些名堂。我眼力还不错,这点事情还叫我高兴。不然的话,也是白白地当一辈子教书匠,我说,我对你很放心,就是我早看出来了,你这个人有一股勇气,看定一个目标,就直冲上去。"

龙进高兴但又不安地说:"爷爷,我还是有苦恼啊!"

爷爷站起来说:"蚊子太多了,我要进去躺一躺。孩子,你拿出勇气来吧！千言万语说不尽,还是我那句老话:做一个压不倒的中国人。"

十五

古庙里的艺术品

一天的上午,爷爷同龙进、韩芳到山上去,半路遇见邬敏,她也想去看看庙子。爷爷对年轻人是喜欢的,即使动乱那几年,当面骂过他是顽固分子、牛鬼蛇神,他也同他们打招呼,点头微笑。邬敏知道爷爷要去山上的庙子,又见有龙进和韩芳也在一道,便也高兴地说:"韩爷爷,爸爸一知道,你要带头写呈文报到县里,保护我们地方上的文物,他非常赞成。他还说,他同公社负责人谈过,大家都搭个名字。县里文教局一看请求的呈文,定会转到省里啊!爸爸还说,这不只我们县里该保护,还应该定为省文物保护单位,好多支一笔钱维修。爸爸就是会多,说他该去山上亲自看一看,也没时间。他还吩咐过,要我向韩爷爷请示,是不是在呈文上,多请一笔钱。说庙子破坏过,该维修的地方多。"

爷爷笑笑地说:"怎么支书要向我请示哪,我倒该向支书请示啊!"

邬敏亲切地说:"韩爷爷,如今变过来了,上头叫我们重视知识分子,就得照着办哪。这些事情,韩芳没向你讲过么?"

爷爷笑着说:"怎么没讲过?就是我这个人迟钝得很,总是眼见为实。"

邬敏连忙说:"是的,是的。爸爸也说过,要转快一点,拿出事实来。"接着愉快地说,"爸爸还要我转告龙进,下半年就到中学教英文。"马上又向龙进说,"龙进,这件事情,爸爸费了好大的力量啊,跟公社书记,跟文教局长讲过好多话啊。"

韩芳悄声问道:"你也去教吗?"

邬敏小声地说:"我还在考虑啊,怕教不好。英文底子差得很。"

韩芳笑了一下说:"龙进可以帮你的忙嘛!"

邬敏认真地说:"我原想不干的,爸爸说,有龙进帮助你,你就好教了。"

韩芳敛住笑容,问:"你不能去教啊!你走了,谁做支书呢?"

邬敏高兴地说:"爸爸都指定了,要你来做支书。"说完之后,又补一句,像讲秘密似的,小声说,"你可不要先讲出去啊!"

韩芳笑了一下,本想说:"可惜我也要走了。"但想到未成事实,讲了不好。依以往的性情,她也会讲的,但因经过世道大变动,觉得不能过分爽直。再加逐渐感觉到邬敏是有意在拉龙进,这天邬敏的谈话,越发露骨了,便冷冷地说:"我倒不想做团支书,我也想到中学里去,教点钟书。"

邬敏小声地说:"这倒应该帮忙的,就是爸爸感到为难,人情讲多了,就会引起人家说闲话。如今不像以前了,告到上面去,会派人来查的。"

爷爷颇有兴趣地说:"想不到这个戴帽子的中学,一下子又这样吃香。"

邬敏对爷爷诚恳地说:"韩爷爷,如今重视专业了,哪个不想专业一点。"

韩芳感到邬敏谈话的语气,乐观而又坚定,自信心何等的强,很是反感,忍不住戳穿地说:"龙进可要走哪,他的爹妈来信叫他去。"

邬敏心里惊了一下,但是脸上很平静,小声地说:"那真是太好哪!"她一面走,一面想。难道公社不同意,不向上面讲些话,能随便到外国去吗?她向韩芳说:"听爸爸说,申请到外国去,是可以做到的。只是也要层层批准,通过几道关口。"她说得大声,有意让龙进听见。

龙进已经不大想到外国读书,而是只想见见世面,趁机会游历一下。如果申请困难,不出去也可以,他听见邬敏和韩芳讲到他出国的事,就淡然置之,不置可否。只是心里笑笑:"让你们去瞎讲好了。"

走完了平地,就爬上坡去。爷爷走了一会儿,又休息一会儿。邬敏要去扶他,他笑笑地说:"让我锻炼下子。年轻时候,总爱爬山,现在老是走平路不好!"

邬敏赞叹地说:"韩爷爷,你身体真好!要是我们到你老人家的这个年纪,怕路都走不动了,还不说爬山。"

爷爷喜欢同人谈话,只要你不在他面前现出看不起老人的样子。邬敏是会讲话的,也会团结人,对人很细心。她奉承地说:"韩爷爷,听韩芳说,你老人家记性好得很,古代的书还大段大段地背得,真了不起。"

爷爷休息的时候,总是朝下边的原野瞭望,露出怡悦的神情。他见邬敏陪在他的身边,说些使他喜欢的话,便忍着喜悦地说:"背得,那有什么用嘛。如今没用了。"

邬敏认真地说:"我听说,外国人也在读我们的古书啊,我们不要小看自己。"

爷爷看了一下邬敏,心想这些年轻人,真转得快啊。他曾亲自听过邬敏和那些青年,演说啊,贴大字报啊,都认为古代的书,是在"四旧"之列,该破该烧的。

邬敏看见爷爷没有讲话,只是看她一下,明白爷爷会说什么,就连忙说道:"韩爷爷,还是你老人家看得远,我听韩芳说过,她讲你老人家,很爱惜古书,又说你老人家讲过这样的话:'不管好坏,前辈古人保留下来了,我们就得好好保留。'这说得多么好呀!"

爷爷用手理理胡子,笑笑地说:"这好什么嘛?"

邬敏抬头望望山上柑林中的庙子,诚恳地说:"那时候,年轻人可真糊涂哪,硬要烧掉这座庙子。幸好没烧哪。爸爸说,现在就要让外国人来看啊。修个招待所,开些铺子,卖些手工业品,会把地方繁荣起来的,又能安排一些待业青年,那多好哪。我约些青年晚上学英文,爸爸第一个赞成。他说,一句外国话也不懂,怎能接待外宾呢。爸爸听说龙进英文学得好,好不喜欢,说是一定要挖掘,不,不,要培养这个人才。"她又望着爷爷的脸子说,"爸爸听说龙进要到外国去,会很难过的。这里留不下人才,他做支书的,可要遭批评哪。"

爷爷不想站着休息了,又走了上去。邬敏又去扶他,他又说:"不要扶,让我自己走走。"

邬敏跟在爷爷后面,一面走,一面望望。她看见除了庙子周围有树林而外,其余的几座山,都是开垦地,形成一层一层的梯田,没有树木。而那些开垦地上,种的玉米和红苕,又长得不好,掩不住红黄色的泥土。邬敏歉然地说:"要是那些树林不砍去,风景可好哪! 现在我就担心外国人看了不满意。"

爷爷忍不住嘲笑地说:"只要我们满意就好了。"

邬敏有点气愤地说:"我看了就不满意,不论哪个中国人,看了以前遍山漫野,都是黑压压的林子,再来今天对照一下,真会气破肚皮。"

爷爷忍不住笑了,他心想:"你们不是要万众一心,向大自然夺取粮食么?"

邬敏只望见韩爷爷的背影,觉得他的沉默,就含有责备。她说:"有什么法子呢,响应上边的号召嘛!"

爷爷本想说:"你们干了多少蠢事啊!"但忍着了,只是笑笑地说,"看来还可以栽上树子。只要有决心,几十年后,还不是一幅好风景,那时候,外国人会接连不断地来。"

邬敏笑起来了,笑着说:"那时候,怕我们这些人也不在了。韩爷爷,你这个人真是乐观得很,心胸开阔。听韩芳说,你从来不说灰心话。我们真要向你学习!"

爷爷笑着说,又停下了脚步:"你们不知道,连你父亲,也不晓得,我们年轻时候,国家不像国家,洋人在中国,到处横行。军阀打内仗,国民党拉壮丁,闹得乡里鸡飞狗跳。个个人苦够了,忧心忧够了,气也叹够了。到了老年,看到国家强了,又遇到今天的好日子,真像今天的天空一样,晴朗朗的,没有乌云。"

邬敏望着爷爷的眼睛,侦查似的问:"遇着有些事,你不激动么? 比如说,龙进是在你眼面前看着长大的,他走了,走得远远的,你觉得好过么?"

爷爷静静地说:"当然难过。"随又笑着说,"只要想着,他一个年轻人,应该有他远大的前程。只要替他一设想,就没什么难过的。总之,一个人不老是为自己打算,就好办!"

邬敏点点头说:"你老人家真是心胸开阔!"随又问道,"你老人家可以叫女儿女婿回来嘛,如今我们搞四化建设,正用得着他们在国外学过的专家。同时,一家人团聚在一道,多么好啊!"

爷爷怡悦地说:"是的,我要写信叫他们回来,我确实想看他们一眼。还有,他们会高兴回来的,今天我们的国家,不比以前了。以前,你怕不晓得,八国联军破北京,英法联军破北京,走到亡国的边缘。后来日本又占了大半个中国。叫人真难受极了。如今哪个敢欺侮我们?他们在外国的中国人,哪一个人又不高兴?他们会回来的。"

邬敏高兴地提议:"最好让他们就在省城里做事,你老人家可以一道去住。"

爷爷又走了起来,一面说:"我还是喜欢这个地方,有山有水,有田有地,常年四季都能种下东西,出产丰富,世间少有,从小住到现在,就是舍不得离开。"

邬敏沉默地跟在后面,又四下望望,只见龙进和韩芳,落在后边,正在谈着什么,便向他们打招呼:"走快点哪。"等他们来到身边,才又说道,"你们在谈论什么,讲得那样高兴?"

韩芳笑笑地说:"我们正谈外国的事情,说外国人不大爬山,总是坐汽车上去,再不然,也有缆车坐。"

邬敏问:"这是你姑妈信上讲的吗?"

韩芳说:"倒不是,是他英文书上看到的。"一面指一指龙进。

邬敏现出领导者应该多考虑问题的样子,郑重地说:"我们应当好好研究一下,为什么我们落在人家后面?一想起来,我们要做的事情,真是多得很啊。我们不能到外国去享现成福,要为我们祖国担起担子。我们年轻人要有伟大的抱负。龙进同志,你说对吗?"

龙进诚恳地说:"你说的,对极了。"

韩芳望一下龙进,看见龙进还是以往那个样子,听话,而又恭敬。她心想,龙进到这时候,还在邬敏面前,没有扬眉吐气,一方面觉得他小心谨慎,一方面又觉得他太胆小了。因而说道:"他就是胆子小哪,你提起要他当中学老师,他就怕。"

邬敏略微吃惊地说:"这怕什么呢。"接着向龙进说,"你还不知道么？如今的学校,再没有学生打老师、斗老师的事情。不然的话,我也不敢去教书。"

韩芳微笑地说:"他,如今不想教书,倒想去读书。"

邬敏闪动一下眉毛,有所领会地说:"是不是要到外国去进大学？"

韩芳立即说:"姑妈他们要他去啊！这是机会难得。"

邬敏装作高兴的样子说:"真是好机会。"于是不言语了,慢慢向山上走去。

快走近庙子,马上感到清凉幽静。到处都有巨大的树子,遮住了太阳光,投下了浓荫。再加山坡高,有风吹过,不像原野里那样闷热。庙里的老和尚迎接他们到后面的客堂喝茶,他欢喜韩爷爷他们的到来。客堂前面就是一个小花园,有兰草,有盆栽的黄杨木,开花的是些月季花、绣球花。客堂里则挂有书画,显得十分雅致。这是邬敏、韩芳都没有到过的地方,她们感到新奇而又惊异,不住地看花看画,爷爷和龙进都来看过,便坐着喝茶。

邬敏赞叹不已,还叫龙进去看。她说:"你该多看看,到外国就再也看不到这些了。"

龙进坐着不动,邬敏便拉他去看画,还说:"听说,外国人最喜欢我们的国画。一幅古一点的画,标价一两千,他们都愿意买。这表明,人家外国人,很看重我们的艺术。"

龙进勉强应和:"是的,很看重。"

邬敏又现出不满的脸色说:"但有的人就是认为外国一切都好,我不同意他们的意见。我们是中国人就要看重中国的东西,爱中国的东西。"

邬敏正在这么说的时候,听见韩爷爷在同老和尚讲话:"你那两幅山水画,我还没有见过,哪来的？"

老和尚说:"破'四旧'的时候,有人悄悄送来,要我代他保管。现在才敢挂出。"

邬敏脸上有点红了,因为破"四旧"的时候,尽管她还年纪不大,却是破得激烈得很。连自己家里有"福禄寿喜"四个字的善瓷盘子,也亲手去砸烂。

她现在听了老和尚的话,就向龙进低声地说:"那时候,我们小学生真是年幼无知,还得怪那些兴风作浪的大中学生,你没法不跟着走哪。现在想起来,真难过极了。"

爷爷又在向老和尚说:"这两幅画的主人,还没来要回去?"

老和尚叹气地说:"听说,有人要这两幅画,暗里怂恿红卫兵,去逼他,打他,折磨死了,也没交代出来。他怕画遭到毁坏,情愿牺牲性命。如今我也老了,只有交给国家保管。"说到这里,又高兴地问,"托你老人家写的呈文,写好了吗?"

韩爷爷说:"写好了,写好了。"他取出衣袋里的呈文和几张写好的字,交给老和尚,然后坐在椅子上喝茶,一面又说,"老法师,你怕还有不少宝贝?"

老法师一面看呈文,一面说:"有的没有挂出来,你都看过的。"

邬敏听见老和尚讲到画的主人,遭到了惨死,随即向龙进分辩地说:"你听出没有?红卫兵背后站有坏人,怂恿他们干了多少蠢事,干了多少坏事,现在我们才一个个看穿了。"

龙进没有说话,只是点头。他觉得不点头不行,怎么能对团支书的讲话,无动于衷呢,韩芳尽管没有同他们站在一道,但却尖起耳朵在听他们的谈话。她明白邬敏会向龙进洗刷她自己,尽量讨龙进的好。如果这在一年以前,她是高兴的,赞美领导会作自我批评,有利于下面的人好做工作。如今却不同了,总引起她的怀疑,认为是有私人的打算在作怪,使她颇为不安。好在龙进有走的机会,不会老待在这个小乡村里,这是最大的安慰。因此,她就能以冷静的头脑,对待这一问题,或者笑一笑,或者嘲弄地笑一下,或者冷冷瞧一下,总之,不断地对邬敏加以注意。有时也插进一两句话。

爷爷有意让龙进看看五百阿罗汉,了解中国的雕刻艺术,引导他更进一步爱祖国的文化,怕他到了外国完全忘记了,认为中国处处不如人家。龙进并没有再看的心情,因为小时候看过许多次了,只觉得爷爷兴趣好,陪他一道,使他高兴而已。至于邬敏、韩芳还认为是迷信,觉得泥塑木雕的存在,可以留给外国人看看,为旅游事业,增加光彩罢了。她们根本不想去看,但为了爷爷的高兴,也就陪着走了进去。

罗汉堂里,有的罗汉降龙,有的罗汉伏虎,气势雄伟。有的伸长了脚杆,一直伸到了海里。有的高举了手腕,一直高到了天空。爷爷指点给龙进说:"这是表现了神话,也表现了人民的愿望,要有征服自然的力量。这用文艺上的术语说来,该是浪漫主义。"

这一解释倒使龙进注意起来,引起了新的兴趣。他想起人民所以要神,就是用来抵抗自然界发生的灾难的。当人民受着灾难的时候,我们求谁保护呢?他们自自然然会想到神,以至自己创造神,发挥他们的想象力。

爷爷在罗汉堂里,慢慢地欣赏,说这个塑得好,那个刻得活。他在有些罗汉面前,停留下来,告诉龙进说:"你看出没有?个个罗汉的形象面貌,都不相同,各有各的性格,各有各的精神。这就是我们的雕塑家,过去喊的老师傅,生活厚实,看了多少活人。他雕塑的时候,头脑里就有许多活人出现。你再细看那些笑的罗汉,有的在欢笑,有的在微笑,有的在冷笑,有的在嘲笑。你看那气愤的罗汉,手指的姿势,都气得有点抖动了。那个欣然而笑的罗汉,手都显得伸展舒适。龙进,你要仔细看啊。每一个姿势,都蕴藏着精神和感情。这在文艺上说来,不就是写实主义吗?"

后来又看壁画,那是释迦牟尼出生以至成佛的故事,其中有好些世俗的人,都画得栩栩如生。爷爷也教龙进仔细地瞧,要从各个人像的姿势和表情,了解他们的心思活动。最后还说:"这值得你花几个月的时间推敲啊!"

龙进经爷爷这一指点,一下心胸大为开朗,觉得爷爷说得很对,应该好好学习,同时也惊异自己以前来过许多次,为什么一点也看不出来呢。他还没有意识到,他之所以听得进去,且打动了他,乃是由于他在从事文学创作,经常描写人的缘故。

出了罗汉堂,爷爷又叫龙进看看雄伟的大雄宝殿和后面园林中的楼台亭阁,并告诉他整个寺庙的布置,就像一部小说,有庄严肃穆的殿宇。有花草盆栽的客厅,有树木参天的林地,有繁花异景的花园,层层引人入胜,处处别有洞天。假如是写小说,就不能只有大殿的庄严。这不值得我们学习么?最后还说:"宗教借艺术来宣传教义,反过来又保存了艺术。我们应好好地学习。"

邬敏和韩芳却一直是听听而已,看见爷爷那样认真地解说,只认为是老年人的偏爱,正如晚饭时喜喝一杯酒,喜吸一袋烟而已。但她们看见龙进那么聚精会神地听,仿佛入迷似的。这倒引起邬敏、韩芳的诧异。她悄悄地问韩芳:"他是不是相信了佛教。"

韩芳装作理解的神情说:"他是很听爷爷的话的。"

邬敏更加小声地问:"你爷爷相信佛教吗?"

韩芳回忆地说:"他入过党,还信什么教呢。只是那几年武斗的时候,他到庙子上躲过。"

邬敏挨近韩芳的耳朵,说:"是不是在那时候,就中了毒?"

韩芳在以前会同意这一指责,现在却不以为然了,反驳地说:"爷爷一点迷信也没有。不然的话,龙进不会听得那样专心。"

邬敏沉思地说:"过去我们了解人的工作,做得太不够了。一切简单化,友人敌人,两个分界线。我爸爸再三告诉我们,现在要改变过来,看人家的表现。我对龙进,真不了解,定要向他多多接近,多多谈话。"

韩芳听了,深深望一下邬敏。

邬敏赶紧申明地说:"这是我爸爸再三再四嘱咐我的。"

韩芳觉得这倒是一句真话,党支书这个人总是眼睛望着上面的。有什么风刮下来,他能很快地跟上,成为紧跟派,永远把权抓在手上,不会丢掉领导的地位。韩芳便冷冷地说:"就是迟了一点。"

邬敏敏感地说:"你是说龙进就要出去吗?"她又接着说下去,"不管这些,教育人嘛,不管三天五天就要走了,也要谈谈。这跟撒种子一样,撒下去,多多少少,总有收成的。古人说得好,与君一席话,胜读十年书。我可没有那样的本事,说些话,就能改变人。可我是个团支书,有宣传教育的责任。再呢,要出国也不容易,要过好几道关,审查来,审查去,最快也得半年。"

这在半年以前,韩芳会频频点头,以为说得很对,现在却在一面听,一面搜寻话里的意思,到底还包藏了些什么。听完之后,便又略带同意的神色说:"是倒是的,出去不容易。"接着笑了一笑说,"龙进这个人,你还不知道么?脾气犟得很,一心要做什么,九牛二虎都拖不动。"

邬敏笑了一下,毅然地说:"哪怕是花岗石的脑筋,也要给它打进去,做青年团的工作,难道怕为难吗?我们就要知难而进。"

韩芳明白邬敏是会有这股干劲的,不禁感到有些害怕,看来她不断地想方设法接近龙进,是不会松劲的。她见龙进同邬敏谈话,一直是恭恭敬敬的,心想龙进是不是也给她征服了。她打算把邬敏今天这番谈话,向龙进谈谈,看他有什么样的反应。无动于衷吗?冷淡,还是高兴?但龙进一直跟着爷爷和老和尚,听得十分入神,好像忘记了邬敏,也忘记了韩芳。这倒使韩芳高兴,但又有点不舒服,她觉得龙进没有把她放在眼里。她希望的,是龙进看得高兴的时候,会向她招呼:"你来看哪,这塑得多么好。"

回来的时候,在下山的路上,爷爷还跟上山一样,走一会儿,又休息一会儿。停下脚时,他会指着山下的田野,以及远处一层层的蓝色浅山,心情怡悦地说:"你们年轻人,要仔细看看,这是我们的家乡。青色的水稻田,绿色的村庄树林,一条条明晃晃的河沟,再远处蔚蓝的群山,山上头淡青色的天空,浮着朵朵白云。这一切都在阳光中显得十分洁净明亮,多么叫人喜爱,叫我走开,我是舍不得的。龙进,你要多多看看这样的家乡。再闻一闻,有着说不出的香味,泥土的香味,水稻的香味,野花野草的香味。"这是有意向龙进讲的。

就在这个时候,远处田野里,在青色海洋似的田野,点缀起,一群缓缓飞着的白鹭,一会儿飞下秧田,藏在青色的水稻中,一会儿又飞上了浅蓝的天空,形成美丽的图画。爷爷高兴地说:"我小时就看见这些白鹭了,一直留在这里,可见它们也和人一样,喜爱美丽的地方。它们有翅膀可以高飞,飞得远远的,但它们不走,为什么?"

邬敏说:"韩爷爷,你真讲得好,给我很大的启发。如今年轻人就是不安心,总是喜欢外国。"她本想说:"崇洋媚外。"她立即忍住了,不想伤龙进的感情。接着用欢喜的脸色说:"韩爷爷,我们开青年的会,请你老人家做报告,教育教育他们。"

爷爷听了,微笑地说:"我这个老朽还有什么用嘛,人家不听啊。"

邬敏奉承地说:"韩爷爷,于今世道不同了。你问韩芳嘛,什么事情都在改变。我们就怕赶不上。过去做了许多蠢事,损害了多少人,现在要改变才好。比如你韩爷爷的组织关系,爸爸那天说,要考虑下子。以前不该那样做。"她说得很大声,一方面是讨好韩爷爷,一方面还望一望龙进,她希望龙进注意到她的话。原来她早就想向龙进讲这些话,但因不好出口,又因不愿在龙进面前,骤然降低自己的身份。可在今天,在尊老的气氛中趁机说了出来,觉得比较适合一些。韩芳也同意她这样的话。连忙说:"是要好好考虑一下啊。爷爷一生最难过的事情,就是这一件。"

韩爷爷没有笑了,脸上现出了严肃的神色,因为要求恢复党的关系,他在"四人帮"倒台以后,提过好些次了。

龙进却没有注意邬敏的谈话,只在专心一意地观看山下田野中,飞上飞下的一群白鹭。这个景色是早已看见了的,只是以往看见白鹭,是在头上飞,点缀在蓝色的天空里。现在看见的,却在脚底下,就像一片绿色的丝绸上面,绣上许多白色的群鸟,显出一番少见的奇景。龙进觉得应该好好地端详细看,储存在记忆的仓库里,以便写作时作为作品的背景。自从他写作得到发表以来,就对自然景色格外注意。这使邬敏有些失望,她记起人家叫龙进是呆子,心想可能有些呆,但学英文为什么会那么好呢?她给龙进看过一本大学才教的英文课本,并要他翻译一段,他很顺畅地翻译出来,使她惊异佩服。于是,她向韩爷爷说:"你老人家耳朵好,又肯听我们年轻人的话,比一些青年都好。"她说得大声有意讽刺一下龙进。

韩芳看见龙进没有注意邬敏的话,心里倒有些高兴。同时她也了解龙进那样注意自然景色,是为了他的创作。她立即感到有种优越的处境,超过了邬敏,使她愉快,不禁微微一笑,还插嘴说:"爷爷,他肚子大哪。人家说,宰相肚子能划船,爷爷,他就有这样的肚子。"这故意说给邬敏听,意思里含有爷爷倒不见怪,年轻人怕就没有这个海量了,譬如龙进他就不听你那一套。这些话,她不好说出来,因为邬敏到底还是团支书啊。

邬敏不理会这些,也不愿加以思索,只觉得自己敢于作自我批评,还怕别人公开的批评哪。至于别人暗示出来的话,更加不以为意。她只是向韩爷爷赞美地说:"你老人家见得多,看得远,我们年轻人确实要向你老人家学习。只要你老人家肯答应,一定要请你老人家给我们青年人做报告。"

爷爷微笑地说:"我头脑里没什么新东西,只装好多陈糠烂谷子,霉气熏人,怕又要挨骂哪。"

邬敏赶忙说道:"韩爷爷,你又说到哪里去了。你今天的一番话,真教育我哪。比如说,你把庙子的建筑,以及泥塑木雕,当成艺术看,当成劳动人民的智慧看,那就说得多好啊。又说,迷信是不好,但由于迷信,却把古代艺术保存下来。还有,还把山林也保护下来。这都是我们眼前的事情,实实在在的教育哪。"

爷爷高兴邬敏这番话,随又叹气地说:"以前我也说过这些话啊。"

邬敏也感叹地说:"那时候,就那股风哪。年轻人的头脑,都吹昏了。"她想她父亲还在说:"那些外国人真怪,偏偏要看那些泥塑木雕,是不是有意要看我们的落后。"而且他父亲还笑着骂:"让你们看吧,只要肯出钱。"她觉得韩爷爷高明得多,便追问下去:"韩爷爷,你是不是学过辩证法?"

韩爷爷喜欢年轻人这种求教的态度,满意地说:"学,怎么没学过?只是退休以来,离开学校的图书馆,多年没书看了,什么唯物论辩证法,都忘得一干二净。只明白一点:研究事实,分析事实,不做空想,不人云亦云。唉,这都是老生常谈啊!"

邬敏想起自从加入共青团,以后又做团支书,听过不少的报告,类乎韩爷爷的话,并不是没有人说,只是听人说得多,自己做得少而已。至于她的父亲,尽管是大队的支部书记,却连这样的话,也没有说过。父亲最要紧的事情,就是注意有没有人说坏话,有没有人来挤位子,上面的人高不高兴。在她的思想上也同意父亲的看法,而且坚决地拥护,因为她也认为丢掉了职位,就再不能扬眉吐气了,谁也不听你的话。但现在世道大变了,逐渐对于有专长或专业的人引起了兴趣,甚至有些尊敬。这也在邬敏心里,发生激动。尤其在她和她父亲统治的小天地里,也出现龙进这样的人,专长英文,而且还有令人震惊的上升的大好机会,更加使她不能不考虑许多问题,父亲那条道路,问题很多,能原封原样走下去吗?再则,父亲也在改变,他要邬敏到中学去做教师,看来他也看出了势头,怕队长书记一系列的位子,保不住了。因此,听了韩爷爷一番话,觉得一个老知识分子,是有他的一些长处,再不能用过去的老眼光来看了,便诚心诚意地说:"你老人家见识高远,我们年轻人真该向你好好地请教,像今天我就长了见识。"接着又叹一口气,"唉,看来韩芳真有福气,她可以随时听到你老人家的高见。"

韩爷爷笑着说:"我老了,有什么高见?那些年辰,大家都唱子教三娘那折戏,难道就不唱下去?"

邬敏脸红一下说:"那折戏唱不下去了,只是让没本事的人胡闹罢了。那些年,我爸爸就反对过。"的确党支书是反对过的,他反对的是怕红卫兵造反派不听他的话。但一旦做了他们的后台,他就可以指挥人斗这个,冲那个,再也不能认为是子教三娘,而是真正的三娘教子。但现在由邬敏来看,则是胡闹。对于父亲也不能认为是真正代表无产阶级的先锋队。

韩爷爷听见邬敏说得很真诚,也不想再说近于讽刺的话了,他到底还是喜欢年轻一代人的。他认为年轻人正是受教育的一代,像乘风破浪的船一样,随时都该纠正他们的航向。他们自己在纠正,不是很好的吗?他是教过邬敏以至她的父亲的书,起初得到尊敬,后来变成冷淡,以至敌视。受斗,受批判,又挨大字报。冲击的时候,他还希望过他们父女俩,替他说点公道话或者在暗中减去压力。最后,才又恍然大悟,原来他们也在暗中捣鬼,干他们的所谓革命事业,韩爷爷那些年只有长长叹口气。而今世道起了大变化,路上遇见,又听见老师这个称呼了。外国来信之后,老师和学生之间的变化,越来越快,越来越大。韩爷爷喜欢这个变化,他常常以教育家的眼光来看一切,只要年轻人一学好,想上进,总是引以为慰的。他诚恳地对邬敏说:"给你爸爸说一声,街上那个小学校,不,现在应该依你们的叫法,戴帽子中学,多买几本书,让我这个退休的老家伙,也能借来看。古话说得好,不进则退,得天天学习啊!"

邬敏忽然想起了一个问题,还回头看一看落在后边的龙进,她向韩爷爷问:"龙进,他专攻一门学问,是你老人家指点的吗?"不待回答,又再说道,"他们跟你老人家在一道,真是幸福。我要是韩芳就好了。"

韩爷爷低声微笑地说:"她就是不听我的话啊!"

韩芳尽管落在后面，却尽量尖起耳朵，听取邬敏和爷爷的谈话。她觉得邬敏羡慕她，是说的真心话，但她认为含有另外的用意，即是羡慕她同龙进既是姑表亲戚，又住在一道。她还骄傲地想："你还不知道他还有更大的秘密，他就是你和我都很喜悦的一个年轻作家啊！"

他们一行人下了山，走到禾苗茂盛，一片青绿的田野里，邬敏分路回家的时候，还对韩爷爷说："老老师，今天真好，又得到你老人家上了一课。"说了这么一种感谢话之后，又再郑重地说，"老老师，我们开青年的会，一定要请你老人家讲讲话。"

韩爷爷摇摇手说："于今身体差了，不能多讲话。"

韩芳也连忙插嘴说："爷爷确实怕开会，不要劳烦他了。"

邬敏说："那我可要常常来请教啊！"

韩爷爷高兴地说："欢迎得很，我们家里个个人都欢迎啊！"

韩芳望着邬敏走去的背影，低声讽刺地说："她这个人名堂多得很。"她又看龙进。龙进正朝走到桥上的邬敏，仔细地望去，他觉得桥两边的绿树浓荫，配上一个白衬衣黑裤子的少女，景色特别好看，是一个不可多得的镜头。韩芳不高兴地说："走吧，站着晒太阳做什么？"

龙进说："你知道，一些好景色，总要仔细观看，不要轻易放过。"

这说得对，龙进确实如此，他的好写作，好描写风景的习惯，又支配着他了。但韩芳却有些疑惑，认为他对邬敏发生了兴趣，不禁有点生气地说："你还要写她么？"

龙进惊慌地说："怎么又提起这个？我不是对你说过，千万不要提么！"

韩芳不肯认错，倒反而嗔责地说："怎么还那样怕，不是就要离开这个是非地么？"

龙进还是警惕地说："你要晓得，有些事情还要为爷爷设想啊！"他一边说，一边走，要赶上走去的爷爷。韩芳觉得只要他不注意邬敏，也就不再讲了。她连忙越过龙进，朝爷爷跑去，跑到之后，就向爷爷说："走慢一点，看跌着。爷爷，你不累么？"

爷爷说："只要心里高兴了，就不感到累。"

十六

又来一封信

　　有一天晚上,韩芳一家人正在灯下吃晚饭的时候,邬敏来了,带来一封外国的来信,她很是喜欢,说她父亲在街上开会,顺便从邮局取回来的。大家要她吃饭,她推辞说是吃过了。婆婆首先递给她一把蒲草扇,叫她纳凉打蚊子。妈妈给她倒杯茶。她们都很看重她,自然由于她是青年的头头,主要还是因为她灵敏,会说话,惹人喜爱。

　　爷爷在慢慢地喝酒,吃着一粒一粒的花生米。他抓一把花生米给邬敏,而且要邬敏挨着他坐,同她讲话。邬敏则注意龙进和韩芳两人在灯下看信,很想知道信的内容。龙进念出远在外国的爹妈,祝贺爷爷婆婆身体健康,以及满意家里人的生活等情况。并说,韩芳要去看他们,他们非常欢迎,可以着手办理出国手续。这使韩芳高兴得要流眼泪,端着饭碗朝厨房走去。一家人也为这个消息激动了,觉得姑父姑妈肯照顾亲戚,真是十分喜悦。龙进不念信了,把信塞进衣袋里,又端起饭碗吃饭。邬敏知道韩芳有出国的机会,很是羡慕,又有点难过,但她为人稳重,并不露在脸上,只是说:"出去看看也好,可一定要回来啊!"她这么说,还看一下龙进。因为说的是韩芳,而实际是指龙进。在她想来,韩芳都能出去,自然龙进也要走了。她看见龙进只顾吃饭,没有注意她的话,仿佛没有听见似的。她就向爷爷婆婆说:"他们走了,韩爷爷韩婆婆,你们过得惯,不难过吗?"

　　婆婆直爽地说:"怎么过得惯哪,我是一直要他们回来的。他们就推说,在教书。是倒是啰,教着书,不好走的。龙进你回个信,叫他们今年回来。你说,我这两个老人,眼睛都望干了,望了几十年了。你再说,我们家里人口少,只剩两个年轻人,不能离开,哪个也不要叫他们走。"

邬敏点头说:"是倒是啰,连我们做朋友的,听着韩芳要远去,心里也很难过哪。韩爷爷,你觉得怎样,也让他们远走吗?"她知道这家人的重要问题,都由韩爷爷决定,必然听听他老人家的意见,而且她希望老人家拿出主张,加以阻止。

爷爷欣然饮酒,笑笑地说:"年轻人出去看看的好。今晚上,我也心动了,我也想出去看看啊!"

婆婆立即责备他:"你简直酒灌多了。全不想想,你多大年纪,还要出去看看花花世界!真是越老越糊涂。"一面把酒瓶子给他拿开。

爷爷醉迷迷地举着空杯子说:"这多叫人高兴!龙进你给我再倒一杯。"他这么说的时候,是在心里真正感到喜悦。他觉得龙进和韩芳一道出去,会自然结合起来,使他心上放下一件大事。

龙进一面吃饭,一面望望婆婆。婆婆说:"不要依他的,依他,一瓶都会喝完。"

邬敏看见韩爷爷那样怡悦,便讨好地说:"多喝一杯没关系,周围团转的人,哪个不晓得韩爷爷酒量大,从来没醉过。"她抓着了酒瓶,亲自给韩爷爷倒了一杯。

爷爷高兴地说:"这些年不行了,多喝一两杯还会醉的。"

婆婆如看见龙进给爷爷倒酒,是会一把抢了酒瓶的,但邬敏在倒,就不好制止了,只好说:"就这一杯,不要再倒了。再多喝一点,就什么酒话都会说出来,得罪了人,一家人就担当不起。"

邬敏放下酒瓶,和颜悦色地说:"如今讲什么话都可以的。上头说,要让人家讲话,了解人家在想什么,事情才好办,该改的就改,该留的就留。韩爷爷,韩芳没给你讲过么?"

韩爷爷笑笑地说:"她讲过的。只是大家有个经验,要看行起来是怎样的。"

邬敏连忙说:"如今是怎样说,就怎样行啊。比如说,只要外国有亲属,请求出国就都批准。"

韩爷爷点一点头,又默默地喝酒。邬敏看一下韩爷爷,又望一下全家的人,都是欢欢喜喜的。因为他们知道允许韩芳和龙进一道出去,看来龙进的父母早已无形中同意了这件婚姻大事。韩芳尽管没有出来,显然是高兴得不好意思,但龙进却是平平静静的,好像欢天喜地的大波大浪,并没有冲击他,毫无一点影响。邬敏望着他感到惊异,心想这个人真镇静哪。同时又记起在一次斗争会上,众人围攻责难之下,他也是不惊不惧的神情,引起过她的好奇心,觉得这个年轻人,有与众不同的地方,再则相貌也叫人喜欢,可惜命运不济。本想责备几句,说他顽固,一副花岗石脑筋,是个死不悔改的分子,也不愿讲了。到了今夜,明白他的前途远大,油然生长了敬意。于是她向韩婆婆说:"还是你老人家主张好。他们回来,一家人团聚多么好啊!如今我们国家,就欢迎那些博士什么的,回国定居。"

婆婆大为高兴地说:"那就太好了。我白天黑夜都在做这样的梦啊。大家围坐一桌,吃哪喝哪笑哪。"接着又敛着笑容,恳求地说,"邬敏,这还得请你爸爸写封信什么的,叫他们回来。你支书都帮忙了,还有什么事情不好办的。"

邬敏赶快解释说:"婆婆,我爸爸不得行啊。这还得找县里头省里头的领导。"

婆婆笑着说:"那还不是一样的。只要你爸爸说了,上头哪还有不答应的。"

邬敏有点高傲地说:"是倒是啰。事情大小,上头总要看支书怎样说哪。"随即郑重地说,"这件好事情,我一定给爸爸说说。于今上头都看重知识分子,我爸爸哪有不帮忙的?"她望一下龙进,"这又要看龙进了。你急于想看父亲母亲,还是愿意等到暑假或是寒假,让他们回来,一家人团聚?"

婆婆不等龙进回答,就自作主张地说:"哪有一家人团聚的好啊。我望我那女子眼泪不晓得流了多少。龙进你赶快回封信,叫他们回来。你就说爷爷婆婆等不得了。再不快点回来,你们也看不见爸爸妈妈。"说到这里忍不住哭了。

爷爷端着杯子要喝,又放下了,轻声地说:"算了,算了,不要说得太远了。"

婆婆又忍不住笑着说:"我真是想疯了。"

邬敏向龙进说:"真该想着他们老人家啊。"

婆婆向龙进说:"进娃子,你今天晚上就写啊。"

龙进一面吃饭,一面点点头。邬敏觉得可以走了,便向韩爷爷韩婆婆告辞回去。婆婆一面叮咛:"千万请你爸爸帮这个忙。"一面又回头看看,"芳芳哩,快去送一下,天这么黑。"

邬敏口里说:"路熟得很,不用送。"但却站在门外,四下望望,希望韩芳送她。

韩芳原是躲进灶房去了,后来又来到吃饭屋子的门外,一面站着吃饭,一面听邬敏和婆婆讲话。她觉得她们说得对,婆婆为了女儿,不知暗中流了多少眼泪,理当回来团聚,但想着自己不能很快出去见见世界,又多么失望。还有一点,叫她很不安的,万一姑妈姑父回来了,定居下来不再出去,那不是一生的恨事么。她觉得刚看信时,一家人都很高兴,对于韩芳和龙进一道走,显然是十分满意的。不料邬敏插了进来,惹起了婆婆的悲痛心情,转成了这个局面,跟自己的希望大大相反,心里很不痛快。一听婆婆找她送客,她就赶快躲进灶房去了。做妈妈的既是喜欢韩芳同龙进

道出国,满足自己的心愿,而又更是高兴一家人团聚的主张,再加邬敏愿意帮忙,劝说党支书,玉成好事,越发感到欢乐。她听见婆婆叫送邬敏,便喜滋滋地走进灶房去叫韩芳:"人家团支书要走了,快去送一截路。"

韩芳本想说:"她会来,就会回去。"可是邬敏已来到灶房门口了,石油灯照出她那满意而又怡然的脸色,红扑扑的,露出了兴奋而又能干的神采。韩芳只好说:"不坐了么?让我来送送。"

邬敏和韩芳肩并肩地走了出去。邬敏讨好地说:"我看回国来定居,可不容易。我们的国家,也欢迎他们,需要他们,就是他们过惯了外国生活,回来不习惯。再呢,他们有工作,也不能丢下不管。还有人家政府批不批得

准,让你请假啊。所以要作两种打算。他们不能马上回来,你们就可以出去看看。"

韩芳原想一句话也不讲的,邬敏这么一说,倒听得进去了,还搭了一句白:"你说的是。婆婆他们不懂外国的事情。"

邬敏放缓了脚步,亲切地说:"要是定了,要你们出去,我爸爸肯定会帮忙的。只要上头一问到韩文峰这家人怎么样,难道还会说坏话么?我爸爸,你是知道的,顶会了解上头的指示,一个劲地跟着走。"

这倒使韩芳感动了,她知道中国的事情,是要党支书团支书的大力支持,他们一句话就能决定一个人的命运。同时又觉得自己过分多疑,看来自己是不对的了。团支书这一席话,不就是大公无私么?她挽着邬敏的手腕,真诚地说:"要是我出去了,我会天天写信给你,把外国的事,一样一样地告诉你,你喜欢什么东西,只要你信里说一声,我一定买来寄给你。"

邬敏笑笑地说:"我看你哪,三魂七魄都早出去了。"

韩芳紧握一下邬敏的手腕,红着脸说:"我哪,缺点就在这里,性子急。"

邬敏平静地说:"我也有这个缺点。爸爸批评过。他还说,急没有用。我问他,怎么改正呢?他说得好,要盯鼓眼望着上头,听上头的话,你就会不急了。要是一个人老是想到自己,就是不只急啊,一天到晚都会怨天恨地的。"

这说得很对,正打中了韩芳这一向来的心病。她原是一个力求上进的人,不断地要端正自己的思想。现在听了邬敏的话,脸更红了,心里很热忱地接受邬敏的意见,连说:"敏姐,你真说得好。"接着又用感慨的语气说:"我真羡慕你,有那样好的一个父亲,常常得到教益。"

邬敏笑着说:"一个人再能干也不行哪。你真的走了,团方面有多大的损失,我一个人也不好办啊。"

韩芳很喜欢这些话,但又问道:"你不是打算去中学教书么?"

邬敏沉思地说,还停了不走:"我当然要听组织的吩咐,不会随便离开岗位的。"这说得很郑重,显然针对着韩芳在讲。沉默一会儿之后,又轻声地说:"变动太大了。注重专业也是来自上面啊,你不能不想一下。当然,我爸爸好,他想得快,他说,你要准备到学校教书,搞什么专业,你就赶快攻它。他还说啊,'总之,眼睛放亮一点,耳朵放灵敏一点,不然的话,要吃大亏。'我想来想去,只有专攻英语。"

韩芳叹息地说:"唉,我没有专业不说,还不知道该攻哪个专业的好。"

邬敏拿出领导者的口气说:"我主张你学英语,不要犹豫了。我还记得那天晚上,龙进再三再四要你学英语,我就看出了他眼光远大。"

韩芳不愿意听她称赞龙进,就故意说:"可他心眼儿狭窄哪。"

邬敏不以为然,认真地说:"我倒没有看出来。他这个人的好处,就是不记仇。"

韩芳觉得邬敏说得对,龙进在邬敏面前,一直是恭恭敬敬的,但她要破除邬敏头脑的好印象,就尖声地说:"他这个人,是心里做事,计较得很,一点也不显露。"

邬敏吃惊地说:"啊,我倒没有看出来。"接着又说,"难怪我爸爸这样说,有些人也要提防啊,他们把仇恨埋得很深很深。"

韩芳立即感到,这样一来,可对龙进不好了。她知道龙进为什么用假名发表文章,首先就是怕党支书那一家人知道,尽力设法装成一个老老实实,不多言,不言语的青年。她今晚对邬敏一讲,岂不是近于告密么?她觉得有些狼狈。随又假装微笑地说:"我说他心里做事,并不在为人方面,只是说他专攻学业这点上,从不向人讲出来。"

邬敏高兴地说:"对了,你的看法跟我看的,正是一样。龙进这个人,我早看出他有志气,有毅力,要人比啊。"

这种从邬敏心里出来的赞美声音,使韩芳不安,觉得邬敏不断地来,又亲自送信(她从来没有给人家送过信啊!),显然是有一个目的。韩芳难受地想:"这只有傻瓜才看不出来!"但她不能再照刚才一样,想些话来,故意丑化龙进。她只有再进一步试探下子,邬敏心里对龙进,还有什么打算。她勉强笑着说:"看来龙进简直可以入党了?"

邬敏爽快地说:"早就该入党了,我就要做个介绍人。我还要检讨一下,这算迟了一步,主要由于我不够积极。韩芳,你也不够积极啊!"

韩芳倒高兴说这一句话："是不够积极啊。如今再积极也来不及了。"

邬敏颇有信心地说："管它的,我们应该尽力做去。"说到这里,又用手拉一下韩芳的手腕,要她注意,轻声地说,"再说出国要批准,也要一年半载,不会一下子就走掉。"

韩芳晓得邬敏这个人,聪明灵敏,要团结一个人,便现出迷人的笑容,说话也很体贴入微,一股热情,会使对方十分感动。有时又冷静起来,你会觉得她坚强有毅力,敢作敢为,是个好的领导。做团的支书,韩芳是佩服的。但在这一夜的谈话中,却有了另外的感触,像个敌人似的站在对面,引起了疑虑不安。她不能说"龙进不会入党的"来抵塞她,只能说:"那就看看嘛!"

邬敏有点责备地说:"韩芳,你不要跟着头脑发热啊!"接着又笑了,"好韩芳,我离不开你哪!我常常有个梦想,我们一道搞团的工作,搞不成了,我们就一道去教中学,我们永远在一道。"

这些话,在以前,韩芳会觉得很中听,现在却认为有些好笑,便有点讽刺地说:"当中学教师,我不配啊,再说,也去不了。"

邬敏低声着力地说:"只要我爸爸跟校长讲一声,他就会规规矩矩送上聘书。"

韩芳全没有当中学教师的心思,只当成讲别人事情那么地说:"什么也不会,哪能当中学教师。"

邬敏很有信心地说:"你还可以在学校里当会计嘛。"

韩芳说:"学校早有会计了,并不需要人。"

邬敏反驳地说:"这很容易嘛,把原来的会计调走就是了。"

韩芳在先前会觉得这是组织的威力,感到自己能跟邬敏站在一道,值得骄傲,庆幸自己也有了势力。现在则敏感到有某种可怕的东西围在身边,形成一个威胁的圈子。这难怪龙进要用假姓名发表作品,而且隐瞒得那样紧,并不是没有原因的。同时,也进一步了解龙进了,他有火热的心,要借文艺作品写出他不满意的事情,但由于十年动乱的教训,又不能不隐姓埋名,保护自己,这种苦衷引起了她的同情。她只是说:"我爸爸正计划,承包那片山坡地,种苹果,种广柑,我就跟着搞这个专业算了,别的都不去想了。"

邬敏赞美地说："这倒是个好想法。那天到庙里去,看见坡地庄稼长成那样子,真是得不偿失,干了蠢事。你要人家来旅游,总得要有一片好山林。"随又换过语气,小声关切地问,"你不想到外国去么?"

韩芳听到这点,很高兴,她立即忍着,故意表示怀疑地说:"晓得上面批不批准?"

邬敏同意地说:"是的啰,就要看上面的了。"接着拉下韩芳的手腕,用着坚信不疑的口气说:"只要我爸爸说几句话,没有批不准的。上面一直相信他。讲到大队上的哪一件事情,不管他上面来了什么人,都得听爸爸的。韩芳,不用担心,我们两个还有什么说的。你尽管说,有我在这里,什么事都会给你办好。我赞成你,出去要他半年几个月。我不要你什么的,我只要你回来。韩芳啊,我的好韩芳,没有你在身边有说有笑,我真是提不起劲,什么事情也干不出来。韩芳,千万要回来啊!"

邬敏这一番话,真诚而又热情,韩芳听了,十分感动,她双手拉着邬敏的手说:"我不会忘记你的。你每一句话,每一个字,我都不会忘记的。"

邬敏趁机说道:"我还有个希望,希望你走慢一点。"说到这里,又不说下去了。

韩芳恳求地说:"好姐姐,你说吧。你要我做什么,难道我还不答应么?"

邬敏怡悦地说:"韩芳,你这个同志,就是这点好!我们从小长大,没有吵过架,抬过杠,连脸都没有红过。这就是你通商量,想得开,什么都听得进去。"

韩芳高兴地说:"我怎么不听你的呢?你比我长一两岁,书比我读得多,又有那样的好爸爸,在面前指引道路,谁又不听你的。你快说嘛,你要我做什么?"

邬敏笑着说:"这于你也好,这不只学好英文可以教中学,你到了外国,也不至于当哑巴。"

韩芳醒悟地说:"你是说,留下一年半载,我们都一道学好英文?"

邬敏喜欢地说:"韩芳,你就是这点好,又聪明,又听领导的话。"

韩芳听见这一请求,在以往是会全心全意地接受,现在尽管口头上答应了,但心里却产生了怀疑,是否还有别的用意。她只得说:"这还得同爷爷婆婆商量啊!"

邬敏和悦地说:"对了,这该同他们两人商量。"她认为爷爷婆婆是主张女儿女婿回来团聚的,所以赞成韩芳去同韩爷爷韩婆婆商量。

韩芳不想再送了,在回来的路上,渐渐了解邬敏的用意了,恍然大悟,"啊,她是要留下他的。"一面走,一面生气,还在心里气愤地想:"真是你们邬家的天下么?我才不相信啊!"

十七

月光照进窗子

韩芳回去的时候,迟出的月亮,已把清辉泻到屋前屋后了,树枝树叶印在地上,绘画出各种各样墨黑的花纹。吃饭那间堂屋,已经吹灭了灯,月光却射了进去,形成一片长形方的光影。爷爷还照往天一样,坐在靠壁的地方,低吟他能记得的唐诗和宋词。这对韩芳来说已是习惯了。她这夜回去想同爷爷谈谈出国的事情,便在堂屋门口站了一会儿,让他念完一首再问。听见爷爷正在念:"独坐幽篁里,弹琴复长啸。深林人不知,明月来相照。"念得很慢,听那怡悦的声音仿佛进入另一世界似的,不忍打断他的梦境,只好站一会儿才问:"爷爷,信在你那里吗?"怕爷爷听不清楚,还补说一句,"就是姑妈来的那封信。"

爷爷说:"龙进拿去了,在他那里。"接着爷爷又低吟起"床前明月光"的诗句。

韩芳刚才没有看信,只听龙进念了有关她的句子,知道她可以出国了,便躲到灶房去,让自己被欢喜压倒,流泻快乐的眼泪。现在渴欲细看一下信,并下决心,快点出国。

龙进正在煤油灯下铺开一张信笺,并未动笔,父母的来信,则放在旁边的。韩芳轻手轻脚地拿信看,尽量不打扰龙进。韩芳看完姑父姑母的来信,就问龙进:"你怎么还没有写?"龙进摇摇头说:"我还在考虑啊!"

韩芳有点惊异地问:"这还考虑什么呢?"龙进拉开抽屉,取出一封信来,递给韩芳:"你看看吧!"

韩芳坐在灯下,仔细地看信。龙进还指着他画过红线的句子说:"你看看!"

韩芳并不照他说的,先看打红线符号的文句,而是带着侦查的神情,细细地研究。来信人是谁,住在哪里,和龙进有什么关系。这些弄明白之后,才留神看那画过红线的句子。原来是抄的一篇评论文章,文章说:新出现的青年作家沈云,以好些篇优秀的作品,吸引了成千成万的读者,这是值得祝贺的。但我们也要爱护他,鼓励他的优点,指出他的缺点,好叫他一直茁壮成长,扶摇直上,不要半途夭折。我们评论工作者,出于内心真诚,看出他一系列的优秀作品中,渐渐滋生了弱点。第一是同样性格的人物,在前一篇作品中活动,又在以后的作品,再次出现,暴露出作者对人物的研究和了解,已不够丰富了。第二,生活气息在作品中,渐渐淡了,开始有了矫揉造作的痕迹,有的一两篇,简直是生搬硬造,看了令人感到索然无味。第三,老是通过年轻人的恋爱关系,揭露社会生活的缺点,是应该变了,要扩大生活,从生活深挖下去。找出新的内容,写出新的人来。为了爱护这个新起之秀,不能不敲起警钟。到了这里红线没有了,但韩芳还是看了下去。信上又说还有一篇文章,指出作者的语言,虽然丰富,还不够精练,应尽量学习人民的语言,找寻那些生动的口语。韩芳看完之后,笑笑地说:"这由他们说嘛,有什么了不得。"

龙进却十分不安地说:"人家讲到了要害地方,开初看了信,简直叫人睡不着觉啊。"

韩芳还是不以为意,劝慰地说:"话由他们去说吧。有的人,就是他做不了的,偏偏要逞能,说这里不对,那里不行。你气破了肚皮,他才高兴哩。"

龙进说道:"人家讲的,正点破了我的缺点。我再三再四想过,正说得对。我要听这样的话。"

韩芳有点好笑地说:"他们说得对,你可以斟酌下子。有什么了不起的事情,着急成那个样子。他们说的什么生活哪,人物哪,语言哪,慢慢注意就是了。"

龙进这才点头说:"要注意这个,得费很大的功夫啊。在家也好,赶场也好,尤其是赶场,就得好好地看,好好地听,不要随便放过,弄成视而不见,听而不闻。"

韩芳讨好地说:"我觉得你早在这样做了,来个客人,以至隔壁邻居,你都在尖起耳朵听,又上下左右地打量人家,这不就行了么?"

龙进高兴韩芳这番话,觉得她为人灵敏,好多事情,都看到眼里,并不只是随风倒而已。因此诚恳地说:"我所以叫你看这封信,是想说明我不能出去,要苦修苦炼。"

韩芳有点醒悟地说:"你这个打算好是好。难道出去一年半载,就会耽误什么哪。"

龙进下决心地说:"你可以出去一年半载,看看世界,我可不能啊。就像一只船一样,正过险滩,要拼命一下。一个不小心,一个不上劲,就会倒退几十里。船还可再上滩,第一回不成,第二回再干嘛,机会多得很。人么,一错过,就再也追不回来。俗话说得好,一失脚,便成千古恨。又说,少壮不努力,老大徒伤悲。"

韩芳认为说倒说得对,但并不那么严重,只是笑着说:"到了外国,你也可抽出一些功夫搞写作嘛。"

龙进觉得说一半天,她还没有了解他的心意,便着力地说:"我这搞写作的,就像一条鱼一样,离不开本国的人民,尤其离不开农村的人民,一离开就等于离开水了。我正在努力的时候,一时一刻,也不能离开。"

韩芳沉默了,随又叹口气,神色黯然。停一会儿,又注意地看龙进,想从他的脸色,是否可以看出另外的用意。龙进那种坚决的神情,正如以前被斗的样子,什么也不能打动他,改变他。韩芳觉得他的可敬处,就在这点上头,而他的可恼处,也在这点上头。邬敏曾私下对韩芳讲过:"这个人,你去对付吧,真难办得很。"韩芳曾劝龙进承认一些错误,例如生来就是根子不正,满头满脑,都是资产阶级思想,走白专道路等等。但这些话,只使龙进沉默。韩芳明白那些时候都劝不转,现在更不能打动他了。这简直是钢铁一样的人!

韩芳走回她的房间，几竿竹影，正和明月，投射进来。她没脱去衣服，只是随便躺在床上，大睁着眼睛，心里涌出无限的思绪。她想，向他屈服吗？他要怎么办，就怎么办吗？他有他的事业，他有他的打算，他要走的道路，九牛二虎都拖不回来。我呢，看见的，听见的，都叫人失望。一家人，没有一个懒惰，没有一个人乱吃乱花，可那日子就是不好过，钱紧得很，不够买东西。正和一些青年一样，总觉得外国一切都好，到外国去看一看，或者在那里工作，就是一生最大的幸福。邬敏也有这个想法，但她偶然说出之后，又立即加以驳斥，说是我们不能崇洋媚外。但有时邬敏又说："出去看看这个福气，还是应该有的。"有时又向韩芳大为羡慕地说："你有这个亲戚多么好呀！"现在机会来了，就一个人去吧，怕什么呢？可是，却也使她惊异，为什么离不开他啊！她从来没有感觉到，他会有这么大的吸引力，她看见了他的事业，明白了他的前途，是布满了灿烂的云霞，而且来得非常骤然，一下子震动了她，叫她欢喜若狂。只有同他一道才是快乐的。一见有女的同他接近，或者表现出一些对他的羡慕，她就受不了，同邬敏起了隔阂，正是由于这个原因。因此，也就自然想到，不能走了，让邬敏去亲近他吗，不行。然而，不趁此出去，可能一辈子也没有这个机会了。那么，再向龙进讲讲，劝他回心转意，一道出去几个月，不是应该的么？韩芳觉得，她要鼓起勇气，把他改变过来。她这时感到龙进也有听人劝的地方。他在读小学中学的时候，非常听老师的话。龙进爱在河里游泳，老师说出河里游泳的危险，没有大人一道，会出事情，他也就不再一个人下水了。她又听婆婆妈妈都讲过，龙进小时候就像女孩子，那样沉静，不像男孩子那样，跳进跳出，爱吵爱闹、大人盼咐他怎样，他就怎样。为什么现在变了？但是婆婆妈妈以至爷爷爸爸，都还是认为他，压根儿就没有变，一直是听说听教的，感到他变的，就是她一个人，今天晚上，就像骑着自行车一下子碰着了万丈高的岩石，又像飞驰的大船，搁浅在一望无垠的沙滩上了。想来想去，家里人没有变，变的就是自己一个人么？想到自己确实在变，也不免为之震动。她这些年一直坐在邬敏驾驶的船上，走东走西，她都没有想过，邬敏和她的爸爸都是对的，跟着他们走，就是干革命，就是人生最大的目的。"四人帮"倒了，时势变了，邬敏他们又说相反的话了,她仍然觉得是对的,还佩服他们之所以能做领导,就是会紧紧跟上,无论向前向后,转左转右,都应付自如,不愧是些好的领导。她一心跟着走就是了。不料这只大船上突然搭进一个旅客,以前是不受欢迎的,现在却得到船长的特别照顾,这才逐渐感到不对头,甚至很有些不安,毛骨悚然。她更加明白地觉得,邬敏比她聪明,比她能干,有势有权,后台强大,尽管她不想再继续搭她邬敏的船了,但却不能叫人跟着自己走。像龙进这样的人,可说是坚定的了,刚强的了,但邬敏邀请他上船,他还没法拒绝,而且在邬敏面前,仍然毕恭毕敬。她从来没有这么复杂的思想,只一味跟着人家走。如今醒悟了,可是一下袭来的,是惆怅,也是痛苦。一想到龙进不跟自己一道走,就会难受。她想来想去,只有再同龙进谈谈,叫这块顽石低头,高山让路。韩芳自信,她还能鼓起勇气,战斗下去。月光和竹影都退到窗外去了,没有点灯的屋子里,一片黑暗,但她的心境,却明亮起来,因为她还没有失掉勇气。

十八

风　波

又到了一封外国来信,这回是韩芳亲自从镇上带回来的。内容是讲今年寒假期间,姑妈姑父要回国来看看。她在路上就一面走,一面拆开来看。接着念给全家人听,个个皆大欢喜。爷爷在吃晚饭时候,多喝两杯酒,有点醉了,他乐呵呵地说:"今年是大喜年,好日子都凑在一道。要是他们回来的时候,再把龙进跟芳芳的喜事,一道办。那我就放心了,再没有什么事情挂在心上。我现在还在想,该同他们商量一下。"

韩芳听见爷爷这么说,一脸通红地端着碗,跑到厨房去了。这是她非常喜悦的事情,正希望爷爷出来主持,但却不好意思在场听下去。

婆婆高兴而又坚定地说:"哪有不答应的?孩子从小就丢给我们,就什么都托付我们了。等两天,我就上街去,给他们看看衣料子。"

妈妈也快乐极了,但又自作主张地说:"依我说,该先到县城去看看。那里的百货商店,东西才算多啊。听他们说,一进去都会给你眼睛看花。如今又不像以前了,他们钱都汇来了,该用在他们身上。"

龙进原也是非常高兴,觉得父母回国,这样一来,对自己正是求之不得。再对家里人来说,也是全家日盼夜盼的喜事情。但一听爷爷的话,明显地要在今年成亲,却使心里震动起来。他感到韩芳近来竭力向他接近,像一团火似的烧了过来。一同他谈话,就露出忍不住的喜悦,有着从来没有过的亲密气氛。女性的魅力,和着脉脉含情的眼波,和红喷喷的脸上光晕,使他沉醉。

但也使他惊醒,甚至觉得害怕,还暗中叫道:"千万不要进一步啊!"今夜听了爷爷的话,震动之后,脸色变得灰白,赶忙低头吃饭。大家吃完饭后,看见爷爷单独留下了,龙进就拉着爷爷的手,小声地说:"爷爷,你到我屋里去坐一下,我有话给你谈谈。"

爷爷醉迷迷地说:"好,同你谈谈。"便由龙进拉着,走出吃饭的堂屋。

在过道上,遇见了韩芳。韩芳关切地问:"爷爷,你到哪里去?"

爷爷欣喜地说:"我要跟进娃子两个人谈谈。你也来谈谈嘛!"

韩芳看一下龙进羞怯地说:"我不去。"但她转一个身,就躲到龙进屋背后的窗下,去偷听。她知道爷爷会同龙进谈论什么,但却乐于句句都能听见。

龙进对爷爷说:"我那几年的事情,爷爷,你怕不知道。"

爷爷坐好之后,打起精神地说:"你说嘛!"

龙进低声地说:"那几年就是上初中的时候,你老人家都退休了。"

爷爷唔了一声。

龙进有点不好意思,但还是鼓起勇气说出来了:"我有个同学和我很要好,是个女同学。她很用功,样样功课都行,就是英文差一点。我给她补习过英文。"

爷爷注意地问:"芳芳认识她吗?"

龙进说:"不认识,芳芳那时候在读小学。"

爷爷问:"她的父亲是谁?"

龙进说:"叫朱靖云。"

爷爷回忆地说:"听说是个大干部哪。如今在哪里工作?"

龙进说:"听说死在'五七'干校。"

爷爷又问:"她的妈还在吗?"

龙进说:"没有了。'文化大革命'中,当场心脏病发了,死在会场上。"

爷爷感慨地说:"真可怜,这女子如今在哪里,靠什么生活?"

龙进说:"她还有个哥哥,都作为回乡知青,靠他们的叔父,种田过日子。"

爷爷点头说:"这也很好嘛,种田过日子。如今这样的青年多啊。"接着又开导地说,"过去在学校好过,毕了业,各自东西南北,谁也不管谁了。我教了几十年书,这些年轻人,我见得多了。有些人好得了不得,毕业的时候,还哭哪。又怎么样呢?还不是几年以后,连信都不通了。龙进,你这个人,太老实,又有点迂,老想着过去的感情。我问你一句,这些年,她为什么没有来我家一次?不是跟一般同学一样,在学校里好得了不得,毕业后,也就都忘记了。"

龙进苦恼地解释:"她是残废人,有一只脚杆断了,走不得路。"

爷爷惊异地问:"残废人?怎么残废的?"

龙进凄然地说:"'文化大革命'中打群架,搞武斗,逼得她跳楼,跌断了脚杆。"

爷爷摇摇头,叹气地说:"胡闹,胡闹!"随又转成严厉的口气,"这样,我是没有怜悯心的。咎由自取哪!"最后,又小声冷冷地说,"龙进,不能不说你太迂了一点!"

龙进沉痛地说:"爷爷,听我说嘛,不是我迂。我告诉你,她跳楼,完全是我惹起的。"

爷爷惊异地说:"为了你?你且说清楚一点,让我给你分析分析。"

龙进说:"爷爷,你晓得的,大家认为我成分不好,还骂我是叛国贼的儿子,我不承认,又不向他们低头,他们硬要打死我。他们打我,我也打他们。他们人多势众,把我打得死去活来。就是她站出来救我,还亲自背我到医院去,找医生医,还找个地方把我藏起来。那时候,她还有势力,做一派的头头,真的保护了我。我的命,可以说,是她救了的。后来她的父亲母亲,都打成了叛徒,她成为斗争的对象。斗争的时候,又不肯说出我躲藏的地方。被逼得走投无路,只有跳楼寻死。"

爷爷"啊"了一声,一时无话可说,等一会儿,才又问道:"这些事,你怎么一句也没对我讲过?"

龙进说:"爷爷,你和婆婆,为了爸爸妈妈的事情,已经难受得要死,我怎好再来增添痛苦呢?"

爷爷只好说道:"这个女子,是个好人,我要这样说,很难得。我们日子好过了,可以经常照顾她,能帮忙的地方,要尽量帮她的忙。你说,这样行吗?"

龙进说:"爷爷,你还不知道。她还这样帮助我哪。她劝我努力写文章。这一点,爷爷你也大力帮助过我的。就是她,还有她父亲的朋友,在上海、北京那些大城市当报纸刊物的编辑,凡是她送去的稿子,都能得到修改,登载出来。这使我走上了写作的道路。没有她的帮助,我连投稿的勇气也没有。爷爷,我再告诉你一点,她也很会写文章,杂志登有她的散文,还有诗。爷爷,我哪天找来给你看看。我投稿的通信处,就由她哥哥转交,每回收到稿费,她哥哥就在赶街日子,交给我。我说借的钱,就是我的稿费。"

爷爷叹气地说:"孩子,你平素太那个了,全藏在心里。如今一讲出来,真叫人吓一跳。看来,你们生米已经煮成饭了。"

龙进低头坚决地说:"她没有我,我没有她,都会是困难的。活不下去!"

爷爷身子颤动一下,连忙说:"这个事情,千万不要讲出去,让我考虑、考虑想个办法,想个妥善的办法。全家人知道了,不得了,尤其在芳芳面前,漏不得一点风声。"

就在这个时候,屋子背后的窗外,有人惨叫了一声,像又倒了下去。

爷爷向龙进吃惊地说:"快去看看,怕是芳芳?"脸上现出痛苦的神色。

龙进听出了是韩芳的声音,惊慌地直朝屋后面跑去。窗外,朦朦胧胧的,却能看出倒在窗下的人。他赶快去扶,认出当真是韩芳,但韩芳已经昏迷了,扶不起来。龙进出力抱起她,朝堂屋的后门跑去,放在爷爷的竹子躺椅上。他点燃煤灯一看,韩芳脸子又青又白,双眼紧闭,以为死了,不禁哭了起来。

妈妈婆婆听见哭声,都赶了来,惊慌地又叫又哭:"芳芳,你怎么了?""芳芳快醒来!"她们一面用手去按摩,竭力营救。

爷爷也赶来了,看了一下韩芳,禁不住滴下眼泪,泣不成声地说:"不幸的孩子。"

龙进看见爷爷那样伤心,知道自己犯了罪,倒愿爷爷痛骂他一顿。但爷爷没有责备他,只是悲哀地说:"龙进快到街上,去请个医生来,抢救人要紧。"

龙进立即答应一声,朝外边跑去,恨不得长对翅膀,马上飞到街上。街子离家有七八里路,不会一下子跑到。在要过桥的时候,他碰见了舅父。舅父正扛着锄头,在田野里巡视,看有没有稻田漏水,自从分担了责任制种田,越发积极起来。他看见奔跑人是龙进,忙问有什么急事。龙进跑得太急,跑得上气不接下气的,一时答不出来。停了一下,喘了口气,才颤声地说:"病了,……"

舅父惊疑地问:"是爷爷,还是婆婆?"

龙进哭声哭气地说:"是芳芳,她病倒了!"

舅父大惊失色地说:"刚才不是好好的么?"接着又着急地问,"病成什么样了?"

龙进连忙说:"她昏迷了!"

舅父痛苦地叫了一声:"哎呀,"然后着急地盼咐,"快去请医生。"

龙进又飞跑起来,耳边还响着舅父痛苦的声音,禁不住地想:"天哪,这怎么办!这一家人的灾难,是我造成的么?该死的!该死的!"他忍不住咒骂自己。他跑快了,又因是晚上,跌了一跤,不知跌伤哪里,脚杆很痛,只能咬着牙巴,一跛一跛地走。他觉得自己倒是跌死了的好,他明白他是一家人的灾星,使个个人陷到十分悲惨的地步。他记得几年前,婆婆提到在外国的女儿,即龙进的妈妈,就暗里骂过:"这是一家人的灾星。"如今轮到自己身上了,婆婆不会这样诅咒吗?恐怕全家人都要这样咒骂啊。"该死的,真个该死的,我也要痛骂的啊!"他一面一拐一拐地走,一面痛苦地想:让脚底火山爆发,立即燃起熊熊大火,冒出毁灭一切的岩浆。又想:面前马上现出万丈深的大坑,让自己跌落下去,给黑水一下吞没。他差不多要发狂了。

十九

经冬复又春

　　龙进好容易请来了医生,给韩芳打了一针,慢慢由昏迷状态苏醒过来。但她身体虚弱,一直躺了几天,没有起床。家里又请中医,开了一些增强体力的补药,有几味药乡镇上买不到,龙进还骑足踏车跑到县城去买,天不见亮就动身。但韩芳拒绝吃药,也不吃饭,家里人个个担忧,做妈的急得打胸口。韩芳现在什么人也不恨,只是痛恨自己,应该毁灭算了。龙进则像犯了大罪。但家里人除了爷爷而外,谁也不知道他是韩芳生病的罪魁祸首。可是龙进却感到家里人都知道了,因此总觉得自己无地可容,心里十分痛苦,愿意受到最严厉的惩罚。他先前在大动乱中,受到开会的斗争,遭到拳打脚踢,回家来,除了韩芳而外,家里人个个疼他,安慰他,感到人世间还有一个温暖的角落。如今呢,这个角落又充满了怨恨和伤心,叫人活不下去。再加,韩芳近来对他格外要好,他不得不拼命地跑,去求医,去县城买药,只想一心救活她。即使最后有个不得已的手段,离家出走,但也不能忘怀这个倾心于己的姑娘。他十分同情她,认为她确实如她所说的,时代的牺牲者。爷爷并不责备龙进,也没有埋怨的眼色,只是轻声地说:"大家不要着急,会医得好的。"这就使龙进感到可以在这个角落里,活了下去。

　　爷爷一向是个乐观的人,也从来不把心里的忧愁传染给别人,尽管他一生经过无数的痛苦,他都用"将来会好的"这句话来安慰自己和别人。这次韩芳的昏倒和大病,他知道是什么原因,而且更知道,无药可医,心里非常难过,极为忧愁。但他并不把失望和颓丧表现在脸上,总是对家里人说:"芳芳会好起来的,有办法。"这种乐观话也并不是随便说来安慰人的。而是由于他自己一生的经历,总是由坏变好,苦尽甘来,没有消极颓丧过。他想尽了办法,去安慰韩芳。他趁夜深人静的时候,坐在韩芳的屋子里,讲自己年轻时候的往事。他说他十多岁的时候,小学还未毕业,考上一个省城里的中学,而这中学办得好,许多年轻人都想进这个学校,自己能够考上,多么叫人喜欢,不幸家里贫穷,没法缴纳学费、伙食费,真是痛苦极了。家的旁边,有一个两丈深的泉塘,几次走去,想跳下去淹死算了。可是想到自己淹死了,倒是爽快得很,一切的忧愁和痛苦,都丢得干干净净的。但一想起自己的父母和祖父母,看见自己的孩子,遭到这样的横死,会多么的伤心,家里人也会个个流泪的。爷爷说到这里,加重语气地说:"我不能亲自下手,造成灾难和不幸,让养我、爱护我的亲人,痛苦一辈子!"

韩芳没有搭话,但却听着。

爷爷继续说下去,并引用了古代的成语,"天无绝人之路",又解释地说:"只要人肯奋斗,用脚走去,用手攀去,就会有路的。"他说他那年春天没法进考上了的中学,到秋天就考上一个不要缴学食费的师范学校,这不是黑暗尽头,又有光明么?爷爷又微笑地说:"毕了业了,又碰到困难,没有人事关系,就是说没有靠山,找不到学校教书,毕业就是失业。有些有钱的同学,就去广东考黄埔军校,投身革命,这叫人多么羡慕。"说到这里,脸色严肃起来,"那时候,我是读了《新青年》的马克思主义专号,头脑里多多少少,装进了点共产主义的思想,赞成国共合作,应该说,真心诚意拥护国共合作,拯救我们的国家,愿为两党建立的军队,尽点力量。不,不是这样的,应该说,那时候,整个身心,都荡漾着、汹涌着这股热潮,日思夜想,到广东去。我头脑发热,还向一个有钱的远亲写封信去借路费,得不到回答,这是必然的。我可感到了羞愧和耻辱,觉得干了蠢事。没有职业,没有出路,大好的革命,无法参加,多么痛苦,活下去没有意思,反而拖累了家里人。我又走到家门旁边那个水深的泉塘,又想跳下去,了此一生。同时又想起了前一回想跳水的事情,不是转过一个念头,又看见了有一线光明的前途么。含泪回到家里,正好接到边远山区县里一个同学的来信,要我去教书,我就鼓起勇气去了。那时候家里人好喜欢啊!我得为他们活下去,找点钱打救他们。我不出力养活他们,他们就活不了。"爷爷沉默了好一阵,才又下结论地说,"一个人只要肯为他人着想,他就不会轻易把自己毁掉!"

爷爷不等韩芳回答,便一面站起来,一面说:"我不多说了,你好好休息吧。"但又说,"你是我们家里最聪明最进步的孩子,你慢慢想想我的经历吧,我是两次死里逃生的人啊!还有第三次,以后再讲吧,那是'文化大革命'……"随即走了出去。韩芳想起,爷爷的苦难,真是太多,还有两次痛不欲生的事情:一是年轻时候,听见自己要好的同学,被国民党当成共产党枪毙;二是年老的时候,看见被打伤的孙子,即是韩芳的哥哥,浑身血污被抬回家来。

妈妈进来了,打断她的回忆,妈妈手上端着一碗稀饭,凄切而又恳求地说:"芳,你听妈的话,吃点罢,你四五天都没吃一点东西。妈没有你,妈怎么活得下去?"说着说着,眼泪流了出来。因为妈每次端来的稀饭,她都偏开头拒绝吃,所以做妈的流着眼泪请求。

韩芳听见爷爷两次要自杀,心里很震惊,感到他老人家的坚强勇敢,叫自己不能不敬佩。她一向好胜不甘示弱的倔强性,又在心里慢慢恢复起来,再加爷爷说的,要替自己的亲人想一想,也在打动她。她想:爷爷婆婆爸爸妈妈没有了她这一根独苗苗,他们会是怎样的痛苦,何等的悲哀啊!现在看见妈流的眼泪,一直流到脸腮上,再不忍车过头去,表示拒绝了。

妈妈见她没有偏过头去,就用调羹舀着稀饭送到她的嘴边,还哭声哭气地说:"芳,喝一点!"

韩芳本来就很饿,听见妈恳求的哭声,只好张开嘴接受了。稀饭很甜很好吃,吃了一碗,又舀一碗。妈妈一面喂她,一面喜欢地说:"这里面,放有蜂蜜,好容易到县城才买到。你表哥,半夜就骑车子去买。邬支书,肯帮忙,他那架好车子,亲手交你表哥骑。"

一提到表哥这个名字,韩芳不再吃了,尽管自己还饿,蜂蜜稀饭甜得很好吃。她虽说不恨龙进,但一提到他,她又来气了,好像龙进是在有意使她为难,进行打击和报复。

妈妈不知道其中的原因,爷爷也不愿意说出来,所以妈妈还一再地说:"人家表哥,为了你的病,晚上到场上请医生,跑快了,跌坏了脚。他还不顾伤口疼,连更晓夜,骑车上城里买药买蜂蜜。他也吃不下饭啊。我哪里想到,你们两个年纪轻轻,就这样三灾八难的。"

韩芳本想埋怨一句:"妈妈,请你不要说下去了。"但怕自己的口气,说出来,会伤妈的心,便只有闭着嘴,把脸掉在一边。

妈妈一直说下去,目的是为了安慰韩芳:"你没看见人家进娃子,好瘦啊,一天到晚愁眉愁脸的。叫人看了,好作难哪。"

韩芳不愿听下去,几乎要大声地喊:"妈妈,请你做好事,不要再讲了!"但她忍下去,只把眼睛,望着墙壁。

妈妈又低声问道:"芳,你告诉妈,你怎么病起来的?"这不只问过几次了,今晚又忍不住再问起来,"你原是好好的,嘴上脸上都挂着笑,哪个不说你,铁打铜铸的一样,浑身上下,都是福气。你说说,到底什么事情,使你病成这样?"

韩芳紧闭着嘴,不肯回答。妈妈又说:"我担心,你那天上庙子去,是不是对菩萨说了不好听的话?我问过邬敏,她说没有听见你说什么怪话。我又想,是不是那几年你们带头要去打庙子,菩萨现在来算账?不对嘛,她邬敏才是个头头,菩萨要怪,就该先怪她,她如今活得好好的,喷嚏都没打一个。我想来想去,什么也想不出来。芳,你一向那么爱讲话,如今中了什么邪,一下子变成了哑巴,真叫为娘的心乱如麻,鸡脚爪在抓一样,晚上没有睡好一觉。我只有一个想法,我家的独生女儿,要是有个三长两短,为娘的也不想再活下去了。"

韩芳一向自尊心很强,读小学时,在同班中,第一个围上了红领巾。在"文化大革命"中,她还是小学生,就跟着大家闹革命。回到乡里,一直紧跟着团支书和党支书,作为他们的贴心人、急先锋。到了"四人帮"倒台了,三中全会以后,又跟着团支书党支书,转了一个一百八十度的大转弯,都觉得自然得很。直到听见邬敏暗中说他的父亲党支书邬远明,白天开会口气十分坚定地宣传党中央的政策,晚上却回去咒骂,说是在倒退,不折不扣地恢复资本主义,这才使她惊异,感到不妥,只想走着瞧罢。再加,海外飞来了那一封信,自己对生活的追求改变了另一个方向。不幸这一方向,却有岩石塌方似的,堆住了路不说,还有沙石沉重地压在头上,叫人活不下去。这些话能向妈妈讲吗?她一向是在不断地教训妈妈的:"妈妈啊,你不能只看到我们一家人,要顾到大队,眼光要放大些,朝长远方面看。""妈妈啊,人家团支书党支书,多辛苦啊,他们关心到每一个社员,不要埋怨他们。""妈妈啊,你不能埋怨多劳不多得,那是五保户要养呀,文娱活动,要买书报杂志,还要买各种乐器哪,上面来了人,还得花钱,好好招待啊。"总之,她教训妈的话,是几天几夜都说不完的。于今转过来要听妈妈的教训,可不习惯了。而且真把全盘的心事讲了出来,妈妈能解决问题吗?还是不讲的好!她还想,就以爷爷来说,一直有他的道理的,不只不接受韩芳的教训,还有时说得韩芳哑口无言。爷爷曾说过,"紧跟什么要用头脑的,不要盲目,瞎起哄。"还说,"有些事情做得太过头了,会向反面转化,正如俗话说的'物极必反',这就是辩证法啊。"但如今能请爷爷说服龙进吗?爷爷再能言善道,也对这样的事情,无能为力。

龙进来看过她,送过药。她一见龙进,不是偏开头,看着墙壁,就是闭上眼睛,表示不理睬。但她在一瞥之下,是看见了龙进的,脸子特别瘦,带有睡眠不足的病容,眼睛凄切,现出犯罪似的样子。真如妈说的,"你表哥也难过得很啊!"但她立即在心里加以驳斥:"他有他的难过,这倒是真的。可他并不是为我这个不幸的人啊!"

龙进倒不是如韩芳所想的,不是为她而难过,而他的的确确怕韩芳用绝食的手段,毁灭了年轻的生命。因为从海外飞来一封信后,直到韩芳卧病这一段期间,韩芳对龙进的热情,火一样燃烧起来,把"文化大革命"期间堆积的垃圾,全部烧得干干净净的,日益亲近。就连以往彼此要好的情节,也美好地现了出来。他明白韩芳是全心全意转到他这方面来了。尤其昏倒在窗子外边,更是猛烈地打动了他。要不是有个共同度过艰难岁月,相依为命的残废姑娘,他是会跪到韩芳的面前,表示真心诚意接受她的爱的。实际上哪能做到呢？他和那残废的姑娘互相约过，有福同享，有祸同当，大家尽力奋斗，不干出一些成就，决不结婚。如今正是前进的时候，哪能谈到婚姻。当然，对于韩芳的倾心，更是无法接受。但这又不能不叫龙进痛苦！他不能看见一朵美丽的鲜花为他而凋谢，更不能由于自己摧毁爷爷婆婆、舅父舅母一家人美好的希望。他看见韩芳不理睬他，明白是在恨他，他也不敢去看她了，甚至走近她的房门，就感到恐惧。

邬敏常常来看韩芳，问到韩芳为什么一下子病得这么厉害，先前从来没有这么病过，真叫她十分不安。韩芳不向邬敏讲真心话，再则，也不好讲得。她也明白她同邬敏有好些看法不一致了。邬敏说父亲对中央的政策阳奉阴违，她不赞成，但又为她父亲辩护，说她父亲有实际的困难，权缩小了，不好事事指挥人，还要从事劳动，再搞耕耘收获，很有些为难。这就使韩芳连邬敏也不满意了。两人从此开始分道扬镳，该说的话，也不说了。不该怀疑的，也在怀疑起来。

这回病中，韩芳对邬敏一点嫉妒也没有了。邬敏提到龙进，很是赞美，她说龙进近来越发靠近组织，听组织的话，天天晚上到大队办公室去教英文，真有诲人不倦的忘我精神。这使韩芳有些惊异，原来龙进还怕耽误他的写作，不愿天天晚上教书，现在这一改变又为了什么呢？她不知道龙进心里烦恼极了，没法静下来写作读书，又不能待在家看各人焦急不安的脸色，只有去教夜校，使自己的心放在教育工作上。邬敏自然也不知道这一原因，只能推测地说："现在政策对了，解放了许多人，使个个人积极起来，都有用武之地。我开始还有些看法，不，不能这样说，只能说，有点跟不上。现在我真感到高兴！"

韩芳有点相信邬敏的话，她做团支书的，是在紧跟党的政策。但又不全相信，总觉得邬敏有私心打算在内。她一直感到邬敏那样接近龙进，不是没有企图的。可是韩芳现在头脑冷静了，只觉得邬敏可笑，是在做梦，没有醒来。韩芳禁不住有点讽刺地问："你还是想当英语教师么？"

邬敏静静地说："我看，还是有点专业的好！于今看来还是龙进走对了。"

韩芳冷嘲地说:"要不是有了新的中央,新的政策,他龙进本事再大,也是白费气力,出不了头。还有哪个人敢去找他教夜班?"

韩芳这么说的时候,脸子又突然灰白了,她是轻视过龙进,以至达到过仇视的地步,这些往事不是很叫她难受的么?自己不是干了很多蠢事么?由此,进一步想:从学校回到乡里,这不是你邬敏和邬敏的父亲,用组织的大旗子逼着人去干的么?她闭了眼睛,不愿同邬敏谈下去了。邬敏只以为韩芳在病中,衰弱而不能多谈,便说:"你好好休息一下,我改天再来。"

韩芳几乎要喊一声:"请你做好事,不要再来了!"但她到底还是一个团员,不能对团的书记,有无理的表示,竭力忍着要出的气。她还是常常想到爷爷,不只是想到爷爷说的两次自杀,而是更多的想到"文化大革命"的时候,爷爷跪在晒谷坪上,颈项上挂着黑画家的牌子,背后立着大标语:"打倒孔老二的徒子徒孙!""打倒老朽吸血鬼的儒家!""打倒叛国贼!"显得多么可怜(当时是觉得可耻可恶),受了多么大的耻辱,可他爷爷哪,回来并不生气,也不叹息,只是拿起锄头挖地,或者默诵唐诗宋词。这要多么大的勇气才能活下去啊!现在爷爷不是到了很好的时候吗?一看见爷爷那样安详,那种巍然不动的脸色和身影,自己无形中就增加了勇气。有一次,爷爷又来看她,还亲切地说:"我年轻时候,总是这么想,生不逢时,没有人向我提供好机会,什么事情都叫我难过。后来想想,自己操一身本事,才是最要紧的。我要是自己不用功,师范学校考不起,不是一切都完了。我活了几十年了,对人生就有这么一个看法,我们生在社会上,不是来抓一把,捞点好东西,我们是来出力的,用喜爱工作的精神,向社会做出一点贡献。我至今感到顶难过的,就是对社会主义建设没有一点贡献!"

韩芳在平时,听了爷爷这一番话,会说:"爷爷,你在教育上贡献大哪,到处都是学生。"但现在却沉默了,只在心里难过地想:我的痛处,就在这里么?一直在抓这抓那,到头一件也没抓着。又想:自己真是一点也没用功读书么?功是用过的,只因常常停课没法学习。又爱过什么工作呢?不也爱过种果树么?爷爷和父亲都喜欢屋前屋后种植果木树影响了她,使她也有兴味参加,接枝哪、授粉哪、施肥哪,她都学了一些。尤其到了春天,看见自己亲手种的植物繁花盛开，更使她心花怒放。她躺在床上，有时候想起父亲的计划，包下大片山地，种上成千成万的果木树，那是多么的好啊！又想起父亲主张全部山地种上柑橘，她当时没有什么意见，而现在则在心里和父亲争论（她同爸爸争论，则是常有的事情）：不，爸爸，要种上各种各样的果木树，那才好看呀，会有各种各样的鲜花开放，五颜六色都有。父亲会说，果木树样数多了，会难招呼。爸爸，多忙一点，不要紧，我帮你工作，我不怕累的。爸爸又会说：柑子橘子，好保存一点，又好销到远点地方。她说：爸爸，你还要注意一点环境，种上各种各样的果木，会四季都有花开，外宾旅游来这里，会使他们高兴，还会拍摄影片，传到世界去，来的外国人更是多了。她想起自己跟爷爷学画的时候，自己顶爱画花。有了一大片地开着各种各样的花，不正好学习画么？我要做个农学家，闻名全国。她又想起，每年夏天，好多人找爷爷画扇子，她也帮爷爷画过。如今想起来，自己也并不是一个只说空话的人，在专业方面曾经努过力的。现在躺在病床上做白日梦，应该继续用功，重提画笔，成为一个众人仰望的画家。她是用各种幻想，来打发卧病的日子，并由此得到一点精神上的营养。

韩芳终于出来同家里人一道吃饭了，但在晚饭桌上，一面慢慢地吃，一面闲谈家常，以及讲到当天的见闻时，韩芳不再活跃了，不再成为中心的发言人了，只是沉默地吃饭，就是父亲偶然讲到培育果木圃，也不搭话。这一转变情形，倒叫婆婆妈妈高兴，她们认为女儿家应该端庄为主，不多言多语为好。爷爷喜欢晚饭桌上喝一杯，也爱醉了讲闲话。他见龙进仍照往常一样，沉默寡言，不以为意。韩芳改变了，他也明白。但他总喜欢大家讲讲，热闹一点，使生活更有生气。希望年轻人活泼一些。可是他并不当面教训人，而是从远处讲起。他问龙进说："你给你爹妈写信，这点事情要告诉他们，让他们好放心大胆地回来工作。你说，那个黑暗的时代已经过去了，说一句错话，就把人打成敌人的时代，已经一去不复返了。龙进，你千万要写这句话。你明天就写这封信罢。"接着又喝一口酒，极为舒畅地说，"我活了七十多年，从来没有感到今天这样的好，国家强了，没人敢欺侮，人自由了，像个主人了。大胆地讲话吧，年轻人。"爷爷看下韩芳，接着又看一下龙进，"年轻人，大胆地写吧!"

这一下,龙进大为紧张起来,很害怕地看一眼韩芳。他在这次韩芳的病中,也担心过韩芳会发泄怒气,透露出他暗中写作的秘密。如今爷爷这么讲,他向爷爷说:"爷爷,不要提这个了,我已放下笔,不再拿起来。"这对爷爷说,也是对韩芳说的。他在韩芳病的期间,的确放下了笔写不下去,但并没有决心,说是不再写了。现在这么说是不得已的,只是说来堵一堵别人的嘴巴。

韩芳听见龙进这么说,明白他话里的意思,心想,我还没有这么卑鄙,会暴露你的秘密,不要看错人了。她这么想的时候,忍不住望龙进一眼。她见龙进尽管在吃饭,却现出害怕的可怜样子,再加近来的黄瘦,也像大病初愈似的。一点也没有胜利者的形象,倒使自己恨他的心情,减少些了。

爷爷不高兴大家沉默的局面,喝了一口酒,感慨地说:"解放以前,街上的茶铺,都贴有条子,上面写'休谈国事',就怕嘴巴子乱讲,惹出祸来。解放以后,可以随便讲了。不料一九五七年,又变了,讲话出问题,'文化大革命',就更加厉害。如今又像刚解放一样。"

龙进心里总还有些疙瘩,不大相信爷爷说的话,但他并不说出来,只是望韩芳一眼。他记起韩芳说的话:邬敏的父亲还要人暗中搜集材料,好在今后有一天要搞运动,就摆出来算总账。他希望韩芳发表意见,同爷爷辩论,弄清当前存在的问题。按照以往韩芳的性格,是会滔滔不绝地讲话的。但韩芳一言不发,只顾吃她的饭。她那爱讲话好辩论的锐气,仿佛已随她的病一道走了。再则,她先前在晚饭桌上的辩论,大都为邬敏,为邬敏的父亲辩护,站在他们的立场讲话,如今他们在她的心中,已经完全失去了地位,她还能讲什么呢?她也觉得上头的领导是对的,合乎人民的心意的,但在下面这批口是心非的人中,会能贯彻多少呢?还有一点,上头又变不变呢?更使她感触的,是她自己看出自己是个失败者,没有讲话的勇气。

爷爷却一直想使韩芳再行活跃起来,尽管知道韩芳痛苦以至病了的原因。但他打算引起她的政治热情,让韩芳从个人的狭的笼中钻出来,看到社会中光明的一面,好驱逐她心上的乌云。他明白韩芳一向全心全意投到团的工作里面,政治热情极为强烈,是很使他喜欢的。只是当时爷爷和孙女也是有争论的,爷爷常常开导她,也可以说,指责她,要她多读马列主义的书,学会辩证法,用头脑想一想问题,不要人云亦云。如今爷爷很想恢复以往的活泼局面,又一再地说:"我们要什么话都敢讲,错了不要紧,大家争论嘛。以前提的百家争鸣百花齐放,现在又放进宪法了。龙进你写信的时候,也给你爹妈讲讲这个。"

龙进应了一声,但韩芳仿佛没有听见一样。爷爷觉得自己白费了气力,但他并不灰心,他仍然鼓起勇气说:"我活过几十年了,最坏的日子,我是看见过的。大半个中国都拿给日本人占领了,飞机声、警报声、炸弹声还留在我的头脑中,你们却觉得那是遥远的事了,和几百年前的事情差不多。没有吃过那些苦,哪里知道国家强的甜头呢?我始终有这个信念,一切都会好起来的。这话,说过多次了,我可是还要说说。"

"韩爷爷,你老人家真说得好!"这是门外送来的话,大家回头一看,邬敏正站在门口,一脸欢笑。

邬敏的到来,受到了大家的欢迎,爷爷尤其高兴,大家要请邬敏坐下吃饭,她推说吃过了。她拉张凳子,坐在韩芳旁边,望着韩芳说:"你复原了,多么叫人喜欢。"

韩芳也喜欢邬敏的到来,她没有妒忌的心情了,只觉得她的到来,可以活泼下子,免得爷爷一个人发牢骚。

邬敏又笑着向爷爷说:"韩爷爷,真想请你老人家,给我们青年做一次报告。"

爷爷笑着说:"人老了,没什么说的,更不喜欢上大课,上了几十年的大课,也上够了。我只喜欢几个人随便谈谈,人家听也好,不听也好,没关系,反正是闲谈。"

邬敏奉承地说:"韩爷爷,你见多识广,听你谈谈,增加了不少知识,尤其历史方面,很有意思。韩芳,我对你有个提议,你该把爷爷讲的话,全记下来,这是一个青年团员的任务。"

爷爷故意笑着说:"那我就怕了,运动一来,不是当场拿出本本来证明吗?"

邬敏连忙说:"如今上头再三再四地申明,不搞运动,那一套再不时兴了。韩爷爷,不用怕,我们请你去做报告。"

爷爷端起杯子,又放了下去,静静地说:"我倒没有什么怕的,该说的话就该说哪。国家的主人翁嘛,不能在自己嘴上,自己去贴封条啊!"

邬敏愉快地说:"韩爷爷,你真说得好。"

爷爷说:"只要站稳了立场,又有好的观点,怕什么呢?错了,也不要紧,大家争鸣嘛!只要人家有道理,我就甘拜下风。"

这一夜,谈得很快乐,连韩芳也对邬敏有些好感了。隔了两三天后,邬敏和韩芳遇见了,是在田野的路上,邬敏欢喜地说:"韩芳,恭贺你,党支部都通过了你的申请书,你今后成为共产党员了。"于是又紧紧握着韩芳的手,热情地说,"我们好好地干吧!"

这是韩芳想望了很久,而今天才能得到,使她一下子说不出话来。她早就申请入党的,只因家庭关系复杂,成分又成问题,再加,爷爷还戴顶资产阶级知识分子的帽子,还认为他传播过许多有毒的知识,也未澄清。韩芳本以为入党的希望渺茫,也不爱去想了。后来有了去外国的念头,索性忘记了这一请求,因而现在听到了这一好消息,倒反而不大激动了。

邬敏以为韩芳会很激动,会高兴得哭了起来,便诧异地说:"韩芳,你怎么了?"

韩芳沉默了好一会儿,才低声地说:"我……感谢你的帮助!"

邬敏倒有些激动,不禁感慨地说:"韩芳,不要感谢我!……我感到我的帮助太不够了。我为你入党,尽力争取过,就是我父亲太顽固了,一脑子的成分论、血统论,还骂我阶级观点不强,敌我不分。他更使我生气的,不是叫我领导大家,步步前进,只要我管紧这个人,侦查那个人,看有没有说他的怪话。我再告诉你一句。"她走近韩芳一点,凑近韩芳的耳朵,悄声气愤地说,"他暗里还说党中央的气话哩!你如今是党员了,我才敢对你这样说啊!韩芳,我们今后齐心合力地战斗吧!我们年轻一代人该出来挑起担子啊!"她又紧紧地捏一下韩芳的手,表示她的真心诚意。

韩芳没有搭话,但也用另一只手去紧握邬敏的手。

二十

让根子插进泥土活起来

有一天晚上月亮出来得早,屋前的空地上,映下一片树影,天气也有些热。爷爷不进屋去,只在屋外空地上安个竹躺椅,坐着吸烟。韩芳便拿张小板凳坐在爷爷的旁边,把她心里的打算,说了出来,她要在父亲承包的那座荒山,帮父亲种上果木树。自己决心学习成为一个种植专家。她这么说,主要是想使爷爷安下心来,不再为她操心。同时,也想同爷爷讨论她今后该怎么办才好。她觉得在精神方面、思想方面,只有爷爷一个人是她的依靠,可以吐露她的心情。

爷爷取下长烟杆,低声地说:"你这些打算好得很,我哪有不赞成的。只是有一点……"说到这里,又不说下去了。

韩芳连忙追问:"有一点什么,爷爷,你说嘛!"

爷爷轻轻地说:"你什么都好,聪明,肯上进,热心革命,追求真理,紧跟领导,年轻人的优点,你都有。"

韩芳忍着高兴,尽量谦虚地说:"爷爷,你该说说我的缺点。"

爷爷冷冷地说:"缺点吗?这倒不是你一个人的缺点,好多年轻人都喜欢跳来跳去的,赶浪头。碰到潮流一变,就觉得没有抓拿,灰心失望。"

韩芳听见了,脸色变了,好在天黑爷爷看不见。她听不得别人讲她的缺点,忍不住激动地问:"就说我有这些缺点,爷爷,我该怎样办呢?"

爷爷笑了一下,说:"做人要有点傻劲才好!"

韩芳不满足地问:"什么傻劲?"

爷爷笑笑地说:"傻劲吗？就是做什么事情,研究什么学问,不要先就想到个人利益,要抓捞一把。"

韩芳红了脸,反驳似的问:"爷爷,你举个例子说说。"

爷爷一直笑着说:"你记得吗？你闹革命的时候,处处摆出革命家的架势,真像领导权抓到手了。同意你的,就是革命,不同意你的,就是反革命。认为什么都不成问题了,只会步步高升。全没想想,那算是干革命吗?"

韩芳连忙申辩:"邬敏和她的爸爸,就是这样的啊!"接着又着力地说,"我现在决心不跟他们走了。"

爷爷没有笑了,郑重地说:"不能那样说,你还是要跟他们走,继续做团的工作。我们要鼓励人上进。真心为人民服务,这个工作十分重要! 再拿出你的干劲吧,我还希望有一天,你能做团支书啊!"

韩芳生气地说:"我再也不跟他们走了,他们口是心非,嘴里赞成上面的政策,心里却恨得牙痒痒的。"

爷爷又笑了,接着说:"他们为了那顶乌纱帽,最后还是要跟着走的。"

韩芳恼怒地说:"我恨死那顶乌纱帽,我一辈子也不会戴的。我坚决不跟他们走了。"

爷爷大笑起来说:"现在实行生产责任制,搞专业承包,不就是跟他们走么?"

韩芳生气地说:"我不是跟他们,我是跟着上面的指示。"爷爷高兴地说:"就因为看出了,你有全心全意跟着中央走的精神,我才叫你重新鼓起勇气,干好团的工作。"

韩芳沉默了,脸上现出刚毅的神色。等一会儿,她才说:"爷爷不说别的了,我只问一句,我刚才说种果木树,这样做,对不对?"

爷爷尽量愉快地说:"对,非常之对。只是……"

韩芳不满地说:"你直说嘛,又来个只是。"

爷爷说:"你还没有动手,你就想成为一个柑橘专家。"

韩芳辩解地说:"难道有个目标都不好么?"

爷爷诚恳地说:"要是做不成呢?"

韩芳毅然地说:"做不成就算了,只能认为自己不努力。"

爷爷说:"没有那些打算,又不计较个人利益才经受得起失败。我刚才说,人要有点傻劲,这只是说到这一方面。我还要说,人要有理想,才能高尚。这理想,不是自己成为什么专家,是要大家都过得好!"

韩芳解释地说:"爷爷,我们一向就是这样想,为了大家过好日子。"

爷爷摇摇头说:"你们尽在整人啊,闹得鸡犬不安。"

韩芳沉默了好一阵,才又问道:"爷爷,你看,我该怎么办?"

爷爷叹一口气低声地说:"依我看,你去外国的好!"

韩芳惊叫起来:"爷爷,你怎么这么说?!"她是怕人家说她想去外国,是崇洋媚外。

爷爷尽量平静地说:"芳芳,我不是随便说的,我早就要对你说啊!"

韩芳不安地问:"爷爷,这是为什么?"

爷爷感叹地说:"唉,我早看出来,你那样好强,样样想出人头地,却落得一场空,没有抓拿。这,我有责任的!"

韩芳听见爷爷这么说,正打到她的痛处,心里一酸,凄然掉下泪来。好在树影下,月色朦胧,爷爷看不见。她没有说话,只是摸出手巾,抹去脸上的泪珠。

爷爷尽管看不见韩芳在拭去脸上的眼泪,但却明白,她不讲话,是在伤心,便责备自己地说:"我这一向,从头一二,细细想过,有好多事情,要怪在我的身上。我曾经想过,我是逼着你们学好中学的语文历史课本,还要你们好好地攻读外文,把心放在科学上去。可是抵不住潮流,我只好甘拜下风。唉,要是坚持下去,要你们把心放在学习上头,你今天到外国去,就不愁不懂话了。我想过,替你想过,到外国去,不能是个哑巴哪!你那姑妈在大学读书的时候,很有一股钻劲,她的英语学得跟外国人一样,到了外国她才能专攻下去,当老师,在教育方面做出贡献。"

韩芳气恼地说:"爷爷,我可以赌神发咒,我坚决不去外国。"

爷爷微笑地说:"我只是那么说说,我不勉强哪一个!"

韩芳不满地说:"爷爷,我觉得你老人家,有些心不平,维护这一个,又不维护那一个。"

爷爷笑笑地问:"有这样的事吗?"

韩芳抵塞地说:"有,就是有哪!"

爷爷还是笑笑地问:"你说说看,有哪一件事情!"

韩芳有点生气地说:"你老人家哪有不知道的,我就是不想说出来。"

爷爷笑了一会儿,才又说道:"你知道,我岁数大了,一天一天记忆差了,就是一天一天地糊涂起来。"

韩芳反驳地说:"爷爷,你才不糊涂哪!这家里,哪个有你看得远。"

爷爷吸一会儿烟,然后说道:"你说说看,我心有哪点偏?"说到尾后,欢快地笑了起来。

韩芳半埋怨半撒娇地说:"人家要去外国,爷爷,你老人家,就舍不得,想方设法地挽留,又是要研究古书哪,又是要学塑罗汉画壁画的艺术。爷爷,对于我,你就要双手推出去。难道这算是公平吗?"

爷爷大声笑了起来:"你说得对,你说得对!"随又压低声音,继续说下去,"我本想不干预年轻一代人的生活。可是,古人说得好,'天下兴亡,匹夫有责',何况我还是党员哪,总不能不管,尽管他们把我看成老朽,要我退党,取消了我,我不那样想,我自己还是认为是个党员,该过问的,还是要过问。以往放任不管的错误,不能再继续下去。龙进,他不能去外国,就是去,也只能到外国去旅游下子,他要再喝中国人民的奶,才能长大。他的事业要发展起来,一天也不能离开中国老百姓……"

韩芳忍不住地插嘴说:"我呢?为什么我就去得?"还是带着很不满的口气。

爷爷吸了一口烟,然后小声地说:"不管我说得对不对,你的心早就到外国去了,这一点,我还看得出来。"

韩芳小声抵赖地说:"去呢,哪个不想去,我只想去旅游下子。"

爷爷严肃地说:"你的心,已经空了,这我看得出来。什么都使你失望,是不是嘛?你想到外边,再抓拿一点什么。有什么东西值得留恋,你就不会回来了。"

韩芳大为生气地说:"爷爷,你看得那样清楚,为什么还要我到外国去?这不是安心要赶走我么?"随又恨恨地说,"我不出去,打死我,也不出去。"接着愤怒地说,"我是不幸的人,这个时代的牺牲者,替罪羊……"

爷爷沉默地吸着烟,等一会儿,才又轻言细语地说:"芳芳,你还年轻,一切都可以从头做起,只要你肯发奋。我告诉你,有这么一辈古人,苏东坡的父亲苏老泉到了二十七岁,才开始发奋,勤读诗书。还有梁灏这个人,苦读一辈子,八十二岁,才中状元。……"

这番话,韩芳简直听不进去,她总觉得一切都完了。但是又不愿意赤裸裸表现出自己已是倒了下去的人,再也爬不起来。比如说,她对一切都失望了,但她决不承认她是不爱国的。她对于外国,是有热烈想去的心情,可是一发现龙进是那么样对待她,她又把去外国的热望冷了下来。因此,爷爷要她出国,的确有些反感。她的思想真是在千变万化,但她好强的性格,还是有的,不能做一个被人看不起的人。她在病床上做过白日之梦,表明她还想有所作为。她憧憬过满山种上果树,自己成为一个种植专家。又想向爷爷学习绘画花鸟虫鱼,这是她曾经用过功的。但这很难向爷爷开口,因为爷爷自己也认为画国画,没有意思,也把画笔丢了。再则,也没有余钱买笔墨纸张,旧有的笔也不能用了。她也明白,爷爷这样抛开画画,不只是群众写大字报侮辱,也是她自己苦口婆心劝阻过的。她不好说继续绘画,只有说自己想帮父亲种柑橘。

就在这个时候,邬敏来了,欣喜地向爷爷打招呼,手里提个塑料口袋。韩芳并不喜欢她的到来,但还是让座,另外坐个小板凳。爷爷是高兴的,他喜欢年轻人,能增加蓬勃的生气。他望望邬敏的塑料口袋,愉快地说:"是不是有信?"他认为邬敏可能把邮政局的信带来。

邬敏笑着说:"老老师,这是来麻烦你老人家的。我爸爸县城开会回来,带回几十把白纸扇,要请您老人家画上几笔,说是一个纸扇合作社托他的。还怕你老人家没有笔墨,就给你买了几支笔。又买了墨,墨好香啊。"她一面拿出来,一面高兴地把墨送到爷爷面前,让他闻一闻香味。

爷爷说:"好墨,好墨!"显然他也高兴了,但还是有点开玩笑地说,"还兴搞这一套么? 封、资、修怎么又提倡起来?"

邬敏严肃地说:"老老师,不要笑我们了,那些使人愚蠢野蛮的日子,再不能重来了。"

爷爷笑笑地说:"荒废了这么多年,画不来了。"

邬敏连忙恭维地说:"哪里会画不来,老老师,不要谦虚!"

爷爷敛着笑容说:"说实在话,丢生了不说,手还有些颤抖啊!"

邬敏还是恳求:"老老师,随便你画几笔就是了。"

爷爷摸摸新买的笔墨,恋恋不舍地说:"好吧,让我试一试。"

邬敏高兴地说:"老老师,谢谢你。"一面站起来告辞,"我不多打扰了,还要赶到大队去学英文。"又向韩芳鼓励地说:"大家都希望你也来学啊!"

邬敏走后,爷爷赞叹地说:"我喜欢这个年轻人,肯专心学习一门东西。"这是有意向韩芳说的。

但韩芳没有搭话,只是沉默地坐着,连手里用来打蚊子的蒲草扇,也没有动一下。

爷爷看了韩芳一会儿,才又说道:"不知是年纪大了,还是酒吃多了,当真手有点打战,再提画笔不行了。芳芳,你说我该怎么办?"

韩芳冷冷地说:"让我拿去,退还给她!"

爷爷摇下头说:"不能退。"

韩芳说:"那就随便给她画上几笔。"

爷爷沉吟地说:"芳芳,你还记得吗? 前些年,扇子多的时候,我也叫你画过?"

韩芳有些高兴地说:"爷爷,你还记得起吗?"

爷爷兴奋地说:"我本想叫邬敏退回去的,一下想起你,就让她留下来了。"

韩芳假意推辞地说:"这么久了,我怕连画笔都不会拿了,还能画什么?"

爷爷颇有信心地说:"咱们祖孙两个重整旗鼓吧!"

韩芳望着爷爷,没有说话。

爷爷静静地说："这下,我才放心了!"

韩芳不安地问："为什么?"

爷爷小声地说："芳芳,你要晓得,一个人有了心爱的工作,又全心全意干下去,这就像花草竹木一样,会在泥土里生下根来。只要生下了根,你去不去外国,我就不用担心了。"

韩芳有所憬悟地问："爷爷,看来你并不真心要我到外国去。"

爷爷小声着力地说："是真心,我真正要你到外国去。"

韩芳惊异地说："这我就不懂了。"

爷爷说："你那样没有抓拿,我只好那样了。我想首先要你安定下来。像栽花一样,先要让根子栽得活,然后再往好的地方移植。"停了一会儿,又感叹地说,"我一生栽过不少花草果木树啊!那天你爸爸包下那个山坡地,我也打总成。尽管不能动手,我还可以动嘴巴。芳芳,我一定要教好你的。鼓起劲,提起画笔来,还要种好柑橘,做好团的工作。你还记得吗?你以前为了学好画,深更半夜,觉都不睡,再提起那种干劲吧!"

韩芳感动得说不出话来,只能叫出一声:"爷爷!"

爷爷轻轻叹一口气说："只是还有一点,要是你……"没有说下去,就沉默了。

韩芳略微惊异地望爷爷一眼,随又不安地问："爷爷,只是什么,你说嘛!"

爷爷小声郑重地说："你原是个好团员,我很喜欢。我想你要是个党员,那就更好了!"

韩芳一下子站起来,兴奋地说："爷爷,我该早告诉你,前两天,邬敏告诉我,我的入党申请书,已批准了。"

爷爷欢喜地说："这就太好了!"接着还埋怨两句,"这么大的事情,为啥不早告诉我?"

韩芳悄声地回答："爷爷,我想正式通知到了手,再告诉你的。"

爷爷有些诧异地说："你一向心里装不住话的……看来,你对组织……"说到这里,不再说下去。

韩芳赶忙分辩道:"只因看清楚了,有那么一个党支书,对中央的政策,阳奉阴违,还暗地里骂中央,我入党的心就冷了!"

爷爷大声地说:"傻孩子,你要知道,你做了党员,你就好在党内批评他了。"

韩芳立即说道:"我还担不起这个担子!"

爷爷毅然坚决地说:"要担,一定要担!"停了一下,又加重语气地说,"只要我的党籍恢复了,我就要担起!"

韩芳高兴地说:"爷爷,我一定要跟邬敏谈谈,她那天也说过,早就该解决老老师的问题。"她觉得她同邬敏又亲密地站在一道了。

爷爷热情地说:"你去说吧!"

韩芳情不自禁地说:"我现在就去!"立即朝月光照着的田野跑去。

爷爷制止地说:"不要这么急!"随又愉快地骂一句,"这丫头!"